中世物語資料と近世社会

伊藤慎吾 著

三弥井書店

『八幡宮愚童記』(嬉野市・久間八幡宮所蔵)

『八幡宮縁起絵巻』(佐賀市・北名八幡神社所蔵)

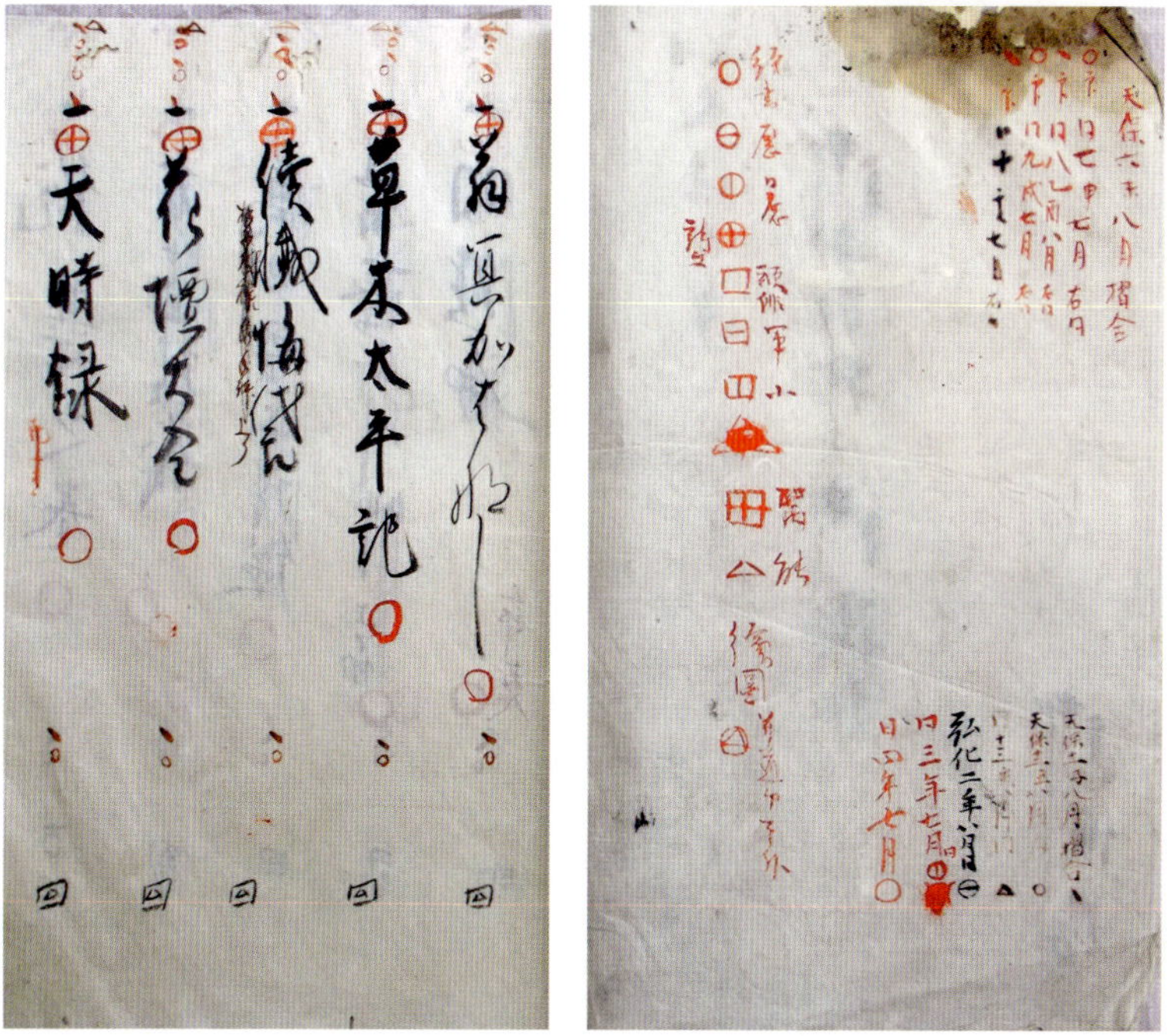

「㊉ 詩文」に分類される『草木太平記』
『御書物並御掛物』（多久市郷土資料館所蔵）

葛岡宣慶短冊（伊藤慎吾所蔵）

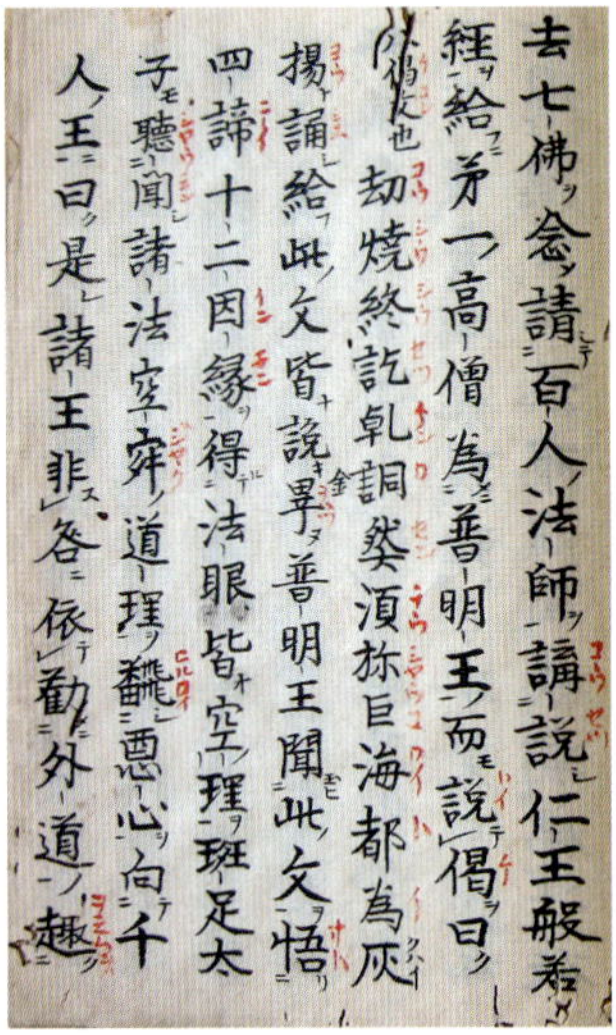

去七佛念請百人法師講説仁王般若
經給第一高僧為普明王而説偈曰
偈文也 劫焼終訖乹洞燓須弥巨海都為灰
揚誦給此文皆説畢普明王聞此文悟
四諦十二因縁得法眼皆空理斑足太
子モ聴聞諸法空寂道理麁悪心向千
人王曰是諸王非咎依勸外道越

『玉藻前之雙紙』（伊藤慎吾所蔵）

中世物語資料と近世社会＊目　次

Ⅲ　中世物語の再利用

Ⅳ　資料編

補論　中世物語の文芸的変容

序論　中世物語資料と近世社会

はじめに

現存する『曾我物語』は、ことごとく妙本寺本を祖本としている。妙本寺は千葉県安房郡鋸南町吉浜中谷にあり、日蓮宗興門派の本山である。寺域千四百八十坪を有する大寺で、浦賀海峡に接する寂光土。開山日郷上人は日蓮の孫弟子である。しかし、この妙本寺本を書写していたのは、日向国臼杵院に住む十八歳の日蓮僧日助であった。真字本『曾我物語』がどのような経路で、九州日向国に伝えられたのか、誠に奇というより外はない。しかも日助が書写に用いた原本はもとより、その祖本も類本も伝来していないから不思議である。

（角川源義「妙本寺本書誌[1]」）

下総から日向へ。かつて角川源義氏が中世の僧侶の活動を通して、それに伴う書物の移動を論じた。地方在住の一人の僧侶の、まるで物語の主人公のような数奇な人生を見事に描き出した。そして、日助一人のみならず、こうした僧は広く一般にいたであろうことも想像させた。中世社会に生きた僧が各地を歩き、典籍を書写し、学芸の歴史に足跡を残していく。その様子は、たとえば周防国で作られた『一乗拾玉抄』が、常陸国の談義所を経て転写本が奥州に伝えられたことからも知られる。[2] 渡辺麻里子氏の諸論考を読むと、常陸の学僧尊舜を中心に、多くの僧の実態が見えてくる。[3] 私自身はそのような調査・研究をしたことがないが、中世後期の公家衆が日常生活の中で物語を読み、書写する状況を論じてきた。[4]

近世にもそれはもちろん見られることだ。また海上交通の発達、とりわけ北前船がもたらした文物は想像以上のものがあったろう。江戸の出版物が東北にもたらされ、新たな文芸として開化することもあった。

1　地方文化の発展

中世社会において、文学が都から鄙へ、また鄙から都へ行き交う様子は、多くの先学によって巨細に明らかにされてきた。[5] 古くは鎌倉と京都の往来や、宇都宮歌壇の伝統があった。下って各地の守護大名、そして戦国大名がそれぞれの領国の経営発展に尽力するようになると、僧侶や連歌師の働きもあり、地方文化が興隆することとなった。三条西実隆[6]や山科言継[7]らを頼って遥か北国や西国から上洛する僧や商人がいた。はたまた縁故の大名衆を頼って下向する公家衆も数多くいた。[8] かくして駿河の今川、越前の朝倉、周防の大内、薩摩の島津ら、大いに都の文学を吸収することとなった。島津家の重臣新納忠元が文禄三年（一五九四）に上洛した際、『和漢朗詠集』を学んだのは、戦国武将の文学受容の一コマであった（『新納忠元上洛日記』）。

中世社会が終焉を迎え、近世社会に移る時期に生きた一人に山科言経がいる。彼は、父言継と同様、町衆と日ごろから交流していたが、ある時、勅勘を蒙り、都を出た。歌や連歌の会を通して、当地の雅人らと付き合いを持った。それればかりではないだろう。言経は医学の心得があったし、[9]後に豊臣秀次のもとで『謡抄』の編纂事業に携わったほどの文化人である。[10]何より蔵書家として知られていた。公家衆や僧侶ばかりでなく、武家の面々に和歌・連歌関係の書籍や謡本、そして物語草子の貸出を行っていた。[11]堺の地にて、土地の雅人らに同様のことを行っていたことは想像に難くない。

時代が下り、近世前期、庭田家から葛岡宣慶という人物が出た。重秀を父、雅純を兄に持つ。親子ともども華やかな後水尾歌壇に加わる堂上歌人として知られる。[12]宣慶は後に市井の人となり、大坂に居を構え、歌を詠み、土地の雅人と交わった。また歌集・歌学書の出版もするようになった。それればかりでなく、能書としても知られ（口絵[13]）、『源氏物語』や『古今和歌集』の自筆本が今に伝わる。都の公家衆と繋がりをもち、堂上歌人中院通茂などに添削を請うて師事していたことは（『堀江草』序）、大坂の歌壇において一目を置かれるに足るものだったと思われる。そうした生活の中で『平家物語絵巻』は生み出されたのであろう（第一章第三節）。

さて、京都を中心とする文化は、後に大坂や名古屋、江戸で発展し、さらに地方の小都市へも波及していった。京都・大坂の先進都市、幕藩権力の中枢として巨大都市に膨れ上がった江戸の三都に続き、近世後期の地方都市文化について、木代修一氏が簡明にまとめられている。[14]

これらの地方文化も、バライティにとむ江戸の文化を反映して、きわめて多岐多様で、これを知識面ないし趣味好事面でみても、和歌・俳諧・漢詩文などの実作その批評観賞、近世国学が目ざした記紀・万葉・伊勢・源氏といった古典文芸の研鑽、和漢の古典籍の校勘、古碑・金石類の採訪調査、あるいは文人画とよばれる比較的素朴で近づきやすい絵画の制作や観賞、かわったところでは、各種の奇石・珍石や薬物薬草など博物の採集とその比較分類等々、初歩的な考古学・本草学・物産学にかかわる学問、旅行者菅江真澄や越後の商人鈴木牧之らにみられるような地方民衆の生活様式・信仰儀礼・言語・伝説など民俗の採集記録、中には、近江の「石の長者」木内石亭とか大坂の酒造家木村兼葭堂（坪井屋吉右衛門）のように、その著述と多様豊富なコレクションをもって斯界の権威と目された人士も少なからず輩出しました。

やや特殊なケースとなるが、能登国に時国家という大庄屋があった。近世、この家は都の公家と交流をもっていた。[15] なぜかというと、源平合戦の後、平家の側に付いた平時忠は、死罪はまぬかれたものの、流刑に処された。その地が能登であったのだが、時忠はそこで子をなした。子孫は時国家と称した。そういう繋がりがあったからである。後に上下に分家し、今に続いている。近世、公家衆の中でも時忠の流れを汲む平松家と繋がりを持ち、文物の贈答が行われた。その中には上装の勅撰集写本や公家衆の色紙、短冊など数々あり、そうした中に、中世軍記の代表作品の一つ、『曽我物語』の美写本もあった（第二章第一節）。誠に優美な一点であり、加賀藩主来臨の際などに、その『曽我物語』を棚に飾ったのならば、さぞ見栄えのしたことであろう。

さて、幕藩体制が確立し、全国の諸藩は大なり小なり文芸に関わる人材を抱えることとなった。その結果、戦国期の地方都市とは比較にならないほど、数多の文物が行き交った。その中で、中世の物語資料—草子や絵巻・絵本、寺社縁起類—が写され、そして移されていった。兵庫県立歴史博物館所蔵『富士牧狩絵巻』もそうした一本であろう。[16]

『曽我物語』は中世から近世にかけて広く読まれてきた。そればかりでなく、幸若舞や能などの中世芸能にはじまり、近世の歌舞伎・浄瑠璃など、芸能の分野でも代表的な題材となった。このことは、絵画においても同じことがいえる。屏風や絵本、絵巻としても数多く作られた。絵本には絵入版本と奈良絵本がある。絵入版本は近世前期から出版され、くだっては草双紙としても刊行された(17)。

『曽我物語絵巻』には、物語全体を絵巻化したものもあれば、特定の場面に特化してまとめたものもある。そのうち、特に富士の牧狩の部分を中心に描いた勝田陽渓画の絵巻を『富士牧狩』(東京国立博物館蔵本外題による)として、他の同名絵巻と区別する。この作品については稲葉二柄氏が基礎的な資料と考察を行っており、これにより本作の概要を把握することができる(18)。さらに宮腰直人氏により本文を中心とする分析が行われ、『吾妻鏡』『本朝通鑑』の利用の意義が論じられている(19)。これらの先行研究によって、ボストン美術館蔵本、宮内庁書陵部蔵本、東京国立博物館蔵本、東京芸術大学美術館蔵本、神宮文庫蔵本、実践女子大学図書館蔵本の六本の伝本が知られることとなった。このうち、ボストン美術館本以下四点は絵と詞書から成る絵巻であり、神宮文庫本は詞書を省いた絵のみの絵巻であり、実践女子大学本は絵を省いた詞書のみの写本である。

兵庫県博本の祖本は恐らく詞書を伴う絵巻を模写したのであろう。しかし、模写した料紙が巻子装に仕立てられたとは限らない。個々の図を別々の料紙に写し取った可能性もあるわけである。神宮文庫本・兵庫県博本の親本段階で絵巻に仕立てられていたかどうか不明であるが、いずれにしても、親本の段階で錯簡が生まれていたことは確かであろう。兵庫県博本は更に第一九図以降が欠落した模本をもって書写したのではないかと推測されるものである。当初、物語草子絵巻として詞書を伴うかたちで作られた作品が、詞書を省略されるかたちで模写さ

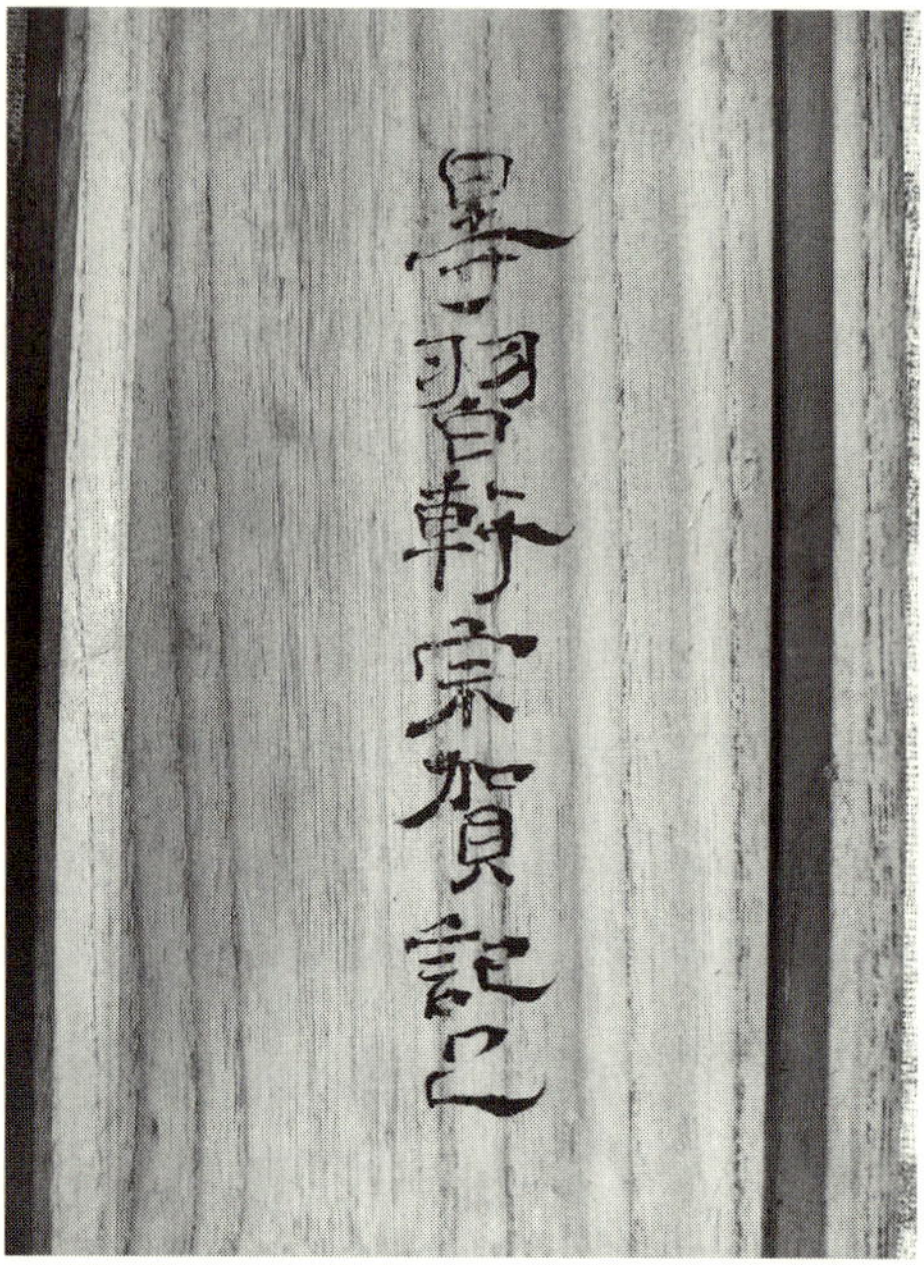

図1　箱書「時習軒宗賀記之」

れることになった。神宮文庫本はそれを比較的忠実に模写したのであろう。一方の兵庫県博本がやや乱雑に、多少省略したかたちで写されたものだった。

一体、誰がどういった目的で制作したのかは不明というほかない。しかし、中世物語がプロットだけは原典たる『曽我物語』に拠りながら、その実、『吾妻鏡』や『本朝通鑑』の本文を利用して再構成し、『曽我物語』の物語絵巻として完成させた。ここに近世的な創作意識を読み取ることができるのではないかと思われる（序論4）。そしてそれを絵の部分だけ模写し、流布していくところに、諸藩に在住する絵師の活動の跡を読み取れないだろうか。さらに兵庫県博本が『蒙古襲来絵巻』『七難七福図（丸山応挙画）』の摸本とともに、もともと神戸の旧家に所蔵されていたことは、地方の町人文化における中世物語の在り方を考える手がかりになりそうである。

これと同様に、中世物語を再編して絵巻物に仕立てるという創作意識は、三重松阪の老舗和菓子屋である柳屋奉善の所蔵する『源平盛衰記絵巻物』四巻についても窺われることである。外題・内題ともになく、箱に「源平盛衰記繪巻物　四巻」と墨書してある。裏面には「時習軒宗賀記之」と別筆で墨書（図1）。表紙は緞子装で天

図２　鷲尾父子、一谷の案内を命じられる

図３　逆落とし

図4　能登殿最期

図5　八艘跳び

地二六・一センチ。料紙は鳥の子紙。見返は鳥の子に金の切箔を散らす。第一巻九図、第二巻一五図、第三巻九図、第四巻一四図、計四七図から成る。内容は、源義経が平家追討の宣旨を賜ってから平家を追って合戦を重ね、ついに壇ノ浦で平家の滅亡を見届けてから入水した建礼門院を救い、陸地に戻るまでを描いている（図2～5）。木曽殿最期、熊谷・平山の先陣争い、河原兄弟、梶原二度の懸け、清章鹿を射ること、逆櫓、逆落とし、能登殿最期、越中前司盛俊最期、忠度最期、錣引き、弓流し、鶏合、幼帝入水、八艘跳び、能登殿最期など著名な場面から成っている。一貫しているのは義経が中心であるということである。興味深いのは、『平家物語』及び『源平盛衰記』の絵巻や数ある奈良絵本、版本挿絵に本絵巻と一致する構図があまり見られないことである。鷲尾父子が義経に謁見する図や河原兄弟の図、逆落としの図、能登殿最期の図などは類型的であるが、独自の構図も多い。何か特定の作品から抜き出したのではなく、自由に描いたのではないだろうか。その際、有名な場面はあえて異なる構図にすることなく、記憶を頼りに再現したのかも知れない。

時習軒宗賀（一八二六－一八七二）は宗偏流の茶家。吉田宗意を継いだ。一方は和菓子屋である、片や茶人であり、片や商家。地方の教養人が、雅の文化に親しむうちに、中世の物語から見どころのある場面を選び出し、絵巻物に仕立てたのであった。三重松阪の茶をめぐる町人文化の中で生み出された作品といえるだろう。

地方文化が発展し、寺僧や武家、神官、医師といった伝統的な教養層ばかりでなく、商家や庄屋・名主などの層も流布する中世物語を読み、さらにはそれを基に創作する者も現れるようになったことを示しているだろう。かつて勝田竹翁が行ったことを、地方の茶の文化の中で恐らく素人も行うようになっていたのである。

この頃になると、地方商家の中にも豊かな教養とそれを裏打ちする蔵書を持つものも出た。肥前蓮池藩の上納米を取り扱った江口家という米屋の幕末期の日記『天相日記』安政三年（一八五六）五月一三日の条に次のような記事が見える（塩田町文化財調査報告書・天相日記抜粋）。

御蔵役人蓮池八谷九兵衛殿ニ而、十八一両日御勤メテ被達候よし余り淋しき故何ニ而も軍書借シ呉候様と有

之候ニ付武田三代記五冊手男佐平遣ス也

御蔵役人の八谷九兵衛があまりの無聊に米屋に何か軍書はないかと言ってきた。それで『武田三代記』を貸したという。約二十日後の九月一日、「御蔵ゟ信玄記借りて于今不戻其上太閤真ケン記弐冊目をかりニ来る」とある。役人だから強いことは言えないが、前書を返さぬうちに、新たに本を借りに来る態度に、いささか不満気な心持が見て取れそうである。ともあれ、武家が商家から本を借りるということが日常化していた状況がここにはあるだろう。

2　伝播

さて、このような地方文化の発展、武家社会を凌ぐ古典受容を支えたのは、経済的な成長や物流の技術・体制の革新が前提となったであろう。しかし、政治制度の面から見るならば、参勤交代が見逃せない。この制度によって、各地の武家層はいやが上にも江戸と国元との往来が決定づけられたからである。しかして、各地から江戸に滞在することになった武家衆たちとの交流、国元への作品の伝播という現象が見られるようになる。地方大名・藩士でも江戸での生活が人生の一部になったわけだ。文物の交流が地方都市で日常化する。

肥前の鹿島藩主鍋島直條は江戸滞在中、古典籍や美術の収集をしていたようである。古筆家の了仲との交渉の一端が『鹿島藩日記』元禄一〇年（一六九七）三月六日の条に見える。

一、目加多専也、古筆了仲へ就御用罷越候、香田武太夫、
一、定家之掛物、専也ゟ取寄置候処、能無之候付而、今日白川便ニ而専也へ差返候、

香田武太夫に命じて、目加多専也と古筆了仲に御用のために行かせた。専也は寡聞にして知らないが、鑑定家として著名な古筆了仲と同業か、古筆の類を扱う商人であったかと想像される。直條は専也から定家の掛物を取り寄せ、買うかどうか迷ったが、結局、良くないものと判断して差し返したという。大名がどのように古筆を入手していたのかが窺われる興味深い記事である。直條は茶室に掛けるなどのために、江戸屋敷に「仙洞女房奉書」の掛物や「公家衆寄合書之八景色紙」などを所蔵していたが（『鹿島藩日記』元禄一〇年三月一八日の条）、絵巻や草子類も、鑑賞目的の場合はこうしたやりとりの末に買い取ることがあったのではないだろうか。

もちろん、そうした美術品としての価値ばかりで入手したわけではない。直條と親しい間柄であった同じく肥前の蓮池藩主鍋島直之は『八幡宮縁起絵巻』を作らせている（第一章第二節）。北名八幡神社所蔵の『八幡宮縁起絵巻』はまさに参勤交代の所産であった。肥前の蓮池藩の藩主でありながら、江戸の屋敷で生まれ育った鍋島直之が、上屋敷近くの西久保八幡宮所蔵の絵巻の粉本を作らせ、後年、国元に帰って八幡神社を創建する際に、この絵巻を制作して奉納したのだった。

これは信仰を目的とした制作、模写の例であるが、恐らく買い取ることもあったことだろう。大名家の蔵書目録に見える古絵巻の類には当家伝来ばかりでなく、目加田専也や古筆了仲のような目利きなどを介して、様々な筋から買ったものが混ざっているに違いない。

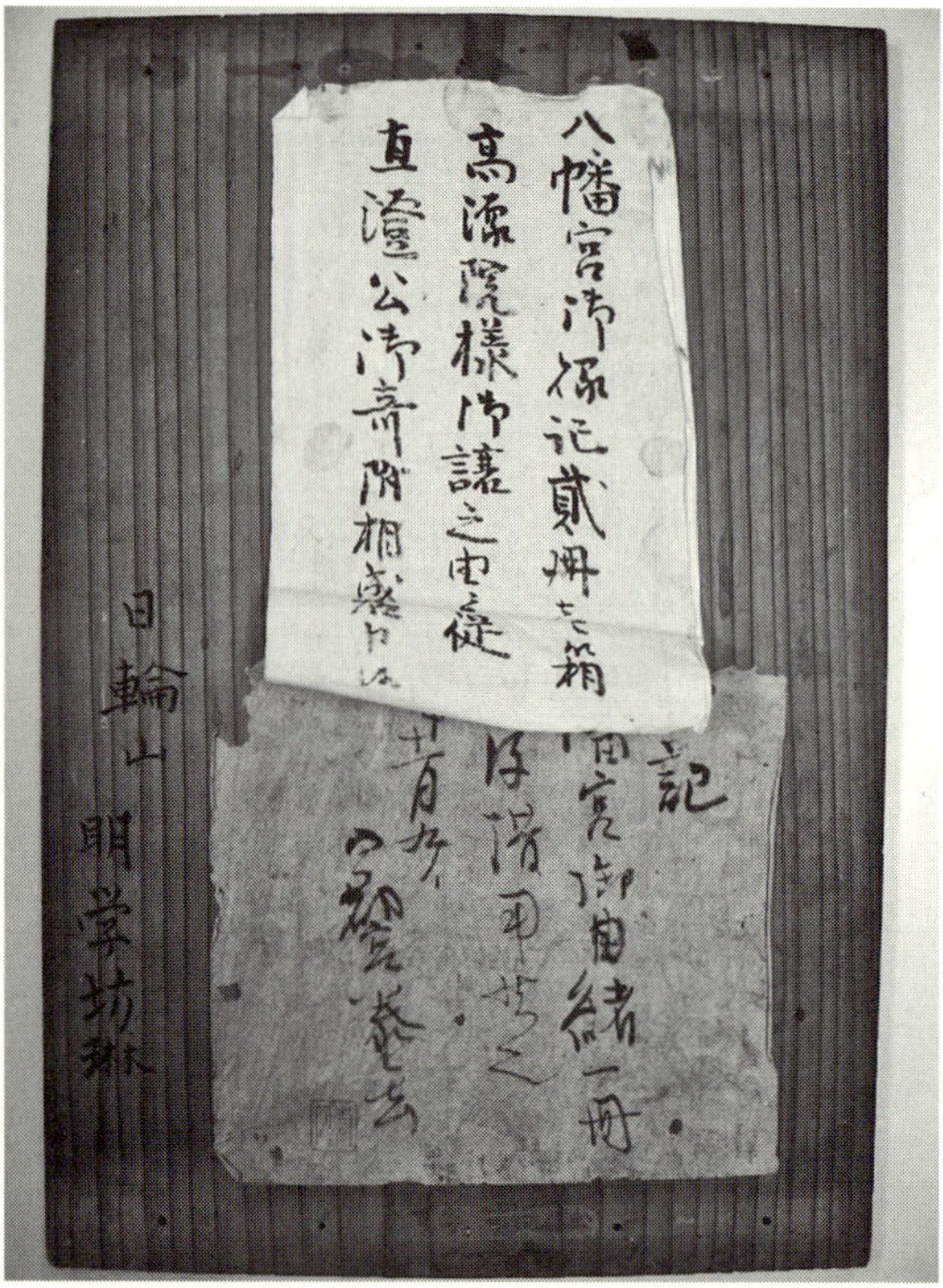

図6 『八幡宮愚童記』の箱に添付された添書（上）

直之の父直澄は正保二年（一六四五）に領内の久間八幡宮の社殿を再興し、寛文六年（一六六六）の鳥居を建立した（第一章第一節）。直澄はここに『八幡宮愚童記』の奈良絵本を奉納したが、これは母高源院から譲られたものを納めたのだった。

考えてみれば、直澄奉納の『八幡宮愚童記』にしろ、直之奉納の『八幡宮縁起絵巻』にしろ、当該神社と直接関わる縁起ではない。ともに世間流通の縁起物語である。前者は外題に反して、永享五年（一四三三）に将軍足利義教によって、石清水八幡宮に奉納された縁起が奈良絵本化した系統の一本であった。後者もまた同じ石清水八幡宮奉納の縁起を忠実に模写した本文をもつものであった。してみると、佐賀の農村に鎮座する八幡社そのものの縁起ではないということになる。久間八幡宮ならば、独自の伝承である平維盛子孫の創建と直澄による再興こそが記されるべきだろう。事実、それはそれで、藩に提出した書類に「由緒書」として提出している。ならば、それを上製して納めればよいのではないか。でもそうしなかった。一方の北

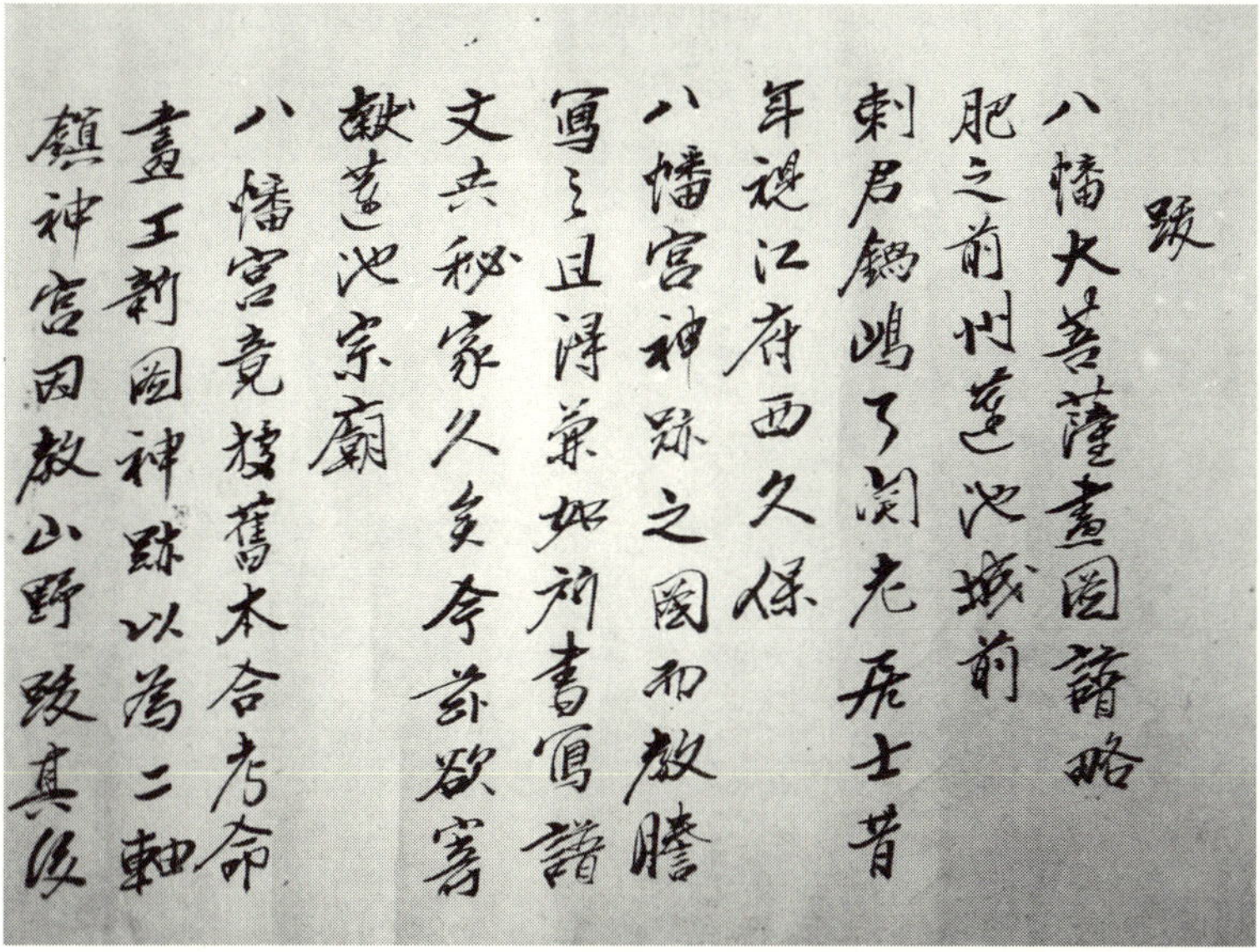
跋
八幡大菩薩畫圖譜略
肥之前州蓮池城前
刺君鍋嶋了関老居士昔
年祗江府西久保
八幡宮神跡之図而敬謄
写之且得菓如前書写諸
文共秘家久矣今茲欲寄
献蓮池宗廟
八幡宮竟模舊本合考命
畫工新図神跡以為二軸
鎮神宮因叙小野跋其後

図7　『八幡宮縁起絵巻』跋文前半部分

名八幡神社奉納の縁起絵巻もそうである。これは直之が江戸上屋敷で生活していた少年期から親しんでいた西久保八幡宮所蔵の絵巻をもとに作ったものであった。それを晩年城館のそばに建立した八幡神社に納めたのである。その経緯もまた縁起本文としては採用されなかった。

恐らく近き世の事実は縁起絵巻の題材にはなりがたいものであったのではないか。神楽が神代の出来事を再現するように、縁起物語は神の生きた姿を、文字を媒体として再現するものであったのではないか。だから直接に神社の建立なり再興なりの現実的経緯は説く必要がなかったのだろう。中世の縁起物語は、本編となる縁起部分に続き、中昔の色々な霊験譚を付随させている。その延長で領主による建立、再興の出来事を追加することはしなかった。縁起本文はすでに完成された文として認識されていたのだろう。そこで、これに添書や奥書を書き加えることによって縁起と対象となる在地の神社を結び付けるという手段を採った。久間八幡宮所蔵本には社僧明学坊の署名の入った箱の蓋の内側に直澄寄付の由を記した書付が貼り付けられている（図6）。また北名八幡神社本には、境内図の後に製作の経緯を記した跋文が追加されている（図7）。

こうすることで、領地とは無縁であった遠地の神社の縁起が在地の神社と結び付く。領主は神と領地、中世と近世の仲立ちをする存在だったのである。領主の奉納は領主の敬神の証であり、神社からすれば権威となり、それ自体が宝物としての価値を持つことにもなった。領主の奉納という行為そのものが中世以来の縁起を地方のささやかな神社にも根付かせる力となったのである。

3　蔵書

ところで、中世の物語、なかんずくお伽草子は、近世武家社会においても一定の需要をもっていたようである。ただ、お伽草子作品の総数が三八〇点ほどあるとして、実際に読まれた作品はあまりに少なかったように思う。試みに佐賀藩鍋島家の近世後期編集の蔵書目録『御書物帳　封印物』（佐賀県立図書館所蔵）を見てみる。これには西鶴の作品や人情本なども載せてあるので、比較的寛容な方針のもと、まとめられたもののように思われる。仮名草子類や西鶴作品も混ぜて抜き出してみよう（表記は原文に従う）。

雑書類

一　本朝櫻陰比事　五冊

一　智恵鏡　三冊
一　一休噺　五冊
一　武蔵鐙　二冊
一　新竹斎　五冊
一　岩屋之草子　二冊
一　西鶴織留　六冊
一　同置土産　五冊
一　御伽坊子　拾三冊
一　續御伽噺　五冊
一　玉造小町　一冊
一　為愚痴物語　八冊
一　三人法子　二冊
一　月日之御本地　二冊
一　鉢被姫　二冊
一　犬張子　一冊
一　諸国百物語　三冊
一　因果物語　六冊

一　屋嶋　二冊
一　物草太郎　二冊
一　宗祇諸國物語　五冊
一　雪女　二冊

ところどころ省略しながら抜粋してみたが、『岩屋之草子』は仮名草子『竹斎』の後続作品『新竹斎』と『西鶴織留』との間に配されている。全体的に配列に意味があるようには思われない。このうち、いわゆるお伽草子には『岩屋之草子』『三人法子(師)』『月日之御本地』『鉢被姫』『物草太郎』である。『屋嶋』は幸若舞曲であるが、近世初期から奈良絵本や絵入版本として読み物化していたから、同類と見做せる。『雪女』が一体何か気になるが、もし『雪女物語』であるとすれば稀有な事例である。しかし、ここでは完全に近世の仮名草子・浮世草子と同類のものとして認識されていることがわかる。

このほか、「神書・釈書類」の部に「役行者縁記　三冊」がある。これは浅井了意作の版本だろう。「教訓類」の部には「賢女物語　五冊」「法名童子　二冊」「堪忍記　八冊」が挙がる。仮名草子二種が版本と思われるので、お伽草子『法名(妙)童子』も版本の可能性が高い。

また別の目録『御書物帳』には、「有職・氏族類」の部に「西行物語　二冊」とある。『西行物語』が『(新撰)姓氏録』と『日本将軍家譜』の間に配されている。これは恐らく伝記として本物語を認識した結果ではないかと思われる。『将軍家譜』は鎌倉将軍の伝から始まるものであるが、西行はそれに先行する人物であるから、時代順にその前に置いたのだろう。『玉造小町』や『宗祇諸国物語』とともに「雑書類」にされなかったのは、荒唐無稽と思われる故事説話を含まない一代記の体裁を採っているからかと思われる。また「歌合」の部に「四十二之歌合　一冊」も見える。

ここに掲げられている作品は、残念ながら、存否未詳である。近代に入って市場に流れてしまったかと想像される。これら〈書物〉として扱われたお伽草子の他に、〈書画〉として扱われるものもあった。『御手鑑御軸物其外帳』（佐賀県立図書館所蔵）の「本邦書畫　近世之部」に次の一点が載る。

中ノ下一　無名氏土佐家酒顚童子退治圖白木箱并詞書三巻

これは書物としてではなく、手鑑・軸物とともに、茶室に飾るなどの美術品・調度品としての役割が与えられていたのではないかと思われる。

他にも、当家目録には見えないが、「平家物語図屏風[20]」や「曽我物語図屏風[21]」「酒呑童子屏風[22]」なども数多く作られている。これらも受容の在り方の一面である。「源氏物語図屏風」と同様に、物語内容を理解した上で楽しむものであったように思われる。

同じ佐賀藩の家老を勤めた多久家は龍造寺氏の流れを汲む。明治二年（一八六九）に編集された目録『御掛物類御書物類　西御所蔵』（多久市郷土資料館所蔵）は、人情本はおろか草双紙までも掲載するものである。その「御書物類」に載るお伽草子に「横笛草紙　壱冊」（壱番箪笥）、「泉式部物語　三冊」（同）「秋月物語　二冊」（半櫃入）

が挙がる。壱番箪笥には諸々の勅撰集をはじめとする歌集や歌書、『徒然草』『竹取物語』といった物語類が収められている。『横笛草紙』『和泉式部物語』はそうした古典文学の一種として認識されていたということかと思われる。『秋月物語』もおよそ同等のもののようである。「半櫃入」としては『古今和歌集』を筆頭に、『詠歌大概』『伊勢物語』『井蛙抄』『鉄槌』『和歌三部抄』『伊勢物語闕疑抄』と歌書が連なる中、『源氏巻歌』と『仮名文字遣』との間に本作品が挙がっている。これらは西御所に所蔵される書物であった。

これに対して、「御側存」として別置されていた書物類については天保六年（一八三五）に目録化されている。ここでは内容は関係なく、冊数による分類が行われている。ここには室町時代成立のお伽草子は皆無で、近世前期に出版された『草木太平記』が「弐冊之部」に記載されるばかりである。

さて、御側の文庫は「経書之部」を別格として、それ以外は冊数ごとに分類されているわけだが、内容は硬軟こもごもである。西御所の文庫は古典文学や歴史書、伝記、軍記物語類がまとめられている。他家でも散見される標準的な武家の蔵書目録といった観がある。しかし御側には、座右の書としての四書五経関係のもののほか、『可笑記』『新撰百物語』『一休諸国物語』『猿蟹奇談』などの娯楽的読み物や『嚨諷』『九番能仕舞附』などの能楽書も少なくない。『世帯平記雑具噺』のごとき草双紙まで載せてあるのは驚きである。座右の書は建前として御側に置くべきとして、他は能の稽古や詩作の参考、あるいは徒然に好んで読んだであろう軽い読み物という扱いだったかと思われる。

多久家の蔵書で注目されるのは『御書籍拝借帳』（明治四年）である。これはその名の通り、貸し出した書物が記録されているものである。そこには『絵本忠臣蔵』や『通俗漢楚軍談』『田舎源氏』『赤穂一夕話』などから人情本まで、通俗的な娯楽読み物も数多く記されている。それらは万延元年（一八六〇）の『絵本草紙手控』に符合するものであるから、明治に新たに購入したものではない。袖書に「久保田屋敷之控之寫」とあるから、当屋敷に所蔵されていた通俗書群であり、これを貸出対象としていたようである。いくつか書名を拾い出すと、馬琴の『里見八犬伝』『美少年録』『椿説弓張月』、また『草咄風狸伝』『昔話稲妻表紙』『松浦佐用姫』『あやかし物語』『将門外伝』『（絵本）忠臣蔵』といった読本、戯作の類、『曽我物語』『琉球軍記』『楠公記』といった稗史などが目立つ。人情本は「中本人情本」と別項を設け、『春色梅暦』『辰巳の園』『娘八丈』『八笑人』『縁結五色糸』などを掲げる。そうした絵草子の中に、『四季物語』（一〇冊）、『芦刈草紙』（一〇冊）の名も見えるが、しかしこれらはお伽草子ではなく、同名の読本であろう。

そういうわけで、佐賀藩の家老多久家の蔵書目録には、驚くほど多様なジャンルの文学作品が確認されるのであるが、お伽草子と呼べるものは、絵入版本『草木太平記』くらいしか見出せなかった。ところが実際はそうではない。現に当家伝来のお伽草子奈良絵本が三点現在しているのである。すなわち『小しきぶ』『中将ひめ』『うらしま』である。

ここから窺れることは、蔵書がすべて目録の記載対象になったわけではないということである。どういった基準で選り分けられるのか判然としないが、通常は手元に置かれるような徒然を慰める程度の軟文学は省かれるものではないのだろうか。藩主やその親族相当の待遇を受ける家柄の蔵書目録に『世帯平記雑具噺』のような草双紙や『新撰百物語』のような怪談本が記載されているのは、寡聞にして聞かない。そのようなものまで載せているのに、美麗な奈良絵本を記載していないのは、所蔵場所が異なっていたからではないかと思われる。そこはど

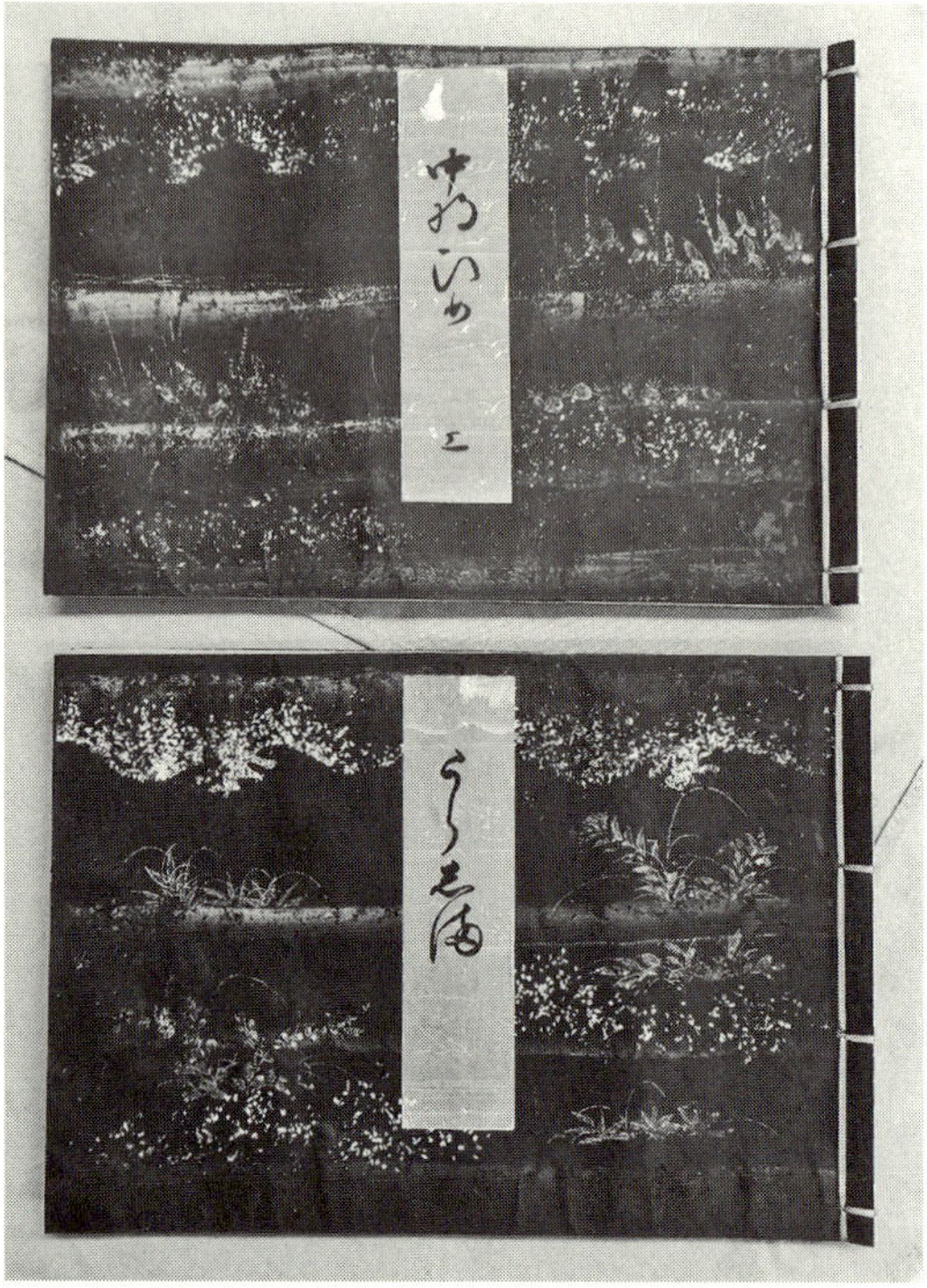

図８　『中将ひめ』と『うらしま』表紙

こかというに、婦女の部屋ではなかっただろうか。奥方や姫の読む草子類といえば、お伽草子の常套表現を用いるならば『古今集』『万葉集』『伊勢物語』『源氏物語』『狭衣物語』といった歌集や歌物語である。現実をどの程度反映した常套句かは判然としないが、歴史書、軍書、漢籍などが積まれている婦女の部屋は想像しがたい。こうした女性の遺物分配の記録を見ると、着物や化粧道具と並んで、短冊箱や手鑑、掛物が出てくる。これらは歌や書の嗜みとして観賞、調度、手本としても必要であったが、これに対してそうした価値を持たない蔵書は男の学問に通じるものとして憚られたのだろうか。

その点、奈良絵本は調度としての価値をもち、子女の徒然を慰めるものともなる。実際、嫁入り道具の一つとして持参されることもあった。久間八幡宮に奉納された『八幡宮愚童記』が藩主直澄の母高源院（佐賀藩主鍋島勝茂室）の遺品と伝えられることは、上流の武家社会で奈良絵本がどのように扱われていたのかを示唆する事例と

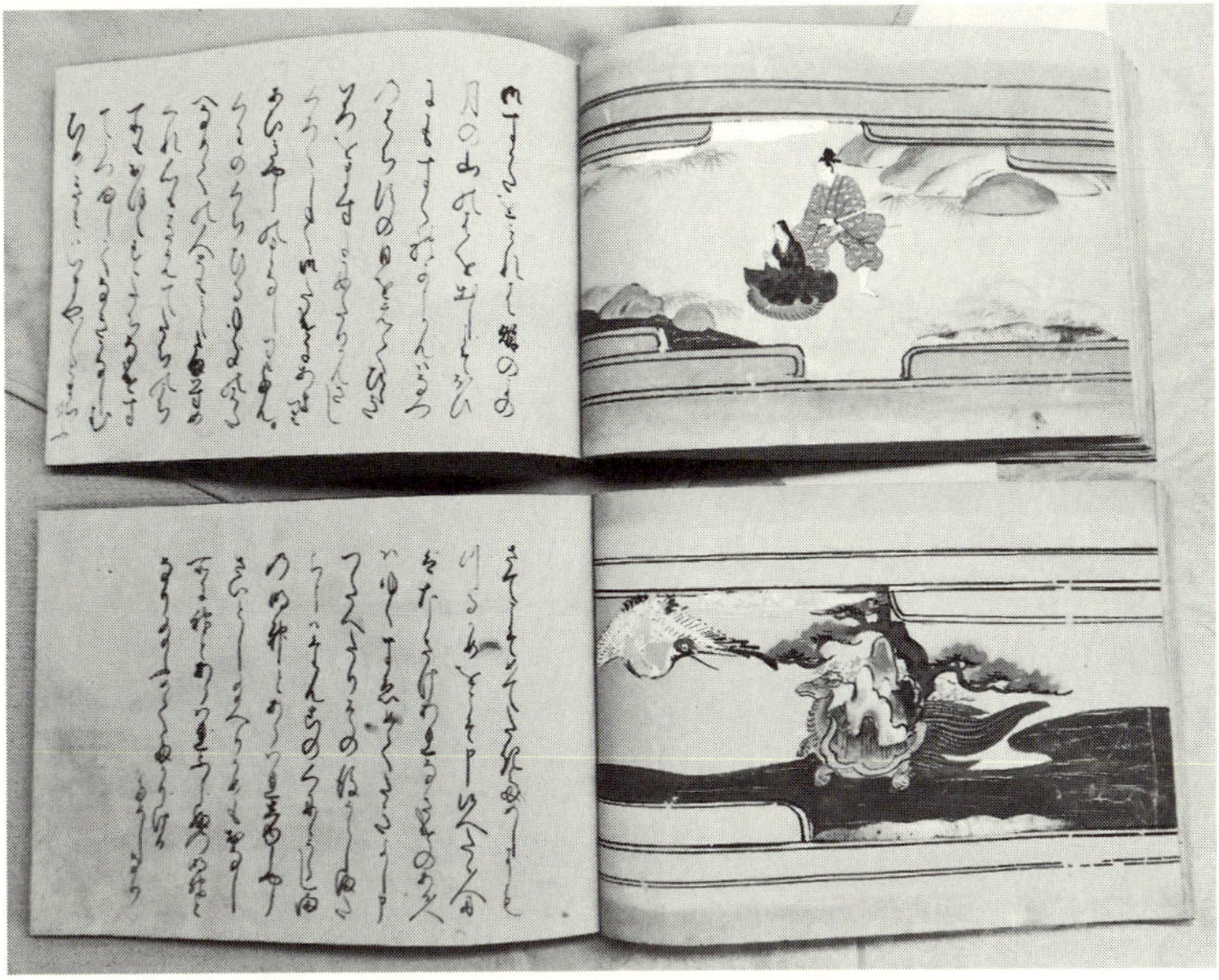

図9 『中将ひめ』と『うらしま』挿絵と本文

いえよう。現在、川越市立博物館の所蔵に帰している奈良絵本『ちかはる』もその一例で、武家女性の個人所有していたものを譲り受けた由を奥書に記している。[23] してみると、多久家旧蔵の奈良絵本三種も同様に奥方や娘の所有物として、短冊や古筆手鑑と同じように受容されていたのではないかと想像されるのである。[24]

ではここで、ごく簡単に書誌の説明を加えておこう。『うらしま』と『中将ひめ』は典型的ないわゆる量産型の横型奈良絵本である。

まず『うらしま』は全一冊。書型は四ツ目袋綴。表紙は縦一五・四センチ、横二二・九センチで、紺紙に金泥の霞と秋草を描き、金揉箔を散らす。外題は朱題簽を中央に押し、「うらしま」と墨書。料紙は間似合紙、毎半葉一三行（和歌二行書き）。全一三行の天地に小さな丸い針で開けられている。見返は銀紙。丁数は一四丁、挿絵は全五図。挿絵雲形は金

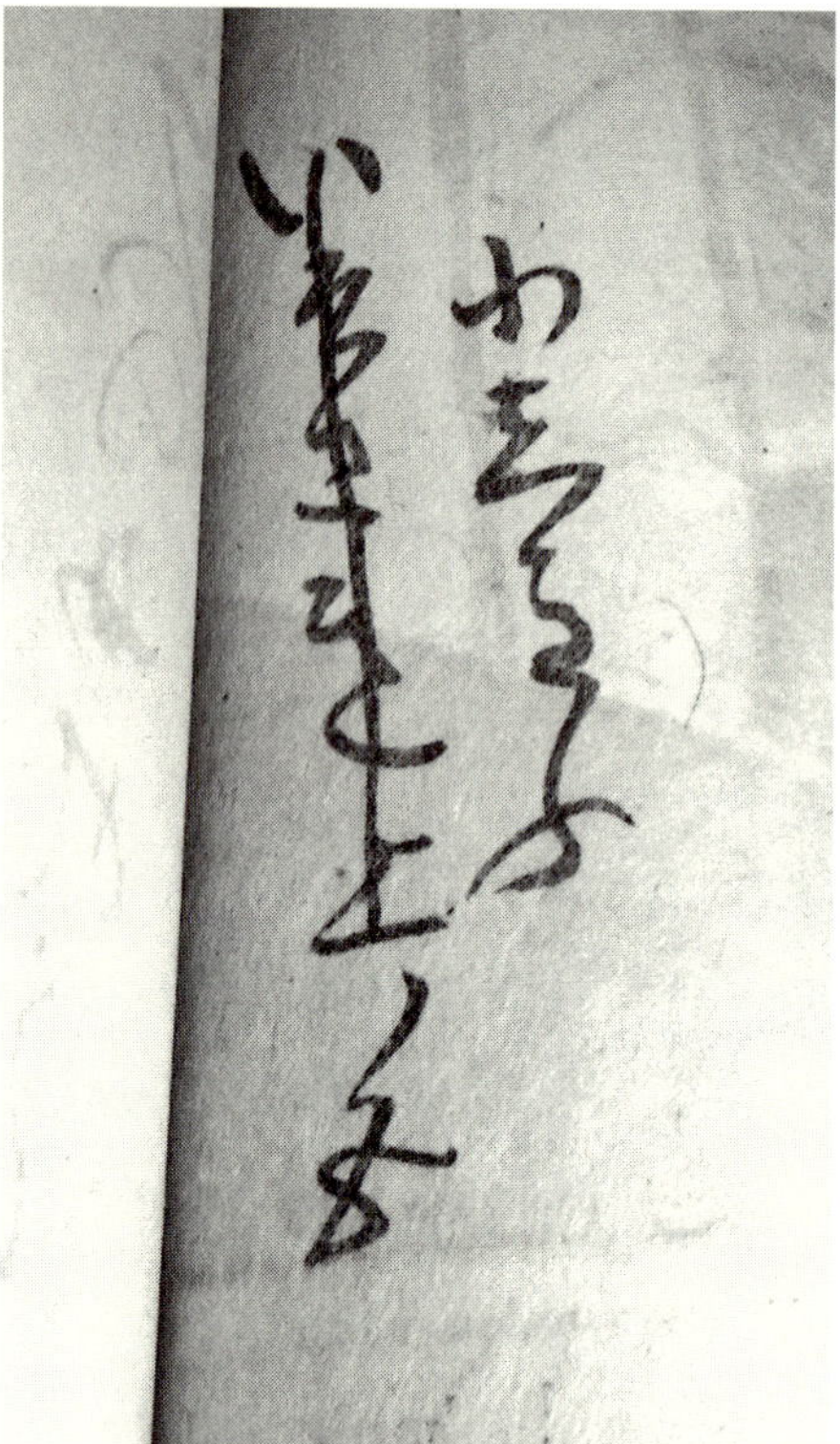

図10　『小しきぶ』上冊第五図紙背

銀の泥、霞は水色地に黒色の太めの二重輪郭線が引かれている。

次に『中将ひめ』は上下二冊。四ツ目袋綴。表紙の寸法は縦一五・七センチ、横二三・〇センチで、紺紙に金泥で霞や水草、菊などを描き、金揉箔を散らす。外題は朱題簽を中央に押し、「中将姫　上（下）」と墨書する。料紙は間似合紙、毎半葉一三行。全行にわたり、上部に小さい丸穴が空いている。見返は銀紙。丁数は上冊二二丁、下冊二二丁、挿絵は上冊五図、下冊五図、計一〇図。挿絵の雲形は金銀の泥。霞は水色地に黒色の太めの二重輪郭線が引かれている。

この二種の奈良絵本について、書誌を比べてみただけでも共通点、類似点が見られる。表紙のデザインや寸法、題簽、料紙、見返、針目安などである。実際、この二つを並べてみると、酷似していることを知る（図8、9）。恐らく同時期に同一工房で制作したものを手に入れたのであろう。制作時期は一七世紀後半から一八世紀初頭と思われる。制作当初から当家にあったとすれば、多久茂矩（元禄二年没）か茂文（正徳二年没）の時期に当家に入ったかと想像される。

これらとはやや作風の異なる奈良絵本が『小しきぶ』である。(25) 上下二冊。書型は四ツ目袋綴。表紙は縦一八・三センチ、横二六・一センチで、紺紙に金泥の霞や秋草、帆船、水草など様々に描き、金揉箔を散らす。外題は中央に朱題簽で「小しきふ　上（下）」と墨書する。見返は金銀箔を対角線で二分する。料紙は鳥の子紙。上冊二一丁、下冊一七丁。毎半葉一四行。挿絵は上冊五図、下冊四図、全九図。挿絵の裏には一部を除いて「小しきふ　上ノ三」「小しきふ　下ノ弐」など書入がある。このうち、注目すべきは上冊第五図で、その裏に次のようにある（図10）。

小しきふ
~~いそさき~~上ノ五

これはつまり、『小しきぶ』を制作した工房で、ほぼ同時期に『磯崎』の奈良絵本も作られていたことを示すであろう。『磯崎』の奈良絵本は幾つか伝わるが、そのうちのいずれかと合致するかどうかを含め、今後の課題としたい。

これらの奈良絵本が多久家の女性たちに受容されたことの確証はないが、状況的にはそのように考えてよいのではないだろうか。

以上、蔵書目録を主に取り上げながら、近世の武家社会における中世物語の受容を見てきた。それ以外の人々についても見ておかなくてはならないのであるが、あまりに広大な領域が広がっている。たとえば、社家の蔵書ということから、中世物語の意義をどのように考えていけるだろうかということだけでも多くの事例を集めて論じていかなくてはならないだろう。本書では社家旧蔵の『文正草子』を少し取り上げたに過ぎない（第二章第二節）。しかし、そこからは社家といえども通俗的な読み物を持っていたという当たり前のことだけでなく、それが世間流布の版本ではなく、絵巻や奈良絵本といった写本類の系統の一本であったことを確認することができた。

このほか、尼御所の文芸の研究が近年行われるようになってきている。(26)

4 職業作家の萌芽

お伽草子作品が近世に入って商業目的で出版された様子は寛文年間以来の『書籍目録』から大概を知ることができる。その「舞并草紙」の部には種のお伽草子作品の書名が見える。ほかの部に散見されるものを併せ、日常的にお伽草子が売られ、読まれていた状況が窺われる。

さて、これら出版されたお伽草子は中世の姿をそのままとどめたものなのかという問題がある。もちろん、然りというものもあれば、そうでないものもある。やはり個別に見ていく必要ある問題である。さらに加筆され、改作されたとして、どのように行われたのかという問題もあるだろう。川崎剛志氏は絵入版本『藍染川』などの分析を通して、造本のための工夫という側面を明らかにされた。(27)上中下三巻本に仕立てる上で、お伽草子本文の分量が足りない。そうした場合に文章を増加させねばならないのだが、その時に既成本文を挿入することで条件を満たすということである。同じ観点でお伽草子絵入版本の本文を分析してみると、『俵藤太物語』『道成寺物語』『石山物語』『賀茂の本地』『弘法大師御本地』などに共通する性格を見出すことができる。たとえば賀茂の明神の由来を説いた『賀茂の本地』はもともと『賀茂社記（賀茂皇太神宮記）』と題される写本の神社資料であったと考えられる。これを絵入版本に仕立て替えるにあたり、説話の配列を変え、『源平盛衰記』や『元亨釈書』中の説話を抜き出して挿入している。その結果、上中下の三巻本に仕上がっている（第三章第三節）。この問題は『室町戦国期の文芸とその展開』第二章で論じたので詳細はそちらをご参照願いたい。

ともあれ、これは中世の物語作者には見えない性格である。そもそも、『源平盛衰記』の版本や『元亨釈書』のような大部な作品を座右に置いて物語を執筆するという必要に迫られることはなかったであろう。新作を作り、また改作本を作るために話材をこれらに求めるという状況があるとすれば、それは特異な個別事例である。社会の中で物語草子を制作し、出版するという流れが形成される中で、本文執筆の人材の需要が起こり、担当となった者が本文作成に腐心する。同じお伽草子といえども、室町時代物語と、近世期の室町時代風の物語とでは、その制作の在り方が異なる点を看過してはならないだろう。ここに創作意識の変化を見出すと同時に、職業作家の萌芽が認められるのではないかと思われる。

では具体的にどのようなことをしたのかというと、中世物語の換骨奪胎である。本書第三章第一節で取り上げた『源平軍物語』と第二節の『頼朝軍物語』はその典型的なものである。いずれも『源平盛衰記』から必要な章段を抜き出し、また場合によっては本文を加工して一編の作品に仕立て直しているものである。もっと素朴なものでは、単に『太平記』から塩冶判官の章段を抜き出して『薬師通夜物語』に仕立てるということも行われた。

当時は出版だけではなく、奈良絵本や絵巻といった絵入写本の需要もあったので、それらの中にも同様の特徴が見える。『木曽義仲物語絵巻』や奈良絵本『大原御幸』『六代御前』はそのまま『平家物語』『源平盛衰記』の説話に基づくものである。変わったところでは『松浦明神縁起絵巻』がある。これは松浦神社に相殿の神として祀られる藤原広嗣の怨霊説話を絵巻化したものであるが、本文の出所は『源平盛衰記』である。

『武家繁昌』『舟の威徳』のようなお伽草子絵巻もそうだ。『将門純友東西軍記』のような写本も職業作家ではなくとも、物語作者として同じ意識で『源平盛衰記』を扱ってのではないかと思われる。

また、説話の差し替えという手法も見られる。『弘法大師御本地』はその一つである（第三章第四節）。弘法大師空海の伝記は既に古代から存し、『弘法大師行状記』など広く流布したものが生まれた。その中で本作品は『大蔵寺本高野大師行状図画』『大師御行状集記』に近い写本をもとにして本文が作成されたのではないかと思われる。ただその際に、そのまま引き写すのではなく、少し変わった試みをしている。たとえば唐に修行に行っていた大師が帰朝するために明州の津に至った。そこから日本に向けて三鈷を投擲する説話がある。これは後に紀州の山中で丹生明神の化身に遇い、その導きで木に掛かっているのを見つけ出し、ここに金剛峰寺を建立するのであるから、この説話は大師伝でも重要なものである。これをしかし、作者は親本とした大師伝掲載説話ではなく、『源平盛衰記』掲載の類話と取り換えたのである。こうした例は本作品の他の箇所にも見られるし、『石山物語』など他の作品でも確認される。

してみると、『源平盛衰記』は、当時の物語作家にとって、単なる話材集というだけでなく、模範的な文章という意識があったのではないかという可能性がある。もう一つ、当時の創作手法として、自ら独自説話を創出するのではなく、既成の説話に差し替えるということ、それ自体を創作手法と考えていた可能性はないだろうか。モンタージュというのとは少し違うが、絵画制作の際に、古い絵巻の人物をそのまま別の文脈にコピー・アンド・ペーストする手法は当時としても俵屋宗達などによって行われていたが、それと同じことを物語本文でも行ったのではないかと考えるのである。これは絵巻や奈良絵本においても見られる。たとえば竹翁画『富士牧狩絵巻』は『曽我物語』の富士の牧狩と同じ内容であるが、実際は世間流布の『曽我物語』本文ではなく、『吾妻鏡』が用いられている。[28]『役行者絵巻』なども同じような趣向の作品と評されるであろう。

　このように、中世物語を資料として使い、新たに物語を生み出すことが近世前期には行われた。今日、これらを文学ジャンルとして、お伽草子として捉えるのが一般的であるが、当時の認識として少なくとも室町時代物語と考えるものはなかったと想像する。ただ、商品としての物語草子に新しさを求める読者が増える中で、次第に読まれなくなり、版本はすたれ、絵巻や奈良絵本は調度品のようなモノとしての価値しかなくなっていったのではないだろうか。こうした中世物語受容の歴史は、今後研究を深めていかなくてはならないと思う。

5　お伽草子の変容

　お伽草子は中世・近世の隔てなく成長していった文芸である。室町時代の物語文芸として割り切ってしまうと、この文芸の本質は掴めない。中世／近世という便宜的な時代区分が学問領域の壁となり、その結果、無自覚的に中世文学としての側面しか視ない傾向を生み出してしまったように思う。本書はそうした反省のもと、まとめたものである。この序論もそうした心持で書いてきた。

成長した結果生まれた異本として興味深く思い、本書で取り上げたのが『玉藻の草紙』（第二章第三節）と『帰命日天之御本地』（第二章第四節）である。『玉藻の草紙』はもともと一五世紀に成立したと考えられる純然たる室町時代物語であった。これがいつの段階か、漢文体に改変された。その動機は確証がないが、幼学のためではなかったかと思われる。『上井覚兼日記』天正一三年（一五八五）二月二日の条に、島津家の姫君が『玉藻の草紙』の真字本を仮名に改めよと命じる記事が見える。このように子供や女性の読書対象になっていた『玉藻の草紙』であるから、これを真字本にすることで漢字の読み書きの学習書にも使ったのではないかと思うのである。これはまだ想像の域を出ない。ただ、古く『精進魚類物語』がそのような目的で読まれていたことは確かであるし(29)、それゆえに辞書作成にも利用された(30)。冒頭に掲げた真字本『曽我物語』が『いろは字』という辞書作成に使われたのも、同様の幼学のためという意味合いがあったのではないかと思われる。近世も後期の事例であるが、真字本『魚類青物合戦状』はその書入から漢字学習に使われていたことが考えられる(31)。

また、やはり室町時代に成立した『月日の本地』は近世に入って絵入版本として流布する一方で、奈良絵本に仕立てられもした。その、日月星辰という天体の物語は、日の仏神、月の仏神に対する信仰の現場と結びつく。日待・月待がそれであるが、恐らく、それらの「マチ」行事を主導したであろう修験者が『月日の本地』を改変し、この行事の由来と信仰の重要性を説くテクストにしたのではないかと思われる。『道成寺縁起絵巻』を広げて絵解きを行う、あるいは正月に『熊野縁起』を音読するなど、中世物語が近世社会の中で信仰のために具体的に利用し続けることがあったが、これは更に利用のためにテクスト自体を改めて異本として再生した例といえるのではないだろうか。

一つ一つの伝本はその段階で固定しているが、それが伝わる過程で流動的な性格が浮上する。テクストに古典としての権威がなければないほど、書写者の創作意欲を刺戟して、異本が生み出されていく。長く読み継がれていった物語は、こうしてその時々の需要に応じた変容が行われていった。長きにわたり改変されていったテクストもまたお伽草子なのである。

そして、補論として載せた二つの論考は、中世物語の中で育まれてきたレトリックやキャラクターが近世に至る長い歴史の中で、どのように変容したのかの一端を明らかにしようとしたものである。ともに中世から近世への物語文芸の連続性に注目したもので、一つは物尽しの趣向に着目している（補論1）。七五調の美文中に小歌を取り入れるなど、本文に和歌ならぬ歌謡を取り入れる傾向が表れてきて、歌謡そのものでなくても、歌謡の技法を用いた文章も美文として使われるようになった。一方、物尽しの趣向は和歌・連歌の趣向を取り入れることによって長短にかかわらず、自由に作ることができるようになったようである。また、物語のキャラクターとして、主人公格ではない脇役に当たる乳母や侍女の類型化が指摘できる。それは〈冷泉〉という特殊な名前をもつ女性であった（補論2）。

作品の成立事情を論じるばかりでなく、それが社会の中でどのように在ったのかまで含めて、お伽草子研究なのだと考える。

おわりに――本書の概要

最後に、本書の概要を示しておこう。

本書は中世の物語が近世に至り、社会の中でどのように継承されていったのかという問題を取り上げたものである。特に追求しているのは、物語文学というジャンルではなく、草子や絵巻として制作され、扱われるモノである。それらの草子・絵巻がいかなる目的で制作され、受容されたのか。物語草子・絵巻を社会史的、文化史的次元で捉えていく点に特色を持たせている。

論点は二つある。一つ目は近世の人々が過去の文献を用いて中世の物語草子・絵巻をどのように、またいかなる目的で制作したのかという問題である。これは第一章及び第二章で取り上げる。

二つ目は中世の物語資料を材料にして、どのように新たな絵入版本を生み出したかという問題である。これは第三章で取り上げる。

この〈中世物語の再生産と再利用〉を本書のテーマとし、中世物語資料の近世社会における歴史社会的な意義を明らかにしていく。このテーマは、以前『室町戦国期の文芸とその展開』（三弥井書店、平成二二年）において論じたことのあるものである。中でも本書第三章は旧著を直接的に受け継いだものとなっている。

第一章「中世物語の再生産（一）」は、つまり中世物語を近世の人々がどのように受け継いだのかという問題を、絵巻という書型にこだわって論じたものである。近世全般を通して、武家による絵本・絵巻の受容が盛んであった。受注目的は主に鑑賞や室礼、奉納であったと思われる。本章ではまず第一節で大名による絵本奉納の具体例として佐賀蓮池藩初代藩主鍋島直澄による領内神社への奉納縁起について論じる。ついで第二節において、第二代藩主直之による絵巻奉納について詳述する。一方、町人社会の〈雅〉の文化における中世物語資料の受容と制作については近世中期に作られた『平家物語絵巻』を題材に論じる（第三節）。

第二章「中世物語の再生産（二）」は近世の写本文化の一面としての中世物語の書写や改作の問題を取り上げる。絵巻とは明らかに異なる文化的・社会的性格を持っていると考えられ、その点に注目している。まず所謂美写本について、能登の庄屋時国家所蔵『曽我物語』を扱う（第一節）。次に紀州の社家に伝来した『文正草子』を論じる（第二節）。ここからは近代にいたってもなお、近世同様の中世物語書写が行われていることを見るであろう。もちろん、意識上も近世的にとどまるものもあれば、近代学問上の新たな意識のもとに書写するものもおり、ここでは後者の例ということになる。また第三節では、本来仮名で読まれていた中世物語資料を変体漢文に改めた『玉藻の草紙』を取り上げる。物語草子は和文で読まれるものばかりではない。あえて漢文体に改めるところに独自の文化的背景を読み取ることができるであろう。第四節の『月日の本地』は、中世物語が民間において流転する中で語り物の性格を帯びた草子として改作・受容されることを示すものである。

第三章「中世物語の再利用」では新たに物語作品を創作するにあたり、中世の物語作品を頻繁に利用していることを具体的に見ていく。『平家物語（源平盛衰記）』を改作することで新作物語として出版するものが少なくない。第一節の『源平軍物語』、第二節の『頼朝軍物語』は、出版目的は恐らく異なるだろうが、基本的な利用法は近世前期の物語本文作成の共通した特色を有するものである。第三節の『賀茂の本地』もまた同じ特色をもつが、それに加えて信仰理解の物語草子を近世的に変化させるものであった。すなわち『賀茂皇太神宮記』という、主に上賀茂神社内で写本が作成されてきたと考えられる資料が、『賀茂の本地』として絵入版本に改作されることで、娯楽的読み物として新たな価値が生み出されたのである。『弘法大師御本地』もやはり同じである。

平安時代から幾種類も信仰目的で作られてきた弘法大師伝であるが、『弘法大師御本地』は物語の展開はそれに従いつつ、本文の多くは中世物語からの借用に拠って絵入版本に仕立てたのである。

これらの諸論によって中世から近世への物語文学の継承と社会的意義を具体的に示すことができるであろう。

〔注〕

(1)『妙本寺本　曾我物語』(角川書店、昭和四四年、初出。『角川源義全集』第二巻、再録)。
(2)中野麻真理『一乗拾玉抄の研究』(臨川書店、平成一〇年)。
(3)渡辺麻里子「月山寺第四世尊舜とその学問」(『曜光山月山寺史』月山寺、平成一六年)、「仙波に集う学僧たち―中世における武蔵国仙波談義所(無量寿寺)をめぐって―」(『中世文学』第五一号、平成一八年六月)、「学僧の教育―中世の天台宗における学問を中心に―」『文学・語学』第二〇九号、平成二六年四月)など。
(4)伊藤慎吾「三条西実隆の寺社縁起読申」(『室町戦国期の文芸とその展開』三弥井書店、平成二二年)など。
(5)代表的な大著を幾つか挙げておく。米原正義『戦国武士と文芸の研究』(桜楓社、昭和五一年)、井上宗雄『中世歌壇史の研究　南北朝期、室町前期、室町後期』(明治書院、改訂新版、昭和六二年、同五九年、同六二年)、小高敏郎『近世初期文壇の研究』(明治書院、昭和三九年)、木藤才蔵『連歌史論考』(明治書院、昭和四八年)。
(6)芳賀幸四郎『三条西実隆』(吉川弘文館、昭和三五年)など参照。
(7)今谷明『言継卿記　公家社会と町衆文化の接点』(そしえて、昭和五五年)など参照。
(8)菅原正子「戦国時代における公家衆の「在国」」(『日本歴史』第五一七号、平成三年六月、初出。『中世公家の経済と文化』吉川弘文館、平成一〇年、再録）。

(9) 服部敏良『安土桃山時代医学史の研究』（吉川弘文館、昭和四六年）。

(10) 伊藤正義「謡抄考」上、中、下（『文学』第四五巻第一一、一二号、第四六巻第一号、昭和五二年一一、一二月、同五三年一月、初出。『伊藤正義中世文華論集』第二巻、和泉書院、平成二五年、再録）。

(11) 伊藤慎吾「戦国期山科家の謡本」（武井和人編『中世後期禁裏本の復元的研究』科研費研究成果報告集、平成二一年、初出。前掲（4）書、再録）。

(12) 上野洋三『元禄和歌史の基礎構築』（岩波書店、平成一五年）。

(13) 平成二八年一二月一一日、藤島綾「葛岡宣慶と『伊勢物語』」という口頭発表があったが、聴講できなかった。実践女子大学文芸資料研究所・横井孝編『絵入本ワークショップⅨ資料集』（同所発行、平成二八年一二月）に要旨が載る。これによると「伊勢物語関係の資料が少なくない」由である。

(14) 木代修一「近世後期地方知識人層の形成」（地方史研究協議会編『地方文化の伝統と創造』雄山閣出版、昭和五一年五月）。

(15) 神奈川大学日本常民文化研究所奥能登調査研究会編『奥能登と時国家』研究編第一巻（平凡社、平成六年）。

(16) 『〈曾我物語〉の絵画化と文化環境―物語絵・出版・地域社会』（国文学研究資料館、平成二八年）。

(17) 前掲（16）書に諸論考が掲載されている。

(18) 稲葉二柄「勝田陽渓と曽我物語絵巻―翻刻・東京国立博物館蔵『富士巻狩』―」（『大妻国文』第二〇号、平成二年三月）。

(19) 宮腰直人「勝田竹翁筆『富士巻狩』考―《曽我物語》研究序説―」（『立教大学日本文学』第一一一号、平成二六年一月）。

(20) 石川透他編「平家物語・源平盛衰記関連絵画資料」（松尾葦江編『文化現象としての源平盛衰記』笠間書院、平成二七年）参照。

(21) 斉藤研一「「曽我物語図屏風」作品一覧・図版掲載文献一覧」(前掲(16)書)参照。
(22) 美濃部重克・同智子『酒呑童子絵を読む—まつろわぬものの時空』(三弥井書店、平成二一年)参照。
(23) 林寿子「奈良絵本『ちかはる』について」(『川越市立博物館・博物館だより』第四八号、平成一八年七月)。
(24) 龍澤彩「大名文化と絵本」(徳田和夫編『お伽草子　百花繚乱』笠間書院、平成二〇年)。
(25) 勝俣隆「多久市郷土資料館蔵『小式部』の翻刻並びに解題」(『長崎大学教育学部紀要(人文科学)』第七八号、平成二四年三月)に翻刻されている。
(26) 恋田知子「比丘尼御所文化とお伽草子」(徳田和夫編前掲(24)書)。
(27) 川崎剛志「万治頃の小説制作事情—謡曲を題材とする草子群をめぐって—」(『大阪大学・語文』第五一輯、昭和六三年一〇月)、「万治頃の小説制作事情〈続〉—『松風村雨』をめぐって—」(『就実国文』第一一号、平成二年一一月)。
(28) 宮腰直人前掲(19)論文。
(29) 高橋秀城「幼童の稽古—東京大学史料編纂所蔵『連々令稽古双紙以下之事』にみる文学書・付影印—」(『智山学報』第五六輯、平成一九年三月)。
(30) 高橋久子「御伽草子と古辞書」(『日本語と辞書』第三輯、平成一〇年五月)。
(31) 伊藤慎吾「語彙学習とお伽草子—『魚類青物合戦状』をめぐって—」(前掲(4)書)。

第Ⅰ部

中世物語の再生産（一）

奉納縁起としての奈良絵本
――久間八幡宮所蔵『八幡宮愚童記』をめぐって――

はじめに

本稿で取り上げる『八幡宮愚童記』[1]は八幡大菩薩の由来と霊験とを記した物語である。物語の梗概を述べると、まず上巻は仲哀天皇二年に襲来した塵輪をはじめとする異国の者たちを撃退する。その後、仲哀天皇が崩御して、かわりに神功皇后が三韓征伐に出る。その途次、安曇磯良と接触、龍宮から干珠・満珠を入手する。さらに神々が顕現し、高良明神を大将軍とするが集結し、新羅・百済・高麗を負かす。下巻は神功皇后が新羅に碑銘を刻んで帰朝するところから始まる。そして応神天皇の出生、麛坂忍熊両王子の謀叛、神功皇后即位と崩御、応神天皇の即位と崩御と進み、八幡大菩薩が顕現する。そして宇佐八幡宮の創建、大神比義のこと、和気清丸の苦難と切断された脚の再生の霊験が説かれ、行教和尚による石清水八幡宮建立で結ばれる。

当該伝本は江戸前期に制作された横型奈良絵本であるが、後述するように伝本中で特殊な面をもっている。本書は、現在、佐賀県嬉野市にある嬉野市歴史民俗資料館に寄託保管されている。本来、同市内の久間《くま》八幡宮（現在の正式名称「八幡宮」所蔵のものだが、当宮は無住のため、地元の資料館で委託保管されている次第である。

そもそもこの八幡宮に伝わったのは、蓮池藩初代藩主鍋島直澄（寛文九年没）及び二代目同直之（享保一〇年没）が奉納したことによる。もとは直澄の母高源院（鍋島勝茂室・寛文元年没）から譲られたものであった。このように大名家にちなむ伝本でありながら、その性格はいまだ詳らかにされていない。鍋島家は氏神である八幡神への信仰が篤かった。藩主直澄が久間八幡宮を再興したことは、鍋島家歴代の敬神の結果という面が強いだろう。こうした直澄の活動との関わりから、本書の存在意義を考えてみたい。

1　久間八幡宮について

佐賀県嬉野市塩田の山間に無住の八幡神社がある。地元の氏子が管理し、肥前鹿島の祐徳稲荷神社が宮司を兼務している。現在、正式名を八幡宮という。ただそれでは他の八幡宮と混同しかねないので、旧記に見える久間正八幡宮・久間八幡宮を用いたい。

この神社は建久元年（一一九〇）の創建と伝えるものであるが、正確なところは定かでない。近世には佐賀藩の支藩蓮池藩の神社として、藩主鍋島家から庇護を受けていた。天保五年（一八三四）正月、藩に宮司明学坊琳仙が提出した「久間正八幡宮由緒書」（1佐賀県立図書館蓮池鍋島家文庫所蔵『東西伽藍記』三所収）の全文を、便宜段落を改めたかたちで掲載する。
（1）藤津郡塩田庄久間村之宗廟日輪山正八幡宮者両部習合之神道之社也
（2）昔時小松三品羽林平惟《（ママ）》盛公當国ニ下向之後岡田丸之姫為妾所儲之男三郎盛重と申

（3）及盛長ニ此地ニ被為居住宿願有之盛重相州鎌倉八幡宮御勧請有之時者建久元年八月十五日ニ神殿拝殿鳥居瑞離（ママ）其外美麗ニ修造成就ニ相成御鎮座之式殊更叮嚀ニ而郷村皆奉信仰其後日々之御祓御怠懈国家安全五穀成就奉祈願依之神威益増長也

（4）雖然元弘建武以来之大乱ニ而者社務宮人等も甲冑釼戟而已ニて恒例之祭祀も致退轉宮殿を致修造人等も無之候ニ附は次第ニ及頽破ニ故ニ老人等相集社頭之致断絶事甚歎キ纔ニ宮殿を相営祭礼等も如形相整候處其後大風ニ而又々致破壊此時ニ至リ而者老人抔も力ニ不及

（5）暫時其侭有之候処直澄公當御領主と被為成幸ニ御氏神佐嘉白山八幡宮ニ候附者當社と同時勧請之宮ニ而一躰分身同躰之別宮ニ而候故御氏神再建之義時之住持林（ママ）勝奉願候處直澄公御満足ニ被思召願之通被差免正保乙酉歳冬只今之宝殿拝殿再建仕候段是御領内安全五穀豊穣氏子繁栄諸災消除之御祈願修法等も相改無怠懈相勤来候

（6）右惟盛公之旧跡下久間村之内立烏帽子と申所ニ御座候此處ニ鎮座し此邊魔虫多キ所成願ニ而退除于今其霊験ニ而右之災無之諸人信仰候

（7）八幡宮御縁記（ママ）者直澄公御自筆ニ而當社御奇（ママ）附被遊候御縁記且諸書ニも相知居候ニ附者浅畧仕候此段荒増申上候以上

この縁起から必要な情報を抜き出すと、（1）日輪山正八幡宮は両部神道の神社である、（2）平維盛が下向して盛重が生れる、（3）盛長に及んで当地に居を移し、建久元年八月十五日、鶴岡八幡宮を勧請し、以後、郷村の信仰を集める、（4）元弘・建武以来の大乱によって衰えるが、土地の老人等により再興されるものの、天災により再度破損する、(5)鍋島直澄が領主となって後、氏神佐嘉白山八幡宮(龍造寺八幡宮)と同体ゆえに、住持琳勝の願いを聴き入れ、正保二年(一六四五)に再建する、(6)維盛の旧跡は下久間村の立烏帽子というところに鎮座する、(7)直澄自筆『八幡宮御縁記』が当社にあるということである。

このうち、本稿で取り上げるのは(7)「八幡宮御縁記」の伝来経緯についてである。ただしこの書名は正式名称ではない。現存する縁起の外題には「八幡宮愚童記」とある。この外題にもいささか問題があるのであるが、それは次節で述べることにする。

2 八幡宮伝来の『八幡宮愚童記』

『八幡宮愚童記』は上下二冊から成る。以下に書誌的な説明をする。

書　型　横型本。四つ目袋綴。
寸　法　たて一七・二センチ×よこ二五・一センチ。
表　紙　紺紙金泥表紙(図1)。
外　題　朱題簽(原装・中央)。丹地金揉み箔散し。
「八幡宮愚童記上」
「八幡宮愚童記下」
たて一二・六センチ×よこ三・五センチ(下冊による)。
内　題　なし。

料紙　鳥の子紙。
見返　金揉み箔散し。
丁数　上冊一九丁、下冊一六丁。
本文　漢字平仮名文。濁点、振り仮名多し。読点が散見されるが、本文とは別筆か。
行数　一三行。和歌は二行（上句一字、下句二字下げ）。
挿絵　九面一四図。
上冊　①三ウ‐四オ、②六ウ、③一〇ウ‐一一オ、④一五ウ‐一六オ、⑤一八ウ‐一九オ。
下冊　①三ウ‐四オ、②八オ、③一一ウ、④一二ウ。
特徴として以下の点が挙げられる。
・すやり霞は全図にわたって雲形風に処理されている。金箔使用。雲形の輪郭は墨書で下書きをする。
・事物の装飾には金泥の線を多用する。また地面に金砂子を散らす。
・人物の目は一線で描く。
・顔の色は男女貴賤を問わず、ベタ塗りである。
印　記　なし。
針目安　なし。
挿絵裏　書入なし。
表紙裏　表紙の薄様の紺紙と見返との間に間紙が挿んである。その見返側に次の書入がある。

上冊前「八まんのゑんき
　上ノおもて　」
上冊後「八ノうらのおもて」
下冊前「八まんのゑんき
　下ノおもて　」
下冊後「八ノ下ノおもて　」

ここにいう「おもて」とは「表紙」の意味だろう。また「八まんのゑんき」と記されているが、これは製作者にとって『八幡宮愚童記（八幡愚童訓）』すなわち『八幡宮縁起』という認識があったことを意味するだろうと思われる。

箱

白木作り。

たて二九・六センチ×よこ二〇・四センチ×たかさ八・九センチ（蓋付き）。

箱書

蓋の表に墨書。

「八幡宮縁起二冊并跋一巻
　田原良眞」

「跋一巻」はおそらく本書とともに伝来した正保二年（一六四五）の「久間正八幡宮修造勧進帳」を指すと思われる。これは従来看過されてきた資料である。

蓋の裏の左下に次の墨書がみられる。

「日輪山

明学坊琳」

底の裏下辺に次の墨書がみられる。両院名同筆。

「宝寿院

明学院」

付箋　蓋の裏面に二枚の紙が貼られている。

①「　記

八幡宮御由緒一冊／正後借用候也

壬申《みずのえさる》十一月九日

宇都宮泰玄

（朱印）」

②「八幡宮御縁記貳冊壱箱／高源院様御譲之由ニ而従／直澄公御寄附相成居申候」

箱書の田原良真は不詳（後述）。明学坊は八幡宮の住持。代々「琳」の字が付く。正保二年、実質的に再建を働きかけたのは明学坊の琳勝であった。明学坊は八幡宮の宮司であり、住持でもある。この坊は当該地域で大きな勢力をもっていた牛尾山別当坊の末坊という立場にあった。寛文六年の鳥居建立でも社家光山家ではなく、明学坊が「当宮司」として記録されている（鳥居銘）。その後も境内の石橋や末社惟盛権現の石碑などの建立に尽力し

図１　表紙

ている。宇都宮泰玄は伝未詳。ただし佐賀県立図書館に短冊が一葉所蔵される。これは戦前に鍋島家史料の編纂に携わった中野礼四郎の寄贈したものである。また付箋に見える高源院は鍋島直澄の母である。

3　奉納の経緯

この縁起を久間八幡宮に奉納したのは鍋島直澄であった。直澄は蓮池藩の初代藩主である。佐賀藩主鍋島勝茂の五男として元和元年（一六一六）に生まれ、寛文九年（一六六九）に他界。家督を二代目直之に譲ったのは寛文五年（一六六五）のことであった。

本書を収める箱の裏に貼られた小紙には「八幡宮御縁記貮冊壱箱、高源院様御譲之由ニ而従直澄公御寄附相成居申候」とある。つまり『八幡宮御縁記』二冊は高源院が直澄に譲ったものを寄付したのだという。高源院は直澄の母菊姫である。『御連枝録』（安政三年写・佐賀県立図書館鍋島家文庫所蔵）「於茶々様」から数条抜き出してみよう。

於茶々様

一御出生　天正十六戊子七月十六日
一御實父岡部内膳正長盛
一長盛御内室　家康公御舎弟松平因幡守康元御息女右之御續ヲ以八歳之御時ヨリ　家康公御養娘被成候
一寛文元年辛丑九月六日御逝去
御法名高源院乾秀正貞大姉　　高傳寺

図2　寛文7年建立の鳥居

すなわち天正一六年（一五八八）に生まれる。岡部長盛の実子であるが、長盛室が松平康元の息女である縁で、家康の養女となる。寛文元年（一六六一）に他界。高源院と号した。

本書は最初、高源院が所有していたということを裏付ける記録は、残念ながら管見に入っていない。ただ、本書の作風から見て、寛文期以前とみても、不自然な印象は受けない。もっとも、書風といい、画風といい、奈良絵本としては類例のない独特のもので、制作時期を推測する手掛かりはいまだ見出せない。高源院が直接本社に関わった記録も確認されない。

それに対して直澄は久間八幡宮に、少なくとも二度、直接関わっている。第一に正保二年（一六四五）の社殿再興、第二に寛文六年

（一六六六）の鳥居建立である（図2）。前者については本稿冒頭に掲げた由緒書に記されているように、宮司（住持）琳勝の申請を受け入れたものであり、本社の実質的な再出発になった出来事であった。この時の修造勧進帳は慶安元年（一六四八）に写されて現存している。後者は現在建っている石の鳥居の銘によって確認できるものである。ただし、磨滅が進んでおり、完全な判読は困難な状態である。主要な部分だけ次に掲げておきたい。

鳥居額「八幡宮」
　柱右「奉建立石華表二柱
　　　大檀那　従五位下鍋嶋甲斐守藤原朝臣直澄
　　　　　　　従五位下鍋嶋攝津守藤原朝臣直之
　　　　　　　（下略・人名上下二段で記載）」
　左「　　日　輪　山
　　寛文六年施主
　　二月吉日良辰　當宮司　明學坊琳勝
　　　　　　　　　弟子光山兵部大輔平朝臣盛長
　　　　　　　　　（下略・人名上下二段で記載）」

すなわち寛文六年二月に鍋島直澄・同直之を大檀那として鳥居が建立されたことが記されている。直澄は前年に藩主を退き、直之がその後を継いでいる。直澄はこの近隣吉浦に隠居しており、直之も藩主になったばかりであった。そうした事情がこの年の鳥居建立に結び付いたのかもしれない。ともあれ、縁起二冊奉納は、奈良絵本の作風からみて、寛文六年の時ではなかったかと推測したい。

さて、ここで鳥居に刻まれた人物や地域的な背景について触れておこう。

琳勝は、当時、久間八幡宮の宮司を務めていた僧侶である。本社の西隣の小山に歴代宮司（ただし全てではない）の墓地がある。そこに琳勝の墓もある。それによって没年が元禄一〇年（一六九八）二月一一日であることが知られる。

日輪山明学坊の所在は前掲の「久間正八幡宮由緒書」に「藤津郡塩田下久間村明学坊」と住所が記されている。八幡宮は上久間だから、やや離れていたことが知られる。この明学坊は聖護院の末坊であるが、地域的には塩田北部、小城にある修験道の拠点牛尾山別当坊の末であった。歴代の明学坊が「琳」の字を用いたのは、そこに由来するのだろう。塩田町内五町田の吉浦八幡山にある役行者像の台石の正面には、弘化五年（一八四八）の造立銘が刻まれている。そこに記されている諸坊は、右面に快行院・円行坊・本勝坊・本光坊・杉本坊・行学坊・円林坊、左面に朝日坊・明学坊・宮司坊・良照坊・普門坊・智福院・円明坊である。[2] 普門坊・智福院は不明ながら、ここに挙がる諸坊はいずれも八天狗社（八天狗社）に関わりがあると思われる。それゆえ、明学坊も八天狗社の支坊として位置づけられ、その上で牛尾山別当坊の支配を受けていたものと推測される。

明学坊は久間近辺を中心に活動をしていた。前掲由緒書には上久間村の支配所として八幡宮など複数挙がり、下久間村では若王子権現・若宮八幡宮などが挙がる。また末寺として上久間村に丹生寺があり、下久間村に地福寺があった。それらにはそれぞれ番僧を置いていた。

寛文六年当時、宮司は琳勝が務めていたことは右の鳥居の銘から知られることである。その弟子として挙がる光山盛長とは何者か。慶安元年（一六四八）の勧進帳に次のような名が挙がる。

慶安元戊子暦季秋六日
本願　松岡三弥左衛門尉菅原正友
大宮司　光山兵部少輔平盛信
同弥田右衛門尉平盛清
宮司　明學坊林勝
弟子少納言林舜

寛文六年より二二年前の大宮司として光山盛信の名が挙がる。盛清はその子息なのだろう。琳勝は社僧であり、光山家は神官であったことが知られる。明学坊は宮司とも住持（冒頭掲載の由緒書など）とも称されており、由緒書には八幡宮を「支配所」として記載している。また琳勝が再興勧進の際は直澄に上申していることや鳥居建立にも筆頭として名をとどめていることなどから推すに、実質的に明学坊が八幡宮の経営にあたり、神官の光山家はそのもとで職務を果たしていたものと思われる。その後も、とりわけ近世後期の琳仙（嘉永六年卒）の活躍は目覚ましく、現在の境内の堀に架けられた石橋や下久間の維盛権現の祠などは琳仙の功績である。されば墓碑にも「當院中興法印琳仙」と刻まれているわけである。

ともあれ、盛長が琳勝の弟子として記されているのは、そうした社内の関係を表しているものと思われる。光山家の墓は昭和後期まで明学坊と同じ墓地にあるが、しかし近世期の宮司職にいた人物のものが見られないようである。幕末の当主光山諸嶺（明治二六年卒）以降のもの、つまり近代の墓が主である。その子徳次郎は明治大正期に宮司として尽力したことが知られ、近隣の牛坂の八幡宮の宮司も兼務していた。昭和三年（一九二八）に他界した後、久間八幡宮は丹生神社の馬場安一が兼務し、ここに長きにわたる光山家の神職の世襲が絶えた。現在、子孫は別の土地に移住しており、消息がつかめないが、旧宅は他所の地からやってきた当家の無縁の人物の住宅として利用されている。光山家の系図を見出すことができれば盛信・盛清・盛長の関係が判明するであろうが、この点、後日に期したい。

光山家は恐らく久間の住人ではなかったかと思われるが、それも判然としない。しかしこの家が「盛」の字を継いでいるのは、平姓を用いているところからみても、維盛の末裔ということを示しているのだろう。中世後期、当地に一大勢力を誇ったのは久間氏である。久間氏は伝承では平維盛の末裔である。冒頭に掲げた由緒書の平惟盛―盛重―盛長と続く流れは久間氏に流れていく。それゆえに久間氏は代々「盛」を用いるのであるが、このほか、当地には志田・上瀧・大河内などが「盛」を用いている。しかしながら、管見では光山家が中世文書に現れることはない。正保の勧進帳に「弘建武以来之大乱にては社務宮人等も甲冑釼戟のみにて恒例之祭祀も退転致す」（原漢文）とあって八幡宮の神官も合戦に参加していたと思われる。その一方で、時代は下るが「肥前国塚崎後藤家之伝」（佐賀県立図書館所蔵『後藤家文書（高取家）』所収）という近世期の写本に、「天正ノ初メ、藤津・彼杵・松浦・杵嶋ノ輩、神文ヲ以テ馬ヲ藤門ニ繫グ者、若干計ヲ之ニ謂ク」（原漢文）として、当該地域の武士の名を計四一二人挙げるものの、光山の名は見えない。

久間八幡宮は応神天皇のほかの迦具土神・平維盛の二柱が祀られているが、『佐賀県神社誌要』（佐賀県神職会、大正一五年）によると、「祭神迦具土神外一柱は無格社合祀により追加す」という。維盛は下久間の小高い山の上に維盛大権現として祀られている。それを勧請したものと思われる。この権現については天保年間に近隣の常在寺が藩に提出した「由緒旧記其外書附」（前掲『東西伽藍記』三所収）に次のように説明されている。

又説去寺北數十町有権現社俗曰蓮権現平家已後維盛之子盛重遁世建房宇請紹令吊薦其族貽吾云是故再為権現則前説是非難知者歟

俗に蓮権現といわれる社がある。維盛の子盛重が遁世して建立したものだと伝える。ここはまた蓮寺権現とも称される。同じく常在寺の「故勅願所常在密寺大黒天縁起」（『東西伽藍記』一所収）には「俗曰蓮寺」と記す。

この社はどこの支配か。「由緒旧記其外書附」に「下久間村　蓮寺／右者明學坊懸ニ相成候事」と見える。明学坊が維盛の社を管理していたという。「久間正八幡宮由緒書」にも「蓮寺」としてその名が挙がり、端に「若王子大権現鋪地弐反五畝之内」と記されている。現在、八幡宮境内に合祀されている若王子権現であるが、その元あった土地に蓮寺権現があり、維盛が祀られていたということである。その起源は伝承上のものであるが、少なくとも天正年間には存在していたことは確認される。すなわち「久間衆起請文」（佐賀県立図書館所蔵『後藤家文書（清水家）』所収）に次のようにある。

梵天帝釈四大天王惣而日本國中大少《ママ》神祇殊者當國惣廟千栗八幡大菩薩鎮守河上大明神黒髪大権現武雄大明神潮見大明神當荘鎮守丹生蓮寺権現厳嶋五社天子七郎宮若宮八幡大菩薩天満大自在天神御部類眷属神等各々神罰冥罰可罷蒙御罰者也

仍起請文如件

これは当時久間地域で権勢を誇った後藤貴明（天正一六年卒）と子息甫子丸（晴明）への忠誠を誓う起請文である。天正二年（一五七四）、後藤家の後継者問題で養子（実父松浦隆信）にして嗣子でもあった惟明と対立が生まれた貴明が作成したものだと思われる。この中に、塩田庄の鎮守丹生明神の次に「蓮寺権現」が挙がっている。丹生明神は塩田庄一宮として古くから信仰されてきた社である。それに次いで蓮寺権現が挙げられているのは、当時、久間衆の信仰を集めていたからであろう。しかし鍋島直澄が領主となって八幡宮を再興したことで、こちらが中心となり、蓮寺権現がその下に位置づけられることになったのではないかと思われる。つまり牛尾山別当坊末坊本光坊又末坊明学坊が八幡宮の宮司を本務とし、対して蓮寺権現を兼務する体制は八幡宮再建以後のことではないかと推測されるのである。

鍋島直澄は八幡神を氏神として尊崇するばかりでなく、領内の寺社の修復に力を注いだ。久間八幡宮もその対象であった。直澄の隠居地吉浦はここから二キロ程度の距離にある。そうした地理的な近さも相俟って、母高源院譲りの『八幡宮縁起』を奉納するに至ったのではないかと推測したい。

4　その後

さて、その後の記録から本書について確認しておきたい。

まず箱の蓋に墨書されている田原良真であるが、当地には同名の人物が二人出た。一人は八天狗社初代の神官である。しかし貞応二年（一二二三）に他界しているから、全く時期が合わない。もう一人は近世の人物で、こちらが該当する。すなわち塩田町五町田にある光桂寺に安置される僧形坐像にその名が確認される。[3]

墨書銘（像底）
肥前州藤津郡鹽田邑吐月山大光禅庵本師釈□□尼如来為亡父水月軒江□□□居士頓生菩提也
正徳元年辛卯　八月日
施主田原氏良真室

良真当人ではなく、その室が奉納したことが記されている。時に正徳元年（一七一一）。良真は一六世紀後期から一七世紀前期にかけての人物であったことが知られる。当地の役人であろうか。宗廟近くに田原氏代々の墓がある。

なお、天明九年（一七八九）に寺社奉行に差し出した「本光坊并坊中相分レ申候次第覚書」[4]に味島にある本勝坊の五世として良真の名が出てくる。味島は塩田町谷所にある味島神社のことだから、その宮司をしていたと思われる。

この本勝坊は本光坊、すなわち八天狗社の末坊である。近世初期、本光坊はその子らに支坊を与えている。「元禄十一年八月寺社御奉行所へ差上候坊中書付扣」や「本光坊并坊中相分レ申候次第覚書」などから、次のようにまとめられる。

本光坊良順―嫡子・良意（本光坊）―良円―良誾―良全―良慶
　　　　　二男・良祐（円林坊）
　　　　　三男・良寛[1]（本勝坊）……良真[5]（塩田村味島在）
　　　　　　　　　　　　　　良教（良円弟子・行学坊）
　　　　古峯―快盛（良意弟子・朝日坊）

本光坊良順が三男良寛に譲った坊を本勝坊という。良真はその第五世として、正徳前後に活動していた。どちらの良真もほぼ同時期の人物であり、『八幡宮愚童記』二冊を収める箱を造ったのもこの頃だったと思われる。巻子装の勧進帳の箱には何も記されていないが、材質といい紐といい、全く同じものであるから、「八幡宮縁起二冊并跋一巻」という墨書は両箱併せたものだと知られる。なお、天保五年に藩に提出した「由緒旧記其外書附」では行学坊開基良教を「本光坊良順四男」とするから、若干検証が必要であるが、今は問題としない。

良真がこの箱に墨書した経緯は不明である。何者かが箱を誂え、良真が題字をし、八幡宮に奉納したのか、箱の制作から題字まで一手に担ったのか判然としない。蓋の裏には別筆で「日輪山／明学坊琳」と記されている。慶安元年の勧進帳の奥に琳勝の弟子として記される少納言琳昇（林昇とも）は享保一八年（一七三三）に他界しているから、あるいは良真はこの琳昇に寄贈したのかもしれない。明学坊は代々「琳」を用いているから、誰の筆になるかは分からないが、本書が世々明学坊で保管されてきたものであることを示していることは確かだろう。

なお、箱の付箋には宇都宮泰玄なる人物が本書を借り受けた由が記されている。先述の通り、佐賀県立図書館に泰玄の短冊が一葉伝来するものの、その伝は未詳と言わざるを得ない。後考を俟ちたい。

その後は、冒頭に紹介した「久間正八幡宮由緒書」に直澄の寄付したものとして見える。この文で注意しなくてはならないのは「直澄公御自筆」と明記されていることである。什物を掲げている部分でも「一八幡宮御縁記《直澄公御自筆御奇附》」とされている。直澄自筆資料は佐賀県立図書館に数点残されている。ただし古典籍の書写ではないため、同質の筆勢ではなく、正確に筆跡を検証できない。あくまで印象であるが、同筆とはいいがたい。高源院から譲り受けたものという記述から、高源院の自筆の可能性も残るが、これまた現存する数通の書状の筆跡と比べるに、共通する特徴が見られない。さらに直之については『八幡宮縁起絵巻』の制作を手掛けている（北名八幡神社所蔵。正徳四年の奥書をもつ。次論考参照）。しかしそれはあくまで命じただけであり、自ら本文の書写はしていない。一般的にいっても大名自身が奈良絵本の本文を書写する例はない。したがって、この奈良絵本もあくまで蓮池鍋島家の所蔵していたものであり、直澄自ら手掛けたものとは俄かには信じがたい。そのようなわけで、由緒書にある「御自筆」というのは、権威づけとして付会したのではないかと考えておきたい。

近代に入ると、毛利代三郎『塩田郷土誌』（塩田尋常高等小学校同僚会、大正五年一二月）に次のような記述が見られる。

建久元年の建立にして旧藩主の尊信厚く直澄公奉納の八幡宮愚童記弐冊は今尚社司　之を保管せり。

すなわち大正五年（一九一六）当時、八幡宮ではなく、社家宅に保管されていたことが知られる。この時の宮司は丹生神社の馬場安一が兼ねていたから、馬場宅にあったようである。その後の経緯は不明であるが、安一の没した昭和二五年（一九五〇）以降、ある時期から八幡宮に収められていたようである。昭和六三年（一九八八）の八百年式年大祭に際して大規模な社殿改築が行われたが、それに併せて本書の写真複製が作られ、また什物を無人の八幡宮に納めておくのは盗難の危険があるということで、嬉野市歴史民俗資料館に委託保管することになり、現在に至っている。

5　本文

それでは本書の本文について考えてみよう。まず全体の構成は表1のように整理される。

『八幡愚童訓』は甲・乙両類に区別される。久間八幡宮本は甲本と比べてみると、部分的な一致が認められる。ただ配列が異なる部分も多い。一方、乙本はほとんど一致しない。いずれにしても甲乙両系統は久間八幡宮本との距離が大きいだろう。それに対して『八幡宮縁起』二類本は、徹頭徹尾、本書と配列が一致する。

このように構成面で『八幡宮縁起』二類本と同じであることが確認できたが、では本文はどうだろうか。次に

表1　本文構成対照表

	久間八幡宮	愚童訓・甲	愚童訓・乙	縁起2類
上1	序（創世）	×	×	○
2	仲哀2年、新羅襲来	○	×	○
3	塵輪退治	○	×	○
4	仲哀の崩御と遺言	○	×	○
5	神功皇后出陣	○	×	○
6	不思議の老人出現	×	×	○
7	鞆浦の沖に大牛出現	×	×	○
8	牛窓地名由来	×	×	○
9	大江ヶ崎での老翁の活躍	×	×	○
10	蘆屋の津での老翁の活躍	×	×	○
11	安曇磯良招聘	△12	×	○
12	干珠満珠入手	△13	×	○
13	48艘の造船	△11	×	○
14	老人即住吉大明神	×	×	○
15	磯良即鹿の島明神	○	×	○
16	神々の出陣	△17	×	○
17	神功皇后御産の気	△16	×	○
18	異国の兵船襲来	○	×	○
19	干珠満珠による勝利	○	×	○
下20	神功皇后の碑銘	○	×	○
21	河上宮に干珠満珠奉納	○	×	○
22	仲哀天皇の山稜	△23	×	○
23	応神天皇の誕生	△22	×	○
24	麛坂忍熊両王子の謀叛	○	×	○
25	神功皇后の即位と崩御	○	×	○
26	応神天皇の即位と崩御	○	×	○
27	筥崎の璽の松	×	×	○
28	馬城の峯の石躰権現	△31	垂迹事	○
29	仁徳天皇の勅使と金鷹	×	×	○
30	八幡と号する由来	×	名号事	○
31	鍛冶する翁と大神比義	△28	垂迹事	○
32	6年に一度の勅使	×	×	○
33	道鏡践祚失敗と清丸流刑	○	遷坐事	○
34	清丸の宇佐漂着と足再生	○	遷坐・正直	○
35	足立寺建立	○	遷坐事	○
36	石清水八幡宮建立	×	×	○
37	評語（正直と敬神）	×	×	○

＊八幡愚童訓・甲本…△＝配列が異なることを示す。
八幡愚童訓・乙本…全体の構成―序・垂迹事・名号事・遷坐事・御躰事・本地事・王位事・氏人事・慈悲事・放生会事・受戒事・正直事・不浄事・仏法事・後世事
縁起2類…『八幡宮縁起』第二類本を指す。

比較してみたい。

『八幡愚童訓』乙本は構成面のみならず本文面でも大きく異同があるので、紙面の都合で比較の対象外とする。以下では表1の5「神功皇后出陣」部分について『八幡愚童訓』甲本と『八幡宮縁起』二類本とを比較検討していきたい。その際、『八幡愚童訓』諸本については小野尚志氏『八幡愚童訓諸本研究　論考と資料』（三弥井書店、平成一三年九月）第一章の「甲本系諸本について」で提示されている一一本のうち、特に近似するC類の内閣文庫本、H類の身延山久遠寺本をそのまま引用する。また『八幡宮縁起』は大念仏寺本の翻刻（『中世神仏説話』古典文庫）を用いる。

①　**御てにはたらしゆのまゆみ八つめのかふらやをとりそへ給ふ**
内閣　柔和ノ御手ニ多羅樹ノ真弓、八目ノ鏑矢ヲ持玉フ、
身延　柔軟ノ御手ニ多羅樹ノ真弓、八目カフラ矢ヲ持給フ、
大念仏　御手には多羅樹の眞弓八目のかふら矢を取そへ給、

②　**ゆみを御たらしといふ事は此たら樹《じゅ》よりはしまれりとなん**
内閣　弓ヲ御タラシトト云事、此ヨリ起レリ、
身延　弓ヲ御タラシトト云事ハ、此ノ多羅樹ヨリ起レリ、
　以下、諸本〔イトモノ細キ御腰ニ太刀ヲ帯ビ、都羅畳ヲ踏ミ、御足ニ藁履ヲ着シ、紅ノ御裳ノ上ニ、〕
大念仏　弓を御多らしと事ハ、此多羅樹よりはしまれりとなん、

以下、諸本〔御腰に太刀をはき、御足にわら沓をめす、紅の御裳の上に〕

③　**かや《ママ》あやおとしのよろひをたてまつり御うみ月の事なれは御ちふさの**

内閣　唐綾縅ノ甲ヲ奉ル、御産月ノ事ナレハ、御乳房ノ

身延　唐綾縅ノ冑ヲ奉ル、御ウミカ月ノ事ナレハ、御乳房ノ

大念仏　唐綾おとしの鎧を奉る、御うみかつきの事なれは、御乳房の

④　**おほきにして御よろいのひきあはせあはさりけれは**

内閣　大キナルニ随テ、御甲ノ胸板ヲ高クスル、引合アキシカハ、

身延　大ナルニ付テ、御鎧ノ胸板ヲ高クスル、猶引アワセアキシカハ、

大念仏　大にして御鎧の引合あハさりけれハ、

⑤　**高良大明神くさすりをきりて御わきのしたにつけ給ふ**

内閣　高良大明神、クサスリヲ切テ御脇ノ下ニ、ツケ給フ、

身延　高良大明神、クサリヲ切テ御脇ノ下ニ、付給フ、

大念仏　高良大明神くさすりをきりて、御脇下に付給、

⑥　**いまのよにわきさし《ママ》といふはこれよりはしまれり**

内閣　今ノ世ニ、脇立ト云ハ、此時ヨリ始レリ、

身延　今ノ世ニ、脇立ト云ハ、是ヨリシテ始リテ、鎧コソニソ、クサリケル、

大念仏　今の世に脇楯といふハ、是よりはしまれり、

まず①「御てに」について、『愚童訓』二種は「柔和ノ御手ニ」とあるのに対して『縁起』は「御手に」とあり、久間八幡宮本と一致する。②文末「はしまれりとなん」は『愚童訓』二種が「起レリ」に対して『縁起』が一致する。また『愚童訓』二種、『縁起』ともに弓以外の具足の記述が続く。③はいずれも同文である。④「おほきにして」は『愚童訓』二種が「大キナルニ随テ」「大ナルニ付テ」であるのに対して『縁起』が一致する。また「あはさりけれは」もまた『縁起』が一致する。⑤はいずれも同文である。⑥「これより」は『愚童訓』二種が「此時ヨリ」「是ヨリシテ」であるのに対して『縁起』が一致する。

以上のように、いずれも『八幡宮愚童訓』ではなく、『八幡宮縁起』二類本に一致することが明らかである。すなわち『八幡宮愚童訓』甲本とは同じ説話であっても本文が異なるのである。久間八幡宮本の外題が『八幡宮愚童記』とあることから、『八幡宮愚童訓』の一本と見做されてきたのであるが、実際はそうではなく、『八幡宮縁起』二類本の一種なのであった。これについては、実は表紙裏の書入が注目される。すなわち表紙の薄様の紺紙と見返との間に間紙が挿んであるのであるが、上冊の前には「八まんのゑんき／上ノおもて」、後には「八ノうえのおもて」、下冊の前には「八まんのゑんき／下ノおもて」（図3参照）、後には「八ノ下ノおもて」とそれぞれ記されている。この筆跡は本文と同筆と思われる。つまり久間八幡宮本の制作者からすれば、本書はもとより『八幡の縁起』と認識されていたわけである。それを『八幡宮愚童記』と題した理由は分からない。追って調べていくことにしたい。

次に『八幡宮縁起』二類本の中で本書の位置を考えてみたい。諸本については松本隆信氏「室町時代物語類現存本簡明目録(5)」の分類に基づき、主要な伝本を掲げることにする。

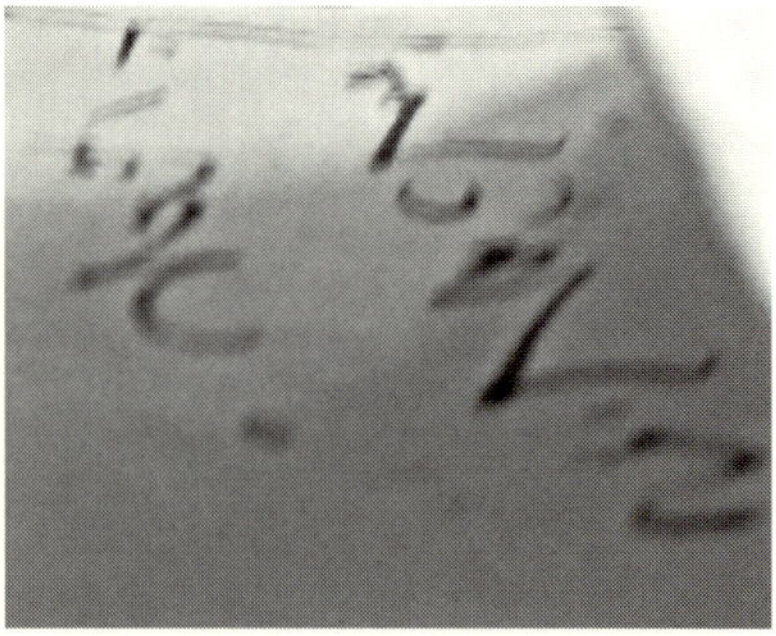

図3

㈠イ宇佐八幡宮旧・永享五年足利義教奉納絵巻　大二軸
大念仏寺・同右転写本　一冊《中世神仏説話》
ロ楠林安三郎旧・絵巻　大二軸
ハ天理図書館・奈良絵本（題簽「八幡本地」）半二帖《室町時代物語集一》
ニ天理図書館・奈良絵本（内題「八まんの本地」）半二帖《室町時代物語集一》
㈡東大寺・天文四年祐全奉納絵巻　大二軸《社寺縁起絵》
㈢柞原八幡宮絵巻・伝土佐光茂画尊鎮親王筆絵巻　一軸
内閣文庫・同右貞享二年山口正致転写本　大一冊《続群書類従神祇三》
㈣筥崎宮・寛文一二年絵巻　大二軸《福岡市博物館紀要五》

これらのうち、大念仏寺本・天理図書館所蔵奈良絵本二種・東大寺本・内閣文庫本・筥崎宮本を、それぞれ《　》で示した典拠を用いて比較検討してみたい。

まず表1の4「仲哀の崩御と遺言」の部分で仲哀天皇崩御の年について「おなしき九年二月六日御とし五十一にて御くしの櫃日のみやにおいてついのほうぎよをはんぬ」とある。五一歳とするのは天理ハ・天理ニ・筥崎、五二歳とするのは大念仏・東大寺・内閣である。以下、五箇所を列挙する。

6「不思議の老人出現」…老人の願いに対する皇后の考え

へんけのものにてやあらんとおほしめしてめしくしてちんせいへおもむかせ給ふ

大念仏　変化の者などにもやあるらむ、いかにも様こそあるらめと思しめして、召具して鎮西へ趣かせたまう

天理ハ　もしへんへのものにてやあらんとおほしめして、めしくして、ちんせいへおもむかせ給ふ、

天理ニ　へんけのものにてもや有らんとおほしめして、やかてめしくして、ちんせいへおもむかせたまふ、

東大寺　変化の者にもやあるらむいかにも様こそあるらめとおほしめして召具て鎮西へおもむかせたまふ

内閣　変化ノ者ニモヤ有ラム。様コソアルラメトオボシメシテ。ソノマヽ、召具シテ鎮西ヘゾオモムカセタマウ。

筥崎　へんけものにてやあらんとおほしめしてめしてして（ママ）ちんせいへおもむかせ給ふ

24「応神天皇の誕生」…大菩薩の縁日・十二月御誕生会の起源

御たんしやうは十二月十四日辛卯日たんしやうゑといふ神事をおこなはるゝ事此ゆへなり

大念仏　御誕生は十二月十四日辛卯日なり、是によりて卯日をは、大菩薩の御縁日と申なり、十二月十四日御誕生会といふ神事を行ハるゝこと是故なり

天理ハ　御たんしやうは、十二月十四日辛卯、たんしやうゑといふしんしをおこなはる事、此ゆへなり

天理ニ　御たんしやうは、十二月十四日かのとの卯、たんしやうゑと申神事をこなはるゝ事、このゆへなり

東大寺　御誕生は十二月十四日辛卯日也これによりて卯日をは大菩薩の御縁日とす十二月十四日御誕生会といふ

神事を行はる、事此故也

内閣　御誕生ハ十二月十四日辛卯也。是ニヨリテ卯ノ日ヲバ大菩薩ノ縁日トス。十二月十四日。御誕生会ト云神事ヲ行ハル、事此故也。

筥崎　御たんしやうハ十二月十四日かのとの日たんしやうえといふ神事おこなはる、事此ゆへなり

27　「筥崎の璽の松」…筑前国糟屋西郷にて戒定恵の箱を埋めて璽の松を立つ

ちくせんのくにに[1]まし〱七郡《ぐん》かうちに[2]かすや西郷《にしがう》といふところにかいちやうゑのはこをうつししるしのまつをたて給りいまの[3]はこさきのしるしのまつこれなり

大念仏　筑前國[1]ますとミ七郡か内に、[2]糟屋西郷といふ所に、戒定恵の箱をうつミてしるしの松を立給へり、今の[3]箱崎のしるしの松是なり

天理ハ　ちくせんのくに、[1]まし〱、七郡かうち、[2]かすや西郷と云ところに、ちやうゑのはこをうつし、しるしの松是なり、

天理ニ　ちくせんの國に[1]まし〱しとき、[2]七くんのかすや・みかさ・ほなみ・しかのしま・いとかみ・つかさくら・しもつかさくらといふところに、しんしやうゑのはこをおさめたまひし、しるしのまつこれなり、

東大寺　筑前國[1]ますとみ七郡か内に[2]糟（ママ）屋西郷といふ所に戒定恵の箱をうつみてしるしの松を立給へり今の[3]箱崎の松是なり

内閣　筑前國[1]マストミ七郡ガ内ニ。[2]糟屋西江ト云處ニ。戒定恵ノ箱ヲウヅミテ。シルシノ松ヲ立給ヘリ。今ノ[3]箱崎ノ松是也。

筥崎　ちくせんの国に[1]ましく七郡の内[2]かすやの西郷といふ所にかいしやうゑの箱をうつみしるしのまつをたて給へり今の[3]箱崎のしるしのまつ是なり

34　「清丸の宇佐漂着と足再生」…神詠

行つゝもきつゝみれともいさきよき人の心をわれわすれめや

大念仏　ありきつゝ来つゝみれともいさきよき　人のこゝろを我わすれめや

天理ハ　ゆきつゝも、来つゝみれとも、いさきよき、人のこゝろを、われわすれめや

天理ニ　ゆきつゝも、きつゝ見れとも、いさきよき、人のこゝろを、われわすれめや

東大寺　ありきつゝきつゝみれともいさきよき人の心をわれわすれめや

内閣　アリキツヽキツヽミレドモイサギヨキ人ノコヽロヲワレワスレメヤ

筥崎　行つゝもきつゝ見れともいさきよき人の心をわれわすれめや

37　評語

大念仏・天理ハ・天理ニ　○

東大寺・内閣　×

表1の6「不思議の老人出現」では大念仏・東大寺・内閣本は「いかにも様こそあるらめ」などの句があり、久間八幡宮本と近いのは天理二種・筥崎本である。24「応神天皇の誕生」では大念仏・東大寺・内閣本は卯の日を大菩薩の縁日とするという一節があり、久間八幡宮本と近いのは天理二種・筥崎本である。27「筥崎の璽の松」では三箇所注目する。一つは1「まし〳〵」である。これは「七郡」に上接するかたちになっているが、文意が通じない。仮に「筑前の国にまします七郡」としても、「七郡」に尊敬語を付けるのは不自然である。大念仏・東大寺・内閣本は「ますとみ」とする。「まし〳〵」とするのは天理二種・筥崎本である。ただし天理ニ本は「まし〳〵しとき」と合理的修正を加えている。2「かすや西郷」については天理ニ本が七つの地名を列挙する以外は皆同じである。3「はこさきのしるしのまつ」は、天理二種がこの一節がなく、東大寺・内閣本が「箱崎の松」であるのに対して、大念仏・筥崎本が「箱崎のしるしの松」とする。34「清丸の宇佐漂着と足再生」の神詠は第一句が「ありきつつ」と「ゆきつつも」に分かれる。久間八幡宮本と同じく「ゆきつつも」にするのは天理二種・筥崎本であり、大念仏・東大寺・内閣本は「ありきつつ」とする。37評語。久間八幡宮本には次のような評語が文末に付いている。

> もしやうちきの心をさきとしてしんけうをいたさん人はまつたいといふとも利生《りしやう》とゝこほりあるへからすをはんぬ（ママ）しんしんをさきとして三所のせいやくをあふきこせ（ママ）のしよくはんをとくへきもの哉

これと同じ本文は大念仏・天理二種・筥崎本に見える。

以上の点から、天理本二種と筥崎宮本とが近似することが分かる。ただし天理本二種については、27「筥崎の璽の松」のくだりで天理ニ本が大きな差異が見える。また天理ハ本にしても、次のような箇所がある。

天理ハ　ちやうゐのはこをうつし、しるしの松是なり

久間　かいちやうゐのはこをうつししるしのまつをたて給りいまのはこさきのしるしのまつこれなり

傍線部「戒定慧」の「戒」を欠き、「たて給へり」ではなく「是なり」として、以下の文句もない。つまり「を、たて給へり。今の筥崎の璽の松」に相当する部分が欠けているのである。この点、筥崎宮本は久間八幡宮本と同じである。したがって、久間八幡宮本は筥崎宮本と最も近い本文であるということができるだろう。

6　挿絵構成

これまで本文について検討してきた結果、天理本二種と筥崎宮本に近似し、特に筥崎本に近接することが分かった。ところで筥崎本は絵巻である。挿絵についてはどうなのだろうか。以下にこの点を検証してみよう。ただし、天理本二種の挿絵は原本未調査であるから、構図まで検証できない。ここでは挿絵の構成に限定して考察していくことにする。そうすると、表2のように配置箇所を示すことができる。

久間八幡宮本と合致する挿絵には網掛けを施した。その上でまず非常に近い本文を持つ筥崎宮本と比べてみると、挿絵についてはほとんど合致しないことが分かる。30「八幡と号する由来」のくだりに続いて勅使が金鷹と

会う挿絵が配され、また34「清丸の宇佐漂着と足再生」に続いて行教が石清水に勧請する挿絵が配されている。前者の画題は同じだが、構図は異なる。後者については、久間八幡宮本は清丸の足が蛇によって再生する場面が描かれている。

一方、天理図書館本二種は3「塵輪退治」の説話のあとに「かゝるところに」という本文が続き、また30「八幡と号する由来」と「人皇三十代」という本文が続く点が久間八幡宮本と同じである。八本に限ると、他に11「安曇磯良招聘」の場面とそれに続く「かの舞台は」の本文、16「神々の出現」の場面と「かゝりけるところに」の本文、34「清丸の宇佐漂着と足再生」の場面と「これひとへに大菩薩の」の本文が合致する。また二本に限ると、19「干珠満珠による勝利」の場面と「新羅・百済・高麗の」の本文、下巻の発端、23「応神天皇の誕生」の場面と「次の年二月に」の本文が合致する。ただし『室町時代物語集』掲載の一部の挿絵を見るに、構図が久間八幡宮本と全く異っている。

表2　挿絵の配置

		久間八幡宮本（図／後続本文）	天理八本	天理二本	筥崎宮本
1	序（創世）	上			
2	仲哀二年、新羅襲来				
3	塵輪退治	1-2図／かゝるところに	1図／かゝるところに	1-2図／かゝるところに	

4	仲哀の崩御と遺言				
5	神功皇后出陣				
6	不思議の老人出現				
7	鞆浦の沖に大牛出現				
8	牛窓地名由来	3図／そのとき此らうおう			
9	大江ヶ崎での老翁の活躍		2図／それよりして、くわうこう、	3図／それよりくはうこう	
10	蘆屋の津での老翁の活躍		3図／その、ち、かしゐのはまと		
11	安曇磯良招聘	4-5図／かのふたいは	4図／かの〔脱・ふたいは〕	4図／おきな申されけるは	1図／さて皇宮らうおうに
12	干珠満珠入手				
13	四八艘の造船			5図／いつく共なく、三百人	
14	老人即住吉大明神				
15	磯良即鹿の島明神				
16	神々の出陣	6-7図／かゝりけるところに	5図／かゝりけるところに		
17	神功皇后御産の気				2図／をとりそへ給ふ弓を

18	異国の兵船襲来	8-9図／しんらはくさいかうらいの		6図／さてしんら・はくさい・かうらいの	3図／さらにかなふへきやう
19	干珠満珠による勝利				
20	神功皇后の碑銘	下／さるほどにいこくのけうと	下／日本くわんくん	下／さるほどに、いこくのけうと	下／さるほどにいこくのけうと
21	河上宮に干珠満珠奉納		6図／さてかのふたつの	7図／日本のくんひやうひきしりそきて	
22	仲哀天皇の山稜				
23	応神天皇の誕生	10-11図／つきのとし二月に		8図／つきのとし二月に	
24	麛坂忍熊両王子の謀叛				4図／はつすかこ坂おしくま
25	神功皇后の即位と崩御		7図／御治世六十九年		
26	応神天皇の即位と崩御				
27	筥崎の璽の松				
28	馬城の峯の石躰権現				
29	仁徳天皇の勅使と金鷹				
30	八幡と号する由来	12図／人皇第三十代	8図／人わう三十代	9図／その、ち、人わう三十代	5図／人皇三十代きんめい

31	鍛冶する翁と大神比義			10図／われはこれ日本のあるし	
32	六年に一度の勅使				6図／誠（欠損）てちんしんに
33	道鏡践祚失敗と清丸流刑				7図／れとてかの清丸か二つの
34	清丸の宇佐漂着と足再生	13図／これひとへに大ほさつの 14図／きよ丸きいのあまりに	9図／是はひとへに大ほさつの	11図／きよまろうれしくおもひ	8図／きよ丸きいのあまりに
35	足立寺建立				
36	石清水八幡宮建立				9図／たりけれせいわてんわう
37	評語（正直と敬神）		10図／もし正しきの心を	12図／もししやうしきの心を	10図／たゝし御たくせんの中に

ところで、この天理本二種との親近性を象徴的に示しているのは次の事例だろう。すなわち、最終丁オモテに不自然な空白があるのである（図4参照）。

たゝし御たくせんの」一五ウ中にほのほをもつてしよくすとも心穢《けかれたる》人のものをはうけしとしめし給ひけり
（八行分空白）」一六オ

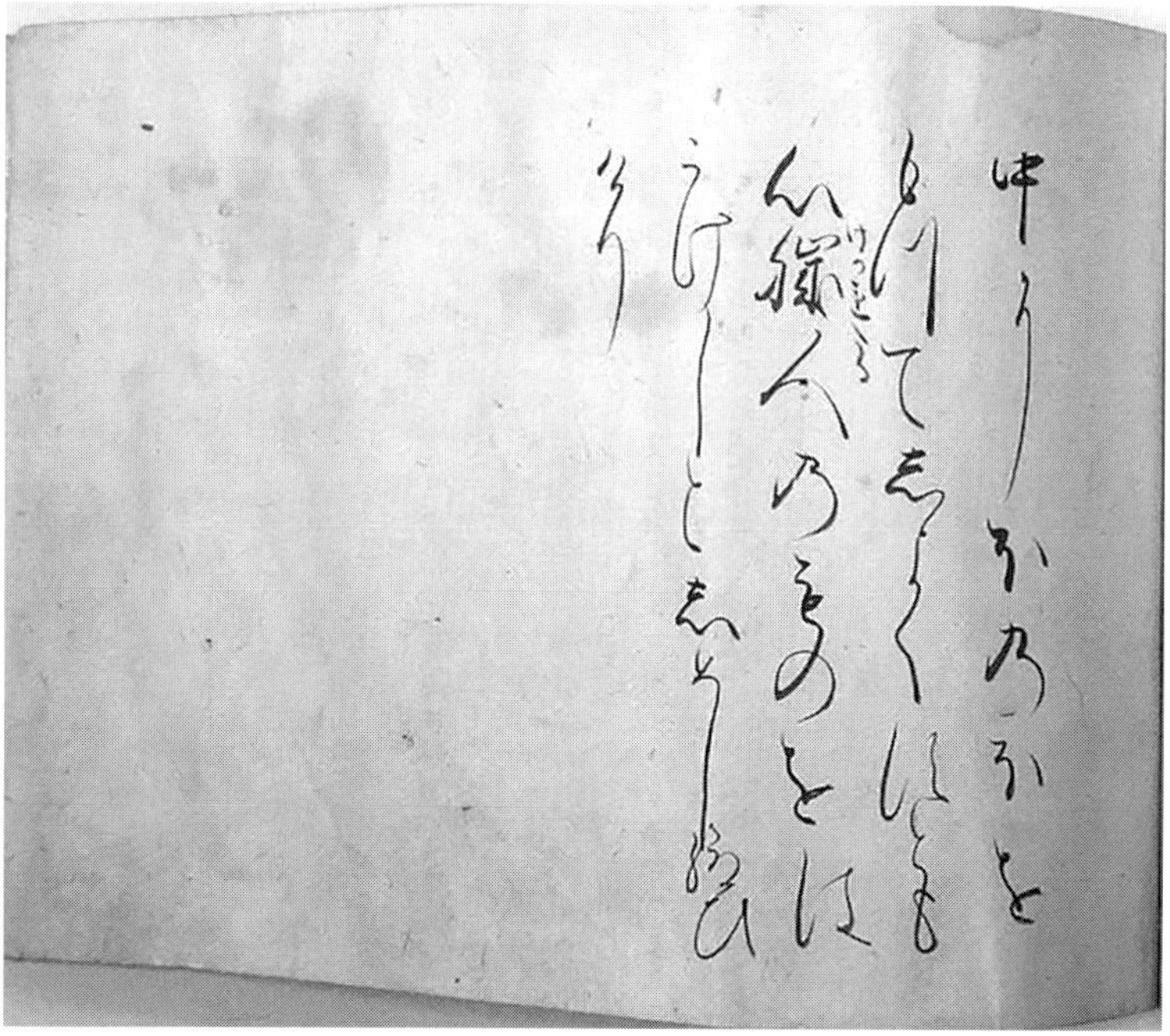

図4

もししやうちきの心をさきとしてしんけう
をいたさん人はまつたいといふとも利生《りしやう》
とゝこほりあるへからす

空白部分に続く本文「もししやうちきの」は表2の天理ハ本第10図、ニ本第12図、それぞれに続く本文に合致することが分かる。ここから考えられることは、久間八幡宮本の親本もまた本来同じ箇所に挿絵が配されていたことを示すだろうということである。

以上要するに、久間八幡宮本は本文面では筥崎宮本に近いが、挿絵の配置はほとんど合致しない。また構図も異なる。一方、天理図書館本には二種ともに挿絵の配置に共通点が多い。ただし構図は異なるという結果になるのである。

なお、『八幡愚童訓』の絵入版本の挿絵との関連性は認められないが、『八幡宮縁起』一類本との関係が疑われるものがあるから、今後、構図・描写については『八幡宮縁起』二類本にこだわらず、視野を広げて関連資料を見出す必要があるだろう。

7　以上の整理

本書はその外題から『八幡愚童訓』の一種と判断されるが、その内容は『八幡宮縁起』第二類に位置づけられるものであった。久間八幡宮は佐賀県嬉野市塩田町に鎮座する。社伝では建久元年に平維盛の末裔によって建立されたという。近世に下り、佐賀藩の支藩蓮池藩の領地となるに至り、正保年間、初代藩主鍋島直澄によって再建された。この時、実質的に再建を働きかけたのは明学坊琳勝であった。明学坊は八幡宮の宮司であり、住持でもある。この坊は当該地域で大きな勢力をもっていた牛尾山別当坊の末坊という立場にあった。

直澄は領内の寺社の再建に尽力していたが、久間八幡宮は鍋島家の氏神を祭神とすること、また本書の奉納の前後はともかくも恐らく隠居の地となる吉浦の近郷という縁もあったともあり、特に本書を寄付したものと思われる。

明学坊は久間を拠点にその周辺で活動の痕跡を拾うことができる。下久間の支配所の一つ若王子権現は牛尾山の祭神を勧請したものと考えられる。その敷地内にある蓮寺権現は平維盛を祭神とする社である。現在の祠は近世後期に明学坊琳仙が再建したものである。戦国期には塩田庄一宮の丹生明神に次いで重んじられており、当初は八幡宮よりも格上であったかと推測されるが、直澄の八幡宮再建により、明学坊はこちらの宮司職を本務とするに至ったのではないかと思われる。

『八幡宮愚童記』を収める箱は、近世中期、田原良真が制作したものである。明学坊が明治の神仏分離の時期まで保管してきたと思われる。その後、光山家、ついで馬場家に移り、安一没後、社殿に収められ、八百年祭を機に、嬉野市歴史民俗資料館に委託保管されることになったのである。

本書を奉納した藩主鍋島直澄は寺社を篤く庇護したことで知られる。明治期に編集された『直澄献祖遺跡』（佐賀県立図書館所蔵）には「直澄公御一代御興立被レ成タル寺社」のうち、「小事小破ノ修理ハ除ク、尤モ是レモ我レ等存タル計リヲ覚ヘ書ニス」として諸寺社の建立・修造・寄進などの事例を挙げる。その他『東西伽藍記』（同館所蔵）などの記録も含めて幾つか例せば、慶安三年の常在寺寺領寄進、明暦元年の正覚山宗眼寺開基、寛文二年の丹生明神鳥居建立、同三年の山口権現鳥居建立、同五年の常在寺宝殿造営、同六年の久間八幡宮鳥居建立、同八年の寛応寺再建、時期不詳の佐嘉白山八幡宮の門建立、八天狗社宝殿・拝殿再建、徳恩寺再興、沖神建立、神崎郡蓮池小松大明神宝殿建立など、数々の事例が挙げられる。

こうした中に真教寺の自筆三部経一字一石奉納、常在寺の大般若経一部・掛絵奉納と並んで久間八幡宮の『八幡宮愚童記』奉納があったのである。直澄と直之の連名で、久間八幡宮に鳥居を建立した寛文六年の前年、直澄は藩主の座を子息直之に譲り、当地にほど近い吉浦に隠居することになったのだった。このような立地条件も本宮に奉納するきっかけの一つのなったのではないだろうか。

「久間正八幡宮由緒書」には什物の一つとして「一八幡宮御縁記 直澄公御自筆御寄附」という記載がある。自筆本という記述については疑問が残る。佐賀県立図書館に直澄自筆の書状や書状案などが数通残るが、それらと比較するに、筆跡が同一のものとは見えない。母高源院の可能性も残る。ただ高源院の自筆資料はわずかに二通を確認しただけだが、やはり文字の特徴が一致しない。だから藩主母子が直接制作に加担したわけではなく、依頼して制作させたと理解するのが順当だろう。

また、画風については、最も独自性が認められるのは、天地に押された金箔の霞である。一体、奈良絵本の霞はすやり霞が主流であるが、中には雲形風の波状の輪郭をもった霞も散見される。ただしそれらが金箔を砂子や切箔として散らすのではなく、摺箔の手法をもって押す例は管見に入っていない。一、二あるとも聞くが、仮に見出されても、稀有な事例であることに変わりはない。そこから推して一般の奈良絵本の工房を想定するのはむつかしいのではないかと思う。それよりもこの形式の装飾の雲霞を採用するのは、当時としては奈良絵本ではなく、色紙、扇絵、屏風絵といった調度品の領域の作品の、いわゆる源氏雲として広く見られる。これは一つの憶測に過ぎないが、鍋島家御用達の調度品の職人を介して本書を制作した可能性も否定できないのではないかと思われる。

なお、二代藩主直之もまた領内の北名八幡神社に『八幡宮縁起絵巻』を奉納している。正徳四年（一七一四）のことであった。本文については、参勤交代で江戸滞在中に見出した絵巻をもとに制作したものであるから[6]、直澄の関知しない伝本ということになり、久間八幡宮本と関係はないだろう。

ともあれ、本書の特殊性はその作風が第一にあるわけだが、それに加えて奈良絵本を奉納するということもまた特殊であるということができる。『八幡宮縁起』は、中世以来、絵巻として制作され、それを寺社に奉納するのが一般的なかたちであった。ところが久間八幡宮の一本は絵巻ではなく絵本なのである。これをどう評価すべきだろうか。『八幡宮縁起』のうち、この系統は永享五年に足利義教が奉納した縁起に端を発するものである。そこから派生して天理図書館所蔵の奈良絵本のような絵入の読み物が現れた。天理本二種とも「本地」と題するのは本来の意味から拡大し、江戸前期の流行に倣ったものだろうと思う。(7)『熊野の本地』『天神の本地』『愛宕の本地』『毘沙門の本地』などがその周辺に位置づけられるであろう。こうした縁起類の奈良絵本・絵入版本化は〈縁起〉の〈物語草子〉化と言い換えることができるだろう。

久間八幡宮本『八幡宮愚童記』の本文は、その点、絵入読み物化した系統の奈良絵本であると評することができる。これに近い本文をもつ筥崎宮本は、寛文一二年（一六七二）、住吉具慶が絵を担当し、本文は久我広通ら一六名の公家衆の寄合書である。絵巻という書型といい、制作スタッフといい、通常の奉納縁起と見做すことができるだろう。しかし久間八幡宮本は天理本二種と構成的に近い奈良絵本であり、奉納縁起ではなく、単に読み物としての奈良絵本とみても違和感がない。しかし実際は久間八幡宮の再建時かその近い時期に奉納したものであった。つまりこれは絵入の読み物であったものに、縁起としての性格が再び付加された稀有な奈良絵本であるということができるのではないだろうか。

まとめ

以上、久間八幡宮伝来の『八幡宮愚童記』について考察してきた。

まずその本文は『八幡愚童訓』ではなく、『八幡宮縁起』二類本である。その中でも筥崎宮所蔵絵巻、天理図書館所蔵の奈良絵本二種に近似するものである。本文は筥崎宮本、本文と挿絵の構成は天理図書館本二種に近い作りとなっている。

本書は蓮池藩初代藩主鍋島直澄の寺社庇護を背景として奉納されたものである。また直澄は、鍋島直茂以来、氏神として信仰の篤い白山八幡宮（龍造寺八幡宮）の一体同身の別宮として領内の久間八幡宮の再建や鳥居建立などを行った。加えて状況的には隠居地の近い氏神ということがあったのだろう。

物語文学史的な視点から見れば、この時期は寺社縁起の絵入読み物化が盛んに行われていた。久間八幡宮本はそれとは反対に、〈物語草子〉の〈縁起〉化の事例として評することができるのではないかと思われる。

〔注〕

（1）創建八〇〇年記念に影印版『八幡宮愚童記（復刻版）』（八幡宮八百年式年大祭奉賛会、昭和六三年一一日）を刊行している。なお、原本の閲覧・利用に際して、奉賛会の平野重徳氏、保管する嬉野市歴史民俗資料館のご協力を賜った。
（2）『塩田町の史蹟と文化財』第一集（塩田町教育委員会、昭和四六年）。
（3）『佐賀県神社調査報告書』（佐賀県立博物館、平成八年）。
（4）田村良久編『八天神社所蔵文書寫』（孔版、昭和四四年）。
（5）奈良絵本国際研究会議編『御伽草子の世界』（三省堂、昭和五七年）所収。
（6）佐賀県立博物館学芸員竹下正博氏のご教示による。本書第一章第二節参照。
（7）松本隆信『中世本地物の研究』（汲古書院、平成八年）参照。

鍋島直之の縁起絵巻奉納
――北名八幡神社所蔵『八幡宮縁起絵巻』の制作背景をめぐって――

はじめに

『八幡宮縁起』は寺社縁起の中でも中世から広く流布した一つである。公家層のみならず、武家層においてその信仰は深く浸透していった。鎌倉期の源氏三代以来、室町期の足利将軍家でもその信仰は篤く、再興や修造、奉加、奉納といった直接的な庇護を受けてきた。中でも石清水八幡宮は足利将軍家の敬神の姿勢が明確に表れる対象であった。将軍義教は美麗なる『八幡宮縁起絵巻』を制作し、これを当宮に奉納し、また摂津の誉田八幡宮にも『神宮皇后縁起絵巻』を奉納した。これらは以来、什物として大切に伝世し来ったものの、残念ながら石清水八幡宮所蔵絵巻のほうは昭和二二年に焼失してしまった。

さて、遠く九州北部の地で権勢を誇った戦国大名に鍋島家がある。もともと竜造寺家の家臣であったが、のちに龍造寺隆信の後を襲って鍋島直茂が肥前の大名と成り上がった。龍造寺家にしろ、鍋島家にしろ、やはり八幡神を篤く信仰する家風であった。その中で佐賀藩の支藩である蓮池藩は佐賀藩主勝茂の子直澄が初代藩主となる。直澄が領内の寺社を庇護し、八幡神を篤く信仰していたことは、前節に述べた通りである。これに続く直之も同様であった。

ここに取り上げる北名《きたみょう》八幡神社所蔵の『八幡宮縁起絵巻』もこうした直之の姿勢の表れと見て取ることができるだろう。

1　北名八幡神社と鍋島直之

まず北名八幡宮の所在であるが、これは現在の佐賀県佐賀市内にある。佐賀市の東部にある。蓮池藩は現在の嬉野市一帯と、佐賀市の当該地域を所領とする。ここに蓮池城がある。北名とは蓮池城の北の領地を指す。城を北西に歩いていくと、広い水田地帯が広がっているが、その中にかつて当神社が存在した。しかし、現在は区画整理によって大幅に土地の改編が行われ、昭和六〇年（一九八五）に元の場所から一〇〇メートルほど離れた位置に再建されている。

さて、鍋島直之は、先代直澄の後を受けて、領内の寺社の庇護に前向きであった。また絵画の嗜みがあったらしく、自筆の絵を奉納する例が見られる。直澄には見られない特徴である。直之の寺社庇護を示す出来事をいくつか掲げておこう。

前節で取り上げた久間八幡宮については、寛文六年（一六六六）に父直澄と連名で再興している。また、存否不詳ながら、鷹の絵馬を奉納したことが天保五年（一八三四）の「久間正八幡宮由緒書」（佐賀県立図書館所蔵『東西伽藍記』所収）に「直之公御自筆御奇附」と記されているところから知られる。また山口権現には大般若経一部を寄付し、さらに十六善神の掛絵一幅・絵馬・正観音像一幅・花鳥掛絵一幅を奉納している（うち、後二者は住持快寿法印拝領）。現存する石鳥居も直之の建立である。常在寺には大黒天と白鼠の絵馬一枚・西王母掛絵一幅を奉納している。また寛応寺は父直澄と連名で再興した寺である。この他に寛文七年の大定寺建立、葦筒明神の石鳥居の第三代藩主直稱《なおみつ》との連名による建立、宗廟のある宗眼寺に羽織や自筆の大般若本尊画像奉納なども事例があるが、詳しくは別稿で論じたい(1)。要するに、先代の意志を継いで直之も領内の寺社を庇護したということである。しかし、北名八幡神社については、創建したわけであるから、庇護というだけではなかった。

2『八幡宮縁起絵巻（八幡大菩薩画図譜略）』伝来経緯

その理由を明らかにするために、当社に納められていた『八幡宮縁起絵巻』の伝来について説明しておこう。本絵巻の跋文にその明確に記されている。

跋

八幡大菩薩画図譜略

肥之前州蓮池城前刺君鍋嶋了関老居士、昔年、視江府西久保八幡宮神跡之図而、教幐写之。且得兼如所書写譜文共、秘家久矣。

今茲、欲寄献蓮池宗廟八幡宮、竟移旧本合考、命画工新図神跡、以為二軸、鎮神宮、因教山野、跋其後。是以、略誌本末頬願、神霊鑑情実心、風調雨順、五穀豊登、国家安泰、万民快楽、更冀子孫、承其余慶、且文且武、不墜賢名矣。
旹正徳四甲午年八月望
龍津開山龍化霖謹跋

鍋島直之像（佐賀県立博物館所蔵）[2]

蓮池藩の前藩主鍋島了関こと直之が、昔、江戸の西久保八幡宮で『八幡宮神跡之図』を見て、これを謄写した。これを大切に保存していたが、蓮池藩主の宗廟の八幡宮に献上すべく、画工に命じて新たに二軸の巻物として制作させたという。時に正徳四年（一七一四）八月望とある。直之の誕生は寛永一九年（一六四二）であるから、数えで七二歳の時のことであった[1]。

本絵巻は、正徳四年、北名八幡神社に奉納されたわけだが、時代が下り、昭和五九年に区画整理に伴い移転することになった。その際、奥の御殿を開いたら、この絵巻が出てきたのである。再発見された後、氏子総代が一年交代で預かることになる。そして平成二三年、佐賀県立博物館に寄託保管され、現在に至る。

さて、了関こと直之についてであるが、彼は先に述べたように、寛永二〇年に初代藩主直澄の嫡子として生まれた。藩主としての在位は寛文五年（一六六五）から宝永五年（一七〇八）にかけてである。そして没したのが（一七二五）であった。

直之が本絵巻の親本を見出した西久保八幡宮は今も変わらず東京都港区虎ノ門にある。但し焼亡して『八幡宮縁起絵巻』やそれに関する記録は一切現存しないようである（当社宮司談）。実際、直之の江戸滞在中にも火事に見舞われている。『鹿島藩日記』元禄八年（一六九五）二月八日の条に次のようにある（祐徳稲荷神社刊）。

昼八時ゟ四谷筋ゟ出火、紀州様御屋敷焼失、麻布御屋敷、三田御屋敷、不残、焼失、

蓮池藩江戸上屋敷は、当時、麻布の竜土町の東に約一キロ先にあった。直之はもともと江戸屋敷で誕生して少年期を過ごした人物である。そうした彼の生活圏の中にある西久保八幡は、代々鍋島家が尊崇する神を祀る神社として身近な場所であっただろうことは想像にかたくない。『蓮池日史略』「直之公」には次のように記されている。(3)

公江府麻布邸ニ生ル。其西久保八幡宮ハ公ノ氏神ナリ。因テ八幡祠ヲ北小路ニ建テ祠堂米ヲ付シ、山伏蓮乗院ヲ其境内ニ置キ春秋之ヲ祭ル。其祠今ニ至テ存在ス。

『蓮池日史略』は元蓮池藩士永田暉明が明治期に蓮池藩史料を編纂したものである。ここに直之が西久保八幡宮を信仰していたこと、これによって国元に八幡社を創建したことが記されている。北小路とは佐賀の蓮池城の北、つまり北名を指す。西久保八幡宮の絵巻を模写して北名八幡神社に奉納する理由はここにある。

ただ、跋文にいう「昔年」がいつ頃のことであるが、判然としない。直之が国元に初めて帰るのは寛文四年、数えで二二歳の時であった。それまでは江戸で過ごした。翌年、直澄から藩主の座を継いで再び江戸在住となる。その後、江戸と佐賀を行来することになるのだが、「昔年」は藩主になる以前の頃か、それともその後のことなのか、今後の課題としたい。

この跋文を記した龍化霖とは、現佐賀市巨勢町にある黄檗宗寺院の龍津寺の開山である。この寺は直之在位中の元禄一六年（一七〇三）に建立された。化霖は直之の庇護を受け、活躍した僧である。なお、直之の墓に記された長文の碑銘は同寺の住僧釈元皓の草したものである。

正徳四年といえば、すでに直之は藩主の座を直稱（直澄五男、直之養子）に譲った後である。宝永五年（一七〇八）、藩主を退いたのを機に剃髪し、了関と号した。そして佐賀の蓮池城の別館に移ることになる。絵巻の完成はその二年後であるから、この頃から城北に八幡神社の建立し、信仰していた西久保八幡宮の絵巻の模本制作の準備計画は行われていたことだろう。

3　書誌解題

次に書誌を簡潔に記す。

書　型　巻子本二巻。
外　題　なし。
内　題　なし。
表　紙　牡丹唐草文様紺地緞子表紙。二四・四×二四・七㎝。
見　返　布目金紙。
本　文　漢字平仮名交じり文。振り仮名なし。
料　紙　鳥の子紙。
本文紙幅　上巻　（一）二九・五（二）三〇・五（三）二三・九（四）二七・七（五）二六・〇―〈第一図〉―（六）二四・九（七）四八・三（八）四七・五（九）四八・二（一〇）四八・五（一一）四四・八（一二）七四・〇（一三）三二・一―〈第二図〉―（一四）四四・八（一五）四七・七（一六）七一・六（一七）四二・五―〈第三図〉―（一八）四六・五（一九）四七・七（二〇）二七・八（二一）三二・二（二二）三二・七（二三）二九・二―〈第四図〉―（二四）九五・二（二五）一・五（二六）三二・八（二七）三二・五（二八）三二・八（二九）三二・五（三〇）四四・二―〈第五図〉―（三一）九二・一（三二）四七・四（三三）四八・八（三四）四七・七（三五）四八・一（三六）七・三

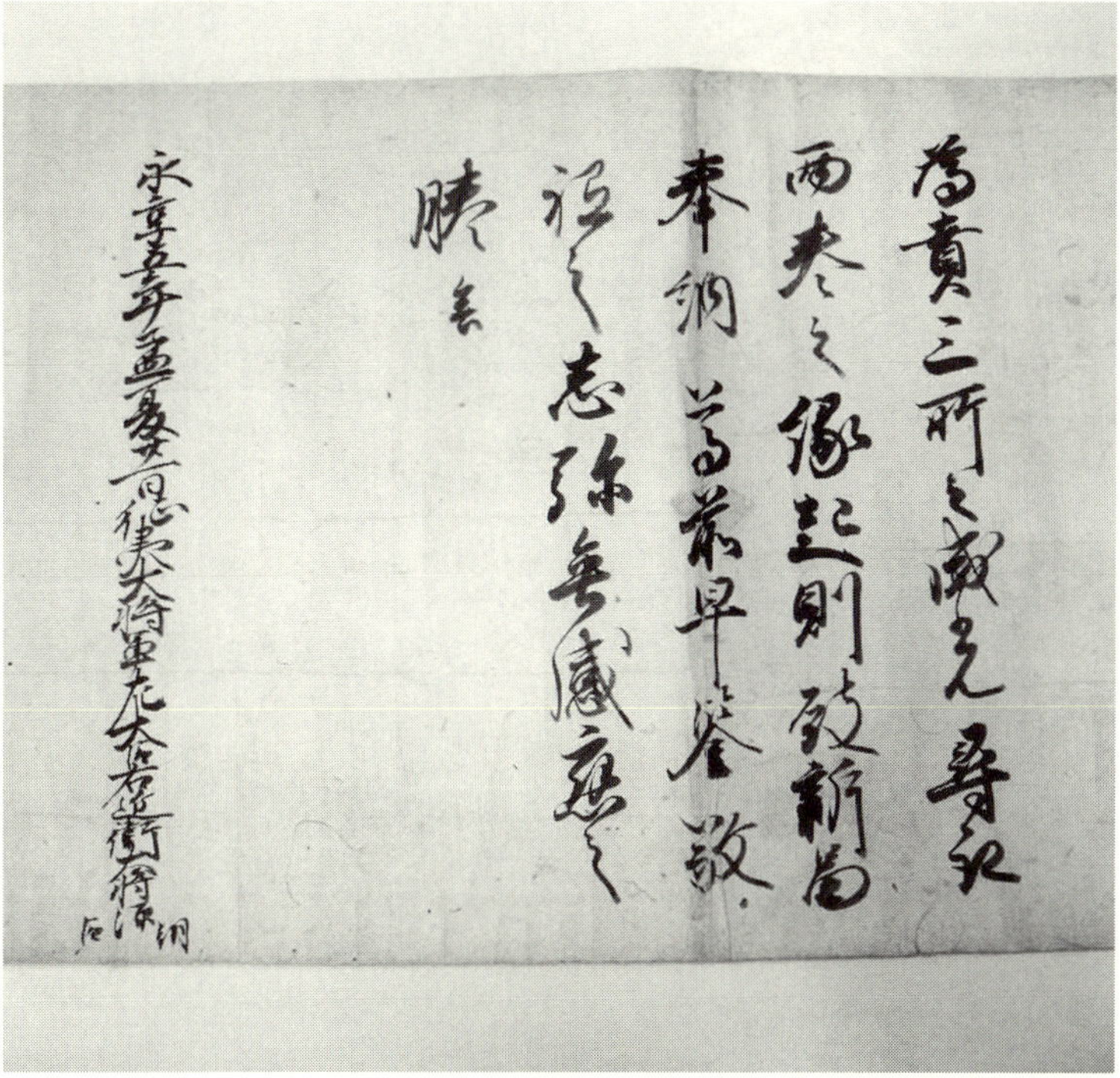

本奥書

下巻（一）一一・九（二）一七・五（三）三二・五（四）一三・〇—〈第六図〉—（五）四三・五（六）四八・九（七）四五・七（八）一八・九（九）三二・五（一〇）三二・六（一一）一二・九—〈第七図〉—（一二）八八・二（一三）一八・六（一四）三二・五（一五）三二・五—〈第八図〉—（一六）八九・一（一七）三一・七（一八）三〇・九—〈第九図〉—（一九）四八・〇（二〇）三六・五（二一）三六・七（二二）三六・五（二三）二二・九—〈第一〇図〉—（二四）九一・三（二五）一一・五（二六）三六・五（二七）三六・五（二八）三六・八（二九）

二一・六（三〇）一五・七（三一）二七・二―〈第一一図〉―（三二）九三・四（三三）九三・一（三四）五九・五（三五）八・〇

挿絵　全一一図（上巻五図、下巻六図）。

奥書　①永享五年（一四三三）の本奥書と②正徳四年（一七一四）の書写奥書がある。

①本奥書（前頁上図）

為賁三所之威光尋取／両巻之縁起則致新圖／奉納　尊前早豎敬／祇之志弥垂感應之／聢矣／永享五年孟夏廿一日征夷大将軍左大臣右近衛大将源朝臣

②書写奥書（跋文）

跋

八幡大菩薩画圖譜略／

肥之前州蓮池城前／刺君鍋嶋了関老居士昔／年視江府西久保／八幡宮神跡之圖而教謄／寫之且得兼如所書寫譜／文共秘家久矣今茲欲寄／献蓮池宗廟／八幡宮竟移舊本合考命／畫工新圖神跡以為二軸／鎮神宮因教山野跋其後／是以略誌本末粨願神霊／鑑情実心風調雨順五穀／豊登國家安泰萬民快楽／更冀子孫承其餘慶且文且武不墜賢名矣／

旹正徳四年甲午年八月望／

龍津開山龍化霖謹跋

（白文方印）（朱文方印）

4　縁起本文

次に本の文構成を見てみよう。

物語の内容を説話単位で分割してある。『八幡宮縁起』は大きく一類・二類の二つに分けられる。ここでは大幅に相違する一類を省いたが、前稿「奉納縁起としての奈良絵本」でも類似作業を行っているので、一類の概要はそちらを御覧願いたい。一方、二類が全く本絵巻と符合する。そういうわけで、この表に示した通り、本絵巻

	北名八幡神社本	縁起２類
上１	序（創世）	○
2	仲哀２年、新羅襲来	○
3	塵輪退治	○
4	同９年、仲哀の崩御と遺言	○
5	神功皇后出陣	○
6	不思議の老人出現	○
7	備後の泊に大牛出現	○
8	牛窓地名由来	○
9	上大江ヶ崎での老翁の活躍	○
10	蘆屋津での老翁の活躍	○
11	安曇の磯良招聘	○
12	旱珠満珠入手	○
13	48艘の造船	○
14	老人即住吉大明神	○
15	磯良即鹿の島明神	○
16	神々の出陣	○
17	神功皇后御産の気	○
18	異国の兵船襲来	○
19	干珠満珠による勝利	○
下20	神功皇后の碑銘	○
21	河上宮に干珠満珠奉納	○
22	仲哀天皇の山稜	○
23	応神天皇の誕生	○
24	鹿弭坂・忍熊両王子の謀叛	○
25	神功皇后の即位と崩御	○
26	応神天皇の即位と崩御	○
27	筥崎の璽の松	○
28	馬城峯の石躰権現	○
29	仁徳天皇の勅使と金鷹	○
30	八幡と号する由来	○
31	鍛冶する翁と大神の比義	○
32	６年に一度の勅使	○
33	道鏡践祚失敗と清丸流刑	○
34	清丸の宇佐漂着と足再生	○
35	足立寺建立	○
36	石清水八幡宮建立	○
37	評語（正直と敬神）	○

の本文は二類本に属することになる。しかしこれは永享五年（一四三三）の本奥書が記されていることから想定されることだった。

この年、足利義教は石清水八幡宮及び誉田八幡宮に絵巻を奉納した。その絵巻（上下二巻）を祖本とする（後者は『神宮皇后御縁起』と題す）系統の伝本は比較的広く流布している。北名八幡神社本に関していえば、本文構成と上下の分割箇所が一致する。奥書もまた石清水本のそれと同じである。『神宮皇后御縁起』はこれと異なる。

さらに挿絵の配置箇所をまとめると次の通りである。「前」の直後、「後」の直前に挿絵が配されている。数字は右構成表に対応する。

第一図　6不思議の老人出現

前「いかにも様こそあるらめとおほしめして召具て鎮西へ起《ママ》かせたまふ」

後「皇后備後のとまりにつかせたまふ時」（7）

第二図　8牛窓地名由来

前「たのもしき事におほしめして御身近くめして何ことも仰合られけり」

後「其後門司関の上大江か崎といふ所につかせ給ふ」（9）

第三図　10葦屋津での老翁の活躍

前「奇特の思をなすまことに人力のおよふへき所にあらす」

後「其後香椎濱といふ所に付給」（11）

第四図　11安曇の磯良招聘
前「磯童豊姫を具し奉て龍宮におもむきける」
後「磯童豊姫を具し奉て龍宮に行向て旱珠満珠二の玉を借得て」(12)
第五図　19旱珠満珠による勝利
前「上巻終」
第六図　20神功皇后の碑銘
前「をの〳〵長五寸はかりの玉なり」(21)
後「皇后異國にをもむき給し時」(22)
第七図　25神功皇后の即位と崩御
前「八幡三所内東御前と申はすなはち此御事なり」
後「皇子は四歳にして皇太子にたゝせ給ふ」(26)
第八図　30八幡と号する由来
前「八正の直路をしめして三有苦海を救給ふ表示なり」
後「人皇第三十代欽明天皇御宇十二年正月に」(31)
第九図　31鍛冶する翁と大神の比義
前「我國に生をうけん人誰か大菩薩の御めくみを仰かさらんや」
後「昔は六年に一度勅使を宇佐宮にたてゝ國政の事を定め給へきよし」(32)

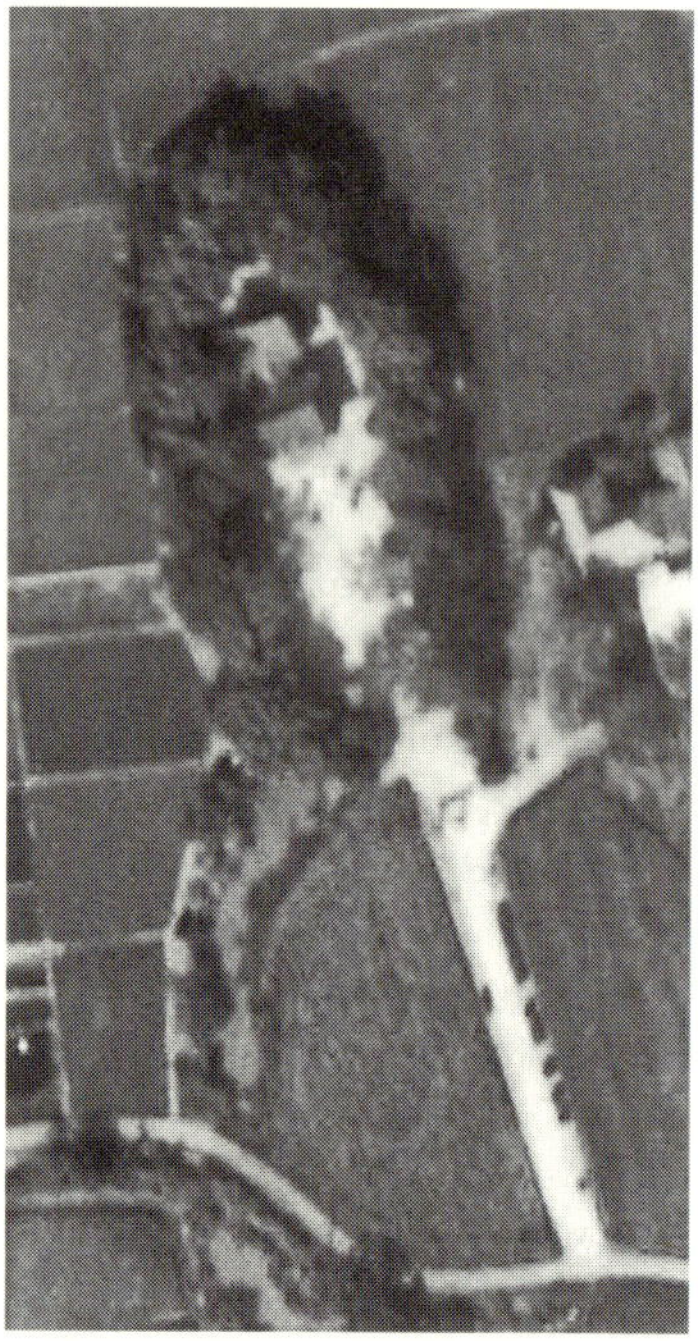

移転前の北名八幡神社

移転後

第一〇図　35足立寺建立

前「和氣の氏寺としていまにありとなむ」

後「貞観のころ行教和尚といふ人宇佐宮にして二千日参籠して」(36)

第一一図　石清水八幡宮境内

前「永享五年孟夏廿一日征夷大将軍左大臣右近衛大将源朝臣」

後「跋」

石清水本の挿絵の配置はどうかというと、『石清水八幡宮史料』第一巻掲載の翻刻を見るに、第一図から第一〇図までは全く同じ場所に配されている。前後の本文についてもそれは変わらない。注目すべきは第一図直前の本文で、次のように記されている。

　いかにも様こそあるらめとおほしめして、召具て鎮西へ起〔赴カ〕かせたまふ、

「赴かせたまふ」を「起かせたまふ」と誤っているのは、北名八幡本も同じである。つまり、後者の系統は前者の本文を忠実に模写するものだったことが察せられるだろう。

異なる点は、第一一図の位置である。すなわち石清水本は本文の後、永享五年の奥書の前に配されている。それに対して北名八幡本は永享五年の本奥書の後、正徳四年の跋文の前に配されているのである。これは恐らく意図的なもので、永享度の奉納絵巻が神社の景観図を置いて、最末尾に奥書を記したように、正徳度の奉納絵巻も永享五年の本奥書までを原本として捉え、その後に神社の景観図、そして最末尾に跋文を新たに記すかたちを採ったのではないかと思われる。してみると、第一一図の神社の造りが石清水八幡宮と著しく異なるのは、あるいは西久保八幡宮か、もしくは北名八幡神社かもしれない。とはいえ、本絵巻は跋文を信じるならば西久保八幡本を模写したものであるから、ここに描かれている神社が北名八幡神社であることは恐らくないであろう（前頁図参照）。後考を俟ちたい。

ともれ、この挿絵の配置は、石清水八幡宮本と同じである。つまり本絵巻は石清水本と極めて近いものといえるのである。そこで、以下に両者を比較していきたい。

5　石清水本との関係

右に示したように、本絵巻は石清水八幡宮所蔵絵巻と近い関係にあることが明らかである。ただ残念なことに、当該絵巻は消失して現存しない。しかし、数ヶ所の部分写真が既刊の文献に掲載されている。すなわち『石清水八幡宮史料』第一巻、『国華』第六〇四号、『神祇文化図説』、『中世神仏説話』『戦災等による焼失文化財』[4]である。

これらと比較してみるに、幾つかの点に気づく。まず、挿絵を見ると、8「牛窓地名由来」（神祇文化図説）は構図が異なる。石清水本では牛が海上で仰向けの状態で描かれているのに対して、北名八幡本は海上を走る姿が描かれている。次に、11「安曇の磯良招聘」（神祇文化図説）も同じく構図が異なる。舞を舞う翁の姿勢は、石清水本では左手を前にして背中を向けているが、北名八幡本は右手を前にしてこちらに体を向けている。20「神功皇后の碑銘」（戦災等による焼失文化財）も同じく構図が異なる。神功皇后は、石清水本では徒歩で碑銘を刻んでいるのに対して、北名八幡本は馬上から刻んでいる。他にも異同が甚だしい。34「清丸の宇佐漂着と足再生」も同じである。猪の背に乗る清丸は、石清水本では白い装束であるが、北名八幡本では衣冠束帯姿である。また石清水本では宇佐八幡宮の門前に到着した場面であるが、北名八幡本では社が描かれていない。36「石清水八幡宮建立」の石清水八幡宮の景観図は構図が全く異なる。このように、確認される限り、挿絵は全く関係ないと思われる。

これに対して、本文は驚くほど似ている。①として示した二図は、下巻巻頭の20「神功皇后の碑銘」本文である。ｂ北名八幡神社本は石清水本をほぼ臨模したかのように酷似していることに気づくであろう。ところが巻末までこの姿勢で通しているかと思うと、そうではない。本文自体はほぼ忠実であるが、改行箇所や仮名の母字が異なる。「さる程に」から「かたとりて」まで全一二七文字ある。このうち、異なる母字は八字、異体字は一字

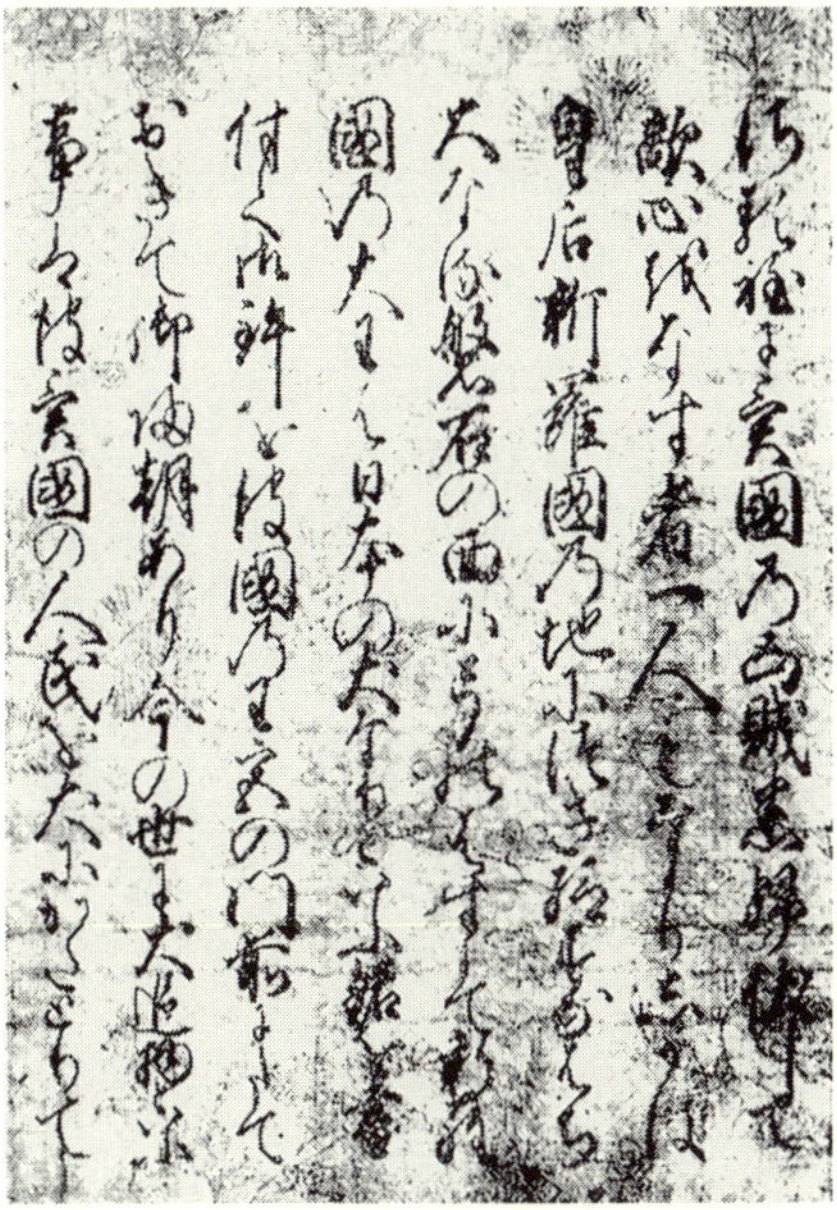

①ａ　石清水八幡宮本（中世神仏説話）

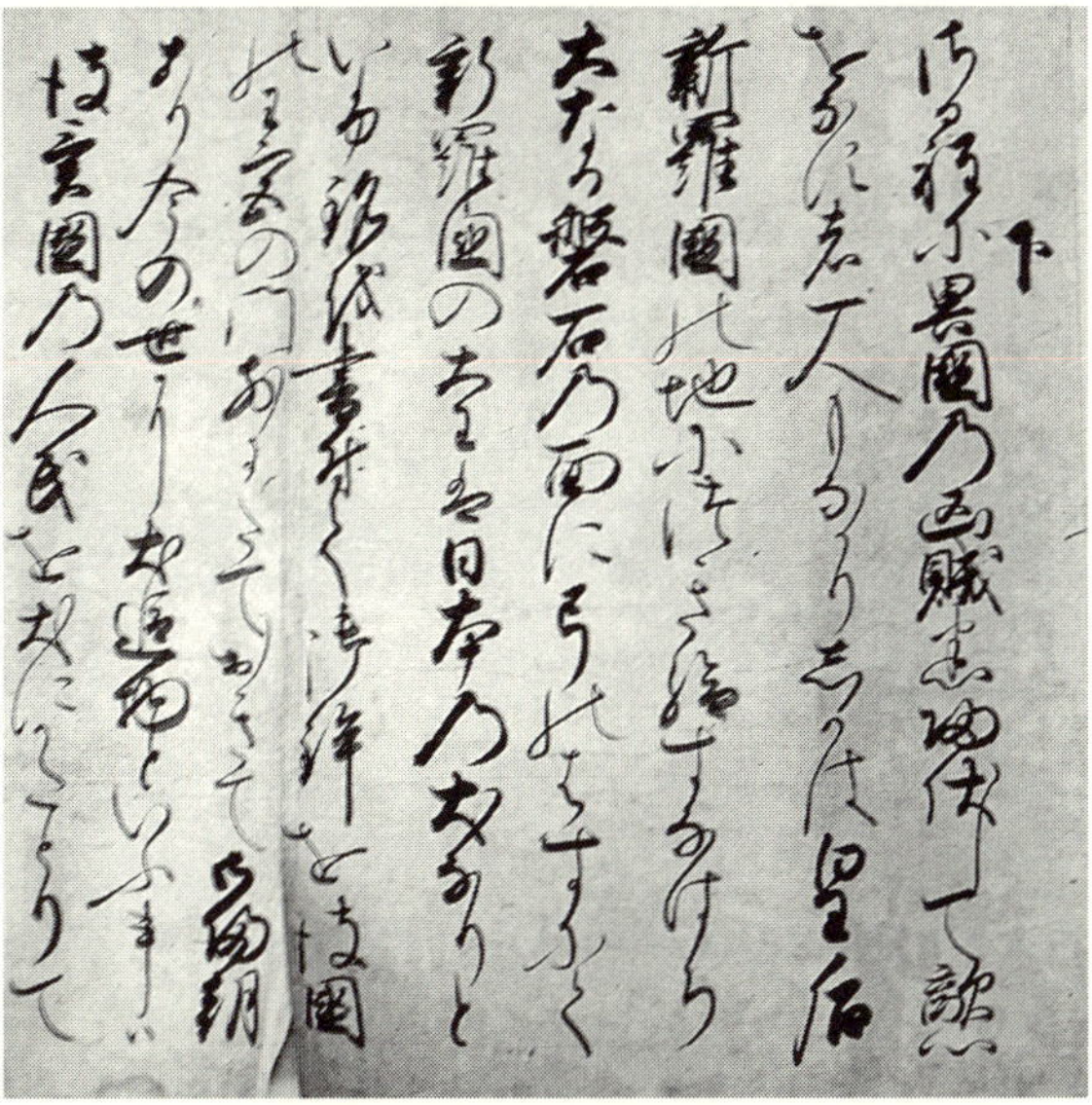

①ｂ　北名八幡神社本

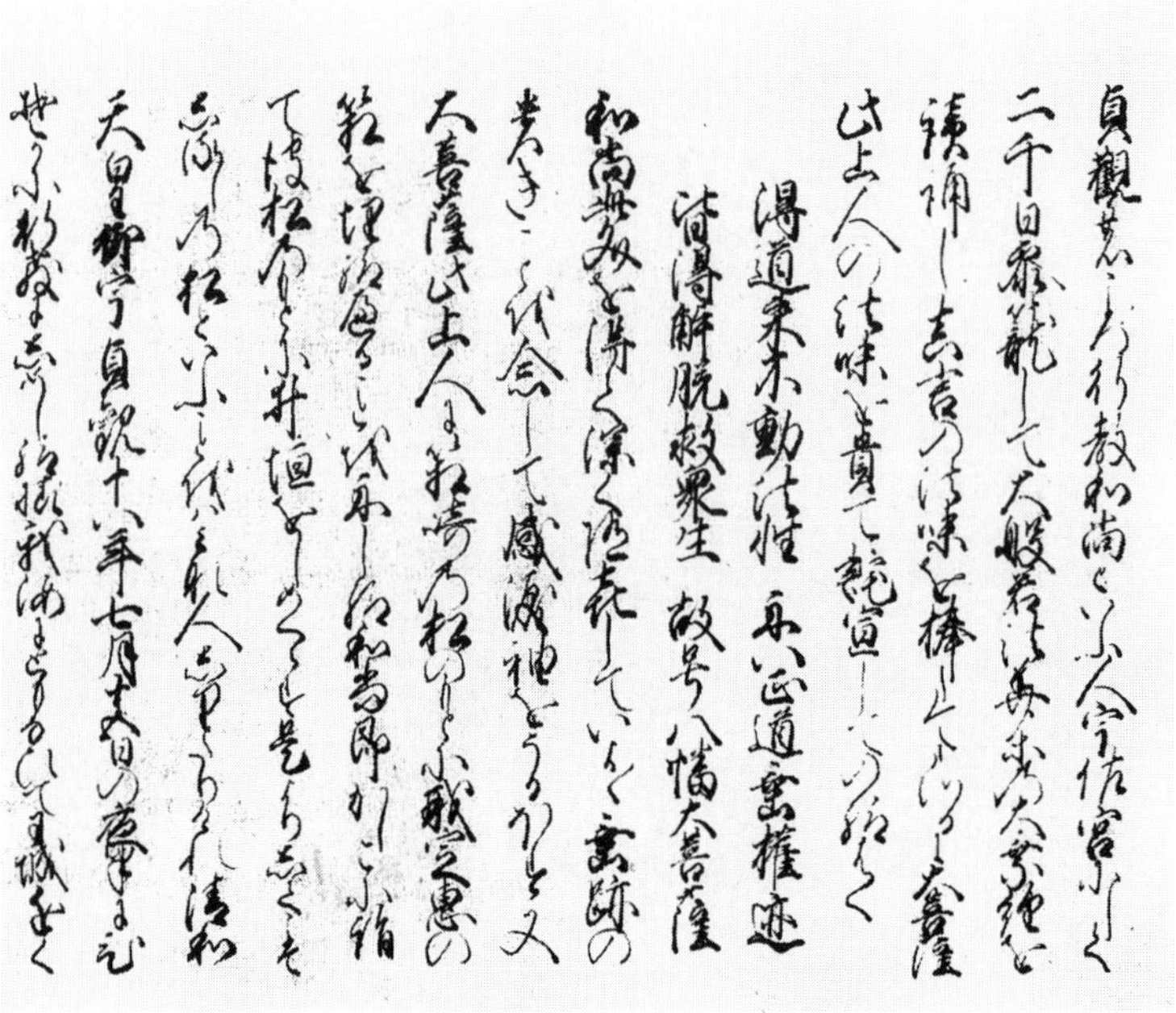

②a　石清水八幡宮本（石清水八幡宮史料）

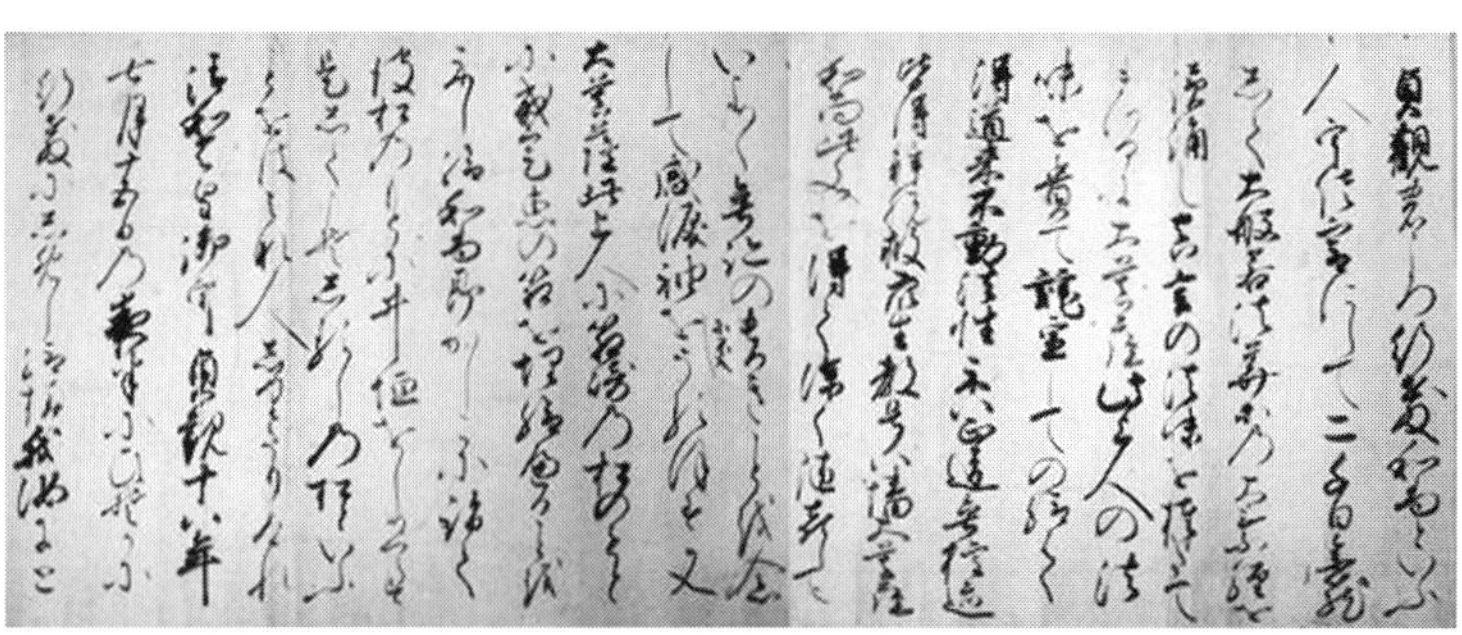

②b　北名八幡神社本

に過ぎない。

次に②は36「石清水八幡宮建立」の冒頭部分を並べたものである。①と同様に書体が酷似している。「貞観のころ」から「我汝にと」まで二五五字ある。そのうち、異なる母字をもつ仮名は八字、漢字の異体は一字、脱字は二字見られる。

右に二箇所の本文を比べてみたが、いずれも本文が酷似していることが知られる。そして、表記もまた極力忠実であろうという姿勢が読み取れるである。ただ、改行箇所は異なる。それは両絵巻の天地の寸法が違うからである。石清水本が四三センチであるのに対し、北名八幡本は二四センチに過ぎない。石清水本のように、ゆったりとした漢字仮名交じり文で書こうとすれば、当然一行の文字数が少なくなる。それでやむを得ず改行箇所までは倣うことができなかったのであろう。

いずれにしても、本文に限っていえば、祖本たる石清水本を忠実に模写する流れを汲んで、およそ三百年後の当該絵巻に至ったことを知るのである。しかし一方の挿絵に関しては、全く祖本を踏襲することがなかった。いつの段階で現状の絵となったのか、今後の課題にしなくてはならない。

おわりに

本絵巻は、武家社会における絵巻の伝来の在り方として示している。すなわち参勤交代という江戸と国元との往来の制度を背景にしているからである。これは中世武家社会には当然見られない現象であった。全国から地方伝来の文物がもたらされ、貸借、贈与、売買などを経て他者の手に渡り、それを得た者の国元にもたらされる。

北名八幡神社所蔵の八幡宮縁起絵巻は江戸の西久保八幡宮所蔵本に基づくものであった。では西久保本はどこの蔵本を親本としたのだろうか。遡れば石清水八幡宮所蔵本となるが、しかし挿絵の異同が甚だしい。転写の過程で改竄する者があったことは確かである。それがどの段階で派生した系統であるのか。これは伝存する本絵巻諸本の調査研究を経て、ある程度明らかにできるであろう。(5)

〔注〕

（1）伊藤慎吾「初期蓮池藩における八幡信仰の担い手」（『鍋島報效会研究助成報告書』第八号、平成二九年五月予定）。
（2）本図の人物については、光桂寺所蔵の鍋島直澄像に酷似するため、直之像であるかどうかについては検討が必要である。
（3）『蓮池藩日誌』（ふるさと社、昭和五六年）。
（4）『石清水八幡宮史料』第一巻（石清水八幡宮社務所、昭和三五年）、『国華』第六〇四号（昭和一六年三月）、高階成章・影山畊四郎『神祇文化図説』（芸艸堂出版、昭和二二年）、近藤喜博編『中世神仏説話』（古典文庫、昭和二五年）、文化庁編『〔新版〕戦災等による焼失文化財』（戎光祥出版、平成一五年）。この他、絵葉書がある由である（筒井大祐氏ご教示）。
（5）諸本については立畠敦子「八幡宮縁起絵巻の展開に関する試論」（『下関市立美術館研究紀要』第一五号、平成二八年二月）に詳しい。

雅人と絵巻制作
――国立国会図書館所蔵『平家物語絵巻』について――

国立国会図書館には近世中期に製作された『平家物語絵巻』が所蔵されている。ただし『平家物語』全編を絵巻化したものかどうか不明である。今日残っているのは三巻で、それも一巻に各二段ずつしか章段が収録されていない、全六段に過ぎない小品である。しかしつぶさに検討してみると、いくつか有意義なことが明らかになった。

そこで本稿では本絵巻の書誌・本文・絵・作り手の三点から制作事情を考えてみたいと思う。

1　書誌

まずは書誌的事項を掲示しておこう。

請求記号　ん―55
員　数　三巻。

書　型　巻子本。
紙　高　表紙三七・二cm。本文料紙三七・一cm。
全　長　第一巻―一二二一・一cm。第二巻―一三三六・六cm。第三巻―六五九・二cm。
表　紙　黒色紙表紙（後補）。
見　返　楮紙（後補）。
料　紙　楮紙。修補の裏打ちがされている。下絵なし。
遊　紙　あり（後補）。
外　題　後補題簽「平家物語繪巻　一（｜三）」。
内　題　なし。
尾　題　なし。
紙　数　第一巻―四七紙。第二巻―五三紙。第三巻―二九紙。
挿　絵　全一〇図。第一巻―三図、第二巻―五図、第三巻―二図。淡彩。画中には一部の人物に対して朱筆で名前が記されている。第四図「河原兄弟」「朝盛」、第五図「源太」、第一〇図「忠度」
字　高　約二八cm。
奥　書
①第一巻本文末尾（第三図の手前）
右一巻者或人之依二懇望一書写候畢

霜月日　　　　　　源宣慶

②第一巻巻末（第三図左下）

渡邊牧太郎珍玩

③第二巻巻末

渡邊牧太郎珍玩

④第三巻本文末尾（第十図の手前）

右一巻者。或人依㆓懇
望㆒書写候畢。
霜月日　　藤原業長

印記

1「靜屋」（朱長方印・単辺陽刻）継ぎ目や巻末など随所に捺してある。

第一巻—第三〜四、五〜六、一〇〜一一、一六〜一七、一九〜二〇、二三〜二四、二五〜二六、四五〜四六紙の継ぎ目。第九紙末尾本文下、第四六紙奥書下。

第二巻—第五〜六、八〜九、二六〜二七、四四〜四五、四六〜四七紙継ぎ目。第五二紙奥書下。

第三巻—第一〜二、一一〜一二、一八〜一九、二二〜二三、二三〜二四、二五〜二六紙継ぎ目。第二九紙奥書下。

2「帝國／圖書／館藏」（朱正方印・単辺陽刻）各巻首部右肩。

3「圖／明治四二・六・一・購求」（朱円印）第二、三巻首部右下。

章段　章段名は本文中に記されている。巻頭目録はない。

第一巻　老馬の事／一二のかけの事

第二巻　二度のかけの事／坂をとしの事

第三巻　盛としさいこの事／忠度のさいこの事

構成

第一巻　遊紙―「老馬の事①」―第一図―「老馬の事②」―第二図―「一二のかけの事」―第三図―遊紙

第二巻　遊紙―「二度のかけの事①」―第四図―「二度のかけの事②」―第五図―「坂をとしの事①」―第六図―「坂をとしの事②」―第七図―「坂をとしの事③」―第八図―遊紙

第三巻　遊紙―「盛としさいこの事」―第九図―「忠度のさいこの事」―第一〇図―遊紙

本文の表記は漢字平がな交じり。それに朱筆によって句読点（「。」「、」）、濁点、合点などが付け加えられている。濁点は、それらを必要とするすべての語彙に付けられているわけではないが、おおむね用いられているといってよいだろう。句読点については、「。」「、」が用いられているからといって今日的な用法を採っているのではない。左に参考までに一例挙げる。

その、ち西にむかひ。光明遍照、十方世界、念佛衆生、摂取不捨、との給ひもはてねば。（「忠度さいごの事」）

また人名・地名・官職名・元号などには朱線が引かれている。すなわち人名は中央、地名は右、官職名は左、元号は左に二重線というように、一定の基準をもったものである。

また随所に訂正箇所がある。該当部分に朱筆で左点を付け、右側に正しい文字を書き添えている。

なお、和歌は二行書き、約三字下げ。朱筆で合点を懸ける。

以上、書誌を記してきた。ここに示したように、本絵巻は表紙・見返しを改装したものである。したがって、制作当初の姿をとどめているかどうか判然としない。

制作時期は葛岡宣慶の没年（一七一七）を下限とすれば、およそ元禄頃に作られたものとみられるだろう。宣慶については後述する。

2　本文

次に本文について検討を加えたい。

まず、全体の構成は前節にも掲げたように、各巻二段編成となっている。

第一巻　老馬の事／一二のかけの事

第二巻　二度のかけの事／坂をとしの事

第三巻　盛としさいこの事／忠度のさいこの事

なぜ「老馬の事」から始まり、「忠度の最期の事」で終えているのか、明確に意図するところは分からない。

しかし、共通することは忠度に始まり、忠度に終わるということだろう。もっとも、忠度を中心とするならば、忠度が驚嘆すべき活躍を見せる六箇度合戦に始まり、その最期に終えるほうが適当のように思われる。しかし現存本ではそうはなっていない。想像を逞しくすれば、本来の姿は現存する六段よりも章段数が多かったのではないか。一巻二段という編成も特殊である。現絵巻が改装されたものであることから、本来一巻だったものが後人の手によって三巻に分かたれたのかもしれない。いずれにせよ、「老馬の事」に始まり、「忠度の最期の事」で終えているのが制作当初からのことなのか、前後に欠損が出てたまたま現状のようになったのかは不明と言わざるを得ない。

次に親本の本文がどの系統のものであったかを検討していきたい。主要なものを以下に整理して示してみよう。

《『平家物語』諸本の章段名》

●葉子十行本

老馬／一二懸／二度懸／坂落／薩摩守最後

●八坂本（巻第九）

三草山夜討／鵯越／熊谷平山一二懸／梶原二度懸／坂落／越中前司最後／薩摩守最後

●国民文庫本（巻第九）

三草の夜討／鵯越／熊谷平山が一二の懸／梶原が二度の懸／あひ／坂落し／越中の前司が最後／薩摩守の最後

●百二十句本（巻第九）

三草山・熊谷平山一二の駆／梶原二度の駆／鵯越／一の谷

●屋代本

範頼義経西国下一谷破事／梶原二度之蒐付鵯越落事／教経落越中前司盛俊被討事／忠度最後付重衡囚事

●延慶本（第五本）

源氏三草山並一谷追落事／越中前司盛俊被討事／薩摩守忠度被討給事

●長門本（巻第一六）

能登守教経所々合戦事／熊谷平山城戸口寄事／一谷合戦事／薩摩守忠度被討事

●岡山本（巻第一六）

能登殿教経所々合戦事／熊谷平山城戸口寄事／一谷合戦事／薩摩守忠度被打事

●源平盛衰記（巻第三六～三七）

平家嫌手向附通盛請小宰相局事／清章射鹿並義経赴鵯越事／鷲尾一谷案内者事／熊谷向大手事／／熊谷父子寄城戸口並平山同所来附成田来事／平家開城戸口並び源平侍合戦事／景高景時入城並畠山荷馬附馬因縁事／則綱討盛俊事／一谷落城並重衡卿虜事／忠度通盛等最後事

●両足院本（巻第九）

三草山合戦事／平山荒言事／別府小太郎事／熊谷平山争先事／河原太郎兄弟事／梶原二度懸事／判官鵯越下給事／三浦十郎義連岩石先陣事／能登殿被落事／猪俣小平六討盛俊事／岡部六弥太奉討薩摩守事

●南都本（巻第一〇）

平家方々取陣事／義経向鵯越事／熊谷平山諍一谷先陣事／生田森合戦事付梶原二度懸事／一谷以下城没落事／

●源平闘諍録（八之下）

一谷生田森合戦之事／熊替大夫成盛討事

●平松家旧蔵本（巻第九）

一谷合戦事

●小城鍋島文庫本（巻第九）

一谷合戦事

●四部合戦状本（巻第一三）

※目録なし

◎高野本（巻第九）

老馬／一二のかけ／二度のかけ／坂落／盛俊最期／忠度最期

◎無刊記古活字本（巻第九）

老馬／一二懸／二度懸／坂落／越中前司最後／忠度最後

◎下村時房刊本（巻第九）

老馬／一二懸／二度懸／坂落／越中前司最後／忠度最後

◎寛永三年刊平仮名整版本（巻第九）「此平家物語一方検校衆以吟味令開版之者也」

老馬の事／一二のかけの事／二度のかけの事／坂おとしの事／盛としのさいごの事／忠度のさいごの事

◎延宝五年刊絵入本（巻第九）
老馬の事／一二のかけの事／二度のかけの事／坂おとしの事／盛としさいごの事／忠度のさいごの事
◎國學院大學津軽家旧蔵本（巻第九）
らうはの事／一二のかけの事／二とのかけの事／さかをとしの事／もりとしのさいこの事／たゝのりのさいこの事
◎神奈川県立歴史博物館本（巻第一八）
老馬の事／一二のかけの事／二度のかけの事／坂おとしの事／盛俊さいごの事／たゞのりさいごの事
◎真田宝物館本（巻第一二）
老馬の事／一二のかけの事／二度のかけの事／坂おとしの事／盛としさいこの事／たゝのりさいこの事
◎白百合女子大学図書館本（巻第一二）
老馬の事／一二のかけの事／二度のかけの事／坂おとしの事／もりとしさいこの事／たゝのりのさいこの事
◎平家吟譜（巻之九）
老馬／一二蒐／二度蒐／坂落／盛俊最後／忠度最後

「老馬の事」から「忠度の最期の事」までの一連の章段は、屋代本や葉子十行本・百二十句本・南都本・源平闘諍録・平松家本・四部合戦状本・延慶本・長門本・源平盛衰記などとは明らかに異なる。●印の伝本の類である。これに対して、覚一本でいえば第九巻に相当し、配列もこれに同じである。すなわち高野本をもって例示すると次の通りである。

老馬／一二のかけ／二度のかけ／坂落／盛俊最期／忠度最期

◎印の伝本は基本的にこれに類する。しかしながら、確かに配列は同じなのだが、章段名が一致しない。本絵巻のほうは、すべて事書の体裁をとっているのである。この点で一致するものに次の諸本がある。

寛永三年平仮名整版本・延宝五年絵入刊本・寛文十二年絵入刊本・國學院大學図書館所蔵奈良絵本・神奈川県立歴史博物館所蔵奈良絵本・真田宝物館所蔵奈良絵本・白百合女子大学図書館所蔵奈良絵本

本絵巻に近しい伝本はこれらに絞り込むことができるだろう。

そこで、以下ではこれらの本文と比較することで、本絵巻の本文と近いものが何かを明らかにしていきたい。本文の差異が顕著に表れている箇所を抽出し、表にまとめてみる。

	①人々のもとへの給ひつかはれけるは	②乱れ入よし聞え候	③いくさはさやうに
龍谷・大系	平家の君達のかたがたへ	みだれ入候なれ	いくさをばわが身ひとつの大事ぞとおもふてこそよう候へ。
高野	平家の君達のかたかたへ	みたれ入候なれ	いくさをは我身ひとつの大事
高良大社	平家の君達のかたかたへ	みたれ入候なれ	いくさをは我身ひとつの大事ぞとおもふてこそよう候へ
無刊記古活字	一門ノ人々ノ許へ	乱入候ナト	軍ヲハ我身獨ノ大事ト思フテシ候ハンニコソヨウ候ハンスレ

下村時房	一門の人々の許へ	乱入候なれ	軍はさやうに我身獨の大事と思うてし候はんにこそよう候はんずれ
寛永三年刊	人々のもとへの給ひつかはされけるは	みだれ入よし聞え候	いくさはさやうに
延宝五年	人々のもとへの給ひつかはされけるは	みだれ入由聞え候	軍はさやうに
國學院津軽	人々のもとへの給ひつかはされけるは	乱入よし聞え候	軍はさやうに
神奈川歴博	人々のもとへの給ひつかはされけるは	みたれいるよし聞え候	いくさはさやうに
真田宝物館	人々のもとへの給ひつかはされけるは	みたれ入よし聞え候	いくさはさやうに
平家吟譜	一門ノ中へ宣ヒ遣ハサレケルハ	乱入候也	軍ハ我身一ツノ大事ト思テジ候ハンニコソ能候ハンツレ

	④大事の方とて	⑤山の端出る月のごとし	⑥口々に申けれは
龍谷・大系	こはひ方とて	晴たる空の星の如し	めんめんに申ければ
高野	こはひ方とて	山のはいつる月のことし	めんめんに申けれは
高良大社	こはひ方とて	山のは出る月のことし	めんめんに申けれは
無刊記古活字	大事ノ方トテ	山ノ端出ル月ノ如ク	口々ニ申ケレハ
下村時房	大事の方とて	山の端出る月のごとく	口々に申ければ
寛永三年刊	大事の方とて	山のは出る月のごとし	口々に申ければ
延宝五年刊	大事の方とて	山のは出る月のごとし	口々に申けれは
國學院津軽	大事の方とて	山のは出る月のことし	口々に申けれは
神奈川歴博	大事のかたとて	山のは出る月のことし	くちくちにこそ申けれ
真田宝物館	大事のこと、て	山のは出る月のことし	口々に申けれは

平家吟譜	**大事ノ方トテ**	山ノ端出ル月ノ如ク	口々ニ申ス所ニ

	⑦**生年十八歳に也けるか**	⑧×	⑨**小冠を奉る**
龍谷・大系	生年十八歳になる小冠	ありのまゝに申せとこその給ひけれ	をたてまつる
高野	生年十八歳になる小冠	ありのまゝに申せとこそのたまひけれ	をたてまつる
高良大社	生年十八歳になる小冠	ありのまゝに申せとこその給ひけれ	をたてまつる
無刊記古活字	生年十八歳ニ成ケル小冠者	×	童ヲ奉ル
下村時房	生年十八歳に成ける小冠	×	童を奉る
寛永三年刊	**生年十八さいになりけるが**	×	**小冠を奉る**
延宝五年	**生年十八さいに成けるが**	×	小くはん者を奉る
國學院津軽	**生年十八さいに成けるか**	×	小くはんしやを奉る
神奈川歴博	**しやうねん十八さいに成けるが**	×	こくはんじやをたてまつる
真田宝物館	**生年十八才になりけるか**	×	**小冠をたてまつる**
平家吟譜	×	ト宣ヘハ	**小冠ヲ奉ル**

表のうち、本絵巻の本文と一致するものを太字で示した。そうすると、次のように整理できる。

①**寛永三年刊本**・延宝五年刊本・國學院津軽家旧蔵本

②**寛永三年刊本**・延宝五年刊本・國學院津軽家旧蔵本・神奈川歴博本・真田宝物館本

③**寛永三年刊本**・延宝五年刊本・國學院津軽家旧蔵本・神奈川歴博本・真田宝物館本

④無刊記古活字本・下村時房刊本・**寛永三年刊本**・延宝五年刊本・國學院津軽家旧蔵本・神奈川歴博本・平家吟譜

⑤高野本・高良大社本・**寛永三年刊本**・延宝五年刊本・國學院津軽家旧蔵本・神奈川歴博本・真田宝物館本

⑥無刊記古活字本・下村時房刊本・**寛永三年刊本**・延宝五年刊本・國學院津軽家旧蔵本・真田宝物館本

⑦**寛永三年刊本**・延宝五年刊本・國學院津軽家旧蔵本・神奈川歴博本・真田宝物館本

⑧無刊記古活字本・下村時房刊本・**寛永三年刊本**・延宝五年刊本・國學院津軽家旧蔵本・神奈川歴博本・真田宝物館本

⑨**寛永三年刊本**・真田宝物館本・平家吟譜

以上の九ケ所を比較してみると、寛永三年刊本が一貫して一致することが知られる。つまり、本絵巻の本文は、寛永三年刊本に酷似するのであり、それはおそらく、本絵巻の親本がこれか、もしくは同系統の本文に拠っているとみて間違いないだろうと考える。

さらに、寛永三年本に特徴的な振り仮名や表記に注意すると、次のような一致をみる。

寛永　一谷ノ汀ニ朱ニ成テソ列《ナミ》臥タル
絵巻　一の谷のみきはにあけに成てそ列ふしたる。
寛永　押隻テ無手ト組《クム》デドウド落

絵巻　をしならへてむずとくむてどうとおつ。（盛俊最後の事）

「列ふしたる」という絵巻の表記は寛永三年刊本の「列臥《れつ》タル」に由来するものであろうし、「くんて」を「くむて」とするのもまた寛永三年本の「組《クム》デ」を受けてもののではないかと思われる。これらもまた寛永三年刊本の表記を受けた本文であることを示唆するものだろうと推測する。

3　絵

次に各挿絵を簡単に見ておきたい。本絵巻は全一〇図から成る。それぞれの場面について触れておこう。

第一、第二の両図は「老馬の事」を描いている。第一図は白葦毛の老馬を先導として、義経一行が山道を進んでいく場面。第二図は義経の御前に跪く鷲尾親子の図である。寛永三年版は挿絵を持たない。この章段では鷲尾親子との対面を描くのが一般的であるが、国会本と酷似する絵は見当たらない。白葦毛の老馬に先導させる場面は根津美術館所蔵『平家物語画帖』など画帖や屛風絵に散見される。

第三図は横幅を広く用いて、「一二のかけの事」の主題を描いている。右側に平家の屋敷の門前の様子、そこから駆け出す二人の騎馬、対して左から右に向けて駆ける熊谷父子と平山季重・成田五郎の計四人の騎馬を描く。この場面は基本的にどの伝本の挿絵にも用いられるが、本絵巻と酷似するものは見当たらない。

第四、第五図は「二度のかけの事」における二場面を描いたものである。第四図は河原兄弟の活躍で、第五図は梶原父子の奮闘を描く。どちらも一般的な画題であるから、明確に参考にした伝本は分からない。第四図は右側に弓矢を射ようとする太郎と、その後ろの逆茂木を超えようとする次郎の様子が描かれ、かたわらに「河原兄弟」と朱筆で記されている。この兄弟は弟が兄を背負って逃げようとする場面を描くものもあるが、本絵巻では、太郎は矢を射かけている。一方、左側には平家方の屋敷とその中から矢を射て防戦する知盛（「朝盛」と朱筆）が描かれる。第五図は先駆けした梶原源太景季が崖を背に平家の武者五人に討たれそうになっている。そこへ父景時が刀を振りかざして救出しようとしている場面である。この場面は景時が馬に乗って来るものもあるが、本絵巻では走って来ている。

第六、七、八図は「逆落としの事」に取材した絵である。まず第六図は三浦・鎌倉・秩父・足柄をはじめとする源氏の大軍が大手から攻めていく様と、これを迎え撃つ平家の軍勢とが描かれている。かなり横幅を広く用いており、平家方は門で矢を射、また門から出陣する騎馬などが描かれるが、屋敷の奥のほうでは大将軍知盛の前で軍議を開いている様子も描かれている。続く第七図は逆落とし前の平家方の様子で、山から落ちてきた鹿二匹に矢で射かける場面が描かれている。そして第八図は鵯越の逆落としの場面である。

第九図は「盛としのさいごの事」を描く。越中前司盛俊が猪俣小平六に深田に突き倒される場面となっている。外の作例では、盛俊と小平六が畔に腰かけて語り合う場面や、小平六が盛俊の首級を太刀の先に刺して掲げる場面も見られるが、本絵巻のように深田に突き落とす場面を描くものもあり、まちまちである。

第一〇図「忠度のさいごの事」を描く。右腕を切り落とされた忠度が今まさに斬首されようとしている場面である。ここは林原美術館所蔵『平家物語絵巻』をはじめとして、岡部六弥太に組み伏せられているところを描くものが多く、本絵巻のように斬首されるのを待つ様子を描くものは管見に入らない。

以上説明してきたように、本絵巻に描かれる場面は、いずれもよく採用されるものばかりであり、これによって元となった絵が何であったかを特定するのはむつかしいと言わざるを得ないだろう。

4　作り手

次に書写者について述べていこう。
書写奥書は第一巻と第三巻とに、それぞれ次のように見られる。

右一巻者或人之依㆓懇望㆒書写候畢
霜月日　　　　源宣慶（第一巻）

右一巻者。或人依㆓懇望㆒書写候畢。
霜月日　　藤原業長（第三巻）

このように「源宣慶」（第一巻）と「藤原業長」（第三巻）の署名がある。前者は葛岡宣慶（一六二九―一七一七）であろう。一方、後者は堤業長（一六三八―一六四二）とも考えられるが、しかし時代が一致しない。
宣慶は、『国書人名辞典』によると、「寛永十九年、修理大夫、承応三年（一六五四）従四位上。のちに官位を返上、大阪に市井の人となる。兄雅純と共に歌学の造詣が深かった」という。庭田重秀を父とし、同雅純を兄とする。ともに歌人として知られ、『慶安手鑑』にも載っている。そのような父兄を持つ宣慶であるから、本人も歌を善くし、歌集も残している。『難波捨草』序（宮内庁書陵部所蔵、写二冊）に「いそのかみ、古き年は玉殿にいまそかりし源宣慶といへるは、いかなる事の有りけん、今は身しりぞきて難波わたりにましましける」と記されている（貞享五年〈一六八八〉跋）。事情は定かでないが、京都を出て大坂に転居したことが記されている。大坂では歌会を開いて門弟もいた。[1] 著作としては『歌苑和歌集』（大阪市大等所蔵）『古往今来秘歌大体』『三十六歌僊歌集』『難波捨草』などの歌学書や歌集を残している。本歌集巻末の作者一覧に「葛岡修理大夫源宣慶」とあるのは、かつての官位を名乗っているだけであろう。元禄三年の序をもつ『堀江草』（国立公文書館所蔵、写三冊）もまた大坂で編まれた歌集だが、これにも宣慶の歌が多く入集している。なお、同序には「日来のいつくしみのみこゝろを残しおかせ給ふとて、通茂卿の御情ふかく、かうぶり草〳〵をもさゝげ物し侍る比」などと記されているから（『近世和歌撰集集成』二）、中院通茂と交流があったことを窺わせる（兄雅純は通茂の祖父通村の師事を受けている。[2]）

また宣慶は能書としても知られていたらしく、『本朝古今新増書画便覧』（文化一五年刊）などにその名が見える。実際、早稲田大学図書館所蔵『古今和歌集』や東京成徳学園十条台キャンパス図書館所蔵『三十六人歌合』を見る限りでは同筆と判断される。早稲田本『古今集』書写奥書に次のようにある。

右一冊者或人之

依懇望書写候畢
十二月日　源宣慶

この書式は『平家物語絵巻』と同一のものであり、実際、筆跡を比較してみても、同人のものと判断することが許されよう（図参照）。

右二点の他にも、自筆本や短冊が複数確認される。最近も『源氏物語』「横笛」の美写本が筑波書店の古書目録（平成二四年一月号）に出た。おそらく、能書家として知られていたのではないかと思われる。

それならば業長のほうはどうかということだが、宣慶の奥書と同文、同書式であることが気になる。また宣慶と生没年が合わない。仮に晩年の業長との合作だとしても、宣慶が一〇歳前後ということになる。早稲田大学本『古今和歌集』と変わらぬ書風で少年時代の宣慶が『平家物語絵巻』を書写したと考えるのは無理があるのではないか。このことから、甚だ疑わしいものである。一つ想像されることは、例えば業長の奥書は親本に記されていたもので、宣慶がそのままこれを書写したということである。しかしまだ、堤業長とは同名の別人と解する余地も残っている。いずれにしても今後の検討を要する問題である。

本絵巻の業長の奥書は宣慶のそれと同筆であることは一見して判断できるだろう。そして共に、宣慶自筆の早稲田本『古今和歌集』奥書や筆者蔵短冊と同筆とみられるから、業長の奥書もまた宣慶筆ということになる。

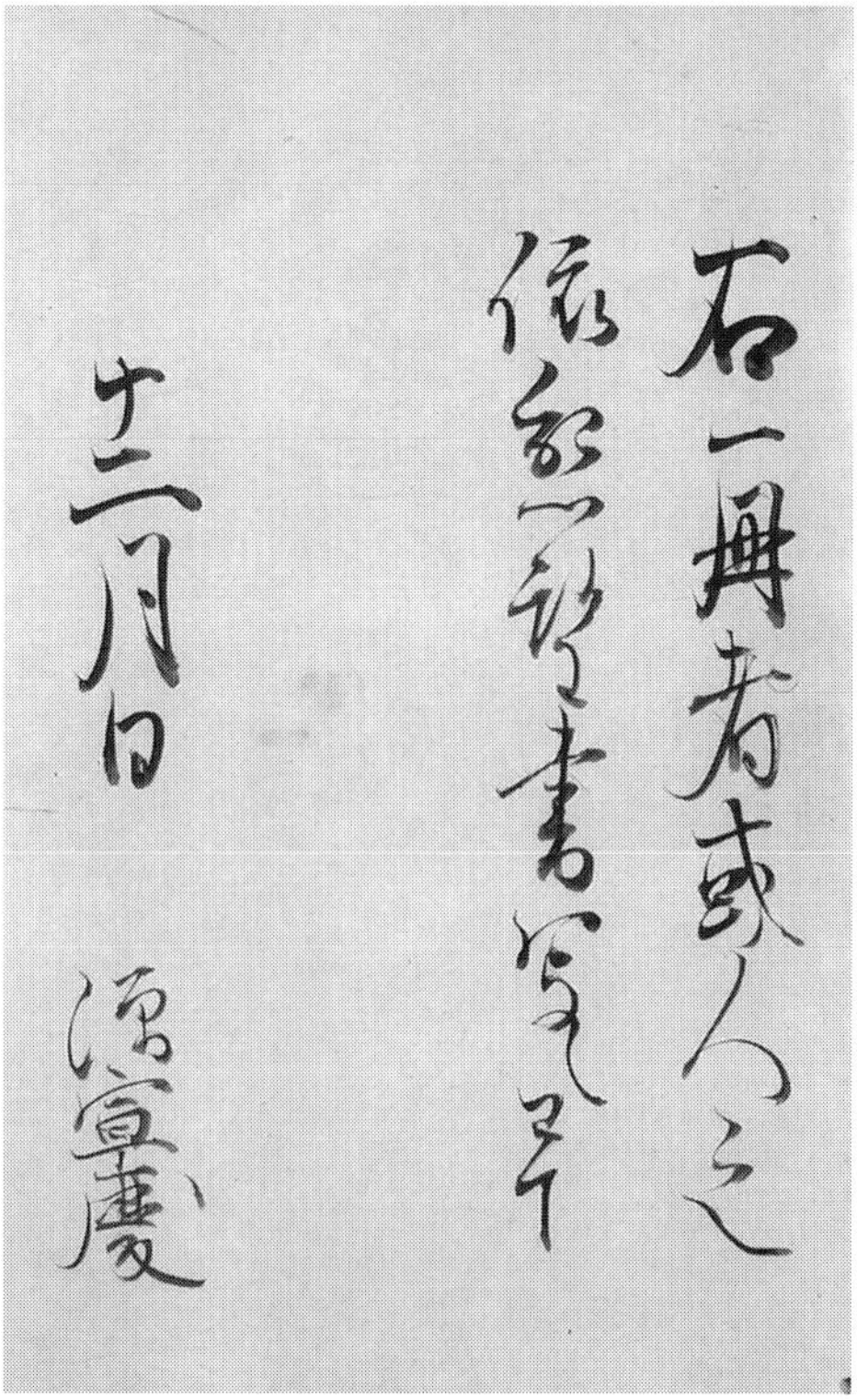

葛岡宣慶自筆『古今和歌集』（早稲田大学図書館所蔵）

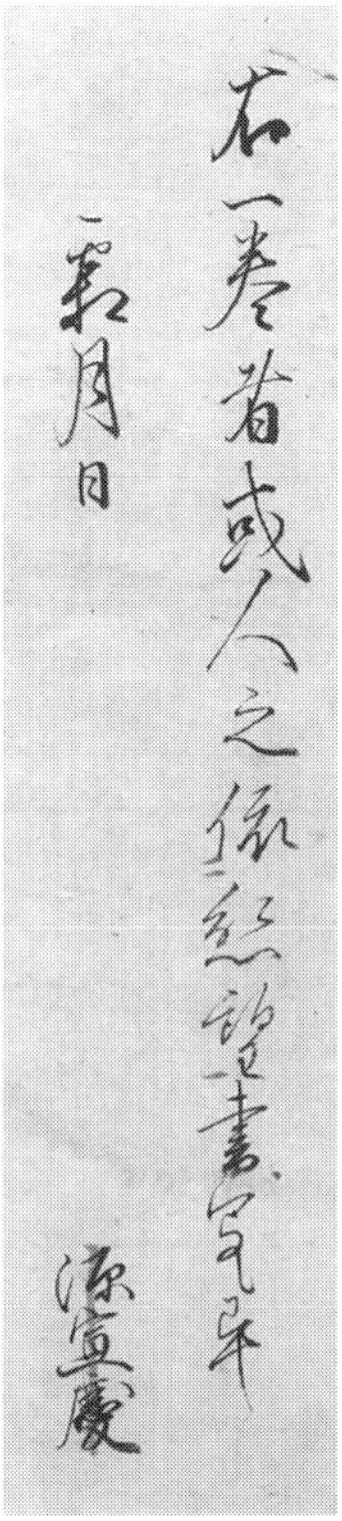

『平家物語絵巻』巻一奥書

おわりに

本絵巻は近世前期に作られた絵巻で、一の谷の合戦の様子が描かれている。本文はおそらく寛永三年の版本かその系統の写本を用いたものである。一方、挿絵は特定できないが、いずれも一般的に見られる場面を描いたものである。ここからは想像に過ぎないのであるが、こうした絵巻を制作したのは、前提として『一の谷合戦図屏風』があったのではないだろうか。この合戦を主題とした屏風は数多く作られたわけだが、本絵巻はそのうちのいずれかをもとに、絵巻の絵とした。その上で、本文は手近な寛永三年版を用いたということは考えられないだろうか。「逆落としの事」で大手での源平

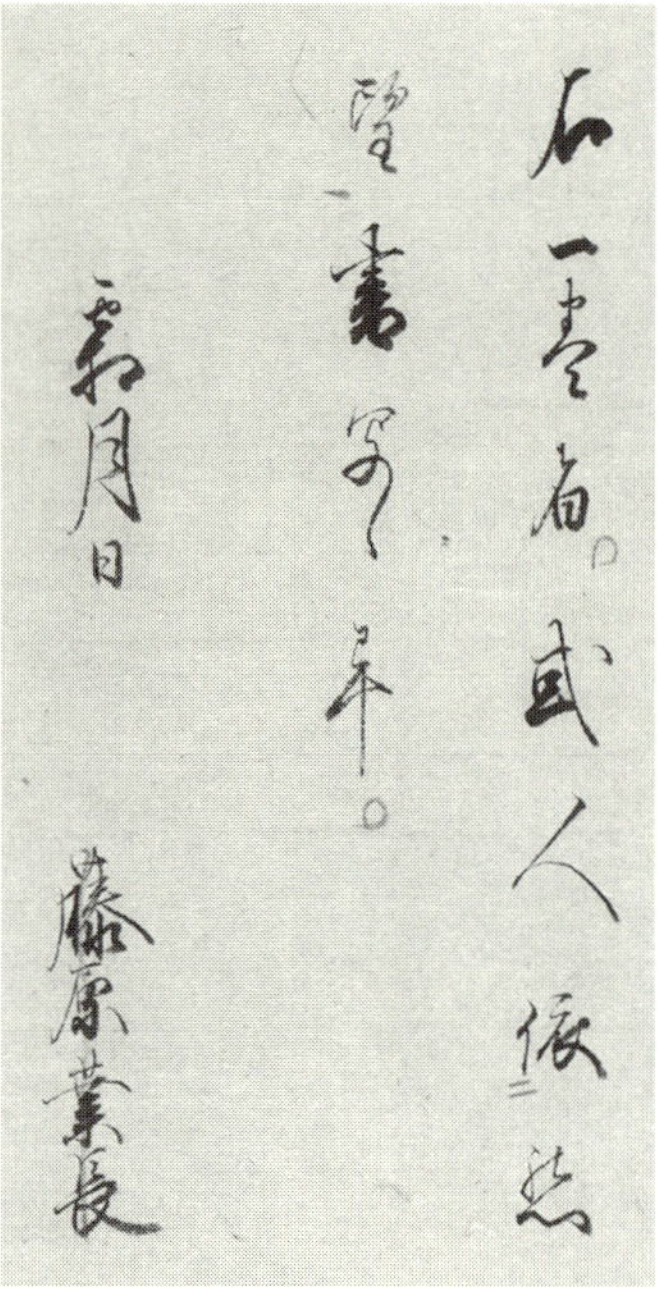
『平家物語絵巻』巻三奥書

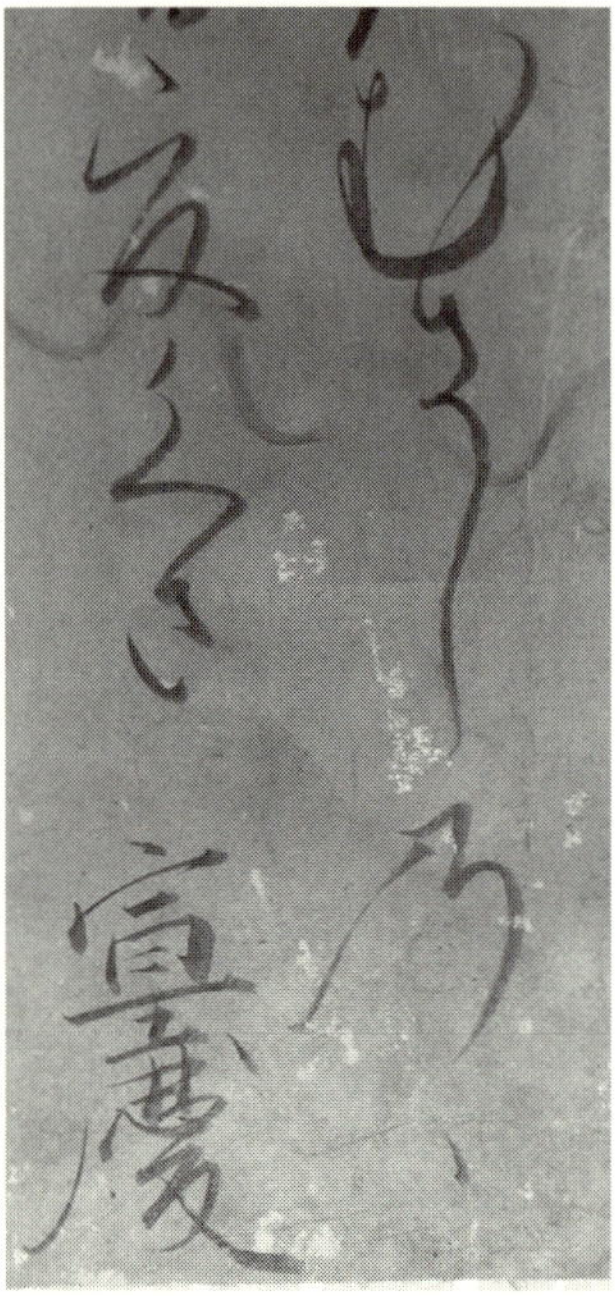
葛岡宣慶自筆短冊（伊藤慎吾所蔵）

の攻防戦や、逆落としに先行する数匹の鹿を平家の侍が射る場面が非常に横幅広く紙面を用いて描かれているのに対し、主題となる逆落としがその半分から三分の一程度の紙面で処理されているのは違和感がある。草子や画帖であれば均一な構成になるが、絵巻はその点自由である。しかしそれにしても主題とそれに先行する画題とのバランスの悪さは、屏風絵の各場面を切り取ったからではないかという気がするのである。逆落としの場面を同等に幅広にするならば、この奇襲に驚いた平家方が館から浜に向かい、船に乗って逃走しようとする様子を描けばよい。しかし本絵巻ではそれを採らなかった。結果、「逆落としの事」の三場面のうち、重要な逆落としだけが至って短い絵となってしまったと想像するのだが、いかがだろう。

　葛岡宣慶は後光明天皇の時代を中心に活躍した

能書の公家であった。彼の手がけた古典籍は恐らく管見に入ったものばかりではあるまい。『源氏物語』や『古今和歌集』などの書写をはじめ、古典文学の書写に積極的にかかわったものと思われる。

宣慶は、公家社会から離れ、大坂の市井に居を設け、当地において和歌を主とする文芸サロンを形成したいったと思われる。そうした町人社会における雅人として、観賞用に新たに作られた絵巻だったのではないだろうか。

〔注〕

（1）上野洋三『元禄和歌史の基礎構築』（岩波書店、平成一五年）。

（2）高梨素子「中院通村の添削指導」（『後水尾院初期歌壇の歌人の研究』おうふう、平成二二年）参照。

第Ⅱ部

中世物語の再生産（二）

公家と庄屋の交流――上時国家所蔵『曽我物語』について――

本稿では奥能登の旧家時国家（上時国家）に所蔵される『曽我物語』について報告する。時国家は平時忠を始祖とするといわれる家で、その歴史は古い。文献史料としては中世末期に遡ることができる。歴史的側面に関しては神奈川大学日本常民文化研究所が長年にわたり文書調査に入っており、一連の研究報告書を公刊しているから、ここではそれらを注1に紹介するにとどめたい。

なお、当家には古典籍としては本稿で取り上げる『曽我物語』のほかにも近世の版本が多数あり、また天福元年本系統の『拾遺和歌集』（近世中期写・列帖装・二帖）や古筆手鑑（折本・二帖）などが伝わる。

1　書誌解題

さて、まずは本書の書誌を簡単に記しておきたい。各帖、寸法的に僅かな差異しか認められないから、ここでは第一帖を例として提示する。

員　数　一二巻一二帖

装丁　列帖装（二〜四括）
寸法　たて二五・四センチ×よこ一九・〇センチ
表紙　紺紙（文様なし）
料紙　鳥の子紙（見返・本文共）
外題　「曽我之物語巻第一（〜十二）」
　　題簽（朱色・中央）たて一四・六センチ×よこ三・三センチ
内題　「曽我之物語」（巻第1 5 6 7 8 10 11 12）
　　「曽我物語」（巻第2 3 4 9）
行数　毎半葉九行
　　歌一首二字下げ一〜二行書
丁数（墨付）巻　一　六〇丁
　　巻　二　四三丁
　　巻　三　四一丁
　　巻　四　五〇丁
　　巻　五　五七丁
　　巻　六　三一丁
　　巻　七　四六丁

巻　八　五九丁
巻　九　四五丁
巻一〇　三三丁
巻一一　二八丁
巻一二　三二丁

奥書　なし

いくつか補っておくと、表紙が原装であるか否かは判断しかねる。各帖表紙、約三ミリメートルのところに押八双がある。題簽と本文とは別筆である。本文料紙には針目安・白界などは認められない。各帖、後遊紙が数丁ある。

本書は布に包まれ、桐箱に保管されている。その箱には中央に墨書で「極附曽我之物語　十二冊」とある。果たしてこの箱がどの段階で作られたものか、これも不明である。箱書に、明記されているように、極札が添付されているから、それ以降ということしか明言できない。その極は金泥地に、

後花園院　勾當内侍曽我物語 外題東海寺沢庵和尚

と墨書してある（包紙も同文）。

本書の書写の時期は、奥書をもたないゆえ、判然としない。しかもその筆跡は独特であり、その書風の類例は、寡聞にして知らない。紺紙・朱題簽であるが、装飾は施されておらず、至って簡素な装幀である。印象からすると、一七世紀後期から一八世紀前期ではないかと思うが、なにぶん、類推すべき事例を見ないから、書写の時期については明言を避けたい。

2 目録―各巻の構成

さて、鳥の子紙・列帖装一二帖の『曽我物語』というだけでは、世に伝本も多く、ここであえて取り上げることもないのであるが、時国家所蔵本（以下、時国本と称す）について報告しなくてはならない理由は、その本文系統の特殊性にある。

そこでまず、各巻の構成を見ておくことにしよう。その際、目安として、他の伝本三種を対照して示す。第一に、仮名本中、古態を最もとどめている太山寺本、第二に流布本の代表として古活字本、第三にやや異色の本文をもつ武田本乙本である。真名本や真名本訓読本諸本は対象外とした。なぜなら構成表を一見して明らかなように、時国本は一二巻であること、また、たとえば巻三が仮名本の特徴を明確に示していることなどの理由があるからである。章題名は時国本の目録の表記に従った。これは各巻の巻頭にそれぞれ一括して掲げられているものであり、本文中には一切記されていない。

巻一7–8は本文では実際上8–7の順序で記されている。同巻12–13、巻三6–7、巻一〇2、3なども同様である。

右の表を見て明らかなように、時国本は、対照した三種のうちでは武田本乙本に近い構成をとっていることが分かる。

3　仮名本諸本の比較

そこで、次に一二巻本の『曽我物語』の中で具体的に本文比較をしなくてはならない。本文比較に用いた伝本は次の諸本である。

筑波大学附属図書館蔵円成寺本　↓円
國學院大学図書館蔵武田祐吉旧蔵乙本　↓乙
学習院大学日本語日本文学研究室蔵本
静嘉堂文庫蔵岸本由豆流旧蔵本　↓岸
慶応義塾図書館蔵本
國學院大学図書館蔵武田祐吉旧蔵甲本　↓甲
彰考館蔵本
太山寺蔵本　↓太
東京大学総合図書館蔵南葵文庫本　↓南
古活字本（慶長元和頃刊）
静嘉堂文庫蔵松井文庫本

大阪青山短期大学蔵万法寺本 ↓万
（時国家蔵本） ↓時

巻一から巻一二まで検証過程を詳述することは、紙数の都合上、無理であるから、ここでは村上学氏『曽我物語の基礎的研究』（風間書房、昭和五九年）によりつつ、特徴的な部分を三箇所取り上げることにして、他は結果を挙げるにとどめたい。なお、本稿で用いる甲乙両類の分類は村上氏『基礎的研究』のそれではなく、同氏「『曽我物語』の諸本(2)」によった。

まず、巻三をみると、ほぼ仮名本独自の本文となっていることは、構成表から明らかである。太山寺や武田本甲本のように、仮名本中、古態をとどめる伝本と一二巻本とに著しい異同が見られる。そこで甲乙両類に分類できる。たとえば、「そかへつれてかへりよろこひし事」から次の二例を挙げる。

南　これをはしらてたゝなくよりほかのことそなきところへ人々かへり給ふとつけけれは
万　これをはしらてたゝなくよりほかの事そなきところへかへり給ふそとつけけれは
時　これをはしらてたゝなくはかりなり所へ人〳〵かへり給ふとつけたりけれは
乙　これをはしらてたゝなくはかりなる所へ人々かへり給ふとつけたりけれは
太　是をしらてたゝなくはかりなり所へかへり給ふとつけたりけれは

南　あまりにあはて、むまたちのかへり給ふそやとよはわりけり

万　あまりにあはて、むまたちのかへり給ふそやとよはりけり

時　あまりにあわて、むまたちもかへり給ふそやとよはりてそいよ〳〵そてはぬらしける

乙　あまりにあはて、むまたちもかへり給ふそやとよはりてそいよ〳〵袖はぬらしける

太　あまりにあはて、馬たちもかへり給ふといひてそいよ〳〵袖をぬらしける

棒線部は時国本と共通つるもの、点線部は異なるものである。

前の事例は学習院本・岸本本・慶應本・彰考館本・松井本・万法寺本が時国本と異なる。一方、武田本乙本や太山寺本・円法寺本・版本が時国本と同一本文を有することが分かる。ちなみに武田本甲本は「これをはしらでかみしもののあつまりなくところへ人々かへり給ひけれは」と、線部をもたない。

後者の事例は学習院本・岸本本・慶應本・彰考館本・版本・松井本・万法寺本が時国本と異なる。岸本本は欠丁である。共通する本文には武田本乙本・円法寺本があり、太山寺本も近い。

もう少し絞りこもうとする場合、次のような事例が有効である。

円　すけのふすいふん心やすきものとおもひつるにすゐのかたきをやしなひをくらんふしきさよいそきかちはらめせとてめさるけんたかけすゐ御まへにまいるなんちいそきそかにくたりいとうのにうたうかまこともをかくしをくよしきこゆ

太　すけのふをはよりともすいふん心やすくおもひつるにすゑのかたきをやういくすらむ心うさよとて梶原源太左衛門かけすゑをめしなんちいそき曽我にくたりいとうの入道かまこともかくしをくよしきこしめす

時　すけのふはすいふん心やすき物に思ひつるにすへのかたきをやしなひをくらんふしきさよ脱文いそきてそかへくたりいとうのにうたうかまこともをかくしをくよしきこしめす

乙　すけのふなすいふんこゝろやすきものにおもひつるにすゑのかたきをやしなひをくらんふしきさよ脱文いそきてそかへくたりいとうのにうたうかまこともをかくしをくよしきこしめす

これは巻三「けんたそかへきやうたいめしの御つかいにゆきし事」の一節である。ここにみられる脱文は武田本乙本にのみ見られる脱文であるから（村上氏『基礎的研究』五一三頁参照）、時国本は共通の脱文を有するということになる。つまり武田本乙本に近似する本文ということである。

次に巻六は構成表に示したとおり、「ふん女が事」「弁才天の事」「比叡山の始りの事」「仏生国の雨の事」「嵯峨の釈迦作り奉りし事」が挿入されていない。したがって甲類に属することが分かる。その上で、「山ひこ山にてわきわかれし事」から差異の顕著な例文を挙げて検証する。

乙　たう三郎はたちかへりはるかにゆきすきたる十郎殿をよひかへし…

時　たう三郎はたちかへりはるかにゆきすきたる十郎殿をよひかへし…

太　たう三郎はたゝよのつねの出家とんせいの別にやとおもひさしてさはかさりけるかなゝめならさるなけきを

南　みてたちかへりはるかにゆき給へる十郎殿をよひかへし奉りけれは…

たう三郎たゝよのつねのしゆつけとんせいにやとさしてもさわかさりけるかなのめならさるたかひのなけきをみてとう三郎もあはれにおもひけれはいそきはしりたちかへりはるかにゆきたりける十郎殿をよひかへしにけり

万　たゝよのつねのしゆつけとんせいにてもなしとてさしてもさはかさりけるかなのめならさるたかひのなけきを見てあはれにおもひいそきはしりたちかへりてはるかにゆきたる十郎殿をよひ返し…

円法寺本・学習院本・慶應本・武田本甲本・彰考館本・版本・松井本も太山寺本・南葵本・万法寺本と共通する。岸本本は欠巻である。一方、点線で示した部分を武田本乙本と時国本とは有していない。

この巻で武田乙本と同種の伝本は戸川本である。微細ではあるが、次の二例を挙げる（村上氏『基礎的研究』七三五頁、七五〇頁参照）。

乙　まことにすけなりは身のありさまをおもひつゝくれはなからへてせんなきものとおもふそや

時　まことにすけなりは身のありさまをおもひつゝくれはなからへてせんなきものとおもふそや

戸　誠《まこと》に祐成《すけなり》は身のありさまを思ひつゝくれはぞんめいてせんなき物とおもふそよ

乙　御心さしのほとをはしらねともさそとの御あらまし脱文としつ心なくまたれしに

時　御心さしのほとをはしらねともさそとの御あらまし脱文としつ心なくまたれしに

戸　御心さしの程《ほど》をは知《しら》ね共たそとの御あらまし少もかはる時たにも偽《いつはり》にのみなるやらんとしつ心なくこそまたれしか

このように武田本乙本と共通の本文や脱文を有することから、時国本は乙本と近似することがわかる。最後に巻一一を取り上げる。この巻は甲乙丙の三類に分類される。そのうち、まず甲類は、構成表の太山寺本から明らかなように、時国本と大きく異なっている。乙類も、ここで取り上げる「そかのはゝ二のみやのあねとらに見参の事」が時国本と著しくことなっている。したがって、甲乙両類を加えると本文の比較が煩雑になるから省略する。そこでここでは丙類の範疇で検証したい。丙類内での異同は少ないので、微細な部分を見ることになる。

時　この人々のいけるやもこのきのえたにあるらんとなつかしくいつくまてもめかれせす

乙　この人々のいけるやもこの木のえたにあるらんとなつかくしくいつまてもめかれせす

南　此人々のゐける矢もこの木のえたに有らんとこすゑの風もなつかしくいつくまてもめかれせす

このように、点線部を時国本はもたない。この点、武田本乙本も同様である。円法寺本・学習院本・岸本本・慶應本・武田本甲本・彰考館本・版本・松井本は点線部をもつ。太山寺本や万法寺本はこのモティーフがない。ところで「とらむまひかせそかへゆきし事」に、武田本乙本独自の脱文として次の一節がある（村上氏『基礎的研究』一一三二頁参照)。

学　いつの月はいかなりし事をいふそかしいつの日は爰《こゝ》にていかなりし事の有しそかし

乙　いつの月はいかなりしこと[脱文]のありしそかし

この部分、時国本には次のようにある。

時　いつの月はいかなりしこと[脱文]のありしそかし

同様に、「へつたうせつほうの事」に次の本文がある。

岸　この人々はおやのためにいのちをかろくする事なれは心さしをひとつにしてせつなもかはる事なし

乙　この人々は[脱文]一にしてせつなもかはる事なし

時　この人々は[脱文]一にしてせつなもかはることなし

このように、丙類のうちでも武田本乙本がもっとも時国本と近いことが分かる。

4　整理

さて、いま膨大な本文中、ごく僅かな箇所のみ検証したに過ぎないが、ここで全巻に関して結果だけ示すと、次のようにいうことができる。

巻　一　甲類。武田本乙本に近似する。
巻　二　甲類。武田本乙本に近似する。
巻　三　甲類。武田本乙本に近似する。
巻　四　乙類。武田本乙本に近似する。
巻　五　甲類。武田本乙本に近似する。
巻　六　甲類。武田本乙本に近似する。
巻　七　甲類。武田本乙本に近似する。
巻　八　甲類。武田本乙本に近似する。
巻　九　甲類。武田本乙本に近似する。
巻一〇　甲類。武田本乙本に近似する。
巻一一　丙類。武田本乙本に近似する。
巻一二　甲類ア種。武田本乙本に近似する。

ここから明らかなことは、時国本と武田本乙本との近似性である。本稿で武田本乙本独自の脱文をいくつか掲示したが、これは他の巻にも随所に指摘できることである。

しかし一方で、乙本には欠落があるが、時国本には欠落がない事例も見受けられ、注目しなくてはならない。例えば巻七「はゝのかんたうゆるさるゝ事」（村上氏『基礎的研究』八三八頁参照）に次のような箇所がある。

龍　ひんなれはしたしきにもうとくあるかなきかのよにもしものたれやの人かあわれむへきとてなみたをはら〳〵となかし給ふ

乙　ひんなれはしたしきにもうとくあるかなきかの世になし物［脱文］となかし給ひけれは…

時　ひんなれはしたしきにもうとくあるかなきかの世になし物たれやの人かあはれむへきとてなみたをはら〳〵となかし給ひけれは…

武田本乙本には、各巻単位はともかく、全巻を通しての系統論上の親子関係・姉妹関係を想定できる伝本がなく、いささか孤立的の伝本と見られている。その乙本と本文が極めて近い伝本が存在することが明らかになったことは、仮名本の生成論における有益性はひとまず置いて、それ自体、注目に値すると思われる。したがって、次に時国本と武田本乙本との関係を検証する必要があるのだが、龍門文庫本や穂久邇文庫本、戸川本など、本書の本文研究上参考になるだろう伝本のいくつかを、今回、取り上げなかったこともあり、この問題は、それらとの関係と併せて、後考に譲ることにしたい。

時国本	太山寺本	古活字本	武田本乙本
巻一			
1神代のはしまりの事	○	○	○
2これたかこれひとのくらひあらそひの事	○	○	○
3いとうをてうふくの事	○	○	○
4おなしくいとうかしする事	○	○	○
5いとうの二郎とすけつねさうろんの事	○	○	○
6すけとのいとうのたちにましまます事	○	○	○
7しよきうていへいか事（但、本文8→7）	○	○	○
8大みやわたかいとうねらひし事	○	○	○
9おくのゝかりの事	(○)	○	○
10おなしくさかもりの事	○	○	○
11おなしくすまふの事	○	○	○
12かはつかうたれし事（但、本文13→12）	○	○	○
13ひちやうはうか事	×	○	○
14おんはうかむまるゝ事	○	○	○
15女はうそかへうつりし事	○	○	○
巻二			
1大見やはたをうつ事	○	○	○
2たいさんふくの事	×	○	○
3よりともいとうにおはせし事	○巻二	○	○
4わかきみの御事	○	○	○
5わうせうくんか事	(○)	○	○
6けんそうくわうていの事	△	○	○
7よりともいとうをいて給ふ事	○	○	○
8よりともほうてうへいて給ふ事	○	○	○
9ときまさかむすめの事	○	○	○
10たちはなの事	×	○	○

11かねたかむこにとる事	○	○	○
〔12牽牛織女の事〕	○	○	△
13もりなか、ゆめ見の事	○	○	○
14かけのふかゆめあはせの事	○	○	○
15さけの事	○	○	△
16よりともむほんの事	○	○	○
17かねたか、うたる、事	○	○	○
〔18頼朝七騎落ちの事〕	○	○	(◎)
19いとうかきらる、事	○	○	○
20ならのこんさうそうしやうの事	○	○	×
21すけきよ京へのほる事	○	○	○
22かまくらのいゐの事	○	○	○
23八まん大ほさつの事	○	○	(◎)
巻三			
1九月めい月にいて、一まんはこわうち、の事	○	○	(◎)
2きやうたいをは、のせ〈イか〉せし事	○	○	(◎)

3けんたそかへきやうたいめしの御つかいにゆきし事	○	○	(◎)
4は、なけきし事	○	○	(◎)
5すけのふきやうたいつれてかまくらへゆきし事	○	○	(◎)
6人々きみへまいりてこい申されし事（但、本文7↓6）	○	○	(◎)
7ゆいのみきはへひきいたされし事	○	○	(◎)
8はたけ山しけた、こひゆるさる、事	○	○	(◎)
9しんかちやうしか事	○	○	(◎)
10そかへつれてかへりよろこひし事	○	○	(◎)
巻四			
1一まん十三にてけんふくし十郎すけなりになる事	○	○	○
2はこわう十一にてはこねに上る事	○	○	○

章段			
3はこねのこんけんにはこわういのる事	○	(○)	○
4かまくら殿はこねのこんけんにさんけいの事	○	○	○
5はこわうすけつねにあひし事	(○)	○	○
6そのしやうわうとうやうふにんの事	×	(○)	○
7みけんしやくの事	△	○	○
8はこわう十七にて出家なりをぬくる事	○	○	○
〔9箱王烏帽子着、五郎時致になる事〕	○	○	○
10ときむねはゝのかんたううくる事	○	○	○
〔11小次郎語らひ得ざる事〕	○	○	○
〔12大磯の虎思ひ初むる事〕	○	○	○
〔13平六兵衛喧嘩の事〕	○	○	○
〔14三浦の片貝の事〕	○	○	○
15すけなりとらをそかへつれ行事	○	○	○

章段			
巻五			
1あさまのみかりの事	○	○	○
2五郎とけんたかけんくわの事	×	○	○
〔3和田より雑掌の事〕	×	○	○
4みはら埜のみかりの事	○	○	○
〔5那須野の御狩の事〕	○	○	○
6たいしやくあしゆらわうのたゝかいの事	×	○	○
7みうらの与一たのみし事	○	○	○
8五郎女になさけかけし事	○	○	○
9さうふきよゆうか事	(○)	○	○
10ていちよか事	×	○	○
11おしのつるきはの事	×	○	○
12五郎かなさけかけし女しゆけの事	○	○	○
13こゑつのたゝかひの事	×	○	○
14うくひすかはつのうたの事	×	○	○
巻六			
1十郎大いそへゆきたちきゝの事	(○)	○	○

○	○	○	2わたのよしもりさかもりの事
（◎）	○	○	3あさいなとらかつほねへむかいにゆきし事
（◎）	○	○	4とらかさかつきことにさし候事
（◎）	○	○	5五郎大いそへゆきし事
（◎）	○	○	6あさいな五郎とちからくらへの事
○	○	○	7十郎とらをつれてそかへかへりし事
（◎）	○	○	8いとまこひしてなけきあひし事
○	○	○	9山ひこ山にてわきわかれし事
		巻七	
○	○	○	1ちくさの花見し事
○	○	○	2小そてこひの事
（◎）	○	○	3しやうめつはらもんの事
（◎）	○	○	4はんそくわうの事
○	○	○	5は丶のかんたうゆるさる丶事

（◎）	○	○	6りしやうくんの事
×	○	○	7ちこうたいしの事
×	○	○	8なきふとうの事
○	○	○	9まりこかはの事
○	○	○	10二のみやにあひし事
○	○	○	11やたてのすきの事
		巻八	
○	○	○	1はこねにてきせいの事
○	○	○	2おなしくへつたうにあふ事
○	○	○	3たちかたなのゆらいの事
○	○	○	4みしまへ参り候事
×	○	○	5うきしまかはらの事
○	○	○	6ふしの丶みかりの事
○	○	○	7けんたとしけやすし丶ろんの事
×	○	○	8ゑんのくにのかんはらの事
○	○	○	9につたかし丶にのる事
×	○	○	10舩のはしまりの事
（◎）	○	○	〔11祐経を射んとせし事〕

〔12畠山歌にて訪はれし事〕	(○)	○	○
13やかたまわりの事	(○)	○	○
14すけつねやかたへ行事	○	○	○
15やかたのしたい五郎にかたる事	○	○	○
巻九			
1わたのやかたへゆきし事	○	○	○
2きやうたい屋かたをかゆる事	(○)	○	○
3そかへのふみかきし事	○	○	○
4おにわうたう三郎かへりし事	○	○	○
5しつたたいしの事	(○)	○	○
6きやうたいいてたつ事	(○)	○	○
7やかた〲にてとかめられし事	○	○	○
8はしのくわうの事	×	○	○
9すけつねやかたをかへし事	(○)	○	○
10すけつねうちし事	○	○	○
〔11王藤内を討ちし事〕	(○)	○	○

12すけつねにと、めさす事	(○)	○	○
13十はんきりの事	○	○	○
14十郎うちしにの事	○	○	○
15五郎めしとらる、事	(○)	○	○
巻十			
〔1五郎御前へ召出され聞食し問はるる事〕	(○)	○	○
2五郎かきらる、事（但、本文3→2）	○	○	○
3いぬはうか事	(○)	○	○
4伊豆の二郎かなかされし事	(○)	○	○
5おにわうたう三郎かそかへかへりし事	○巻十	○	○
6おなしくかのものとともんせいの事	○	○	○
7そかにての追善の事	(○)	○	○
8せんしはうかしかひの事	○	○	○
9きやうの小次郎かしぬる事	(○)	○	○
10みうらのよ一かしゆつけの事	(○)	○	○

巻十一			
1とらむまひかせそかへゆきし事	○	○	○
2そかのはゝ二のみやのあねとらに見参の事	（○）	（○）	（○）
3はゝあまたの子ともにおくれしなけきの事	（○）	（○）	（○）
4そかの太郎はゝ二のみやのあねとらはこねへのほりし事	○	○	○
5おなしくけうやうの事	（○）	○	○
6へつたうせつほうの事	（○）	○	○
7はこわうすみし所はゝみし事	（○）	○	○
8とらしゆつけの事	△	○	○
巻十二			
1とらへつたう十郎はゝにいとまこひしてゆきわかれし事	×	○	○
2井てのやかたのあとみし事	×	○	○
3てこしへゆきせうしやうにあひし事	×	○	○
4せうしやうしゆつけの事	×	○	○
5せうしやうとらしゆきやうしほうねんしやうにんにあひし事	×	○	○
6とら大いそへかへりおこなひすましてありし事	×	○	○
7十郎はゝ二のみやあねね大いそへたつねゆきし事	×	○	○
8とらいてあひよひし事	×	○	○
9せうしやうほうもんの事	×	○	○
10十郎はゝ二のみやのあねいとまこひしてかへりし事	×	○	○
11十郎五郎とらゆめに見し事	×	○	○
12とらせうしやうしやうふつの事	×	○	○

＊時国本の目録は各巻の巻頭にある。本文中の章題はない。
＊（○）は目録に立てられていないが、本文はあるもの。
＊△は部分的に見られるもの。
＊〔　〕中の章題は時国本には立てられていないが、便宜加えたもの。

〔注〕

（1）神奈川大学日本常民文化研究所奥能登調査研究会編『奥能登と時国家』研究編1～2、調査報告編1～3（平凡社、平成六～一三年）。なお、『曽我物語』の存在については橘川俊忠「上時国家所蔵書籍調査報告（近世編）」（調査報告編1、平成一〇年五月。初出『歴史と民俗』第四号、平成元年六月）に一言されている。

（2）村上学「『曾我物語』の諸本」（梶原正昭編『軍記文学研究叢書11　曽我・義経記の世界』汲古書院、平成九年一一月）。

社家所蔵のお伽草子――南方熊楠書入の『文正草子』について――

南方熊楠とお伽草子

南方熊楠（一八六七－一八四二）は民俗学や粘菌研究を主とする植物学などさまざまな分野に足跡を残した人物である。その関心は多岐に亘っており、国文学もその対象であった。論考というかたちで書くことをしなかったので、熊楠の国文学研究の意義はほとんど知られていない。しかし書簡や諸書から抜書した膨大なノート、書物の書入などには、今日においてなお検討を要する重要なものが散見される。書入に関しては芳賀矢一校注『攷証今昔物語集』が既に知られ、検討もされているが、それ以外にも文学書の書入は散見されるところである。

熊楠とお伽草子の関係を考える上で欠かすことができない作品が『山の神草紙（をこぜ）』である、これは、お伽草子作品の中でも南方熊楠が自身で見出した作品であると同時に、柳田國男や白井光太郎といった中央の学者の関心も惹いたこともあって、かなり思い入れがあったようである。明治三五年（一九〇二）発見当時は、文学史的にどのように認識していたか判然としない。しかし同四四年ともなると、「室町季世の御伽草紙に類せり[1]」と述べているように、室町時代のお伽草子の一種と位置付けていたことが知られる。

この〈お伽草子〉という文学ジャンルは室町時代から江戸時代前期にかけて作られた一群の短編物語を指すもので、今日三〇〇から四〇〇種ほどの作品が残っている。そのうち、江戸時代中期に大坂の渋川清右衛門が刊行した二三編を狭義のお伽草子という。近代に入り、これを最初に銅活字版にしたのが、明治二四年、東京の誠之堂書店から出た今泉定介・畠山健校訂『御伽草子』であった。現在、南方熊楠顕彰館に本書の明治三四年版が収蔵されている。これには随所に墨書書入が見られ、熊楠がどのようにお伽草子諸編を読んでいたのかを窺い知ることができる。この二三編のうち、本稿で注目したいのは『文正草子』の書入である。

1　高須家旧蔵本転写の経緯

この書入は、昭和八年に知人の中瀬三児から借り受けた『文正草子』を、校合というかたちで活字本文の傍らに細かく墨書してあるものである。中瀬はこのとき『熊野縁起』『熊野巡覧記』といった熊野関係の文献も持参している。いずれも本宮の旧社家旧蔵本であるから、『文正草子』はこれら熊野の文献よりも重要ではなかったのだろうが、熊楠はこの物語をほぼ復元できるほど忠実に書きとどめている。

この『文正草子』とは、鹿島神宮の大宮司に長年仕えていた正直者の文太（のちの文正）が、故あって奉公を止められ、鹿島の浜で塩焼きとして働くようになった。そうしたら、その塩の良さが評判となって、たちまちに富貴の身となる。さらには鹿島明神に祈願して授かった二人の才色兼備の娘たちがそれぞれ帝と関白子息の妻となって子を為し、ついには自身、大納言に大出世するという、庶民の立身出世の物語である。

本作品は非常によく読まれたもので、お伽草子の代表作ということができる。現存最古本は戦国期のものだが、『言国卿記』文亀元年（一五〇一）閏六月四日の条に「フンセウノ双紙書出了」とみえるから、室町時代に成立した作品であることが分かる。伝本の数は写本だけでも一〇〇本近くあり、版本も一〇余種確認される。このように、室町から江戸時代をかけて、いかに広く知られたものであったかは知られよう。

さて、熊楠がこの作品を中瀬三児から借り受けたのは、昭和八年一二月一九日のことであった。その日の日記には次のように記されている（図1）。

三時半中瀬三児氏子（二十才斗リカ）ヲツレ御伽さうし熊野縁起三冊同塩屋文正三冊武内玄龍惇灝著熊野巡覧記（寛政甲寅自序アリ）四巻貸シ置ル

熊楠はこのとき『熊野縁起』『熊野巡覧記』といった熊野関係の文献も借用している。巻頭に「中瀬三児蔵本宮旧社家高洲家写本ニテ校ス」とあるように、本宮の旧社家高洲（高須）家蔵本だったからだろう。熊楠が諸書から抜き書きしたノート『田辺抜書』第六一巻（南方熊楠記念館所蔵）に「モト氏ノ叔母ガ嫁シアリシ本宮ノ会津侯宿坊高須五十槻氏所蔵ニ係ル」とあり、さらに「高須氏ハ廿四五年前歿ス」ともある。つまり、この『文正草子』は近世期紀州の社家に伝来したものだったわけである。

もっとも、『文正草子』の内容は熊野信仰とは全く関係ない。『熊野縁起』については、これ以前に中瀬から「絵詞」を借りている（二月一五日付書簡・全集別巻一所収）。今回は「三冊」とあるから、絵詞すなわち絵巻でなければ別の伝本であったとも思われるが、単に三巻とすべきところを三冊と表記しているだけと解したほうが良いかも

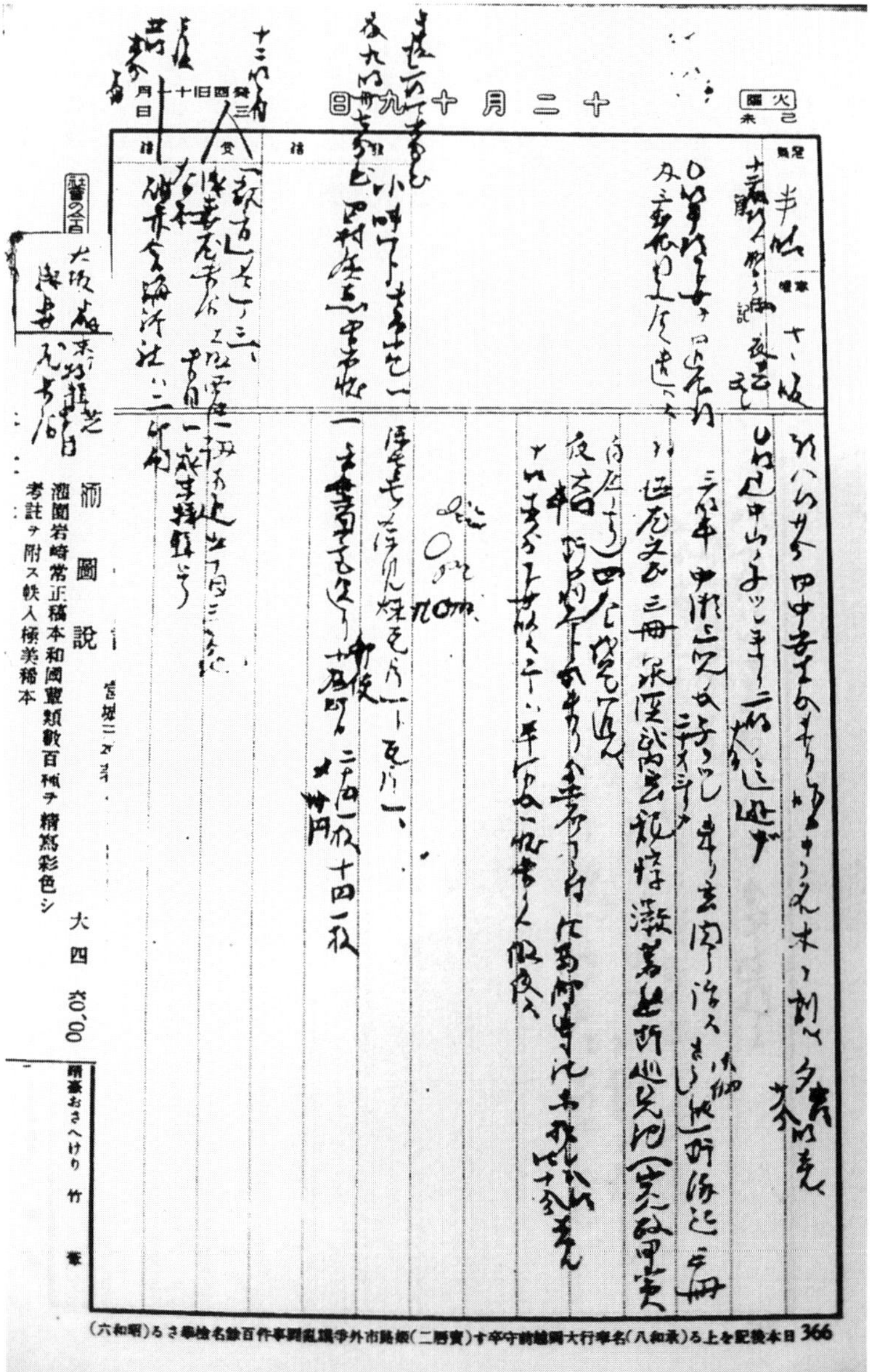

図1　熊楠日記　昭和8年12月19日の条（南方熊楠顕彰館所蔵）

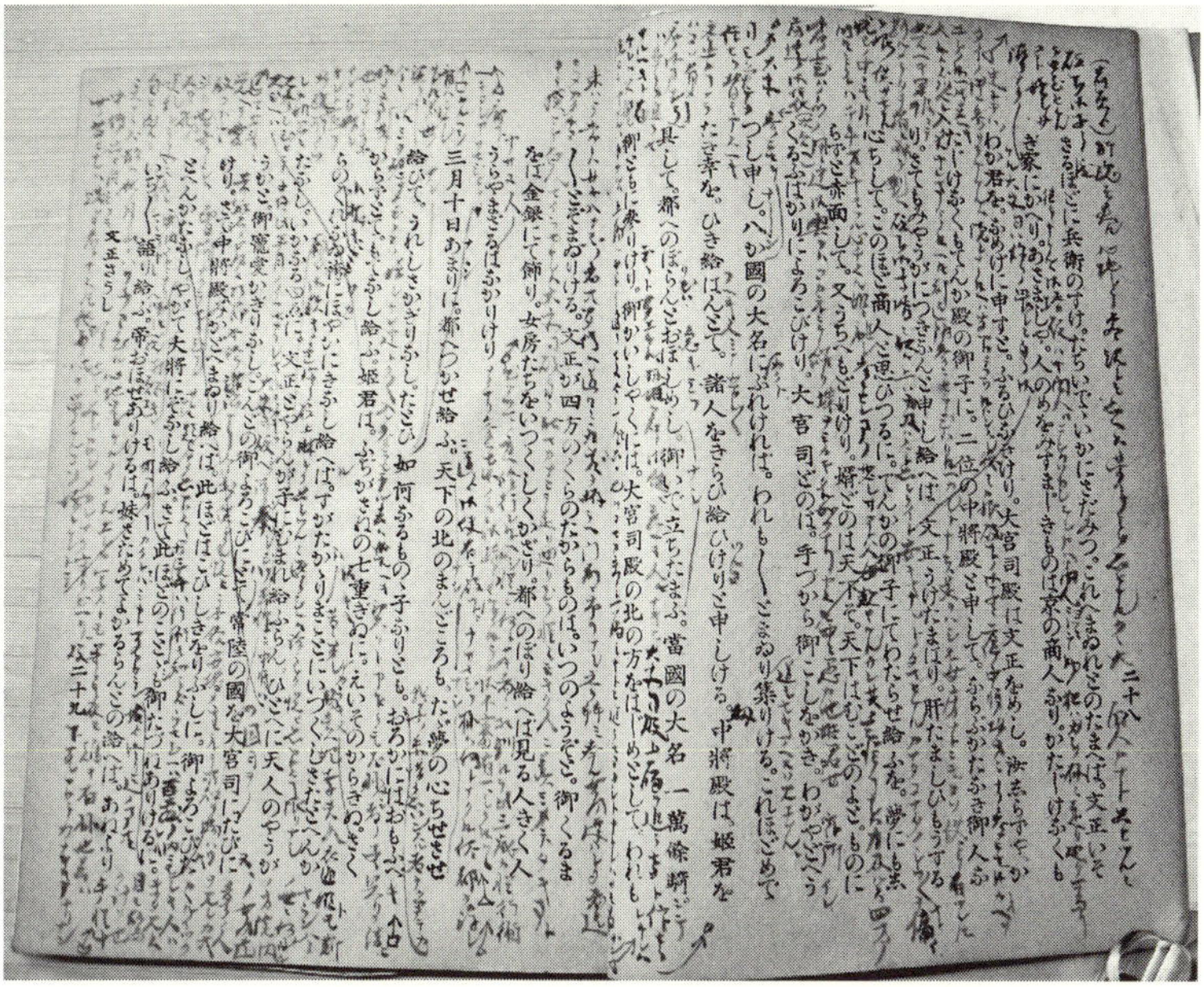

図2　『御伽草子』の書入（南方熊楠顕彰館所蔵）

しれない。ともあれ、『熊野縁起』をめぐる中瀬との一連のやりとりが、昭和一三年以降、横山重とのお伽草子関連の共同作業へと進展していくことになる(2)。

熊楠が『文正草子』を実際に写すことを開始したのは、巻頭に「昭和九年四月廿五夜ヨリ」と書いてあるように、借用してからおよそ四ヶ月を経た昭和九年四月二五日夜のことであった。

どのように写しているかというと、今泉・畠山校訂『御伽草子』（明治三四年刊・第四版）所収『文正さうし』の活字本文の傍らに細字で墨書しているのである（図2）。

一見してわかる通り、その書入の量は尋常ではない。つまり活字本文に対して異文が多すぎるのである。試みに、冒頭の一ページ目を翻字すると、次のようになる（太字は原本活字、■は判読不能箇所）。

中瀬三児氏蔵本宮
旧社家高洲家写本ニテ校ス　昭和九年四月廿五夜ゟ
外套ノ題／嚢ニ御伽草紙／塩屋文正／三巻トアリ／傍側ニ／オトギサウシ／シホヤキブンセウ／トアリ

それむかしより今にいたるまで。めでたきことをきゝ傳ふるに。いやしきものゝ殊のほかになりいでゝ始より
オハリ　ナシ　ウリ　ナシ　ア
のちまでも。ものうきことなくめでたきは。常陸の國に。鹽焼の文正と申すものにてぞ侍りける。そのゆゑをた
ルニ常陸ノ国――　ハヤラセ玉フ神　ル　-ナシ-　ニ世ニタグヒ
づぬれば國中十六郡のうちに。鹿島の大明神とて。霊社ましまし〳〵けり。かの宮の神主に。大宮司と申す人おはし
ナキ果報人　ニテ――ナシ――　アキ――　ナシ　――ナシ――
ましけるが。長者にてぞまし〳〵ける。四方に四まんのくらをたて。七珍万寶のたからみち〳〵て一つかきたる
――――　ズト云事ナシ――　有様云フモ　愚カ也――　――女中下ノ――
こともなく。よろづ心にまかせて。いろ〳〵あり。家のかずは一万八千軒なり。らうどうに至るまで数をしら
―　百五十人草刈百人使ハレケリ　第一ノ宝ニ　―　―女子五人合セテ十人ノ公達オハシマス何レモミメカタチ藝能人ニスクレ玉ヘリマコトニメテタクソマシ
ず。女房たち仲居のもの。八百六十人なり男子五人ともに。みめかたち藝能万人にすぐれたり。又大宮司殿の雑
〳〵ケルサウシ歌■モタケル中ニ■■
色に。

△　申シテ年頃ノ者アリケルカ――――　ガラ　モ　サトリ万ヅ　命ヲ　ソムカズ―　ノ
文太といふ者あり。としころのものなり。下郎なれども心は正直に。しうの事を大事におもひ。よるひる心
サカヒモナク――――　ケレバ大宮司殿不便ニ思召シ――――
にたがはじと。みやづかへしけれども。心をみんとやおもはれけ

ここまでくると、通常なら異本と判断して別紙に書写したほうが分かりやすいはずだが、熊楠はそれをしなかった。理由はわからないが、単に深く考えずに校合というかたちで写し始め、結果的に両本文の関係性が分かりづらい書入になってしまったのかもしれない。

2　高須家旧蔵本の性格

では、校合対象となった高洲家旧蔵本とはどういったものだったのだろうか。熊楠は巻頭に次のような書入をしている。

外套ノ題簽ニ御伽草紙塩屋文正三巻トアリ傍側ニオトギサウシシホヤブンセウトアリ

題簽に「御伽草紙塩屋文正三巻」と記されている。その傍らには「オトギサウシシホヤブンセウ」ともあるという。振り仮名かどうか詳らかとしない。

まず注目したいのは、三巻本ということである。題簽によると、上中下の三巻から成るわけだが、では本文のどこで分かれるか。幸い、熊楠は上中両巻末尾に巻上終リ・巻中終と注記してくれたおかげで、三巻の構成が知ることができる。それぞれの巻首は次の通りである。

上　それ（ナシ）むかしより今にいたるまで
中　去程ニ天下ノ御所へ参リ玉ヒケル中ニ
下　然ルニひめ君ありし硯の下の文ノ後ハ

傍線部の漢字・片仮名表記が書入にあたる。つまり上巻は『御伽草子』の「それむかしより今にいたるまで」の「それ」を削り、「むかしより今にいたるまで」とし、中巻は同文とし、下巻は「ひめ君ありし硯の下の」とある本文を「然ルニひめ君ありし硯の下の文ノ後ハ」と加筆しているのである。

本奥書はなく、原本の書写時期や来歴は不明であるが、各巻頭が判明することは、高須家旧蔵本の系統的位置を考える上で有益な情報だろう。これを熊楠が書写し終えたのは、巻末の書入によると「昭和九、五、一夜二時過」であった。つまり四月二五日から一一日間かかったわけである。

次に高須家旧蔵本の本文はどういった特色があるのか。岡田啓助氏が『文正草子の研究』(3)で示された箇所を手がかりとして、以下に検討しておこう。ページ数は今泉・畠山校訂『御伽草子』による。漢字平仮名は活字部分、漢字片仮名は南方熊楠の書入部分を示す。A本は筑波大学図書館所蔵寛永八年絵巻、B本は寛文四年長尾平兵衛版、C本は国会図書館所蔵絵巻（『三草子絵巻』のうち）、D本は国会図書館所蔵慶安元年写本、E本は渋川版、

F本は今治市河野信一記念文化館所蔵絵巻である。岡田氏著書所引の部分を用いる。

かの宮の大宮司ニ世ニタグヒナキ果報人ニテ四方に四まんのくらをたて。七珍万寶のたからアキみちて。よろづ心にまかせズト云事ナシ。家の有様云ノモ愚カ也[1]女中下ノ女房百五十人草刈百人使ハレケリ第一ノ宝ニ男子五人女子五人合セテ十人ノ公達オハシマス[2]何レモミメカタチ藝能人ニスクレ玉ヘリマコトニメテタクソマシ〳〵ケル（一頁）

傍線1はA本「らうとうかくこさうしきの中上中下のをんな八百五十人けすをんな三百人くさかり千人つかはれけるに」、B本は「らうどうかくござうしきの中に。上中の女ばう八百人下女三百人くさかり千人つかはれけり」、C本は「上中下の女はうは百五十人くさかり千人つかはれけり」、D本は「郎等こうこさうしき上中下五万人草かり千にん」、E本は女ばうたちなかゐのもの。八百六十人なり」、F本は「上下の女房五十人草かり千人はしめそめしつかはれける」となっている。熊楠本の「女中下」は「上中下」の誤字だろう。それらが一五〇人、草刈りが百人というのと近いのは、C本である。また傍線2はC本の「いつれも〳〵みめかたちけいのう人にすくれたり」が最も近い。

大宮司が文太を召し放つ場面は次のように記述されている。

大宮司殿不便ニ思召シ文太ヲ近付ケテノタマヒケルハイカニ文太汝イツ迄カクテノミ召使スヘキニモ非ズス（ママ）

レハイツ方ヘモ往テ行末安穏ナラシメンコトワサモイトナムヘシ（一～二頁）

これに対応する本文はC本に見える。

大くうし殿ふひんにおほしめしふんたをめしておほせけるはなんちをかくていつまてめしつかふへきにあらすいかならんところへもゆきて身のゆくすゑをもはけむへし

この本文はC本特有のものである。

次に大宮司のもとから帰宅した文正が北の方を追い出そうとする場面での北の方の台詞を掲げる。

何迚カヤウニハ叱リ玉フソ大宮司殿ゟ仰セ蒙リタル事ハシ有ケルカ又ハイカナル人ニモ花心移シ玉フセヒヲ云テコソ去玉フヘキニ年ノシルシモナク候ト恨ミサセ玉ヒケレハ（五頁）

この本文はB・E・F三本に見られない。傍線をA本は「いかやうにはのたまふそや」、C本は「なにとてかやうにはしかり給ふそ」、D本は「いかにかくはのたまふそ」とある。

この後、夫婦で鹿島明神に参詣に行く。熊楠本では次のように記す。

所ノ鎮守ニテマシ〳〵候間ダ鹿島の大明神ニまゐり（五頁）

「所ノ鎮守」という表現の見えるのはA本だけである。しかし、次のように異同が甚だしい。

みやこにこそあらたなる神ほとけましますなれとも程とをくありけれはいつれもおなし御事なれは又はところのちんしゆにてましますうへはとてかしまの大明神へそまいりける

しかし、全体的に近いのは、次のC本である。

ところのしゆこしんにてまし〳〵候あひたかしまの大みやうしんにそまいりける

「所の鎮守」と「所の守護神」と、違いは見られるが、文の構成はC本に酷似する。

次に二人目の女子誕生に文正が怒った時、側の者が宥める台詞の中に次の言葉がある。

御果報目出度マシマセハ姫達ノ御行衛ナトカ上臈ニナラセ玉フマシヤ願ヒテモ有難ク思召セト申ケレハ（七頁）

これに類する言葉はD・E・F三本には見られない。A・B・C三本はそれぞれ次の通りである。

A　御くわほうこそめたたくおはしまし候へひめ君たちの御ゆくすゑすくれさせ給ひ候はんほとに上らふにならせ給ふへきにねかひもありかたき事とおほしめさすやと申あひけれは

B　御くわほうこそめでたくましますとも。ねがふてもありがたき事におぼしめされ候へと申ければ。

C　御くわほうめてたくましませはひめたちの御ゆくゑなとか上らうにならせ給ふましやねかひてもありかたき事とはおほしめさすやと申けれは

B本は傍線部に対応する本文を持たない。A本とC本とを比べてみるに、C本の本文が熊楠本（高須家旧蔵本）にほぼ一致することが分かる。この発言に対して、文正は次のように反応する。

A　そのときふんせうけにもとやおもひけんをんなこもよき事にてあらはさらはとく入たてまつれとて見るに

熊　その時文正げに〳〵姫御前モヨキ事ニテ有ケルさらばとく〳〵いれ奉レとテ見るに（七頁）

C　そのときふんせうけに〳〵ひめこせもよき事にてありけるさらはいれたてまつれとてみるに

傍線部のA本「女子」に対するC本「姫御前」をはじめ、ここでも熊楠本はC本に酷似する。ついで姉妹が美しく成長したという描写部分を見てみよう。

年月かさなり。姫達ひかリサシソフ心地シテ花ノ匂ノサキマサリテソミヘ玉フ[1]タレ教ルトハ無レトモ琵琶琴トリ〳〵ニヒキ玉フ[2]春ハ花ノ名残ヲ惜ミ秋ハ紅葉ノカツチルト悲シミ月前ニテ心ヲ澄シ歌ヲヨミ詩ヲ作リ（七頁）

傍線部1は諸本中、C本・F本にだけ見られるものである。しかし、続く傍線部2はC本が「はるは花のなこりをおしみあきはもみちのちるをかなしみ月のまへにて心をすましうたをよみしをつくり」であるのに対して、F本は「花もみち月雲につけてもこゝろをすましうたをよみとし月を、そをくり給ひける」とあり、全く異なる。従って、ここもC本が近い。

次に大名をはじめ様々な所から縁談が来る。文正はこのことを姫たちに話すが、否定的な反応が返ってくる場面を見てみる。

更にきゝいれ玉ハず。タゞ埋モレ伏タル有様申スモ愚カニラウタキコト限リナシ父母も。吾子ながら心にたがはじと。もてなしケレハ押ヘテ計ラフ事モナシ物詣デノ暇ヲ伺ヒケレドモ郎等数多ツキソヒ用心厳シケレハエ奪ヒモセズ文正所詮姫達ノ御物詣デハ然ル可ラズトテ（八頁）

傍線部、C本には「たゝうつもれふしたるありさま申もをろかにらうたき事かいりなしちゝは、もわかこなから心もちかへしともてなしけれはをさへてはからふ事もなけれは」とある。岡田氏によると、「文意からみると、C本の本文が他の諸本と一番に異なっている」という独自本文である。熊楠本はこれとほぼ同文を持っている。大宮司からの縁談話に対しても姫たちの反応は独特である。

熊　姫君達心ノ内ニ思シケルハカ様ニ浅マシキヒナノ住居ノ物ウサヨイカナル都人ニテモナント覚シカバ心ノ頼クソ有ケルサラスハ様ヲカヘ後ノ世ヲ願フヘシト深ク心ニ思レケレトモ流石又心ニ任セヌウキ身ナレハナゲク気色迄ニテオハシケル

C　ひめ君たち心におほしけるはかやうにあさましきひなのすまゐの物うき事よいかなるみやこ人にてもなんと、思ふ心のたのもしくそありけるさらすはさまをかへてのちのよをねかふへしとふかく心におもひけれともさすか又心にまかせぬうき身なれはなけくけしきまてにて物もの給はす

この部分もC本特有のもので、それを熊楠本も有しているわけである。

次に衛府の蔵人みちしげ（みっしげ）登場の場面は次のように記されている。

B　さるほどに此はるはいんうちつきまいらせたるにまづてんがの御りやうなり

熊　去程ニ此国ハ此頃イヌチノキソクメデタクマシマステンカノ御ふん《ママ》こくナリ（九頁）

C　さるほとに此くには此ころゐんうちの御きそくめてたくましますてんかの御ふんこくなり

この部分は諸本のうち、B・C両本が近いが、やはりそのうちでもC本に酷似する。

これ以降の本文についても、同様の結果となる。幾つか事例を挙げて、それを示しておくことにする。他の伝本との異同については岡田氏著書をご参照願いたい。

①姫たちが国司の縁談を断る場面（一二頁）※C本のみ

熊　タゞ涙ノ色斗リナリ餘リニ御返事ハナキカト責ラレテツ、マシ乍ラ申給ヒケルハ誠ニ何事ニテモ候へ仰ヲ背キ候ハンスルニテナク候ヘトモ自カラ浮世ノ住居モ物ウク候へハ我心ニ任セナハイカナル山ノ奥ニモ引籠リ候ハ、ナトコソ思ヒ候へ

C　たゝなみたのいろはかりなりあまりに御返事はなきかとせめられてつゝましなから申給ひけるはまことになに事にても候へおほせをそむき候はんするにてなく候へとものつからうき世のすまゐも物うく候へはわか心にまかせなはいかなる山のおくにもひきこもり候はんとこそおもひ候へ

②国司の文正に関する台詞（一二頁）

A　いかなるをこなひのこうにや候へけん四方に八なみのくらをたて候てこん〳〵のたからにあきみちて候しうの大くうしにもまさりなるか

熊　前ノ世ニイカナル行ナヒ者ニヤ有ケン四方ニ八方ノ倉ヲ立テ金銀ノ宝にあきみち候ガ

C　さきの世にいかなるをこなひものにてやありけん四はうに八まんのくらをたてこん〳〵のたからにあきみち

て候か

③同じく姫たちに関する台詞（一二頁）

A　てん人のあまくたるやとおもふほとなるをもちて候

熊　天人抔ノ天下リ玉フカト疑ハレ心詞モ優シク万ヅ情深ク文正ガ子トハ思フベキ様モ候ハズト承ハル

C　てん人なとのあまくたり給ふかとうたかはれこゝろことはもやさいくよろつになさけふかくふんせうか子とはおもふへきやうも候はすとうけたまはり候

④見ぬ恋に悲嘆する中将の台詞（一三頁）

熊　我乍ラ浅マシクテ召タケレトモサスガニ争デカ雑色抔ノ者ノ子ヲ召ヘキト世ノソシリニ如何ナリヌヘケレハカヒナク思ひに身をくだき叶フヘシトモ覚ヘズトテ涙モセキアヘ玉ハズヨソオ袖迄モヤル方ナクゾ覚ユル各イト易キコトニ被存候《存シ候?》御使ヲ下シ召ンニモ御覧ナキ恋ハ然ル可ラズ

C　われなからあさましくてめしたけれともさすかにいかてかさうしきほとのものゝこをめすへきと世をそしりいかゝなりぬへけれはかひなく思ひに身をくたきかなふへしともおほえすとてなみたせきあへ給はすよその袖まてもやるかたなくそおほゆるをの〳〵やすき事にて候御つかひをくたしめさんにも御らんなきこひはしかるへからす

＊A本の傍線部「をのつから恋さめなとあらんには人めもけしからぬふせひならまし又かの人のためにもさし

も心ふかきなをとりたるにはちかましくあらんもいとをしき事なるへし」

⑤中将の出立前の歌（一四頁）

熊　中々思切リ玉フ扨モ殿下ノ思シナゲキ玉ハンコトヨト思ヒキリ玉フモカキ暮ス心地シ玉ヒケル扨住ナレサセ玉カ御カタ《ヤカタ?》ノ柱ニ斯ナン書付玉フ「年フトモ忘レスマテモヤ槙柱思ヒ叶ヘリ今帰リコン」

C　中〳〵おもひきり給ふてんかもおほくなけかん事よとおもひやり給ふもかきくらすこゝちし給ふさてつねにすみなれさせ給ふところのはしらにかくなん

としふともわすれすまてやまきはしらおもかはりせていまかへりこん

⑥女房衆の教養に関する叙述（一九頁）

A　ゑかきはなむすひうつくしく心さまみめかたち

熊　畫かき花結ビ歌ノ道モ心得テみめかたち

C　ゑかき花むすひうたのみちも心えてみめかたち

⑦行商の物売り詞を聴いての感想（一九頁）

熊　扨モカヤウニおもしろき事候ハズ

C　かやうにおもしろき事候はす

⑧行商に宿を勧める文正の台詞（二〇頁）

熊　文正コレニ御宿参ラセント申ケレハ然ルヘキコトト思召レケリ

C　ふんせうこれに御やとかしまいらせんと申けれはしかるへき事とおほしめしけり

⑨行商たちの食事の描写（二一頁）

熊　我オタイヲハ皆とりおろしくひけるをかしさよ物云タル様ミメニモヨラヌ迚笑ヒ玉ヒニケリ

C　わかおたいをはみなとりおろしくひけるおかしさよ物いひたるさまみめにもよらぬとてわらひける

⑩文正の盃を受ける中将（二一頁）

熊　君ノ由ナキ事ヲ定メケルトあさましくおぼしめしけれども扨有ベキ事ナラネバまゐりけるコソ痛ハシケレ

C　君よしなき事をさためけるとあさましくおほしけれともさてあるへき事ならねはまいりけるこそいたはしけれ

⑪中将の手紙に対する姉姫の対応（二二頁）

熊　返し玉フヲかいしやくの女房申ケルハこれほどやさしきものを。御かへし候へば物しらズノやうに覚えテ候又アナタコナタトシ候へハ人メモ繁ク候ヲ中々耻カマシカルヘシナナント申ケレケニモト思召シテ留メサセ玉ヒヌ妹君ハ何ノアヤメモ知分ケ玉ハス色々イツクシキ事斗リ思ヒ羨ミケレハ

C　そのまゝかへし給ふをかいしやくの女はう申けるはいかてかこれほとやさしき物ともを御かへし候へは物しらすのやうにおほえて候又あなたこなたとし候へは人めもしけく候なか〳〵はちかましかるへしと申けれはけにもとおほしてとゝめたまふいもうとはなにのあやめもしりわかすいろ〳〵いつくしきとはかりおもひてうらやみけれは

⑫文正、行商に管絃を所望（二四頁）

熊　ツネオカ、秘蔵ノ姫達ニ管絃ヲ聴聞サセント言ケレハ人々嬉シク思シテイツヨリモ引繕ヒ玉フ

C　つねをかゝひさうのひめたちにくはんけんをちやうもんせさせんと申けれは人々うれしくおほしていつよりもひきつくろひ給ふ

⑬中将・姫君たちの京着（二九頁）

熊　争テカおろかにはおもふべキ御ミヲ慰メ玉フコソ嬉シケレ迚トク〳〵入レ参ラセラル去ハ然ルヘキ契リト申乍ラモ左様ノ者ノ子ニ契リヲ結ヒケルコソ痛ハシケレ凡前世ノ契リハ今ニ始メヌ事共也ソツナクオホサンコソ嬉シケレト宣フ北政所イツレカ姫君ニ見参シ玉ヒテ見玉ヘハ姫君は。ふぢがさねの御キぬに。カラキヌさくらの御打チギ

C　いかてかをろかにおもふへき御身をなくさめ給ふこそうれしけれとてとく〳〵いれまいらせらるしかるへきちきりと申なからさやうのもの、こにちきりをむすひけるこそいたはしけれせんせのちきりいまにはしめぬ

事ともなりたいせつにおほしめさんこそうれしけれきたのまんところいつしかひめ君にけんさんし給ひて見給へはひめ君はふちかさねの御きぬにからきぬさくらのこうちき

⑭姫君の容姿の描写（二九頁）

熊 年の程十四五斗リニ覚ヘテ愛敬コホル、斗リ也姿ヲミレハ春ノ花ノ咲乱レ渡ルニ異ナラズ形ハ秋ノ月ノ山ノハヲホノカニ出ル心地ソシケルイカナルエニ写ストモ筆ニモ及ヒ難キ有様也

C としのほと十四五はかりにおほえてあひきやうつきてすかたをみれははるの花のさきみたれていろかもともににほひわたるにことならすかたちはあきの月の山のはをほのかにいつる心ちしてゑにかくともふてもをよひかたしとそおほしける

⑮中将、帝に謁見（二九頁）

熊 面目限ナクテ下リ玉フ中将殿みかどへまゐり給へば。サシモ類ナク思召スニコノ三年ハ行衛モ知ラズウセ玉ヘハ百敷ノ内ニモ朝夕御歎キノ色深ク殿上淋シク思シツルニ還リ玉ヘハ珍ラシク悦ヒ思召スコト限リナシ

C めんほくかきりなくてくたり給ふさるほとに中将殿はみかとへまいり給へはさしもたくひなくおほしめすに此三ねんはゆくゑもしらすうせ給へはこゝのへのうちもあさゆふ御なけきのいろふかくてんしやうさひしくおほしつるにまいり給へはめつらしくよろこひおほしめしけり

⑯文正夫婦上洛の宣旨（三〇頁）

熊　サノミハ如何ト申ケレハ勅使申サレケルハ宣旨ナル上ハ争テ忝クモ否ト申スヘキ急キ〳〵参ラセヨト責ケレハ文正親ノ身ニテ片時モ離レ候テハ命モ有マシ姉君ノ恋シサヲモ此君ニコソ慰メ候ヘ宣旨忝ク候ヘトモエコソ参ラセ候マシケレト申しけれハ御使返リ上リ此旨ヲ奏聞申サレケレハ公卿詮議有テサラハ力ナシ其儀ナラハ父母共ヲ召寄ヨト重ネテ宣旨ヲ下サレケル

C　さのみはいかゝと申けれは御つかひ申されけるはせんしなるうへはいかてかたしけなくもいなと申へきいそき〳〵まいらせよとせめけれはふんせうおやの身にてかたときもはなれ候てはいのちもあるましあね君のこひしさをも此君にこそなくさみ候へせんしかたしけなく候へともえこそまいらせ候ましけれと申けれは御つかひかへりのほりて此よしをそうもん申されけれはくきやうせんきありてされはちからなしたゝちゝはゝともにめしよせよとかさねてせんしをくたされける

⑰文正の孫、七歳で即位（三〇頁）

熊　扨王子七歳ニテ御位ヲタヒ玉ヒテメテタキコト限ナシ

C　さてわうし七さいにて御くらゐをたひ給ひてめてたき事かきりなし

⑱話末評語1（三一頁）※C本のみ

熊　カヽリケレハ賤キ文正ナレトモ果報メテタクマシマセハ蔭ニテモイヤシム可ラストテ高キモ賤シキモオソレ

ヲ成ヌハ無リケル

C　されはわれよりいやしき人とおもふともくはほうめてたき人をはかけにてもいやしむへからすとたかきもいやしきもをそれをなさぬはなかりけり

⑲話末評語2（三二頁）

熊　祝ヒニモマツ此草子ヲ御覧シテ世ノ例シニ引ヘシメデタキ物ニハ御子ナリアラメデタヤ〳〵

C　いはひにもまつ此さうしを御らんして世のためしにひくへきなりめてたき物には御こなりけりあらめてたや〳〵

以上、一九箇所、岡田啓助『文正草子の研究』を手がかりとして、特徴的な部分を抽出してみたが、いずれもC本が最も近似するものであった。ここから南方熊楠が『御伽草子』に書き入れた高須家旧蔵本はこの系統に属するものであると判明した。ただ、挿入歌だけは顕著な異同が認められる。

熊　月みテモハル、かたなキ涙ソト　思ヒヤリテモ人ノトヘカシ（一三頁）

C　月見れはやらんかたなくかなしきに　こととふ人のなとなかるらん

熊　年フトモ忘レヌマテモヤ槙柱　思ヒ叶ヘリ今帰リコン（一四頁）

C　としふともわすれすまてやまきはしら　おもかはりせていまかへりこん

熊　あフまデのかたみニノコス唐衣　ワカレノソデニおもふなよきみ　（一五頁）

C　あふまてのかたみとてこそぬきをくを　わかれのそてとおもふなよ君

熊　身ニしメばこひハくるしきものナルヲ　クラヘントテヤナク鹿ノ声　（一五頁）

C　身にしめはこひはくるしき物なれは　さこそはしかもかなしかりけん

熊　イサギヨク照セル月夜ナレトモター（ママ）ルハ恋ノ道ニコソアレ　（一五頁）

C　うらやましかけもかはらすすむ月のわれにはくもるあきの夜のそら

熊　雲ノ上ニ巡リ逢レヲシレトテヤ　殊更月ノテリマサリユク　（一五頁）

C　くものうへにめくりあはんとゆく月の　ひかりはことにてりまさりける

熊　めぐりあはんほどぞくもらめユク月ノ　つひにくも井ニひかりましなん　（一六頁）

C　めくりあはんほとそくもらめゆく月の　つゐにくもゐにひかりましなん

熊・C　君ゆへにこひちにまよふみちしはのいろのふかさをいかてしらせん　（二二頁）

熊　こひ〴〵てあひ見しよはのみじかきは　カタラフコトノツキモ果ヌニ　（二六頁）

C　こひ〳〵てあひみし夜はのみしかさよ　またいふ事のつきもはてぬに

今後、C系統のうちでもこれらの和歌の異同が絞り込む上で重要になってくるだろう。

さて、この系統は、本稿で引用した国会図書館蔵絵巻（元横型奈良絵本）のほか、実践女子大学図書館蔵写本など、絵を伴わない写本や奈良絵本（絵入写本）などから成っており、それに対して版本は確認されない。すなわち熊楠が写した高須家旧蔵本もまた版本の写しではなく、世々転写されてきて熊野社家の所蔵に帰した写本系の一本だったということになる。高須家旧蔵本それ自体が今どうなっているのかは不明である。しかし少なくとも、熊楠が丹念に『御伽草子』の余白に書き入れてくれたおかげで、記録として保存されたわけである。

おわりに

『文正草子』の書入は、恐らく表記上の改変はあるだろうが、それ以外において高須家旧蔵本の本文をほぼ復元できるほどの充実したものであったと認められる。熊楠の物語作品における書入の意義は、『蛤の草紙』における書入のように、考察過程を示すものもあれば、今回取り上げた『文正草子』のように散逸伝本の性格を知ることのできるものもある。してみれば、今後これらの書入について一層調査研究を進めていく必要があるだろう。

〔注〕

(1) 南方熊楠「山神オコゼ魚を好むということ」(『東京人類学雑誌』第二九九号、明治四四年二月。『南方熊楠全集』第二巻、収録)。

(2) 伊藤慎吾「南方熊楠『蛤の草紙』論の構想」(『南方熊楠研究』第九号、平成二七年三月)。

(3) 岡田啓助『文正草子の研究』(昭和五八年、桜楓社)。

真字本『玉藻の草紙』考

はじめに

日本では狐にまつわる説話・物語が古代から数多く生み出されてきた。はやくは『日本霊異記』に見える人間と狐の婚姻譚があり、中世にくだるとさらに種々の説話・物語が生み出された。後期には『狐の草紙絵巻』や『木幡狐』、幸若舞曲の『信太』などが読まれ、また絵巻・絵本にも仕立てられてきた。その中で、絶世の美女に姿を変え、その美貌で男を惑わし、国を傾ける悪女を描く物語も作られた。天竺・震旦と国を乱し、また滅ぼしながら日本に渡来し、鳥羽上皇の御所に仕えた玉藻の前の物語がそれである。

まず、この物語の梗概を示しておこう。

1　久寿元年、鳥羽院の仙洞に才色兼備の化女玉藻の前が現れた。

2　玉藻の前は内典・外典・世法・仏法あらゆる事に通じており、天皇をはじめ多くの公卿が種々の事を質問するも、すべて誤りなく答え、天皇の寵愛を得るに至る。

3　時に天皇が病に倒れ、陰陽師安倍安成はその原因が玉藻の前にあると勘進する。

4　安成が公卿僉儀の場で、玉藻の前の素性が下野那須野にいて、古く天竺天羅国から渡ってきた妖狐であることを説く。
5　安成の申請により、太山府君の祭を執り行うことになり、玉藻の前に御幣取りを勤めさせる。
6　玉藻の前は祭なかばで出奔するが、安成の要請で討手を遣わすことになる。
7　弓の名手上総介・三浦介両名は院宣を給わり妖狐を追って、ついに討ち取る。
8　狐の体内から仏舎利入りの金の壺や光る玉、赤白の針などが出てくる。
(9　玄翁和尚により殺生石が砕かれる。)　＊諸本により、有無がある

玉藻の前は絶世の美女で万事に精通する日本一の賢女ということである。菩薩の化身とみなされ、また身体から光りや芳しい香を放つので玉藻の前と名付けられた。ところが、ある時、上皇が病んだので陰陽師に占わせたところ、玉藻の前の仕業と知れた。陰陽道の主神泰山府君の祭のときにその正体が露顕して逃亡するが、ついには弓の名手三浦義明・千葉常胤によって退治されてしまうというものである。これには後日譚がある。玉藻の執念は那須野に残り、飛ぶ鳥をも落とす毒気を発する石となった。これが名高い殺生石で、のちに高僧に浄化されるが、今でも栃木県那須郡那須町に残っている。なお、玉藻の前は中世では二本の尾の妖狐だが、後世、九尾の狐としても描かれ、今日では九尾の狐としてのほうが知られている。

三浦義明・千葉常胤は妖怪退治の英雄としては知名度が低いと思われるが、玉藻の前退治の一件は、この二人の名と共に、中世以降、武芸の一つ犬追物の起源譚としても伝承されていった。

1　お伽草子『玉藻の草紙』の諸本

さて、お伽草子『玉藻の草紙』の伝本は次に示したように、川島朋子氏によって八系統に分類されているものが最も網羅的で参考になる。紙面の都合で各系統の代表を一本ずつ、資料で本稿において引用する場合の出典とともに掲げておく(1)。

A　根津美術館所蔵古絵巻　ほか一本　『御伽草子絵巻』所収
B　赤木文庫旧蔵本（文明二年古写本）『室町時代物語大成』九所収
C　国立国会図書館所蔵奈良絵本　ほか二本　『影印校注古典叢書』所収
D　京都大学附属図書館所蔵絵巻　ほか三本　『むろまちものがたり』一〇所収
E　山岸徳平旧蔵本　ほか二本　国文学研究資料館マイクロフィルム
F　京都大学附属図書館蔵奈良絵本　ほか一本　『むろまちものがたり』五所収
G　福島常在院所蔵絵巻　ほか六本　『伝承文学研究』三九号所収
H　承応二年西田庄兵衛刊絵入大本二冊　ほか四本　『室町時代物語大成』九所収

このうち、第G・H類本には巻末に殺生石説話（梗概9）が付いている点に特色がある。

2　伊藤慎吾所蔵本簡明書誌

では架蔵本を検討していくことにしよう。左に本伝本の書誌を簡単に示しておく。

書型　半紙本、写本、楮紙、仮綴、一冊
表紙　本文共紙、無文様　たて二四・一センチ×よこ一六・六センチ
外題　玉藻前之雙紙（直、左肩）
内題　玉藻前之双紙
丁数　二四丁
行数　毎半葉七行
本文　漢文体（変体漢文）。訓読（送り仮名、返り点）は墨書。振り仮名も随所にあるが、これは朱筆による。朱筆は必ずしも墨書の送り仮名と対応しているわけではない。また誤字が甚だしく、書写者とは別人の手になるものである。

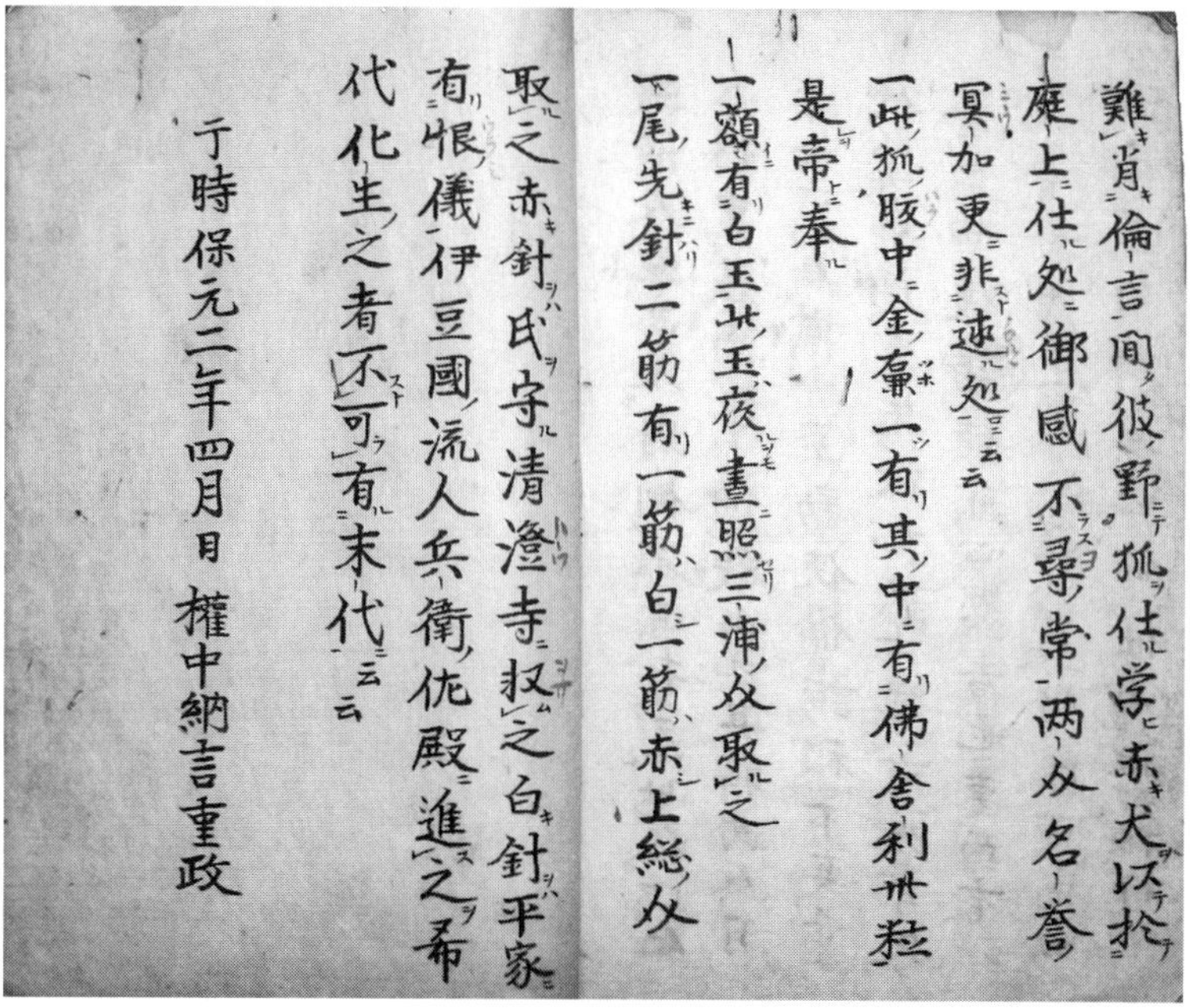
難肖倫言間彼野狐住学赤犬以於
庭上仕処御感不尋常両人名誉
冥加更非述処云々
一此狐腹中金嚢一有其中有佛舎利卅粒
是帝奉
一額有白玉廿玉夜昼照三浦介取之
尾先針二筋有一筋白一筋赤上総介
取之赤針氏守清澄寺収之白針平家
有恨儀伊豆國流人兵衛佐殿進之希
代化生之者不可有末代云々
于時保元二年四月日　権中納言重政

訓《クン》ン（朱）　尺《シヤ》ク（朱）（墨書）　偏《ヒトイ》ヘニ（朱）（墨書）

奥書　本文末尾に記す。本文と同一の筆跡。
「于時保元二年四月日権中納言重政」
他本にこの奥書なし。保元二年（一一五七）前後の『公卿補任』に「重政」の名は見られず。

印記　なし。

半紙本で外題・内題ともに「玉藻之前双紙」、本文は漢文体、といっても変体漢文である。訓読は墨書。振り仮名も随所にあるが、ただしこれは後世の朱筆と思われる。本文と同筆とは見做しがたい。「訓尺」「偏へに」の事例を挙げてみると、まず「訓尺」では「ン」と「ク」が捨て仮名として墨書されており、それに加えて「クン」が朱筆で加えられている。また「偏へに」も「へ」があるにもかかわらず、「ヒトイ」と朱で加えられている。このように朱筆の振り仮名は本文と必ずしも対応していない。

恐らく、もともと親本に付いていたものではないのだろう。

また奥書に「于時保元二年四月日権中納言重政」とあるが、これは他の諸本には見られないものである。保元二年前後の『公卿補任』にも「重政」の名は見られない。想像に過ぎないが、伝本の権威を上げるべく、古い奥書を付け加えたのでないだろうか。

3 本文の特徴

a 諸本間の位置

さて、『玉藻の草紙』の伝本はお伽草子作品の中では比較的多く、写本、絵巻、奈良絵本、絵入版本など種々存在している。同様に物語本文もまた複数の系統に分かれ、先の川島朋子氏の示した一覧に見られるように、八系統に整理できる。ではこの中で伊藤本はどこに位置付けられるだろうか。

まず、『玉藻の草紙』は後日譚として玄翁和尚による殺生石浄化の説話がないもの（甲類）とあるもの（乙類）との二つに大別される。甲類はA～F類、乙類はG・H類である。伊藤本は当該説話がないから、まず乙類とは距離があることになる。G本は室町末から近世にかけての絵巻七種で、H本は絵入版本やそれに基づく奈良絵本であり、いわば流布本といってよいものである。

そこで、以下では甲類本と比較しながら各系統との親近性を見ていきたいと思う。なお、それについて、熊本弘子氏「御伽草子『玉藻草子』の伝本系統について」が各系統の要所を対照化しており、ここで参考にしている。(2)

①冒頭

まず、冒頭の部分を対照してみる。イと記号で示した漢文体の本文が伊藤本である。

イ鳥羽ノ第二ノ王子主上近衛ノ院ノ御宇久寿元年鳥羽ノ仙洞ニ一人ノ化女出来ス後日ニ玉藻前ト号ス天下無双ノ美人国中第一之賢女也

A主上近衛院の御宇久寿元年□春の比《ころ》□羽院《はのいん》の仙洞《せんとう》に齢廿許《はたちはかり》の化女《けちよ》一人出来《にんいてきたり》（ママ）たり

Bしゆしやう、こんゐいんの御宇、久寿元年きのへいぬ、とはのいんの、せんとうの御時、一人のけちよ、いてきたり、こにちには、たまものまいとそ申ける、天下ふさうのひしん、わかてうたい一の、けんちよなり

Cとはのゐんのきよう久しゆくはん年きのえいぬせんとうに一人のけちよいてきたるかふそうのひしんこく中第一のけんちよなり

D近衛のゐんの御宇きふしゆ二年のころ鳥羽のゐんの仙洞に一人の下女あり後には玉ものまへとそ申しける天下無双の美人国中第一の賢女也

E主上近衛院《しゆしやうこんゑのいん》のけう久寿元《きうじゆくわん》年きのへいぬに鳥羽院《とはのいん》のせんとうに一人の化女《けぢよ》いてきたる後《のち》には玉《たま》ものまひとかうし天下無双《さう》の美人《びじん》国中第一の賢女《けんぢよ》也

Fしゆしやうこんゑのゐんのけうきうしゆくはんねんきのえいぬのとしとは殿に一人のけちよいてきたりこ日にはか（ママ）ものまへとて天下ふさうのひしむこくちうたい一のけんちよなり

＊後日　◯（後日）B・F／△（後）D・E／×A・C

傍線部　◯D・E・F／△B・C／×A

ここでのポイントは二点ある。一つは「後日に」、もう一つは「天下無双ノ美人、国中第一ノ賢女也」である。まず「後日」とするのは、Bの赤木本、Fの京大本で、DとEは「後には」とある。一方、「天下無双」の一文はD・E・Fが同文で、Bは「国中」ではなく「我が朝」とあり、Cは「天下」が脱落、もしくは日本の異名である「扶桑国」の「扶桑」としたとも考えられる。例文の末尾に＊を付けて整理した通りである。

以下に、簡単に重要な箇所を摘出して比べておきたい。

②物の精

玉藻の前が物の精について縷々知識を開陳するところでは、叙述の配列が問題となるから、本文ではなく、説かれる順序だけ掲げる。

イ①華②香③玉④山⑤金⑥龍⑦天⑧経

Ａ①華②香⑤金④山○（海）○（鳥）⑥（龍）○（獣）○（魚）○（天王）○（善人）○（悪人）

Ｂ①華②香○海④山⑥龍○獣○鳥○善人○悪人⑧経

Ｃ①華②香③玉④山⑤金⑥龍○獣○善人○悪人

Ｄ①華②香③玉④山⑤金⑥龍○獣⑦天⑧経

Ｅ①華②香③玉○海④山⑤金⑥龍○獣○鳥○善人⑦天（悪人）⑧経

Ｆ①華②香③玉○海④山⑧経

＊△（八種配列）Ｄ・Ｅ／×Ａ・Ｂ・Ｃ・Ｆ

この部分は玉藻があらゆるものに物の精があるということで、さまざまな物の精について説明している。伊藤本では①華②香③玉④山⑤金⑥龍⑦天⑧経という配列になっている。以下にAからFまで諸本の配列を示してあるが、（　）を付けたものは著しく短い文句の箇所を意味する。末尾に＊で示したように、DとEが配列的に近いものといえる。ただしDを例に述べると、

①華②香③玉④山⑤金⑥龍○獣⑦天⑧経

とあり、⑥と⑦の間に「獣」の精について説明する部分がある。Eも玉や鳥、善人、悪人の精の説明がある。ただそれらを除くと伊藤本と同じ配列になる。他の諸本は①から⑧のどれかが欠けている。

③青蓮華

同じく玉藻の前が蓮華の精を述べる部分に、次のような一文がある。

イ青黄赤白黒ノ蓮華中ニハ以テ二青蓮華ヲ一精トス

A四色《しき》の蓮《はちす》の中《なか》には青蓮華《しよふれんけ》を以て精とす

B青黄赤白の、蓮のなかに□、しやうれんけをもつて、せいとして候と申

Cしやうわうしやくひやくのれんけの中にはいつれをせいと候へきやととひ給へはしやうれんけをもつてせいとして候

D青黄赤白の中にれんけのせいはいつれそと仰らるれはしやうれんけをせいとして候と申

Eしやうわうしやくひやくこくのれんけの中にはしやうれんけをせいとす

Fわうしやくひやくこくのれんけの中にいつれをしやうとすへきとおほせらるれはしやうれんけをもつてしやうとして候と申けり

＊○（黒）E・F／△（四色名）B・C・D／×A
　問答形式　×イ・A・B・E／○C・D・F

この箇所では、色の名称に「黒」を含めているかどうか、また問答形式ではなくモノローグかという点が問題となろう。たとえばDでは「青黄赤白の中にれんけのせいはいつれそと仰らるれはしやうれんけをせいとして候と申」とあって、黒を欠いた四色が挙がっている。そして点線部のように、問いと答えから成っている。ここではE・Fが黒を含めており、A・B・Eがモノローグとなっていることが確認される。

④須曼那華

玉藻の前が須曼那華について説明する部分は、次のように記されている。

イ山林ニ生ル処ノ華ノ中ニハ　以テ二須曼那《スマンナ》華《ケ》ヲ一精トス
A六殊の香の中には梅檀樹を以て精とす
B一切のさんりん□、おふるところの、くさきの、はなのなかに□、□つれのはなをせいとすへきと、とい給へは、一切のはなのなかには、しゆまんなけをもつて、せいとして候
C一さいの山はやしにしやうするところのさうもくの中の花にはいつれをせいとし候へきととはせ給へは花の中

にはしゆまなけをもつてせいとし候
D一切の草木の花の中には何れのはなをせいとすへきとしゆまんなのはなをせいとす
Eさんりんにおふるさうもくの花の中にはしゆまんなけをせいとす
F一さいのやまのはやしにおこるさうもくのなかにはいつれをしやうとすへきとはせたまへは一さいの中にはしゆまなけをもつてしやうとして候

＊○B・C／△（「所」ナシ）E・F／×A・D
問答形式　×イ・A・E／○B・C・D・F

まず「山林に生うる処の」という一節を持つものはB・Cであり、C・Eもこれに近い。そして、B・C・Fは問答形式を採っている。Aは全くの独自本文である。その中でEの「さんりんにおふるさうもくの草の中にはしゆまんなけをせいとす」が最も近似する。

⑤問答の対象

玉藻の前が様々な知識を披露した後、公家衆と一問一答形式の問答を行う展開となる。問われる事物は次の通りである。

イ①琴②笛③笙④琵琶⑤太鼓⑥鐘⑦硯⑧筆⑨墨⑩紙⑪扇⑫車⑬船⑭囲碁⑮双六⑯弓・矢・冠・鞠
A①琴○瑟③（簫）○箏④琵琶②笛⑤（鼓）○鼙○笳⑥鐘（⑯）弓矢○斧⑫車○船○詩⑦硯⑧筆⑨墨⑩紙⑪扇⑭囲

碁⑮双六（⑯）冠○鎧（⑯）鞠○井○寺

B①琴・わごん②笛・よこぶえ③笙④琵琶⑤（鼓）⑥鐘・つきがね○詩⑦硯⑧筆⑨墨⑩紙⑪扇⑫車⑬船⑭（碁）⑮双六⑯弓・矢・冠・鞠○鎧○五穀○井○寺・宮

C①琴②笛・よこぶえ③笙④琵琶⑤（鼓）⑥鐘○詩⑦硯⑧筆⑨墨⑩紙（⑪⑫⑭）扇・車・（碁）○鎧○五穀○井○寺・宮

D④琵琶②笛③笙⑤太鼓⑥鐘○詩⑦硯⑧筆⑨墨⑩紙⑪扇⑫車⑭（碁）⑮双六⑯（弓・矢・冠）○鎧○五穀○汲井○宮寺

E①琴②（横笛）③笙④琵琶⑤（鼓）⑥鐘○詩⑧筆⑩紙⑪扇⑫車⑬船⑭（碁）⑮双六⑯（弓・鞠・冠）○かね（鎧の誤カ）○五穀○井○寺・宮

F①琴②横笛③笙・篳篥⑤鼓⑥鐘○詩⑧筆⑨墨⑪扇○袴⑭碁盤⑮双六⑯弓矢○鞍・鐙○五穀○井

＊△（一六種配列）B／×A・C・D・E・F

問答の項目と配列を挙げたが、この箇所は本物語の中でもかなりの分量を占める重要な部分となる。末尾に＊で示したように、ここでは一六の問答の配列が一致するのはBの赤木本のみである。もちろん、先の物の精の部分と同様、問答の対象となるものは一六種に加えて詩や鎧、五穀、井、寺・宮などがある。またEの山岸徳平旧蔵本は確かに×に分類したが、⑦硯が欠けているだけであるから、近い一本ということになるだろう。しかも、後の資料で引用しているが、E類本のもう一本である内閣文庫本には⑦もあるから、山岸本が⑦を欠くのはE類本の伝写の過程で起きた脱文によるものであり、実質、B同様に問答の対象の多い少ないは別として、伊藤本と配列が同じであるということができるだろう。

⑥赤百の針

最後に挙げたf赤白の針は本物語の末尾にあたる部分を対照化したものである。退治した玉藻の前の尾から出てきた針の帰属先を説いた箇所を挙げている。

イ 一尾ノ先キニ針《ハリ》二筋有リ一筋ハ白シ一筋ハ赤シ上総ノ介取ル㆑之赤キ針ヲハ氏守ヲル清澄寺ニ収《ヲサム》㆑之白キ針ヲハ平家ニ有リ㆓恨ミノ儀《ウラミノ》㆒伊豆国ノ流人兵衛ノ佐殿ニ進ス㆑之ヲ希代化生ノ之者不スト㆑可ラ㆑有ル㆓末代ニ㆒云云

A尾崎ニ二之針有一者白一者赤シ上総介給て赤針をは氏寺清澄寺ニおさむ白針をは兼て平家ヲ恨事有て伊豆国流人兵衛佐殿ニ奉る彼針を得給し由来にや頼朝謀叛を興て程なく平家を追罰し会稽の恥を雪給けり希代不思議の因縁也夫末代と云共王威も重ク神冥仏陀の力も不尽事此物語を見て可存知者也

B一、をのさきにはり二あり、一はあかし、一はしろし、かつさのすけ、これをとりげ、あかきをは、うちてらの、きよすみてらに、これをおさむ、しろきはりをは、へいけをうらむる事ありて、いつの、ひやうへすけとのに、まいらする、きたいふしきの、はけ物の、しよきやうなり、ゑいせいをなやましたてまつりて、ついにほろひにけり、まつたいといふとも、わういをいるかせに、すへからさる物なり

C一おのはしに二のはり有一はしろし一はあかしかつさのすけに給つてあかきはりをはうちてらせいりうしにこれをこめらる白はりをは助はらはへいけをうらむることありていつの兵衛のすけ殿にまいらすると也

D一はたつの尾のさきにけん有一は白し一は赤ししろいは上総介とる赤きをはしないしやうりうしにおさむ上総介平家をうらむ事ありて此劔を伊豆の兵衛佐殿に奉るそのすいさうに世をとり給ふなり

E尾さきに二の針あり一はしろし一つはあかしかつさのすけこれをとるしろきはりをは氏寺《うじてら》清龍寺《せいりうじ》にこめられあかきはりをはたねん平家をうらむる事ありていつの国兵衛のすけ殿に奉る事きたいふし儀のばけ物のしよぎやう叡性《えいしやう》をなやまし奉る事つゐにほろひ末代といへとも王威《わうい》を忽緒《こつしよ》すへからすかのしろきはりをへ給ひし故とや兵衛のすけ頼朝むほんをおこしいく程なく平家をつゐにはつしくわいけひを達せられけり不思議の因縁《いんゑん》也

Fおのさきには二つのはりありひとつはしろしひとつはあかしかつさのすけこれをとるあかきはりをはうちてらきよすみ寺におさめしろきをはそのときへいけをくらみ申事あるによりていつのひやうへのすけ殿にまいらせたりきたいふしきのはけものゆへにしゆしやうをなやまし申てつゐにはほろひおはりぬまつたいとは申せともわうゐの御事をかろんせんものはかくのことくあるへきものなり

＊白赤　○A・C・D・E・F／×B
清澄寺　○A・B・F／×C・D・E
話末評語　△（希代・末代）A・B・E・F／×C・D

以上の部分を整理してみると、次頁に示した表のようになるだろう。要するに次の二点を指摘することができる。

（1）伊藤本ではB類本、E類本と近似する本文がみられる。

		イ	A	B	C	D	E	F
a 冒頭	後日	○	×	○	×	△	△	○
	傍線部	○	×	△	△	○	○	○
b 物の精	配列	○	×	×	×	△	△	×
c 青蓮華	黒	○	×	△	△	△	○	○
	非問答	○	○	○	×	×	○	×
d 須曼那華	生うる所	○	×	○	○	×	△	△
	非問答	○	○	×	×	×	○	×
e 問答	配列	○	×	△	×	×	×	×
f 赤白の針	白赤	○	○	×	○	○	○	○
	清澄寺	○	○	○	×	×	×	○
	話末評語	○	○	○	×	×	○	○

（2）eの配列のように、B類本のみと近似する本文がみられる。ただし、先にも述べたように、これは山岸文庫本独自の脱落であり、内閣文庫本を含めればE類本もまた近似するものといえる。つまり、まとめて「B類本、E類本と近似する本文がみられる」ということができるだろう。

b　B・E両類本との関係

このB類本とE類本とはもともと近しい本文をもっている。先に掲げた熊本論文では両類本を併せてI系統とし、これを「最もよく古形を残していると推定される」とする。[3] また大島由紀夫氏はF類の京都大学本を紹介する中で「系統としては赤木文庫本や内閣文庫本などに近い」と両類を一緒に扱っており、[4] 川島朋子氏も京大本について、両類に近いとは言い切れないが、「これらの系統と同様、この物語の中で最も基本的な構成を持つ本文系統の一つと位置付けることができる」と評価している。[5]

そこで両類本との距離をみるために特徴的な本文を取り上げ、B類の赤木本、E類の山岸文庫本・内閣文庫本の三種と比べてみたい。

まず**a諸本間の位置**で挙げた六ヶ所についてみてみると、内閣文庫本は次のように記されている。

a主上近衛院御宇久寿元年甲戌鳥羽院の仙洞に一人の化女出きたり後には玉藻の前とそかうす天下無双の美人国中第一の賢女也

b①華②香○海④山⑤金⑥龍○獣○鳥○善人⑦天（悪人）⑧経

c青黄赤白□の蓮花の中には青蓮花を指て精として候と申

d一切の山林におふる所の草木の花の中にはいつれの花を精とすへきやととはせ給へは一切の花の中には須曼那花をさして精として候

e①琴②（横笛）③（笙篳）④琵琶⑤（鼓）⑥鐘○詩⑦硯⑧筆⑨墨⑩紙⑪扇⑫車⑬船⑭囲碁⑮双六⑯弓箭鞠冠○鎧○五穀○井○寺・宮

f一尾のさきに二の針あり、一は白、一つはあかし、上総介是を取て、赤針をは氏寺清澄寺に是を納、白針をは、時に平家を恨事有ニよりて、伊豆の兵衛佐殿ニ是を進す、希代不思議のはけ物の所行、叡精をなやまし奉れり

この中で注目点を一、二説明すると、eの配列があるが、これは先ほど説明したように⑦番目に硯がある。それからfだが、山岸文庫本では二行目にみえる赤い針を納める寺の名を青龍寺としてあるが、こちらでは伊藤本と同じく清澄寺としている。ただし末尾の一文が「希代不思議のばけ物の所行、叡精をなやまし奉れり」とだけある。山岸文庫本はこれに「つゐにほろひ末代といへとも王威を忽緒《こつしよ》すへからす」と続く。

さらに事例を追加しよう。B類本とE類本の差異が顕著な音楽の問答の部分から「g無調」「h楽音」「i一越

調」の一部を抜き出してみる。

g無調

赤　そうてう、わうしきてう、一こつてう、三のてうしに、たかへるゆへに、むてうとなつけ

イ　双調黄鐘調一越調三調子違《テ》故《ニ》無調《ト》名付《ク》

内　双黄一の三調子にたかへるか故に無調と名付

山　そう調も又わうしき一こつの三ッのてうしにたかへるゆへに無調と名付

h　楽音

赤　又とふやうは、そうてう、わうしきてう、一こつてう、三てうしをは、なにのゆへにか、かくのをと丶なつけて、りよのこゑとさためて、ひやうてう、はんしきてうの、二のてうしをは、いかなれは、ひのこゑとなつけて、りつのこゑと、さためて候やらんと

イ　重而問《テ》云《ク》双黄一《ノ》三調子《ヲ》如《イ》何《カ》成《ル》故《ニ》楽《ガク》音《ント》　名付《テ》呂《ノ》声《ヘ》　定《トメ》平盤《ノ》二調子《ヲ》悲《ミノ》　音《ヘト》　名付《テ》律《ノ》音《ヘ》　定《トメ》候哉覧《ント》

内　又問様双黄一の三調子をは何故に楽の音と呂の音を定め平盤の二調子をはいかなれは悲の音と名付て律の音と定めて候ならんと

山　又とうやうはそうわう一の三てうしをはいかなるゆへに頼しみのこゑと名つけ呂のこゑとさため平盤の二てうしをはいかなれはかなしみのこゑとなつく律のこゑとさたむや

ｉ一越調

赤　そのとく、おほきにして、四方をかぬるゆへに、一となつく

イ　其《ノ》徳《ノ》大《ニシテ》　兼《ル》二四方《ヲ》一一《ト》名付《テ》

内　其徳大ニして四季をかねたる故に一と名付

山　その徳大きにして四方をかねたるゆへに木につかさとる

まずは「ｇ無調」は、伊藤本では「双調黄鐘調一越調三調子違《テ》故《ニ》無調《ト》名付《ク》」とある。傍線部は赤木本も同じだが、内閣本は「双黄一」と略述してある。山岸本は略述とまではいかないものの、「そう調も又わうしき一こつ」と、黄鐘調・一越調の「調」を省いている。

次に「ｈ楽音」だが、伊藤本に「重而問《テ》云《ク》双黄一《ノ》三調子《ヲ》如《イ》何《カ》成《ル》故《ニ》楽《ガク》音《ント》　名付《テ》呂《ノ》声《ヘト》　定《メ》平槃《ノ》二調子《ヲ》悲《ミノ》　音《ヘト》　名付《テ》律《ノ》音《ヘト》定《メ》候哉覧《ント》」とある。上の傍線部「双黄一」、下の傍線部「平盤」、ともに略称を用いている。この点、内閣文庫本、山岸文庫本に一致する。

又、「ｉ一越調」では伊藤本は「其《ノ》徳《ノ》大《ニシテ》　兼《ル》二四方《ヲ》一一《ト》名付《テ》」とある。□で囲った部分については、赤木本と山岸本は「四方」だが、内閣本は「四季」とある。しかし、傍線部「一ト名付テ」は赤木本と内閣本が同じで山岸本だけ違う。

次に「･ｊ羿・頼政」だが、これは物語の後半に見える一節である。

イ　夫レ漢土ノ羿《ハイ》ハ九ツノ目ヲ射下ヲトシ我カ朝ノ頼政ハ雲中ノ鵺ヲ射下ス

内　漢朝の羿《ゲイ》か九の日をいおとし本朝の頼政か雲の中の鵼を射

山　かんてうの羿《けい》か九《こゝのつ》の日をいをとしほんてうのよりまさかくものうちの鵼《ぬへ》をい

傍線部の羿の故事が頼政の鵺退治と対句になっている。この点、内閣本・山岸本も同じだが、赤木本では羿の故事がない。

整理すると、次の表のように示すことができるだろう。

		赤木	内閣	山岸
a 冒頭	後日	○	△	△
	傍線部	△	○	○
b 物の精	配列	×	△	△
c 青蓮華	黒	△	△	○
	非問答	○	○	○
d 須曼那華	生うる所	○	○	△
	非問答	×	×	○
e 問答	配列	△	△	×
f 赤白の針	白赤	×	○	○
	清澄寺	○	○	×
	話末評語	○	△	○
g 無調	双黄一	○	△	△
h 楽音	双黄一	△	○	○
	平盤	△	○	○
i 一越調	四方	○	△	○
	名付	○	○	×
j 羿	故事	×	○	○

異なる部分だけ数えれば、赤木本が四ヶ所、内閣本が一ヶ所、山岸本が三ヶ所ということになる。このように、いずれにも近しい関係が認められる。とくに伊藤本「b物の精」の一連の配列、eの問答の配列が内閣本と同じところから、赤木本よりもE類本に位置づけるのが相応しいのではないかと考える。

C　独自本文（抄）

さて、これまで諸本との近さばかりを見てきたが、独自本文も散見される点に伊藤本の特徴がある。その幾つかを次に掲げてみよう。

①故尓《ニシカラハ》　善賢経《ニモ》　我身自空罪福無主《ト》哉覧《ニ》有《リ》現《ゲニ》　候

①の文は玉藻の前が涅槃を説く台詞の中に見られるものである。この文は諸本に見えない。また明記されるところの『善賢経』は存否不明である。ただし『大毘婆沙論』巻第一〇に数行引用され、また唐代の『貞元新定釈教目録』などにその名が載ることから、ある程度知られたものであったようである。そして「我身自空罪福無主」の一文は中世における天台宗最大の百科全書というべき『渓嵐拾葉集』に見える点、注意してよいことだと考える。

②或《ハ》法界体性無差《シャ》別森羅万像即《チ》法身《ト》説《キ》給《ヒ》或《ハ》挙《ケ》レ手動《シ》レ足皆是《ナレ》密印也《リ》妄想思念皆是《ナレ》密観也《リ》自然《ノ》道理也《リ》

②の文は玉藻が仏法を説く場面にある。諸本では

一色一香、無非中道ともいひ或ひは治生産業、皆是与実相、不相違背とも讀し、或は麁言及耎(軟)語、皆帰第一義ともあかし、或は舌相言語、皆是真言、身相挙動、皆是蜜(ママ)印共説り（内閣本）

とある。

諸本の「一色」云々は『法華経玄義』巻第一に基づき、「舌相」云々は平安期の天台僧安然の『真言宗教時義』に基づいている。一方、伊藤本の「法界体性無差別」は唐・窺基『大乗法苑義林章』に見え、「妄想思念皆是密印」は安然の『大日経』釈の注文であり、台密の秘伝口決をまとめた『了因決』に引かれる文句である。

①②の事例から、独自本文に天台宗のテクストが用いられていると考えられるだろう。

③夫《レ》人現《ヲ》四季《キニ》 喩《ユルニ》生《テ》二十歳《ハ》春也人現《ノ》盛《ヲハ》夏《ニ》喩《ヘ》四十 歳《ニナレハ》秋《ノ》相《ヲ》顕《シ》紅顔《ノ》厳《キ》相《モ》次第《ニ》替《リ》五十歳《ノ》時分《ハ》冬《ノ》気色《ケシキト》見《ヘテ》頭《ニ》雪《ヲ》頂《キ》眉《ニ》霜《ヲ》置《キ》
面相《モ》替《リ》衰《ヘル》 躰《ヲ》奇《ヨセテ》二四季《ニ》一

諸本　此四相を人にあらはさは人生して一歳より廿歳以後は住の相なり（下略）（内閣本）

④時吉日良辰以《テ》千様《ノ》供物万億道具《ヲ》調《ヘ》庭上《ニ》壇《ヲ》構《ヱ》八木《ヲ》庭上《ニ》厚《ク》敷《シキ》 其《ノ》上《ニ》道場《ヲ》荘《ル》事《トス》驚二耳目《ヲ》一計《リ》也

諸本　程々の珍宝を調へ白米十二石を庭に散して太山苻君を祭らんとする時（内閣本）

⑤（平調・盤渉調・双調・下無調・上無調の説明のくだりが脱落している。）

③と④は、「諸本」として示したように、他の伝本にも対応する本文があるが、全く異なる文章となっている事例であることが知られる。そして⑤は伊藤本に見られる作為的ではない大きな脱落箇所である。

以上の本文は、今後、類似本文を持つ伝本が現れた場合、重要な比較検討箇所となるだろう。

さてここで、諸本に関してまとめておきたい。

伊藤本は山岸本、内閣本に共通する部分が多いものの、独自の本文や略述・改変も認められる。その一方で赤木本との近さも見られるものだった。また独自な表現や省略が多々見られることから、新たにI類本として立てても良いかとも思われる。だがしかし、煩雑になるので、暫定的に山岸・内閣本と共にE類本としたい。ただし本文の独自性からE類二種として区別しておきたいと思う。

4　真字本としての価値

さて、伊藤本の諸本における位置をこのように推定したので、次にその文体上の特色から作成の背景を探ってみたい。

伊藤本の書写時期は近世後期と思われるが、その本文は内閣・山岸本とは別に、赤木本の古態性を受け継いでいると思われる。

a　記録上の『玉藻の草紙』

まず仮名／真字は不明ながら次に古記録にみえる『玉藻の草紙』を挙げておきたい。

①『諸物語目録』応永二七年（一四二〇）、『看聞日記』永享五年（一四三三）五月七日の条

一玉藻物語一帖

②赤木文庫本『玉藻前物語』奥書　文明二年（一四七〇）
文明弐年初冬比書之
③『実隆公記』文明九年（一四七七）一一月二五日の条
今日禁裏御双紙谷響集、玉藻前物語、つれ〳〵種銘依仰書進上之。
④『一禅御説』　文明一〇、一一年（一四七八〜七九）頃[6]
玉もの前と云女房の物語さうし有一向無正体そらこと也家々の記録にもみえさるよし奉畢
⑤『言継卿記』大永八年（一五二八）正月一三日の条
中御門へ罷候て玉藻前之物語を読候了。
＊天文二三・七・二四、弘治三・三・二一、永禄一〇・八・一の各条にも「玉藻前物語」の記述あり
⑥『言経卿記』天正一七年（一五八九）四月一六日の条
今御乳人ニ花鳥風月草子、玉藻物語等令借用了。
⑦矢野利雄旧蔵本『たまものまへ』慶長一一年（一六〇六）
慶長十一年ひのえむ　ま八月十六日　　清傳書之

①伏見宮貞成親王の『看聞日記』の紙背に見える『諸物語目録』に見えるものを上限として、三条西実隆、一条兼良、山科言継ら公家衆の記録にその名が見える。ここから分かることは、室町期の公家社会において、比較的流布した作品であったことであろう。禁裏御文庫にあるばかりではなく、特に山科言継のような公家が中御門

宣秀など近しい公家の邸において読み聞かせることがしばしばあったことは興味深い。それは同時期に能「殺生石」として、また謡として観賞したり舞い謡ったりするものの物語草子版であることを思うと、音読・黙読はともかく、日常的に受容される作品の一つであったと想像することは、あながち的外れではないだろう。

b　真字本

ところで現在確認されている伝本は三〇本ある。近代の古書目録で確認できるものを含めれば、更に追加できる。もちろん、一本の物語草子としてではなく、一つの説話として説話集の中に収録されることもある。ここで注目したいのは、室町期の歴史書の『神明鏡』の鳥羽院の条に挿入されている玉藻の前説話である。重要なことは、この説話がほぼ漢文体で記述されていることである。長文であるが、ここに引用しておきたい。

一第七十四鳥羽院ニ宗（ママ）仁治十六年天仁二天永三永久五元永二保安四堀河ノ院ノ一子母苳子

①近衛院御時也久寿元年ニ仙洞ニ一人化女出来レリa後ニハ玉藻ノ御方ト号ス天下无双ノ美人也天人ノ化現カ又聖衆ノ影向カト疑計也去程ニ叡慮不レ斜思食シケリ仍又内外典仏法世法マテモ不レ暗也才人也諸事問ニ一々ニ答誠権者也去程ニ玉躰不予ノ御事坐ス随レ日重セ給ケリ召ニ典薬ノ頭ヲ一御尋有ケルニ御悩ハ御邪気ニテ渡セ玉ト申ス去ハ召ニ陰陽頭ヲ一トテ召ニ安部泰成ヲ一被レ占ケルニ急可レト有ニ御祈祷一申其故ヲ余公卿大臣等御尋有ケレハ泰成申玉藻御方ノ所為ト申ケリ御寵愛也争テカ去事可レト有人皆思ヘリ重テ御尋有ケル无ニ憚所一申ケレハ是ハ下野国那須野ニ有狐也彼狐ト云ハ仁王経ニ昔天羅国班足王千人王ノ頸ヲ取テ祭シト云シ塚ノ神是也大唐ニテ褒似ト成周ノ幽王后トシテ終亡ニ幽王ヲ一已下

今此国ニ来テ君悩候君奉レ祭御幣ノ役不レ可レ叶由固申セシカトモ勅命ナレハ出玉ケリ泰成祭文ヲ読係ケレハ御幣ヲ捨狐ト成テ逃失御悩即時ニ御感有泰成名望前代未聞也其後三浦介上総介両東国名将トテ彼狐ヲ那須野ヘ行向テ可レ将由院宣有リシカハ勅命難ニ背依両介那須野ニ行向テ狩レ之天ニ翔地走事宛神変也雖レ然弓箭ノ運ヲ可レ開故ニヤ彼狐ヲ狩取テ上洛ス是則王位也弓箭ノ徳両介名望誠比類ナシ御感ノ余ニ勅定成ケルハ那須野ニテ将セシ時ノ装束ニテ御前ニテ可レトテ翔赤犬ヲ一疋被レケリ出随レ勅射レ之御感不レ斜是ヲハ一騎犬追物ト名付タリ此狐ノ腹内ニ金ノ壺有其中ニ仏舎利アリ是ヲハ院ヘ進上額ニ⑥白玉有三浦介ニ給尾ノ先ニ針二有一ハ赤シ上総介ニ給狐ヲハ宇治宝蔵被納ケリ那須ノ殺生石ハ此霊也此御時佐藤兵衛範清遁世西行ト号シ修業シテ廻密事トナン（国立国会図書館所蔵写本）

本文中に示した①⑥は、それぞれ第三節aの①冒頭、赤白の針に対応する部分である。①では「後ニハ」があり、また「天下无双ノ美人也」と玉藻の前を断定する。「後ニハ」はD・Eと同じであるが、「天下無双ノ美人也」は諸本と比べるに、「国中第一ノ賢女也」を省略したものと推測される。一方、⑥は「狐ヲハ宇治宝蔵被納ケリ」という独自の部分がある。とはいえ、説話の展開といい、使われている語句といい、概して記憶していた伝承内容をまとめたというよりも、『玉藻の草紙』そのものを手元において要約したものと考えてよいのではないかと思われる。

『神明鏡』に続いて重要な記事は次の『上井覚兼日記』天正一三年（一五八五）二月二六日の条である（大日本古記録）。

此晩山田新介殿稲富新介殿被来候。長谷場筑州も被来候。玉藻之前双紙真名にて候を仮名字に書候て進上之由、御料様より被仰候。然者不審之事等候間拙者へ談合之由候。是等読せ申候て承候也。

記主の上井覚兼は薩摩島津家家臣で島津貴久に仕えた武将である。この記事について、川島朋子氏は次のように捉えておられる。(7)

この記事により、真名本の存在と、そこから女性の読み物としての平仮名本が作られたということが確認できるのである。諸本の中では根津本が漢字を多用しており、内閣文庫本も比較的漢字表記が多い。その他の平仮名の多い諸本にはもともとの漢字表記や漢語を読み誤ったり、異なる訓を採用しているところが見られる。

この真字本と、女性の読み物としての平仮名本の作成という写本の展開は私も同意見である。さらに山岸本の後見返に、旧蔵者山岸徳平によって次のような書入がなされている。

狐草子（玉藻前物語）絵巻二巻松浦家賣立之日有之　試
対校之処多漢語矣云云　　昭和九年十一月七日

これは松浦家が東京美術倶楽部で売立てに出した絵巻について記したものである。残念ながら売立目録には掲載されていないが、当該絵巻も漢語が多用されていたということである。

最古本のA類の根津本が漢字を多用しており、他にも内閣本や松浦家旧蔵本など漢字の多い伝本があるところからすると、もともと本物語は漢字を多用する和文であったのではないかということが想像されるであろう。『神明鏡』の場合は、説話資料であるから、全体の本文に同化するため、要約に際して漢文体に改変したのだろうと思われる。しかし物語草子として漢文体、もしくは漢語を多用した和文体として書き綴った伝本が早くから作られていたわけである。

ところが、多くの伝本は絵本・絵巻化の流れから平仮名を中心とする和文になっていったのではないだろうか。山岸本がほとんど平仮名書きなのもこれに添ったものと推測される。

これは憶測の域を出ないのであるが、伊藤本はこの流れに反して漢文体に改変されたのではないだろうか。一般に絵本・絵巻が室礼や棚飾りを含めた鑑賞用、また開帳用（常在院本[8]）であるのとは異なる受容を、伊藤本はしていたからではないかと思うのである。

古記録に見える書名が「玉藻物語」「玉藻前物語」「玉藻」とある中、『上井覚兼日記』に伊藤本と同じ「玉藻之前双紙」とあることが気になるところであるが、かといって伊藤本と島津家旧蔵の真字本が同系統と言うわけにはいかない。ただ、平仮名本以前の、つまり川島氏の言われる「女性の読み物」以前の真字本と同様の受容環境があった可能性を想定したいのである。

閑話休題。『玉藻の草紙』には物語のテーマである妖狐退治とは無関係のプロットが盛り込まれている。第三節で示した「物の精」や「問答」、またc独自本文（抄）が顕著な部分である。こうした本物語の特色について、美濃部重克氏は次のように説かれている。[9]

> 物語の展開の必然によるよりも、物語的興味とは別次元の、往来物風のそして中世的注釈の世界を反映した知識の羅列による啓蒙的役割の付帯を目途した結果

また同氏は『中世伝承文学の諸相』（和泉書院、昭和六三年）の中でも、物語の構造に内在する主題的なものとは次元の異にする、外側から付加された機能的なものとの見解を示されている。

実際、この部分の一部は牧野和夫氏によって『和漢朗詠集』古注との近似性が指摘されている。[10] お伽草子作品には教育的側面の強いものが散見されるが、中でも文体が伊藤本同様に漢文体の作品に、『精進魚類物語』や『東勝寺鼠物語』がある。また近世前期の往来物、つまり手紙の書く時の手本だが、『花月往来』というものもある。[11] これは異類合戦物のストーリーである。さらに時代は下るが『魚類青物合戦状』も同じ性格を持っている。[12]

これらに共通することは、魚類や植物など同類の語彙が列挙されていることである。つまり、魚扁や木扁の漢字を並べることで漢字と読み方、名称を学習することができ、更に字書としても使える。いうなれば、読み物として楽しく学べる児童向け学習書ということができるだろう。

ただ、『玉藻の草紙』は字書ではなく、事物起原を主とする博物学的知識、美濃部重克氏の表現を借りれば「百科全書的知識」を提供するものである。伊藤本は、そこに、漢文体に改めることで漢字学習書としての側面

を加えたのではないだろうか。

『連々令稽古双紙以下之事』という寺院の記録がある。[13] 一六世紀、寺院に住む子供たちの読むべきものが一覧されている非常に興味深い記録である。その中に「〇玉藻一帖」という記述がある。書名の上に円い点が付いているものは「円点者精読之分也」とあり、すなわち精読すべき本として扱われていることが分かる。この記録にはまた「／精進魚類一巻」と記されている。これは野菜の類と魚介類とか合戦を繰り広げる『精進魚類物語』であろう。この作品はもともと辞書を材料として作られたものだから、漢字の読み方や手習いの学習書として扱われたのだと察せられる。[14] 一方、『玉藻』は、同じく記載されている『塵滴問答』のように、知識の習得のために精読されたものと思われる。

ともあれ、ここからは『玉藻の草紙』もまた寺院における読書対象として扱われていたことが知られるわけである。ただしこれは真言系寺院での扱いである。高橋秀城氏は読書対象に物語草子を含めるのは時代性だと推測されている。[15] 文明年間に赤木本が生まれ、近世初期にE類本の山岸本が書写された。伊藤本の祖本が生まれたのは、その間、恐らく『連々令稽古双紙以下之事』が作成されたのと同じ頃ではなかったかと想像したい。伊藤本は独自本文に天台系のテクストが使われていると考えられるから、『連々令稽古双紙以下之事』とは異なる環境に成ったわけだが、しかし同じく寺院での読書対象として改変されたものではなかったかと思うのである。

まとめ

以上をまとめると、次の二点に集約される。

1　伊藤本はE類に属するが、独自本文も多く見られ、また山岸本や内閣本とは別の部分で赤木本と独自に近い面があるところから、E類二種として位置づけられるだろう。
2　書写時期は近世後期頃であるものの、本文自体は古態性をもっており、文体は漢文体という特異なものである。恐らく中世末期頃に天台系の寺院において漢字学習としての役割が与えられた可能性を想定することができるのではないかと思われる。

今回考察対象としなかったことに、漢文訓読の特殊性がある。ここから、時期や作成環境が絞り込めるのではないかと思われる。今後の課題としたい。

〔注〕
（1）川島朋子「室町物語『玉藻前』の展開―能〈殺生石〉との関係を中心に―」（『国語国文』第七三巻第八号、平成一六年八月）。
（2）熊本弘子「御伽草子『玉藻草子』の伝本系統について」（『古典文学研究（長崎大学）』創刊号、平成四年一月）。
（3）熊本弘子前掲（2）論文。
（4）大島由紀夫「『玉藻前』諸本をめぐって」（初出『伝承文学研究』第三九号、平成三年及び第四一号、平成五年）、再録『中世庶衆の文芸文化―縁起・説話・物語の演変』（三弥井書店、平成二六年）。
（5）川島朋子「解題」（『京都大学蔵むろまちものがたり』第五巻、臨川書店、平成一四年）。
（6）武井和人『一条兼良の書誌的研究』（桜楓社、昭和六二年）所収。

（7）川島朋子前掲（1）論文。
（8）大島由紀夫前掲（4）論文。
（9）美濃部重克「『たまも』解説」『室町期物語』二（三弥井書店、昭和六三年）。
（10）牧野和夫「孔子の頭の凹み具合と五（六）調子を素材にした二、三の問題」（初出『東横国文学』第一五号、昭和五八年三月。再録『中世の説話と学問』和泉書院、平成三年）。
（11）北林茉莉代「『花月往来』小考」（『国文学試論』第二四号、平成二七年三月）。
（12）伊藤慎吾「学習とお伽草子―『精進魚類物語』『魚類青物合戦状』をめぐって―」（初出『お伽草子　百花繚乱』徳田和夫編、笠間書院、平成二〇年、再録『室町戦国期の文芸とその展開』三弥井書店、平成二二年）。
（13）高橋秀城「東京大学史料編纂所蔵『連々令稽古双紙以下之事』筆録者考―東寺宝菩提院俊雄の可能性」（『唱導文学研究』第八巻、平成二四年）。
（14）高橋久子「御伽草子と古辞書」（『日本語と辞書』第三号、平成一〇年五月）。
（15）高橋秀城前掲（13）論文。

物語草子の浄瑠璃本化
――『月日の本地』から『帰命日天之御本地』へ――

はじめに

『月日の本地』は中世後期に成立したお伽草子の一種である。天竺を舞台にした継子譚であり、その成立の背景には当時の仏書や語り物との関わりが指摘されている。まず徳田和夫氏が「『月日の本地』の典拠小考」において、『月日の本地』は『観世音菩薩往生浄土本縁経』の物語を翻案し、改作添加したものと断じられる。(1) ついで金賛会氏が「本解「七星クッ」と本地物語「月日の本地」」において、韓国の本解《ぼんぷり》「七星《しちせい》クッ」と『月日の本地』は極めて緊密な関係にある。おそらく、「七星クッ」のようなシャーマン・巫覡の語る祭文が日本にも存在し、それが原拠となったと考えられると推測されている。(2) さらに同氏は「東アジア文化とお伽草子―韓国の語り物との関連」のおいて、同様の推測をしている。(3)

これらの研究は成立事情を取り上げたものであった。その成立事情はいまだに不明な点が多く、中世物語としてはその点をこそ追及すべきであるが、しかし本稿の関心はそこにない。近世後期に下ってなお新たなかたちで受容されてきた事実を考えたとき、さまざまな文化史的な可能性が見えてくるのである。『帰命日天之御本地』と題する一伝本はそうした中世物語の近世における受容の一面を如実に示す例として価値があると思うのである。

物語の梗概を『帰命日天之御本地』によって記しておく。

天竺のりんごく長者は千手観音に祈願してふわう・三蔵の二児を授かる。兄弟が五、六歳の時に母が病没し、後妻が来る。ある時、仮病を装い、長者にひなう山に薬を取りに行かせる。兄弟は継母と乳母きりうの局により数々の暗殺が試みられるが悉く失敗して助かる。うさの宮の祢宜は海に沈めるのを躊躇い、塩水が島に置き去りにする。潮が満ちて島が水没するところを、千手観音が憐れんで助ける。その後、後妻ときりうの局は追い出され、鬼ヶ島で鬼に食べられてしまう。この草子を読む人は一回日待をするのと同じ功徳を得る。日月を信心する者は一日・十五日・二十八日に行うこと。日天の本地は日光菩薩、大神宮、大日如来である。

この伝本は天保二年（一八三一）一一月に書写されたもので、表紙は紺紙、装丁は四ツ目袋綴。料紙は楮紙。本文は毎半葉六行書き。表記は漢字平仮名交じり文。奥書はない。表紙に「天保二年　卯正月吉日　河浦邑　山口磐太良」と墨書してある。

ここにいう「河浦邑」が果たしてどこなのかは判然としない。河浦村は肥後国天草郡。川浦村は美濃国加茂郡、甲斐国山梨郡、上野国碓氷郡、能登国珠洲郡など複数あり、特定は困難。ただ、後で述べるように、越後地方ではないかという印象が強い。

諸本については松本隆信「室町時代物語類現存本簡明目録(4)」が有効であるから、多少加筆して左に記す。

㈠（イ）〔寛永〕刊古活字版絵入大本（内題「つきみつのさうし」）（東大国文）《室物三・大成九》
〔寛永〕刊古活字版絵入大本（内題「月日のさうし」）（大英図）《古典籍複製叢刊》
内閣・「墨海山筆」巻四六所収天保12年写本　大一冊の内《東仏二》
（ロ）〔正保〕刊絵入大本二巻（天理・京大・松本隆信）《室物三・大成九》
寛文7年松会刊絵入大本二巻（赤木）〈室物三解題〉
㈡（イ）赤木旧（東大図書館）・絵入絵欠　大一軸《室物三・《国文学研究資料館マイクロフィルム》
（ロ）東洋・奈良絵本　横二冊〈室物三解題〉《国文学研究資料館マイクロフィルム》
（ハ）東大国文・奈良絵本下欠　横一冊《国文学研究資料館マイクロフィルム》
㈢フォグ美術館・奈良絵本有欠　大一冊

このほか、慶應義塾大学国文学研究室所蔵の奈良絵本絵欠　横二冊《三田国文三二》、国文学研究資料館所蔵写本《国文学研究資料館デジタル画像》がある。
『帰命日天之御本地』がどの伝本に近いのか。この問題は追って検討していきたい。

1　構成

ではまず、物語全体の構成を確認しておこう。物語の展開は、次のようにまとめることができる。

第一段

1　天竺のりんごく長者は補陀落山の千手観音に祈願してふわう・三蔵の二児を授かる。
2　兄弟が五、六歳の時に母が病没し、継母が来る。
第二段
3　後妻が来る。ある時、仮病を装い、長者にひふう山に薬を取りに行かせる。
4　兄弟は継母と乳母きりうの局により数々の暗殺が試みられるが悉く失敗して助かる。
5　うさの宮の祢宜は海に沈めるのを躊躇い、塩水が島に置き去りにする。
潮が満ちて島が水没するところを、千手観音が憐れんで助ける。
第三段
6　亡き母は閻魔王の力で大鳥となって兄弟を救って養う。
第四段
7　帰国した長者は留守中の悪事を知り、塩水が島に渡って王子たちを探す。
8　大鳥は冥途に去り、長者と兄弟は帰国する。
9　家を出された継母と局は実父の命で空舟に乗せて鬼界ヶ島に流され、鬼に食べられる。
10　長者親子は山に籠り修業し、後に二人の息子は日月灯明菩薩の弟子となる。
11　兄弟は三千大千世界を照らす。
第五段
12　長者は役行者と現れ、また明星（明け空）と現れ、母は六連星（昴）と現れ、供の人々は星と現れ、継母は土竜、局は蚯蚓となる。

第六段

・この草子を読む人は一回日待をするのと同じ功徳を得る。

・日月を信心する者は一日・一五日・二八日に行うこと。

第七段

・日天の本地は観音、日光菩薩、大神宮、大日如来である。

物語の展開は以上の通りだが、第四段の10以降は本文が難解なので、補足的に解説しておきたい。まず、10で、このたびの騒動に世を疎ましく思った長者が二人の息子を連れて山奥に入り、三年間、木食修行をし、その後、護摩壇を設けて修行する。ついで11では次のように記されている（四二ウ〜四三オ）。

> 日月とう明菩薩《ぼさつ》の御弟子《てし》にまいらせける月のごかうのひかりを御けいやく有て三千大千せかゐをてらしたもうなり又三そう殿同行あそはし」四二ウてこれも月のひかりを御けいやく有月の御弟子《てし》とならせたまへてこれも三千大千せかいをてらしたまへてありがたし

「日月燈明菩薩の御弟子にまいらせける」動作の主体は長者であろう。省略されているが、「ふわう・三ぞう殿を」弟子にまいらせたという意味に取れる。「月のごかうのひかりを御けいやく」あったのは、長者ではなく、ふわうであろう。次の文に三蔵が同行して「月のひかりを御けいやく」あったというから、その前の「月」は「日」の誤字であろう。三蔵の同行相手はふわうしか考えられないから、日の弟子＝ふわう、月の弟子＝三蔵と解される。

第五段冒頭の12では、まず長者が役行者と顕現したことが述べられ、次のように続く（四三ウ）。

一佛にては候得共よひの明そらよ中明そらあか月の明そら三度の明そらとあらわれて三千大千せかいをてらしたもなり

「明そら」は、恐らく「明星」の「星」を「空」と誤読し、それを仮名に開いた結果ではないかと思われる。すなわち、長者は役行者にして宵・夜中・明けの明星ということである。ついで実母は「六連星」、すなわち昴、しゅんなは「月の星」、六万人の眷属は皆「仏」、継母は土竜、きりうの局は蚯蚓と生まれ変わったとある。

第六段は本物語を読めば、百日待をするのと同じ功徳があると説く。日月を信心する輩は「朔日・十五日・廿八日」に垢離を取り、香花を供えて一心に念じることを勧める。

第七段は次のように始まる（四六ウ〜四七オ）。

抑皈命長らい日天の御本地をくわしくたづね奉るにくわこくうおんのむかしあみたやくしのいんわうにてもふけし西方みたの御前にてくわんおんと申東方やくしの御毎にては」四六ウ日こうぼさつ申ける

日天の本地は阿弥陀如来の御前では観音と申すとあり、続いて東方薬師の「御毎」にては日光菩薩と申すとある。「御毎」とは「御前」と同音と解されるであろう。続いて釈迦の「我が左の眼《まなく》は日天子、右の眼《まなく》は月天子（の）身を具足するなり」として、日待・月待をすべきであるという、入滅前の言葉を引く。

第一段から五段までは、ふわう・三蔵兄弟は行動を共にしているため、日天・月天は対等に扱われているが、第六段以降は日天が中心となる。第七段は日天の本地を詳しく説くが、月天の本地には触れていない。観音・勢至を一対として説く発想がここにはないのである。

2　本文

さて、諸本の中で、『帰命日天之御本地』はどの伝本と親近性を持っているのだろうか。次に本文を比較していきたい。それについて、金賛会氏が論文で掲げられている構成表[5]を参照し、ポイントをしぼった。

①長者名

刊本系	やうこく長者
帰命	りんごく長者
赤木	りんこく長者
東洋	長者
東大	りんこく長者
慶應	りんこ長者

国文研　りんこく長者

②申し子時の観音の「妻の命と引き換え」の宣告

刊本系　○

帰命　×

赤木　×

東洋　×

東大　×

慶應　×

国文研　×

③母の死「観音との約束」に言及

刊本系　○

帰命　×

赤木　×

東洋　×

東大　×

慶應　×
国文研　×

④後妻の素性
刊本系　特定せず。有徳人の娘
帰命　関白大臣の一七歳の娘
赤木　関白の大臣の姫
東洋　関白大臣の娘
東大　関白太政大臣の姫君
慶應　関白太政大臣の姫君
国文研（隣国の長者）＊「娘」脱字か。

⑤長者が登る山
刊本系　ひふら山
帰命　熊野のひふう山
赤木　ひほう山
東洋　ひほう山（ひはう山）

東大　　ひほう山《せん》
慶應　　ひをうせん
国文研　熊野

⑥兄弟殺害交渉相手の順序
刊本系　しゅんわう→しゅんわう妻→さかいの浜のむくみの尉
帰命　　よしいへ→しゅんな→しゅんなの妻→うさの宮の禰宜
赤木　　しゅんな→しゅんな妻→さかいの浜のむらきみの尉
東洋　　としな（としなを）→としなを妻→むらさきの君の翁（さかいの浜のむらさき太夫）
東大　　しゅつな→しゅつな妻（以下欠）
慶應　　しゅつな→しゅつな妻→むらかみの尉
国文研　しゅんのふ→しゅんのふ妻→むらさき

⑦捨てられる島
刊本系　しほ水しま
帰命　　塩水が嶋
赤木　　しほみつしま

東洋　　しほみつ嶋
東大　　（欠）
慶應　　しをみつしま
国文研　しをみつしま

⑧実母の幽霊を手助けする存在
刊本系　観音
帰命　　十王・閻魔大王・倶生神
赤木　　観音
東洋　　十王
東大　　（欠）
慶應　　十王・閻魔王
国文研　閻魔王

⑨継母ときりうの局の末路
刊本系　空舟で鬼が島へ流す
帰命　　継母ときりうの局を桑の木で作った空舟に乗せて鬼が島へ流す

赤木　継母ときりうの局を桑の木で作った空舟に乗せて遠き島へ流す
東洋　継母ときりうの局を桑の木で作った空舟に乗せて「きかひが嶋」へ流す
東大　（欠）
慶應　死罪
国文研　継母ときりうの局を空舟に乗せて「きかいかしま」へ流す

⑩各人の転生後
刊本系　ほうわう＝日／さんそう＝月／長者＝菩薩／実母＝明星／しゅんわう・さかいの尉＝四三四つの星／供の人々＝星／継母＝うろくず／きりうの局＝藻屑
帰命　ふわう＝日天／三蔵＝月天／長者＝明星／実母＝六連星／しゅんな＝月の星／六万人の眷属＝仏／継母＝もぐらもち／きりうの局＝めめず
赤木　ふわう＝日天子／三蔵＝月天子／長者＝明星／実母＝夕づく日／しゅんな＝おとこうしょうと申す星／さかいの浜の尉＝羅睺計星／五百人の長者・六万人の眷属＝星／継母＝むぐらもち／きりうの局＝蚯蚓
東洋　ふわう＝日光／三蔵＝月光／父＝「みやう」（明星か）／実母＝夕づつ／としなを＝「おとほし」／むらさき太夫及び五人の子供＝七曜の星／五百人の長者・六万人の眷属＝星／継母＝むぐろもち／きりうの局＝みみず

東大　（欠）
慶應　ふわう・三ぞう＝月日／長者＝明星／実母…夕づくという星／しゅつな＝ふっこうしゃ／むらぎみの太夫＝えしょうの星／眷属数万＝星／継母＝めめず／きりうの局＝むぐろもち
国文研　ふわう＝月光／三くわう＝日光／長者＝明星／実母＝夕月夜（と申す星）／しゅんのふ・むらさき太夫＝星

以上の点からして、『帰命日天之御本地』が刊本系ではなく、写本系の伝本から派生していったことは明らかであろう。では、もう少し写本系諸本と比べてみよう。

①夫《それ》人には三つのたましいあるこんばくは」九ウめいどゑ行しんばくは夫をするおんばくはと丶まるときく我しんはくなり兄弟の物共すがたくさのかげの下にてみん事のかなしさよ（九ウ～一〇オ）
赤木　人の身には、しんはく、こんはくとて、玉しゐあり、こんはめいとへ、おもむけとも、しんはこの世に、と丶まるときけは、わらは、草のかけにて、きかんことの、かなしさよ
東洋　人にしんはくこんはくとてたましいはめいとにおもむけともこんはくはしやはにと丶まるときけは身つからかしんはくは草のかけにてきかん事のかなしさよ
東大　人にはさんこしんはくとて三の玉しゐありしんはくはめいとへ行ともこんはくはからたにそふて有ときくなり身つからた（ママ）のかけにてもきかん事こそかなしけれ

慶應　人には、さんこしんはくとて、三のたましいあり。しんはくは、めいとへゆけとも、こんはくは、からたにそうときくなり。身つから、くさのかけにて、きかん事こそかなしけれ。

国文研　（なし。）

東大本、慶應本が三つの魂について語っている。

②くわんばく大じんと申物」一二オすゝみ出申さるゝようは御なけきさる事候へ共男のひとりにてはかのうまじみたい所を御さだめ候へと有けれは我等十七才になり候むすめを持て候これを参せん御きに入候はゝつまにも被成あしくは御かいしと」一二ウありければ（一二ウ〜一三オ）

赤木　くわんはくの大しんとのゝ、申されけるは、さることにて、候へとも、おとこの、ひとりすまゐは、ものうき事なるへし、われ一人のひめを、もちたるを、まいらせん、御をきさふらひて、よくは、つまとも、おほしめせ、あしくは、みつしとも、おほしめしさふらへとて、

東洋　くはんはく大しん申されけるはなけきはさる事にて候へとも男のひとり御座ある事もうかるへしわれひとりのひめをもち候へはまゐらすへしあしくはみつしとも覚しめせよくはふうふともおほしめせとて

東大　さるほどにひとりわたらせ給ふへきにもあらすしてくわんはく大しやう大しん殿の姫君をむかへ給ふ

慶應　さるほとに、ひとりわたらせ給ふへきにもあらすして、くわんはく大しやう大しんのひめきみを、むかへける。

国文研　ならひのくにゝ、ちやうしや一人ありけるをある人申たりけれはやかてむかへとりたまふ

赤木本・東洋本が男の独身の悪さを理由に娘を薦め、気に入るか入らないかで妻にするかどうかを判断するよう求める台詞となっている。

③我等つま様我等じやくねんのおりくまの、ひふうさんゑ百日こもりのぐわんしゆ」一六ウ御座候は、ふうふのちなみに此ぐわんをばたし被下と申ける（一六ウ〜一七オ）

赤木　くすりは、これよりにしにあたりて、ひほうさんとて、やまあり、この山のみねに、むねのくすり候よし、の給へと申ければ、みたい、けにもとおほしめし、やかて、うちふし給ふこそ、おそろしけれ

東洋　これよりにしにあたりひはう山とてやまみちありこのやまのみねにこそくすり御入候とおほせあるちやうしやをすかしいたさんためなれはいやしもの、たつねんにはかなふましまことに御心さしふかくましまさは身つから御いて候へくすりをたひ候へとおほせある

東大　是より西にあたりてひほうせんとて山有山此山にこそむねのくすりもふしのくすりもあるなれと申へしといふ所に其ことくに仰ける

慶應　『これよりにしにてりて、ひをうせんとて、山あり。この山こそ、むねのくすりも、ふしのくすりもあるなれ』と申へし」といふところに、そのことくにそ、おほせける。

国文研　おりふしちやうしやくまのへまいりたまふへきこゝろさしあり

国文研本が熊野へ参ることとなっている。

④其時よしいへと申おとなをめしよせ御せんのきりうのつぼね申ようは何成共のそみの物おとらすへし二人の若きみたちをうしなひてたびたまいとありけれはよしいへ殿聞召はありの御」一七ウぢやうかな我等下人の分としてきみのくびを取事しらすと大きにいかりたまへける（一七ウ〜一八オ）

赤木　なし。しゅんなの登場場面に進む。

東洋　（なし。としなの登場場面に進む。）

東大　（なし。しゆつなの登場場面に進む。）

慶應　（なし。しゅんなの登場場面に進む。）

国文研　（なし。しゆんなふの登場場面に進む。）

『帰命日天之御本地』独自モティーフ。

⑤我等下人の身なれは」一八ウ左様成事は先使かない候まじき御身《み》様のよう成人とあいことばもをそれにて候といゝたる所をふらとたち我やをさしてそかいりける（一八ウ〜一九オ）

赤木　こせんのくにのれいはしらすいまたりんこくのならひにしうのくひをうつためしさふらはすこせんのおほせはやまをかさねさうかいまてうけ給はりたくさふらへともこの事におゐてはかなふましとてしゆんなはしゆくしよへかへりけり（このあと、きりうの局がしゅんな邸に軍勢を差し向ける。）

東洋　御せんのすみ給ふくにのならゐはしらすりんこくのならゐにしうのくひをうつためしなし御せんのおほせならは山をうみともうけ給はりたく候へともこの事におゐてはかなふましひきて物を四はうへさんとけち

らかしとしなを《（ママ）》やかたへかへりける（このあと、きりうの局がしゅんな邸に軍勢を差し向ける。）

東大　御前のすみ給ふ國はしらすりんこ《（ママ）》のならひとしてしうのくひうつためしいましらすとて御前につみけるかすのたからをふみちらしさしきをたつ（このあと、きりうの局がしゅつな邸に軍勢を差し向ける。）

慶應　御せんのすみ給ふくにはしらす、りんこのならひとして、しゆうのくひ、うつためし、いましらす」とて、御せんにつみけるかすのたからを、ふみちらし、させきをたつ。（このあと、きりうの局がしゅんな邸に軍勢を差し向ける。）

国文研　うみをやまへとも御ちやうをそむき申ことはあるましく候へともこれはこともかたしけなきしうきみにて候へはこれにをきてはおほせにしたかい申ましきとてつみたるたからけちらかしたちたまふ（このあと、きりうの局がしゅんな邸に軍勢を差し向ける。）

殺害要請を断る理由に共通点をもつものがない。

⑥つぼね思召けるは時をつ《（う脱カ）》してはあしくなるなん」二四ウとうさの宮のねぎおよひよせいろ〳〵のたからの物を出しける其上ふわう殿さんぞう殿をすかし出シうらゐしづめてたひたまへと申ける（二四ウ～二五オ）

赤木　きりうのつほね、このよしきゝて、時日をうつして、かなふまし、おもひいたしさふらふ、さかゐのはまの、むらきみのせうをめして、おほくのたからをいたして、ふわう、三さうを、すかしいたし、うみの中に、しつめんには、なにのしさいか、さふらふへきと、さゝ《（ママ）》ゆれは、けにもしかるへしとて、むらきみのせうを、めされけり

東洋 きりうのつほねこのよし聞時をうつしかなふましおもひいたしたる事とてむらさきの君のおきなをめしさんかひのちん物にこくとのくわしをと丶のへ酒をす丶めしゆゐんなかはになりぬれは百物百千物のたからをつみてこれのみならすこかねのくら二十そへまゐらせんふわうさんさうをすかしかひてゐにしつめてたひ給へ太夫殿とおほせけれは

東大 （欠）

慶應 ある人申やう、「すこしもいきやのひさせ給ふ」とて、さかいのはまへ、むらかみのせうをめして、二人のわか君をあつけたてまつり、「いかならんしまへもなかしてすてよ。しからすんは、ふかきうみゐしつめ申せ」とて、かのせうにあつけられたり。

国文研 （欠）

兄弟をすかし出して海へ沈めるという表現が赤木本・東洋本に見られる。うさの宮の祢宜という設定は見られない。

⑦去程母のゆふれいこれみてゐんまの御らんじて十王ゐんま大王九しやうしんの御母へ参りてなげきたもう様は

（三〇オ〜三〇ウ）

赤木 さても、なんかいの、ふたらくせんに、くわんおんは、このよしを、御らんして、ちやうしやふうふか、われにもとめしことも《ママ》を、このま丶むなしく、なすならは、わかせいくわんは、かひもなし、かすけはやと、おほしめし、めいとへ、たちこえさせ給ひ、

東洋　さてもは、こしやうりやうはゑんまのちやうにてこれを見て

東大　（欠）

慶應　か、りけるところに、は、しやうりやう、ゑんまのまへにまいり、なみたと、もに申されけるは、

国文研　（欠）

　東洋本・慶應本に、満水の危機の場面の次に閻魔庁に参るというモティーフがある。

⑧きのうやきやうとは思とも」三八ウ月日つもりてはや七十五日に罷成（三八ウ～三九オ）

赤木　七十五日にあまりて、われをたすけおはしますなり

東洋　このしまへわたり給ひて七十五日にあまるまて御座まします

東大　（欠）

慶應　なし。

国文研　（欠）

　赤木本・東洋本に、別れの場面で滞在日数七十五日と明記する。

⑨りんごく殿は」四一ウ二人の若君をひきつれてよにすめはこそか、る事にもあと（マヽ）**て子共をなくさめたもうなり其後長しや殿二人の若君つれて山のおくにぞ入ける三年おこないむくしきのきやうをぞしたまへて其後山のおくに」四二オごまのだんをかきりて三年護摩《ごま》をそしゆぎやうしたもふ其後日月とう明菩薩《ぼさつ》の御弟子《でし》にまいらせける**

（四一ウ〜四二ウ）

赤木　さるほとに、若君達をは、日月のことく、みやうふつの、御てしに、なし給へは、

東洋　いたはしや長者はわかきみをひきくして世にすめはこそうきめをはみれとさんりむにとちこもりわかきみたちをは月日とうめう佛の御弟子にまゐらせ給ふ

東大　（欠）

慶應　ほんのうのかみをきり、こきすみそめに身をやつし、「かのま丶しき御せん、しやうとうしやうかく」と、とふらひ給へは、ま事に大し大ひの御ちかいの、七なんさんとくも、かんせんにあらわれたり。

国文研　いかにもしてま丶こせんのこしやうをとふらいまいらせんとおほしめししゆつけをとけこきすみそめに御身をやつしかたしけなくも日月とうみやうふつと申ほとけの御てしになり給ふ

東洋本のみ、遁世の動機を長者の厭世とする。

⑩日月をしん〳〵申ともがらは朔日十五日廿八日」四五ウにわこりをとりこうばなをそないた丶一心にねんすべし御日待月待する人はごしやう佛過ほたいをゐて九本じやうとゐおもむくべしうたかいあるへからすなり（四六オ）

赤木　（なし。）

東洋　（なし。）

東大　（欠）

慶應　（なし。）

国文研　（なし。）

『帰命日天之御本地』独自本文。

⑪日月を待申さぬともがらはもふもく身請なあらごくそうの□（焼損）ごくゑしすむなり又め、すもぐらもち身となり日ニあたりてはたちまちしするなり萬の事を指置能々心得申」四八オべしと仰有てしやかは入佛したもうなり（四八オ～四八ウ）

赤木　（なし。）

東洋　（なし。）

東大　（欠）

慶應

国文研　（なし。）

『帰命日天之御本地』独自本文。

以上、幾つかの箇所を比べてみたが、赤木本・東洋本に類似する部分がある一方で、東大本・慶應本に類似する部分もある。また長者が薬を求めて行く先を熊野とするのは国文研本に見られるもので、この特殊な設定が共通することも見逃せない。このように、写本の諸本は煩雑で、単純に系統化することは出来ない。今後の課題とせざるを得ないだろう。そこで今は、『帰命日天之御本地』はどの伝本とも近似しない独立した一本であると評することにする。

3　表現上の特徴

では次に、文章表現上、どのような特徴があるであろうか。この点を見ていこう。

まず、エ音とイ音の混用が目につく。この点は東北地方伝来の写本、たとえば奥浄瑠璃や実録体小説などに散見されるところである。『帰命日天之御本地』では、特にこの傾向が強い。「一生のあいたいゑくわにくらし申さん」（二〇オ）の「いゑくわ」は「栄華」を意味するが、エをイ、イをエとした結果、イエガとなったわけである。

また、活用語連体形「ぬ」を「の」とする例に多い。

　それにもかなわの物ならはまい月十八日ほけきやうを千人つゝにてよみて参せん（四オ）

　其上家におとらの長しやにすべし（一九ウ）

また、係助詞「は」を「わ」、格助詞「を」を「お」と表記するなど、写音式の仮名遣いが多用されていることも特徴的といえよう。これもまた、東北・東国の近世後期写本に散見されるところである。

こうした特徴をもつ一本に『伊勢外宮由来附浦島太郎龍宮入』（近世後期写一冊、石川透氏蔵）がある。これは、帝釈天の使者が乙姫を嫁に迎え入れようと言ってきたが、すでに乙姫と夫婦になった浦島がこれを討ち、合戦となるという戯作である。本作の表現上の特徴について、林晃平氏は「よはひ（齢）」を「よわへ」とする例や清音の濁音化の例（「蔦《つだ》」「嫉妬《しつど》」「懐かしぐ」等）、動詞連用形の已然形の例「の玉へて」等）、打ち消し「ぬ」を「の」とする例などを挙げられている。(6) 特に「ぬ」を「の」とする例は、まさに『帰命日天之御本地』と共通する特徴ということができるだろう。『伊勢下宮由来附浦島太郎龍宮入』の成立に関しては不明の点が多く、林氏は「い

図1　『帰命日天之御本地』表紙

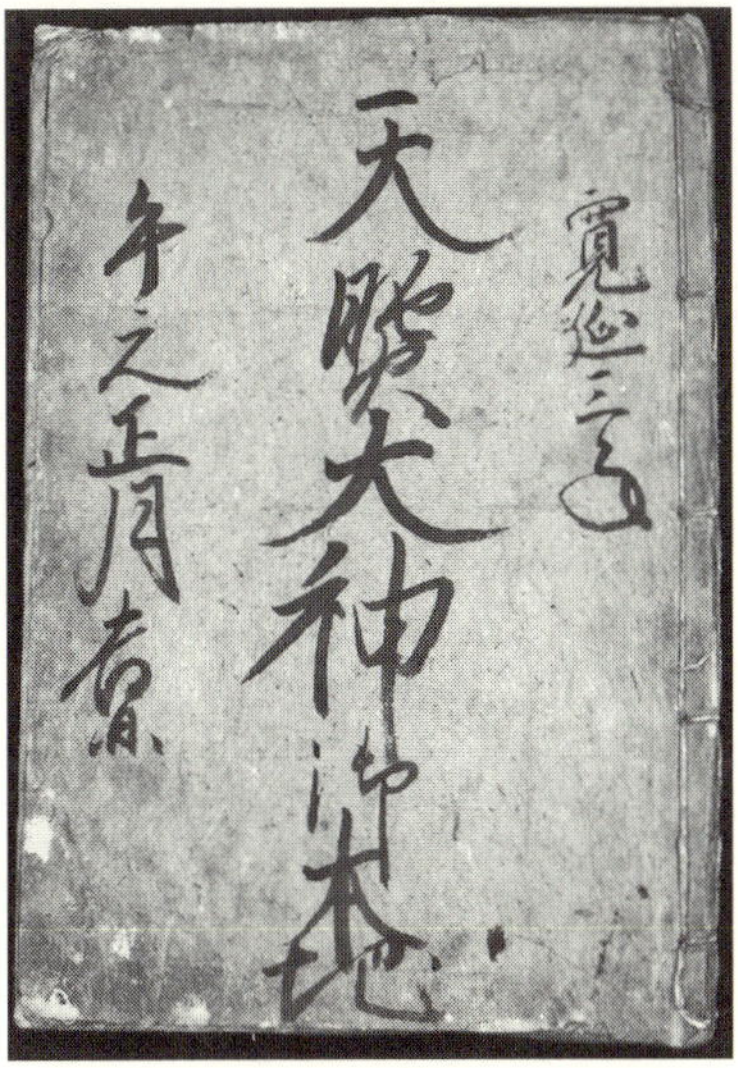

図2　『天照大神御本地』表紙

ろいろな推測が成り立つ。しかし、一概に答えを出すことはできないだろう」と保留されている。後考を俟ちたい。

もう一つ注目すべきは大島由紀夫氏所蔵の『天照大神御本地』である。[7] まず、袋綴装の表紙をご覧いただきたい（図1・図2）。中央に打ち付けの外題を大字で書き、右肩に年、左肩に月と「吉日」を書く。

また、巻頭部分を見比べてみると、半葉の行数こそ違うが、書風は酷似していると評せるだろう（図3・図4）。漢字平仮名交じりの文で、連綿が少なく、一字一字がぎこちない。比べていただければ分かると思うが、個々の文字も非常に似ている。幾つか例示してみよう（図5）。

いかがだろうか。事例a「吉日」は『帰命日天之御本地』の文字が薄くて判読困難であったが、『天照大神御本地』を見ることで「吉日」だと知れたものである。「日」の両脇に点を付ける例は非常に珍しいのではない

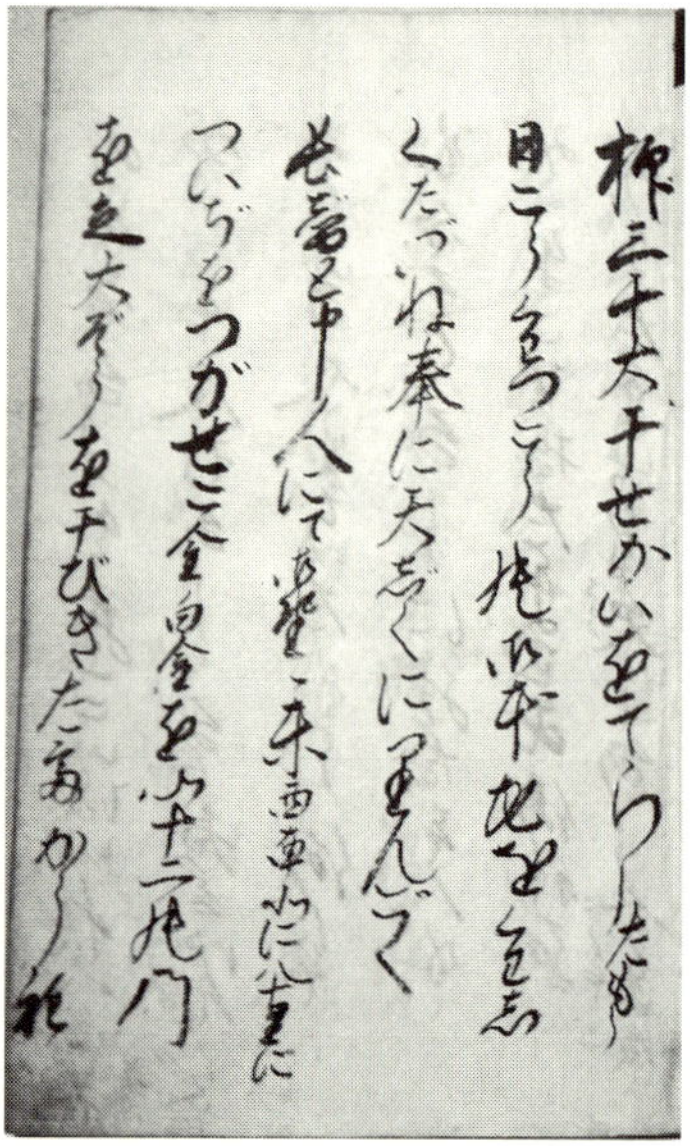

図３　『帰命日天之御本地』巻頭

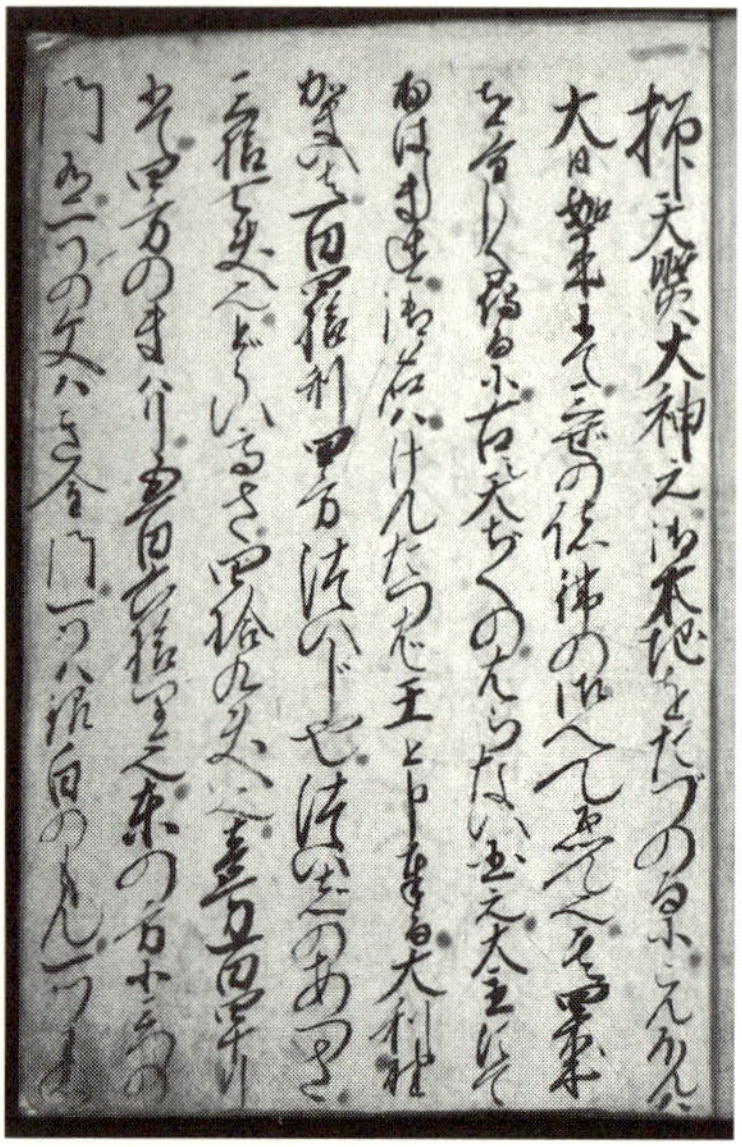

図４　『天照大神御本地』巻頭

かと思われる。またe「門」の右上部分の曲げ方や、f「抑」の扁や作りのくずし方がほぼ同じである。

　このように、個々の文字を比較してみると、非常に似通っているという印象を受けるのである。してみると、両書は同筆ではないかという可能性を考えてみなくてはならないだろう。しかし、恐らくこれは、否というべきだろう。たとえばd「百」は「日」の左の縦棒から右上の「┐」の続け方に違いが明確に表れている。『帰命日天之御本地』では縦棒の下から右上に繋げているのに対して、『天照大神御本地』は縦棒の上に「┐」を付けている。この違いはそれぞれの写本の全用例に適用される。このような書き方の違いは同一人物の書写時の精神状態や書写時期の違いということではないだろう。『天照大神御本地』の書写が表紙にある通り、寛延三年（一七五〇）だとすれば、『帰命日天之御本地』書写の天保二年（一八三一）とは八一年も隔たっていることになる。さすがに一人の人間の寿命を考えれば不自然極まりない。

以上からして、両伝本の関係は、同一書写者によるものではないが、同地域の同一文化圏で作られたものではないかと考えたいと思うのである。そうしてみると、本の体裁や書写の在り方ばかりでなく、イ音とエ音の混

図5　筆跡の比較（上『帰命日天之御本地』下『天照大神御本地』）

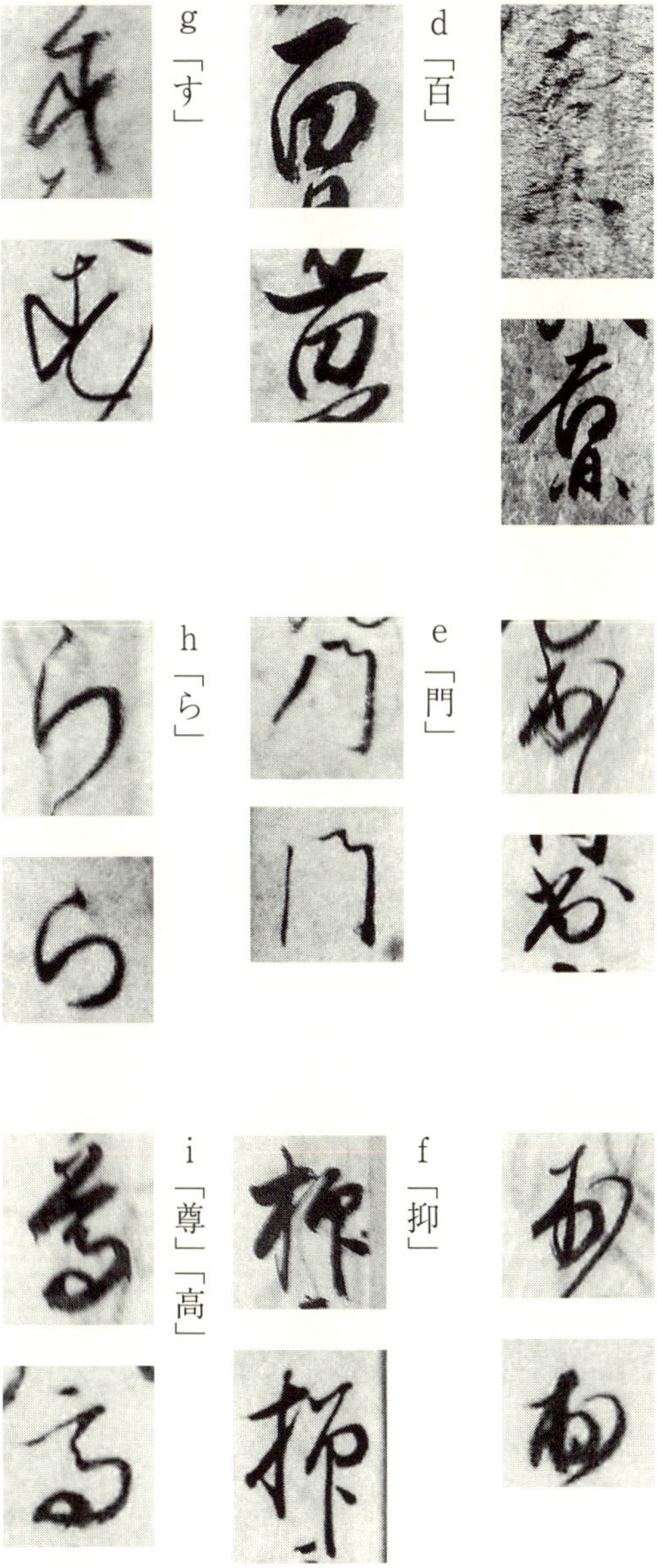

用、係助詞「わ」・格助詞「お」の使用、活用語連体形「の」の使用（「抑天照大神之御本地をたづのるに」）などが見出せることも肯けると思う。

4　物語草子の浄瑠璃本化

そこで注目されるのはが七段本として改変されていることである。先に挙げた『伊勢外宮由来附浦島太郎龍宮入』は六段本、『天照大神御本地』も六段本である。このように浄瑠璃本の形式を採る地方伝来の物語草子は近世中後期の関東・東北地方に散見されるところである。奥浄瑠璃正本は言うまでもないが、他にも大島由紀夫編『神道縁起物語　二』（三弥井書店、平成一四年）などに収録されている上野国の在地縁起や本地物作品（『赤城山大明神御本地』『上野国群馬郡船尾山物語』『榛名山本地』『鹿島合戦』）にも通じるものである。上州ばかりでなく、隣接する地域でも同様の在地縁起や本地物が作られたことが察せられよう。『天照大神御本地』が上州に隣接する越後南部の魚沼地方に伝来したこともこれを裏付けるものである。

さらに、民間信仰の本地物として『庚申の本地』も重要な関連資料として挙げられる。これについては伝本がはなはだ多く、また地方色が濃厚である。その中には、やはり浄瑠璃正本の体裁を採ったものがある。(8)

これら地方伝来の本地物がすべて語りの台本として作られたものと言えるであろうか。当然、奥浄瑠璃正本のように、確かに台本、あるいは語りを書き留めたものもある。しかしすべてが当てはまるわけでない。『帰命日天之御本地』はどうかというに、段のいびつさが目につく。原本の行数を示すと、第一段一二〇行、第二段二二九行、第三段四〇行、第四段一二〇行、第五段二四行、第六段一三行、第七段三一行ということになる。明らかに全体のバランスが取れていない。実際、一席語るにしても、第七段などは三分もかからないのではなかと思われる。

内容面から見ても同じである。たしかに第一段から第五段まではふわう・三蔵兄弟が日天・月天として現れるまでの縁起が語られている。しかし、第六段は「此の草子をよみきく人は」と、草子として本書を読むこと、また日待・月待に参加することの功徳を説いた段である。第七段に至っては、日天の本地を説くだけである。これらの段を語られたとしても、芸能として鑑賞に堪えられるかどうか疑問である。

このように、分量的にも、内容的にも、語りのための段とするのは不自然だと思われる。しかして、本作品は、あくまで浄瑠璃正本の形式を採っただけの、語りの文芸とは無縁の机上の改作本であるということができるだろうと思う。こうした読み物を作ることは、地方文人の手慰みとして行われていたことである。しかし、本作品も同様に娯楽的読み物としての改作本として位置づけられるだろうというと、恐らく違うのではないかと思う。

本作品の場合は、日天への信仰、日待・月待への参加という具体的行動の提示を明確に記している。段構成の不自然さは、これが語りの台本としてではなく、使う目的に関わっていたからではないかと思われる。つまり初段から第五段までを日待・月待の縁起とし、第六段を日待・月待に参加することの功徳を明記する段、七段を日天の本地と同一の仏神を示す段として役割付けたのではないだろうか。

先に取り上げた『天照大神御本地』は越後魚沼地方に集中的に伝来したものであった。大島由紀夫氏によると、これらの伝本は伊勢講などの伊勢信仰の中で大事にされたもののことである。日待・月待は基本的に民間の講組織において「マチ」行事として行うものだが、そこに山伏が関わっていた(9)。
ここからは憶測の域を出ないが、こうした「マチ」行事に関わる在地の里修験がこの行事の由来と信仰の意義を説くために、『月日の本地』を改変して『帰命日天之御本地』に仕立てたのではないだろうか。ふわう・三蔵兄弟の父が役行者として現れるという独自設定は象徴的だろう。またそもそもの『帰命日天之御本地』という題にしてもそうである。近代に入って当山派の符呪を主にまとめた『当山修験深秘行法符呪集』第四巻に「日待大事」として次のように記されている（日本大蔵経三七）。

先護身法如常。　次向二日天一日輪ノ印ニテ唱曰。
　帰命日天子　本地観世音
　為度衆生故　普照四天下
（下略）

これは、三日以前に精進潔斎して、一五日の暁に日輪に向かって唱えるもののようである。他にも東方に向かって三拝して唱えるものなど、幾つか方法がある。第一二一項から一二八項まで日天に関する法が記されており、重要なものであったことが知られる。
また日天子は「釈尊ノ変作ナルコト異論スベカラズ」と『修験故事便覧』第三巻で強調されている（日本大蔵経三八）。『帰命日天之御本地』では、釈迦の左目は日天子、右目は月天子であると説く。直接的に結びつくものではないが、釈迦を日天子と関連付ける思想は共通しているといえよう。

ちなみに、『帰命日天之御本地』が直接語りの台本として利用されたということは考えにくいが、しかし、まだ可能性を否定したわけではない。万延元年（一八六〇）に成った画幅に「庚申日待絵図軸」というものがある(10)。「日待」と題しながら、描かれているのは庚申講の場である。そこには座頭が三味線を手に浄瑠璃とおぼしき語り芸を披露している様子が見える。庚申の晩が遊芸の場となって久しいことであるから、何も『庚申の本地』を語っているわけではないだろうが、日待の場で日天の本地を語ることがあったのではないかという疑問を強めるものではある。これは群馬県で見出された資料であった。月待の二十三夜待の例になるが、同じく群馬の高崎の川田辺寛が著した『閭里歳時記』（安永九年〈一七八〇〉序）に、次のようなことが記載されている（続日本随筆大成）。

此夜行人《ギヤウニン》、山伏の類錫杖《シヤクヂヤウ》を持、二十三夜様へ御《ゴ》ほうらいと呼てありく、月待するものこれをまねけば、門に立て祭文《サイモン》のやうなることを長々と誦《ジユ》して、終《オハリ》には勢至《セイシ》の真言《シンゴン》とて唱ふる也、

二十三夜に修験者が門前で祭文のようなものを長々と誦むのだという。これが『帰命日天之御本地』の受容に直接繋がる事例とは思わないが、しかし、庶民信仰の現場として近しいところにあるのではないかと想像させるものとはいえるだろう。

おわりに

『帰命日天之御本地』は、お伽草子『月日の本地』として、中世後期に成立したものに基づいている。これが書き継がれ、読み継がれる中で、ある創作意欲を持つ書写者の手によって浄瑠璃本の形式に改変されることになったのだろう。具体的には、『帰命日天之御本地』は、近世後期に越後・上州の周辺に在住していた修験者が、自らの関わる日待講の布教のために、祀るところの日天子の由来と利益とを説くべく、お伽草子として流布していた写本の『月日の本地』に基づき改作したものではないかと考えた次第である。

段構成があまりに稚拙と思われるが、恐らく越後南部の魚沼地方において物語草子が浄瑠璃本の形式のものが通用していたことを思えば、これが〈語り〉のための配分を意識したものでなかったことは間違いないと思われる。つまり単に軍記物語や実録体小説における章段と同程度の機能として、段を用いていたに過ぎないと思われるのである。

お伽草子は、たしかに中世の文芸として扱われるものであるが、しかし、実のところ、中世／近世という時代区分はお伽草子の本質に関わるほどのものではないのではないか。本作はその一例である。つまり、『月日の本地』として中世に生まれ、近世に下り変化を続け、近世後期に『帰命日天之御本地』として地方文芸として再創造された。お伽草子作品は大なり小なり中世から近世へかけて変容していく文芸であり、本書の場合、それが顕著な作例であるということに過ぎないと思われる。

〔注〕

（1）徳田和夫「「月日の本地」の典拠小考」（『神道大系文学編・月報』二、昭和六四年九月）。
（2）金賛会「本解「七星クッ」と本地物語「月日の本地」」（『伝承文学研究』第四六号、平成九年一月）。
（3）金賛会「東アジア文化とお伽草子―韓国の語り物との関連」（徳田和夫編『お伽草子　百花繚乱』笠間書院、平成二〇年一一月）。
（4）奈良絵本国際研究会議編『御伽草子の世界』（三省堂、昭和五十八年）所収。
（5）金氏前掲（2）論文。
（6）林晃平「『伊勢外宮由来附浦島太郎龍宮入』通読本文と覚書―江戸期の「浦島太郎」物の諸相―」（『苫小牧駒澤大学紀要』第三一号、平成二八年三月）。
（7）大島由紀夫「『天照大神御本地』解題・翻刻」（『群馬高専レビュー』第三三号、平成二七年三月）。
（8）五十嵐文蔵『庚申信仰の伝播と縁起』（小学館スクウェア、平成一四年）。
（9）和歌森太郎『山伏　入峰・修行・呪法』（中央公論社、昭和三九年）。
（10）五十嵐氏前掲（8）書掲載。

第Ⅲ部

中世物語の再利用

『源平盛衰記』の改作（一）――『源平軍物語』について――

はじめに

『源平軍物語《げんぺいいくさものがたり》』は明暦二年（一六五六）に刊行された源平合戦の物語である。このタイトルは、序文に「源平の栄枯をまじへしるして。源平軍物語と名づけ侍る」とあるところからすると、源平の栄枯盛衰を描いたことに由来するものである。ジャンルとしては、近世初期軍記の一種であり、また仮名草子の一種と言うこともできる。この領域に関しては阿部一彦『近世初期軍記の研究』（新典社、平成一一年）が代表的な成果だが、そこで主に扱われているものは『信長公記』『信長記』『清正記』『太閤記』『武功夜話』である。つまり戦前からよく知られた大作品に限られる。だが、これら近世以来広く流布した作品の背後には、数多くの中小の軍記作品が出版されていたことを忘れてはならないだろう。それらは室町・戦国から大坂の陣、島原の乱に至る局地的な合戦に取材したものも多いが、一方で、院政期の源平合戦を取り上げた作品も幾つか見出される。たとえば貞享二年に刊行された『頼朝軍物語』は『源平盛衰記』に基づきながらも、古浄瑠璃風の生き生きとした文体と挿絵から成っており、古典作品として『平家物語』を読むのとは一味違う、当世風の読み物として受け入れられたことだろう。

『頼朝一代記』のように伝記風に仕立てたものもある。また『見聞軍抄《けんもんぐんしょう》』（寛文七年〈一六六七〉刊）や『古老軍物語』（寛文一〇年〈一六七〇〉刊）のように時代を問わず古今の武家説話を編集したものを含めれば、源平合戦は、当時、物語草子製作の主要な材料であったことが知られる。

さて本稿で取り上げる『源平軍物語』は近世前期の源平合戦の読み物であるが、全一五巻から成る、その意味で大作である。残念ながら『信長公記』や『太閤記』とは異なり、ほとんど知られていない。とはいえ、実は既に大正三年（一九一四）に国史叢書に収録されていたのである。しかし、さしたる評価も得られぬまま、現在に至っている。(1) やや長文になるが、黒川真道《くろかわまみち》による「解題」の一部を引用し、本作品の概要説明に代えておきたい。

要するに平清盛一家の繁昌より筆を起し、源頼朝平家を討伐し、尋で弟義経を遂ひ、朝許を得て諸国に守護地頭を置き、茲に始めて幕府が政権を掌握するに至るまで、悉く其の事蹟を記して筆を擱きたるなり。されば本書は平家物語と対照せんに、彼の足らざるを補ひ、委しからざるものは更に之を詳載しあれば、是彼互に参観すれば、覚えず読者をして興味津々として尽くる事なからしむべし。憾むらくは作者の詳ならざることを。

本書に関する言及は極めて少ない。『平家物語大事典』（東京書籍、平成二二年）の「近世小説・通俗歴史書」（倉員正江執筆）という項目では次のように説かれている。

『本朝軍記考』などに掲載の書名に「源平軍物語」、「頼朝一代記」がある。「源平軍物語」（一五巻一〇冊）は明暦二年刊だが、後者は存否未詳である。

ここに挙げられている「頼朝一代記」は「頼朝三代記」の誤記だろうと思われるが、如何。なお、『頼朝一代記』（五冊）もある。『源平軍物語』とは、この解題にみられるように、書名が挙げられる程度のものでしかなかったのである。しかし近世初期における軍記物の実態を把握する上では看過することできないのも確かであると私考する。以下、本作品の基礎的な考察を試みることにしたい。

1　書誌的解説

まず、本書の諸本としては、次に掲げたように、一五巻一五冊本と一五冊一〇冊本とがが確認される。

1　明暦二年版一五巻一五冊…西尾市岩瀬文庫・函館市中央図書館
2a　明暦二年版一五巻一〇冊…国立公文書館内閣文庫・学習院大学日語日文研究室
2b　明暦二年風月庄左衛門版一五巻一〇冊…長野県短期大学図書館

このほか、旧彰考館・延岡内藤家（一三冊）なるものが『国書総目録』に記載されている。

一五冊本と一〇冊本とでは冊数に違いがあるだけで、本文の構成や表記、刊記をはじめとして、書誌的事項に大きな違いはない。そこで、ここでは学習院大学日本語日本文学科研究室所蔵の一〇冊本（請求番号 913.64-5010）を代表として書誌的事項を示しておく。

書　型　大本。版本。一五巻一〇冊。
たて二五・五センチ×よこ一八・三センチ。
表　紙　卍繋ぎ牡丹唐草文様（空押）の濃紺表紙。原装と思われる。
題　簽　原題簽（左肩・双辺）。たて一七・五×よこ三・九センチ。
第一、二冊「源平軍物語　一、二（三）」数字は墨書。もと「一」「二」と摺られていたが、その上から重ね書きをしている。
第三冊以降「源平軍物語　三（―十）」
目録題　源平軍物語巻第一（―巻第十五）
内　題　源平軍物語巻第一（―巻第十五）
尾　題　第一・二・八・九・一一巻「源平軍物語巻第一（二・八・九・十一）終」
それ以外の巻はなし。
柱　刻　白口。魚尾なし。版心には書名がなく、巻数と丁付だけである。丁付では巻頭目録を第一丁とする（なお、本稿でもこの丁付の丁数に従う）。最終丁の丁付の丁数の下に「終」を付ける巻と付けない巻とがある。すなわち第一・二・三・四・五・六・八・一〇・一二・一三・一四・一五巻は「終」を付け、第七・九・一一巻は付けない。
序「　　　〇　　　」
目録「　　巻一（―十五）　　　〇一　　」

本文「　巻一（-十五）　〇二一　」

匡郭　四周単辺
序　たて二一・一センチ×よこ一五・五センチ。
目録　たて二〇・七センチ×よこ一五・六センチ。
本文　たて二〇・九センチ×よこ一五・七センチ。

字高　本文　二〇・七センチ。

料紙　楮紙。

見返　楮紙。紙質は本文料紙に同じ。原装。ただし第二冊の後見返は改装か。

丁数　第一冊　六一丁（序一丁・第一巻二九丁・第二巻三〇丁）
第二冊　三二丁（第三巻三二丁）
第三冊　六四丁（第四巻二九丁・第五巻三五丁）※第五巻八・九丁錯簡。
第四冊　六三丁（第六巻三〇丁・第七巻三三丁）
第五冊　四一丁（第八巻四一丁）
第六冊　四七丁（第九巻四七丁）
第七冊　七五丁（第一〇巻三九丁・第一一巻三六丁）
第八冊　三五丁（第一二巻三五丁）※一八・一九丁錯簡。
第九冊　七一丁（第一三巻三四丁・第一四巻三八丁）

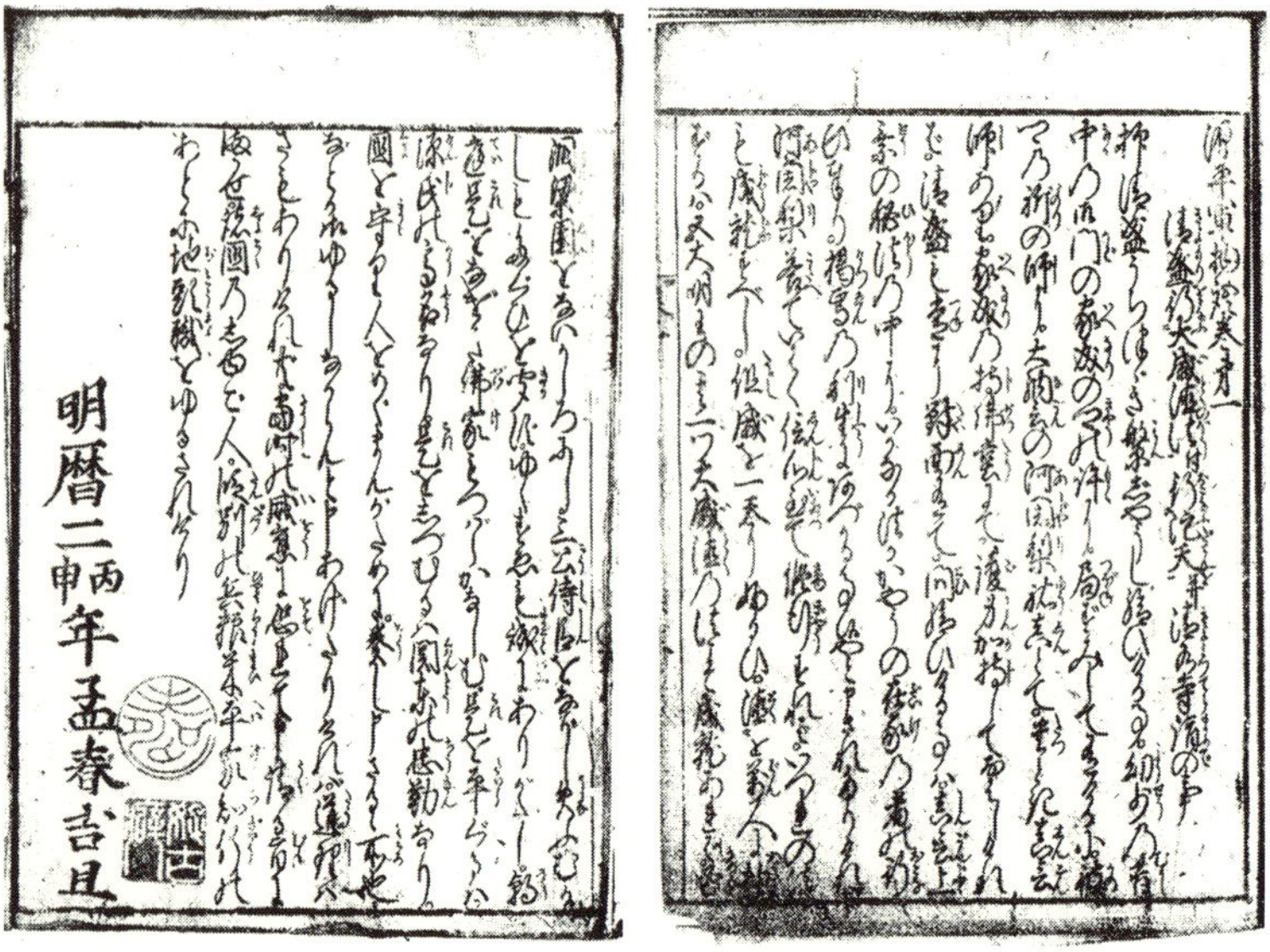

第一〇冊　三七丁（第一五巻三七丁）
行　数　序　一〇行。
目録　九行。
本文　一二行。
表　記　漢字平仮名交じり文。振り仮名・濁点多用。ただし目録には句点を用いていない。
刊　記　第十五巻最終丁本文末尾左下に次のように記す。
「明暦二丙申年孟春吉且（ママ）」
参　考　西尾市岩瀬文庫所蔵本の第一巻本文巻頭と第一五巻末尾とを掲げる（上図）。

2　構成

次に物語の構成について述べたい。まず、序文では次のように述べている。

治承《じせう》四年の比《ころ》より始《はじめ》て。平家《へいけ》ほろびし後《のち》。源家《げんけ》世《よ》を治《おさむ》るに終《をは》りぬ。

一五巻ごとのあらましは次の通りである。
巻第　一　清盛の栄華から頼朝の謀反の準備。
巻第　二　頼朝の挙兵から佐々木高綱の忠義。
巻第　三　頼朝の逃亡から衣笠合戦。
巻第　四　三浦一族の敗退から新院の厳島御幸と還御。
巻第　五　頼朝、義経と対面することから義仲の挙兵を経て頼朝追討。
巻第　六　信濃・北国での合戦。その間の頼朝と義仲の関係悪化。
巻第　七　般若野の戦から実盛の死、平家の宇治勢多発向。
巻第　八　義仲、山門に登ることから平家都落を経て、洛中での義仲の軍勢の狼藉。
巻第　九　義仲追討から義仲の首渡し。
巻第一〇　一の谷の城構えから一の谷合戦での梶原景時の秀句。
巻第一一　鵯越から維盛入水。
巻第一二　義経関東下向から金仙寺観音講。
巻第一三　屋島合戦から知盛の船掃除。
巻第一四　二位禅尼入海から時忠流罪。
巻第一五　宗盛父子の関東下向から北条時政・土肥実平の上洛。
各巻の章段目次は巻末の表に示した。源頼朝が挙兵したのが序文にいう「治承四年」であるから、冒頭の平清盛の栄華の様子は導入部であり、伊豆での頼朝の動向からがこの物語の本題ということができよう。

表で『源平盛衰記』と対照しているのは、これをもとに本作品が作られているからである。『源平盛衰記』は一二行片仮名の無刊記整版本に拠った可能性が高いように思われる。ただし両者の巻数は対応するものではない。表では『源平軍物語』の巻数によって区分したが、それと『源平盛衰記』の巻数に明確な関連性があるとはいえない。とはいえ、『源平軍物語』の第二巻は『源平盛衰記』第二〇巻から始まり、第三巻は第二一巻から、第七巻は第二九巻から、第八巻は第三一巻から、第九巻は第三四巻から、第一〇巻は第三六巻から、第一二巻は第四一巻から、第一五巻は第四五巻からと、規則性は認められないながらも、ある程度、『源平盛衰記』の巻単位で『源平軍物語』各巻をまとめようとした姿勢を読み取ることができるだろう。

『源平盛衰記』の章段と『源平軍物語』の章段とを比べてみると、表の右列に示した古活字本のそれよりも近似していることが分かる。また『源平軍物語』の章段名は原則、事書であるのに対して、古活字本は「事」を用いない。さらに第五巻「秀衡方へ下す事」や第六巻「頼朝追討使の事」などに対応する章段が見られないなど、整版本よりも距離がある。

整版本でも総目録と各巻の巻頭目録と本文中の章段名とでは若干異同がある。五例ほど顕著なものを挙げてみる（表中の下線を引いた太字の章段参照）。

①『軍物語』第六巻　「源氏《げんじ》燧《ひうち》が城《じやう》を落《をつ》る事」
『盛衰記』第二八巻　「源氏落《ヲトス》二燧城《ヒウチノジヤウヲ》一事」（巻頭）
〇「源氏《ゲンシ》落《ヲツル》二燧城《ヒウチノジヤウヲ》一事」（本文）※総目録も「オツル」

②『軍物語』第八巻　「平《へい》氏《じ》屋《や》嶋《しま》につく事」
『盛衰記』第三三巻　「平氏《シ》九月十三夜歌讀《ヤノウタヨム》平氏著《ジツク》二屋嶋《ヤシマニ》一事」（巻頭）※総目録も同文
○「平《ヘイ》氏著《ツク》二屋嶋《ヤシマニ》一事」（本文）

③『軍物語』第一二巻　「親能搦《ちかよしからむ》二義廣《よしひろを》一」
『盛衰記』第四一巻○「親能搦《チカヨシカラム》二義廣《ヨシヒロヲ》一」（本文）※巻頭も同文
「親能搦《チカヨシカラメラル》二義廣《ヨシヒロニ》一」（総目録）

④『軍物語』第一二巻　「盛綱渡《もりつなわたし》二藤戸《ふぢとを》一児嶋合戦《こじまかせん》」
『盛衰記』第四一巻○「盛綱渡《モリツナワタシ》二藤戸《フヂトヲ》一児嶋合戦《コジマカセン》」（本文）※巻頭も同文
「盛綱渡《モリツナワタス》二藤戸《フヂトヲ》一児嶋合戦《コジマカセン》」（総目録）

⑤『軍物語』第一四巻　「安徳帝《あんとくてい》不《ず》二吉瑞《きちずいなら》一」
『盛衰記』第四三巻　「安徳帝《アントクテイ》不《フ》吉瑞《キチノズイ》」（巻頭）※総目録も同文
○「安徳帝《アントクテイ》不《ス》二吉瑞《キチスイナラ》一」（本文）

ここに掲げたように、『源平軍物語』の章段名は本文中のものに近いことが知られ、すなわちそれらを主に参考にして章段を付けたと考えられる。

また表の左列に網掛けを施した章段があるが、それらは『源平盛衰記』の章段名と著しく異なるものである。第二巻「頼朝落ち給ふ事」は『源平盛衰記』第二〇巻「公藤介自害ノ事」に基づくが、これは内容に即した改変とみられる。たとえば「小道ノ地蔵堂」→「地蔵堂にて頼朝以下仏壇の下に隠るゝ事」（第三巻）、「衣笠合戦ノ事」

↓「三浦一族落行く事」、「俵藤太将門中違ノ事」↓「京都騒動の事」、「真盛京上」↓「平家東国へ討手に向ふ事」（以上、第四巻）など、いずれも本文の内容により近づける配慮が見て取ることができるのではないかと思う。

次に配列については基本的に『源平盛衰記』の順序に等しいが、しかし、微調整も行っている。第一巻では『源平盛衰記』第一九巻に基づく「文覚発心付東帰節女の事」と「頼朝家人を催す評議の事」との間に第一八巻の「文覚流罪の事」を挿入する。これは文覚の一連の動向をまとめるための措置であったと思われる。第四巻では『源平盛衰記』第二三巻の「真盛京上」「新院自厳嶋遷御」の間に同巻冒頭の「新院厳嶋御幸」に基づく「新院厳嶋の御幸」を挿んでいる。これは続く還御の説話と一組にするためであろう。第五巻は『源平盛衰記』第二三巻の「義経軍陣来事」と「頼朝鎌倉入勧賞」との間に第四六巻「義経始終有様事」に基づく「伊勢三郎義経に相随ふ事」が挿んである。これは「頼朝、義経に対面」の使者となった伊勢三郎が義経の家来になった経緯を述べるためのものである。このほか、第五巻「春日垂跡の事」（『源平盛衰記』第二五巻－三）―「大仏造営奉行勧進の事」（二五－一）、第七巻「覚明山門をかたらふ事」（『源平盛衰記』三〇－一一）―「平家の軍兵宇治勢多にむかはるゝ事」（三〇－九）などあるが、いずれにしても関連する章段を独自に入れ替えているものである。

『源平盛衰記』のどの章段を採用しているかは、表の「源平盛衰記」の列を見ての通りだが、ここに掲示していない章段、つまり『源平軍物語』では採用していない章段との違いについて、ある程度、傾向を読み取ることができる。

まず和漢の故事を採らない傾向にある。『源平盛衰記』第二〇巻「楚効荊保ノ事」、第二一巻「韋提希夫人ノ事」、第二三巻「朝敵追討ノ例付駅路ノ鈴ノ事」「貞盛将門合戦付勧賞ノ事」「忠文祝レ神付追二使門出一ノ事」、第

二五巻「鄭仁基ノ女ノ事」、第二六巻「馬ノ尾鼠巣フ例」、第二六巻「祇園女御ノ事」「忠盛婦人事」「天智懐妊ノ女賜二大織冠一事」「如無僧都烏帽子同ク母放レ亀付毛宝放レ亀事」第二八巻「天変付踏歌ノ節会ノ事」「役行者縁事」「仙童琵琶ノ事」、第三〇巻「広嗣謀叛并玄昉僧正ノ事」、第三二巻「刈田丸討二恵美大臣一事」「維高維仁位論ノ事」「阿育王即位ノ事」「還俗ノ人即位ノ例ノ事」、第三四巻「象王太子象ノ事」、第三五巻「沛公入二咸陽宮一事」、第三六巻「将門称二平親王一事」、第四〇巻「観賢拝二弘法大師之影像一付弘法入唐ノ事」、第四三巻「神功責二新羅一付住吉諏訪并諸神一階ノ事」など。

次に平家方の説話も採らない傾向にある。第二二巻「大場早馬立ツル事」、第二三巻「平氏清見ガ関ニ下ル事」「小督ノ局ノ事」「前後相違無常ノ事」「入道進二乙女一事」、第二六巻「福原怪異ノ事」「入道非二直人一付慈心坊得二閻魔ノ請一事」「平家東国発向并邦綱卿薨去付邦綱思慮賢キ事」、第二八巻「宗盛補二大臣一并拝賀ノ事」「経正竹生嶋詣」、第三〇巻「平家延暦寺願書ノ事」「維盛兼言ノ事」、第三一巻「維盛惜二妻子ノ遺一事」「経正参二仁和寺宮一事」「頼盛落チ留マル事」「貞能参二小松殿ノ墓一付小松大臣如法経ノ事」、第三二巻「落チ行ク人々歌付忠度自レ淀帰リ謁二俊成一事」「福原管絃講ノ事」、第三三巻「平家太宰府落チ并平氏宇佐宮ノ歌付清経入レ海事」、第三六巻「福原忌日ノ事」、「清章射レ鹿」、第三七巻「則綱討二盛俊一事」「忠度通盛等最後ノ事」、第三八巻「知盛遁二戦場一乗レ船事」「平家ノ公達最後并頸共掛二一ノ谷一事」「平家首掛二獄門一付維盛北方被レ見レ頸事」「重国花方帯二院宣一西国下向同ク上洛奉二返状一事」、第三九巻「友時参二重衡ノ許一付重衡迎二内裏女房一事」「重衡請二法然房一事」「重衡関東下向付長光寺ノ事」「重衡酒宴付千寿伊王ノ事」、第四〇巻「法輪寺付中将相二見瀧口一并高野山ノ事」、第四〇巻「維盛出家ノ事」「中将入道入レ水事」、第四四巻「屋嶋内府ノ子副将亡ブル事」「女院出家付忠清入道被レ切事」、第四六巻「女院二寂光院一事」「尋二害平家ノ小児一付闕官恩賞ノ人々ノ事」など。

次に朝廷や寺社に関する説話も採らない傾向にある。第二五巻「行二御斎会一并新院崩御付教円入滅ノ事」「此ノ君賢聖并紅葉山葵宿祢」「時光茂光御方違盗人ノ事」「西京座主祈祷ノ事」、第二六巻「御所侍酒盛ノ事」「蓬壺焼失ノ事」「行尊琴絃付静信著ノ事」「法住寺殿御幸付新日吉新熊野ノ事」「源氏追討祈リノ事」「奉幣使定隆死去付覚算寝死ノ事」「実源大元法ノ事」「大嘗会延引ノ事」「皇嘉門院薨御付覚快入滅ノ事」「法住寺殿移徒ノ事」、第二八巻「顕真一万部ノ法華経ノ事」、第三〇巻「太神宮行幸ノ願」「賀茂ノ斎院八幡臨時ノ祭ノ事」「山門僉議牒状ノ事」、第三四巻「明雲八条宮人々被レ討付信西相明雲事」「法皇御歎并木曽縦逸付四十九人止二官職一事」「公朝時成関東下向付知康芸能ノ事」、第三六巻「福原除目」、第四一巻「崇徳院遷宮ノ事」、第四三巻「住吉ノ鏑」、第四四巻「宮人ノ曲并内侍所効験ノ事」など。

このほか際立ったこととして、第五巻「鮐《はらか》の奏《そう》吉野《よしの》の国栖《くず》の事」の繋ぎとして、わずかに第二四巻の一部が要約的に採用されている程度であることが挙げられる。この巻は全体的に大嘗会・新嘗会のことや南都寺院の動向、平家による南都焼失を主たる内容としているからではないかと思われる。また源氏方の記事であっても、木曽義仲の動向は省く傾向が強く、義経についても、逆落としに代表される一の谷の合戦説話を省きがちである。

序文に「治承《じせう》四年の比《ころ》より始《はじめ》て。平家《へいけ》ほろびし後《のち》。源家《げんけ》世《よ》を治《おさむ》るに終《をは》りぬ」と記されていることは先に述べた。治承四年は様々な出来事が起きた年だが、本物語の首巻は頼朝挙兵を中心に描いている。そして第一五巻最後の段は「北条時政《ほうでうときまさ》土肥実平《といさねひら》上洛《しやうらく》の事」である。すなわち、頼朝の下知によって、時政が諸国に守護・地頭を置くことで終えている。序文にいう「源家世を治るに終りぬ」とはこのことを指す。

こうして見ると、本物語は『源平盛衰記』の本文に依拠しながら、源頼朝の動向を軸として取捨選択して構成したものと考えることができるのではないかと思われる。

3　執筆態度

次に執筆の姿勢を考えてみたい。これについて、まず序文に次のような文言が見える。

今あつむる十五巻は。平家物語にもれたるをひろひ。あるひはのするといへどもくわしからざるはふたゝびしるす。もとよりつまびらかなるは。平家物語《へいけものがたり》にゆづりて。悉《ことごとく》しるすに及《をよ》はす。しかりとてしるさゞれは。事《こと》の始終《しじう》あきらかならざる故《ゆへ》に。大意《い》を取《とり》てしるしぬ。

この文言を見る限りでは、『源平軍物語』全一五巻は、第一に『平家物語』に漏れた事柄を書き記す、第二に『平家物語』で詳述されていない事柄を改めて記す、第三に『平家物語』に詳述されている事柄は記さないが、ただし記さなければ前後の脈絡が不分明になる場合は大意を取って記すという方針があったと思われる。たとえば第五巻「鮠《はらか》の奏吉野《そうよしの》の国栖《くず》の事」の冒頭は次のように記されている（振り仮名は省略）。

かくて太政入道清盛のはからひにて。去ぬる六月二日に。都を福原にうつされけれども。山門の訴しきりなりければ。力及ばず十一月二日に俄に都帰り有けり。

これは『源平盛衰記』第二四巻「山門都返ノ奏状ノ事」に続く「都返僉議ノ事」を集約した一文とみることができる（遷都自体は第一七巻「福原京ノ事」の情報）。右に挙げた方針の通りであろう。ただし一一月二日というのは誤りで、同二一日である（実際の都返りは続く「両院主上還御ノ事」に描かれている）。

さて、「平家物語にゆづりて」とありながら本物語で用いているのは、広い意味では『平家物語』といえなくもないが、実際は『源平盛衰記』である。依拠した文献が『平家物語』に比べて圧倒的に分量の豊富な『源平盛衰記』を用いているのであるから、「平家物語にもれたるをひろひ」というのは何か新資料をもって補うということではなく、『源平盛衰記』の記述をそのまま用いているだけのことである。だから国史叢書の「解題」に「本書は平家物語と対照せんに、彼の足らざるを補ひ、委しからざるものは更に之を詳載しあれば、是彼互に参観すれば、覚えず読者をして興味津々として尽くる事なからしむべし」と、本物語の史料的価値を説いているが、それはこの序文の文言を素直に受け取りすぎではないかと思う。

では具体的な記述の在り方を見ておこう。例として第一五巻「平家《へいけ》生捕《いけどり》の人々流罪《るざい》の事」の一部を取り上げる（振り仮名は省略する）。

去程に八月十七日に改元ありて。文治元年と号す。同じき九月廿三日。平家の生どりのともがら。国々へながしつかはすべきのよし。官府を下されけり。上卿源中納言通親なり。前の大納言時忠卿は。能登の国。追立のつかひは信盛。此時忠の卿は筆とりの平氏なり。のちにむほんなどおこすべき人にあらずとて。流罪にさだめられ給ひけり。子息前の左中将時実は周防の国。追立のつかひは公朝なり。内蔵のかみ信基は。備後の国つかひは章貞なり。兵部の少輔尹明。出雲の国つかひ同じく章貞なり。熊野別当法眼行明は。ひたちの国。つかひは職景なり。二位の僧都全真は。安芸の国。使は経広なり。法勝寺の執行能円は。備中の国。使は同じく経広なり。中納言の律師良弘は。阿波の国。使は久世なり。中納言の律師忠快は。飛騨の国。つかひは同じく久世なり

右の本文は『源平盛衰記』の次の三箇所に基づいている（振り仮名は省略する）。

①第四五巻「虜人々流罪」

同二十一日。平家ノ虜ノ輩。国々へ可二流遣一之由被レ下二官府一ナリ。上卿源中納言通親也。前平大納言時忠卿ハ。能登国。追立使ハ。信盛。此時時忠卿ハ筆執平氏ナリ。後ニ謀叛ナト起ヘキ非レ仁トテ。流罪ニ定ラレ給ケリ。子息前左中将時実ハ周防国。追立使ハ公朝也。内蔵頭信基ハ。備後国使ハ章貞也。兵部少輔尹明。出雲国。使同章貞也。熊野別当法眼行明。常陸国。使ハ職景也。二位僧都全真ハ。安芸国。使ハ経広也法勝寺執行能円ハ備中国。使ハ同経広也。中納言律師良弘。阿波国。使ハ久世也。中納言律師忠快ハ。飛騨国。使ハ同久世也。

②第四五巻「義経任二伊予守一事」

八月十七日。改元有テ文治ト云。

③第四六巻「時忠流罪忠快免」

同九月二十三日。前平大納言時忠卿ハ。追立使。信盛承テ。能登国。鈴御崎へ遣ス。子息讃岐中将時実ハ。公朝カ沙汰トシテ。周防国へ下ス。平家僧俗ノ虜共。去五月ニ配所ヲ国々ニ被レ定ケル内ナリ。父子後ヲ合セ。西北境ヲ隔ツ、、波路ニ流レ。雪中ニ趣ケルコソ哀ナレ。

まず冒頭の「去程に八月十七日に改元ありて。文治元年と号す」は「義経任二伊予守一事」の文末であり、第四五巻全体の最後の一文でもある「八月十七日。改元有テ文治ト云。」に拠っているであろう。その上で同じ第四五巻の先行する章段である「虜人々流罪」に繋げている。改元の一文自体が内容に何らかの影響を与えるものではないが、この措置は①の出来事を②の改元後のことと判断し、時系列的に整理したものといえる。

『源平軍物語』の本文は基本的に「虜人々流罪」を受けている。「平家の生どりのともがら」の一文、続く「上卿源中納言通親なり」以下も同じである。右の引用文中に示したように、第四六巻「時忠流罪忠快免」でも時忠と子息時実のことが記されているが、その文章は『源平軍物語』に反映されていない（『源平軍物語』と『源平盛衰記』「虜人々流罪」は同文なので——線、「時忠流罪忠快免」は同文ではないので……線で示す）。ところが、日付を見ると、『源平軍物語』は九月二三日としている。すなわち「虜人々流罪」の二一日ではなく、日付だけは「時忠流罪忠快免」のほうを採用しているのである。ただし、ここで注意しておきたいのは、「虜人々流罪」にある「同ジキ二十一日」の「同ジキ」は九月ではなく、五月だということである。すなわち『玉葉』によると、改元前の元暦二年五月二一日の条に「昨日被行流罪僧俗并九人云々」とあり、時忠・信基・時実・尹明・良弘・全真・忠快・能因・行命の名が挙がる。この五月「二十一日」を改元後の九月「二十一日」と誤って判断した結果、本来ならば『源平盛衰記』の配列通りに①②③とすべきところを、②①③としてしまったわけである。恐らく③と①では官符の一文を除けば同趣旨のことを述べているから、それによって誤読して合成してしまったのであろう。

ともあれ、『源平軍物語』は基本的に『源平盛衰記』の特定の箇所をそのまま引き写しながら、細部に別の箇所の記述を取り入れて加工していることが知られるであろう。

4　出版事情

次に本物語の出版事情について言及しておきたい。本物語の刊行に関する最初の文献は寛文無刊記の『書籍《しょじゃく》目録《もくろく》』（江戸時代書林書籍目録大成一所収）である。これには「兵法問答」「兵法秘伝書」に続いて、次のように記載されている。

十五冊　源平軍物語

今日、『源平軍物語』には一〇冊本と一五冊本とが伝世するが、当初は一五巻一五冊と巻ごとに分冊されていたことが知られる。また寛文一一年の『書籍目録』にも一五冊として記載されている。この目録では「源平盛衰記」「同仮名絵入」「平家物語」「平家物語仮名絵入」「同評判」に続いて載っている。その後は「東鑑」であるから、源平合戦の時代の軍記物・歴史物として明確に位置づけられているといえるだろう。

元禄九年の『書籍目録大全』（江戸時代書林出版書籍目録大成二所収）には次のように記載されている。

十五 風月　源平軍物語《げんぺいいくさ》　十八匁

ここでも一五冊本として記されている。さらに「風月」と、書肆名が明記されている点が注目される。これは京二条通観音町にあった風月庄左衛門（風月宗智）のことである。(2) 文芸書を多く刊行したことで知られる。長野県短期大学図書館所蔵本の刊記にはこの書肆名が記されている。これは初版本ではなく求版本と判断される。この書肆が出した本の主だったものを挙げると、寛永四年『長恨歌伝』、同一五年『丙辰紀行』、『古今和歌集両度聞書』、『三部抄之抄』、同一九年『伊勢物語闕疑抄』、同二〇年『真字伊勢物語』、『土佐日記』、『新刊音釈校正標類蒙求』、『小学集説』、同二一年『古事記』『文章一貫』、慶安二年『神皇正統記』、同三年『撰集抄』、正保二年『癸未紀行』、同四年『鑑草』、明暦四年『文正草子』（後印）、万治二年『北条五代記』、寛文七年『見聞軍抄』（求版）、寛文頃『虫歌合』『浮世物語』（求板）等刊行などがある。

この中の『見聞軍抄』について付言すると、これは仮名草子作者として著名な三浦浄心の作品で、古今の武家説話を集めたもので、院政期の源平説話も取り上げられている。全八巻から成り、その巻頭に配された説話が「源《みなもとの》頼朝公《よりともこう》義兵《ぎへい》をあげ給ふ事」である。『源平軍物語』は清盛の栄華の様子を導入とするが、それに対する頼朝の挙兵が直接的な契機として物語が叙述されていく。その意味で両者は相通じるものがある。おそらく両者ともに武家時代の幕開けとして頼朝挙兵を位置づける歴史観を持っていたのであろう。さらに『書籍目録大全』の「源平軍物語」の二つ前に「見聞軍抄」が挙がっており、その近さは何かしら両者の関連性を窺わせる。

なお、近世後期の出版関連の記録としては、『本朝軍記考』（日本書目大成四所収）に「十五　源平軍物語」、『享

和再版増補改正　和漢軍談紀畧考』（同書所収）に「十五　源平軍物語」、『軍書目録』（同書所収）という写本にも「同（源平）軍物語　十五」と見える。したがって、一応、その存在はまったく知られていなかったというわけでもなさそうである。しかし、読書なり引用なりの受容実態は判然としない。

おわりに

本稿では近世初期軍記の一つである『源平軍物語』について、解題風に考察してきた。大正三年（一九一四）に国史叢書に収録されたものの、さしたる評価も得られぬまま、現在に至っている。そこで本物語の書誌・構成・執筆態度・出版事情について、基礎的な考察を試みることにした次第である。

『源平軍物語』は明暦二年（一六五六）に刊行されたが、書肆は不詳である。元禄九年の『書籍目録大全』に「風月」と見える。構成は全一五巻で、平清盛の栄華から平宗盛父子の関東下向、そして北条時政・土肥実平の上洛に至るまでが通時的に叙述されている。序文に「平家物語にもれたるをひろひ。あるひはのするといへどもくわしからざるはふたゝびしるす」と見え、『平家物語』を意識した企画の上で構成されたことが知られる。ただし、本文は『平家物語』ではなく『源平盛衰記』に拠っている。『源平盛衰記』諸本のうちでは整版本に拠ったようである。どの版に拠ったかについては、さらなる検討が必要である。

さて、文学史的な評価については今後の課題と言わざるを得ないが、ある程度の見通しを最後に述べておきたい。

源平合戦に取材した物語として『頼朝一代記』（延宝七年刊）、『頼朝三代記』（延宝八年刊）、『頼朝軍物語』（貞享二年刊）、『和田三浦物語』(3)などが生まれた。こうした中で、一五巻から成る本物語の規模は抜きん出ている。序文では『平家物語』を念頭に入れた執筆姿勢を見て取ることができる。『平家物語』に対して新『平家物語』として世に出そうと企図したのではないだろうか。直接用いたのが『源平盛衰記』であることはあえて伏せることで、中世軍記の焼き直しではないという新鮮味を出そうとしたのではないかと想像される。国史叢書の「解題」に「彼の足らざるを補ひ、委しからざるものは更に之を詳載しあれば」と説いていることからすれば、その狙いは成功したと言えるだろう。ちなみに明暦二年という年は『平家物語』の絵入版が初めて刊行された年でもある。そのことが、直接、本物語と関連をもつとは思わないが、一応、留意しておいてよいかとは思う。

近世初期には『信長公記』『信長記』『太閤記』『甲陽軍鑑』といった著名な大作が出たが、その一方で群小の軍記作品も数多く成立した。そうした膨大な作品群の中で『源平軍物語』をどのように位置付けるのかは、同時期の中小の作品群が、十分個別に論じられていない現状からすると、容易ではない。しかしその中で「軍物語」「軍記」と題する作品群（『頼朝軍物語』『古老軍物語』『嶋原軍物語』『結城軍物語』『義貞軍記』『太閤軍記』『保元軍物語』『平治軍物語』など）が出ている点は注目してよいだろう。それらとの出版事情を含めた関連性を今後解明していく必要がある。

また、当該期の物語草子創作に『源平盛衰記』が好んで用いられた。本来、源平合戦を主題としないお伽草子・仮名草子作品の中においても、『俵藤太物語』（寛永頃刊）『弘法大師御本地』（承応三年刊）『石山物語』（明暦二年刊）『賀茂の本地』（明暦頃刊）のように『源平盛衰記』所収の故事説話を利用して作られた物語も散見されるようになった。(4)本物語の場合、『源平盛衰記』本文の引き写しと要約的引用を主とするが、その点、『木曽物語絵巻』や『将門純友東西軍記』に通じる受容の在り方を示している。

既成の軍記を改編し、「軍物語」と銘打って、通俗的な仮名書きの軍記物語・仮名草子と同形式で出版された物語が『源平軍物語』であった。本物語について、今後は特に中世軍記、新作軍記の版本の中で、書誌的に類似性をもつ文献を見出していく必要があるだろう。

〔注〕

（1）國史叢書第九冊〈第一～一二巻〉、第一〇冊〈第一三～一五巻〉収録。黒川真道編、国史研究会発行。大正三年八月、一一月刊。なお、昭和四九年に防長史料出版社から合冊、復刊されている（『復刻源平軍物語』）。ただし解題もまた国史叢書のものだけで、新たに追加された情報はない。

（2）高橋明彦「風月庄左衛門」（『国文学』平成九年九月号）。

（3）『和田三浦物語』四巻四冊　明暦三年刊。大本。本文一二行。刊記「明暦三丁酉歳九月吉日　山田市郎兵衛板」甘露堂文庫（尾崎久弥）旧蔵。和田一門の盛衰を描く。未見。尾崎久彌『甘露堂稀覯本攷覧』（名古屋書史会、昭和八年）参照。

（4）伊藤慎吾『室町戦国期の文芸とその展開』（三弥井書店、平成二二年）第二章参照。また、本章第三、第四論考参照。

『源平盛衰記』の改作（二）――『頼朝軍物語』について――

はじめに

近世前期には、仮名草子作品と並行して、数々の軍記物語が創作され、また刊行された。戦国時代の戦記が多いものの、中には『平家物語』『太平記』『保元平治物語』といった中世を代表する軍記物語も出版された。そればかりではなく、それらは絵入写本やいわゆる美写本として能筆の筆工や職業的な絵師により制作されることも多かった。こうして源平の合戦を題材とした古典作品が新たな書籍のかたちで受容される時代であったわけだ。

こうした中で、これらの古典作品を改作する作品が幾つか作られることがあった。前節で取り上げた『源平軍物語』はその一つである。『源平盛衰記』から本文を摘出し、再編集した軍記物語であった。これは全一五巻から成る大著な上、挿絵を一切入れないものである。その点からすると、娯楽性に乏しいが、反面、歴史物語として受容される性質のものだったと推測される。

これから取り上げる『頼朝軍物語』は源頼朝の挙兵から石橋山合戦での敗退を経て隅田川に東国の源氏方を集結させるまでを描いている。その点、歴史物語と言えなくもないが、しかし、絵入本である上、版元が古浄瑠璃れらを主に出版していたところであるから、和文の史書としてではなく、いわば歴史読み物として世間に受け入れられることを期待したものであったと思われる。

とはいえ、『源平軍物語』と同様、本物語もまた『源平盛衰記』の影響を色濃く受けた軍記物語である。そこで本稿では、『源平盛衰記』との関わりに注意しつつ、本物語の性格を考えていきたい。

1 梗概

本物語はほとんど知られていないものであるから、まずは内容について説明しておきたい。全四巻から成っている。各巻の梗概は以下の通り。

伊豆国蛭ヶ小島の流人源頼朝、平家追討を院宣を蒙り、謀叛を企てる。源氏勢は北条時政の館に集結して挙兵する。まず八牧判官の館を攻める。遅れて参戦した加藤景廉が八牧兼隆を討つ。次に頼朝の軍勢は石橋山に籠城する間、安達盛長が相模の瀧口兄弟・三浦・上総の千葉に加勢の要請をする。このうち、瀧口兄弟には断られる。(以上、巻一)

治承四年八月二〇日、三浦党は三百余騎の軍勢で石橋山に向かう。しかし鞠子川の洪水で渡れず。和田義盛、対岸に大沼三郎を見付け、石橋山の敗戦を知る。頼朝の生死が分からぬ中、ひとまず三浦の館に戻ることにする。その際、畠山重忠の軍勢と相対する。両勢、小坪坂で戦う。綴兄弟三人、和田義持に討ちとられる。(以上、巻二)

その後、三浦・畠山両勢、和睦が成ってお互い陣を引く。その後、畠山勢、衣笠城に攻め寄せる。激戦の中、

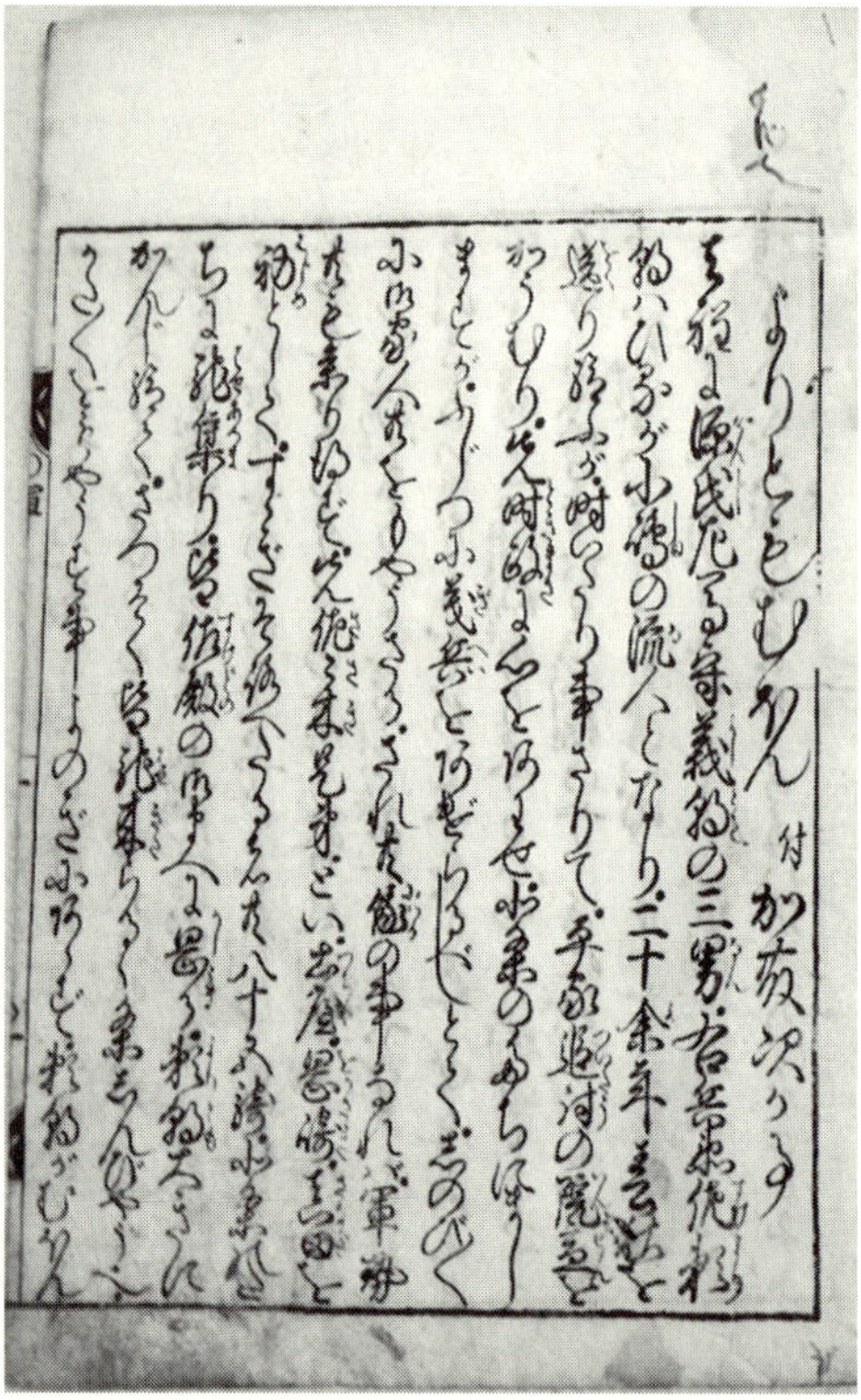

三浦義明は敵の金子家忠の奮闘に対して、酒を遣わす。家忠は和田義盛に射られるが、金子与一に救われる。この時、三浦与一が組み合うが、金子与一に討ち取られる。（以上、巻三）

　三浦一門は衣笠合戦に敗れて城から敗走する。しかし義明は捕らわれて死に恥を晒す。一方、頼朝主従は石橋山で敗れ、七騎で安房国須野崎に向けて舟で落ちる途中、沖合いで三浦党の舟と出会う。畠山重忠は源氏方の勢力増大の様をみて、自らも源氏に付くことに決める。平家方に付いていた武将もそれを伝え聞き、次々に隅田川に陣取る頼朝のもとに馳せ参じる。重忠はそこで藍皮一文の旗を賜るが、瀧口兄弟は安達盛長にさまざまな悪口を言った咎で出家させられる。かくして頼朝は軍勢を率いて鎌倉入りを果す。（以上、巻四）

2　書誌解題

次に書誌について記す。伝本としては、大東急記念文庫所蔵本と東京国立博物館所蔵本とが確認される。しかし前者はまだ調査していない。当文庫の目録をみるに、東博本よりも出版時期が古いから、本来ならば当該伝本に基づき書誌を記すべきであろう。今後、調べた上で、特筆すべき事柄が出てきた場合は、何らかのかたちで情報を更新したい。

所　蔵　東京国立博物館所蔵（請求番号030・と9859・2）
書　型　大本。版本。四巻二冊。
　　たて二五・八センチ×よこ一八・〇センチ。
表　紙　丹表紙。改装。
題　簽　欠。後補墨書（左肩・直）。
　　頼朝軍物語　上（下）
目録題　頼朝軍物語巻之一（－四）目録
内　題　なし。
尾　題　よりとも軍物語終（下のみ）
柱　刻　花口魚尾。
　本文「○軍　一（－四）　○丁付」

目録「巻　目　」（巻四は「目」なし）

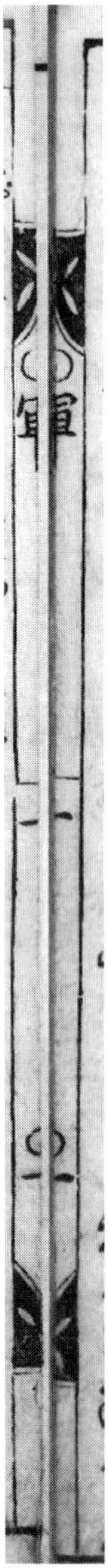

匡郭　四周単辺
　たて一九・九センチ×よこ一五・〇センチ。
料紙　楮紙。
見返　上冊前後、改装楮紙。下冊前、改装楮紙。後、本文最終丁。
丁数　上冊二七丁　うち巻頭目録二丁、巻一本文一三丁、巻二本文一四丁。
　下冊三四丁　うち巻頭目録二丁、巻三本文一四丁、巻四本文一八丁。
行数　目録一〇行。
　本文一二行。
字数　一行一八～二二字程度。
挿絵　上冊　八図　巻一　①三ウ－四オ②七オ③九オ④一二ウ－一三オ
　巻二　⑤三ウ－四オ⑥六オ⑦九ウ－一〇オ⑧一四オ
下冊　六図　巻三　①三ウ－四オ②九ウ－一〇オ③一三ウ－一四オ
　巻四　④三ウ－四オ⑤七ウ－八オ⑥一五ウ－一六オ

本文　漢字平仮名交じり文。振り仮名・濁点散見。句読点は黒点「・」を使う。

刊記　大坂上久宝寺町三丁目北側
　　　西澤氏九左衛門開板

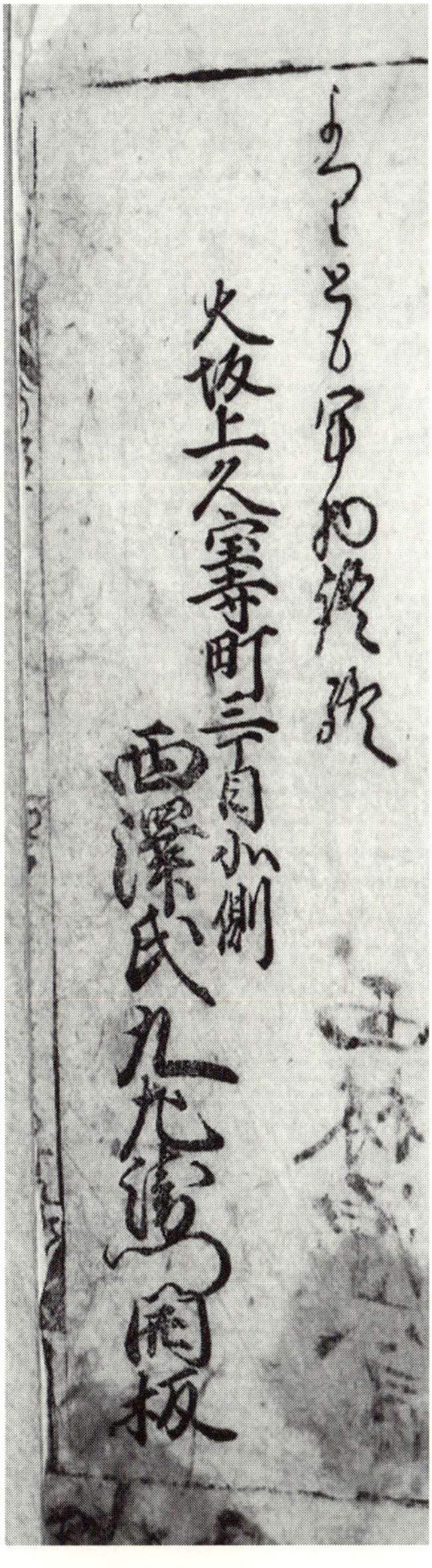

印記　「■■」黒正方印・陰刻　※磨り消しのため判読不能
①上冊終丁ウラ左下　②下冊終丁オモテ左下（本文最終行末尾）
「國立博／物館圖／書之印」朱正方印・単辺・陽刻
①上冊巻頭右上　②下冊巻頭右上
「徳川宗敬氏寄贈」朱長方印・双辺・陽刻
①上冊前見返右下　②下冊前見返右下

諸　本

その他　一、巻四は全一八丁から成るが、最終丁の丁付が「十九終」となっており、また下魚尾の下部が黒口となっている。

一、下冊第六図右上に「山田八郎」と墨書がある。他にも一、二、墨書あり。

一、帙は昭和二七年三月作製。帙題「頼朝軍物語」。

一、徳川宗敬から寄贈されたのは昭和一八年。

大東急本　四巻一冊。貞享二年刊（本や太兵衛）※『大東急記念文庫書目』に拠る。本や太兵衛は正本屋太兵衛とも称する。西沢九左衛門こと一風の父。

以上である。

大東急記念文庫本は、西沢九左衛門の父太兵衛の刊行であるから、東博本と無関係であるはずがない。東博本は大東急本の覆刻本なり重印本なりだろうと推察される。この点は、今後の調査で明らかになるはずである。

3　作品の構成と特色

ここから本文の検討に移りたい。

まず、全体の構成について表にまとめた。各章段名は巻頭と本文とに記されている。しかし御覧の通り一致していない。そこで「巻頭目録」「本文内章段名」として区別して掲げた。また『源平盛衰記』の本文と関係があるから、これを対照した。すると、『源平盛衰記』巻第二〇から二三にかけての本文を抜粋し、部分的に改変を交えて本文を作成していることが判明する。その本文は、同文の場合もあれば、適宜要約したかたちに改められている場合もある。その点、「類似性」の項にそれぞ○△で示した。

次に、『源平盛衰記』本文との比較を通して見えて来る特色を指摘しておきたい。

第一に、故事説話が省略されていることが挙げられる。

『源平盛衰記』は『平家物語』諸本の中でも数多くの天竺・震旦・本朝の故事が挿入されている点に特色がある。巻第二〇から第二三の中でも、「楚効荊保」「紀信」（巻二〇）「聖徳太子隠臥木」「天武天皇榎木」「小道地蔵堂」「韋提希夫人」「俵藤太中違」（巻二二）「朝敵追討例」「駅路鈴」「貞盛将門合戦付勧賞」「忠文祝神」（巻二三）など和漢の故事が含まれている。

ところが『頼朝軍物語』では、これらが一切採用されていない。ここからはつまり、頼朝の挙兵から鎌倉入りまでの主題を物語ることに一貫してこだわっている姿勢を読み取ることができるだろう。

第二に、三浦・和田・畠山の活躍が顕著に読み取れる。

源頼朝の挙兵から東国の軍勢集結までを描いているが、頼朝よりはむしろ三浦（義明・義澄）・和田（義盛・義持）・畠山（重忠）の活躍に主眼が置かれているようである。巻一では石橋山の合戦で敗走する頼朝を助けるべく尽力する老将三浦義明を筆頭とする三浦党の活躍を、巻二では三浦党といまだ平家方の猛将和田義持の動向を、巻三では義持と畠山重忠の一騎打ち、義持の頼朝への帰順などを、巻四では畠山重忠の頼朝への帰順を主に描い

『源平盛衰記』『頼朝軍物語』章段対照表

『源平盛衰記』		『頼朝軍物語』巻頭目録		『同』本文内章段名	類似性
巻20	八牧夜討	巻1	よりともむほんの事	よりともむほん	△
			東国侍はせまいる事		△
			八牧のはんぐはんをせめ給ふ事		△
			加藤次かげかどか事	加藤次か事	○
			加藤次せきのやをうつ事		○
			八牧はんぐわんさいごの事		○
	小児読諷誦		×		
	佐殿大場沙汰		頼朝石橋山にこもり給ふ事	瀧口兄弟悪口の事	○
			藤九郎三浦へまいる事		○
			たきくち兄弟悪口をいふこと		○
			大介よろこび盛長に引出物する事	三浦等の事	○
	石橋合戦		×		
	公藤介自害		×		
	楚効荊保		×		
	高綱賜姓名		×		
	紀信仮高祖名		×		
巻21	兵衛佐殿隠臥木		×		
	梶原助佐殿		×		
	聖徳太子椋木		×		
	天武天皇榎木		×		
	小道地蔵堂		×		
	韋提希夫人		×		
	大沼遇三浦	巻2	三浦三百よきにてかせいの事	まりこ川の洪水	○
			大ぬま和田にあひし事	三浦等大ぬまにあふ事	○
			大ぬま石橋山物語の事		○
			三浦畠山ことばとがめの事		○
	小坪合戦		こつぼ坂軍の事		○
			和田のよしもちゆうりきの事		○
			つゝき兄弟さいごの事		○
		巻3	三浦畠山和兵たがひにぢん引給ふ事	大介軍談義	○
巻22	衣笠合戦		大介よしもちに太刀を得さする事		○
			大介いくさだんぎの事		○
			はたけ山きぬがさへよせし事	衣笠籠事／きぬかさ合戦	○
			かねこいくさの事	金子等の事	○
			三浦よりかねこに酒をのまする事		○

ている。

平家方については、『源平盛衰記』では「入道中官符」（巻二二）「新院厳島御幸」「入道奉勧起請」「追討使門出」「大場降人」「平氏清見関下」「真盛京上」「平家逃上」「自厳島還御」「新院恐御起請」（巻二三）などで詳細にその動向を描いている。しかしながら、『頼朝軍物語』ではこれらの章段が悉く省略されている。

要するに、頼朝自体ではなく、頼朝を取り巻く東国武士の活躍が中心となっているのである。

巻22	衣笠合戦	巻4	三浦の与一さいごの事		○
	衣笠合戦		三浦一門よりとも公をたづねに出し事		○
	衣笠合戦		三浦大介さいごの事	大介さいご	○
	土肥焼亡舞		×		
	同女房消息		×		
	大太郎烏帽子		×		
	宗遠値小次郎		×		
	佐殿漕会三浦		七きおちのこと		△
	佐殿漕会三浦		頼朝公に三浦党尋ねあふ事	三浦等大将軍に尋あふ事	○
	大場早馬立		×		
	千葉足利催促		×		
	俵藤太将門中違		×		
	入道申官符		×		
巻23	新院厳島御幸		×		
	入道奉勧起請		×		
	朝敵追討例		×		
	駅路鈴		×		
	貞盛将門合戦付勧賞		×		
	忠文祝神		×		
	追討使門出		×		
	源氏隅田川原取陣1		（頼朝公に三浦党尋ねあふ事）		△
	源氏隅田川原取陣1		東国勢ことごとく御方に参る事	角田川にて源氏揃	△
	畠山推参		東国勢ことごとく御方に参る事		
	畠山推参		畠山にあいかわ一文字のはたを給る事		△
	源氏隅田川原取陣2		畠山にあいかわ一文字のはたを給る事		
	大場降人		×		
	平氏清見関下		×		
	真盛京上		×		
	平家逃上		×		
	自厳島還御		×		
	新院恐御起請		×		
	義経軍陣来		×		
	頼朝鎌倉入勧賞		×		
	平家方人罪科		たきくち兄弟出家の事	瀧口出家之事	○
	（頼朝鎌倉入勧賞）		源氏東国治政の事		△

第三に、頼朝を礼賛する思想が読み取れる。特に、物語の末尾に次のような源頼朝の果報を賞賛する評語を付け加えることは明確な思想の表示とみるべきだろう。

さらは打立とのばらうけたまはるとて時をうつさず。武蔵と下総のさかひ。角田《すみだ》川に御陣をめしはたをなびかせ大まくうたせて御家人共をもやうをさる。佐殿の御運《うん》の程《ほど》千秋《せんしう》万歳《ばんぜい》のはじめなりとて皆。

かんぜぬ者こそなかりけれ（巻四「頼朝公に三浦党尋あふ事」）

『源平盛衰記』でこれに対応する部分は巻二三「源氏隅田川原取ㇾ陣」（中世の文学。以下同じ）の次の本文である。

兵衛佐頼朝ハ、平家ノ軍兵東国へ下向ノ由聞給テ、武蔵ト下総トノ境ナル隅田川原ニ陣ヲ取テ、国々ノ兵ヲ被ㇾ召ケリ。

すなわち、それに続く「すけ殿の御果報のほど、千秋万歳の御喜び、貴賤上下、をしなべて、皆、感ぜぬものこそなかりけれ」という評語は『頼朝軍物語』の独自本文ということになる。

頼朝に対する描写に注意してみると、『源平盛衰記』の「石橋合戦」「公藤介自害」「高綱賜姓名」（巻二〇）「兵衛佐殿臥木」「梶原助佐殿」（巻二一）「土肥焼亡舞」「同女房消息」「大太郎烏帽子」「宗遠値小次郎」（巻二二）など、つまり石橋山合戦に関わる頼朝の動向の描写には消極的であるということができるだろう。源氏勢の石橋山での敗戦は『源平盛衰記』においては真田与一の討死、七騎落ちをはじめ詳細に描かれている。しかし本物語では悉く省かれているのである。すなわち合戦の様子は、大沼三郎から和田義盛（巻一「大沼石橋山物語の事」）を通して間接的に語られる程度である。また七騎落ちも巻四「七きおちのこと」において数行で処理されているに過ぎない。つまり頼朝の負け戦の様子には消極的な執筆態度が窺われる。

このように、頼朝を称揚することを志向しており、その結果、負け戦のように評価の下がる出来事に対しては消極的なのである。

以上のように、故事説話の省略、三浦・和田・畠山の活躍の描写、頼朝の賞賛という点に本物語の特色があると思われる。

４　『源平盛衰記』本文引用の傾向

では次に、『源平盛衰記』本文をどのように引用しているのだろうか。この点を具体的に見ていきたい。

まず第一に、本文は基本的に『源平盛衰記』本文を引き写している。具体例として巻一「たきくち兄弟悪口をいふこと」から部分引用してみよう。安達盛長が頼朝の使者として滝口兄弟のもとを訪れる場面である。

A折節三郎とし氏は。弟の四郎としむねと双六うつていたりしが。先御教書をおしひらき。つく〳〵とみてうち笑《わら》ひ」九ウ御使《つかひ》にもはゝからず。弟の四郎に向《むかつ》て云やう。是みたまへとしむね。人至てひんになればあらぬ心も付給へり。佐殿當時《たうじ》のす法を以て。平家の世をとらんと思ひゐ給ふはたとはゞふじのみねとたけくらへし。ねこのひたいに有物を鼠《ねつみ》のうかゝふたとへににたり。みもなき人に同意してあつたら命諸領までうしなはんより。只双《たゞすこ》六成とも打てあそべや殿原《とのばら》とて。やがて出合森長にむかひ。のふ我には平家の御恩蒙《をんかうむ》る身なれば。今時佐殿流人の身として。下知《けち》に随《したが》ひ参れと有を畏《かしこまつ》たりとは得申まじ平家の聞《きこへ》もはゞかり有物おそろし〳〵なむあみた仏と大きにあざむき御教書《みきやうしよ》をなげ出し。どつと笑《わらふ》て入つたりしはにが〳〵しうぞ聞へける。

B森長是をつく〳〵聞て扨も〳〵とし氏めがにくき今の悪口《あくこう》かな。我御使《つかひ》の身ならずば二言《こん》とつがせまじけれ共。大事をかゝへし身成上は。力およばず。ゑゝおのれらをあんをんにあらせて帰らん事のほいなさよ。哀《あは》れいか成仏神《ふつじん》の御かごにても佐殿さかみ一国の主とならせ給へかし。今のことばのとがめたし。ゑゝにくいやつかなとてむねをさすり心をしづめてそれよりも又三浦《みうら》のたちへぞ入にける。

右に掲げた本文のうち、Aの部分はほぼ同文である。このような傾向は、本物語全編に亘って見られることである。

ただし部分的な加筆があることも確かであった。右の事例でも森長（安達盛長）の言動を記したBの部分は独自の本文である。主君頼朝に対する滝口兄弟の悪口雑言を聴き、口惜しさを滲ませる盛長の描写は、まるで古浄瑠璃作品を髣髴させるものがある。

第二に、微細な表現の書き換えが多い。たとえば『源平盛衰記』巻二〇「八牧夜討」に次のような本文がある。

関屋、然《しかる》ベキト悦テ、三人張ニ大ノ中差取テ番《つがひ》、十五束ヨク引堅テ[a]放タレバ、楯ヲ通シ冑ノ胸板、後ノアゲ巻へ射出《いだし》タリ。洲崎[b]西枕ニ倒伏《たふれふす》。

これに該当する『頼朝軍物語』の本文は次の通りである（巻一「加藤次せきのやをうつ事」）。

せきのや。然るへきと悦《よろこひ》曰人（三脱カ）張《ばり》に大の中指《ざし》取てつがい。十五束《そく》よく引かためてaひやうどいた。たてをとをし。鎧《よろひ》のむないたうしろのあけまきへつと射《い》出したれは。すさきたまらずbどうどふした。

まず『源平盛衰記』のa「放チナレバ」という表現を「ひやうど射た」と擬音語を交えた口語的表現に改めている。またb「西枕ニ倒レ臥ス」という表現を「どうど伏した」と、やはり同じような趣向に改めている。このように、文字の節々を平易で口語性に富む表現に改めており、それによって、浄瑠璃風の語りに近づけているように思われる。

第三に『源平盛衰記』の記述順序の通りに記述されるのが原則だが、一部、入れ替えている箇所がある。それは二箇所あり、一つは巻四「畠山にあいかわ一文字のはたを給る事」の前後である。この部分は『源平盛衰記』では巻二三「畠山推参」に該当する。その前に「源氏隅田河原取陣事」があるのであるが、『頼朝軍物語』では「畠山にあいわか一文字のはたを給る事」の前後にその章段が分断されている。巻頭目録では「東国勢ことごとく御方に参る事」「畠山」云々と配置されているが、本文中の章段名は「角田川にて源氏揃」として一括されている。

もう一つは巻四「たきくち兄弟出家の事」と「源氏東国治政の事」である。『源平盛衰記』では巻二三に「頼朝鎌倉入勧賞」「平家方人罪科」という配列になっている。しかし、『頼朝軍物語』では「たきぐち兄弟出家の事」「源氏東国治政の事」と順序を変更している。物語の結末を『源平盛衰記』通りに平家方の罪科で終えるのではなく、あえて改めて頼朝による幕府の誕生で終わらせていることからは、明らかな頼朝の治世を称える姿勢

を見て取れるだろう。

第四に大庭景親の処置について、本物語では言及されていないが、挿絵にその様子が描かれている（巻四―一五ウ・上図）。

本文では畠山重忠に重代の旗を下賜し、石橋山や三浦の合戦で敵対した勢力も馳せ参じる中、かつて頼朝に悪口雑言を吐いた滝口兄弟だけ出家の罪科に処すという展開を見せる。その中に「大場の三郎いけ取」の姿が描かれるのである。この本文には見られない大場三郎の処遇については、『源平盛衰記』巻二三「大場降人」として語られるところであった。本文では省略されたものの、挿絵に採用されているということは、絵師もまた『源平盛衰記』の内容を把握していたということであり、それは『頼朝軍物語』の内容よりも優先されるものだったということになるのだろうか。その点、気になるところだが、これ以上は憶測になる。

5　挿絵

次に挿絵について検討していきたい。

本物語の挿絵の類例として、『源平軍論』を示すことができると考える。これは明暦四年（一六五八）に刊行された古浄瑠璃作品である。(1) 幾つか対照してみよう。上図が『頼朝軍物語』、下図が『源平軍論』である。

『頼朝軍物語』（上）と『源平軍論』（下）との比較

①表情1

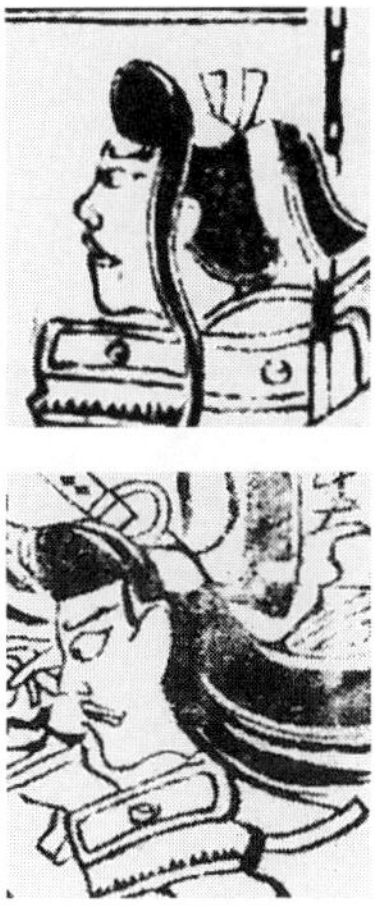

②表情2

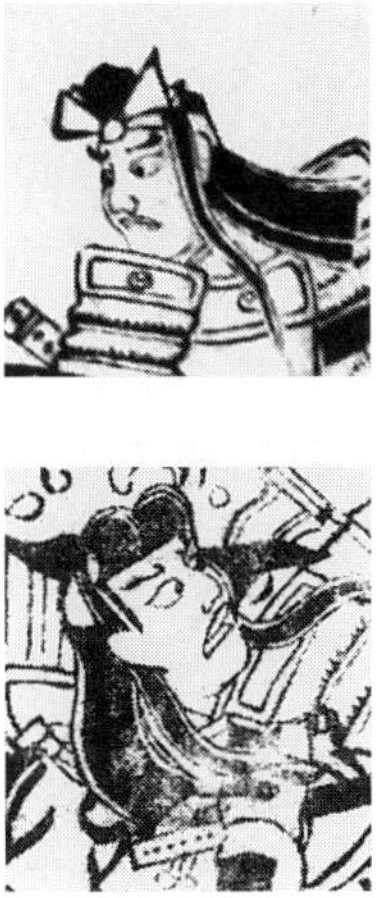

③表情3

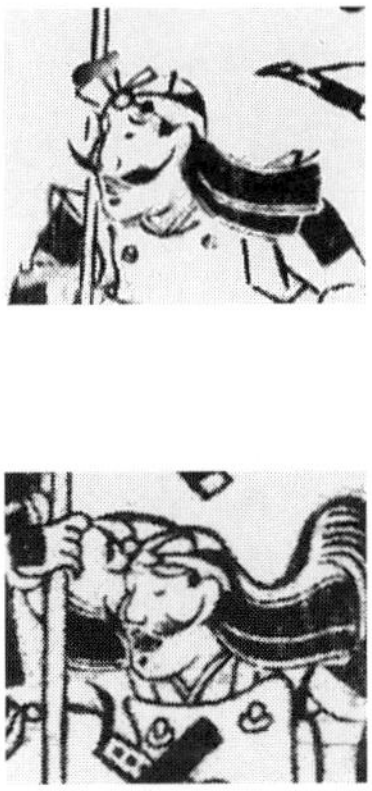

①表情1は真横から武者の頭部を近写したもの、②表情2は斜め前方から武者の頭部を近写したものである。顔の輪郭線、鼻や目、唇、耳の形、髪形、白く縁取った髪の輪郭線、鎧の柄などが酷似しているといえるだろう。

③表情3は同一の口髭を蓄える武者の遠写である。彼らの髭は先端が吊り上がった形が同一と見做せるだろう。また頭髪の輪郭や靡き方、鉢巻が酷似する。

④甲冑姿では主君の御前に控える武者の姿である。鎧の各部、特に冠板、逆板、綿噛が酷似する。また、袖の立体感、端の反り具合、右肩の袖の向き方などの特色が一致する。

⑤石垣は背景描写の一つであるが、特に顕著なので取り上げておく。すなわち形が五角形に統一されており、角度も両作品とも約三〇度と、ほぼ等しい。

⑥斬られた首級の掲げる姿は、首の切り口から流れる血の描写、首級の口髭、頭髪の白い縁取りや靡き方、胴

④甲冑姿

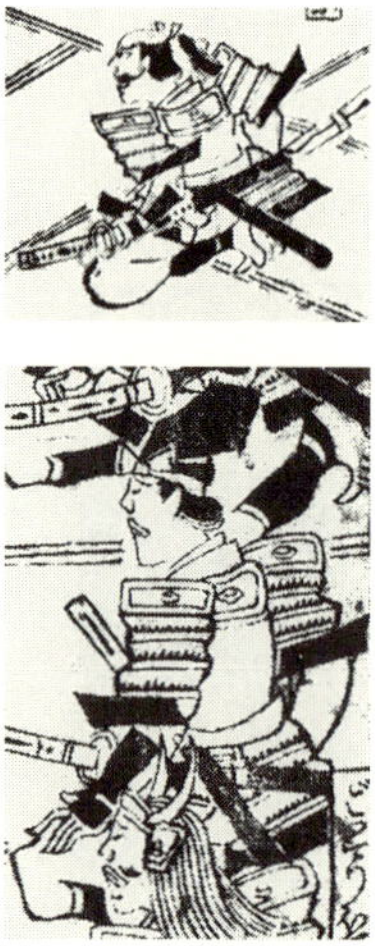

⑤石垣

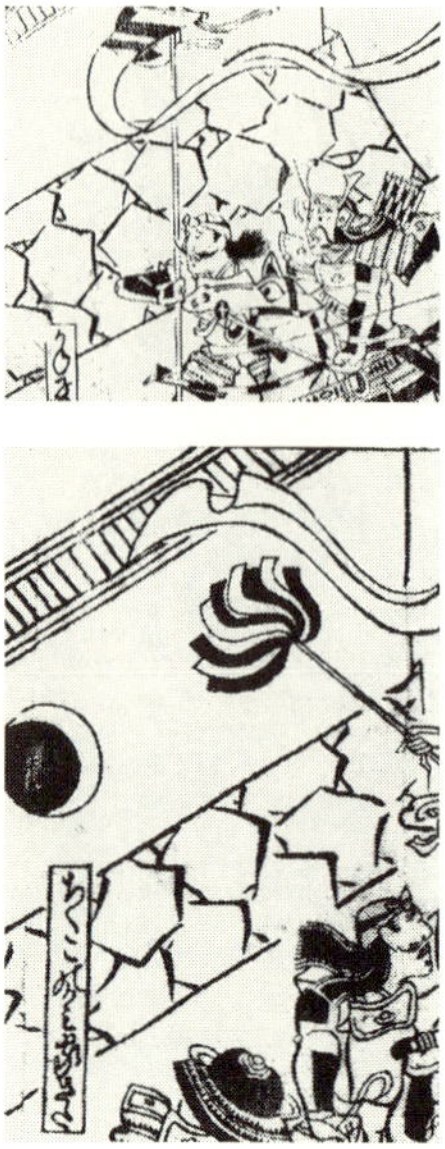

⑥死体

体の形、手足の曲がり方、切り口からの流血の描写、一方、掲げる武者の髪形、鎧の意匠など極めて近いものといえるだろう。

以上のように、酷似する部分が一、二にとどまらず、複数に及ぶところから、両者の挿絵が無関係であるとは考えられない。一方が他方を参考にしたということも想定されるが、同一書肆の出版物で近い時期の作品であることから、同一絵師の手になるものと推測したい。

とはいえ、先にも述べたように、『源平軍論』は明暦四年（一六五八）に刊行された古浄瑠璃であった。一方の『頼朝軍物語』は貞享二年（一六八五）刊行であるから、時期が離れすぎているきらいがある。しかし、貞享二年というのは、あくまで西沢九左衛門版である。それに先行して父太兵衛が出版していたのだった。

太兵衛時代に出した作品には『大織冠』『たけた物語』『二しんかう』『いし山もんだう』『はなものくるひ』などがあるが、いずれも近似はするが、右に対照した『源平軍論』の共通点に及ぶものではない。ちなみに『いし山もんだう』の絵師については「他我身之上」系かと推定されている。(2)また『楊貴妃物語』『うかれきやうげん』『忍四季揃』などは全く異なる画風である。

6　版元西沢太兵衛

ここで版元西沢太兵衛の出版事業について言及しなくてはならないだろう。(3)

まず東京国立博物館蔵本の版元は西沢九左衛門であった。九左衛門は本屋太兵衛こと西沢太兵衛の子息である。九左衛門は一風の名で知られる浄瑠璃作者でもある。(4)ここでは先行する大東急本の版元である太兵衛を取り上げる。長友千代治氏「西沢家六代」(5)に基づき出版一覧を作成してみると、左記の書籍を出版していたことが知られる。なお、ゴシック体で示した作品は古浄瑠璃作品、また書名の下に「＊」があるものは伊藤による増補分を示す。

明暦二年（一六五六）二月吉日　御紋尽
明暦四年（一六五八）六月　**宇治姫切**　※『柳亭翁雑録』記載
明暦四年（一六五八）仲秋吉日　**源平軍論＊**　※『古浄瑠璃の研究と資料』
万治二年（一六五九）正月吉日　**にたんの四郎**
万治頃　**綱金時最後**　※『金平浄瑠璃正本集』
寛文二年（一六六二）七月吉日　**いし山もんだう**　※『古浄瑠璃正本集』三

寛文二年（一六六二）七月吉日　**はなものぐるひ**　※『いし山もんだう』抄出本
寛文三年（一六六三）弥生吉日　**楊貴妃物語**　※『古浄瑠璃正本集』三。参考『玄宗皇帝』
寛文三年（一六六三）三月吉辰　**佐々木問答**
寛文三年（一六六三）五月吉日　古今象戯鏡　※日本将棋連盟複製本
寛文三年（一六六三）七月吉日　空直なし
寛文六年（一六六六）三月吉日　伽婢子
寛文九年（一六六九）孟春吉日　鑑草　※求版
寛文一〇年（一六七〇）孟春吉日　枕詞燭明抄
寛文一一年（一六七一）正月吉日　和歌食物本草
寛文一二年（一六七二）孟春良辰　新板増補毛吹草
寛文一二年（一六七二）四月良辰　新板鉄槌＊　※「西澤太兵衛重板」
延宝二年（一六七四）　**忍四季揃**　※『古浄瑠璃正本集』四
延宝三年（一六七五）三月吉日　**大織冠**　※『古浄瑠璃集　大英博物館本』
延宝三年（一六七五）四月　袖珍道中鑑＊
延宝三年（一六七五）四月吉日　**ニしんかうちざうのほんぢ**　※『古浄瑠璃正本集』五
延宝三年（一六七五）四月以前　今長者物語　※『長者教』（古典文庫）「解説」
延宝三年（一六七五）頃　日本世話鹿子　※『浮世草子集』（日本古典文学大系）「解説」

延宝四年（一六七六）七月吉日　芝居品定下　可盃　※『歌舞伎評判記集成』
延宝四年（一六七六）仲冬吉日　類字名所狂歌集
延宝五年（一六七七）三月三日　**義家琴緑**
延宝七年（一六七九）六月吉日　七ツいろは＊
延宝八年（一六八〇）三月頃　難波鉦　※『近世文芸資料』五「解説」
天和三年（一六八三）三月上旬　うかれきやうげん　※京・山本七郎兵衛との二都版。
貞享元年（一六八四）四月吉日　**善光寺堂供養**　※『古浄瑠璃の研究』二
貞享二年（一六八五）　頼朝軍物語＊
貞享三年（一六八六）正月吉日　象戯手鑑
貞享三年（一六八六）九月吉日　五代宗桂象戯作物　※川勝五郎右衛門と連名。
貞享四年（一六八七）五月吉祥日　武道一覧　※川勝五郎右衛門と連名。
貞享四年（一六八七）皐月日　好色破邪顕正　※森本と連名。
貞享五年（一六八八）五月吉日　日本永代蔵　※「重刊」古典文庫二一一解題
貞享五年（一六八八）　**七夕之本地**
元禄六年（一六九三）九月吉日　象戯作物図式　※吉田重兵衛・内海吉右衛門と連名。
元禄九年（一六九六）二月吉日　諸象戯図式
元禄九年（一六九六）以前　ぼん天国　※元禄九年刊『書籍目録大全』記載。

元禄九年（一六九六）以前　頼朝一代記　※元禄九年刊『書籍目録大全』記載。
元禄九年（一六九六）以前　維摩義疏　※元禄九年刊『書籍目録大全』記載。
元禄一一年（一六九八）菊月吉祥日　将棋指覚大成　※万屋彦太郎と連名。

太兵衛は寛永七年誕生、元禄一六年（一七〇三）七月一二日没。享年七四歳（朝倉治彦氏[6]）。九左衛門の出版活動はそれ以降本格化する。すなわち東博所蔵の重板もそれ以降のものだろう。

ところで、『頼朝軍物語』は江戸中期の書籍目録には見えない。ただ、西沢太兵衛の刊行したものの一つに『頼朝一代記』というものがある。初出は貞享二年（一六八五）刊『改正広益書籍目録』で、その「軍書」の項に見える（ただし「増補之分」）。その後、元禄九年刊行の『増益書籍目録大全』に次のように記されている。

五　西沢太　同（頼朝）一代記　同（三）匁

初版の版元は不明ながら、西沢太兵衛の可能性がある。この『頼朝一代記』なるものが『頼朝軍物語』とどのような関係にあるのか。この点については、原本の出現を俟つほかない。ただし、『一代記』＝『軍物語』という可能性は、『一代記』が五冊本であることから、まず無いものとみていいと思う。なお、黒本青本や黄表紙に『頼朝一代記』と題するものがあるが、いずれも一八世紀以降の別作品である。

整理すると、西沢太兵衛の出版活動は明暦年間に始まり、没する元禄年間まで続いた。子息九左衛門はこれを受け継ぐことになる。

物語作品（説話集形式を除く）に限ってみると、『宇治姫切』『源平軍論』『にたんの四郎』『綱金時最後』『いし山もんだう』『はなものぐるひ』『楊貴妃物語』『佐々木問答』『忍四季揃』『大織冠』『二しんかうぢざうのほんぢ』『善光寺堂供養』などを出版してきた。正本屋太兵衛とも称されるように、いずれも古浄瑠璃正本である。

一方『頼朝軍物語』は、書体や画風が当代の古浄瑠璃正本と類似するだけでなく、『源平盛衰記』本文を古浄瑠璃風の文体に改変している。このような作風からみて、本物語は古浄瑠璃正本と近しいところに位置するものと評することができるだろう。この点については、『楊貴妃物語』や『たけた物語』『保昌物語』のような、いわゆる草子型の正本の例もあるが、それよりはむしろ古浄瑠璃を意識して物語草子に仕立てようとしたということではないだろうか。そしてそれは、『源平軍論』を出していた頃の西沢太兵衛の刊行物の傾向に合致するものであった。

まとめ

近世前期、『平家物語』や『源平盛衰記』、『保元平治物語』など、源平合戦を取り上げる中世軍記が刊行される一方で、それらをもとに新たな源平合戦の物語草子が作られた。『源平軍物語』（明暦二年刊）がその代表的な作品だが、『見聞軍抄』（寛文七年刊）のように他の時代の軍記を交えて説話風に取り込んだものも生まれた。他方、本来、源平合戦を主題としないお伽草子・仮名草子作品の中にも、『俵藤太物語』（寛永頃刊）『弘法大師御本地』（承応三年刊）『石山物語』（明暦二年刊）『賀茂の本地』（明暦頃刊）のように『源平盛衰記』所収の故事説話を利用して作られた物語も散見されるようになった。

こうした中で、『頼朝軍物語』は大坂の地において主に古浄瑠璃正本を刊行してきた西沢太兵衛のもとで生まれた作品であった。想像するに、正本刊行の経験を生かして古浄瑠璃風の読み物として作ったものではなかろうか。さらに憶測するならば、西村市郎右衛門のごとく、太兵衛が出版業のかたわら創作したものかもしれない。してみると、一風のごとき作家が出たのも肯ける。ともあれ、古浄瑠璃とお伽草子・仮名草子との境界が曖昧な領域の読み物の一つとして本物語を位置付けることができよう。

〔注〕

（1）山田和人『洛東遺芳館所蔵　古浄瑠璃の研究と資料』（和泉書院、平成一二年二月）所収。
（2）『赤木文庫（古浄瑠璃）目録』（大阪大学附属図書館、昭和六〇年三月）。
（3）西沢太兵衛に関しては、次の文献を参考にした。
吉田幸一「解説」（『永代蔵異版』古典文庫二一一、昭和二四年二月）。

朝倉治彦「西沢太兵衛と将棊と」（『典籍』第四号、昭和二七年九月）。

長谷川強『浮世草子の研究』（桜楓社、昭和四四年）。

小川武彦「聖藩文庫蔵『佐々木軍記』は、古浄瑠璃「武田物語」、「佐々木問答」か」（『国文学科報（跡見学園女子大学）』第一三号、昭和六〇年三月）。
（4）西沢一風については『西沢一風全集』第一～六巻、（汲古書院、平成一四年～一七年）、井上和人「西沢一風と出版書肆―初期作品の出版をめぐる交渉」（『近世文芸』第六四号、平成八年六月）等参照。

（5）長友千代治「西沢家六代」（『近世上方浄瑠璃本出版の研究』東京堂出版、平成一一年三月）。

（6）朝倉治彦前掲（3）論文。

神社資料の読み物化——『賀茂の本地』をめぐって——

はじめに

『賀茂皇太神宮記』は賀茂下上両社の『山城国風土記』所引説話系の公的な縁起譚を巻頭に置いて、その後に諸神事の概説や臨時祭、斎院の由来譚、種々の霊験譚などを収めたものである。今日では群書類従所収本によって読まれているが、その外に伝本が散見される。本稿では、まず、その諸本の調査報告をする。

その前に、本書に関する先行研究として、西田長男氏の御論稿を紹介にしておきたい。短篇ではあるが、今日まで定説として受け入れられているからである。

「賀茂皇太神宮記」（『群書解題』第一巻中、続群書類従完成会、昭和三七年六月）

「諸社縁起叢考」（『ぐんしょ』第七号、昭和三七年七月）

右両論稿は同時期に執筆され、且つ相補う関係にあるから、併せて見ることにする。西田氏はこの中で四つの点において、重要な見解を提示されている。すなわち、

①素　材…『賀茂の本地』が南北朝期の頃作られ、これを基に本書は作成された。
②成立時期…室町初期頃。巻末に「応永廿一年（一四一四）三月下旬写レ之畢」との書写の奥書があり、これが本書の下限を示すものである。
③書名変更…本来『賀茂社記』であったものの、後に『賀茂皇太神宮記』と改められた。
④思想史的意義…「排仏思想の早い現われ」「当時はなお吉田神道も萌芽期で、こうした排仏的思想は歴史の表面にはまだ現われては来ていないのである。」

氏の御見解のうち、①②に関して、私は異なる考えを立てているが、それについては伝本の調査研究報告をした後に述べることにしたい。

1　諸本解題

一　諸本一覧

まず管見に入った伝本を、私なりに整理すると、次のようになる。なお、書名は注意される伝本のもののみを特記した。

甲　1　國學院大學図書館蔵岡本清茂旧蔵「賀茂社記」（外）写一冊(1)
　　2　東京大学文学部国文学研究室本居文庫蔵松下見林旧蔵「賀茂社記」（内外）写一冊

3　西田長男氏旧蔵森久尾自筆「賀茂社記」写一冊　＊存否未詳。

乙A4　宮内庁書陵部蔵桂宮家旧蔵写一冊

5　名古屋大学附属図書館神宮皇学館文庫蔵藤原親岑自筆〔速水房常蔵転写〕写一冊

6a谷岡七左衛門京板行本（宮内庁書陵部・神宮文庫）刊一冊

b池田屋三郎右衛門大坂板行元禄八年本（宮内庁書陵部・東京国立博物館・神宮文庫二種）「加茂皇太神宮祭記」（外）刊一冊

B7　東北大学附属図書館狩野文庫蔵屋代弘賢旧蔵写一冊

8　京都大学工学部建築学教室蔵上賀茂社家旧蔵写一冊有欠

9　国立公文書館内閣文庫蔵和学講談所旧蔵写一冊

C10　群書類従所収本刊一冊

11　京都大学附属図書館蔵岩下羆旧蔵写一冊

12　関西大学図書館岩崎美隆文庫蔵岩崎美隆自筆写一冊

このほか、管見に入らなかった伝本も幾つか存在しよう。(2)なお、江戸中期頃の『曼殊院蔵書目録』「神書」（京都大学国語国文資料叢書）に書名が載るが、存否未詳。また、多和文庫蔵『神祇霊験鈔』には本書が抄録してあるが、それは9【群書類従本】を使用したもの。それからまた、下鴨神社に『賀茂皇大神宮記』と書外題のある一本が伝わるが、それは内題に『賀茂皇大神宮記録』とある通り、梨木祐之編輯の記録集成の内の一冊、「歳時部」

に当たるものであるから、本書とは無関係である。[3]

二　奥書の整理

さて、次に右諸本の奥書を示すと、以下の通り。

1【岡本清茂旧蔵本】

　應永廿一年三月下旬写之畢」
此一帖者或人為秘蔵冷泉羽林筆跡古本云々 a所持之
舎兄太田祢宜四品季周縣主一覧之節令
懇望書写之也予遂歴覧染禿筆了
秘蔵云々
　延寶六年初冬既望従四位下賀茂縣主（花押）」
b右一冊以季通縣主自筆之
本令摸写了
　元禄辛巳秋八月初三　清茂［印］

2【松下見林旧蔵本】

　應永廿一年三月下旬写之畢」

此一帖者或人為秘蔵冷泉羽林筆跡古本云々
[a]所持之舎兄太田祢宜四品季周縣主
一覧之節令懇望書写之也予遂歴
覧染禿筆了秘蔵云々
延寶八年庚申極月下旬
於江戸書写之

3【森久尾自筆本】（『群書解題』引用本文に拠る）

（応永廿一年三月下旬写之畢）
此一帖者、或人為二秘蔵一冷泉羽林筆跡古本云々
[a]所二持之一、太田祢宜四品季周縣主
一覧之節、令二懇望一書二写之一也、予遂二歴
覧一染二禿筆一了、秘蔵云々、
[b]延寶九年（一六八一）初冬既望従五位上賀茂県主久尾

4【桂宮家旧蔵本】

應永廿一年三月下旬写之了
右此一帖者或人為秘蔵冷泉羽林筆跡古本云々

5【藤原親岑自筆本】

應永廿一年三月下旬写之了
右此一帖者或人為秘蔵冷泉羽林筆跡古本云々」
右壱冊速水先生以本書写之畢
寛保二壬戌年季夏上旬　藤原親岑 印

6 a【谷岡刊本】
應永廿一年三月下旬写之畢
右此一帖者或人為秘蔵冷泉羽林筆跡古本云々」
寺町通下御霊前町谷岡七左衛門板行

b【池田屋刊本】
應永廿一年三月下旬写之畢
右此一帖者或人為秘蔵冷泉羽林筆跡古本云々」
元禄八乙亥年四月吉日
大坂心齋橋筋呉服町池田屋三郎右衛門刊

7【屋代弘賢旧蔵本】
應永廿一年三月下旬写之畢

8【西池家旧蔵本】（欠）

9【和学講談所旧蔵本】

應永廿一年三月下旬写之畢
右此一帖者或人為秘蔵冷泉羽林筆跡古本云々

10【群書類従本】
應永廿一年三月下旬写之訖
右此一帖者或人為秘蔵冷泉羽林筆跡古本云々
[c]右賀茂皇太神宮記以一本校合畢

11【岩下羆旧蔵本】
應永廿一年三月下旬写之訖
右此一帖者或人為秘蔵冷泉羽林筆跡古本云々
[c]右賀茂皇太神宮記以一本校合畢

12【岩崎美隆自筆本】（『関西大学所蔵岩崎美隆文庫・五弓雪窓文庫目録』による）
右群書類従本書写了天保十五辰年八月晦日岩崎美隆

三　書誌略記及び備考

諸本の書誌を簡単に記すと共に、奥書から読み取られることを次に指摘しておく。

まず、諸本全ての冒頭に応永二一年書写の記録が記されてある。(4) 次に1【岡本清茂旧蔵本】と2【松下見林旧蔵本】と3【森久尾自筆本】とは傍線部a「所持之」以下三行共通する。4以下諸本は「或人為㆓秘蔵㆒、所㆓持之二」の一文を切断した形をとってある。書名も『賀茂皇太神宮記』ではなく、『賀茂社記』である。4以下と区別し、甲類とする一因である。但し、書写の時期がそれぞれ異なる。即ち、1【岡本清茂旧蔵本】は延宝六年、2【松下見林旧蔵本】は同八年、3【森久尾自筆本】は同九年である。

では次に、個別的に見て行きたい。

1【岡本清茂旧蔵本】

渋引の表紙。仮綴。縦二七・三糎、横二〇・五糎。二二丁。八行書。「温故齋蔵書」(清茂)や「國學院／大學圖／書館印」などの印あり。上賀茂の旧社家座田家の旧蔵書の内。

これには上賀茂の社家岡本清茂が、奥書に見える西池季周の弟季通自筆の本を以て、元禄十四年に転写した由が記してある。季通は清茂の師であるから、これを転写するのは尤もなことである。なお、『國學院大學圖書館収蔵神道書籍解説目録』第三輯の解説(兎田俊彦氏)には本書を清茂筆とする。しかしながら、本文と奥書傍線部b「右一冊」以下とは別筆である。つまり、清茂筆と認められるのは傍線部b以下の書写奥書の三行のみなのである。従って、これは清茂が何人かをして模写せしめたものと見るべきであろう。

2【松下見林旧蔵本】

(一)『賀茂社殿舎祭器神領等』(三)『賀茂御幸記(寛元四年・応永二二年)』(四)『賀茂御幸記(建長六年)』と合冊。いずれも書写の時期は違う。『賀茂社記』はこの第二冊目に当たる。後補の表紙を附けて四つ目の袋綴にして合してある。第一冊目の元の前表紙から第四冊目の後表紙まで全六三丁。このうち、(二)『賀茂社記』の前表紙は一三丁目、料紙は楮で本文と共紙。縦二七糎、横二〇糎。本文は一四丁から三七丁まで、つまり本文料紙二四丁。八行書。「松下／見林」「本居文庫」「東京帝／國大學／圖書印」などの印記がある。本文は粗雑で、誤字や難読の字に対しては、後人が傍に訂正や平易な字に改めている。

これは何人の手になるかは不明。後述するように、延宝八年書写本そのものではなく、その転写本である。この年、江戸において書写したとある点、注意される。すなわち、この時期、上賀茂神社では『賀茂註進雑記』の編纂をしているのである。この書は前年江戸に下向した際、寺社奉行の命を受けて編纂を始めたもので、同九年、寺社奉行に進上することになるものである。つまり公的な目的によって、賀茂社の由来、祭礼、斎院、造営、社家、神領などに就いてまとめたものである。その奥書に「殊二神主保可・権禰宜維久・季通并月奉行六役等連日参二會于評議所一所二撰聚一也」[5]とあるように、西池季通も中心的役割を担った一人であった。『賀茂註進雑記』編纂事業とこの松下本（の親本）との直接的な結び附きは不明ではあるけれども、『賀茂註進雑記』に本書が使用されているところを見ると、寺社奉行への進上までの動向と何かしら連動するものであったものと推測される。

3【森久尾自筆本】

これは西田長男氏旧蔵本で、残念ながら存否の程は分からない。森久尾は上賀茂の社家で、享保一〇年に七一歳で没している。注意されるのは、1、2の奥書には、私に附した波線の部分の「舎兄」の語が、この一本では欠けていることである。久尾は季周の弟ではないから当然と言えば当然である。蓋し久尾が本書を転写した際、除いたものであろう。

4【桂宮家旧蔵本】

渋引の表紙。四つ目の袋綴。縦二七糎、横二〇糎。二七丁。八行書。本文に少々朱筆で書入があるほか、別して特色は見受けられない。奥書中「古本」を「古今」と誤写してある。伝来の経路を知る手掛かりはいまだ見出し得ず。

5【藤原親岑自筆本（速水本）】

渋引の表紙。四つ目の袋綴。縦二三糎、横一六・八糎。二六丁。八行書。奥書の「藤原親岑」の下には「親峯／之印」がある。そのほか「神宮皇學／館大學／圖書之印」「名古屋大學圖書館」の印などあり。

この一本を書写した藤原親岑は来田親岑とも称する。一八世紀中葉の人で、数多くの神道書を書写した。名古屋大学附属図書館にそれらは多く収蔵されている。また奥書に見える「速水先生」の方は当時著名な学者速水房常である。有識故実に秀で、著書が多い。

ところで、下鴨神社の資料に[6]『識道雑記』（史料編纂所蔵。当所整理名『下鴨社雑記』）がある。鴨脚光連（明和八年神簡）の編輯になる。その八丁オには次のようにある。

三月

廿三壬申去月十二月四日速水左衛門大尉方江
有識之道入門ニ付候間儀定令持参右ニ
付肴料として隠岐守光連右両人より二朱銀壱所
令持参也

儀定

一官職諸鈔并装束鈔等御傳授（下略）

また、九丁の紙背にも次のようにある。

天明五乙巳年三月

速水左衛門大尉殿

右之趣速水氏より案紙被来書認持参也

速水先生ニ尋當時大中納言共権大納言とも被書

正親町院天正七年大納言二位藤實枝

後陽成院慶長十六年中納言藤基孝

右以後正官之納言無之旨（下略）

下鴨の社家鴨脚光連が有識を学ぶ速水左衛門大尉殿とは、房常と親族関係にある速水常成である。『地下家伝』巻第一四「常成」の項によると、常成は安永六年正月九日左衛門大尉に任じられている。常成の著書は、『国書総目録』には一点しか掲載されていないところからすると、著述活動はほとんどなかったようである。しかし、『識道雑記』によれば、講義はそれなりに行っていたものと推察される。また、常成の子息常純は二〇歳で没したので、房常の甥に当たる常忠を養子に迎えている。この常忠の方は著述活動も盛んであった。このように房常に近しい関係にあった常成から下鴨の社家が有識を学んでいることは、5【藤原親岑自筆本（速水本）】の伝来を考える上で参考になろう。但し、管見では本書が下社の資料に用いられることは殆どなかったと言ってよい。

さて、6a【谷岡刊本】以下は書名（内題）を『賀茂皇太神宮記』とする。これらはいずれも1・2・3に示した傍線部a以下を欠いている。

6【刊本】

これには二種ある。すなわち、a【谷岡刊本】とb【池田屋刊本】とである。今、神宮文庫蔵本によって書誌を略記する。

a【谷岡刊本】

原装紺紙の表紙。五つ目の袋綴。縦二七糎、横一七・七糎。二四丁。八行書。外題は双辺の題簽に「賀茂皇太神宮記」と書く。柱題は「賀茂記」。「神宮文庫」の印あり。

b【池田屋刊本】

原装紺紙表紙。四つ目の袋綴。縦二七糎、横一九・二糎。二四丁。八行書。題簽は双辺で「加茂皇太神宮祭記」と摺ってある。柱題は「賀茂記」。神宮文庫には同版が二種あり、一種は天明四年八月吉旦、村井古巌が奉納した由の印記や「林崎文庫」の印記などがある。もう一種は「宮崎文庫」の印記があるものである。

両本の先後関係に就いて一言しておく。西田長男氏は特に論拠を示されずに、a【谷岡刊本】はb【池田屋刊本】の「後刷本と思われる」とされたが、これは改めるべきであろう。何故ならば、第一にa【谷岡刊本】の刊記は本文と同筆であるのに対して、b【池田屋刊本】は本文と別筆だからである。第二にb【池田屋刊本】に認められる欠刻部分のうち、a【谷岡刊本】には完全な状態の文字が散見される。従って、b【池田屋刊本】はa【谷岡刊本】の求板本と捉えるべきであろう。

また、元禄八年版、すなわち池田屋刊本以前に本書が出版されていたことは、貞享二年刊『改正廣益書籍目録』「神書并有識」にその名が見られることから明白である。この貞享二年版の書籍目録は延宝三年刊『古今書籍題林』の増補版であり、その増補の部分に本書の名が見られることから、延宝三年から貞享二年までの五年間に刊行されたことになろう。

また、周知のごとく、賀茂祭は前年の元禄七年に再興を見ている。されば池田屋刊本は、池田屋三郎右衛門が祭礼の再興に伴う賀茂社に対する関心の高まりを見て取って、翌年刊行したものとは考えられないだろうか。池田屋刊本には題簽に『加茂皇太神宮祭記』と摺ってある。一方の谷岡刊本はと言うと、神宮文庫本には外題がなく、書陵部本は修補中のため、遺憾ながらその有無さえ分からないが、仮に池田屋が新たに「祭」の一字を加えたのだとすると、その刊行の動機はおのずと推量できよう。

なお、aの谷岡七左衛門に関しては、『慶長以来書賈集覧』に拠ると、明暦二年に『兼邦百首抄』、同三年に『職人盡歌合』、寛文八年に『諸家家業』を刊行していることが知られる。一方、池田屋三郎右衛門の方は、『慶長以來書賈集覧』にも載るが、それよりも長友千代治氏が西鶴研究の一環として詳細に調査されている。(7)それに拠ると、天和三年の『女諸礼集』から元禄一二年の『鍼灸抜萃大成』まで一二種の出版が知られる。『賀茂皇太神宮記』の記載はないが、その間に谷岡刊本の求板本を出したのである。

7【屋代弘賢旧蔵本】

原装青紙の表紙。その上に東北帝国大学製作の表紙をかぶせてある。四年九月廿七日製本の印記あり。四つ目の袋綴。縦二三糎、横一六・六糎。一二丁。一二行書。原題簽には「賀茂皇太神宮記　全」と記し、その右端に「加茂」と朱筆の書入がある。印記には「不忍文庫」「阿波國文庫」「新居庫」「渡部文庫／珍蔵書印」などあり。また、虫損を修補してある。

書写上の特色は特に認められないが、誤説が散見される。

8【賀茂県主旧蔵本】

後補の渋引の表紙。仮綴。縦二五糎、横一七・五糎。一四丁。八行書。これは賀茂県主文書の中にあるもので、残念なことに後半（続群書類従完成会翻刻版の四八〇頁上段一二行目「かしは原」まで残存）を欠く。当文書は西池家のものを専らとするから、本書も恐らく同家が所蔵していたものであろう。

9【和学講談所旧蔵本】

渋引の表紙。四つ目の袋綴。縦二七・三糎、横一八・三糎。二五丁。八行書。「和學講談所」「淺草文庫」「書籍館印」「日本政府圖書」の印記あり。虫損を修補してある。

古い写しではない。和學講談所関係者によるものだろう。

10【群書類従本】

これは傍線ｃで示したように「一本を以て校合」したものである。但しこの「一本」は本文と合成されているために明確ではないし、10【群書類従本】の底本も明らかには分からなくなっている。西田長男氏は特に根拠を示されずに、底本は4【刊本】であろうと推測されているが、いかがであろう。私見では後に多少事例を示すように、甲類であろうと考えている。

11【岩下羆旧蔵本】

四つ目の袋綴。縦二七糎、横一八糎。七丁。一二行書。「岩下羆寄贈本」や京都大学附属図書館の印あり。料紙には単辺の匡郭に、罫の刷られた用紙を使用する。

本文は群書類従本の転写である上、料紙も料紙であるから書写の時期は新しい。

12【岩崎美隆自筆本】

藤門雑記（第二）のうち、第二五冊に収められている。一－一二に掲げた書写奥書から明らかなように、群書類従本の転写本である。未見。

2　諸本の系統

それでは次に、以上一二本の諸本の本文を検討して行くことにしたい。

一　甲乙の区別

まず一－一で示したように、本書は甲乙両類に大別できる。以下に事例を掲げる。その際、本文は岡本本を使用する。季周自筆本を最も忠実に継承するものと考えるからである。用例中、傍線部分に対応するものとして、（　）内の文字がある。×は対応語が無いことを示す。また、末尾の〈　〉には続群書類従完成会翻刻版（昭和三四年刊）の〈頁数・上／下段・行数〉を示す。また、数例傍に「※本地」の注記を出したが、それらは承応明暦頃の絵入版本『賀茂の本地』の当該箇所を示す。

　ここで『賀茂の本地』の使用するにあたり一言注記すると、これは西田氏の御説では『賀茂皇太神宮記』の素材になったものである。この御説は実は再考を要するものであると考えるけれども、一応、『賀茂皇太神宮記』の古い本文を窺う手掛かりにはなるので、ここで使うことにした。

①神のゆめの御つけ侍しゆへに社家より兼日に奉るとそ（か）申　〈四五四・下二一〉

　※本地「そ」

②神前の儀式ハ下諸御社に（下上の御やしろ）かハることなし　〈四五五・上・六〉

③さてこそ車あらそひなんと（なと）のありしも今日の事也　〈四五五・上・一七〉

　※本地「なんど」

④天か下（天下）の御祈として始て寛治七年に敬神のために　〈四五五・下・三〉

⑤かきくもり行方まとひ給ふところに大明神（大神）現し玉ふて　〈四五五・下・一五〉

⑥堂社（宮）におゐて冬の祭なくてものさひしく侍りしかハ　〈四五五・下・一七〉

　※本地「當社」

⑦二十二社の内にもことにハ（×）例年神事祭礼たひ〳〵也　〈四五八・上・五〉

⑧此御代にいたりて世中（××）さはかしき事あり　〈四五八・下・四〉

※本地「世の中」

⑨あらたなる御示現ともあらハし給しかハ（給ふ事）　〈四五九・上・八〉

※本地「給ひしかば」

⑩ほまれをこしける（給る）人おほかりけるとなん　〈四五九・下・八〉

⑪當社（宮）をうやまひ千日あゆミをはこひける也　〈四五九・下・一一〉

⑫紀朝臣舩守を賀茂皇太神の御社（宮）につかハして　〈四六〇・下・一七〉

⑬幾程なふ（なう）御位をさらせ給ふ事くちおしさよ　〈四六一・下・一〉

※本地「なふ」

⑭先帝位につかせ給はゝわれは后にそなはる（そなる）へし　〈四六一・下・七〉

※本地「そなはる」

⑮先帝平城天皇（天皇の）軍やふれて　〈四六二・下・五〉

⑯弘仁元年四月に賀茂の御社（皇太神）へ参らせ給ふ　〈四六二・下・十三〉

※本地「かものやしろ」

⑰ほたい心を（×）おこし給へとも　〈四六三・下・二〉

※本地「を」

これを表で示すと表1のようになる。傍線部分、岡本本と一致するものは〇、括弧内と一致するものは×であ

表1　　＊県主本は⑫以降の本文が残存しない。

岩下	群書	屋代	和学	県主	刊本	速水	桂宮	松下	岡本	
欠	○	欠	×	×	×	×	×	○	○	①
×	×	×	×	×	×	×	×	○	○	②
×	×	×	×	×	×	×	×	○	○	③
×	×	×	×	×	×	×	×	○	○	④
○	○	×	×	×	×	×	×	○	○	⑤
○	○	×	×	×	×	×	×	○	○	⑥
×	×	×	×	×	×	×	×	○	○	⑦
○	○	×	×	×	×	×	×	○	○	⑧
×	×	×	×	×	×	×	×	○	○	⑨
×	×	×	×	×	×	×	×	○	○	⑩
○	○	×	×	×	×	×	×	○	○	⑪
○イ	○	×	×	｜	×	×	×	○	○	⑫
×	×	×	×	｜	×	×	×	○	○	⑬
×	×	×	×	｜	×	×	×	○	○	⑭
×	×	×	×	｜	×	×	×	○	○	⑮
×	×	×	×	｜	×	×	×	○	○	⑯
○	○	×	×	｜	×	×	×	○	○	⑰

る。

　この対校結果から明らかなように、岡本本・松下本とそれ以下の諸本とには、本文上、大きな異同が認められる。一の三で述べたように、岡本本・松下本（及び森本）とそれ以下の諸本の奥書及び書名とには相違が見出だされることから、甲乙の両類に分類することは許されよう。

　それから、『賀茂の本地』の本文との親近性は①③⑥⑧⑨⑬⑭⑯⑰の全ての事例が示す通り、いずれも甲類と一致する。このことは、先述の乙類諸本の本奥書の部分的削除とともに、甲類から乙類への道筋を浮かび上がらせるものである。

　なお、①⑤⑥⑧⑪⑫⑰の事例については、群書類従本及び岩下本は甲類と一致していた。これは後述するように、両本の書写奥書に見える校合一本が甲類であることを物語っている。

二　岡本本と松下本との関係

それでは続いて、甲類の岡本本と松下本とがどういう関係にあるのか見て行きたい。その手掛かりになる事例を以下に掲げる。（　）内が松下本である。

①天か下（天下）をもき事にたくひすくなき物見なり　〈四五五・上・一四〉

②小松の天皇の式部卿の宮と申ておはしけるをそ位につけ奉るへきと（××××××××××××××）をの〱議定し給けり　〈四五六・下・六〉

※本地「おはしけるをぞ、位につけ奉るへしと」

③御代々のみかとも諸社の社より（に）ハことに勝思召給（××給し）也　〈四五八・上・一〉

※本地「じよのやしろにすぐれて」

④一日の神事をハ小祀と申（ま）す　〈四五八・上・一〇〉

⑤大和國うねひ山かし原（かしは原）の宮にうつり給ひしより　〈四六〇・上・二一〉

※本地「かし原」

⑥延暦三年〈イ六月甲子〉（六月甲子）参議近衛中将〈イ正三位上〉（イ正三位上）紀朝臣舩守を　〈四六〇・下・一〇〉

⑦御庭のさくらを御覧してかくそあそハし給ける（給××）　〈四六一・上・一〇〉

　※本地「詠し給ける」

⑧心さかしく（さか〱しく）たけ〱しき男子にもまさりたり　〈四六一・上・一五〉

　※本地「さかしく」

⑨鈴鹿山に関をすへて先帝の御幸ををしとゝめ（とめ）らる　〈四六二・下・二〉

　※本地「とめらる」

⑩数万の軍兵に現し給ひ（××）山も動揺するハかりにて　〈四六二・下・四〉

⑪此例をもて御代々（×）の御門御代はしめにハ　〈四六二・下・一四〉

　※本地「代々」

⑫伊勢の斎宮もおなしやうに佛法僧の名（御名）をいミ給ふ　〈四六三・上・二一〉

　※本地「三宝の御名」

⑬本より佛号なとを伊勢賀茂両宮はいミ給御事（××）次れハ　〈四六四・上・二〉

⑭願望成就せすといふことなしと也（××）　〈四六四・上・二一〉

　※本地「××」

②の松下本の大きな脱落は文意を不明瞭にしてしまっているが、乙類諸本も皆この箇所を欠いており、松下本と乙類諸本との親近性を示すものとして注意される。なお、⑥で〈　〉の中に記した箇所は校異注記である。

さて、延宝六年、同八年両度の書写はそれぞれ異なる部分に誤脱をおかしていることが、右の事例より知られる。それでは岡本本と松下本といずれが善本か。『賀茂の本地』を手掛かりとして見ると、前者が善いとは、必ずしも言えないようであるが、誤説の割合から見れば、後者の方が劣るとは言えよう。両本ともに延宝年間の写本そのものではなく、少なくとも一度は転写を経ているのであるが、その際の書写が松下本の方が劣るのである。

三　乙類の祖本について

2－一で掲げた事例のうち、甲類から乙類への展開の中で、有意的な改変を読み取り得るものがある。⑥⑪⑫⑯がそれである。ここからは大胆に手を加えるのではなく、本文を極力崩さぬよう、微細に改めようとする態度が窺知できる。そのうち⑯は賀茂の祭神を皇祖神として強調しようとする意図を以てしたものとして把握できるのではないか。そうすると、⑥⑪⑫のように「社」を「宮」に置き換え、且つまた、書名をも改めたことも納得が行く。すなわち、本来甲類三種が示すように、本来『賀茂社記』なる、積極的には思想の表白せられていない地味な書名であったのであるが、右の意図を有った者が本文を一部改竄すると共に、その意図に相応しい名、すなわち『賀茂皇太神宮記』に改めたのであろう。つまり、ささやかな改変ではあるが、乙類祖本の作者には他の神々に別して賀茂の祭神を優位に立たせようとする立場の者が想定されるのである。蓋し、甲類は延宝六年以降、上賀茂の社家の内部で流布したが、乙類もその中で作られ、漸々外部にても流布するようになったものであろう。ちなみに下社では「皇太神宮」よりも「御祖皇大神宮」の方が主に用いられていた。

四　乙類諸本に就いて

続いて乙類諸本の中で検討を進めて行きたい。その際、便宜三つに整理して考察する。

ａ桂宮本・速水本・刊本の関係

この三本はいずれも振仮名を多用する点に、諸本中の一大特色がある。これら三本内の本文上の対校結果を見ると、

桂宮本のみ	誤脱	七
速水本のみ	誤脱	一三
刊本のみ	誤脱	三
桂宮本・速水本	誤脱	七
桂宮本・刊本	誤脱	○
速水本・刊本	誤脱	○

となる。ここから、三本のうち速水本が最も劣った本文を有することが分かる。しかし、ここで大切なことは、桂宮本・速水本の両本に共通する誤脱が認められたり、或いは両本が正しく刊本にのみ誤説が認められたりすることはあるが、刊本と桂宮本とのみ、或いは刊本と速水本とのみが一致する場合が見られないことである。このことは、三本のうち、桂宮本と速水本との親近性が刊本と桂宮本、若しくは速水本とのそれよりも優性であることを示すものに外ならない。従って、桂宮本と速水本との共通祖本（B_2）を仮設し、その上で刊本と合流するものと仮定できる。

それならば、桂宮・速水両本と刊本とはいずれが古態であるかが次に問われねばなるまい。誤脱の割合から見れば、明らかに刊本の方が善い本文を有する。さりながら、注意深く見ると、次の両例は傍に注記した通り、甲類に一致しているのである。

①心さか〳〵しく（刊「さかしく」）たけ〳〵しき男子にもまさりたり
※松下本「さか〳〵しく」〈四六一・上・一二〉

②先帝位につかせ給ハヽわれハ后にそなハる（刊「そなる」）へしと
※岡本本・松下本「そなはる」〈四六一・下・七〉

このことから、現存する桂宮・速水両本の本文は必ずしも善いとは評価できないが、想定される共通祖本B_2と刊本とを比較した時、前者の方が些か古態をとどめていたであろうことが推測される。そして、①の事例からはもう一つ、乙類本は延宝八年書写本の系統から派生したものとの推測も許されるであろう。先述の2－二の事例②もその証左となる。松下本は独自の誤脱が散見されることから、延宝八年書写本そのものではなく、最低もう一回の転写を経たものである。従って、厳密に言えば、乙類本は松下本以前の延宝八年書写本系統の伝本（A_1）から分岐したものとみられるのである。

b　屋代本・県主本・和学講談所本の関係

aで掲げた事例のうち、①②の両例は桂宮・速水両本と刊本とに対して、屋代本・県主本・和学講談所本がどう関わっているかを知る手掛かりも与えてくれる。即ち右両例は、後三本にあっては刊本に同じなのである。従って、刊本の方が桂宮・速水両本よりも近い距離に位置すると言える。さればとて、これらが刊本から派生したのではないことは、刊本独自の誤脱部分を継承していないことから窺われるところである。ここに共通祖本を想定する必要性が生じる。これを仮にB3と称すると、このB3を忠実に継承したのが刊本である。それに対して、必ずしも有意的ではないが、多少異同を生じた伝本（C1）が作られ、それから派生したのがすなわち屋代本・県主本・和学講談所本であろうことが考えられる。なお、群書類従本の底本は右三本と同系統であるが、別本を以て合成本文を作っている。従って、煩雑になることを避け、次項で扱うことにする。

さて、三本内の本文上の異同をみると、

屋代本のみ	一五
県主本のみ	四
和学講談所本のみ	五
屋代本・県主本	〇
屋代本・和学講談所本	〇
県主本・和学講談所本	二

という結果が出る。以上の諸例から、屋代本の劣悪さが看て取られる。三本の関係を知る手掛かりとしては、次の両例が県主・和学講談所両本に共通するものである点が挙げられる。

①みかとこのよし（県・和「このよしを」）聞召あまりの事なれハ　〈四五六・下・一六〉
※群書「この由を」
②諸社の社よりハことにすくれ（県・和「すくれて」）おほしめし給し也　〈四五八・上・二〉
※群書「すくれて」

これに対して、屋代本と県主本乃至和学講談所本とが共通する例は認められない。この部分、屋代本が甲類や桂宮本、速水本、刊本と一致することから、県主・和学講談所両本の共通祖本の段階での改変であると言える。従って、県主・和学講談所両本は近い関係にあり、両本の祖本C_2と屋代本とはそれぞれC_1から分岐したものと想定できる。

c　群書類従本・岩下本・岩崎本に就いて

右の二六例のうち、①②の両例は、実は群書類従本及び岩下本も県主、和学講談所両本と一致する。このほか、次の三例も県主・和学講談所両本のいずれかと一致するのである。

③なミしつかにしてほそうせはくして（県「××」）そこきよかりしかハ　〈四五四・上・八〉
※群書「××」
④みかとなにの御心もなく（県「なくて」）めされけるこそあさましけれ　〈四五六・下・一二〉
※群書「なくて」

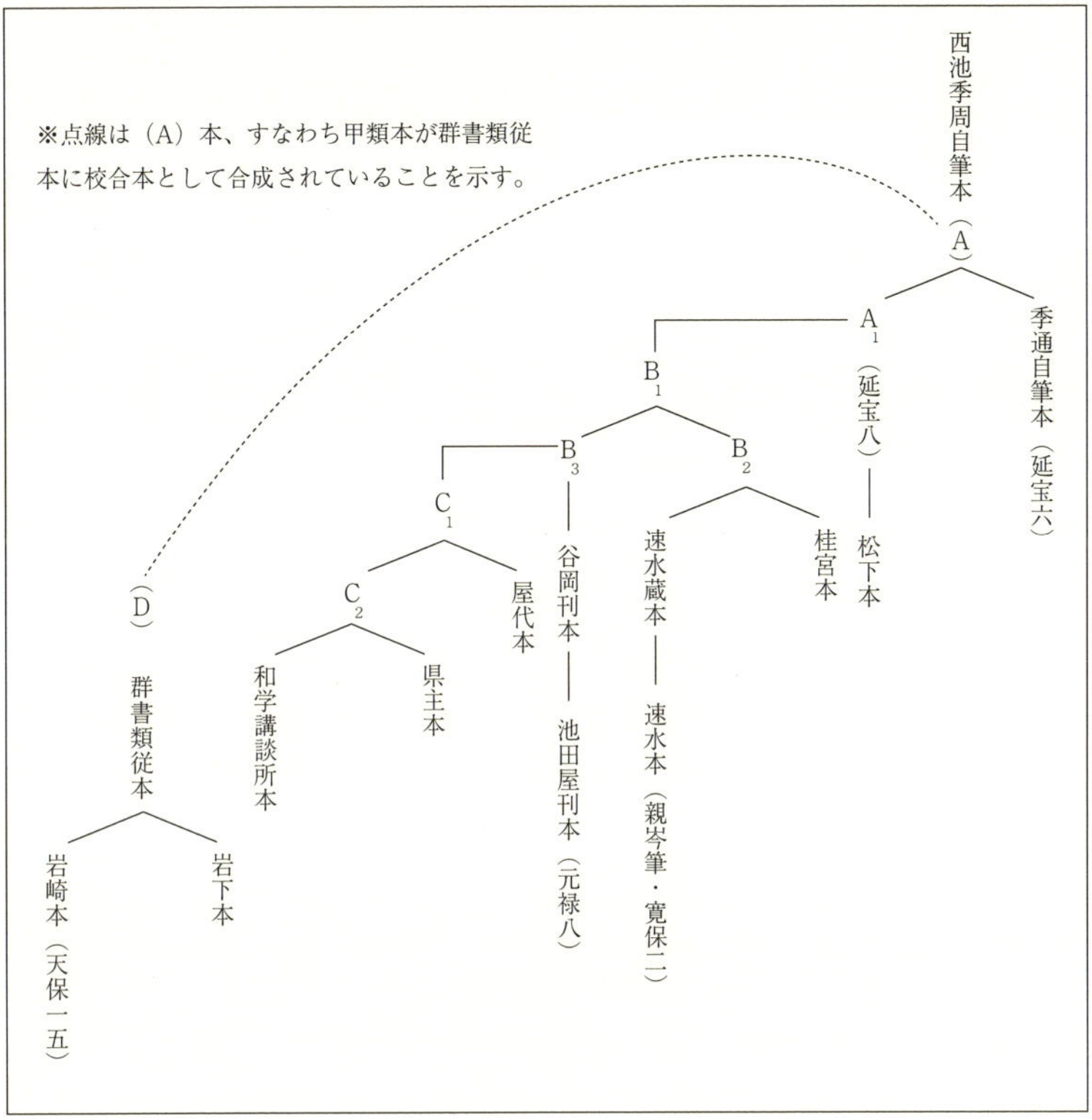

⑤世をのかれての|（和「×」）後も賀茂にまいりけり　〈四六三・下・八〉
※群書「×」

従って、群書類従本及び岩下本が屋代弘賢の所蔵していた伝本ではなく、C_2を底本に使用したであろうことが考えられよう。

岩下本は群書類従本と如何なる関係にあるかと言えば、すなわち母子関係にある。つまり、岩下本は群書類従本の写し、それも表記はしばしば改めてあり、忠実なものではない。誤脱も多い。奥に「右賀茂皇太神宮記以一本校合畢」とあることや「冷泉羽林筆跡古本云々」を分かち書きしないこと、岩下本の本文中に、群書類従本独自の語彙が認められること、そして岩下本が明治期のものと見られることなどから母子関係は確実であろう。

岩崎本は未見ではあるが、収録する藤門雑記第二五冊目は全て群書類従から選出したものであるから、岩下本同様、群書類従本を親本とするものと見て間違いはあるまい。

以上をまとめると、前頁に掲載の想定図が成り立つ。これは異同や奥書やその外から読み取れることを手掛かりに構築したものであるから、今後の伝本調査で改正補強する必要があるものであるが、本考察の結論でもあるから掲載することにする。

3　小括

本稿では『賀茂皇太神宮記』（『賀茂社記』を含む）の伝本を調べ、まず書誌及び伝来に関して言及し、次に諸本内の関係を明らかにしようと試みた。その結果、冒頭に掲げた西田氏の御見解のうち、③が修正補強され、『賀茂社記』（甲類）から『賀茂皇太神宮記』（乙類）への展開過程が明示されることになった。本書はいずれも西池季周自筆本を源としており、乙類祖本もやはり、上賀茂関係者の手になるものではなかったかと推測される。

今後は伝本調査を引き続き行うとともに、成立問題を扱うことにしたい。それに関して附言すると、本書には『公事根源』と酷似する記事が四箇所ほど見受けられる。それと比較するに、『公事根源』の先行する可能性が否定できない。その奥書には応永二九年とある。一方、本書の奥書には応永二一年書写とある。つまり、本書の奥書は従来とくに批判されることなく来たが、現存本の本文から見ると、信憑性は必ずしも高いとは言えないのである。また、本書が『賀茂の本地』をもとにして制作されたという通説は論拠が極めて弱く、首肯しがたいものであるので、出典考証から改めてなされなくてはならないのが現状である。

さて、伝本がいずれも一七世紀後半以降のものであり、奥書の信憑性にも問題があるだけに、本書を中世賀茂社の資料として利用する際は、一応、注意しなくてはならないだろう。今日、参考書としてならば群書類従本で十分であるが、これは、乙類本に甲類本を加味した合成本文になっているから、厳密な考証の際には岡本本、若しくは、善い写しではないが松下本を用いるのが賢明である。『賀茂の本地』の研究には当然両伝本を併用しなくてはなるまい。

では次に『賀茂の本地』との関係について触れておこう。

4　『賀茂の本地』小考

『賀茂の本地』は、その名の通り、賀茂明神の本地である。近世の刊本のほか、写本、絵巻が知られている。刊本は国会図書館・御茶ノ水図書館成簣堂文庫・京都府立総合資料館・天理図書館等に所蔵されている。柳亭種彦が『還魂紙料』で「按ずるに、承応年間之刊行也」とし、以来、刊行時期は一般に承応・明暦頃と推定されている。國學院大學図書館に刊本の転写本があり、その奥書に「万治三年五月晦日に書之」と記されている。これにより、刊行時期が万治三年（一六六〇）を下らないことは確実であろう。明暦前後と考えて間違いないと思う。アーサー・サックラー・ミュージアム所蔵の絵巻の本文は、部分的に検討しただけであるが、版本と同文と判断される。そこでここでは版本をもとに考察を進める。

成立については、冒頭に紹介したように、西田長男氏が南北朝期頃とされた。その根拠は姉妹関係にあると氏が推測された『賀茂皇太神宮記』の奥書に応永二一年（一四一四）とあること、「いわゆる本地物の制作せられたのはおおよそ鎌倉時代の末期からで、多くは南北朝時代から室町時代にかけてであったという」という一般論であった。『日本古典文学大辞典』「賀茂之本地」（今西實氏執筆）の項もこれを受け、「室町初期までに成るか」とする。

これに対して、私は『お伽草子事典』の同項で「近世初期か」とし、真下美弥子氏も「近世初期頃に作られた」とされる。(8)成立時期を中世とすることを否定する根拠は、『賀茂皇太神宮記』は姉妹関係にあるとは考えがたく、本地物流行の一般論はここでは当てはまらないと考えたからである。むしろ一般論からいえば、「縁起」と同義の「本地」の流行したのが近世前期であり、(9)本物語の出版も時流に合うものであるといえる。さらに、本文に『源平盛衰記』の版本が使われており、またその使用方法が近世前期の本文作成の趣向と同類だからでもある。(10)また、以下の本文検証もこれを補強するものである。

本物語の内容は上下賀茂社の縁起及び祭礼、霊験等を説いたものである。全体の構成を『賀茂皇太神宮記』と対照化して表にまとめてみよう。

表のうち、網掛けしている部分が重複するものである。見ての通り、両者の関係は濃厚である。共通話に類話の確認できないものもあるが、『山城国風土記』『延喜式』『大鏡』『平家物語』『神皇正統記』『年中行事秘抄』『公事根源』『古今和歌集』『後拾遺和歌集』『山家集』『袋草紙』などに類話を見出すことができるものもある。19「薬子の変」は『大和物語抄』賀茂季鷹本・高橋正治蔵本・国立公文書館本などに見られる。27「御祖神神詠」は同じテーマで異なる和歌を挙げている。すなわち『皇太神宮記』は『袋草紙』収録歌で、『本地』は『風

	『賀茂皇太神宮記』		『賀茂の本地』
1	建角身命、岡田村に降臨	上・h	国始、国名由来
2	瀬見の小河の地名由来	i	神社概説、賀茂明神即釈迦
3	賀茂の御生	1	建角身命、岡田村に降臨
a	斎院御禊	2	瀬見の小河の地名由来
4	関白の賀茂詣	j	糺明神別称由来
5	葵桂を冠に付ける由来	k	賀茂の縁起
6	斎院行啓、北祭	l	賀茂川地名由来
7	競べ馬その他の神事	m	丹塗の矢、松尾山に祀られる
8	賀茂の臨時祭の由来	3	賀茂の御生
9	陽成院退位、光孝帝・宇多帝即位	15	長岡京遷都の前兆
10	初度の臨時祭、敏行の歌	16	長岡京・平安京遷都
b	大祀・中祀・小祀	17	遷都先例
11	延喜聖代讃	18	奈良の帝（平城帝）
12	将門・純友謀反	中・19	薬子の変
13	醍醐帝、賀茂に御祈願、将門・純友討たれる	20	嵯峨帝御祈願
14	後一条院行幸、選子内親王の歌	21	仲成勢討たれる
c	俊成の賀茂信仰	22	賀茂の斎院由来
d	邦綱、福原新内裏造営開始	23	斎院御禊の次第
e	邦綱、高貴の所以、母の賀茂信仰	24	斎院、三宝を忌む
15	長岡京遷都の前兆	25	選子内親王
16	長岡京・平安京遷都	n	右引用歌の注
17	遷都先例	4	関白の賀茂詣
18	奈良の帝（平城帝）	9	陽成院退位、光孝帝・宇多帝即位
19	薬子の変	10	初度の臨時祭、敏行の歌
20	嵯峨帝御祈願	下・o	行願寺及び良峯寺縁起
f	長髄彦退治の先例	11	延喜聖代讃
21	仲成勢討たれる	12	将門・純友謀反
22	賀茂の斎院由来	13	醍醐帝、賀茂に御祈願、将門・純友討たれる
23	斎院御禊の次第	14	後一条院行幸、選子内親王の歌
24	斎院、三宝を忌む	p	岩本・橋本両社の祭神
25	選子内親王	26	西行参詣
26	西行参詣	q	老松・若松の神剣説話
27	御祖神神詠	27	御祖神神詠

雅集』収録歌である。

『賀茂皇太神宮記』にのみ見られる説話としては、b「大祀・中祀・小祀」は『類聚国史』や『公事根源』の類似記事が見える。c「俊成の賀茂信仰」は、古い説話は未確認だが、延宝九年（一六八一）に成った『賀茂註進雑記』に「賀茂皇太神の霊験あらたなる事ども書きたる記」として引かれる某書と類似する。ただし本文は本書よりもやや長文となっている。

一方、『賀茂の本地』にのみ見られる説話としては、h「国始、国名由来」は縁起物の常套的な本文であるが、中でも『富士山の本地』（延宝八年刊）や『神道由来の事』（慶應義塾大学図書館所蔵古写本）に近似する。d「賀茂の縁起」は『山城国風土記』と『元亨釈書』に近似する。m「丹塗の矢、松尾山に祀られる」は『公事根源』に類話がある。o「行願寺及び良峯寺縁起」は『元亨釈書』に依拠している。p「岩本・橋本両社の祭神」は『神祇拾遺』の説に等しいが、直接的な関係はないだろう。q「老松・若松の神剣説話」は『源平盛衰記』に見られるものである。これについては、すでに市古貞次氏が指摘されている。(11)

『神宮記』と『本地』との双方に共通する文献として『大鏡』と『公事根源』に注目したい。構成表では4・5・8・10が該当する。まず8「賀茂の臨時祭の由来」を対照してみよう。

そもそも『大鏡』は大きく古本系・増補本系（流布本）・異本系の三系統に分類できる。このうち、古本系は『神宮記』及び『本地』に近いとは言えない。また、増補本系は類話が巻一と巻六とに収録されているから、便宜上、異本系の萩野本を用いる。ただし、増補本に拠った可能性は残る。『大鏡』（大）は萩野本（根本敬三『校訂大鏡』）を、『公事根源』（公）は諸本に大差はないので『日本文学全書』翻刻版を、『賀茂皇太神宮記』は善本の

『賀茂社記』(神)(國學院大學図書館所蔵、写一冊)[12]を、『賀茂の本地』(本)は京都府立総合資料館所蔵の刊本を用いて比較してみよう。『大鏡』もしくは『公事根源』の本文で『神宮記』もしくは『本地』と共通する部分には傍線を引き、また『神宮記』と『本地』の共通部分は太字で示す。

大　元慶二年はかりにや侍けん式部の宮のしゝうと申しに

公　この祭のおこりは、宇多の御門、いまだ侍従と申し奉りし時、

神　此御祭のおこりは**人皇五十九代の帝宇多の天皇と申**奉る也**亭子院の御事也**後に**寛平法皇**と申也天皇**たゝ人の御時は王侍従とそ申ける**

本　**人皇五十九代のみかど宇多《うだ》のてんわうと申はていしのゐんの御事なり。**御出家《しゆつけ》のちは**くはん平《へい》ほうわうたゞ人の御時《とき》は**王侍従《わうしじゆう》**とぞ申ける**

大　寛平法皇つねにかりをこのませおはしましてしも月の廿日あまりのほどにや鷹かりに

公　狩し給ひけるに、

神　**冬の比鷹狩し**給**てあそひ給ふに**

本　**冬の比**いづもちのあたりに出て。**鷹狩《たかがり》してあそび給ふ處に**

大　式部卿の宮よりいておはしましゝに御ともにはしりまいりて侍しにかものつゝみのそこ〳〵なる所にしゝう

殿たかつかはせ給ていみしうけうにいらせ給へる程に

公　(なし)

神　(なし)

本　(なし)

大　にはかにきりたちてせけんもかいくらかりて侍しに東西もおほえすくれのいぬるにやとおほえてやふのなかにたのれふしてわなゝきまとひさふらふほとに

公　(なし)

神　**俄に**霧立てかきくもり行方まとひ給ふところに

本　**にはかに**空のけしきかはりいかづちおびたゝしくなりひらめきたゞいまおちかゝるけしきなりしかば御とも申たる人〳〵おそれさはぎつゝ木のもと草のかげにけかくれふためきゐたる所にあんのことくいかづちはたとおちけり。みな人はきもたましゐをうしなひしかども王侍従《わうじじう》はすこしもさはぎ給はず立給ふ所に

大　時なかや侍けんのちにうけ給はれはかもの明神のあらはれおはしましてしゝう殿の物申させおはしますほとなりけりある本ニ託宣ノ詞アリこのへんに侍るおきなともなり

公　賀茂の大明神現じ給ひて、

神　大明神《大神イ》現し給ふて王侍従に申つけさせ宣く**我は賀茂の神也**

本　いかづちたちまちにうつくしきどうじになりてぐろ（ママ）雲の中より出てつげ給はく我は賀茂の明神わけいかづち
の神なり。

大　はるはまつり侍り冬のいみしうつれ〳〵なるまつり給はんと申給へる

公　臨時祭を給ふべきよし申されけるに、

神　當社《宮イ》におゐて冬の祭なくてものさひしく侍りしかは臨時の祭をたまはるへし此事を申さむために只今現した
りとそ仰られける

本　當社《たうしや》におゐて冬《ふゆ》のまつりなくて物さびしく侍り。りんじのまつりを給はるべし。この事を申さんためにたゞ
いまこゝにげんしたりとぞおほせける。

大　その時にかもの明神仰らるゝ事と心えさせ給てをのれはちからをよひ候はすおほやけに申させ給へき事にこ
そ侍なれと申させ給へは

公　我はさやうの事知り侍らず、御門へ申させ給へと申させければ、

神　大君このよしきこしめしわれにさやうの事のたまひてもなにの詮か候へき御門へ奏聞申へしとありしかは

本　おほきみこのよしきこしめし我にさやうの事のたまひて何のせんか候へき。御門へそうもんし給ふべしとあ
りしかば

大　ちからをよはせ給へき事なれはこそ申せいたくこと〳〵なるふるまひなせさせ給そさ申やうありちかくなりにて侍とてかいけつやうにうせ給ぬ

公　やうありて申すなりとて、あからせ給ひけるが、

神　御神又のたまはく思ふやうありて申也とて御神はあからせ給ける

本　神又のたまはく思ふやうありて申なりとてくろ雲にかきまぎれ天にぞあかり給ける。

大　いかなることにかと心えすおほしめしけるほとにかく位につかせ給けれはりんしのまつりをはせさせ給へるそかし

公　幾程なくして、思し召しもよらぬ位に即かせ給ひければ、寛平元年十一月より、臨時祭を奉らせたまふ。

神　（中略）第三の御子王侍従御兄たちをさしこえ給ひて位つかせ給ふ事はこれひとへに賀茂太神宮のかねてよりけいやくましく〳〵ける故にあらたなる御神託あひたかはすして思ひもよらせ給はぬ御位のゆつりをうけ給ひ仁和三年八月廿六日御歳廿一にして帝位につかせ給ひぬ宇多天皇と申は是也さてこそ御神の御やくそくをたかへ給すして寛平元年十一月下の酉の日始て賀茂の御社へ臨時祭を奉る

本　（中略）第三のみこ王侍従《わうじざう》御兄《せうど》たちをさしこえてくらゐにつかせ給ふことはしかしながら賀茂の明神かねてけいやくまし〳〵けるゆへにしんたくあひたがはずして。おもひもよらぬ御ゆづりをうけ給ひ仁和《にんわ》三年八月廿六日御とし廿一にて帝位《ていゐ》につかせ給ぬ宇多天皇《うだのてんわう》と申是也さて御やくそくをたがへず寛平《くはんへい》元年十一月下のとりの日かものやしろへりんじのまつりを奉らる。

大　（なし）

公　その時の使は、本院の大臣時平公、いまだ右中将にて勤め給ひけるとなん。

神　関白昭宣公嫡男本院の大臣時平公いまだ近衛の中将と申ける時勅使を勤給ふ

本　くはんばく昭宣公《せうせんこう》のちやくなん本院《ほんゐん》のおと、時平公《しへいこう》いまだ近衛《こんゑ》の中将と申けるとき御つかひをつとめ給ふ。

大　はしめたるあつまあそひのうた敏行中将

　　ちはやふるかものやしろのひめこまつよろつ世までも色はかはらし古今にいりて侍り

公　（なし）

神　此時和哥を藤原敏行朝臣おおせをかうふりてよみて奉りけり

　　ちはやふる賀茂のやしろの姫小松萬代ふとも色はかはらし

本　御哥は藤原のとしゆき朝臣おほせをかうふりてよみ奉りけり。

　　ちはやふるかものやしろの姫小松よろつ代ふとも色はかはらし

このように、説話の内容自体は『大鏡』にしろ『公事根源』にしろ同一のものであるが、本文的に大きく異なる。そうであっても、傍線を引いたように『公事根源』と本文上一致する部分もある。『神宮記』と『本地』の間には間違いなく直接関係があると判断できるが、この二つの作品と『公事根源』との距離という点をみれば、『神宮記』のほうが近いということができるだろう。『本地』のほうは独自の加筆が目立つのである。賀茂の明神が化現する時の天候を描くにしても、雷鳴轟き、供奉の者たちが慌ておののく中、王侍従独り冷静に佇むという描写や、翁ではなく童形の神とするなどはその顕著な例だろう。賀茂明神を「別雷神」とし、雷の音や光の激しさを表現し、童子姿とするのは、あるいは謡曲「賀茂」の趣向を取り入れたものと推測される。

ところで『公事根源』は別の箇所においても共通本文が認められる。4「関白の賀茂詣」5「葵桂を冠に付ける由来」を対照してみる。

4

公　ひつじの日、先づ上卿陣に着きて、六府をめして警固のよしを仰す。（「賀茂ノ祭」）主人は乗車にて、地下殿上の前駆り。白妙《しろたへ》の御幣、神寶、唐櫃やうの物をかたけもたさしむ。（「関白ノ賀茂詣」）

神　未の日先上卿陣に着て六府をめして警固のよしを仰す申の日関白賀茂詣し給ふ也奉幣官幣某の幣等なり御神宝御唐櫃やうのものもつらねて御さきへ歩行也次に殿上人騎馬前駆せらる扈従の公卿も騎馬也其外舞人へいしう以下官人多く供奉也

本　申《さる》の日の夜になりて関白殿《くはんばくどの》しやさんし給ふ是を関白《くはんばく》のかもまうでと申なりみてぐら御神宝《じんほう》御からひつやうの物もちつらねて御さきへあゆむ。殿上《てんじやう》人御馬めしてせんくせらるこしようの公卿《くぎやう》も御馬なり。その外舞《まゆ》人《と》べいじう以下官人《くはんにん》おほく供奉《ぐぶ》す。

5

公　昔夢のつげ侍りしより、今日人々、葵桂の蔓をかくるなり。（「賀茂ノ祭」）
琴持《こともち》、菅笠《すががさ》、深沓《ふかぐつ》といふものを召しくす。上達部軒《くるま》をつらぬ。社前にて神拝あり。葵桂《あふひかつら》を禰宜《ねぎ》持ちて参れば、これを冠にかく。東遊、求子、するが舞などあり。（「関白ノ賀茂詣」）

神　すへて賀茂祭には葵桂を冠にかけ給ふそのかみ神のゆめの御つけ侍しゆへに社家より兼日に奉るとそ申。則冠にかさし給て詣給ふ也主人乗車琴持菅笠深沓をめし具す上達部軒《クルマ》をつらぬ社頭にて奉幣神拝あり葵桂を祢宜もちて奉れはこれを冠にかけ給ふ東遊求子するか舞なとあるなり

本　すべて賀茂の神事《じんじ》には葵桂《あふひかつら》をかふりにかけ給ふ是はゆめの御つげ侍りしゆへに社家《しやけ》より兼日《けんじつ》に奉るとぞ哥に云

　めづらしくとしにひとたひあふひをや神もうれしとみそなはすらん

又

　かけてゆく人はかはれと年をへておなしいろなるあふひ草かな

先下《しも》の宮に参らせ給て御神拝《こじんばい》あり。その、ちみかぐらあり。あづまあそひもとめ子するがまひなどなり。

さて、右に8と4・5の記事を比べてみた。ここから明らかに言えることは、『賀茂の本地』よりも『賀茂皇太神宮記』のほうが典拠資料の本文をとどめているということである。そしてその部分は『神宮記』及び『本地』の両書にあるものと、『神宮記』にあって『本地』にはないものとがあり、その逆はないことからも窺われる。西田長男氏は原資料として本地物を想定されているが、私見では『神宮記』のほうが古態をとどめているよ

うに思われる。これは『公事根源』に限ったことではない。26「西行参詣」の説話を挙げておこう。これは『山家集』『山家心中集』諸本等に収められている説話と同じである。ここでは寺澤行忠氏の『山家集の校本と研究』から陽明文庫本を引用する（山）。

山　そのかみまいりつかうまつりけるならひに世をのかれてのちもかもにまいりけり

神　又西行法師そのかみつかうまつりける習に世をのかれての、ちも賀茂にまいりけり

本　又西行法師《さいぎやうほうし》といへるも名たかき哥人《かじん》にて侍しか当社《たうしや》をしんがうしてつねにあゆみをはこびけり

山　としたかくなりて四国のかたへ修行しけるにまたかへりまいらぬこともやとて

神　年高くなりて四國のかたへ修行しけるにかへりまいらぬ事もやとて名残ををしみて

本　あるとき諸《しよ》こくしゆぎやうに出るとて。当社にまうで、御名ごりをしみて

山　仁安二年十月十日の夜まいり幣まいらせけり

神　仁安二年十月十日の夜まいりて

本　（なし）

山　うちへもいらぬ事なれはたなうのやしろにとりつきてまいらせ給へとて心さしけるに

神　法躰の事なれはいみ給ふゆへに内へも入すして中門の棚尾の御社にとりつきて幣まいらせ給へとて心さしけるに

本　（なし）

山　このまの月ほの〳〵につねよりも神さひあはれにおほえてよみける

神　木の間の月ほの〳〵に常よりも神さひわたりてあはれにおほえてよみける

本　かくぞ詠《えい》じ侍ける

山　一〇九五かしこまるしてになみたのかゝるかな又いつかはとおもふあわれに

神　かしこまるしてに涙のかゝるかなまたいつかもとおもふあはれに

本　かしこまる四でになみだぞかゝりけるまたいつかもとおもふ身なれは

『山家集』との距離は『賀茂皇太神宮記』のほうが近いことは明らかだろう。「かしこまる」の歌の下の句中の「いつかはと」は、『山家集』松平文庫本に「いつかもと」あるから、両者の微細な異同は、『神宮記』作者の手元にあった『山家集』本文に由来するものもあるだろうと想像される。

次に『本地』に載せるk「賀茂の縁起」に話題を移す。これは『釈日本紀』所引の散逸『山城国風土記』中の縁起とは異なる。『風土記』との同文としては、『袖中抄』を嚆矢として、卜部吉田家の『諸社根源記』や兼倶の

『延喜式神名帳頭注』、一条兼良の『公事根源』などが挙げられる。また、賀茂上下の社家の手に成るものとしては、いずれも近世の成立だが、『賀茂註進雑記』（『註進雑記』『賀茂諸記録』とも称す）『賀茂皇太神宮本縁』、戸田保遠氏の注を施された『賀茂大神縁起』に『風土記』が引かれている。このように、『山城国風土記』所引の縁起は正統なものとして認識されていたことが分かる。また、謡曲「賀茂」の注として近世の『謡曲拾葉抄』や『謡言粗志』にも同文が引用されている。

これに対して『本地』に取り入れられた縁起は行願寺もしくは良峯寺縁起に含まれるものである。すなわち『元亨釈書』巻一四「行願寺行円」である。もっとも、冒頭の瀬見の小川で衣を洗い、流れ来たる矢を拾う少女を建角身命の女玉依姫とする点、『風土記』に拠ったと思われる。長文なので全文は引用しないが、分量は両者同じである。そして決定的な点は次の箇所である。『元亨釈書』は国史大系に拠る（元）。

元　一箭沿《ソツテ》レ流而来。女取見之《ハ》。鴨《カモノ》羽加レ笴《ヤハスニ》。

本　川上よりにぬりの矢《や》一すぢながれきたりけり。とりあげて見給ふに鴨《かも》の羽《は》にてはぎたる矢《や》なり。

この箇所について、伴信友が『瀬見之小河』巻一（『伴信友全集』巻一）において、つとに次のように指摘している。

元亨釈書行円が伝に（略）此は賀茂と云ふを鴨羽ノ箭の由に率合《ヒキアハ》せたる偽説なり。

この『元亨釈書』型の賀茂の縁起は、他に『本朝神社考』にも引かれている。ただしこちらは割注に「日本僧史」とある。これはおそらく『元亨釈書』の別称ではないかと思われるが、如何。また延宝七年（一六七九）に釈桂峯なる僧の著した『賀茂之来由』（國學院大學図書館所蔵、写一軸）にもこれを簡略にしたものが載る。しかし、「公事根源曰」として『風土記』型も併記している。『本朝神社考』も実は「公事根源ニ云」とて両縁起を掲げており、『賀茂之来由』はこれに拠ったのではないかと思われる。いずれにしても、両書所引の『元亨釈書』型縁起は省略がある事から、『来由』は『本地』とは直接関係のないものと言える。

さて、『本地』がこの型の縁起に基づくと考える所以は、先に指摘した通り、行願寺及び良峯寺縁起を取り入れているからである。全文を検証することは避け、一部分だけ確認しておこう。

元　釋行圓。鎮西人。寛弘二年。遊二帝城一。頭戴二寶冠一。身披《キル》二革服一ヲ。都下呼為二革上人一。圓持二千手大悲陀羅尼一。

本　爰にちんぜいのぢうにん。ぎやうゑんといふしやもん都にきよぢうして。つねに大悲のだらにをじゆす身にかは衣《ぎぬ》をき侍るゆへにみな人革《かわ》上人とぞ申ける。

このように『元亨釈書』の本文を平易な和文に改めて取り入れ、同説話中の縁起も利用したのである。

おわりに

延宝七年冬、上賀茂神社は寺社奉行の命の所望により、上下両社の由来や祭礼、神宝、斎院、行幸、造営沿革、社家、神領等、さまざまなことを取りまとめて一書を編んでいる。これには神主岡本保可らが関わった。これが周知の『賀茂註進雑記』である。本書の作成に『賀茂皇太神宮記』が主要な資料として用いられていることは重視してよいことだろう。つまり『神宮記』は寺社奉行に提出する公的な文書に記す縁起資料として、上賀茂の社家の中で認識されていたわけだ。さらに、『註進雑記』のような公的な性格は持たないものの、『賀茂皇太神宮本縁』という写本も作成された。これは『註進雑記』（國學院大學図書館所蔵、写一冊）の流れを汲むもので、和学講談所が旧蔵していたものだが、もともとは恐らく上賀茂の社家が作成したものと推測される[13]。

一方、『賀茂の本地』は、肝心の縁起本文が『山城国風土記』ではなく『元亨釈書』を基に作られているのであった。『元亨釈書』型の縁起は『本朝神社考』にも行願寺縁起と分けたかたちで取り入れられた。また釈桂峯なる僧によって作られた『賀茂之来由』も同じ型の本文となっている。とはいえこの二つの文献は『本地』の影響を受けたものではない。『本朝神社考』は『元亨釈書』を受けたもので、『来由』は『釈書』か『神社考』のどちらかを材料としたものと察せられる。

『本地』を直接用いたものは、管見では『賀茂本縁』（國學院大學図書館所蔵、写一冊）のみである。上賀茂の社家座田家旧蔵の伝本である。天和四年（一六八四）、賀茂氏福が書写したものを、後人が転写したものである。その後人の記す奥書には次の一文が見える。

此書板本ニ有之繪入也

『賀茂本縁』は『賀茂の本地』と同一のものだと判断しているのだ。本文を比べ見るに、明らかに『本地』に拠っていると分かる。ただし、上下巻のみであって、中巻を欠く。内容上、中巻だけを除く必要性があるとも思えないから、恐らく氏福の見た『本地』がすでに中巻を欠いていたのではないかと想像する。ともあれ、上賀茂の社家が『賀茂の本地』を、刊行から三〇年ほど過ぎた天和年間にようやく書写していることは、『本地』が社家とは無関係の場で制作されたことを推測させる。

『賀茂皇太神宮記』は寺社奉行への報告に用いられるだけの公的な性格を持つ縁起資料であった。これに対して『賀茂の本地』は社家とは関係なく、不特定多数の読者に向けて出版された読み物としての縁起物語であった。物語の中核をなすべき縁起本文が、『元亨釈書』から抜き出したものに置き換えており、しかも読みやすさを重んじたからだろうが、平易な和文に仕立てられている。近世前期の絵入版本の物語草子には、これに類するものがいくつかある。『石山物語』は『石山寺縁起』の基本構成に従いながら、縁起本文を『元亨釈書』に拠り、『道成寺物語』は『道成寺縁起』の基本構成に従いながら、縁起本文を同じく『釈書』に拠った。『弘法大師御本地』は『弘法大師行状記』の基本構成に従いながら、やはり部分的に『釈書』本文に置き換えている。これらの作例から察するに、『賀茂の本地』もまた、『賀茂皇太神宮記』の基本構成に従いながら、縁起本文を『釈書』に拠った娯楽読み物と評されるのではないだろうか。

『賀茂皇太神宮記』から『賀茂の本地』への展開は、近世前期における神社資料の読み物化を如実に示すものなのであった。

〔注〕

（1）伊藤慎吾「國學院大學図書館所蔵『賀茂社記』」（『國學院大学校史・学術資産研究』第六号、平成二六年三月）。

（2）例えば、新木直人氏の御示教によると、数年前、目録には載らなかったが、思文閣に一本出た由。

（3）なお、『賀茂皇大神記録』の一部により『賀茂皇太神宮記』が作られたとの説も聞かれるが、本文を比較検討するに、従えない。

（4）ちなみに、『国書総目録』には11【屋代弘賢旧蔵本】を応永一一年の書写とするが、それは誤りで、右に示した通り応永廿一年が正しい。

（5）賀茂別雷神社蔵本翻刻版、同社編輯発行、昭和一五年六月。

（6）実は反古で、本来紙背にならなくてはならないものを誤って表に折ってしまっているのである。

（7）長友千代治『近世上方作家・作品研究』東京堂出版、平成六年八月。

（8）真下美弥子「お伽草子『賀茂の本地』の成立とその周辺」（『あふひ　京都産業大学日本文化研究所報』第一六号、平成二三年三月）。

（9）松本隆信『中世における本地物の研究』（汲古書院、平成八年）。

（10）この趣向については伊藤慎吾『室町戦国期の文芸とその展開』（三弥井書店、平成二二年）参照。

（11）市古貞次『中世小説の研究』（東京大学出版会、昭和三〇年一二月）、三三五頁。

（12）前掲（1）翻刻による。

(13) 國學院大學図書館所蔵本のほか、高知県立図書館山内文庫に所蔵される『賀茂雑記』(写一冊)も内題を『賀茂皇太神宮本縁』としており、同一のものかと思われる。可尋。

高僧伝の読み物化――『弘法大師御本地』について――

はじめに

『弘法大師御本地』は近世前期に刊行された弘法大師空海の絵入の伝記作品である。内容は先行する大師伝にほぼ同じといってよいだろう。『弘法大師伝』や『弘法大師行状記』と称されるものは、近世に至っても、なお写本・板本を問わず作られ、流布していった。それら近世の大師伝類は、中世の大師伝類の内容・構成をそのまま受け継ぐか略述することで成ったものである。それに対して、『御本地』はたしかに大師伝の一本を基にしながらも、しかし幾つかの異なる文献を加味して改変されたものと見られるものである。その意味で、伝統的な大師伝の系譜において特殊な位置におくことができるだろう。ここではこの点について、ごく簡単ながら、具体的に見ていくことにしたい。

1　大師伝との関係

まず、『御本地』の全体の構成と内容は次の通りである。見出しは原本に拠るが、序・高野山概要は便宜付ける。

（序）…仏法、特に真言宗について説く。

誕生…讃岐国多度郡屏風浦で誕生。父は佐伯田公、母は阿刀氏。

幼稚遊戯…幼少より聡明だった。

明敏篤学…一八歳で大学頭となるが、儒書よりも仏経を好む。

聞持受法…岩淵僧正勤操から虚空蔵求聞持法を授かる。

出家受戒…出家して教海沙弥、ついで如空阿闍梨と号し、延暦一四年、空海と改める。

久米寺東塔心柱…夢想に従い『大日経』を探し求め、久米寺で見出す。

大師御入唐…入唐を志し、延暦二三年五月初めに渡唐する。

入唐着福州岸…同年八月半ば、着岸する。

入唐入洛…同年一二月、唐貞元二〇年に長安城に入る。

大師入壇…翌貞元二一年春、青龍寺の恵果阿闍梨に師事する。

道具相承…恵果阿闍梨、空海に諸経、曼荼羅などの諸道具を与える。弟子達との争い。

大師擲三鈷…唐元和元年夏、帰朝に際し、明州から日本に向かって三鈷を投げる。

帰朝上表…同年八月、帰朝する。大同元年、参内して平城天皇に拝謁し、勅問に答える。

清涼宗論…大同元年冬、嵯峨天皇の御前で諸宗の学者たちと論議し、悉く論破する。

丹生託宣…弘仁七年、高野山に上り、丹生明神に導かれ、金剛峯寺を建立する。

観法無碍…不動使者法により迦楼羅焔を出し、水想観に入って家内を池とする。

魔事品…伊豆国の山寺で『大般若経』を虚空に書き、「魔事品」に至る。

五筆和尚…五本の筆を握って文字を書く。

虚空書字…水面に文字を書く。

道風受罰…弘仁の頃、朱雀門の額銘を書く。小野道風、その額を笑い、その罰を受ける。

応天門額…応天門に額を掛けた後、書き損じに気付く。筆を投げて文字を完成させる。

守敏遣護法…弘仁一一年、伝灯大法師位を賜る。それを嫉む守敏、護法を遣わす。

守敏降伏…守敏、空海を降伏しようとするも、失敗する。

神泉苑…空海、神泉苑で祈祷をして雨を降らす。邪魔をする守敏を降伏する。

東寺勅給…東寺に灌頂院を建立する。天長二年、高尾に神護寺を建てる。

後七日法…承和元年、真言院を建て、毎年、後七日の御斎会の執り行う。

入定留身…同二年三月二一日、金剛峯寺で入定。遺体はその後も存生中と変わらず。

大師号…入定後八七年の延暦二一年一〇月、空海に大師号を授ける。

（高野山概要）…高野山の地形とその意味を説く。


このように、およそ時系列に説話が並んでいることが分かる。ではこれらは先行する大師伝とどう関係しているのだろうか。本稿は本格的な論稿ではないので、すべての伝記を取り上げるのではなく、主要な伝本いくつかをa～zとして選び出し、比べてみることにする。

a『高祖大師秘密縁起』（弘法大師伝全集九）　b『弘法大師行状首闕』（同九）　c『東寺本弘法大師行状記』（同九）　d『高野山地蔵院本高野大師行状図画』（同九）　e『同大蔵寺本』（同九）　f『弘法大師伝絵巻ホノル本及堂本氏本』（日本絵巻物全集別一）　g『同フリア本』（日本絵巻物全集別一）　h金剛峯寺建立修行縁起（弘法大師伝全集一）　i『弘法大師伝』（同一）　j『大師御行状集記』（同一）　k『弘法大師御伝』（同一）　l『弘法大師御広伝』（同一）　m『弘伝略頌抄』（続群書類従二一〇）　n『金剛山寺雑文』（弘法大師伝全集二）　o『東要記』（同二）　p『寂光作大師行化記』（同二）　q『弘法大師行化記』（同二）　r『行遍作大師行化記』（同二）　s『勝賢撰弘法大師行化記』（同二）　t『弘法大師御伝』（同二）　u『大師伝記下』（同二）　v『第八大師事』（同二）　w『弘法大師伝要文抄』（同三）　x『弘法大師伝真言伝所収』（同三）　y『弘法伝記』（大正大学図書館所蔵、写本）　z『弘法大師行状要集』（弘法大師伝全集三）

これらと『弘法大師御本地』との関係を整理すると、次のように表にまとめることができる。●は同話、△は類話、×は未収録話、－は本文欠損を示す。

表によって、弘法大師伝の類には同話と認められるものはほとんどないことが分かる。とはいえ、一方で類話程度のものならば、ほとんどの伝記に収録されていることも分かる。これらのうちでは、e『大蔵寺本高野大師行状図画』、j『大師御行状集記』が特に『弘法大師御本地』と関係が近いように思われる。もっとも、この配列はあくまで『御本地』に拠ったものである。これをそれぞれの配列に整理すると、次のようになる。

p	q	r	s	t	u	v	w	x	y	z	備考
×	×	×	×	×	×	×	×	×	×	×	
△	△	△	△	△	−	△	△	△	△	△	
△	△	△	△	△	−	×	△	△	△	△	
△	△	△	△	△	−	×	△	△	△	△	
△	△	△	△	△	−	×	△	△	△	△	
△	△	△	△	△	−	△	△	△	△	△	
×	△	×	△	△	−	×	△	△	△	△	
△	△	△	△	△	−	△	△	△	△	△	
△	△	△	△	△	−	△	△	△	△	△	
△	△	△	△	△	−	△	△	△	△	△	
△	△	△	△	△	−	△	△	△	△	△	
×	△	×	△	△	−	△	△	△	△	△	
×	×	×	×	×	−	×	×	×	×	×	
×	△	△	△	×	−	△	△	△	△	△	盛衰記
×	×	×	×	×	−	△	×	×	△	△	
×	×	△	△	△	−	×	△	△	△	△	
×	×	△	△	△	−	×	×	△	△	×	盛衰記
×	×	×	×	×	−	×	×	△	△	×	
×	×	△	△	×	−	×	×	△	×	×	
△	×	×	△	△	−	×	△	△	△	△	
×	△	×	△	△	−	×	△	△	△	△	
×	△	△	△	△	−	×	△	△	△	△	
△	△	△	△	×	−	×	×	×	×	△	
△	×	△	△	△	−	×	△	△	△	△	
×	×	△	×	×	−	×	×	×	△	△	太平記
×	△	△	△	×	−	×	△	△	△	△	太平記
×	×	×	×	×	−	×	×	△	△	△	
×	×	×	×	×	−	×	×	×	×	×	元亨釈書
×	×	×	×	×	−	×	×	△	△	△	
×	△	△	△	×	△	△	△	△	△	△	
△	×	△	△	×	△	△	△	△	△	△	釈書・盛衰
×	×	×	×	×	−	×	×	×	×	×	盛衰記

e	d	c	b	a
②	②	②	③	②
③	③	③	④	③
④	④	④	⑤	④
⑤	⑤	⑤	⑲	⑤
⑲	⑥	⑥	⑥	⑲
⑥	⑲	⑲	⑦	⑥
⑦	⑦	⑦	⑧	⑦
⑧	⑧	⑧	⑨	⑧
⑨	⑨	⑨	⑩	⑨
⑩	⑩	⑩	⑳	⑩
⑳	⑳	⑪	㉑	⑪
㉑	㉑	⑫	⑪	⑫
⑪	⑪	⑳	⑫	⑳
⑫	⑫	㉑	⑬	㉑
⑬	⑬	⑬	⑭	⑬
⑭	⑭	⑭	⑮	⑭
⑮	⑯	㉓	㉔	⑮
⑱	㉔	㉒	㉖	㉓
⑰	㉕	⑮	㉕	⑯
⑯	㉖	⑯	㉗	㉔
㉖	⑮	㉕	⑯	㉕
㉕	㉗	㉗	㉘	⑱
㉔	㉘	㉘	㉙	㉗
㉒	㉙	㉖		㉘
㉗		㉙		㉙
㉘				
㉙				

	a	b	c	d	e	f	g	h	i	j	k	l	m	n	o
①序	×	―	×	×	×	―	―	×	×	×	×	×	×	×	×
②誕生	△	―	△	△	△	△	―	△	△	△	△	△	△	△	×
③幼稚遊戯	△	△	△	△	△	△	―	△	△	△	△	△	△	△	×
④明敏篤学	△	△	△	△	△	△	―	△	△	△	△	△	△	△	×
⑤聞持受法	△	△	△	△	△	△	―	△	△	△	△	△	△	△	×
⑥出家受戒	△	△	△	●	●	―	―	●	△	△	△	△	△	△	×
⑦久米寺東塔心柱	△	△	△	△	△	―	―	△	△	△	△	△	△	△	×
⑧大師御入唐	△	△	△	△	△	―	―	●	△	●	●	△	△	△	×
⑨入唐着福州岸	△	△	△	△	△	―	―	△	△	△	△	△	△	△	×
⑩入唐入洛	△	△	△	△	△	―	―	△	△	△	△	△	△	△	×
⑪大師入壇	△	△	△	△	△	―	△	●	●	●	△	△	△	△	×
⑫道具相承	△	△	△	△	△	―	―	△	△	△	△	△	△	△	×
⑫ｂ附恵果弟子との五番勝負	×	×	×	×	×	―	―	×	×	×	×	×	×	×	×
⑬大師擲三鈷	△	△	△	△	△	―	―	△	×	△	△	△	△	△	△
⑭帰朝上表	△	△	△	△	△	―	―	△	×	△	△	△	△	×	×
⑮清涼宗論	△	△	△	△	△	△	―	△	×	△	△	×	△	×	×
⑯丹生託宣	△	△	△	△	△	―	―	△	△	△	×	△	△	×	△
⑰龍泉涌	×	×	×	×	△	―	―	×	×	△	△	△	×	×	×
⑱観法無碍	△	×	△	×	△	―	―	×	×	△	△	×	×	△	×
⑲魔事品	△	△	△	△	△	―	―	×	△	△	△	△	×	△	×
⑳五筆和尚	△	△	△	△	△	―	―	△	●	●	△	△	×	△	×
㉑虚空書字	△	△	△	△	△	―	―	△	●	△	△	△	×	△	×
㉒道風受罰	△	×	△	×	△	―	―	×	×	×	△	×	×	×	×
㉓応天門	△	×	△	×	×	―	―	●	△	●	●	●	×	△	×
㉔守敏降伏	△	△	×	△	△	―	―	×	×	△	△	×	×	×	×
㉕神泉苑	△	△	△	△	△	―	―	×	△	△	△	△	△	△	△
㉖東寺勅給事	×	△	△	△	△	―	―	×	△	△	×	×	×	△	△
㉖ｂ附神護寺縁起	×	×	×	×	×	―	―	×	×	×	×	×	×	×	×
㉗後七日法	△	△	△	△	△	―	―	×	△	△	×	×	△	×	△
㉘入定留身	△	△	△	△	△	―	―	△	△	△	△	△	△	△	△
㉙大師号　附偈	△	△	△	△	△	―	―	×	×	△	△	△	△	×	△
㉚高野山概要	×	×	×	×	×	―	―	×	×	×	×	×	×	×	×

f ②③④⑤⑮

g ⑪

h ②③④⑤⑥⑦⑧⑨⑩⑪⑫⑳⑬⑭㉓⑮⑯㉘

i ②③④⑤⑲⑥⑦⑧⑨⑩⑪⑫㉓⑳㉑㉕㉖㉗⑯㉘

j ②③④⑤⑥⑦⑧⑨⑩⑪⑫⑬⑭⑮㉖㉗㉕⑱⑳㉑⑲㉓⑰㉔⑯㉘㉙

k ②③④⑤⑥⑦⑧⑨⑩⑪⑫⑬⑭⑮⑳㉑⑲㉓㉒㉔⑱㉕⑰㉘㉙

l ②③④⑤⑲⑥⑦⑧⑨⑩⑪⑫⑳㉑⑬㉓⑯㉕㉘⑰㉙

m ②③④⑤⑥⑦⑧⑨⑩⑪⑫⑬⑭⑮㉕㉗⑯㉘㉙

n ②③④⑤⑲⑥⑦⑧⑨⑩⑪⑫⑳㉑⑬㉓⑱㉖㉕㉘

o ⑯⑬㉘㉙㉖㉗㉕

p ②③④⑤⑲⑥⑧⑨⑩⑪⑬㉓㉒㉘㉙

q ②③④⑤⑥⑦⑧⑨⑩⑪⑫⑳㉑㉒㉕㉘

r ②③④⑤⑥⑧⑨⑩⑪㉑⑬㉓㉒⑯⑮⑱㉕㉔

s ②③④⑤⑲⑥⑦⑧⑨⑩⑪⑫⑳㉑ (⑬) ㉓㉒ (⑮) ⑱⑬⑮ (②③④⑲⑧⑨⑩⑪⑫㉕) ⑯

t ②③④⑤⑲⑥⑦⑧⑨⑩⑪⑫⑳㉑⑮㉓㉒⑯

u ㉘㉙

v ②⑥⑧⑨⑩⑭⑬㉓㉙

w　②③④⑤⑥⑦⑲⑧⑨⑩⑪⑫⑳㉑⑬㉓㉕⑮㉘㉙
x　②③④⑤⑲⑥⑦⑧⑨⑩⑪⑫⑳㉑㉕㉓⑱⑰㉗㉘㉖㉙
y　②③④⑤⑥⑲⑦⑧⑨⑩⑪⑫⑳㉑⑬⑭⑮㉓㉒㉖㉕㉔㉗㉘㉙
z　②③④⑤⑥⑲⑦⑧⑨⑩⑪⑫⑳㉑⑪⑫⑬⑭⑮⑰⑯㉖㉔㉕㉓㉗㉘㉙

右のように『御本地』と配列が共通するものは見られない。その中で、やはり配列の面からも、e『大蔵寺本高野大師行状図画』、j『大師御行状集記』は注目される作品である。ちなみにz『弘法大師行状要集』もまた注意されるが、これは享保年間の作品である。

2　『源平盛衰記』及び『元亨釈書』との関係

次に『源平盛衰記』と交渉を持つ部分について簡単に触れておきたい。それは中巻の⑬「大師擲三鈷」、⑯「丹生託宣」下巻の㉙「大師号」㉚「高野山概要」である。

まず⑯に見られる金剛峯寺縁起のくだりであるが、『弘法大師御本地』には次のように記されている（国立国会図書館所蔵本による）。

弘仁《こうにん》七年。空海僧都《づ》[1]四十三才にして。わかすむべきところやあると。諸国をたづね給ふに。紀《き》の国高野山《かうやさん》を御らんじつけて。則《すなはち》此山にのぼりたまふ道に。[2]いつくしき女房にあひ給ふ。空海にかたりていはく。我は是この山の神なり。丹生《にふ》の明神と名づく。われすでに久しく。もろ〳〵のくるしみをうけて。これをのがれんとするに。其人なし。今さいはひに大ぼさつにあひ奉ること。苦《く》をのがるゝの時いたれり。さらば道しるべせんとて。山の中にいたりければ。[3]かのもろこし明州《じう》の津《つ》よりなげ給ひし所の三鈷《こ》。ひかりをはなちて。松の枝にかゝれり。それより此松を三鈷《こ》の松とは名づけたり。空海佛法けちえんの地なりとて。慈尊《じそん》三會《ゑ》のあかつきにいたるまて。ひみつ蔵《ざう》のともし火をかゝげん為《ため》に。十六丈《ぢやう》の大塔《たう》をこんりうし。過去《くわこ》七佛の大まんだらをあんじし。南都の尊躰《そんたい》をこめられ。[4]高野山金剛峯寺とぞつけられける。

『源平盛衰記』では巻四〇「弘法大師入唐」に関係する本文が見られる。

和尚行年[1]三十三才嵯峨天皇ノ弘仁七年丙申高野山登山ノ道ニ[2]アヤシキ老人アリ和尚ニ語テ云我ハ是丹生明神此山ノ山神也恒ニ厭業垢久得道ヲ願今方ニ菩薩到来シ給ヘリ妾カ幸也ト云テ山ノ中心ニ登テ御宿所ヲ示シテ芟掃所ニ海上ニシテ抛處ニ三鈷光ヲ放テ爰ニ在秘法興隆ノ地ト云事明也依之和尚慈尊三會ノ暁ニ至マテ密蔵ノ炬ヲ挑ンタメニ十六丈ノ多寶ノ塔婆ヲ建立シテ過去七佛ノ所持ノ寶劔ヲ安置シ給ヘリ

まず、傍線部1は『弘法大師御本地』に「四十三才」とある。しかしこれは誤りである。正しくは『源平盛衰記』にあるように「三十三才」とするのが正しい。表に掲げた大師伝類はいずれも「三十三才」としてある。よって初歩的な誤写に過ぎないだろうことが考えられる。

続いて傍線部2は両者に大きな相違がある。『御本地』は「いつくしき女房」としている。それに対して『源平盛衰記』は「アヤシキ老人」とする。大師伝類に見える「丹生託宣事」によって改めたのではないだろうか。大師伝では丹生明神は大師と直接対話するのではなく、巫覡に託するものもある。いずれにしても、章段名通り、「託宣」をするのであって、直接対話するのではない。しかし、『御本地』が直接対話のモティーフを取り入れているのは、『源平盛衰記』の当該箇所に拠ったからではないかと思われるのである。

傍線部3・4は大師伝に見える記事である。たとえば『高野大師行状図画』（大蔵寺蔵延徳二年写）によると、3は次のようにみえる（巻三「大師擲三鈷事」）。

> 大師帰朝のために明州といふ津に出給し時。ねむごろに祈誓し願を發しての給はく。我習所の秘法。若相應の地あらば。我此三鈷飛至て可ㇾ留と。

また、4も同じ説話の末尾に次にようにある。

> 今の高野山金剛峯寺は。其三鈷の迹を尋て。かの素願を果さんがために建てられたる所の仁祠也と申傳たり

つまり、この物語の右引用説話が単に『源平盛衰記』に潤色を加えるだけでなく、大師伝を参考にして、必要に応じて部分的に取り入れることで作成された本文をもつことが知られるのである。

もう一つ説話を取り上げよう。㉙「大師号」である。この説話は『源平盛衰記』巻四〇「観賢拝大師」に拠っ

ているだろう。観賢と淳祐という二大名僧が登場することもあり、先の説話以上に真言系諸寺院に伝わっていたようである。ただしそれらは大師伝と同文というべきものであって、固定した記録と化して、書き継がれていったとみられる。それに対して『弘法大師御本地』所引の説話はそれらよりも長文であり、多少異なるモティーフをもっている。そして、何よりも末尾の文章が独自のものである。『御本地』と『源平盛衰記』とを比較すると、それらがいずれも一致する。以下に見てみよう。

観賢《くはんけん》座主《ざす》は。御弟子に石山の内供奉《ないぐぶ》。俊祐《しゆんゆう》と申すを御ともにて。高野山にまうで給ひ。奥《おく》の院《ゐん》にまいりつゝ。御帳《みちやう》ををしひらきて。宣命《せんみやう》をよみあけつたへ奉りて。御装束《しやうぞく》をまいらせかへんとし給ひしに雲霧《くもきり》たちまちに。へたつる心ちして。大師の御躰《たい》おかまれさせ給はず。座主《ざす》は涙《なみた》をなかし給ひ我生れてよりこのかた。いまたつゐに禁戒《きんかい》をやぶらず。いとけなき時より。行法を心にかけしばらくもをこたることなし。何のつみありてか御姿《すがた》のおがまれさせ給はぬとて。五躰《たい》を地になげてかなしみ給ふに。すみやかに雲晴て。月の出るごとくに大師の御かたちあらはれおはしましけり観賢《くはんげん》またずいきのなみだに。香染の衣の袖をしほりつゝ。則ふくめんをたれつゝ。御そばにちかづきみれは。御かたのまはりまて。くろ〳〵と生《おひ》のびさせ給ひける御ぐしを。そりおろしたてまつり。御装束《しやうぞく》をきせかへさせ給ひつゝ。香をたき礼拝《らいはい》したまひけり

まず石山の内供奉淳祐について述べると、『御本地』は「淳裕」とせずに、「俊祐」としてある。そもそも正しい表記は「淳裕」なのであるが、『御本地』では誤っているのだ。もっともこれは、『御本地』作者の知識不足は

あるにしても、彼だけの責任とも言えない。すなわち手元に置いていたであろう『源平盛衰記』の版本にすでに同様の誤りを犯していたからである。『御本地』はそれを無批判に受け継いだまでのことであった。

また観賢僧正が奥院の御帳を開き、大師の装束を替えようとしたら、「雲霧《くもきり》たちまちにへだつる心ちして、大師の御躰《たい》」を拝せなくなる事態に陥った。その時、傍線部のような展開を見せる。大師伝では懇ろに祈念することによって、御体を拝することができたということになっている。一方、『源平盛衰記』では「五躰ヲ地ニ投テ發露啼泣シ給ヘハ速ニ雲晴テ」見えたとある。これはつまり、『御本地』と同じである。

さらに、淳祐も傍線部1のような反応を見せる。そこで、観賢が傍線部2のように手助けをするのであった。

観賢座主《くはんげんざす》。立のき給ひて。御弟子の俊祐《しゆんゆう》を。めされ。いかに此御有さまを。おがみたてまつるやと。尋給ひけれは。内供奉《ないぐぶ》は。1かすみにこもりたる心ちして。見たてまつらずとぞ申されける。座主はあはれにおほしめされて。2内供奉《ないぐぶ》の手を取《とり》て大師の御ひざに。ひきあてさせ給ひ。これこそ御ひざよとの給へは。俊祐は三たびまでなでまいらせけり。

傍線部2は『源平盛衰記』では次のように記されている。

内供奉カ手ヲ取テ大師ノ御膝ニ引宛テ是コソ御膝ヨト宣ヘハ俊祐三度マテナ撫進ケリ

このように、両者はほぼ同文関係になるといっていいだろう。そしてこのモティーフが大師伝類には認められないことも、両者の関係が濃厚であることを示すであろう。

『源平盛衰記』では観賢、淳祐の説話の後、ある僧が大師を拝もうとして、御帳を開けた途端、眩暈がして逃げ出し、以来、開けることができなくなった旨を説く。そして次のことを記す。

彼迦葉尊者ノ鶏足洞ニ入弘法大師ノ高野の石室ニ籠給シヨリ以来五十六億七千萬歳ノ春秋ヲ隔テ、慈尊三會ノ暁ヲ待給フコソ遥ケレ

『弘法大師御本地』がそこまで『源平盛衰記』を取り入れていることは、次の本文から知られる。

むかし天ぢくのかせうそんじやは。けいそく山《さん》にとぢこもり。本朝のこうぼう大師は。高野山にいらせ給ふそれは天ぢく。是は日本なり。国はへだちて。人はかはれども。五十六億七千万歳の春秋をかさねて。命をたもち。かたちをかへず慈尊《じそん》三會《ゑ》のあかつきをまち給ふこそはるかなれ。

ここに挙げた本文は、『平家物語』諸本には見られず、『源平盛衰記』独自の本文と認められるものである。『御本地』はその部分を取り入れているのである。

もう一ヶ所、㉚「高野山概要」も見ておこう（本）。『源平盛衰記』では巻四〇「法輪寺高野山」（源）と対応し

ている。

源　金剛八葉峯ノ上秘密瑜伽ノ道場也
本　金剛《こんがう》八えうのみねそば立《だち》。ゆが三みつの霊場《れいぢやう》なり。

源　一度参詣ノ輩ハ永三途ノ苦ヲ離ル
本　（後述）

源　十三大會ノ聖衆ニハ肩ヲ並テ阻ナシ
本　十三大会《ゑ》の聖衆《しやうじゆ》は。常に座してへだてなく。

源　三十七尊ノ聖容ハ心ニソ坐シ給フ
本　三十七尊《そん》の聖容《しやうよう》は。又他所《たしよ》にもとむべからず。

このように、「高野山概要」の本文に『源平盛衰記』が利用されていることは間違いないだろう。ところで『源平盛衰記』の引用本文中に対応しない箇所がある。「一度参詣ノ輩ハ永三途ノ苦ヲ離ル」の一文である。これは、興味深いことに、末尾の話末評語ともいうべき箇所に転用されているのである。

一度《と》さんけいのともがらは。ながく三途《づ》の苦《く》をはなれ。ぼだいのえんをむすぶとかや有《あり》かたかりける霊地《れいち》なり

お伽草子の社寺縁起物であるならば、大抵のものに付言されている常套表現である。したがって何も参照せずに作者はこれを創案したような印象を受ける。ところがこの事例によって、先行文献、それも外典とも称すべき『源平盛衰記』から参詣の功徳を借用する場合があったことが知られるのである。

同様のことは、『元亨釈書』との関係についても指摘することができるであろう。以下に少し見てみたい。『弘法大師御本地』の㉙大師号から次の部分を見てみよう。

こゝにくうかい僧都入定以後八十七年。にんわう六十代。だいごの天わう延喜《えんぎ》二十一年の冬。十月にみかど御むさうの事ましく〱けり。六十はかりの貴僧《きそう》そうもん申給はく。われは紀州《きしう》高野山。金剛峯寺《こんかうふうし》の空海僧都にて。おはします。わが御衣すてにやぶれくちたりねがはくは。御めぐみをかたじけなくせんと。みかどすなはちおどろかせ給ひ。臣下に勅《ちよく》して。たれかこの御つかひにあたるべきと。御尋《たづね》ましく〱けるに。醍醐寺《だいごじ》の。くわんげんあしやり。しかるべしとぞさためられける。1かのくわんげんは。讃州《さんしう》の人なり。俗姓《ぞくしやう》は秦氏《はたうぢ》これすなはち。聖寶《しやうぼう》上人の。上足《そく》の御弟子也。2やまとの国般若寺《はんにやじ》の開山《かいさん》なり。そのはじめ延喜十九年に。だいごじの座主《ざす》に任ず。延喜三年に僧正となる。此としの六月十一日に寂《じやく》せらる。然るに此くわんげんをめして高野山へ 勅使《ちよくし》とし給ふ。みかどすなはちむらさきの衣一緉（りやう）。ならびに空海僧都に弘法大

師といへる諡号《をくりがう》をぞつかはされける。

さて、この部分であるが、これは次の『元亨釈書』巻一〇「観賢」が深くかかわっていると考えられる（国史大系）。

[1]釈観賢。姓秦氏。讃州人。為㆓聖寶上足㆒。延喜二十一年。上夢。弘法大師奏曰。我衣弊朽。癌忝㆓宸恵㆒。覚後勅擇㆓法之徒尤者㆒。送㆓紫衣一襲於野山㆒。賢中㆑選入㆑山。啓㆓定扉㆒如㆑隔㆓雲霧㆒。不㆑看㆓儀容㆒。賢作禮曰。少年修㆑道。梵行為㆑瑕。况奉㆓遺法㆒累㆓歳月㆒乎。默訴須臾。眞儀漸見。猶如㆓霧斂月彰㆒。賢頂禮仰。鬚髪甚長。便剃落而換㆑衣。諸衆不㆑能㆑見。時淳祐為㆑童侍。賢問曰。見乎。對曰。不㆑見。賢執㆓祐手㆒摸《サグラシム》㆓定躯㆒。祐纔觸㆑膝乃覚㆓暖柔㆒。其手甚香。経㆑歳薫不㆑竭。賢謂㆑衆曰。我猶見難矣。况下㆑我者哉。後世浮矯者。不㆓容易見㆒。恐致㆓疑謗㆒。胥議重㆑石固封焉。[2]賢開㆓和州般若寺㆒。初延喜十九年任㆓醍醐寺座主㆒。茲職自㆑賢始。延長三年。為㆓僧正㆒。此歳六月十一日化。

読み比べてみると、『元亨釈書』の簡潔な漢文を平易に噛み砕いた和文に改めていることが知られる。「我衣弊朽」を「わが御衣すでにやぶれくちたり」とし、「癌忝㆓宸恵㆒」を「ねがはくは御めぐみをかたじけなくせん」とする。また「賢中㆑選入㆑山」は「臣下に勅《ちよく》して、たれかこの御つかひにあたるべきと御尋《たづね》まし〳〵けるに、醍醐寺《だいごじ》のくわんげんあじやり、しかるべしとぞさだめられける」とした後に、傍線を付した略歴を挿入して「此くわんげんをめして高野山へ勅使《ちょくし》とし給ふ」と続ける。

さて、傍線部についてだが、1は同じ『元亨釈書』の「観賢」から冒頭部分を用いていることが分かる。そして2は同じく末尾の部分を取り入れている。つまり、『元亨釈書』特有の簡潔だが難解な漢文を平易に改め、更に適宜文章の配列を改めて新しい物語文に仕立てているのである。

なお、これ以外にも『元亨釈書』を取り入れているところがある。中前正志氏はこれらに加えて「前半部においては、同じ『元亨釈書』の巻一「金剛峯空海」が重要な出典となっているものと見られ、別に論じたい」と説かれる。(1) 御論の公表を俟ちたい。

おわりに

『弘法大師御本地』は承応三年（一六五四）に三冊本の絵入版本として刊行された。伝世するものは丹緑本のみという特殊なものである。これまで見てきたように、内容は弘法大師の伝記・説話集ともいうべきもので、およそ時系列に説話が配されているものだった。その意味で、従来の大師伝に連なるものとみて間違いない。

しかしながら、問題はそれらの説話の典拠が従来の大師伝と異なる場合がみられるということである。というのも、『御本地』には、『弘法大師行状記』をはじめとする大師伝のいずれにも収録されている説話であっても、あえてそれらを用いず、『源平盛衰記』や『元亨釈書』といった文献に収録されている同話に置き換えているからである。私は、ここに古代中世の高僧伝を読み物として作り替える近世的な手法を読み取りたい。弘法大師信仰宣布の系譜から離れ、純粋に娯楽性に富む宗教物語の一つとして都の書肆で出版、販売する目的で作られたものとしての性格を見出すことができると考えたいのである。

〔注〕

（1）中前正志「空海入木説話源流考—神仙説話の可能性—」（『唱導文学研究』第七集、平成二一年五月）。

第Ⅳ部　資料編

久間八幡宮所蔵『八幡宮愚童記』付「久間八幡宮修造勧進帳」

以下に久間八幡宮に伝来した『八幡宮愚童記』と「跋一巻」すなわち「久間正八幡宮修造勧進帳」を翻刻する。原文に忠実な翻刻に努めた。しかし、紙面の都合上、改行は行っていない。丁数は毎半葉末尾に 」数字オ／ウ（表・裏）で示している。本章収録の資料はすべてこれに倣う。

【翻刻】①『八幡宮愚童記』

八幡宮愚童記上」（簽・中央）

」（見返し）

それわかてうはあきつしま。とよあしはら。中津くにと申はむかし天神七代地神五代。つがう十二代はみな神の御《み》代にて。天下の主《ぬし》たりきこくと。ふにうにして。じゆみやう。すせんまんざいなり。しかるに神代。をはりて。人皇《にんわう》の御代となる。かの最初を。神武《じんむ》てんわうと申すは。すなはち地神第五のをはり。うかや。ふきあはせ」一オづのみことの第二の御子なり。かの神武てんわうより第十六代の御すゑ。應神《おうしん》てんわうと申は。今の八幡《まん》大ほさつの御事なり。御ち、をは。ちうあいてんわうと申。ちうあいてんわうの御宇《ぎう》。二年癸酉歳《とし》にあたりて。しんらこくより。すまんのくんびやう。せめきたつて日本をうつとらんとす。しかるあひた。てんわうみつから五まんよ人のくはんぐんをあひ」一ウしたかへて長門国豊浦宮《なかとのくにとようらみや》にして。いこくの。けうぞくをふせかしめ給ふ。このときいこくより塵輪《ちんりん》といふ。ふしぎのもの。色はあかく。かしらは。八にしてかたいきじんのことくなるが。こくうんにじやうして。日本につく。人みんをとりころす事かすをしらす。てんわう。あべのたか丸同《おなしく》すけ丸におほせて。そう門をかためさす。塵輪」二オきたらはいそきそうし申へし人臣《しん》のちからにてたやすくうつ事あるへからす。われ。十ぜんのちからをもつて。かのもの。かうぶくせしめんとおほせらる。すなはち彼《かの》二人ゆみやをたいしてもんのりやうはうにしゆこするに第六日にあたりて塵輪くろくもにのりていてきたるたか丸。武内大臣をもつてこのよしをそうするに」二ウみかと御ゆみをとりやをはけてちんりんをいさせ給へは塵輪かくひたちまちにいきられてかしらと身と二つになりておちにけり」三オ

〔第一図〕」三ウ

〔第二図〕」四オ

かゝる所《ところ》になにとかしたりけんなかれやまいりて玉躰につゝがあり。御いのちすてにあやうくみえさせ給ひけれはきさき神功皇后《しんごうくはうぐう》をちかつけたてまつりておほせられけるはわれなにゝもなりなは皇后《くはうぐう》大しやうとしていこくをうちたいらけ給ふへし御はらにやとり給ふはわうしにてましませはたんしやうののち御くらゐにつけ」四ウたてまつり給ふへしとておなしき九年二月六日御とし五十一にて御くしの橿日のみやにおいてついのほうぎよをはんぬ。皇后《こわうくう》すなはちせんくはうの御ゆいせきにまかせてしんら。はくさいとうをせめんかためにすせんきのくん

ひやうをあひくしていこくにおもむき給ふていとをいてさせ給ふに一人はくはつのらうじんいて」五オきてくはうくうの御まへにかしこまるくはうくういかなるものそと御たつねありけれはかのらうおうこたへて申さくわか君かたしけなくもいこくをうちしたかへんかためにおほしめしたゝせ給ふ此おきなも御ともつかまつりて御ちからになりまいらせ候はんと申けれはくはうくう御心のうちにおほめしけるは此老人のていさしてちからに」五ウなるへしともおほえすさりなからへんけのものにてやあらんとおほしめしてめしくしてちんせいへおもむかせ給ふくわうくう備後のともにつかせ給ふときたけ十ちやうはかりなるうしおきのかたよりいてきてのらせ給へる御ふねをそんせんとす」六オ

〔第三図〕」六ウ

そのとき此らうおうかのうしの二のつのをとつてかいちうへなけ入つしかるに此うしかいちうにしてしまとなりていまにありよつて此所《ところ》をうしまとゝいひてもんしにはうしまろはしとかきたりそれよりしてくはうくう此らう人たゝ人にあらすとたのもしき事におほしめして御身ちかくめしてなに事も」七オおほせあはせられけりそののちもしのせきの上大江かさきといふところにつかせ給ふおりふししほひのしふんにてふねかよふへきやうもなしそのとき此おきなたゝ一人して皇后のめされたる御ふねともをおき中へみなをしいたしけり人〳〵ふしきのおもひをふしけり又あしやのつといふところに」七ウつかせ給ふとき此らうおうゆみやをとりいたして物をい侍りけるを御らんすれはゆくゑもなき大なるいはのさき十ちやうはかりさしいてたるをよく引ていけれは物にもあらすいとをしたりけり皇后をはしめたてまつりくぶのくはんくんとうきとくのおもひをなすまことに人力のをよふへき所にあらすそののちかしいのこまといふ所に」八オ皇后此らうおうをめしておほせられけるはわれいこくへわ

たりつくといふともかのてきともをたやすくうちしたかへ（ママ）きやうなしいかにせんとの給ひけれはおきな申やうこれよりにしに鹿《しか》のしまと申て安曇《あんどん》の礒良《いそら》といふものありかいちうにひさしくすみてあんないしやにて侍れはこのものをめしてりうくうしやうにつかはして」八ウかんしゆまんしゆといふ二の玉をりうわうにからせ給へ此二の玉たにも候はゝしんらはくさいとうをせめしたかへたまはん事いちやすき事也と申けれは皇后くたんの礒良《いそら》をは何としてかめすへきとおほせけれはおきな申さくこのわらはせいなうと申まひをあいし侍り此まひをは又はならまひとも申なり海中《かいちう》にふたいをかまへて此まひをまはせられはくたんの王らはさた」九オめてきたるへしと申皇后此まひをはたれ人かまふへきとの給ひけれはそのとき老人さらはおきなまひ侍らんといふにすなはち海中にふたいをかまへてくふの人〳〵をんかくをそうするに老《らう》人此まひをまひすまし侍りけれはくたんの礒良此まひをあひしてまひのすかたになり浄衣《じやうゑ》をたいしはゝきをしてくひにつゝみをかけたり海」九ウ中に久しくすみたるゆへにかきひしなといふものかほにひしととり付てあまりに見くるしかりけれは浄衣のそてをときてかほにおほひしたれてかめのかうにのりてふたいちかくいてくるさてこそ此まひをはいまのよまてもぬのを面《おもて》にたれ侍りけり」

一〇オ

〔第四図〕」一〇ウ

〔第五図〕」一一オ

かのふたいはかいちうにいしとなりていまに侍となんさてくはうくうらうおうにおほせられけるはくたんの玉の事かの童《わらはへ》におほせふくむへしとの給へはおきな申さく礒良はかいちうのあんないにて供奉《ぐぶ》し侍るへし御使者《ししや》人をさためらるへしと申けれはそれも老人はらかい申へしとちよくちやうありけれはさらは皇」一一ウくうの御妹《いもうと》豊《とよ》

姫《ひめ》を御つかひとしてくたんの玉をめさるへしとておきなちよくちやうのおもむき礒良におほせふくめけるはなんちしらすや日本の主《ぬし》神功皇后《しんごうくはうぐう》先皇《せんくはう》の御ほんいをとけんかためにしんらはくさいとうをせめしたかへんとし給ふ日本国にありなから王命《わうめい》をいかてそむきたてまつるへきはやくせんしにした」一二オかつてちうせつをいたすへしなかんつくりうくうに二の玉あり此たまをかりて人力をついやさすしていこくをせいはつすへし豊姫《とよひめ》にあひくしたてまつりてりうくうにおもむきてちよくせんのむねをりうわうに申へしとありしかは礒良豊姫をくしたてまつりてりうくうにゆきむかひてかんしゆまんしゆの二玉をかりえてつきの」一二ウ日さうたんにきさんしけりくはうくうなのめならす御かんありてさてふねをつくるへしとありしかは三百人化人《けにん》にはかにいてきてなかとのくにふな木山に入てさいもくをいたしてふせんのくにうさの郡にして四十八そうのふねをつくりいたすこれすなはち八まん大ほさつはほんちあみたにようらいにておはしませは六八てうせ」一三オのひくはんをへうし給ふなるへしかの老人はすみよし大明神にておはします此御神と申は地神第五のをはりうかやふきあはせすのみことの御事なり神《じん》武《む》天皇より以来《このかた》の百王《わう》はこと〳〵くかの御苗裔《べうあい》也われしゆこの御めくみふかきによりて人倫《じんりん》のかたちとけんして皇后につきたてまつりいこくをせめしたかへ給ふこそ」一三ウめてたけれ又礒良と申はちくせんのくに鹿《しか》のしまの明神の御事なりひたちのくにゝてはかしまの大明神やまとのくにゝてはかすか大明神これみな一たいふんしん同《とう》躰異名《たいいみやう》にてましますその時すはあつたみしま高良以下の神たち三百七十五人四十八そうのふねにおなしすかたにけんし給ふそうしてそのせい一せん三百七十五人」一四オ四十八そうのふねにのりつれてちくせんのくに鹿のしまよりこきいたす大しやうくんには高良大明神なり皇后もたちまちになんしのすかたとなり給ひ御たけ九尺二寸御はは一寸五分ひかりありみとりの御くしひんつらにとりからわにわけて御かふとをめし御てにはたらしゆのまゆ

み八つめのかふらやをとりそへ給ふ」一四ウゆみを御たらしといふ事は此たら樹《じゅ》よりはしまれりとなんかや〔ママ〕あやおとしのよろひをたてまつり御うみ月の事なれは御ちふさのおほきにして御よろいのひきあはせあはさりけれは高良大明神くさすりをきりて御わきのしたにつけ給ふいまのよにわきさし〔ママ〕といふはこれよりはしまれり」一五オ

〔第六図〕」一五ウ

〔第七図〕」一六オ

かゝりけるところにくはうくう御さんのけいてき御はらしきりになやましくおほしめしけれはつしまのくにゝて御ふねよりおり白石にて御はらをひやしつゝ御は〔ママ〕こしに石をはさみ給ひわかはらみたてまつる所の御子日本の主となり給はゝいま一月たいないをいて給ふへからすとねき事し給ひて又ふねにめされけりさるほとにいこ」一六ウくのひやうせん十万八せんそうくんひやう四十九万六せんよ人のりつれてせめきたるいこくのくんひやうは大せいなれは日ほんのひやうせんをうんかのことくにとりこめて一ときにうちほろほさんとすなはちくはうくう高良大明神を牒使としてちよくせんのむねをおほせけれはしんらかう」一七オらいとうのこくわう大しんてうひして云々日ほんはかしこきくになりとて女人を大将とするやとこゝに高良大みやうしん白色の玉をうみへ入給ふゆへにこそ高良を玉垂のみやとも申なれかんしゆすてにうみに入しかは大かいたちまちにひてろくちのことし」一七ウいこくのけうとよろこひをなしてこと〳〵くふねよりおちたつて皇后をうつとりたてまつらんとす日本のふねにはりうしん下にありてしゆこするゆへに水ひる事なしさてあを色の玉をなくる海水みなきりてもとのことく大かいとなるてきくんこと〳〵くしほみつにおほれてうほのことしするものかすをしらすさらにかなふへきやうなかりけれは」一八オ

〔第八図〕」一八ウ

〔第九図〕」一九オ

しんらはくさいかうらいのこくわう大臣みなかうをこふてわれら日ほんのいぬとなりてしゆこすへしまいねんみつきものをそなへてまつたくけたいすへからすとてせいこんをたてゝひきしりそきにけり」一九ウ

八幡宮愚童記下」（簽・中央）

」（見返）

さるほとにいこくのけうとこと〳〵くきふくしてきしんをなすもの一人もなかりけれは皇后しんらこくの地につき給ひすなはちはんしやくのおもてにゆみのはつにてしんらこくの大わうは日本のいぬなりといふ。銘《めい》をかきつけて御ほこをくにのわうくうのもんせんにたてをきて御きてうありいまの世にいぬをものといふ事はかのくにの人みんをいぬに」一オかたとりてきくんをいるへうじなり日ほんくはんくん引退《ひきしりそき》てのちまつたいまてくにのはちなりとて火をもつてかのいしの文をやきうしなはんとすれともいよ〳〵あさやかになりていまにありと申つたへたりいこくのかつせんにうちかつ事はまいとの事なれともまさしくてきこくきふくしてせいこんをのこす事此皇后の御ときのほかその」一ウれいをきかすいこくにおもむくくんひやうきうりにかへるよろこひをなし本国にとゝまる人臣はしゆくんをえたるいさみありさてかの二の玉をは肥前《ひせん》国佐嘉郡《こほり》河上の宮におさめをかれけるとなんかんしゆといふは白色の玉まんしゆといふはあを色の玉をの〳〵なかさ五寸はかりの玉なり皇后いこくにおもむき給ひし時せん皇の御躰《たい》御くわんに入て香椎《かしゐ》のはまにすへたてま」二オつりてをき御まほりとおほしめしけるをくわんかうののち武内《たけ》大しんして長門国《なかとの》豊浦宮《とようらみや》にをくりたてまつりそれよりして河内国《かはちの》長野山《なかの》にうつしたてまつりて山陵《さんりう》をつき給へり皇后はちくせんのくにゝくはんちやくし給ひてのち十日と申にうのはをもつてうふ屋をつくり槐《ゑんしゆのき》木をさかさまにたてゝとりつかせ給ひて皇」二ウ后をうみたてまつりたまへるかの木はやかておいつきていまにありかの所をうみのみやとなつけたり御たんしやうは十二月十四日辛卯日たんしやうゑといふ神事をおこなはるゝ事此ゆへなり」三オ

〔第一〇図〕」三ウ

〔第一一図〕」四オ

つきのとし二月に武内宿祢《たけうちしゆくね》をわうしにあひともなはせたてまつりてみやこへ上給ふほとに鹿弭坂のわうし忍熊のわうしきやうたい二人皇后の御はらにわうしいてき給へる事をそねみてつはものをあつめてひそかにまち給ふよしきこえしかは武内宿祢《しゆくね》わうしをいたきたてまつりて南海《なんかい》より紀伊《きい》のみなとにつき」四ウ給ふそのゝち武内大臣かのきやうたいのわうしをついはつすかこ坂忍熊きやうたいの御こと申はちうあいてんわうの御こ大ほさつの御ためには御あににてましますき神功皇后《ごうくはうぐう》はかいくわてんわう五世の御まこ御とし廿三にて皇后のくらゐにそはなり御とし卅一と申十月二日ちうあひてんわうの御ゆいこんにまかせ」五オてついにてんしの御くらゐにいたり給ふ御治世六十九年御とし一百と申せし四月十七日にやまとのくに高市郡《たかちのこほり》磐余稚桜宮にしてほうきよをはんぬのちには神とあらはれ給ふ八まん大ほさつ三所の内ひかし御せんと申はすなはちこの事なり皇子は四さいにして皇太子にたゝせ給ひ御とし七十一と申正月に」五ウ皇后にかはりたてまつりて帝位《ていゐ》にそなはり給ふすなはち應神《おう》てんわうとかうしたてまつるちうあいてんわう第四御こなり御治世《ぢせい》四十一年きさき八人なん女の御こ十九人此御

代にはしめて文字をかきいしやうはしまるとみえたり御とし百十一にしてやまとのくに高市《たかち》のこほり軽島《けいしま》とよあきらのみやにてほうきよをはんぬかみ」六オにあらはれ給ひて八まん大ほさつとわうしたてまつるちくせんのくににましく〳〵七郡《ぐん》かうちにかすや西郷《にしがう》といふところにかいちやうゐのはこをうつししるしのまつをたて給りいまのはこさきのしるしのまつこれなりその、ち又豊前国《ぶぜんの》宇佐郡《うさのこほり》馬城の峯にして石躰《せきたい》こんけんとあらはれ給ふこれずいしやくのはしめなり」六ウすなはちかのいた、きに三のいしとなりてその石よりこんしきのひかりわうしやうをさすこれによりてにんとくてんわうちよくしをたて、たつねさせらる、にちよくしかの山によぢのぼりてみれはこんしきのたかとけんし給へりちよくし山のふもとにしてほうてんをつくりあかめたてまつるうさ八まんぐうこれなりた、し八まん」七オ大ほさつとかうしたてまつる事ははこさきのしるしのまつのもとにそらより八ながれのはたふるあかはた四なかれしらはた四なかれなり則しやたんをつくりこれをあかめたてまつるそれよりして正八幡大ほさつとなつけたてまつるこれすなはち八正ちきろのしめして三有《さんう》のくかいをすくひ給ふ表示《ひうじ》なり」

七ウ

〔第一二図〕」八オ

人皇第三十代欽明《きんめい》てんわうの御宇十二年正月にはしめてしんたい《たい》をあらはし給ふすなはちふせんのくにうさの郡れんたいし山のふもとにたにのおくにかちするおきなあり太神比義《ひぎ》これをみるにそのかたちかほばせ。きいにして。た、人にあらさりけれはかの比義。ろうきよして。きうじする事三年。たちまちに。五こくをだん」八ウじ。しやうしんして。御へいをさ、け。いのり申やう。われ三年のあひたきうししたてまつる事は御さうかうた、人にましまさるによりて正御躰をはいけんせんかためなりもししんめいにてましまさはねかはくはわかまへにあらはれ給へとねんころにきせいせしかはたちまちに三さいのせうにとけんし竹の葉にのりてしめされいはく」九オ我是《はこれ》日本國主《のしゆ》。人皇《わう》十六代誉田之天皇也われをはここくれいんいりきしんつう大しさいわうほさつといふなりくに〳〵所〳〵あとをたれあらはるゝ事ひさしとの給ひけりまことにくにの御せいやくよしやにかはりてちんしんにましますされは御たくせんの中には人のくによりわかくに人の人よりわか人といふ御ことはありわかくにゝ」九ウしやうをうけん人たれか大ほさつの御めくみをえさらんむかしは六年に一とちよくしをうさへたてゝくにのまつりことをさため給ふへきよし申されけるに御てんより御こゑをいたして御返事ありけるとなんしかるに稱徳《しようとく》天皇《はう》ゆげの道鏡《だうきやう》せんしに践祚《せんさ》あるへきむね和気《わき》きよ丸をちよくしとしてうさの宮に申させ給ひ」一〇オけれは大くはんをなすしかるにかゝる非例《ひれい》をきく事さらにわかほんいにあらすことはをいたすゆへにこそかゝるひたうの事をもきけいまよりのちちよくちやうなれはとて返事する事あるへからすとの給ひけれはきよ丸帰参《きさん》して此よしをそうもんするに帝《みかと》しんりよのゆるしたまはさる事をはゝかりおほしめして践祚はなかりけれともきよまる」一〇ウあしく申たりけれはこそ御ゆるしなけれとて彼二のあしをきりてうつほふねにのせてなかさる此舟うさのはまによるに。ゐのしゝきたりてきよ丸をのせてうさの宮のなんろうにいたりしかは」一一オ

〔第一三図〕」一一ウ

これひとへに大ほさつの御めくみなりとおほえて猪《いのしゝ》よりおりて御てんちかくまいりてなみたをなかしけれは御てんのうちよりやことなき御こゑにて

　行つゝもきつゝみれともいさきよき人の心をわれわすれめや

きよ丸これをきゝていよ〳〵しんきやうをいたす所にほうてんより五しきのせいじやはひいてゝきよ丸かもゝを

ねふるにもとのことく二つのあしおい出てけり」一二オ

〔第一四図〕」一二ウ

きよ丸きいのあまりに一のからんをたて丶ほうみをそなへたてまつりけんといふくはんをおこすところになんちおとこ山にこんりうすへしとつけ給ひしかは八幡山のおくにからんをたて丶みろくほさつをあんちしたてまつり足立寺となつけたり和気の氏寺《うぢてら》としていまにありとなんてい」一三オくはんのころ行教《けうけう》和尚《おしやう》といふ人うさのみやに二千日さんろうして大はんにやほつけの大乗《だいぜう》きやうをとくしゆししんこんのほうみをさ丶けたてまつる大ほさつ此上人のほうみをたつとみてたくせんしてのたまはく

得道来不動法性示八正道垂権迹皆得解脱苦衆生故号八幡大菩薩

和尚此文《もん》をえてふかく」一三ウすいきして云々すいしやくのたつとき事をねんにかんるい袖をひたす又大ほさつ此上人にはこさきの松のもとにかいちやうゐのはこをうつみ給へる事をしめし給ふ和尚《おしやう》すなはちかしこにまうててかの松のもとに井かきをしめくらすこれよりしてしかなしの松といふ事をはみな人しりたりけれせいわてんわうの」一四オ御宇ていくはん十八年七月十五日の夜半にひそかに行教にしめしたまふやうなんちにともなひてわうしやうちかくせんさしてこくわうをしゆこしたてまつるへしとの給ひけれは和尚いつれの所にましますへきと申わうしやうのみなみおとこ山をさして御在所《さいしよ》とすへきむねをしへ給ふすなはち行教」一四ウ三衣にみたの三そんにてあらはれ給ふ和尚すなはちかの山にしやたんをかまへてこれをあかめたてまつる行教心中におもひけるはこの山はひろしさらはいつれのへんにかましますへきとうたかひをなすところにいはしみつのへんに三ほんのさか木おひいてたり」一五オ和尚すなはちこれをもつて御やうかうのみきりとさためけりをよそわかてうにそうへうしん

おほしといへともことにいこくをかうふくのせいやくをたて丶てうていをまほりはんみんをめくみたまふ事ひとへにしんりよにありた丶し御たくせんの」一五ウ中にほのほをもつてしよくすとも心穢《けかれたる》人のものをはうけしとしめし給ひけり（八行分空白）」一六オ

もししやうちきの心をさきとしてしんけうをいたさん人はまつたいといふとも利生《りしやう》と丶こほりあるへからすをはん（ママ）ぬしんしんをさきとして三所のせいやくをあふきこせ（ママ）のしよくはんをとくへきもの哉」一六ウ

第１－２図

第３図

第４－５図

第6 － 7図

第8 － 9図

第10 － 11図

第12図

第13図

第14図

【翻刻】②「久間正八幡宮修造勧進帳」

紙本、天地二五・四センチ。第一紙幅八七・五センチ、第二紙幅八三・五センチ。

欲特蒙貴賤俗男女之助成致久間正八幡宮修造勧進
募縁起
竊以肥之前州藤津郡鹽田荘久間八幡大菩薩草創者
當社小松三品羽林平惟盛下向于當國之刻以岡田丸之
姫為妾汝儲男三郎盛重主有宿願奉勧請相州
鎌倉鶴岡八幡大菩薩於此所々致創建也于時建久元
年八月十五日也是則當郷第一之鎮守也雞栖成華構瑞離
餝朱粧五歩一祠十歩一殿琢玉鏤金奇麗未聞壮観也
盡美盡善荘厳無比営構也勝區尤奇天仙所降集壁
樹交朶衆人表繁栄蘋蘩禮費八月无令怠絚寶賽秘麻
一日无有間隙蒙冥助者自盈山林預玄鑿者多溢郡國神
光輝宇𠈙社威冠諸神雖然物皆有盛衰時刻有興廃星
霜年舊玉殿且邏逸春秋月重寶倉且頎頽就中元弘

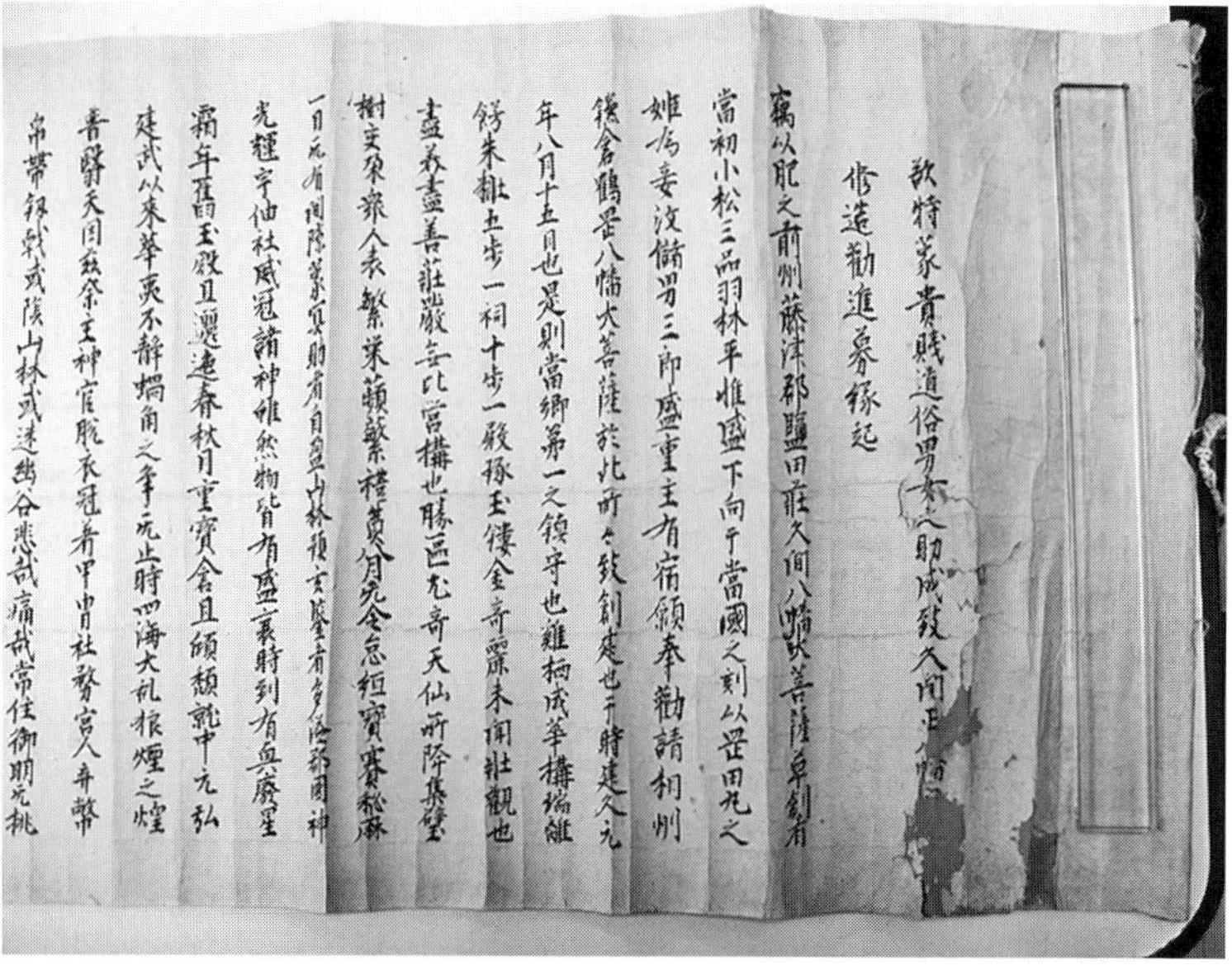

巻首

建武以来華夷不静蝸角之争无止時四海大乱狼煙之煌
普翳天因茲祭主神官脱衣冠着甲冑社務宮人弃幣
帛帯釼戟或陰山林或迷幽谷悲哉痛哉常住御明无挑
人霊光忽滅恒例祭礼无勤士神事既戡厥後世上漸
有属无為之暇日野人村老歎社頭之荒蕪巫覡祢宜悲齊
場之断絶纔支松柱営宮殿假調萱軒賁神威営構雖
未複往古如形祭貫日々惟新藻梲雖未盡華麗如在神
事年々惟盛然所當載旻天魔風頻起寶殿拝殿共以
為烏有矣當知郷内静謐无不當社之徳恩百姓護持无
非和光之方便嗚呼誰人不歎鎮守之魔滅何者不悲宗廟
之毀破于茲當領主鍋島甲斐守藤原直澄者當國佐賀
郡白山八幡宮之氏族也白山八幡宮兼當八幡宮同時奉勧
請鶴岡八幡大菩薩一躰分身同躰別宮云々奇哉喜哉
氏神在當所氏族主當郷凾蓋相衣應機感純熟以是當
宮祢宜甲州家属等一心歎社檀之朽敗同志希霊廟之
構複雖然有其願不足其力有其志雖成其功故欲募
衆縁得合力助成而已矣夫八幡大菩薩者日域朝廷之本

主鎮護國家之霊神也三韓征伐之昔者宿母胎亡異賊
垂跡外融之光者耀金厥安萬民代々聖君无伺神勅不
能即位家々大樹不預霊感未顕武名宜哉信力雖強情
聿未享非礼之費慈悲雖深重別期宿正直之頭本地
无量壽如来者餘佛超世之別願苦域濟度之教主刹那
唱名号无量之所犯忽泯銷一坐供香華悪業之忘雲
速解散悲願寔有願利生何疑哉夫心外无神亦无佛々
即是神々即是佛豈外求乎善心盡信神佛畢臻无不
蒙加護者也可信可貴既今歎神殿零落歎構複之上自
信心大名高家下至於編戸民庶男女施納宝財令修善根
若尒者不可簡一紙半鵜山成覆一簣不可捐寸鉄尺木
涓露滴為滄誰投宝禄不預神明冥感胡致小結縁
不蒙本地利益庶幾素願遄成畢鳳厥安寧國土豊饒
特者太守領主宮堅固兒孫聯綿乃至里民細素道
俗男女攘矣招福安穏快楽堯日再照舜雨普霑矣仍
勧進奉加之趣蓋以如斯

正保二乙酉祀臘月吉祥日　　　敬白

當郷為直澄公管領其臣正友卜居於祠邊日
欽看閲幹疏篤崇奉神威矣于茲瞻霊區頎
頽發修営求願投己之家産勃神之氏族
既建立拝殿一宇経営不多日成畢殿之
造構无是正友所為矣然則可謂本願主
者也

慶安元戊子暦季秋六日

本願　松岡三弥左衛門尉菅原正友

大宮司　光山兵部少輔平盛信

同弥田右衛門尉平盛清

宮司　明學坊林勝

弟子少納言林舁

北名八幡神社所蔵『八幡宮縁起絵巻』

夫我朝秋津嶋豊葦原中津國と
中は昔天神七代地神五代都合十
二代は皆神の御代にて天下の主たりき
國土豊饒にして壽命数千万歳也然に
神代終りて人皇御代となる彼最初を
神武天皇と申則地神第五のをはり
鸕鷀草葺不合尊の第一の御子也彼
神武天皇より第十六代の御末應
神天皇と申は今の八幡大菩薩の御
事也御父をは仲哀天皇と申仲哀
天皇の御宇二季癸酉目の歳に當て
新羅國より数万の軍兵責来て日本
を討取とす然間天皇自五万餘人の
官軍を相したかへて長門豊浦の宮に
して異國の凶賊を禦し給此時異國
より塵輪と言不思議の者色は赤頭は八に
して形ち鬼神のことくなる黒雲に乗て
日本に付人民をとり殺事数を知す天皇
安陪高丸同介丸に仰て惣門をかためさせ
塵輪来らは急奏し申へし人臣の力
して輙くうつ事あるへからす吾十善の力を
持て彼者を降伏せしめむと仰らる則彼
二人弓箭を帯門の南方を守護するに
第六日にあたりて塵輪黒雲乗て

来高丸武内大臣を以て此由奏するに御
門御弓を取矢をはけて塵輪を射させ
給へは塵輪か頸忽に射きられて頭と身
と二に成て落にけりかゝる處何とかしたり
けん流矢まいりて玉躰に恙あり御命既
あやうく見えさせ給ひけれは妃神功皇后
を近つけ奉て仰られけるは我如何にもなり
なは皇后大将軍として異國を
討たいらけ給へし御腹にやとり
給は皇子にてましまさは誕生
の後御位につけ奉給へしとて
同九年二月六日御歳五十二にて
筑紫の橿日宮において終に
崩御畢皇后すなはち先皇
の御遺詔にまかせて新羅百
済等をせめんかために数千騎の
軍兵を出させ給に一人白髪の
老人出来て皇后の御前にかし
こまる皇后いかなる者そと御尋有
けれは彼老翁答て申さく我君
かたしけなく異國を打したかへんか
ために思召立せ給ふこの翁も御共
つかまつりて御力になりまいらせんと
申けれは皇后御心の中に思召ける
はこの老人の躰さして御力になる
へしとも覚えすさりなから変化の
物なとにもやあるらんいかにも様こそ
あるらめとおほしめして召具て椿西
へ起(赴カ)かせたまふ

〔図一〕

皇后備後のとまりにつかせたまふ
時長十丈はかりなる牛をきのかた
より出来てのらせ給へる御船を

図一

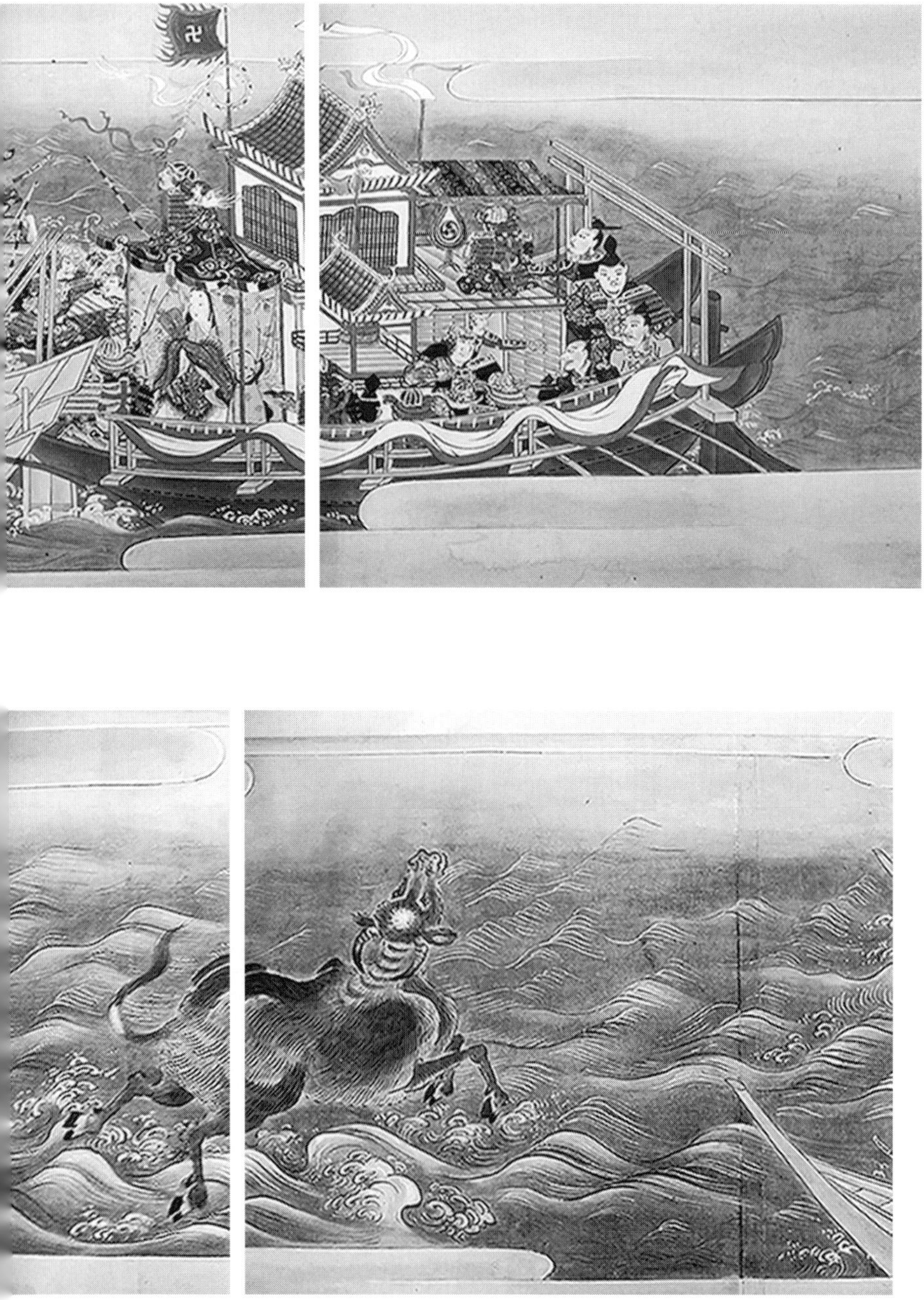

図二

365　北名八幡神社所蔵『八幡宮縁起絵巻』

損せんとす其時此老翁彼牛の二の角を取て海中へなけ入つ然に此牛海中にして嶋となりて今にあり以此所をは牛まと丶いひて文字には牛まろはしと書たり其よりして皇后此老人た丶人にあらすとたのもしき事におほしめして御身近くめして何事も仰合られけり

〔図二〕

其後門司関の上大江か崎といふ所につかせ給ふ折節塩干の時分にて船かよふへき様もなし其時此翁た丶一人して皇后のめされたる御船ともを奥中へ皆をし出しけり人々不思議のおもひをなしけり又葦屋津といふ所につかせ給時に此老翁弓箭を取出して物を射侍けるを御覧すれは行えもなき大なる岩の崎十丈はかりさし出たるをよくひきていたりけれは物にもあらす射とをしたりけり皇后をはしめたて奉て供奉の官軍等奇特の思をなすまことに人力のおよふへき所にあらす

〔図三〕

其後香椎濱といふ所に付給皇后この老翁をめされて仰られけるは我異國へ渡付といへとも彼敵

ともをはたやすく打随ふへき
やうなし如何せんとの給けれは翁申
様是より西に鹿の嶋と申て安
曇の礒良と云者あり海中に
久しくすみて海の案内者にて
侍れは此者を召て龍宮城につか
はして旱珠満珠といふ二の玉を
龍王にからせたまへ此二の玉たにも
さふらは丶新羅百済等せめした
かへ給はんことといとやすき事なりと
申けれは皇后件の礒良をはなに
としてかめすへきと仰らるれは翁
申さく此童せいなうと申舞を
愛し侍り此舞をは又はなら舞
とも申なり海中に舞臺をかまへ
て此舞をまはせられは件童さ
ためて来へしと申皇后此舞をは

誰人かまふへきとの給けれは其時此
老人さらは翁舞侍らむといふに
すなはち海中に舞臺をかまへて
供奉の人々音楽を奏するに老人
此舞をまひすまし侍けれは件
礒良此舞を愛してすなはち舞の
のすかたになり浄衣にたひは丶きして
頸に皷をかけたり海中に久しく
すみたる故にかきひしなといふ物顔に
ひしと取付てあまりにみくるしかり
けれは浄衣の袖をときて顔におほ
ひたれて亀の甲にのりて舞臺
ちかく出来るさてこそ此舞には
今の世までも布を面にたれ侍り
けれ彼舞臺は海中に石となりて
いまに侍となんさて皇后老翁に
仰られけるは件玉の事彼童に仰

図三

図四

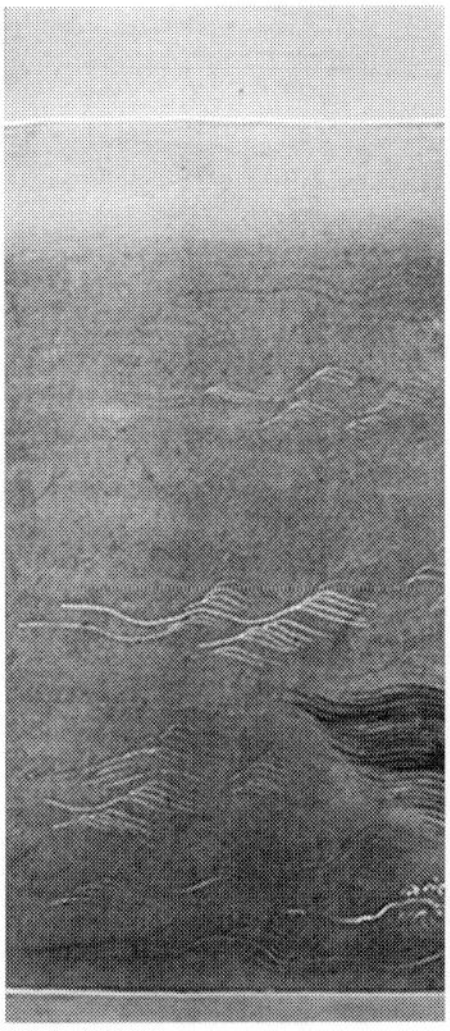

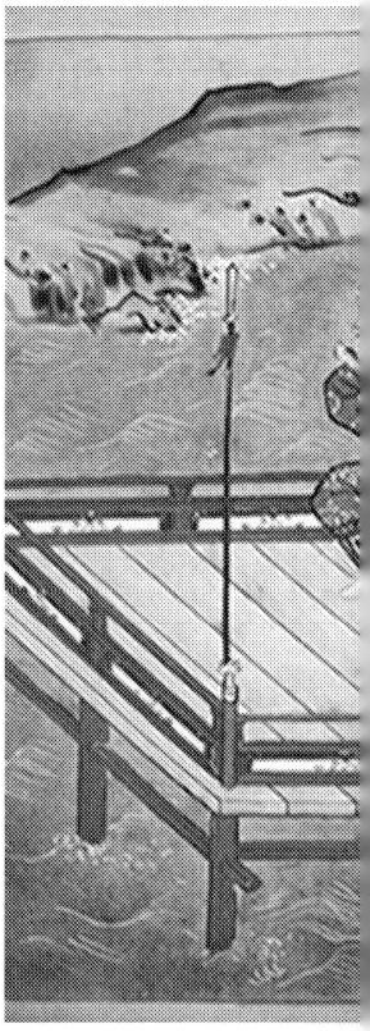

含へしとの給へは翁申さく磯童は海中の案内者にて供奉し侍へし御使の人を定らるへしと申ければ其も老人はからひ申へしと勅定ありけるにさらは皇后の御妹豊姫を御使として件玉をめさるへしとて翁勅定の趣を磯童に仰含けるは汝しらすや日本のあるし神功皇后先王の御本意をとけむかために新羅百済等をせめしたかへんとし給日本國にありなから王命をはいかて背たてまつるへき。《は》やく宣旨にしたかひて忠節をいたすへし就中龍宮に二の玉あり彼玉をかりて人力を責さすして異國を征討すへし豊姫に相具し奉て龍宮にをもむきて勅宣の旨を龍王に申へしとありしかは磯童豊姫を具し奉て龍宮におもむきける

〔図四〕

磯童豊姫を具し奉て龍宮に行て旱珠満珠二の玉を借得て次日早旦に帰まいりけり皇后なのめならす御感ありさて御船を造へしとありしかは三百人の化人俄に出来て長門國舟木山に入て材木をいたして豊前國宇佐郡にして四十八日に四十八層の舟をつくりいたす是すなはち八幡大菩薩は本地阿弥陀如来にてをはしませは六八超世の悲願を表し給なるへし彼老翁は住吉大明神にてをはします此神と申は地神第五のをはり

鸕鷀葺不合尊の御事也神武天皇より以来日本の百王は悉彼御苗裔なり我國守護の御めくみふかきによりて人倫の形を現して皇后に付奉り異國を讃随へ給こそ目出けれ又磯童と申は筑前國鹿の嶋の明神の御事也常陸國にては鹿嶋大明神大和國にては春日大明神是みな一躰分身同躰異名にてまします其外諏訪熱田三嶋高良以下の神たち三百七千五人四拾八艘の船におなし姿にて現し給惣して其勢一千三百七拾五人四十八艘の舟に乗りて筑前國鹿の嶋より漕出す大将軍には高良大明神也皇后も忽に男子の姿となり給御長九丈《尺》二寸御歯は一寸五分光ありみとりの御くしひんつらにとりからはにわけて御冑をめし御手には多羅樹の真弓八目のかふら矢を取そへ給弓を御たらしといふ事は此多羅樹よりはしまれりとなん御腰に太刀をはき御足に葦沓をめす紅の御裳の上に唐綾おとしの鎧をたてまつる御うみ○《ち》かつきの事なれは御乳房の大にして御鎧の引合あはさりけれは高良大明神くさつりをきりて御脇の下に付給今の世に脇楯といふはこれよりはしまれりかゝりける處に皇后御産の気出来る御腹しきりになやましく思食けれは對馬國にて御船よりをり白石に御腹をひ

やしつゝ御腰に石をはさみ給我はら見たてまつる所の御子日本の主となり給はゝいま一月胎内をいて給へからすとねきことし給て又船にめされけりさる程に異國の兵船十万八千艘軍兵四十九万六千餘人乗つれてせめ来る異國の軍兵は大勢なれは日本の兵船を雲霞のことくに取籠て一時に討滅さんとすすなはち皇后高良大明神を牒使として勅宣旨を仰けれは新羅高麗等の国王大臣嘲笑していはく日本はかしこき國なり仍女人を大将軍とするやと爰高良大明神白色珠を海へ入給此珠をなけ給故にこそ高良をは又は珠垂の宮とも申なれ旱珠すて海に入しかは大海忽に

ひて陸地のことし異國凶徒悦をなして悉船より下立て皇后を討取たてまつらんとす日本船には神下にありて守護する故に水ひく事なしさて青色珠をなくるに満水みなきりてもとのことく大海となる敵軍悉塩水におほれて魚のことし死する者数をしらす更にかなふへき様なかりけれは新羅百済高麗の國主大臣皆降をこひて我ら日本の犬と成て守護すへしい毎年御つき物を備てまたく懈怠すへからすとて誓言をたてゝ引退にけり

上終

上巻終

〔図五〕

下

さる程に異國の凶賊悉帰伏して敵心
をなす者一人もなかりしかは皇后
新羅國の地につき給すなはち
大なる盤石の面に弓のはすにて
新羅國の大王は日本の犬なりと
いふ銘を書付て御鉾を彼國
の王宮の門前にたておきて御帰朝
あり今の世に犬追物といふ事は
彼異國の人民を犬にかたとりて
敵軍を射る表示なり日本官軍
引退て後末代まて國の恥なり
とて火をもて彼石の文を焼うし
なはむとすれとも弥あさやかに
なりて今にありと申傳たり
異國の合戦に打勝ことは毎
度の事なれとも正しく敵国帰伏
して誓言をのこすこと此皇后御
時の外は其例をきかす異域に
起(赴カ)し軍兵は舊里に帰る悦をなし
本國にとゝまる人民は主君を得
たる勇ありさてかの二玉をは
肥前國佐嘉郡河上の宮に納を
かれけりとなむ旱珠といふは白
色の珠満珠といふは青色の玉
をの〳〵長五寸はかりの玉なり

〔図六〕

皇后異國にをもむき給し時先皇
の御躰を御棺に入て香椎の濱と(附箋「濱に」)
するゐ奉て遠き御まほりと思食
けるを還幸の後武内大臣して
長門國豊浦宮に送たてまつり
其よりして河内國長野山にうつし

図五

図六

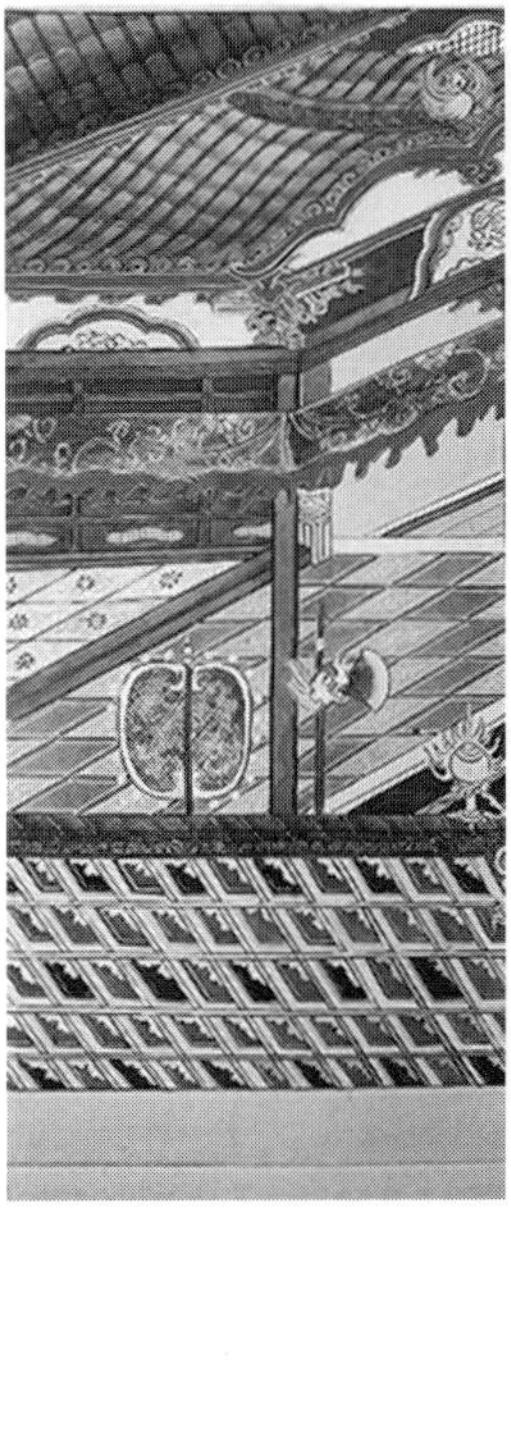

奉て山稜をつきたてまつり皇后は筑前國に還着し給て後十日と申に鵜羽をもてうふ屋を造り槐木をさかさまにたてゝとりつかせ給て皇子をうみ奉り給かの木はやかてをひ付て今にあり彼所をうみの宮と名付たり御誕生は十二月十四日辛卯日なり是によりて卯日をは大菩薩の御縁日と申也十二月十四日御誕生會といふ神事を行はるゝ事是故也さて次年二月に武内宿祢を王子に相供なはせ奉て都へのほらせ給程に鹿弭坂王子忍熊王子兄弟二人皇后の御腹に王子の出来給へきことをそねみて兵をあつめて密に待給

よし聞えしかは武内宿祢皇子をいたき奉て南海より紀伊湊に付給其後武内大臣彼兄弟の王子を追罰すかこさかをしくま兄弟の御子と申は則仲哀天皇の御子大菩薩の御ためには御兄にてをはします神功皇后は開化天皇五世の御孫御歳卅三にて皇后の位にそなはり御歳卅一と申十月二日仲哀天皇の御遺言にまかせて終に王子の位にいたり給「此候不入」御治世六十九年御歳一百と申也四月十七日に大和國高市郡磐余稚桜宮にして崩御畢後には神とあらはれたまふ八幡三所内東御前と申はすなはち

此御事なり

〔図七〕

皇子は四歳にして皇太子にたゝせ給ふ御歳七十一と申正月に皇后にかはり奉て帝位にそなはり給即應神天皇と号し奉る仲哀天皇第四御子也御世を治め給事四拾一季后八人男女の御子十九人此御代にはしめて文字をかき衣裳を縫とみえたり御歳百十一にして大和國高市郡軽嶋豊明宮にして崩御畢終に神とあらはれ給て八幡大菩薩と号し奉る筑前國ますとみ七郡か内に糟屋西郷といふ所に戒定恵の箱をうつみてしるしの松を立給へり今の箱崎のしるしの松これなり其後又豊前國宇佐郡馬城峯にして石躰権現とあらはれ給是垂跡のはしめなり即彼山の頂に三の石と成て其石より金色の光を放其光王城をさす是によりて仁徳天皇勅使を立て尋登てみれは金色の鷹と現し給へり勅使山の麓にして寶殿を造て崇たてまつる宇佐八幡宮これなり但八幡大菩薩と号し奉る事は箱崎しるしの松の下に空より八流の幡ふる赤幡四流白幡四流なり即社壇を造りてこれをあかめ奉るそれよりして正八幡大菩薩と名付

図七

図八

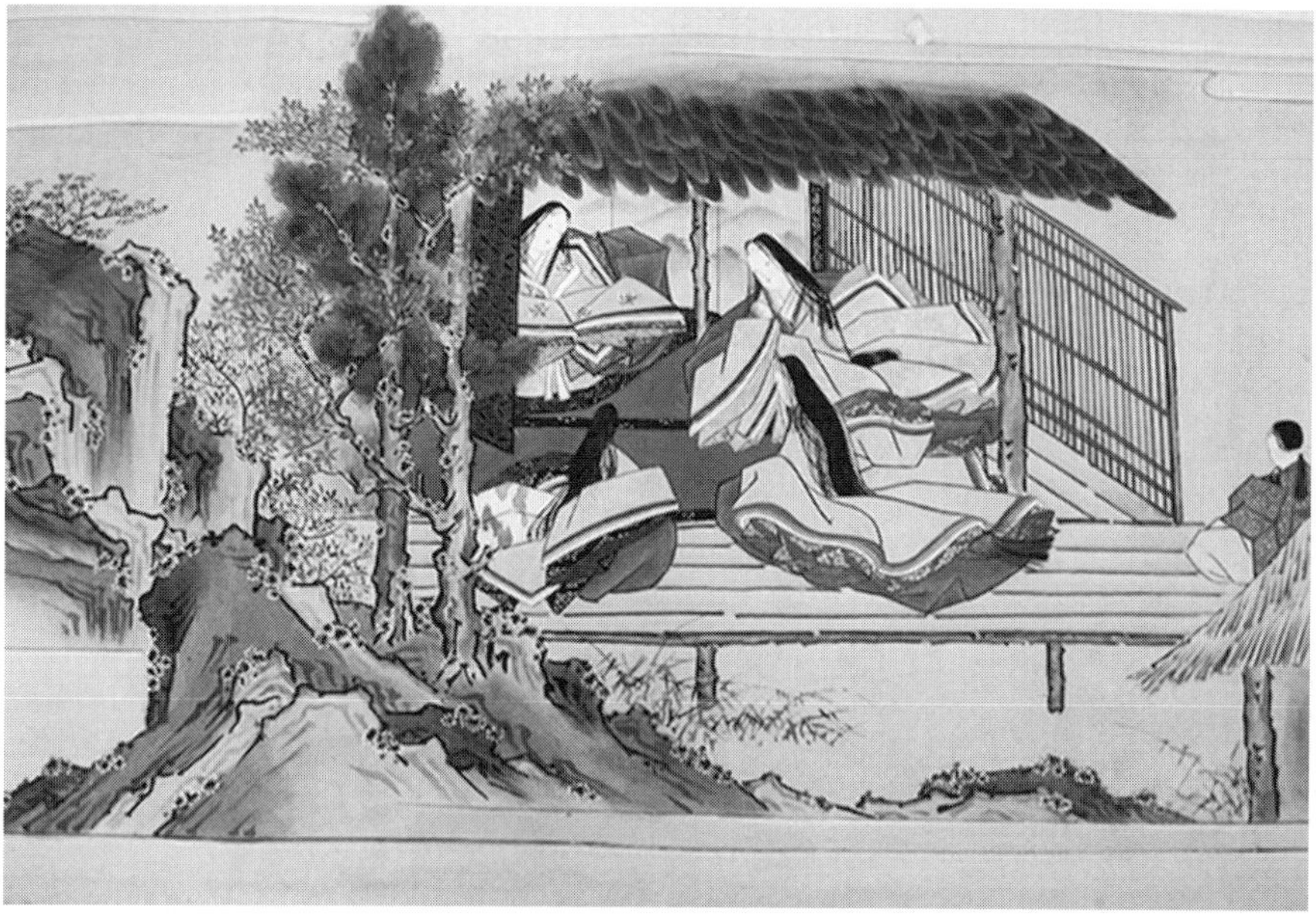

奉る是則八正の直路をしめして三有苦海を救給ふ表示なり

〔図八〕

人皇第三十代欽明天皇御宇十二年正月にはしめて神躰をあらはし給すなはち豊前國宇佐郡蓮臺寺山のふもと谷の奥にかちする老翁あり大神の比義これをみるに其形皃はなはた奇異にしてたゝ人にあらさりけれは彼比義籠居して給仕する事三年忽に五穀を断し精進して御幣をさゝけて祈中様我三年か間給仕したてまつる事は御相皃たゝ人にましまささるによりて正く御躰を拝見せむかため也若神明にてましまさは願くは我まへにあらはれたまへとねんころに祈請せしかは彼翁忽に三歳の小児と成て竹葉に乗して示していはく我は是日本國の主人王第十六代誉田天皇なり我をは護國霊験威力神通大自在王菩薩と云なり國々所々跡をたるゝこと久しとの給けり誠に護國の御誓約餘社にかはりて甚深にましますされは御託宣の中には人の國よりは我國人の人よりは我人といふ御詞あり我國に生をうけん人誰か大菩薩の御めくみを仰かさらんや

〔図九〕

昔は六年に一度勅使を宇
佐宮にたて、國政の事を
定め給へきよしを申され
けるに御殿より御聲を
出して御返事ありけりとな
む然に稱徳天皇弓削の
道鏡禅師に践祚あるへき
旨和気清丸を勅使として
宇佐八幡宮に申させ給けれ
は大菩薩これをゆるし給
はすわれ三所の神躰を顕
して百王鎮護の誓をなす
然にかゝる非例をきく事
更われ本意にあらす詞を出す
故にこそかゝる非道の
事をもきけ今より後勅
定なれはとて返事すること

あるへからすとの給けれは清丸
帰参して此よしを奏聞する
にみかと神慮のゆるし給はさる
ことを憚り思食て践祚の儀は
なかりけれとも清丸あしく申
たりけれはこそ御許なけれ
とて彼二の足をきりてうつを
舟にのせて流さる此船宇佐濱
によるに猪来て清丸をのせて
宇佐宮の南楼にいたりしかは
是ひとへに大菩薩の御めくみ
なりと思て猪よりをりて御殿
近くまいりて涙をなかしけれは
御殿中よりやことなき御聲にて
　ありきつゝ来つゝ見れとも
　いさきよき人のこゝろを
我わすれめや

図九

図一〇

清丸是をきゝて弥信敬をいた
す處に寶殿より五色の小蛇
はい出て清丸か脛をねふるに
もとのことく二の足生いてにけり
清丸帰伏のあまりに一の伽藍
を立て法味を備たてまつらむと
いふ願を起す所に御託宣に
汝男山に建立すへしと告
給しかは八幡山の奥に伽藍を
立て弥勒菩薩を安置し
奉り足立寺と名つけたり
和気の氏寺としていまに
ありとなむ

〔図一〇〕

貞観のころ行教和尚といふ
人宇佐宮にして二千日参籠
して大般若法華等の大乗経を
読誦し真言の法味を捧たて
まつるに大菩薩此上人の法
味を貴て託宣しての給はく
得道来不動法性示八正道垂権迹
皆得解脱救衆生教号八幡大菩薩
和尚此文を得て深く随喜して
いよ〳〵垂跡のもろきことを念
して感涙袖をうるほす又
＊附箋「に不入」糊剥がれ
大菩薩此上人に箱崎の松のもと
に戒定恵の箱を埋給へることを
示し給和尚即かしこに詣て
彼松のもとに井垣をしめくらす
是してこそしるしの松といふ
ことをはみな人しりたりけれ
清和天皇御宇貞観十八年
七月十五日の夜半にひそかに

行教にしめし給様我汝にと
もなひて王城近く遷坐して
國王を守護し奉へしとの
給けれは和尚いつれの所にか
ましますへきやと申王城
南男山をさして御在所と
すへき旨を教へ給すなはち
行教の三衣に弥陀三尊に
てあらはれ給和尚いそき都
にのほりて此よしを奏聞し
けれは朝家大に悦はせをはし
まして即彼山に社壇をかま
へて是を崇奉らる又行教
心中に思けるは此山はひろし
さゝ「さらに」河の邊にかましますへき
と疑をなす處に石清水の邊
に三本の榊生出たり和尚即此
所をもて御影向の砌と定
けり凡我朝に宗廟の神
おほしといへとも殊異國降伏
の誓約を立て朝廷をさほり
万民をめくみ給事ひとへに
大菩薩の神慮にあり但御
託宣の中に銅のほむらをもて
食とも心けからはしき人の
物をうけしと示給へり若
正直の心を先として信敬
をいたさん人は末代といふとも
利生とゝこほりあるへからす
はやく信心を先として三所
の誓約をあふき二世の願
望を遂へき者哉

図一一

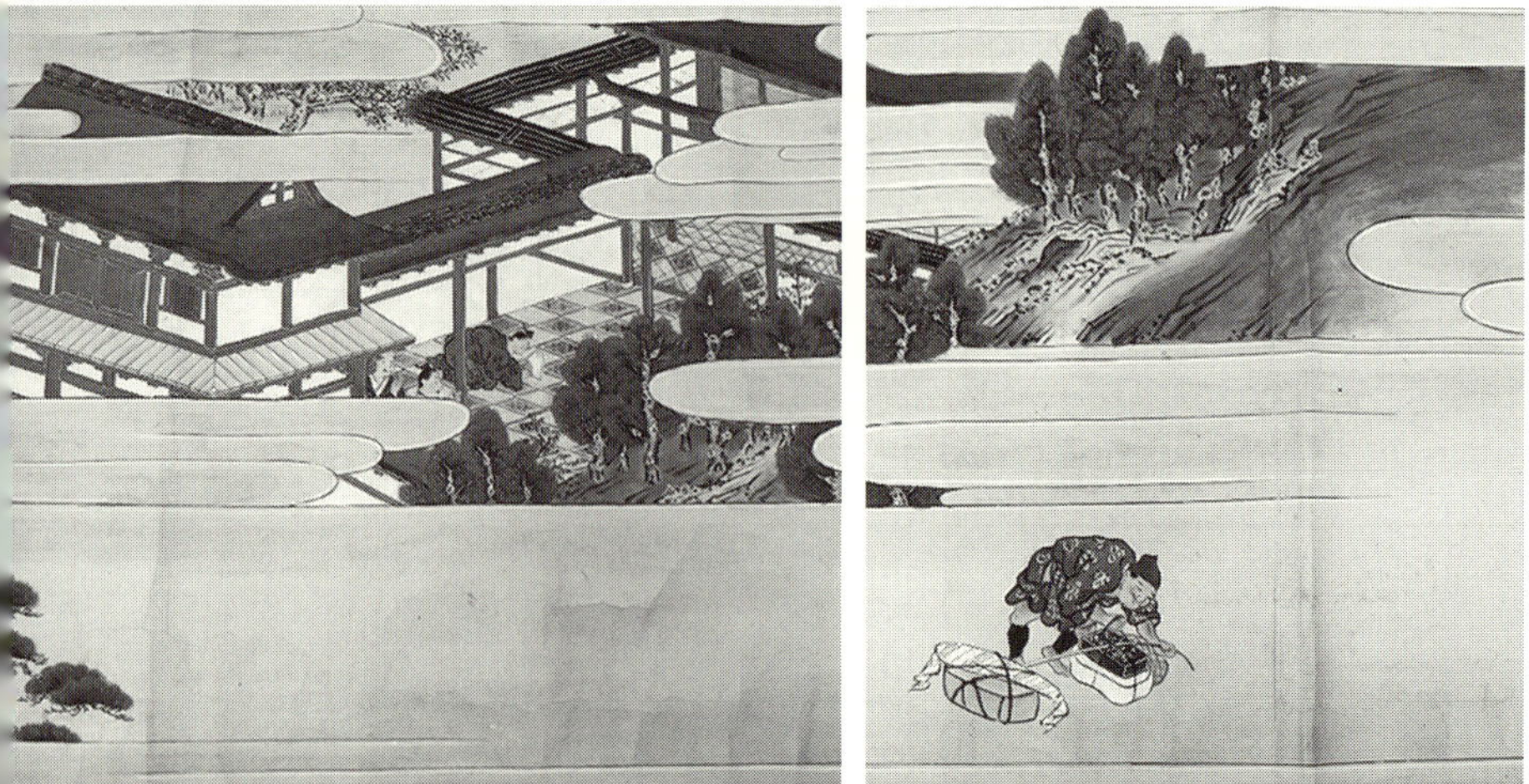

為賁三所之威光尋記
両巻之縁起則致新圖
奉納　尊前早鑒敬
祇之志弥垂感應之
眖矣
永享五年孟夏廿一日征夷大将軍左大臣右近衛大将源朝
臣
〔図一一〕

跋
八幡大菩薩畫圖譜略
肥之前州蓮池城前
刺君鍋嶋了関老居士昔
年視江府西久保
八幡宮神跡之圖而教謄
寫之且得兼如所書寫譜
文共秘家久矣今茲欲寄
献蓮池宗廟
八幡宮竟移舊本合考命
畫工新圖神跡以為二軸
鎮神宮因教山野跋其後
是以略誌本末塡願神霊
鑑情實、心風調雨順五穀
豊登國家安泰萬民快楽
更冀子孫承其餘慶且文
且武不墜賢名矣
旹正徳四甲午年八月望
龍津開山龍化霖謹跋
〔白文方印〕〔朱文方印〕

真字本『玉藻の草紙』

原則、原文のまま翻字した。ただし、便宜的に、本書収録「真字本『玉藻の草紙』考」掲示の梗概番号に従って番号を付し、改行を行った。

玉藻前之双紙

1

鳥羽《ノ》第二《ノ》王子主上近衛院《ノ》御宇《ノ》久寿元年鳥羽仙洞《ニ》一人《ノ》化女出来《ス》後日《ニ》玉藻前《ト》号《ス》天下無双《ノ》美人国中第一之賢女也鸞鏡《ランケイ》之内《ニハ》花《ノ》兒《セ》鮮楊貴妃《ノ》艶《エン》色嘲《アサケリ》二鳳基《ノ》内《ニ》一緑《ノ》簪《カンザシ》濃《ニ》不《ス》レ恥《ハチ》李夫人之紅顔《フヲモ》一不《レトモ》レ薫《クンセン》二衣裳《ニ》一唾《キ》二蘭麝《ノ》匂《ヲ》一不弃療《キヨツクラウ》二容兒《ヲ》一終日施《ス》二桃李之粧《ヨソヲイヲ》一然《ル》間《タ》院《ノ》御身《ミ》近《ク》被《レ》」一オレ召《メサ》御寵愛《テウアイ》有《リキ》院中《ノ》人々高賤《モモ》此《ノ》事《ヲ》一大事申《ト》梟《シ》見物《ケルル》忍辱《ニンニヨクノ》相備《ヲソナヘリ》然《ルニ》疑《ウタカフ》二聖衆《ノ》影向《カト》一現《ス》二不老徳《ノヲ》一故覚《ニユ》二天人《ノ》化現《カト》一年《ノ》齢《イ》廿《ノト》内見《ヘタリ》

2

斯《カヽル》処《ニ》成《シ》二大臣《ジン》公卿《クキウ》侫《シヲ》一処帝者《ニハ》含《フクマセ》二御咲《ヲ》一和《ケ》レ詞問《ヲヒ》二内典外典世法仏法事《ノヲ》一給《フ》化女三《ニ》一々訓尺《クンシヤク》申《シ》梟《ケル》少《モ》不《ス》レ違《タカ》二本説《セツニ》一余《リニ》不思議物《ノヲト》思《シ》召《シ》尋《ネ》聞《カント》耳《ミ》帝《ト》問《ヒ》給《フ》様《ハ》抑《モ》聖教中《ノ》煩悩即《ニホンノウソク》菩提《ホタイ》生死即涅槃《ソクネハント》」一ウ立《テリ》日々夜々起《ニル》所《ノ》念者《ハ》皆《ナ》是《レ》煩悩也尔《シカルニ》

不《ス》レ捨《テ》生死《ヲ》一不《ス》レ動《ニ》煩悩《ヲ》一直《ニ》可《ヘカト》レ至《イタル》二菩提涅槃《ネハンニ》一問給《ヒケレハ》　化女答《ヘテ》申皐《シルハ》　女性身《ノニテ》　左様之事《ヲハ》　争《イカテカ》　知侍《リヘリ》　可《ヘキヤ》レ申被《スレ》レ引《ヒ》二過去《ノ》業因《ニ》一男女《ノ》替《リ》候共《モ》心内《ノ》仏性《ハ》一体《ノ》事《ニテ》　候間《フタ》不《ス》レ可レ有《ル》二男女不同《ノ》一其故煩悩《ハ》即菩提《ト》也生死《ト》涅槃《トハ》　喩《タトヘハ》　如《シ》二水氷《ノ》一也亦如《タク》二響《ヒヾキトコイトノ》　声《ノ》一也煩悩即《ソク》菩提也雖《トトモ》レ住《ト》レ思《ニ》一煩悩起時《ルキ》」二オ涅槃弥〳〵増長煩悩即《スハチ》涅槃也故身乍《ニニラ》レ持《タモチ》二戒行《ヲ》一住《シ》レ心《ニ》着《シャクセハ》レ身《ニ》生死弥〳〵無尽《シンリ》也生死即《ハ》涅槃也故持《リニチ》二戒行《ヲ》一不《ス》レ犯《ヲカサ》二威儀《ヲ》一心厭《ニイトイ》二生死《ヲ》一可発《ヲコス》二偏《ヒトヘニ》　菩提心《ホタイヲ》一其故煩悩《ノハ》風悉《コト〳〵ク》　吹《テ》法性之智水悉雖《クトモ》レ氷善心恵日《トノ》高輝《クカヽヤクンハ》　時煩悩氷解《ノリケテ》　法界皆成《ナル》レ水是善悪《トレノ》二字不《ルカ》レ異《コトナラ》　故尓《ニシカラハ》　善賢経《ニモ》　我身自空罪《サイ》福無主哉覧《トカナミルニ》　有現《リゲニ》　候但見《シルニ》二世間《ノ》」二ウ道俗《ヲ》一懈怠《ケタイシテ》　不《ス》二精進《セ》一破戒《ハニシテ》　不《ス》レ守《ラ》二威儀《ヲ》一適《タマ〳〵》　入《テ》二道場《ニ》一洗《アラヒ》二罪垢《サイクヲ》一心水散《サン》乱《トシテ》　浪競《ナミキソイ》　起《リ》一粒《モ》不《ス》レ清《ヨカ》　稀《レニテ》　向《ニ》二仏像《ニ》一迷闇《メイアンヲ》　照《ト》思《ヘハ》　煩悩雲《ノ》厚覆《クヲヽヒ》　長夜暗《ノヤミナヲ》尚深《シ》唯《タ》所《ロノ》レ起《ル》妄想《モウソウ》不《ス》レ掛《》レ目《ニ》散乱《サン》心《ノ》是《ハ》何《レニ》物《ノソ》　長夜闇《ノ》是《ハ》何物《レニノソ》　妄想真《シン》心自《リ》レ何《ナニク》　起《カト》　思量《リウシウ》照見《シヘ》候自然成《ニシ》二菩提道果《ノクハヲ》一忽《タチマチニ》　現《シ》二出世妙体《ノヲ》一無《ク》二智恵《キ》一無《ク》二道心《》一前《ヘニハ》世法仏法有《リト》レ隔《ヘタヽリテ》　見《ヘ》」三オ道心堅固人《ノ》前《ノヘニハ》　何物無《ニカ》非《シアラサルコト》　仏法或《ニハ》一色一香無非中道尺見《トシルニハ》　或法界体性無差《シャ》別森羅《シンラ》万像即《スナハチ》　法身説給《トトキヒ》或挙《ハアケ》レ手動《ウコカシ》レ足皆是密印《ナレミツイン》也妄想《リモウソウ》思念《シネン》皆是《ナレ》密観也自然道理《リノ》也故悟《リニサトルニ》　前《ニハ》　惣顕教密教《ヘテケンキウミツキウノ》　無《ク》レ隔《ヘタテ》　世法外《ノニ》更《ニ》出世《ノ》無《シ》レ法悲《カナシヒカナ》　哉眼前法《ノヲ》不《シテ》レ知遠《シト》二菩提《ホタイノソウヲ》　想一思哀《ヒアハレナルカナ》　哉不《シテ》レ覚二自理《ヲ》一空隔《クヘタツル》二遠生《ヲ》一事縦《トタトヘハ》　一紙《ヲ》」三ウ隔如《テシ》レ思《フカ》二千里《ト》一世間出世全一《クニシテ》　非《ス》二別物《ニ》一只悟《タサトル》　与不《トルトノ》レ悟差別《シャヘツ》也答《トヘ》申《シケレハ》　誠悟開給《ニヲキフ》大師先徳書置玉《ノキキ》ヘル聖教法門少《ニシモ》不《ス》レ違申《ハケレハ》帝奉《ヲリ》レ始禁中《キンノ》上下万人驚《ヲトカシ》二耳目《シヲ》一無《シ》レ不《ト云コト》レ振《フルハ》レ舌《ヲ》一此化女口《ノ》聞様《ノキフス》非《タ》二只物《ニ》一尚物《ナヲ》為《ヲセ》レ謂聞《イハン》与被《トレ》二思召《シサ》一重抑皐《テセケル》　様《フハ》　女性身《ノニテ》　如《ク》レ此智恵才覚有事《ノル》　昔今《トハモモ》未《タ》二聞及事《キハ》殆《トント》可《シ》レ謂《ツ》二富楼那弁舌《フルナノヘンセツトモ》一又龍女再《タノ》」四オ誕共《トモ》覚《ヘタリ》　世間不審多中《ニフシンキニ》我朝天河与名付《カニノトタルハ》　誠空《ニラニ》川流《ノル、カト》　為《セ》レ問給化女答申《ハフテシケルハ》　聖教面明《ノニカニ》　侍《ルハ》　争《イカテカ》　不《サルヤ》二知召《シロシサレ》一个キ《哉》一向物笑社覚侍是《ヒタスラノトソヘレレハ》　帝尺乗給大象息《ノノリフノイキトス》　申也又私断簡《ノタンカンニハ》　一切物《ノニハ》　必其ノ精有《スイル》事候間雲精《トニタノニテ》　候答申皐《トヘシケル》　去《レハ》　天河雲精云料簡《ノヲノトフ》誠面白物精《ニシノイ》又何物《ニ》　可《ニモシ》レ有《ル》レ之哉御尋《ト・タツネ》　有皐《リケレハ》　化女申《シケルハ》　青黄赤白黒蓮《ノ》

華《ケンノ》」四ウ中《ニハテ》 以㆓青蓮華《ヲ》㆒精《トス》 又山林《ニ》生《ル》処《ノ》華《ノ》中《ニハテ》 以㆓須曼那華《スマンナケヲ》㆒精《トス》 一切香《ノノ》中《ニハ》 梅檀《センタン》香《ヲ》以《テ》精《トス》 一切玉《ノノ》中《ニハテ》 以㆓如意宝珠《ヲ》㆒精《トス》 一
切《ノノ》山中《ニハテ》 以㆓須弥《シユミ》山《ヲ》㆒精《トス》 諸金中《ノノニハテ》 以㆓金銀《ヲ》㆒精《トス》 龍王中《ノニハテ》 以㆓沙羯羅《シヤカツラ》龍王《ヲ》㆒精《トス》 諸天中《ノノニハテ》 以㆓魔醯修《マシシ》王天《ヲ》㆒精《トス》 一切経中《ノノニハテ》 以㆓
法華経《ヲ》㆒ 一代聖教骨肉《シウノコニクトス》 種々答申《ヘシル》梟《ヲ》㆒問 答《ヘハ》㆑万浅《フヲキヨリ》 至㆑深尋《ルニルニモ》 ㆓何事《ニヲ》㆒無㆑知《シ不ト云コト》㆑之誠権者《ニノ》化現被《トレ》㆑思《シ》」五オ食御心《サモ》
難《カタク》㆓打解《チケ》㆒思食《シス》一度咲 百《イカメハモ、ノコビ》 媚顔色厳 梟《ウルハシケレハ》 御愛念深重《アイモシンチウニシテスコシモ》 寸 御腰下《ノモトヲ》 不㆑被《ス》㆑放給《ハナシハ》㆒化女御名《ノヲハ》 化生前《ノヘト》 名
付《ケ玉ヘトモ》 内《ニハ》㆒而 如《トシテシ》㆓女御《ル》㆒或年《シノ》 九月廿日《ノ》夜蕭故殿《シウカ》 有《ニテリ》㆓詩哥管絃《カハケンノ》 御会《イ》㆒帝《ト》化生前《ノ》 置㆓御脇《ヘヲヲキ》㆒給 滅処《ヒテ》内御坐《ニシマシ》 梟庭上《ルニ》
嵐嶮《シハゲシク》 吹灯《キトモシ》 共《ドモ》 皆吹滅《ナキケス》処自然《ニ》有《リ》㆑光輝《カス》㆓殿中《ヲ》㆒去程《ルニ》大臣公卿是《レハ》」五ウ何事天変《ニノヘン》哉 成《ナト》㆑恠《シヲソレヲ》 四方見廻処《ヲスニ》御簾内《ノヨリ》 光出《リテ》
不㆑異《スコトナラ》㆓朝日光《サノニ》㆒則各《チ〳〵》 指《サシ》㆓置管絃《ヲキクハケンヲ》㆒奏㆓問《ソウモンス》 恠事《キヲ》㆒帝仰梟《トセルハ》 是《レハ》 化生前身《ノノ》 光放《ヨリヲチタルソヤ》 誠《ニ》諸法通達世間出世《ニシ》如㆑卦《ク》㆑鏡《カククルヲ》
不思議成哉《ルヤ》身《ヨリ》 出㆑匂《シヲ》又令《ラル》㆑放㆓光明《ヲ》㆒事是偏《トレヒトヘニ》 仏菩薩化《ノ変》迦葉尊者《カシウソンシヤノ》 聞《クニ》㆓因位時《ノヲ》㆒極賤《テイヤシキ》 女人 御坐時《ニテマシマス》金《キネヲ》 一両拾《フテ》 自《ラ》
不㆓受用《ス》㆒訛《アツラヘテ》 ㆓薄師《ヲ》㆒為㆑薄古《ナシニキ》」六オ塔中《ノニ》御面像欠給《ノケヒル》梟御坐是《スレヲ》 綵色《サイシキ》申懺《テセン》㆓悔《クハイシトン》 貧報《ホウノ》 業因《コウインヲ》㆒薄師共成《ニ》㆓仏道《ヲ》㆒
契《チキリ》 至《リシカ》 九十一劫 間《コウノ》毎《タニ》㆑生身 放《ヨリテ》㆓金色光《ノヲ》㆒終仏第《ニノ》一弟子《ノ》迦葉尊者《カヨウソンシヤト》 被《レ》㆑謂給《イハヒル》梟昔斯《モカ、ル》 有《リ》㆑為《タメシ》 今此女人《ノ》内典外典智恵才
覚勝《テ》㆑人《ニ》万事不《ニス》㆑闇然《クラルニ》 此女人身《ノノ》放《ヨリチ》㆑光匂《ヲヲ》㆑出事《スト》先世《ニ》如何様成殖《フルウヘ》㆓善因《センインヲ》㆒又如何様修《ノシヨシ》 ㆓」六ウ功徳《ヲ》㆒梟返《ルカイス〳〵》 々不思議《ト》
覚 是《ヘタリ》則《レ》非《チス》㆓人倫《ニ》㆒法身大士《ノトル、》㆒被㆑思《リノハ》也此間化生前《ノ》 申《ヘトシケレトモ》 今此光明《マノ》付《ニテ》玉藻前《ノ》 申《ヘトシル》梟世《ニキ》難㆑有権者女人《ノ》 別無《ナレハニシ》㆓名云《ヲフト》事㆒
和光同塵 仏菩薩《シテ》 交《ナレトモル》㆓人倫《ニ》㆒時《ハ》呼其名習候間玉藻前可申有倫言梟然管絃《クハケンノ》 有《レハ》 ㆓御気色末坐有梟若殿上人《ニリルキ》進出申《ミテシ》
梟《ルハ》 管絃《ヲハ》 申五如《ク》㆑形相伝《ノヒヱ》候共《ヘモ》五」七オ音申事不《トスト》㆓分明《ス》㆒候凡管絃申《ソトスハ》 五音以《ノテ》㆓時調子《ノヲ》㆒分明知社《ニテソ》其興《ノキヤウモ》 候処五音《ニ》闇《クラク》 候
而 仕《シテ》処《ルノ》管絃定却《テハツレ》 ㆓調子《ニ》㆒候覧五音《ン》起司《ノリツカサトル》 ㆓五行音《ノニ》㆒此五臓《ノ》音別六《ノテ》調子成六調子《トル》別呂律《ニロリツノ》 ㆒呂声《ツノ》 喜《ヘハ》 時《ヒノ》音律声《ノヘ》悲《ハミノ》 時《ノ》
音也《ヘリ》然間《ルタ》双調黄鐘《シヤウ》 調一越調《コツデウ》㆔音呂声《ハノヘ》也平調槃渉調《デウバンシキデウ》㆓音律《ハリ》也次《ニ》無調云《トハ》呂律㆓声《ノ》」七ウ出《ヨリ》也呂律《ル》 不《ニハ》㆑異《ナラ》 不調一音
有 無調云《ルヲ》無調《トフ》五調子《ハ》外《ノ》非《ニス》㆓無調㆒呂声《ノニ》乍《ラ》㆑順《シタカヒ》 而《モ》双調黄鐘調《シウ》 一越調㆔調子違《タコウテ》 故《ニ》無調名《ト》付《ク》是《レ》則《チ》呂声《ノ》 兼《ヘヲ》 故《タル》一向《ニ》呂《ノ》

音《トシテ》三調子不《ニル》㆑似也《リ》凡《ソ》一々《ノ》調子《ニ》甲乙《ノ》有《リ》㆓二音㆒甲声《ノハ》上《ヘノ》音《ヘ》也《リ》乙声《ノハ》下《タノ》音《ヘ》如《ク》㆑此《ノ》心得《ヘ》六調子《ヲ》知《ルヘルヘシト》侍　答《レハ》重而問云《テク》双黄一《ノ》三調子《ヲ》如何《イカ》成《ル》故《ニ》楽《ガク》音《ント》名付《テ》」八オ呂声《ノ》定《ヘトメ》平槃《ノ》㆓調子《ヲ》悲《ミノ》音《ヘト》名付《テノ》律音《ヘトメ》定候哉覧《ント》答《テ》云《ク》人間《ハクラク》苦楽《ヒ》相並《テンナル》盛者《ハ》必《ラス》衰《フリ》也生者必滅《ノ》道理《ニテ》不《サル》㆑待㆓出気入《ルキ》気出気《キヲ》故《ニ》此《ノ》五調子云《トフ》自《リ》㆓五臓㆒以《テ》㆓出気《ル》音《ノヲ》㆒顕《アラハス》㆓無常《ノ》時分《ヲ》㆒也此次第明《ニカ》也黄鐘調心《ノ》臓《ノ》気《ノ》音《ヘノ》此臓《ノ》音《ヘノ》心音《ヘニ》返《ル》也其《ノ》故《ハ》甲《ノ》声《ヘハ》高《クル》成時《ハ》脾《ヒノ》臓《ノ》土上《ニ》順《シテ》甲《ノ》音《ヘ》也乙声《ノヒ、ク》響時《ハハイノ》肺臓金ノ」八ウ音同故以《トシ》㆓土《ニテ》色《ノヲ》㆒黄《ト》名付《ケ》以《テ》㆓鐘《カネノ》音《ヘヲ》㆒鐘《シユウト》名付《ル》也次《ニ》一越調自《ハハリ》㆓脾《ヒノ》臓㆒出気《ルキノ》音《ヘ》也此臓《ノハ》司《トル》㆑土《ヲ》五行《ノ》中《ニハ》四季通王《トスル》故越《ニコツト》云其徳《フノノ》大《ニシテル》兼㆓四方《ヲ》㆒故《ニ》一《ト》名付《テト》母云抜苦《ハバツクノ》義也故《ニ》双調《ハ》父母《トシテ》上下無調生《ヲスル》音《ヘ》也所以《ル》四大風吹《テリ》自㆓五臓気《キ》㆒成《ル》㆓六調子《ト》㆒是又有《レリ》㆓深心㆒我等《レラ》衆《シユ》生生住異滅《イメツノ》四相具足《スル》然《タリ》間自㆓五臓㆒吹《クヘ》音《ヒ》喜」九オ悲《ミノ》二音有《リ》先双調木《ノヘ》音《ハ》木東方《ノ》精也一切草木皆以《ナテヲ》生喜《ヒトス》黄鐘調火《ハノヘ》音也火南方《ハノ》精一切者《ハ》随《シタカイテ》㆑時《キニ》喜《コフ》㆑盛一越調土《ハノヘ》音也土常《ハ》住《ニシテ》無㆓衰《シスイ》相㆒喜《トステ》以《ノノ》㆓上此三調子《ヲ》㆒喜《ノト》音名付《ル》也次《ニ》平槃《ノツヲ》㆒悲《ミノト》音名付律《クノノ》音《ルト》定事平調金《ハノヘ》音也西方金司《ヲトルハ》金秋也秋《ハ》一切草木皆色付《ナロテノ》金色成《トルレ》是咸滅《カンベツノ》」九ウ色相也可㆑滅《メツス》相顕《ヲアラハヲ》異相名《ト》付《クルコ、ヲ》爰《テノ》以金音《ハミノ》悲《ヘト》音名付《タリ》夫《レ》人現《ヲ》四季《キニ》喩《ユルニ》生《テ》二十歳《ハ》春也人現盛《ノヲハ》夏《ニヘ》喩四十歳《ニナレハ》秋《ノ》相顕《ヲアラハシ》紅顔《ガンノケハシキ》厳相《モ》次第《ニ》替《リ》五十歳時分冬《ノハノ》気色《ケシキト》見《ヘテコヲヘニ》頭雪頂《ヲイタ、キマユニ》眉霜置《ヲヲキ》面相替《モリヲトロヘル》衰　体奇《ヲヨセテ》㆓四季《ニ》㆒人身一期《ノ》喩《ヲフ》㆓一日内《ノヲモ》一年内《ノヲモ》四相縮《ツヽムレハ》一刹《セツ》那内《ナノ》四相《ニモ》有此《リノ》故《ニ》六調子代《ニカハリ》時苦楽心来《モモニルラ》然者聖教《セイキウノ》」一〇オ中説《カニトイテ》㆓念々《ネン》生滅《メツノ》法問《ヲ》㆒令《ム》㆑知《ラ》㆓生死無常《ノ》事《ヲ》㆒此化女仏《ハ》智仏覚共絶《ニタヨル》㆓言語《ヲ》㆒処也種種答申《ロシユヘ》皐帝奉《シルヲリ》㆑始大臣公卿消《メ》㆑肝《ケシキモヲ》一同尊《ニ》崇《シウス》或合掌《ハカツシウシ》或流《ハス》㆑涙《ナンタヲ》者有仏来迎《モリノ》共可《コウトモシ》㆑謂其後《ツノ》被《チラル》㆑参《マイノ》㆓琴御役《ヤクニ》㆒殿上人玉藻前《ノニル》奉㆑問様《ヒフハ》琴《ヲハ》誰《レノ》人作《ゾトヒ玉ヘハ》問　答《テ》曰伏犧《クフツキシノ》氏王作也長《タケ》三尺六寸司《トル》㆓三百六十日《ヲ》㆒掛《カクルコト》㆑絃《ケンヲ》事《トハ》五絃也是《レハ》五」一〇ウ行司《ヲル》周書《ニ》曰文王始《ハテキ》引㆑琴《ヲケ》掛㆓一絃《ヲ》㆒是名《ヲク》㆓文絃㆒云《ト》其後王《フノチ》掛《ル》㆓五絃《ヲ》㆒是名付《ヲテフ》曰㆓武絃《ト》㆒又伏犧氏五絃加《ノニヘ》㆓二絃《ヲ》㆒七絃也宮商角徴《チン》羽文武名付《ル》也尓《シカルニ》笛誰《ハレカ》作問《ト玉ヘハ》馬融《ユウト》云人作始《フトリル》也此人《ノハ》在《テ》㆓池辺《ノホトリニ》㆒水中《ニテ》龍吟《スル》事《ト》二声聞《タヘテリニ》余面白《ク》思《ヒナヲ》尚聞《ン》々徘徊《トヤスラウ》処《ニ》龍《ハ》則昇《チル》㆑天其《ニノ》時闖《キエグリ》㆑竹是《ヲ》吹《ヲクニ》龍音《ノヘニ》少《シモ》不《ス》㆑違名《ハテ》㆑之笛《ト》云此《フ》ノ」一一オ人七《ト》年過《スキテ》帝位《ノニ》成《リ》給《フ》

有《ル》年天下大旱魃《ニカンハツス》　帝《ト》大《ニ》歎《キ》給《フ》夢中《ニ》得《ウ》二二笛《ツヲ》一　一《ヲハ》旱《ヒ》笛《テキト》　名付《ケ》又一《ヲハ》雨笛《ト》云《フト》帝夢覚《メテ》後《ニ》吹《ク》二雨笛《ヲ》一時則《キチノ》雨降《ル》事震《トヲビタヽシ》　又吹《ク》二旱笛《ンヲ》一時天《ハ》晴《テ》照《ル》事《ト》無《シ》レ限《リ》又笙《シヤウハト》　問《ヘハ》是《レモ》伏犠氏《ノ》作《ト》云又娘媧《リヤウクハト》　云《フ》人造《ルトモ》　云《フ》此《ノ》娘媧自《ハリ》レ腰上《シハ》女下《モハ》　蛇也又琶レ琵《ハト》　問《ヘハ》是《モ》伏犠造《ノ》始《リム》太鼓秦《ハシンノホク》穆王作《ト》云《フ》鐘《ハ》鼂氏《フシト》　云《フト》人《イ》鋳」一一ウ始也硯《ル》白《ハシロト》　云《フ》人《ト》作也筆蒙恬《ハモウテンノ》　作《ク》也墨那羅《ハナラト》　云《フ》人《ト》作《ク》也紙蔡倫《ハサイリンノ》　作《ク》也扇班婕婦《ハハンセウフト》　云《フ》人《ト》作《ク》也車蔡中《ハサイノ》作《ク》也船貨狄《ハクハテキト》　云《フト》人《ク》作《リイ》也囲碁《ゴハキウ》堯王王子《ノ》丹朱《タンシユト》　云《フ》人《ノ》案出《シ》双六《スハ》子建《ケンノ》　作《ル》弓矢冠鞠《トトリマリハ》　黄帝作《ノル》也惣《シテ》内典外典等国土世界在《ニル》事《ヲ》公卿大臣問《ヒ》給《フニ》　更無《ニシ》二闇《クラキ》　処一万事心《ヲロ》々《ニ》問《フニ》　無《シ》レ不《サルコト》レ知レ之帝《ヲ》　奉《トヲリ》レ始公卿《クキウ》万人之《ノ》」一二オ衆振《フ》レ舌《ヲ》

3

然《ルニ》帝《ト》被《ル、》二思召《シ》一様此《ハノ》化女非《ハス》二人現《ニ》一智恵才覚人勝《ニレル》　耳《ミ》ナラス放《チ》レ光出《ス》レ匂恠《アヤシク》　思召《シシ》御心難《モク》二打解《チケ》一思召《シシ》ケレトモ閻浮《エンフ》第一《ノ》之美人ナレバ無《ク》二思食《シシ》止《ムト》事一御寵愛御志《ノ》不《シス》レ浅合遂《コウスイ》ノ床上《ノ》　遠契《ヘニアンケイヲ》　千年《ノ》松《ニ》結伉儷莚《ヒコンテイノ》上《ノ》　遥《ニハハルカニ》　齢《イヲ》　期《シ》二万劫《コウノ》亀《カメニ》一明暮《シシ》給《フニ》程思《ノ》外《カニ》　俄《ニ》玉体御悩《ノウ》更《ニ》不《ス》二尋常《ヨノネ》一日増《シニ》　玉体重《クセ》為《ラ》レ成給《フ》間《タ》被《レ》レ食《メサ》二」一二ウ典薬頭《テンヤクノカミヲ》一薬服《フクシ》　給《ヒ》梟共《レトモ》御悩無《シ》二御平愈一去《サラハ》　陰陽頭《ノカミヲ》　召《メ》為《セ》レ問給《ハ》安部《フ》安《ノ》成占《テ》曰《ク》委《キ》事《トハ》　不《ス》レ被《レ》二申上《シケ》一如何様《マ》此《ノ》御悩《ハ》御大事《ニテ》　候早々御祈祷御急《キ》候《ン》与《ヘ》申上《シ》仙《ル》洞《ノ》上下万人驚《ヲトロキ》　洛中《ノ》貴僧《ヲ》請《シ》二内裏《ニ》一大法秘法奉《ヲリ》レ修《シユシ》　并《ニ》伴僧念誦《シユトクキウ》読経《シ》呪真言音声《ノヲン》動《ハス》二天地《ヲ》一七日昼夜《ノ》御祈祷既結願《ニケチクハン》　有《リ》梟《レトモ》無《ク》二其減気《ノカン》一」一三オ御坐《シケレハ》　無《シト》レ憑《タノミ》　思召《シシ》為《サセ》レ浮《ヘ》二御涙《ヲ》一忝《カタシケナクモ》　以《テ》二御弁《ヲ》一玉藻前《ノ》手《ノ》為《ヲ》レ取《セ》給《ラ》仰《ヒ》梟《セ》分《ケルハ》段生死《ノ》境《ヒ》若《キモ》　不《ス》レ可レ憑《タノムシヤ》　娑婆《ハ》世界《ノ》習《ナレハ》　生者必滅理《ノコトハリ》　始《テラ》非《ス》レ可《キニ》レ驚是白地《レ薄》凡夫《ノ》迷《ヒ》也就《リク》レ中愛別《ハイ》離《リク》苦会者定離歎《ハナケイテモ》　有《リ》レ余何《リイツノ》世《ニカ》可《ヘキ》レ忘《レ》哉《トテナケキ》　歎《フ》給玉藻前《ノ》申《ヘ》梟《シルハ》　我等《レラ》社《ソ》底下凡夫《ノ》変《ン》慕尫《ホコンジヤク》弱《ノカタシケナクモ》者忝《レ》　被《ヲ》二昇殿許《サ》一申《スミ》耳ナラス剰《アマサヱ》　蒙《コウムリ》二御寵愛《チヤウアイヲ》一」一三ウ奉《ル》レ付《キ》二龍顔《ニ》一事是《トレ》前生《ノ》宿縁《トラ》乍《シ》レ申過《ノ》去戒行深甚也別離《ノキ》歎有《ラハ》　争《カ》片時《モ》自《ミラ》浮世《キニ》可《ヘキ》レ留《ル》乎只《タ》成《セイラ》等正覚《ノ》末迄《ヱ》自《モ》御《ハ》供可《ヘシト》レ申《ス》仰《キ》レ天《ニ》臥《シ》レ地《ニ》流《イコカ》啼焦《レ》　歎《ク》音《ヘ》不《サル》レ当《テラレ》レ目《モ》計《リ》也《リ》去《レハ》　又一七日《ノ》御祈祷過《スキヌレハシユ》　衆僧漸《ヨウヤクタイ》　退出《ス》

4

帝《ノ》御悩頻《シキリ》成《リ》梟《レハ》又安成召《ヲメサレテ》可《シト》二申上《シ》一勘文所《ノロ》レ指《ス》委細可レ仕《ヘシトル》二言上一公卿殿上」一四オ人一同有《ニリ》レ仰尤《セモ》左様《ニハ》候《ヘトモ》若《シモヱイ》叡慮《リヨ》所《ロ》レ難《キ》レ誹《リ》成《リトテ》憚《ハヽカリ》申処《スロニ》早々可《シト》二申上《シ》一頻《ク》占《リナレハ》旨《ノネ》一々言上仕《ル》此御占《ノ》申《トスハシ》無二子細一彼《ノ》玉藻前《ノ》所行也彼《リ》失《レヲ》給《ヒハヽ》則《チ》可《ヘシト》レ有《ル》二御平安一有《リノ》侭《マヽニ》申上殿《シル》上人々《ノ》上下万民押並《シナベテサマシ》覚《ヲ》レ胸言語《ヲ》絶重《シヲモレタル》体《ニテ》其中《ノ》公卿《ノ》被《レ》レ申梟《ルハ》此女人《モ》少《ヲ》玉体遠《ルキ》時副《アマサイ》御悩弥〳〵切也況《シヤ》玉藻前失《ノヘヘトノ》占肝《ハキモヲ》」一四ウ消《シタル》事也《トトテ》御悩《ヲハシキ》指置公卿有《テ》二僉儀《セン》一事子細《ノ》委御尋有《ヲク》安成申様《ネリケレハ》自《スフハリ》レ是東国下野那須野云所《トフロニ》経《タル》二八万歳《ヲ》一狐有長七尺《ネリケ》尾《ニシテ》二有《ツリノ》彼狐由来《ノ》委申《クサハ》仁王経説《ニトイテ》曰昔《ク》天羅国《ニ》一人王《ノ》御坐其王《スノニ》太子一人有名班《リ》足《テハン》太子云此《トフノハン》班足王依《テ》二外道羅陀師《ノラタシノニ》教一千人王頭切《ノノヲリリ》祭《ノヲ》二塚神《ラ》一自」一五オ取《リ》二其位《ノヲ》一数万人力士《ノ》集《メテ》二力王《ヲ》一東西南北近国遠押寄《国シセカラメテトル》搦捕《タ》間九百九十九人王《ノヲルマ》取今一人不《サル》レ足《ラ》所《ニロ》外道教《テクレヨリ》曰是《タ》北一万里行《イテ》王坐《マシマス》普明王《トフノヲ》云此王取《テ》満《チ》二千人数《ノカスニ》一一度千人《ニ》頸《ノヒヲ》切《レトフキニ》云時普明王合掌《シテ》向《テ》班足太子《ニ》一曰願《クネカハクハ》一日暇《ノイトマヲ》給《マハヽチウ》頂《ライシ》二礼三宝《ヲ》一供《ント》二養沙門《ヲ》一申《シ玉ヒケレハ》梟被《ル》レ許《ユル》二一日暇《ノイトマヲ》一其時《ノキ》普明王過」一五ウ去七仏念《ヲ》請《シテシテ》二百人法師《ノヲ》一講《コウ》二説《セツシ》仁王般若経《ヲ》一給《フニ》第一《ノ》高僧為《メニ》二普明王《ノ》一而説《モトイテ》レ偈曰《ケヲク》八偈文也《ケモン》劫焼終訖乾銅然須弥巨海都為灰《コウシウシウセツケンカセンチウシヤウコカイトイクハイヨウトシユシ》揚《フノ》誦給此文皆説畢《ナキヌ》普明王聞《玉ヒ》二此文《ノヲ》一悟《サトリ》二四諦《テイ》十二因《イン》縁《エンヲ》一得《テ》二法眼皆空理《ノヲ》一班足太子聴《モシヤウ》二聞《モンシ》諸法空寂《ジヤクノ》道理《ヲ》一翻《ヒルカイシ》二悪心《ヲ》一向《テ》二千人王《ノニ》一曰《クレ》是諸王非《ス》レ咎依《ニテ》レ勧《メニ》二外道《ノ》一趣《ヲモムク》三」一六オ悪因《ニ》一今各《ハ》〳〵早《ヤクリ》帰《ニ》二本国《ニ》一可《シ》レ得二無生法忍《ヲ》一其昔《ノシ》班足太子祭《ントセシ》処《ロノハノ》神今狐也為《ナシ》レ敵《テキヲ》二仏法《ヲ》一経《ヘテ》二生々世々《ヲ》一受《ケ》二野干《カンノ》身《ヲ》一仏法繁昌国《ノ》毎現《ニシハリ》或成《タツキト》二后妃《ツキ》一近《ニ》二龍顔《ニ》一奪《ヒ》二王位《ヲ》一終成《ニラントス》二国王《ニ》一尓《シカルニ》漢土《ニテハ》成《リ》二周《ノ》幽《ユウ》王《ノ》后《ト》一亡《シ》二幽王《ヲ》一其後吾朝《ノチカニ》化現《セリ》雖《トモ》二日本粟散国《ハソクサント》云小国《テト》一為《タル》二仏法流布国《ノ》一間我朝《タカヲ》仏法破」一六ウ滅《メツシ》奪《ヒ》二王位《ヲ》一成《ラント》二吾朝王《カノト》一誓《チカイノ》彼那須野之狐是也今玉藻前此狐也《ノネレマノヘノ》申梟《リトシケルタクノヲ》間悉此事奏問帝《ストハ》御信用《シン》無《シ》レ之弥〳〵御悩頻《リ》也

5

然《ル》処《ロニ》公卿一同被《ニレ》レ申梟《サケルハ》安成御悩御大事之《ノ》由儀《シ》定申上《スヘハ》疾《トク》々御祈祷急《イソキ》候《ヘ》同《クハ》太山符君《ノ》祭《リ》事《ト》仕《リ》候《ハヽ》者忽《タチマチニ》其験《ノシルシ》見《セ》可《ヘシ》レ申此《スノ》玉藻《ノ》前《ヘ》御幣取《リニ》可《キ》」一七オレ被レ定《ル》由《メ》申《シ》上《シル》時吉日良辰以《テ》千様《ノ》供物万億道具《ヲ》調《ヘ》庭上壇《ニタンヲ》構《カマヱ》八木《ヲ》庭上《ニ》厚《ク》敷《シキ》其《ノ》上《ニ》道場《ヲ》荘《ル》事《ト》驚《ヲトロカス》二耳目《ヲ》一計《リ》也去《テ》漸《ヨウヤク》及《テ》二祭立《リニ》一御幣取《リ》為《サセ》レ出給《テヘ》申《トス》彼《ノ》玉藻《ノ》前《ヘ》顔色替《リ》申《ス》様《フ》其《ノ》身雖《イヘトモ》レ拙《ツタナシト》忝《カタシケナクモ》龍顔《ニ》奉《ル》二近付《キ》一者《ヲ》幣《イ》取《リニ》指《シ》給《フ》事《ト》無《シ》レ謂《レ》斯《カクル》数万人中《ノニテ》自《ミラカ》顔《ヲ》曝《サラシ》可《キ》レ与《アトフ》レ恥《ハシヲ》一事《ト》返《カイス》々《々モ》恨《ウラミ》無《シト》レ限《リ》」一七ウ涕涙《テイキウ》更《ニ》切也其時《ノ》大《キ》臣公卿被《レ》レ申梟《サルハ》我等《ラ》加様《フ》申《ス》事《ト》憚《リ》入《リ》候《ヘ》共《トモ》宿曜《ヨウ》陰陽頭《ノ》以《ミテ》二相尅相生《コクソウシウノ》時吉凶《ヲ》一定《メ》善悪《ヲ》明《カニ》占《ヒ》候間《タ》禁中《ニ》男女上下雖《ヘトモ》レ多《ト》二其《ノ》数一御身《ンハ》無《シ》レ力《ヲ》帝《ニ》相生《ニテマシ》御坐《マス》候間《タ》陰陽頭《ノ》指《ミカ》申《シ》也《ス》其《ノ》上《ヱ》玉体無レ恙《ツヽカ》御坐《マシ》給《ヒ》候《ハヽ》者御身之《ノ》御意趣《モ》不レ浅《サ》龍顔尚《ニナヲモ》御親《シク》御身《モ》御身《ニテ》」一八オ御坐候《シハン》御悩《モ》立《チ》所《ロニ》御平愈候《ハヽ》者御身何《ニ》賤《ヲカイヤシキ》事《モ》可《シ》レ有《ル》レ之乎《レ》昔年《ソノカミ》大聖釈尊善恵《ハ》仙人《ト》謂《ヒ》給《ヒシ》時燃灯《キアンチウ》仏《ニテ》道《ヲ》通《ヒ》給《フニ》路《チ》悪《キ》処《ニ》仙人乱《ミタシテ》二御頭《ラノ》髪《ミヲ》一泥《デイノ》上《ヘニ》敷《シキ》奉《ル》レ通《シ》レ仏斯《ヲカヽル》為《タメシ》其《ノ》数《ス》多《シ》是《モ》後世《ヲ》思《シ》召《ス》故也就レ中《ト》帝御悩為《ナツテ》二平愈一御志《シノ》深《キ》事《ト》名誉《ニ》感《シ》二世人争《カノ》世嘲《アサケリモ》可《ヘキ》二御坐《シ》候一哉《ト》皆々被《レケレハ》レ申道理《ノ》」一八ウ所《ロ》レ押《ス》不レ及レ力被《ラレ》レ出《テ》梟《ケル》世《ニ》有《ル》レ間美《ヱ》人《ニテ》御坐《シ》今《マ》晴《ヲハレト》出立《テツ》処中《ロ〱》々心《ロ》言葉《トモ》不《ル》レ及処《ロ》也《ニ》既御《イ》幣《ケリ》請取給《玉フ》

6

祭文半《カハ》成《リ》梟《レハ》御幣打《イチ》振《リニ》天上《リニ》地下《リチ》打振《フト》見《ヘケルカ》書《キ》消《ス》様《フニ》失《ニ》梟《リ》安成申処《ス》掌《ロヲ》指《スコト》厳《ケン》重也去《レハ》此《ノ》安部安成《ノ》三《ハ》国無双占前《ノ》代《ヒ》未聞不見《ノ》占《イ》也重而《テ》安成申上《シルハ》今程《マホト》彼《ノ》狐被《レズンバ》レ失《イ》候《ハ》一重《テ》内裏《ニ》レ成《ス》レ魔《ヲ》事《ト》」一九オ有《リ》二成中験儀一公卿一同《ニ》去《ラハ》急《キ》武士《ヲ》集《メ》国々成《ニシ》レ触《ヲ》下野那須野哉《ト》覧《ンヲ》可レ狩儀定也但此《シノ》狐雖《トモ》レ為《リト》二畜類《チクルイ》一女人形《ノヲ》現《ル》時《キハ》智恵広大《ニシテ》仏力法力内典外典世間如《ノ》レ在《ル》事《ト》無《シ》二不《スト》レ知《ラ》云《フ》事《ト》一爰《コヽヲ》以《テ》凡夫《ノ》力《ニテ》彼《レヲ》狩《リ》出《シ》失《ン》事《ト》難《シト》レ叶《ヒ》被《レ》レ申梟《サケレ》者語《ニ》曰諸法《ハ》従《テ》レ縁《ニ》生《ス》又従《テ》レ縁《ニ》滅《スト》云云三国《ニ》変化《シテ》今《マ》我《カ》朝《ニ》化生《シテ》女人化《トスル》事《トカ》吾朝《ニテ》」一九ウ可《ヘキ》レ被レ失故《ヱ》也《リ》化現《ノ》者《ト》為《セ》レ申共《モ》滅《スル》事《トヲ》不《ル》レ知也夫《レ》漢土羿《ノハイハ》九《ツノ》目《ヲ》射下《ヲトシ》我朝《カノ》頼政《ハ》雲中鵺《ノヌイヲ》射

下《スレ》是近来《ノ》事《ト》也東国之諸士大名《ノ》中《ニ》重代弓取《リノ》得《タル》名《ヲ》上総介三浦介《ノ》直《ニ》院《ニ》宣《センヲ》下可レ被レ下由《シ》太上皇御悩《ニテ》付陰陽頭《ノ》安《ミ》成有《テ》二申《ス》旨《ムネ》一下野国那須野《ト》云《フ》処《ニ》有《リ》レ狐其《ノ》長《ケ》七尺《ニシテ》尾二《ツ》有《ル》狐也彼《ノ》狐《ヲ》被《レ》」二〇オレ失候《ハ、》者御悩忽《ニ》御平愈可《ヘシト》レ有《ル》占《イ》依《テ》レ申《ニ》発向《シ》彼《ノ》野《ニ》一件《ノ》狐無《ク》レ漏《スコト》打《チ》可《キ》レ入二見参《ニ》一由《シ》院宣《ノ》趣《キ》如《シ》レ是

7

両介精進結斎《ケッサイシテ》調《ヱ》二威儀《ヲ》一着《シ》二浄衣《ヲ》一跪《テ》二庭上《ニ》一此院宣《ヲ》頂戴奉《リ》レ申《シ》催《シテ》二一門《ヲ》一曰《ク》東国《ニ》武士其《ノ》数《ス》雖《トモ》レ多レ之直《タ、チニ》下《シ》二御院宣《ヲ》一給《フ》事《ト》我《カ》家《ノ》面目《ト》与云《ヒ》時《ノ》冥加何事《ニカ》可《ヘキ》レ過《スク》レ之乎我与《レ》思《フ》武士者《ハ》早々彼《ノ》野《ニ》」二〇ウ趣《キ》我《レ》先《キ》々々《トヲ》音《トニ》聞得《ヘタル》眇々《ビウ〱》広野《ノ》草深《サク》古木生滋《ヲイシケリ》人馬可《キ》レ入様《フ》無《シ》レ之然《ルニ》数万人之《ノ》以《テ》二狩人《ヲ》一懸《ケ》入《リ》々々横竪《コテ》十文字《ニ》分《ケ》入《リ》狩《ル》程《トニ》如《ク》レ案《ノ》狩《リ》出《スルニ》見レ之長《ケ》大《ニシテ》尾二《ツ》有《ル》狐草《ノ》中《ニ》追《イ》出《ス》両介《ヲ》為《シテ》レ始《ト》万人《ノ》狩《リ》人《ト》我《レ》先《キニ》々々《ニト》掛《ケ》廻《ルニ》処神通変化《ノ》物《ノ》成《ル》間《タ》見《ヘテハ》失《セ》々《テハ》見《ヘ》左手《ユンテ》右手《メテニ》飛廻《ヒル》上《ヲ》走《ル》矢《ヲハ》下沈《ニシツミ》又」一一オ下《ヲ》走《シル》矢《ヲハ》天《ニ》揚《リ》電光如《ク》二飛鳥《ノ》一走《ル》間《タニ》終可《ヘキ》二射取《ル》一様《フ》無《シ》レ之扱《テ》両介数万人《ノ》狩《リ》人《ヲ》集《メテ》評定《メテ》曰《ク》先《ツ》々皆帰《ナリ》二本国《ニ》一弓矢《ノ》量《ハカリコトヲ》稽《ケイ》古《シテ》如《ク》二今度《ノ》一御触《ニ》付《テ》則《チ》彼《ノ》那須野《ニ》可《ヘシ》二馳《ハセ》参《ツ》一先上総介量《リコトハ》勝《レテ》早《キ》馬《ニ》糸《ヲ》以《テ》鞠《テマリヲ》為《セ》レ引箭《カ》処《ヲ》可《シ》レ定《ム》又三浦介量《リコトハ》狐《ハ》似《タリ》レ犬《ニ》百日赤射《キテ》レ犬《ヲ》矢処《ロヲ》定《ム》其後《ノチ》彼野《ニテ》出《シ》可《ル》レ狩此量《ノリコト》可《シ》レ然《ル》片《テ》」一一ウ其後《ノチ》臨《ノソンテ》レ彼《ノ》野《ニ》一南無帰《キ》命頂礼日本国《ノ》中大小神祇譬《タトヘ》神通自在鬼神《ノ》魔王成共《リトモ》是莫《レナシ》レ不《ト云コト》レ恐《レ》二王威《ニ》一昔年延喜帝《シ》御宇《ノ》鷺《サキヲル、》被レ成二五位《ニ》一事《ト》有《リ》レ之末世成共《リモ》争《カ》王威可《ンヤ》レ軽《カル》乎此《ノ》狐必定《シテ》可《キ》二打取《ル》一也就《ク》レ中三浦介夢《ニ》年《ノ》齢《ヒ》廿《チ》計《リノ》兒形《チ》厳《ウルハシキ》女人向《テ》レ吾《ニ》涙《ナンタヲ》流《シ》申《シケルハ》臯吾《カ》命《ヲ》」一二オ被レ取《ン》事時《ト》尅《コク》到《トウ》来《トハ》思《ヘ》共《モ》助《ケ》給《ヘ》此《ノ》三浦《ノ》子孫末孫迄成二守《モリ》神《ノト》一可《ヘシ》二守護一助《ケ》給《ヘト》云《フ》夢覚《メテ》一類《ノ》人々《ニ》曰《ク》此《ノ》狐狩《リ》捕《ル》事《ト》無《シ》レ疑《ヒ》必《ス》払《テ》レ暁《ヲ》打《チ》立彼《ノ》野《ヲ》可《シ》レ狩《ル》数万人《ノ》狩《リ》人《モ》我《レ》先《キニ》々々《ニト》野《ニ》狩《リ》入《ル》威《ハ》漢《ノ》高祖《ノ》戦《モノニ》此威《シ》莫二増《ス》事《ト》一以《テ》二大勢《ヲ》一狩《ル》程《トニ》漸《ヨヲヤク》狩《リ》出《ス》天《ト》地《ト》飛《ヒ》廻《ル》両介擽《ウツテ》レ馬《ヲ》為《セ》レ走追《ヒ》廻《シ》懸《ケ》寄《セ》々々《射ル》程《トニ》」一二ウ三浦介《ノ》絶《冬》両介《トモニ》射倒《タヲス》不日打《ツ》立《チ》此《ノ》狐《ヲ》以《テ》上洛《シ》内裏《ヱ》奏問《スノ》帝備《ヘタリ》二叡覧《エイランニ》一其《ノ》時両介日本一《シト》可レ為《ル》二武士一直《ニ》勅《チヨク》使《シ》倫《リン》詞《シヲ》被《ル、》レ下事《ト》希代《ノ》冥加所《ロ》弓矢《ノ》故也武士《ノ》嗜《ンテモ》可《ヘキハ》レ嗜《ム》弓矢《ノ》芸《イ》也向後諸侍可《キ》二心懸《ケ》一者也重而《テ》有《リ》二宣旨《センジ》一於《テ》二庭

上《ニ》一那須野《ニテ》為《タル》レ狩学《ナビキ》可レ申《ス》由《シ》有《ル》二勅宣一公卿早々可《ヘキ》レ仕由依《シテ》レ被《ルニ》二仰下《セサ》一」二三オ難《キ》レ背《キ》二倫言一間《タ》彼《ノ》野《ニテ》狐《ヲ》仕《ル》学《ヒ》赤《キ》犬《ヲ》以《テ》於《テ》二庭上《ニ》一仕《ル》処《ニ》御感不《ラス》二尋《ヨノ》常一両介名誉冥《ノミウ》加更《ニ》非《スト》二述《ル》処《ロニ》一云々

8

一此《ノ》狐《ノ》腹《ハラノ》中《ニ》金壺《ノツホ》一有《ツリ》二其《ノ》中《ニ》有《リ》仏舎利卅粒一是《レヲ》帝《トニ》奉《ル》

一額《イニ》有《リ》二白玉一此《ノ》玉《ハ》夜《ルヲモ》昼《ニ》照《セリ》三浦《ノ》介取《ル》レ之

一尾《ノ》先《キニハリ》針二筋有《リ》一筋《ハシ》白一筋《ハシ》赤上総《ノ》介」二三ウ取《ル》レ之赤《キ》針《ヲハ》氏《ヲ》守《ル》清澄寺収《ニヲサム》レ之白《キ》針《ヲハ》平家《ニ》有《リ》二恨《ウラミノ》儀一伊豆国《ノ》流人兵衛《ノ》佐殿《ニ》進《ス》レ之《ヲ》希代化生《ノ》之者不《スト》レ可《ラ》レ有《ル》二末代《ニ》一云々

于時保元二年四月日権中納言重政

」二三オ

『帰命日天之御本地』

天保　二年　　河浦邑

皈命日天之御本地

卯　十一月吉日　山口磐太良」表紙

抑三千大千せかいをてらしたもう日こうくわつこうの御本地をくわしくたづね奉に天じくにりんごく長じやと申人にて御坐東西南北に八十里についぢをつかせこ金白金を以十二の門を立大ぞうを千びきたてかう程」一オの長じやなり其蔵一こいほいれはかたき千人むなしくなる惣而けんぞく六万人もちたもう何にてもふそくなしに然共壱人もみたまごを持たまわす佛神をいのりたまいとも更《さら》になし今生後《こんじやうご》」一ウ生《しやう》のうつたいにもなにをせんとて命《いのち》ばてゐんまのつかい来めいどのこうせんのたびにおもむかん時はざいほうけんそくもさらにいらすなげきたまひはみだい所はきこしめし仰けるようは実《まこと》やらんこれより南にあたりてふだらく」二オせかいなり此ふたらく山のくわんおんはこうたいじひにおわしますと　承《うけたまはる》　いざやこれゐ参りて子をいのり申さんとて竹の林を切たを

し一間四めんニひかりみどうをたて千じゆくわんおんお本ぞんニしたてまつりたからのも（の脱カ）を奉てひかり」二ウどうのくようを申ざるやがてりんこくふうふはひきつれくわんおんへ参りなげきたもうようは男子なり共女子なり共子を壱人さづけてたひたまいさづけたまわる者ならはこ金白金を以御身だいを五尺五分につくり立月に」三オ三十三たびつゝ七年たてゝまいらすへしまだも不足に思召は小金白金を以きだはしをかけてしんすへしそれにも不足に御坐候はあけのいとにてかみをまき奉神めいを月に三十三たびつゝ十三年ひかせて参せん」三ウそれにもかなわの物ならはまい月十八日ほけきやうを千人つゝにてよみて参せんこれにもかなわのものならはほうおうとりの下ばつるの本白こうのしもふりかものまがりばきじのほろ〱ばおしの思へはから」四オすのめきばつばめのあいきやうばすゝめのらのきやうばうくいすのはづねばほとゝきすのまばを以御とうふいて参せん御たまごを壱人さづけてたびたまいとくわんねんありて百日ごもりをしたもうなり百日と申あか月」四ウにありかたやくわんおんは八十斗のろうそうとなりたまへてぬたもうようはぐわんはかのうまじなりいそぎかいりたまへりんごくふうふゆめの間にて申さるゝりんごくふうふはきゝたまへなさけなき佛の仰せかなそれ」五オほさつの中にもくわんおん三十三べんにみおへんじ十九せつぼうのみのりをきゝたまへてしゆじやうのぐわん見てすゐなかししやうこうなりと承其せいぐわんおたのみしをもいたつてこれまで参候とのたまい御そう様はきこしめしてなん」五ウぢはさきのよのいんぐわをしらすしてなにとてかようになけくそやまつせのりんごく山の人にてありしが山おめくりてとりの子を取て五人の子共にくわせそだてたるによつてよろすのとりのなくおもへつもり」六オきて壱人も子はなしいそき下向したまいとありけれは力なく又みだいのたまうようは白みの鏡を七をもて七年かけて参せんそれにもかなわの物ならは五尺のかづら七かづら七年かけて参せんなんし成共女子成共」六ウ壱人さづけ

てたびたまへとなかくきせいを申けるとありかたき御そう様これをあわれと思召てばなを二ゑた取出シ御みかげをうつしりんごくふうふにさづけたまへりんこくふうふはよろこび事はかきりなしほとなくみたいは月の」七オさわりもとまり七月八月のくるしみ九月あたる十月と申に御さんのひぼをときたもう御子取上みたまへはたまのようなる若きみにておわしますとなのめならすによろこびてさあらは御なを付奉らんとてふわう殿」七ウと申奉めのとの数不知付られける千生万ねんと悦奉る又あくる年にもなりけれはみたい所重而身ごもりしたもう七月八月のくるしみ九月あたる十月と申にはたんじやう被成ける御子取上みたまへは玉の様なる」八オ若きみなり御名をはさん蔵殿と付奉るめのと数不知付奉いにうかつごう事ならす去程二人の若たち五つや六つに成たもう其時母上身におもきやまいをうけほどなくすきさせたもうとき二人の若たちをちか付て」八ウ仰られける様は兄弟の物どもに十五や廿になるまでもそいたくこそはおもいどもじやうごうきしてめいどにおもむく事のかなしさやみすからむなしくなるならは　定《さためて》まれ人御入候はん其時兄弟のものどもすがたを」九オくさのかげにてみいきかん事のかなしさよまことにまれ人あるならは心おつくしきもをけしてよく〳〵みやつかい申べしびやうしやうにたちかくれぼだいをぢんぎとなへる時は夫《それ》人には三つのたましいあるこんばくは」九ウめいどゑ行しんばくは夫をするおんばくはとゝまるときく我しんはくなり兄弟の物共すがたくさのかげの下にてみん事のかなしさよ返〳〵も兄弟の物共になごりは様〳〵おしけれ共めいとのつかへいそきいとまを申若共」一〇オとてこれぞさいごのことはとしてあさ日にあたりあさかをのしぼりばかなくなりたまいおしむべきはなころかなしやう年廿七と申付ついにむなしくなりたもうあわれなる事申計はなかりける　一段　おわり」一〇ウ

△去程に長しや殿二人の子共をちかすけて天にあをぎぢにふしてりうていこかれてなげきたまへ共母のいのちはかくれかゑらのなりなけくにかなわのことなれは千だんた木々につみこめてむじやうのけむりとなしたもふ」一一オ九重のまんだら十二半のみすの内しんまくらにかたむけて三五よ中月をながめたまへはむじやうのけ(ふ脱カ)りとなして三日と申せはつゞかのほねを取よせし二つのぎしきにのへられける七日三十五日もはやすき四十九日に」一一ウとうをくみ百ヶ日にはまんそうくようをのへられけるさるほとに諸々の大みやう小みやうとぶらいにまいる事はかぎりなしきみたちの御すがたをみたてまつりそでをしほりける其中ニくわんばく大じんと申物」一二オす丶み出申さる丶ようは御なけきさる事候へ共男のひとりにてはかのうまじみたい所を御さだめ候へと有けれは我等十七才になり候むすめを持て候これを参せん御きに入候は丶つまにも被成あしくは御かいしと」一二ウありけれは長しや殿仰けるようは左様にまし〳〵とありけれは大じんきこしめし申様は二人の若たちのためにもみだいなくてはかのうまじと申されけれはともかくも御したかい申さんと申けれは大じん殿よろこび」一三オたまへてさあらはひめを参せんとてによぼうたちを三十人わかとのばら千人ひきつれて馬千びき引ならへながもちはかずもしれすそいけるりんごく長しや殿御所ゑおくりけるせんしゆうばんせいといわいける七日」一三ウもはやすぎて御ぜん様に女房たちうちそいしんてんゑたち出南をもてをながめけるせんすいを御らんづれは五つや六つのわかたちのあしだのつゆにぞぬれて色有花にたわふれてあそびたまへしを御らんして」一四オ御ぜんのきりうのつぼねこれをみていかに申さん御ぜん様おもてにあそびたもう若きみたちはむかしの御ぜん様の御かたみの人ニなりふわう殿さんぞう殿二人の若きみたちなりとかたりたまへは」一四ウ時ならのかをにもみちを引ちらししうの御ぜんに申様はかれら兄弟のとし〳〵ならはま丶をやとおもいてたからの物おはいかてかまわせ申間敷とかたりたまへは

まことに我等長者のあとしきに子共はなり」一五オかたし申けれはあの兄弟をうしないとて此ゐいの思出し有へしと申けるさあらはとて女房たちより合てだんこうひやうじやう被成けるは中にきりうのつほねす丶み出申ける様はふだんたがいにどくを入て」一五ウ参せんことしかるへしとそありけれは其時父母のはやし奉御本尊千じゆくわんおん様これをあわれと思召て七寸のいたちとべじてふわう殿さんそう殿のたもとの下にたちかくれ」一六オたまへてかのどくを入わけたまへは更《さら》に其かいなし又きりうのつぼねをつかいとして長者殿へ申こし申様は我等つま様我等じやくねんのおりくまの丶ひふうさんゐ百日こもりのぐわんしゆ」一六ウ御座候は丶ふうふのちなみに此ぐわんをばたし被下と申けるりんごく殿はまこと丶思召御したくわかきりなしさてくまの丶ひふうさんゐいそきけるかくて其るすにてたはかりけるおそろしきたばかりけるたくみ」一七オなり其時よしいへと申おとなをめしよせ御せんのきりうのつぼね申ようは何成共のそみの物おとらすへし二人の若きみたちをうしなひてたびたまいとありけれはよしいへ殿聞召はありの御」一七ウぢやうかな我等下人の分としてきみのくびを取事しらすと大きにいかりたまへける其後ざしきおたちお(わカ)かやをさしてぞかゐりける御ぜんのつぼねときをうち(つカ)してはかのうまじきとてしよ(ゆカ)んなと申」一八オおとなおよび仰ける様は二人の若達おうしないてたびたまいたからおへ参せんとそ申けるしゆんな聞たまへて扨《さて》はりんごく殿のみたいにならせたもうほとは御庄(諚カ)有 尤《もつとも》なりさりながら我等下人の身なれは」一八ウ左様成事は先使かない候まじき御身《み》様のよう成人とあいことばもをそれにて候とい丶たる所をふらとたち我やをさしてそかいりけるしゆんなむねんたくみ(ゐカ)はなかりける御せんのつぼね思召様は時おうつしては」一九オかのうまじと又しゆんなが女房召よせ仰けるいかなるたからはのそみ取らせん其上家におとらの長しやにすべし二人の若達をうしないてたべとそ申けるかの女房是を聞よろこびたもうはかきりなし」一九ウまことにたからをお

くりたまわらは我等ふうふの物共たまこしにのりて一生のあいたいゑくわにくらし申さんと打よろこび我つまのしゆんなにいけん申てきみたちをうしなゑ申さんとてたからの物おたまわつて我やお」二〇オさしてぞかへりけるかくてつまのしゆんな殿にかくとぞかたりけるしゆんな聞て扨は我等が女房程はありける能しやんを持物かなかほどの物とはしらすしていまゝてそいつる事のむねんやとかたりは能聞たまへ」二〇ウ我きみをうしない申てうきよを長しやにてくらし《（すカ）》とも此よはわづかなる御せんよりたまわりたるたからおうちかいししゆんな申様はそれ一字のおんにしたをぬくしゆんけいのしにはくびをのへ一字千両にあた」二一オる一天たしやうをたすく七尺さつておやししやうのしのかけをふます三せのちぎりしうきみにはしたおさつてくびを切とや其上千よのちぎりて親となる九百よちぎりてゑぼしおやとなる八百よちぎりて」二一ウぢとうとなる七百よちぎりてようしけいほとなる六百よちぎりてふうふとなる五百よちぎりて兄弟となる四百よちぎりてまゝ兄弟となる三百よちぎりて一や合たるゑんとなる二百よちきりてほうばいと」二二オなる百よちぎりて一やのやどゝなるましてやいわんふわう様さんそう様千代の御しうにてまし〳〵を我等下人の身としてしうのくびをうつ事しうのなりと大きにりつぷへしたまへける所に女房此由を」二二ウ聞それていのほうもんは女のみなれはしらぬなりかぼとに来るたからのものをさらんはたからの山ゑ入むなしくなるごとくなりひろきみぬうら人の宮つこは物まりじやけんの心をもちてかのうまし」二三オきとあるしらす此ていなり女房御そしやうかきりなししよなん此由ときたまへてさあらはか様の物にそつてはあしきますざしきおおしたてゆくかたしらすおびはらいけれはこゝやかしこにたゝ」二三ウすみて人をたのめとたのまれしよんな殿にみはなされたる女なれはよせべからすと一つぢに一とにふたおかいてたてけるさてもあさまりきなるふぜいなりそれよりこつじきする事あわれなりこれも人上にて」二四オなしいづれも女はよくにも

ふける物なりたゝよくにもはなれしんびやうに有て心をたゝやゝかに物おべしこれも千じゆくわんおんの御りしやうなりと所扨又つぼね思召けるは時をつ（う脱カ）してはあしくなるなん」二四ウとうさの宮のねぎおよひよせいろ〳〵のたからの物を出しける其上ふわう殿さんぞう殿をすかし出シうらゐしづめてたひたまへと申ける其上さんかいのぢんぶつに国土のくわうをとゝのへ酒すゝめて」二五オむてなし二人の若共うみゐしづめてたまへと仰ける此事いやとはいわせ申間敷有ければねぎ殿とかくもしたがへ申べしされ共心に安事わつらいていたりしが又御ぜんのひたびとを見るにふしぎや佛の」二五ウ二たいおわします一たいわけいとうしやうとて人にかつぼしなり一たいはきとくしやうとて弓《ゆみ》のばつにかつぼしなり此事いやとゆうならは御ぜんにくび切られ申へきなり又きみたちをうしなへては長じや」二六オ殿にくびを切られ申へしとにもかくにも我等身はたすかるへき様はなし乍去女にくびをうたれより代々の御しやう様にくひを切られんとおもひて二人の若達をつれ申てやうやうはいかに若きみ様たち」二六ウ御きゝあれねきがりうふねニ御めしてしを水がしまへ御出候へ候たゝ様御ゆかしきよしを申来候いそきふねに御めし候へとふねにのせ奉御ゆかしきよしかたり申さんとて二人の若達を左や右に御めして」二七オ御らんじてたゞくれ〳〵と思召母様お尋たまへともめいとにまし〳〵母なれは御ゆくへは更になし若君達ねぎ申様は母上はたゝいまは御るすにてましますなりこれにて御まち候てねぎはいそぎふねに」二七ウのり我やをさしてかゐりけるほどなくみやこにもなりしかは御ぜんのつぼね此よしをきゝなりなのめならすによろこびてなをもたからを出しけるいたわしや二人の若君たちはしを水がしまへすてられてたより」二八オうしなへたもふなりもくすをよせてついじをつき其上にのぼりたもふ此しまと申はひる六時はしまとなり日くれになれはしをみす来てよるなれはいまがさいごとうち見へて御きやうだいの人二手をくみて御念佛」二八ウをそ申されけるかゝりける所ニ父母のばやし

奉御本ぞん千じゆくわんおんはこれをあわれと思召御身をいわとなりたまへてうみの中にたゝせたまへて二人の若たちを上えあけ心をまとせきもけしてぞ御坐ス」二九オ本本尊《ぞん》千じゆくわんおん様をしん〳〵申されけれはごかうの天もあけぬれはしを水引てぬきにけるいさごをあつめてとうをくみこいしおよせてついじをつき心すごくもなきいたりあわれなる事申斗はなかり」二九ウける　二段おわり

△去程母のゆふれいこれみてゐんまの御らんじて十王ゐんま大王九しやうしんの御母へ参りてなげきたもう様は我等に少のいとまをたびたまへしやばに若を持て候」三〇オがまゝ母かれらにうとまりしを水が嶋へながされて今はさいごとみへて候我等しやばゐかいりたまへて二人の子共をたすけ置てみすからがあとせをとぶらいさせたく存候間御返しのいとまたびたまへ」三〇ウとなけきたもう十王ゐんま王九しやうじん仰ける様はなんじはからだなけれはなにとてたましいをうつしてしやばゐかいるへしとありけれはいかなるからたにもたましいをうつしてしやばにかへしてたびたまへ」三一オとなけきけれは十王あわれと思召みんすとゆうものに申付られごくらくの大鳥のからたにたましへをやどらせたまいてゐんまの御母を立おかのさとをとびわたるほとなくしを水が嶋付たもふ」三一ウなり二人の若君達はあらをそろしや大鳥とび来をてあらをそろしや我等をぶくさんとてまへ来りとてなけきたもうはかぎりなし御母上は御らんじていかにふわうさんそう所かくれすかたは大鳥」三二オなれ共たましいは母にてあるぞからだしやばになきゆへにごくらくの鳥のすかたにたましへをやどりなんじらをたすけんためにたゝいまこれ参りなりと仰けるふわう三そう聞召すがたこそ大鳥成とたい」三二ウないをわけたる母上にて有はかいの下入たまへてさま〳〵かつごう被成けるさわへおりてねせ置をとり秋田ゐおりてはほをひろい二人の若にあ

たいたもうなり三段おわり

△去程にりんごく殿はみたいの代」三三オ参りにくまの、ひふう山ゑ参られ候が百日ごもりのぐわんなれ共國本にていかゞあらんと思召かいるへきとていそぎかいりける内ニもなれは二人の人々をたづねたまへけれともとこう申人もなし然共せい」三三ウにかなわの事なれは御せんのきりうのつぼね申様は御きみ様のみやこに御立の時あとをしたいて出たもうなりあまたの人をばしらかし尋たまへとも見へ申さすかりたまへは長じや殿は大きにばらをたち」三四オたまへとも力なしかゝりける所ニ有人申様は二人の御ゆくゑをはうさの宮のねぎに御たすね候へと申ける長しや殿はなのめにおぼしめしよろこびたまへてうさの宮へひきやくを立ねぎをよびよせ二人の」三四ウ若がゆくゑのこさづかたりたまへと仰ける所て候と可申上たり先みたい様ゟひきやくなる事いやと申せは御せん様にくびをうたれべし又若君たちをうしない申せはきみにくびをうたれんとぞんじ候へ共」三五オ女にくびをきられより御しう様にうたれんと存我等若たちを請取塩水がしまへすて置申とつふさに申ける長しや殿此由を聞召けに事わりと思召さらばあんない申へしとありけれはかしこまつて」三五ウ候とてびせん数もしれすいたしける長しや殿はとも人千人つれてふねにめしたもおうねぎおさきにたち塩水がしまいぞいそきけるやがてしまにもなりけれは二人の御ゆくゑ尋けれ共さらにみへたまわすはまべに」三六オあしのあとはあれ共すかたわみへたまはすはふしぎなりと思召なみだおながしたもふやゝ有て南方御らんすれは海の中にふしきやみなれぬ石ありこれへ参りみたまへは石上に大成とり一つあり扨は」三六ウあの鳥若達をふくして有らんといわにちか付御らんすれはかの鳥たちのきたまへはあとに二人の若達御座候いそぎたちよりこれは〳〵と斗なりだきおろしつゝかたちもかわりたまへけ

るふわう」三七オ三そうはすかた申せははるはなかたちを申せはあき月じつはら十のゆびまでもなりをのへたるごとくなりおとこそ我子と思なるすがたかたちはさらになしとなみだをうかべたまへけるや、あつて仰けるやうわ」三七ウ此大鳥はいか成鳥とそといたまへはふわう三そう申様はすかた大鳥なれ共心たま《（し脱カ）》へはめいとに御座候御母上にて候とかたり申なり其時かの鳥申やうははづかしながら我こそめいとにありしあいのまくら」三八オなりしがしやばにからだのなき故にごくらくの大鳥にたましいをやとり二人の若かけいぼのざんげんによつて此しまへなかされ候得はたすけおかん其ためにこれまてとひ来きのうやきやうとは思とも」三八ウ月日つもりてはや七十五日に罷成とかたりたまへはりんごく殿聞召いかにすがたが大鳥なるとも子共が親ときけはなづかしやとてはがいとそてをなり合なみだおながしたまへける時をうつし御物語したまへ」三九オ共めいとの使いそき二人若共を渡奉り子共とりそたてごしやうをとわせたびたまへとてこれをさいごのことばとしてかきけすやうにぞうせにける長しや殿これをみて御心の内あわれ共申斗はなかりける」三九ウ去程に二人の若たちゆめまぼろしと思召今より後はたれをかしるべきせんや又いつのよにか母上様見まへらせんとてみなへとうになげきたまへ共其かい更になしりんごく殿二人の子共をつれて」四〇オふねにうちのりみやこさしてぞいそきけるみやこにもなれは長しや殿はま、母ときりうのつぼねをはうざいもざいにもおこないた、は思へ共扨はいとまを出すとてみやこをさしておくりけるみいやこの大ぢん《（ママ）》」四〇ウこれをみて仰ける様は同子に候得共をやの心子しらす子心親しらすとはこれこそ申すらんと仰ける様はかほの物としるならはいかて参らせ申間敷あまたのつみおつくりたる物かなとこうくわいしたまへ」四一オ共かきりなし大じん殿仰けるやうはこれをまつせの見こりにせんとてくわのきのうつふねをつくりかの女ときりうのつぼねをふねにのせて鬼かしまへぞながしける鬼のゑしきになりけるりんごく殿は」四一ウ二人の若君はひきつれてよにすめはこそか丶る事にもあとて子共をなくさめたもうなり其後長しや殿二人の若君つれて山のおくにぞ入ける三年おこないむくしきのきやうをぞしたまへて其後山のおくに」四二オごまのだんをかきりて三年護摩《ごま》をそしゆぎやうしたもふ其後日月とう明菩薩《ぼさつ》の御弟子《てし》にまいらせける月《（ママ）》のごかうのひかりを御けいやく有て三千大千せかゐをてらしたもうなり又三そう殿同行あそはし」四二ウてこれも月のひかりを御けいやく有月の御弟子《てし》とならせたまへてこれも三千大千せかいをてらしたまへてありがたし申斗はなかりける　四段

一　去程父の長しや殿はゐんの行」四三オじやとあらわれ一佛にては候得共よひの明そらよ中明そらあか月の明そら三度の明そらとあらわれて三千大千せかいをてらしたもなり母御前は六つらのほしとあらわれてふわう殿をさきにたて三そう殿」四三ウをあとにつれせかいをてらしたまへけるしゆんな殿と申をとなも御身に月のほしとあらわれたもうなり六万人のけんそくみなほとなりたもうなりま丶母ときりうのつほねへ鬼神のゐじき」四四オになり其後もぐらもちとやう《（ママ）》物になり土七寸下ニすみてたもう上ゑ出て日月のひかりにあたりてはたちまちむなしくなり又きりうのつほねはめ丶すとゆうむしになりて三寸そこにすみ」四四ウ上ゑ出て日月のひかりにあいてはたちまちむなしくなりふわう三そう殿へ御せんとありかたしともなか〳〵申斗はなかりける　五段

△去程に此そうしをよみきく人は」四五オ七日まち申あたるにむかうなり此そうしよむ人は百日待申にあたる此そうしうたかい有人はげんせいにてもふあんみらいにてならくのそこいしづむべし日月をしん〳〵申ともがらは朔日十五日廿八日」四五ウにわこりをとりこうばなをそないた丶一心にねんすべし御日待月待する人はごしやう佛過

ほたいをゑて九本じやうとゑおもむくべしうたかいあるへからすなり　六段」四六オ

△抑皈命長らい日天の御本地をくわしくたづね奉るにくわこくうおんのむかしあみたやくしのいんわうにてもふけし西方みたの御前にてくわんおんと申東方やくしの御母にては」四六ウ日こうぼさつ申ける國土合《（ママ）》守護王ときわまりし天王ふくをあとうるべしこれ日天しやこんにてする時又日本の惣社ニ御座候大神宮これなりしやか一代の御せつほうけごんあおんはあさ日」四七オ日《（衍カ）》なりしんこんひみつのほんぞんおくそくするは大日如来これなり佛も日にはなる丶事はなし抑御日待と一はしや加如来のいわく我左まなくは日天子右のまなくは月天子身をくそくするなり」四七ウ日月を待申さぬともがらはもふもく身請なあらごくそうの□《（焼損）》ごくゑしすむなり又め丶すもぐらもち身となり日ニあたりてはたちまちしするなり萬の事を指置能々心得申」四八オべしと仰有てしやかは入佛したもうなり故に日待する人はけんせいにてふくとくじざいしそんをんじやううたがいなし若そらくにおもいす者は天をそむくなり諸くわんじやうしゆ」四八ウせすならくのそこゑしづむべし　七段」四九オ

南無阿弥陀佛」四九ウ

東京国立博物館所蔵『頼朝軍物語』

頼朝軍物語巻之一目録

（九行空白）」一ウ

頼朝軍物語巻之二目録

（二行空白）」二オ
（空白）」二ウ

〔巻一〕

よりともむほん付加藤次か事

去程に源氏《げんじ》左馬頭義朝《よしとも》の三男《なん》。右兵衛佐頼《すけより》朝はひるが小嶋《しま》の流《る》人となり。二十余《よ》年春秋を送《をく》り給ふが。時いたり事さりて。平家追討《ついたう》の院宣《いんせん》をかうむり。先時政《ときまさ》に心をあわせ。北条のたちにましますが。ふじつに義兵《ぎへい》をあげらるべしとて。しのび〳〵に御家人共をもやうさる。され共俄《にはか》の事なれば。軍勢共も参り得ず。先佐々木《ささき》兄弟とい。土屋《つちや》。岡崎《をかさき》。真田《さなた》を初《はじめ》として。すがたそろへたる者共八十五騎。北条のたちに馳集《はせあつま》りける。佐殿《すけどの》の御まへに畏《かしこま》る。頼朝《よりとも》大きにかんじ給て。さつそく皆馳来《はせきた》らるゝ条しんびやう也かた〳〵をもやうす事よのぎにあらず頼朝むほん」一オの事京都《きやうと》へ聞へば定《さため》て兼高《かねたか》かげちからに仰て其さた有べしとおぼゆる間。いまだひろうのなきさきに。先兼高を夜討《ようち》にすべし。事成就《じやうじゆ》せば。世はかた〳〵の物成べし。此たび家運をひらかんと。ふかくぞ頼《たのみ》仰ける。各畏て。忝も仰あはさるゝの条身のめんぼくをきわむる上はさう〳〵別義《べつぎ》候はすと。皆言葉《ことば》をそろへて申上ぐ。頼朝ゑつきなのめならず。何と今夜にもよせんと思ふがいかゞとあれは。時政《ときまさ》承り。今日は国々八幡《まん》のはうじやうゑなり。又明日十六日は。三嶋《みしま》のやしろの御神事《じんじ》にて。国中には弓矢《ゆみや》を取事候はねば。明々日十七日の夜討と定《さたむ》。さらば其義に同せよ。承るとて治承《ちせう》四年八月十七日の夜に入て。大手は北条からめ手は佐々木。つがふ其勢八」一ウ十五騎いさみにいさんで打立八牧がたちへそをしよする扨置ぬ。爰《こゝ》に当国《たうごく》の住《ぢう》人。加藤次《かたうぢ》かげかどといふ者あり。かれが先祖《ぞ》をたづぬるに。みやこをばかすみと共に出しかど。秋風ぞふく白川のせきといふしう哥《か》よみたりしのふいん入道が四代のそん也。そばひらみずのいのしゝむしや。さりもなきかうの者なり。つねに佐《すけ》殿へ参りけれは。へだてなく仰しか。此ごろ御ふしんかうむり。もよふしにもいらざれば。をのがしたくにいたりしが。しきりにむなさわぎしければふしぎに思ひ。むらさきおどしのはらまきに。太刀ばかりをはき。めのとごのすさきの三郎一人あいぐし佐殿のもとへぞいそぎける。御たちになれは。やがて内に入てみるに佐殿は、小《こ》ぐそく」二ォつけて小長刀をつき。ゐんの上に立給へは。何様しさい有とおぼゆる所に。頼朝かげかどを御らんして。やあ加藤次にてはなきかちかふ来れ。此間はふしんの事有てもやうす事なかれども。みへ来り給ふ条神妙《しんびやう》也。頼朝一院《いん》の院宣《いんせん》を給はり平家を誅《ちう》すべき間。先兼高《かねたか》を討《うた》んがため北条佐々木《ささき》等《とう》をつかはしぬ。討《うち》ほゝせたらば火をはなたんと云つるが。いまたけふりもみへざるは。討そんじぬるかおぼつかなし。折節《おりふし》人もなき間かけかどは是に有。とのいせよとぞ仰ける加藤次聞もあへす。あな心うや一たんは御ふしんあり共かやうの御大事を思召立給ふに。などかけかどには仰ふくめられさるぞ。殿中《でんちう》には人おほくみへて候。かやうの夜討《うち》にはかけかどこそさふらはめ。」二ゥ命を君に奉る上は。すみやかに兼高《かねたか》をうちとつて参せん。御いとま申と。いひすてゝ罷立までとよかけかど門出いはふてゐさせんとて。ひおとしのよろひに白星《しらほし》のかふとをそへ。夜討にはゐなかき物こそよからめとて。ひさうして持給ひし。小長刀をそへて給はる。かけかと是を給はり時のめんぼくとよろこび。扨佐殿のさつしき一人ともなひ。すさきと二人をあいくし。八牧《やまき》がたちへと。急《いそぎ》ける。扨先陣《ちん》は北条佐々木二手に成てをしよせ。八牧か城をとりまき。時を作てもみ合すきまもなくぞせめたりける。され共爰に河内《かはち》の国の住人。石のやの八郎が射《い》ける矢にて物具《ぐ》もたてもたまらすよせてせめあぐんでみへにける。かゝる所へ加藤次北条の陣《ぢん》に」三ォ

〔挿絵一右「さゝききやうたいといつちやおかざきさなた」〕」三ゥ

〔挿絵一左「ときまさ」「よりとも」〕」四ォ

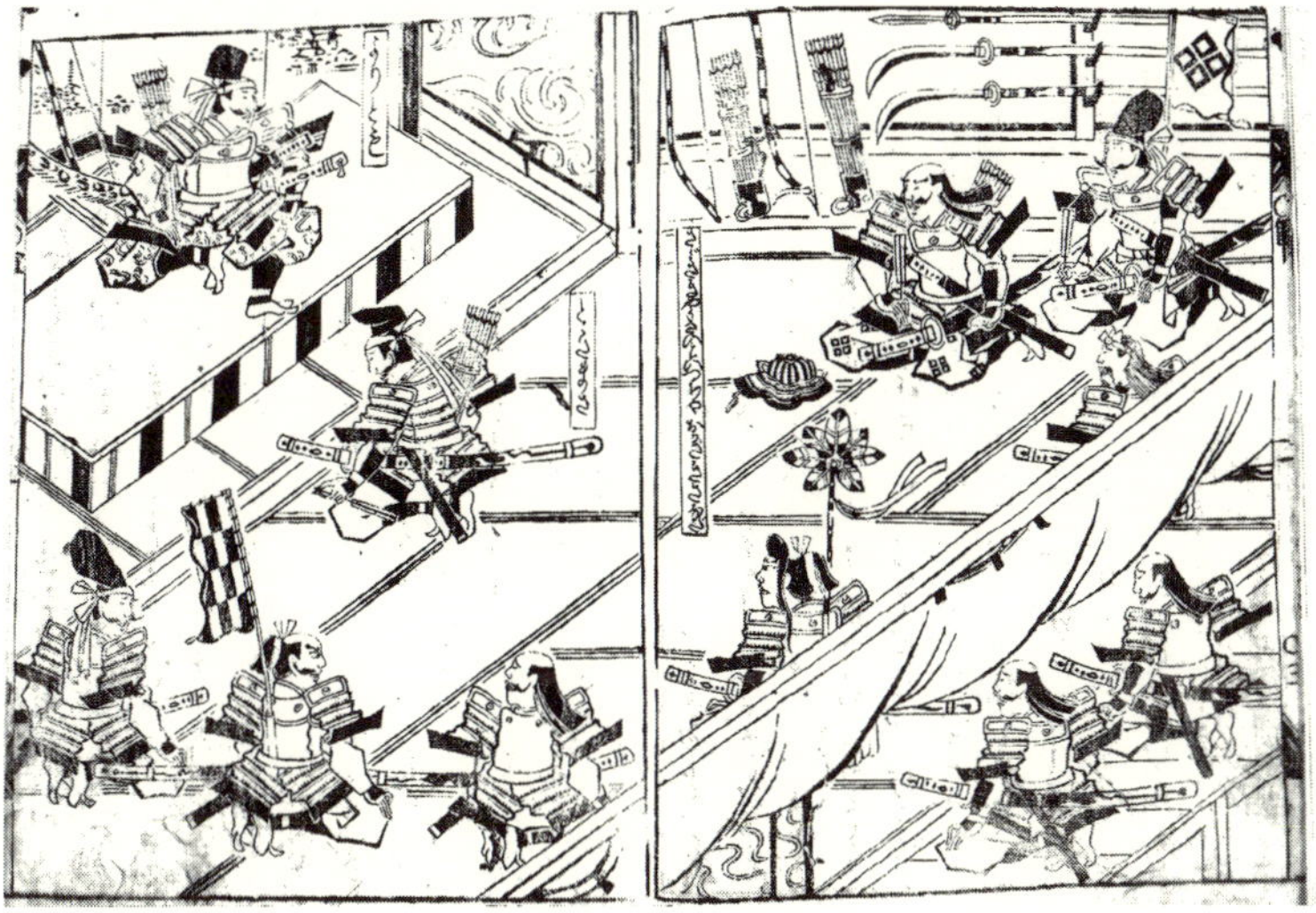

ついき。時政《ときまさ》たそととへはかけかどとことふ。やあこへんは当時《たうじ》御かんだうにておわするがいかに。されは俄《にはか》にめされ八牧かくびつらぬいて参らせよと有て。御らん候へ御長刀を給はつて候。抑北条殿は。よひより寄られけれは定而《さだめて》城の案内《あんない》御ぞんじ有べし有のまゝにかたらせ給へ。私《わたくし》の軍《いくさ》にあらず。君の御大事なればといふ。されは城の案内は時《とき》政も委《くわし》くはぞんぜす。先門よりそとにやぐら有て。おとし矢《や》に射出す。やぐらのまへは堀なり。扨橋を引たれは。たやすくせめ入事かなはず佐々木《さゝき》の人々は。搦手《からめて》にまはつたるがいかゞ有らん。時政は家の子らうどうあまた射《い》させ五六度《ど》まてしりぞひたりと有のまゝをぞ語《かたり》ける。加藤次聞て。さらばとのばらは。よひより軍にしづ」四ウかれたればやすみ給へ。かけかどあら手なれは一あてあてゝみんといひすて堀きわへつと進入《すゝみ》が。やぐらの下にたゝずみ先内の躰《てい》をぞ聞いたり。されは共やぐらには人有共覚ぬ所に城中より門をひらき。武者《むしや》一人進《すゝ》んで出名乗《なのり》

を聞は河内の国の住人。石川郡《いしかはこほり》せきのやの八郎とは我事也。やぐらの上にて射残《いのこ》したる。中指《なかざし》一筋《すじ》持て候。今夜《こんや》の大将は北条。佐々木。岡崎か。といつちやか。加藤か等《とう》か。名乗《なのつ》て此矢を受取《うけとり》みやうもんにせよやつと。よばはつて引かへたり。加藤次是を聞よりも。頓而《やがて》門《もん》外へ出。めのとごのすさきをまねいてやあ。せきのやか今の言葉《ことば》を聞つらん。かれが矢《や》にあたらん者の命の生《いく》ると云」五オ事有まし。我あの矢にあたらん事はいとやすけれ共。某《それがし》爰《こゝ》にて討《うた》れなば。此軍にぶかるべし。佐殿を世に立まいらせんか為《ため》成に。汝《なんぢ》かげかどゝ名乗て。せきのやが矢に当《あたつ》てゐさせんや。さもあらば。思ふ事をいひおけ。さらにたがふ事有ましといふ。すさき聞もあへず。我幼生《ようしやう》より。殿にはごくまれ奉て。其御恩忘《をんわすれ》かたし。軍に出るよりして。命生《いく》べき共ぞんせねば 速《すみやか》にかわり奉るへし。思置事とては。老《をい》たる母《はゝ》が事計《ばかり》。それはとてもちのをん忘給《わすれたま》はしなれば。能《よく》はごくみて給はり候へ。扨は別《べつ》に思ひ置事もなし。おいとま申てさらばといひすて。門《もん》の内へすゝみ入り。伊勢の国の住人に加藤はんぐはんが二男にかげかど是にひかへあり。せきのやの八郎と聞つるが。言葉《ことば》にも似《に》す。落《おち》ぬるかといふ」五ウてたてを。前《まへ》に。つきかざしてひかへたり。せきのや。然るへきと 悦《よろこひ》曰人張《ばり》に大の中指《ざし》取てつがい。十五束《そく》よく引かためてひやうどいた。たてをとをし。鎧《よろひ》のむないたうしろのあけまきへつと射《い》出したれは。すさきたまらずどうどふした。加藤次つと寄涙《よりなみだ》をながし。やあすさき。汝《なんぢ》がはゝをおろそかにすべからず。草《くさ》のかげにても能々《よく〱》みよ。敵をば討《うつ》てとらすべし。なむあみだ佛といひすて。進入《すゝみ》て大音上《をんあげ》昔は加藤次一人。今は源氏はんじやうの世となり。加藤次と云者二人有。せきのやがおとのしつるはおちぬるか。かへし合てくめやくめとぞよばゝりける。せきのや是を聞て扨は敵にたばかられ。矢《や》を放《はなち》けるほいなさよ。敵に言葉《ことば》をかけられさて有べきにあらずとて。甲《かぶと》のおゝは」六オよくしめ。

三尺五寸の太刀をぬき。いづくへかおつべき。せきのや是にひかへたりとて。切て出る。たがひにうち物の上手なれはうけつなかしつ。おちつかへしつ。只二人火花《ひはな》をちらして戦《たゝかひ》ける。され共未勝負《いまだせうぶ》なし。加藤次角《かく》てはせうふもあらじと思へは。態《わざと》うけ太刀に成。すきを伺《うかゞ》ひつと入て。鎧くさずり引よせゐたりやおふとくんだりける。上になり下に成ころびやいける程に。あさ打ぎはのくほみにて。せきのや下に成けれは。加藤次上にのりかゝりおさへてくびをかいたりけり。首《くび》をば太刀のさきにつらぬき。さし上て大音《をん》上。鬼神《おにかみ》のやうにいひつる。せきのや八郎かくび。加藤次かけかどかぶんとりにしたりといひすて。猶八牧が躰《てい》へそ入。さてゐんの上にづんどあがり。なをくへ入てみれば。とぼし火白《ひしろ》く」六ウ

〔挿絵二一「加藤次かけかどらうどうすさきおぐし佐殿へ参る」〕」七オ

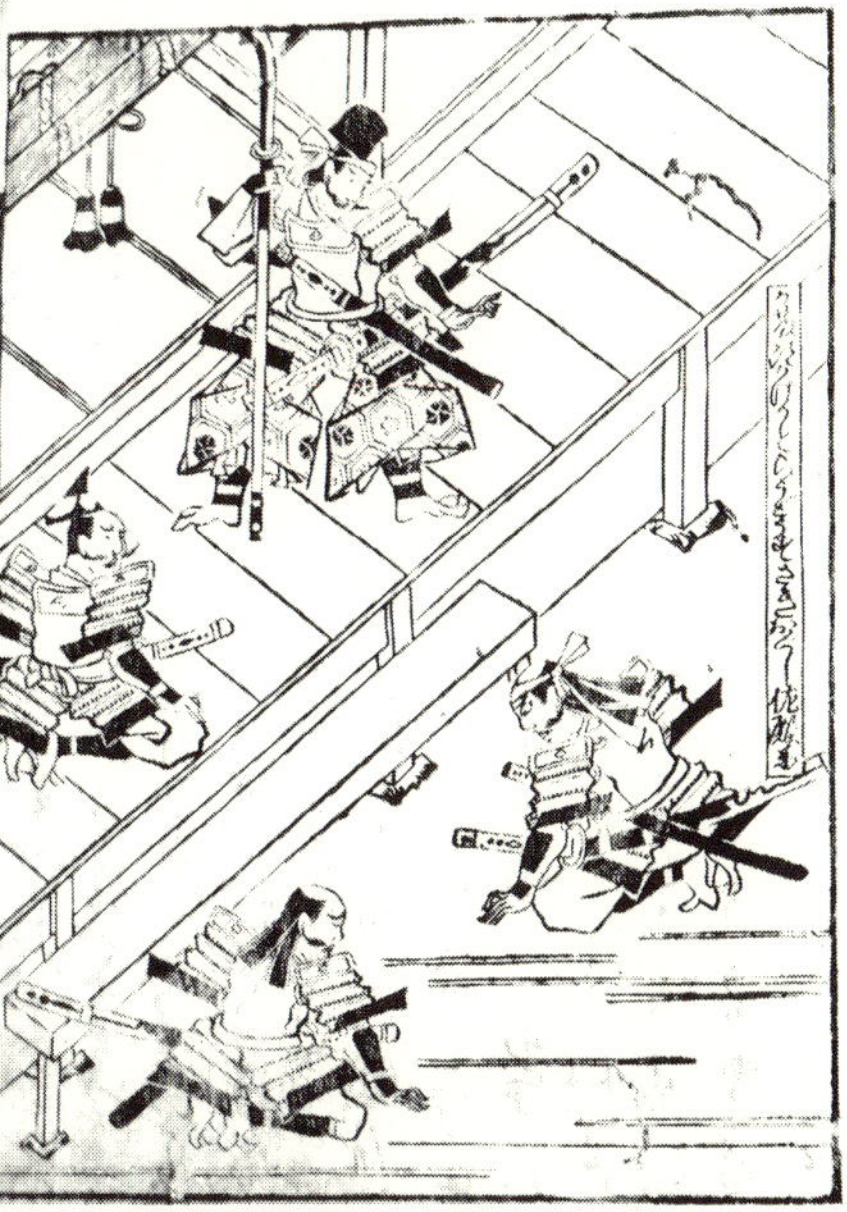

かき立。障子《しやうじ》をほそめにあけて有。さしのぞひてみれは兼高《かねたか》は紺《こん》の小袖に上腹巻着《うはらまきき》。太刀を抜《ぬい》てひたいにあて。つといらははたと切《きら》んと覚しき躰《てい》にて。かたひざつひて待かけいたり。加藤次すはやと思ひ左右《さう》なくは入ず。甲《かぶと》をぬいで。長刀のさき懸《かけ》。内へつとさし入たれは。そばめにかけてはたと切。かけかどすかさすつ

と入て一太刀射ておさへて首をかき切た。屏風障子《びやうぶしやうじ》に火を吹《ふき》かけ。くひひつさげておどり出。北条の陣《ちん》にむかひ。是々八牧がくびをみたまへ。仕て候とてくびさしあぐれば。時政《ときまさ》扨も〱したりやかげかど見参に合申さん門出よしと悦《よろこ》ひ。勝時《かちとき》作て引たりけり。かけかとかふるまひは。ほんふのわざとはおもはれず。たぐひなきてがらかなと皆。ほめぬ人こそなかりけり」七ウ

瀧口《たきくち》兄弟《きやうだい》悪口《あつこう》の事付三浦等《みうらとう》の事

さるほとに兵衛の佐殿八牧のはんぐわん兼高《かねたか》を夜討《ようち》にし。なを時政の館《たち》にましますが。相随《あいしたが》ふ人々には先佐々木《さゝきの》兄弟四人伊豆《いづ》の国には。くたうの介もちみつ。子息狩野《しそくかの》五郎ちかみつ。うさみの平太弟《おとゝ》の平六。藤内《とうない》藤かげ。新田《につた》の四郎。堀《ほり》の藤次。相模《さがみの》国にはといの二郎実平《さねひら》。子息《しそく》弥《や》太郎遠平《とをひら》しんかいのあら太郎。いなをの三郎やすだの三郎。岡崎《をかさき》つちやをさきとして各《おの〱》おまへに畏《かしこま》る。時に頼朝《よりとも》北条にむかひ仰らるゝは。何と此勢斗《ばかり》いかゝあらんと自餘《じよ》いけんを聞給ふ。其時時《とき》政すゝみ出。先八ヶ《か》國にはたうもかうけも。君の御家人ならぬ者は一人も候はず。然とも當時《たうじ》平家国を取に」八オよつてしばらく身入をつがんがために一たん平家にあひ随《したが》ふ斗にて候。大名多《おほ》しと申せども。ちばかづさ三浦《みうら》此三介《すけ》だに参候はゝ八ヶ《か》國には。たれか一人も残り申べき。但こゝに相模《さがみ》の国の住《ぢう》人大ばの三郎かけちかは已《すで》に三代相傳《さうでん》の御家人にて候へとも。當時平家重恩《をん》の者どもにて其勢国にあまり候。扨は武蔵《むさし》の国の住人畠山《はたけやま》の庄司《しやうじ》しげよしおやまの別當《へつとう》ありしけ。かれら兄弟こそ平家のおおばんをつとめ京都にまかり候程に。しげよしが子にしげたゞありしけが子にしけなりこそ同そむき申べけれ。かれらが勢大ばにもおとらぬ者どもにて候へは。此たひ勝負《せうぶ》をけつせん事。彼《かの》輩《ともがら》に候はんと指《さし》はかつてそ申ける。佐殿打うなつかせ給ふ所にといの二郎が云やう」八ウ

〔挿絵三「藤九郎もりなかみきやうしよ持来る所」〕

九オ

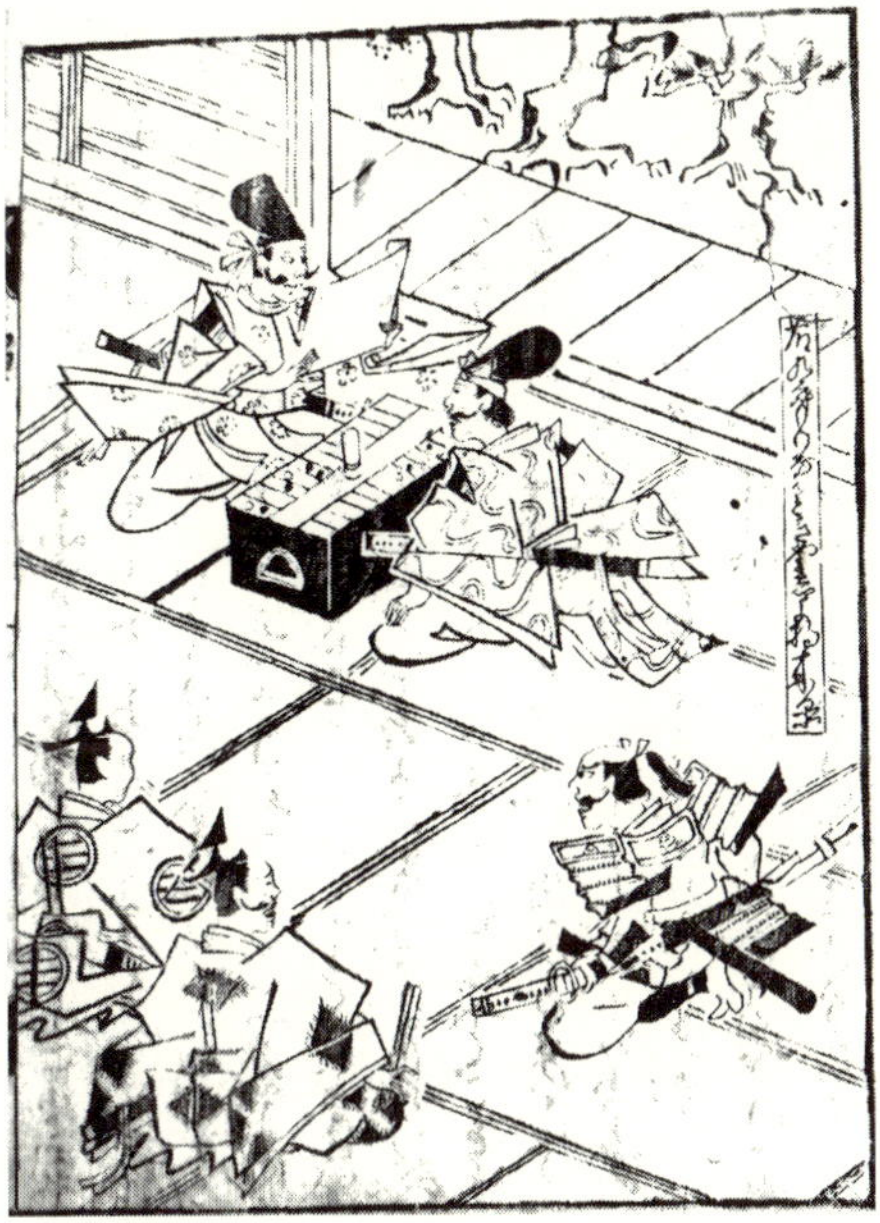

とかく時刻《じこく》うつらぬまに。一まづ石橋《いしはし》山へこもらせ給へ軍の勝負は　謀《はかりこと》と申なから。いかにもせいによるへきなれば先くわいふん御教書《みきやうしよ》を以て御家人共をめさるべしと。しきりにすゝめ奉れは。此義尤《もつとも》然るべしと一度に同ず。さあらばとて。藤九郎森長《もりなが》に委《くはし》く仰ふくめられ。いんせんのあんに佐殿の御教書《みきやうしよ》を相そへ。森長《もりなが》に給はりける。扨御勢は三百余騎にて。さがみの国石橋山へと。こもらせ給ふ森長は。先相模の國の住人山の内たき口の三郎としうぢが本《もと》へそふれたりける。此とし氏といふは。山の内すどう刑部《ぎやうぶ》の庄《しやう》としみちが孫。瀧口《たきくち》としつなか子也。折節三郎とし氏は。弟の四郎としむねと双六うつていたりしが。先御教書をおしひらき。つく〳〵とみてうち笑《わら》ひ」九ウ御使《つかひ》にもはゝからず。弟の四郎に向《むかつ》て云やう。是みたまへとしむね。人至てひんになればあらぬ心も付給へり。佐殿當時《たうじ》のす法を以て。平家の世をとらんと思ひゐ給ふはたとはゞふじのみねとたけくらへし。ねこのひたい

に有物を鼠《ねつみ》のうかゝふたとへににたり。みもなき人に同意してあつたら命諸領までうしなはんより。只《たゞ》双《すご》六成とも打てあそべや殿原《とのばら》とて。やがて出合森長にむかひ。のふ我には平家の御恩蒙《をんかうむ》る身なれば。今時佐殿流人の身として。下知《けち》に随《したが》ひ参れと有を 畏《かしこまつ》たりとは得申まじ平家の聞《きこへ》もはゞかり有物おそろし〳〵なむあみた仏と大きにあざむき御教書《みきやうしよ》をなげ出し。どつと笑《わらふ》て入つたりしはにが〳〵しうぞ聞へける。森長是をつく〳〵聞て」一〇オ扨も〳〵とし氏めがにくき今の悪《あく》口《こう》かな。我御使《つかひ》の身ならずば二言《こん》とつがせまじけれ共。大事をかゝへし身成上は。力およばず。ゑゝおのれらをあんをんにあらせて帰らん事のほいなさよ。哀《あは》れいか成仏神《ふつじん》の御かごにても佐殿さかみ一国の主とならせ給へかし。今のことばのとがめたし。ゑゝにくいやつかなとてむねをさすり心をしづめてそれよりも又三浦《みうら》のたちへぞ入にける。三うらになれば。佐殿の御使《つかひ》に藤九郎森長《もりなが》か参りたるよし申けり。其おりふし大介はかざこゝち有とてへいぐわしていたりしが佐殿の御つかひと聞悦《よろこ》び急《いそぎ》おきるをり。てうすうかいし。御教書おしひらき。委《くわし》く拝見《はいけん》仕り。老眼《ろうかん》より涙《なみだ》をなかし。あらうれしや。故《こ》左馬頭殿の御すへは。もはや皆はて」一〇ウ給ひぬるやらんと心うく思ひつるに。殿斗《ばかり》生《いき》残りおはしまして百にあまれり義明《よしあきら》が世に。源氏の家をおこし給はんうれしさよ。只是義明が一身の悦也。若御謀叛《むほん》のよしほの聞て侍れは。いかゞと心もとなくぞんし。はやすゑ〳〵の一ぞく共に申付て候へは。今は定《さため》て御陣《ぢん》へも参つらん。其上御らん候ごとく。かく一門《もん》共をもやうし。すでに門出致《いた》し候所。御使こそ有かたけれ。やあ殿原《とのばら》是〳〵佐殿御教書《みけうしよ》なるはをの〳〵おかみ奉れとて。二男三うらの別当《べつたう》よしすみさわらの十郎よしつら。是は大介が末子《はつし》也。扨孫《まこ》ともにとつては。和田《わだ》の小太郎義盛《よしもり》。弟の小二郎義持《よしもち》。同三郎むねさね。是らはみな。ちやくし杉本《すきもと》太郎義宗《よしむね》が子共也是外。家の子郎等《らうどう》さつしきに至るまて 悉《こと〳〵く》いたゞ」一一オかせ。いかにめん〳〵聞給へ義明《よしあきら》今年百六つ。老痛身を犯《をか》し余命《よめい》たんぼをまつ。今此仰をかふむる事。老後《らうご》のよろこび也家のはんじやう也。つら〳〵事の心をあんずるに。二十一ヶ年を一昔《むかし》とす淵《ふち》はせと成瀬《せ》はふちと成然に平家。日本一州《しう》を押領《をうりやう》し。已《すて》に二十よ年也。非分《ひぶん》の官位《くはんい》心にまかせ。くわぶんのほうろくおもひのまゝ成。凶悪《けうあく》としをつもり。らうぜき日をかさねけり。其上するゐにのぞんで。滅亡《めつほう》きはまれり。源氏はんじやうのおりふし。何うたがひか有べき。かならず一味《み》同心して。佐殿の御方に参れ。もし御みやうがなくして。佐殿うたれたまひなば。おの〳〵皆まくらをならべてめいどの御とも仕れ。山賊海《さんぞくかい》賊《ぞく》して死《しん》たらばかきんちじよく」一一ウともなるべきか。さうでんのおしうきやく臣《しん》ついたうのいんせんをかふむり。いくさをおこし給はんする。其御とも申て。身をほろぼさんは。家のため君のため。永代までのほまれ也。佐殿又御みやうが有て。代《よ》にも立たまひなば。子もまごもうちころされたるともがらはをんしやうにおごりなどかはんじやうせざるべき。かまへてあやぶみ給ふなよ。孫子ともとぞいさめける。をの〳〵しさい候はしとことはをそろへて申ければ。おゝうれしい物かな。それ〳〵よろこひの御つかひなるにいはひ申せうけたまはるとて。さけさかなしんしやうにして。馬一疋太刀一ふりそろへて引た。大介もりながにむかひ。是は先御かど出にて候ほどに。いわ」

一二オ

〔挿絵四右「藤九郎もりなが太刀馬はいりやうノ所」〕」

一二ウ

〔挿絵四左「みうらの一もんよろこひつかいかと出いわう所」〕」一三オ

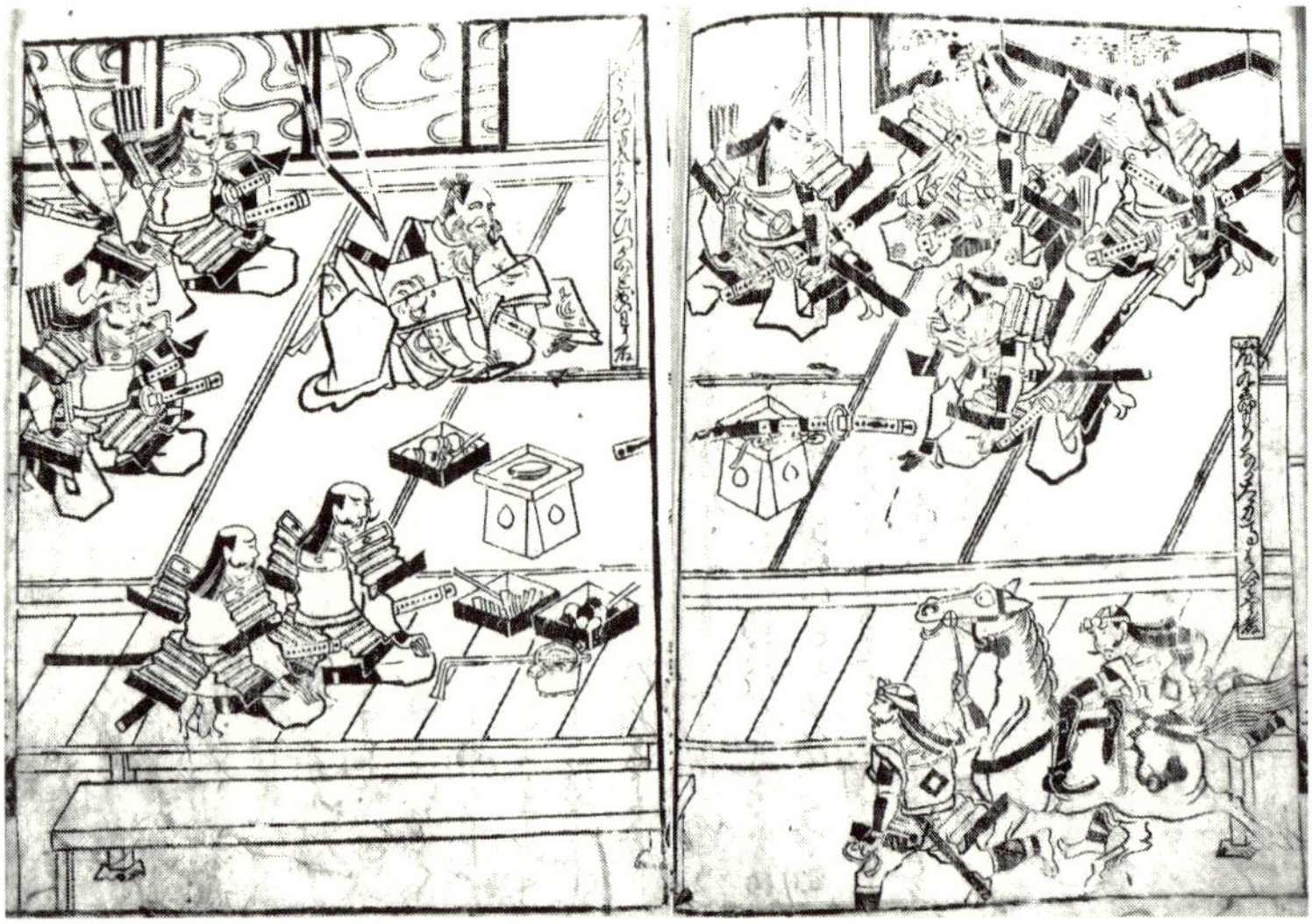

ゐ申にて候。かならずまいらすべきよししかと申させたまへといふ。もりながちかごろにて候。すゑ〳〵なをもいそぎ候ほどにまづまかり候とて。いとまこふてそれよりも。かづさの国ちばのたちへいそぎける。さて大介子どもにむかひ。やあいしばし山の御かせんは廿三日とあひふれられたれは。けふは廿日はやみやう〳〵後日《ご》の事にてあり。さぞぶせいにておはすらんにへんしもいそぎうつたてものどもうけたまはり候とて。いとゞはやりしわか者ども大介にいさめられ。其勢三百よきにして石橋《いしはし》山へと打立ける。三浦等《みうらとう》が所存《しよぞん》のほどたのもしくも又かうなりと。上下万民《ばんみん》をしなべて皆。かんぜぬ者こそ無かりけれ」一三ウ

〔巻二〕

まりこ川の洪水付三浦等大ぬまにあふ事

さるほどに三浦等《みうらとう》は治承《ぢせう》四年八月中の十日きぬかさを立。石橋《いしはし》山と趣《おもむき》けるおりふし。まりこ川の洪水《こうずい》ゆ

へ。馬も人もかなひがたくて。つぎの日も延引《ゑんいん》しける。わだの小太郎馬をひかへて。いかにかた〳〵軍《いくさ》の日限《にちげん》はかねてより定《さだまつ》たるに。さのみ延引心得なし。へんしもはやくうてや殿原《とのばら》尤なりうてやうてとて。鎌《かま》倉《くら》通りに腰越《こしごへ》いなむら八まつが原。大いそ小いそ打過て。二日路《ぢ》を一日にさがわの宿《しゆく》にぞつきにける。三百よきの兵ども洪水《こうずい》のへるをまち。暁がたにはたさんとて。しゆくのはづれ八木下といふ所に。各おり居《い》て陣《ぢん》をとる。其中に。和田《わた》の小太郎よしもりは日数《かず》のびてはかなふまじ。事の」一オやうみて。はたさんとて。高《たか》き所にうちあがり。くもすきに。水のおもてをみはたせば。西《にし》の川ばたに馬をひかへて武者《むしや》一人東《ひかし》をまもつていたりける。和田の小太郎大音上《をんあげ》。西の川ばたにひかへ給ふは誰《たれ》人にておはすぞ。なのり給へと。よばゝる。大ぬま聞ゐてさの給ふは和田の小太郎殿にてはおわせずや。よしもり猶も聞おぼへず。和田とさしての給ふがそなたはたそ。きゝゐずといふ。是は三浦《みうら》等《とう》に大ぬまの三郎なり。何大ぬまとや。して何と〳〵。されは佐殿の御方《みかた》に候しが。軍《いくさ》は已《すで》にさんじぬ。其よし参て申さんずるが。川のふちせをもしらず。其上乗たる馬も。おもふさまにくたびれて候間。あはれすくやかならん馬一疋給れかし。それへ越申さんといふ。」一ウ三浦の人々あな心もとなや。急《いそぎ》馬を参せよ。承とて。たかくつよき馬をゐつて。大ぬまが陣《ぢん》へと。おい入たり大ぬまは。此馬にうち乗《のつ》て。和田が陣にをしはたし。馬よりとびをり大いきつぐ。さて御かせんはいかにと問《とふ》。されば軍は。廿三日のとりのこくより初《はじめ》。ゆゝしきかせんにて有しが。されども敵は。三千よき。御方《みかた》はわづか三百よき。ついに御方の軍やぶれて。真田《さなだ》の与一は又のゝ五郎にくんでうたれぬ。佐殿ものがれがたなく御ておおろして戦《たゝかい》給ふがつひに討《うた》れ給て候。某《それがし》もやう〳〵のがれたれば。此事人々にひろう申さんため。爰《こゝ》かしこにかくれしのびまぎれ来て候と。しよぞんの通《とを》りを語《かた》りける。三浦の輩《ともがら》是をきゝ。各《をの〳〵》皆力《ちから》をおとし。さてはそは」二オいかゞすべき。大将軍のまし〳〵てこそ百騎が一きに成迄《まで》も軍はせり。今は日本国を敵に請《うけ》たる我等になれば是より帰らん事もかなひがたし。先まへには。伊藤《いとう》梶原《かぢはら》大ばまたのひかへたり。後《うしろ》には畠山《はたけやま》五百よきにてかなへ川《かは》に陣《ぢん》取て待《まつ》とこそきけ。されは前後《ぜんごの》敵にとりこめられなば。ゆゝしき大事なるべし。たとひ一方うちやぶつてとをりたり共。朝敵《てうてき》となりなん後は。いかでかあんをんなるべき。とかく人手にかゝらんよりは。只一所にて腹きらん。各いかゞといへは。皆げにもと同じく三百よき。一ゑにしがいときはめける。中に三浦の別当《へつとう》大ぬまにむかひ。何と佐殿の討れ給たるを。しかと御邊《ごへん》のみ給ひたるかととへは。いや与一が討《うた》れし時まて某《それがし》も御ぢん」二ウにまかり候ひしが。敵の大勢成をきゝ。御方皆おちゆきしほとに心ならず某も共に落て候へは。いかでか委《くはし》くはぞんずべき。只人づてにきゝたる計にて候と言。よしずみ聞て。さては是も推量《すいりやう》なり。人がかくいへばとて誠と思ふべきにあらず。若《もし》も平家のかとうと共が敵をたばかりおとさんために。討《うた》れ給ふと云事もやあらん。又御方の者共が負軍《まけいくさ》に成たれは。敵に心をかよはしてかくもや云らんふしんなり。天をも地をもはかれ共。人の心ははかりがたし。其上佐殿は御身すくやかにして心。かしこき人なれは。さうなく討《うた》れたまはじ。なかんづく石橋といふ所は。浦《うら》近く河《かは》まん〳〵たれは。舟《ふね》に乗《のつ》て阿波上総の方へもや落給ひつらん。又峯《みね》つゝいて深《ふか》け」三オ

〔挿絵五右「三浦共から三百き八木ぢん取」〕」三ウ
〔挿絵五左「よしもり大ぬまか方へたかくつよき馬おくる」〕」四オ

れは岩《いわ》の瀬《せ》よりたにのそとにもやかくれ忍《しの》ひ給ひつらんなれは。慥《たしか》に見奉らざらん程《ほど》は。各じがい物さはがしゝ。いかさまにも御身近《ちか》き田代殿か。佐々木《さゝき》北条《ほうじやう》土屋《つちや》か此者共に尋《たづね》あひたしかの様子を聞べきなり。一定討《じやうた》れたまふとならは。主《しう》の敵なる間。大ばにも畠山《はたけやま》にも打向《むか》ひ。命をかぎりに軍すべし。佐殿の死生《しせい》を聞《きゝ》定《さだめ》ざらん程は。かまいて殿原《とのばら》命をたばへうかつに心へ腹《はら》ばしきるな。一まつ三浦へ帰らんといふ。尤なりとて三百よき皆気《き》をなをしてみへにける。爰《こゝ》に和田の三郎。兄《あに》の小太郎に向て云やう。何と。畠山の重忠《しげたゞ》五百よきにてかなへ川に陣《ぢん》とつて待《まつ》と申が。いかゝ候はんといへは。よしもり聞て。いざこいそが原をすぎ波《なみ》うちぎはを打てとを」四ウらんといふ。さはらの十郎是を聞。なんてうさる事や有べき。畠山は若武者《はかむしや》。しかも五百よき思へはあんべい也。われらが三百よきにてかけちらし。馬共をうばいとり。乗《のつ》てゆかんと云ければ。兄《あに》の別當《へつとう》是を聞。あらせんない殿原《とのばら》のはかりやう

やな。畠山は。けふ一日馬かい足《あし》をもやすめて身をしたゝめたり。我等は此三日が間。かなたこなたと馳《はせ》つる程に。馬も主《ぬし》もつかれたり。されば人の強《つよき》馬取んとて。我弱《はがよは》き馬とられて其せんなし。馬の足おとは波《なみ》にきれてよも聞へしなれは。とかく轡《くつわ》をならさすみつつきを結《ゆい》鎧《よろひ》腹巻《はらまき》くさずりまきあげ。忍《しのび》やかにとをらんといふ。和田の小太郎頭《かしら》をふつて。いや〳〵此仰こそ心へね。いつのならいのかんどをぞや。畠山《はたけ》は平家の」五オかたうど。われら源氏のかたうど也。源氏いくさにかち給はゝ畠山《はたけ》はたをあげて参るべし。又平家かち給はゝ三浦も旗《はた》をあげて参らんこゝをとはすは。後々《のち〳〵》にはらはれん事うたがひなし。人々はともしたまへ。義盛《よしもり》においては。先《まつ》しろに名乗《なのつ》てとをらん。同心したまへさわら殿とて。鎧《よろひ》のうはおび。しづ〳〵とゆいかため。甲《かぶと》のをゝしめ弓《ゆみ》取なをし。鞭《むち》を上《あけ》まつさきにかけてそすゝみける。已《すで》に畠山が陣《ぢん》になれは。あぶみふんばり大をんあげ。抑《そも〳〵》是にひかへ給ふは。畠山のぢんとこそきけ。かくいふは三うらとうに和田の小太郎よしもり也。源氏のかとうどいたし。いしばし山の御方《みかた》にゆきしがいくさ已にさんしぬときゝ。さかわのしゆくより」五ウ

〔挿絵六「わだの小太郎吉もり畠山のぢんでなのる」〕

六オ

かへるなり。平家のかとうどして。とゞめんとおもはゞとゞめよとかうしやうによばゝり。てをはやめてうつほどに八松がはらいなむらがさき。こしこゑがうらゆいのはまをもうちすぎて。こつほざかにぞかゝりける。小太郎又げぢしけるは。いかにとのばら。てきをいきたらは。かへしあはせてたゝかふべし。さらずは三浦へとをらんずるがいづれにつきても馬をやすめ。ひとまづいきもつがせよといふ尤此義然るへしとて。各《をの〳〵》とうげにあがり居《い》つゝしばらくいきをつぎいたる和田の小太郎よしもりは。あつはれつよきたましいのおとこかなとてみなほめぬ人こそなかりけり」六ウ

ゆいのこつぼ軍《いくさ》付義持勇力《よしもちゆうりき》つゞきさいごの事

さるほとに畠山《はたけ》の重忠《しげたゞ》は。平家のかとうどたるにより。かなへ川に陣《ぢん》をとり五百よきにて扣《ひかへ》しが。本田はんさわをちかつけ。抑。三浦の 輩《ともがら》にさせるいしゆいこんはなかりけれども。只今のやうに言葉《ことば》をかけらるゝ上は。いかでかぶいにて有べき。其上父《ちゝ》の庄司《しやうじ》おぢの別当《べつたう》平家に奉公《ほうこう》して在京《ざいきやう》の身也。されはせめて矢一つ射《い》すは平家の聞へもおそれあり。又。和田《はだ》が言葉《ことば》もとがめたし。いかゞはせんと申さるゝ。なりきよちかつね仰のむね。すきまなし。一まつおつかけ申さんといふ。さらば急打立《いそぎうつたて》とて。五百よき物具《ものゝぐ》かため。うてや〳〵殿原とて。跡《あと》をしたふて。追《をい》かくる程もなく。小つぼ坂《ざか》に着《つき》」七オしかば。畠山進出《すゝみいで》。鐙《あぶみ》ふんばり大音挙《をんあげ》。いかに三浦の人々は口にもにす敵《てき》に後《うしろ》をみせ給ふぞ。重忠爰《しげたゞこゝ》に馳来《はせきた》れり。かへせやかへせとのゝしりかけ。ゆんづゑついてひかへたり。三浦の 輩《ともから》なじかは少もたまろふべき。こつぼ坂《さか》の峠《たうげ》より。まつさかさまに打下《うちくだ》り。すゝめや進者《すゝめ》どもとて。なぎさに向てあゆませよす。已《すで》に両陣《ぢん》あひちかづき時の聲《こゑ》をそあげにける両陣共に。しらみあいける。時畠山。横山《よこやま》等に弥太郎を以て。朝《てう》の使《つかい》を立にけり。弥太郎和田が

陣《ぢん》におりいて云様。日比《ひごろ》三浦《みうら》の人々に意趣《いしゆ》なき上は。是にて馳来《はせきた》るべきにて候はねども。父《ちゝ》の庄司《しやうじ》おぢの別《へつ》當《たう》平家にたうざんして。六原に伺公《しこう》いたす。然は各《をの〳〵》源氏《けんじ》の謀叛《むほん》にくみし給ひ。軍をおこし陣《ぢん》におとづ」七ウれとをり給ふを重忠《しげたゞ》無音《ぶいん》ならばかうかん其おそれあり。又おぢおやがかへりきかんも憚《はゞかり》にて候へは。是まで馳向《はせむかい》たる計《ばかり》にて候御はたり奉るべきか。又此方より参《さん》すべきかとぞ申ける。よしもりやがて。藤平実《さね》国《くに》を吏《つかひ》にあいそへ。返事の趣《おもむき》いひふくめてぞ遣《つかは》しけるさね国。畠山か陣におり居て云やう御吏《つかい》の申てう委《くはし》く承り候ぬ。畠山殿は三浦の大介にはむこ也。和田《わだ》殿は又大介には孫《まご》にてまします。但なさゝる中と申さんからに。はゝ方のおゝぢに向ひ。弓を引たまはん事いかゞ有べし。又むほん人に組《くみ》するよしの事。未《いまだ》御そんじ候はずや。平家の一門追討《ついたう》して。天下の乱逆《らんげき》をしづむべきよし兵衛の佐に院宣《いんぜん》を下さるゝ間。三浦の一もん」八オ勅定《ちよくじやう》の趣《おもむき》といひ。主君のもやうしといひ。

命《めい》に随《したが》ふ所也若《もし》敵たいし給ひなば。後悔《こうくはい》いかゞ有べき。能々しりよをめぐらさるへきとぞ申ける。其時畠山がめのとこに。はんさは六郎成清。又和田が陣におりふさがつて云様。抑三浦とちゝぶとは。一たいの御事にて候両方源平の奉公。世に随《したが》ふ一たんの法なり。佐殿討れ給はずとなり。代《よ》に立給はゝ。畠山殿も本田はんさわ召《めし》ぐし定て源氏へ参らるへし。又平氏代に立給はゝ。三浦殿も必《かならず》御参り有へし。せひのらつきよをしらずして。私《わたくし》の軍其せんなし。所詮《しよせん》両方ともにひかせ給はゝ。こうへいたるべく候と。さしはかつてそ申ける。和田の小太郎是をきゝ。はんさわがかくいふは。畠山かいふにてこそあ」八ウれ。人のおんびんをそんぜんに勝《かつ》にのるにおよばずとて馬をひかへたりけれは。はんさわ近比にてこそ候へとて。それよりも陣に帰り。畠山を諫《いさめ》つゝかなへ川へ引けれは。三浦も亦こつぼ坂《さか》の峠《とうげ》におりいてやすみけるがけにあやうくそ。みへにける。爰《ここ》に又よしもりが弟《おとゝ》。和田の小次郎よしもちは。聊《いさゝか》用の事有て鎌倉《かまくら》へこへたるがゆいのこつほに軍はしまる事きうなるよしをき丶大きに驚《おとろき》。物具《ものゝぐ》かため馬に打乗主従《うちのりしう〱》わづか八きにして。いぬかけ坂をはせこしてなこゑにて浦をみれは。四五百騎か程打かごん《（ママ）》てみへたり。小次郎あわやと思ひかた手矢《や》はげてむちをあげもみにもふてそはせたりける。扨重忠《しげたゞ》はかなへ川に馬をひやして」九オ

〔挿絵七右「三うらの人々あふきからかさにてとゞむ」

「わたの小二郎かまくらよりかへりくる所」〕九ウ

〔挿絵七左「畠山しけたゝ小二郎とかさねて軍」〕

一〇オ

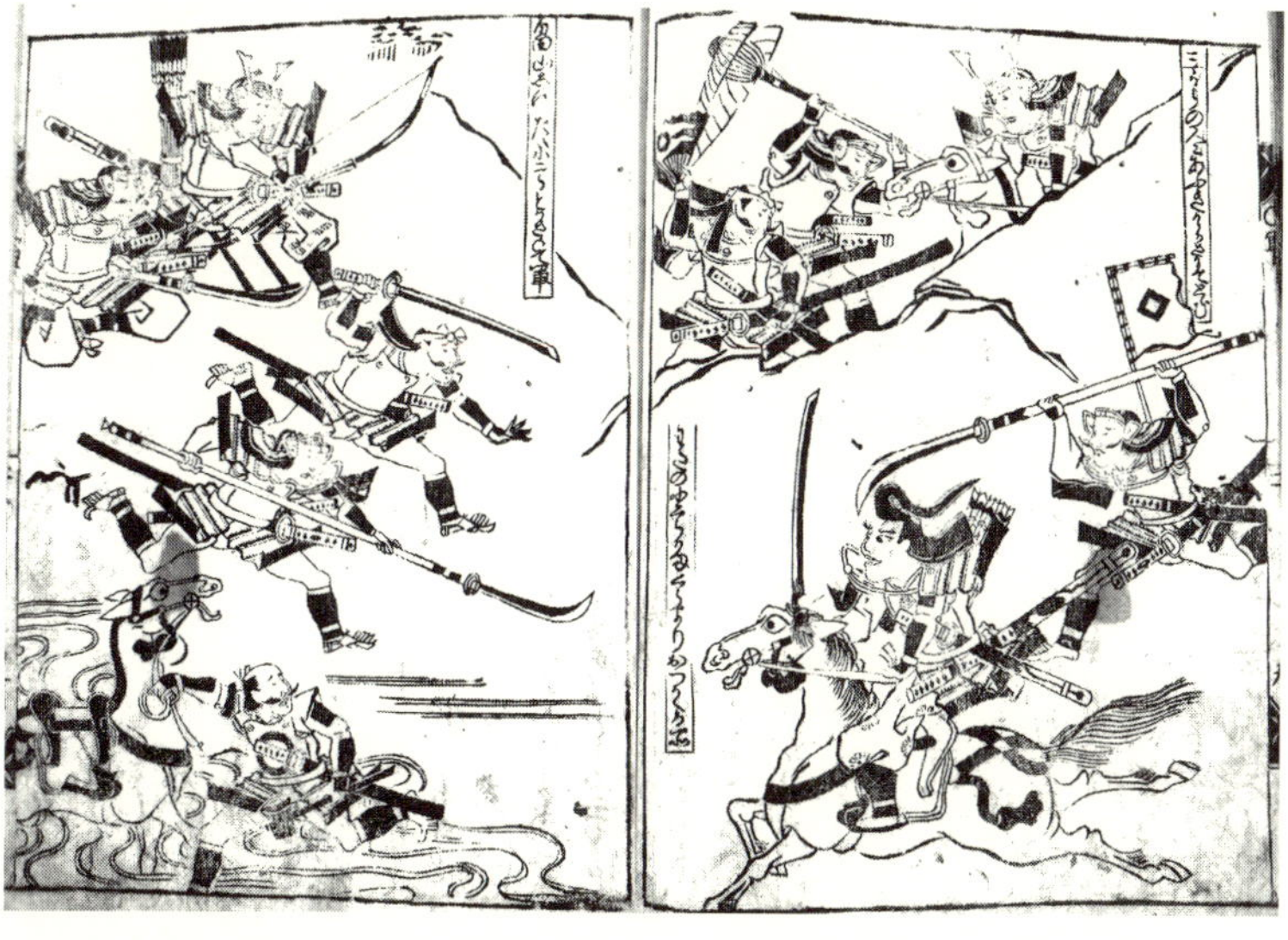

いたりしが。小二郎かはするをみて。やれ和平はからめてのまはるをまちける物と覚へたり。やすからぬ事かなとて。馬引よせ〳〵打乗《うちのり》小二郎に打向《むか》ふ。又和田のよしもりは。こつぼ坂より此よしをみて。軍は和平《わへい》したるぞあやまちすなとてまねきとむ。小二郎は只。いそげといふぞと心へ。おめきさけんでかゝりける。義《よし》もり弥《いよ〳〵》身もんで。やれ殿原あれ制《せい》せよまねきとめよとげぢするほどに。或《あるい》はあふき。或はひからかさなどをひろげつゝ我も〳〵とまねきける。小二郎是をみるよりも心へたりおそしいそげといふと心得。一むしんに。馬をはやめ畠山に打てかゝる。よしもりも制《せい》しかね。今ははや叶《かな》はぬ所ぞ。小二郎うたすなつゞけや者共。承とて三浦の一とう。三百よき」一〇ゥにておめいてかけ。火花を散《ちら》して戦《たゝかひ》ける時のまに。小二郎が手に懸て卅よき切ておとしとつといふておつちらし取て帰しひかへたる小二郎が有様。只鬼神《おにかみ》ともいつつべし。それより後は軍もなく。源平たかいに陣《ちん》を引て。人馬のいきをぞ。やすめける爰《こゝ》に又武蔵国《むさしのくに》の住《ぢう》人つゝきたうの大将に。太郎。五郎小太郎とて。父子《ふし》兄弟三人ながら共《とも》におとらぬ大力《ちから》なり。とりはけ兄《あに》の太郎は八十人が力有て。東國《とうこく》ぶさうのすもふの上手《でうす》。四十八の取手をも。我物《はがもの》にせしもの成が。畠山《はたけやま》に向て云様只今和田にかけ立られて。御方の軍負色《まけいろ》にみへて候は思きる郎等のなければこそ。軍はゆるくみへて候へ。しよせん某《それかし》打向《うちむか》ひ。小二郎をねぢ首《くひ》にして。見《けん》」一一ォ参に入れ申さんと。こともなけに思ひすてゝ。只一騎和田《わだ》が陣に打向ひ。只今是へ一人名乗《なのつ》て出たるを。いかなる者とかおぼすらん。武蔵《むさし》の国の住《ぢう》人つゝきの太郎と申て。畠山殿の一のらうどうなり。和田の小二郎義持《よしもち》に組《くん》で勝負《せうぶ》をせんとよばゝる。小二郎聞て。やあわきみが主《しゆ》人畠山とこそくまんずれ。おもひもよらず。よしもちには。あはぬ敵ぞ退《しりぞけ》といふ。つゝき聞て。まさなの殿の言葉《ことば》かな。源平世に初て勢をあわする時。郎等《らうどう》大将に組《くむ》事なくて。主人《しゆじん》と主人が勝負《せうぶ》をせば。何によつてか軍有べき。是非勝負《せひせうぶ》をし給はずは。請《うけ》てみ給へとて大の中指《さし》取てつがへは。小二郎つゝきをたばかつて。あふ言葉《ことば》の程こそやさしけれ。はぢ有敵を遠矢《とをや》に射《いる》と」一二ウいふ事や有。よつてくみこしの刀にて勝負をせよ。つゝき然へしとて。弓《ゆみ》も矢《や》もなげすてあゆませよりをしならべてひつくみ馬より下へどうとおつる。つゝきは大力《ちから》なれは。落たれともゆらりとたつ。小二郎も又よりつきてつゝきと共に立。なをる。つゝきはふとく高き男なれは。小二郎がせいのちいさきかさにかゝつて。をしつけ討《うた》んとしたりける。和田はほそくてはやかりけれは。下をくゞつて打たをさんとす。せいの大小は有けれ共力はさらにおとらず。すもふはともに上手なり。つゝき和田が鎧《よろひ》の上帯《うはおび》引よせ。内からみにかけつめて。甲《かぶと》のしころをかたふけ十四五共斗《ばかり》はねたされとも和田は。つゝきにほねをゝらせて後の勝負《せうふ》と思へは。こしについてま」一二オわる。つゝき内からみをはねはづし。大はたりにわたしてはねたれ共小二郎はたゞ藤《ふぢ》のまとへるがごとくまとふてはたらかず。又大わたりを引なをし。そとがらみにかけなぎさへむけて。十四五度《ど》ゐい〳〵とおせども〳〵ついにまろばす。小二郎つゝきがよわみをうかゞひ。上帯《うはおび》取て引よせ内がらみにかけつめ。甲のしころをちにつけ。なぎさへむけてゐいといふてはねたりけり。つゝきほねはおりぬ。つよくかけてはねたれは。岩《いわ》の高《たか》きにはねかけられて。はねかへさん〳〵とはしけれ共。ゆんでのかいなをふみつけ。甲のてへんに手を入れ。みだれかみを引あげのせ。首《くび》ふつとかきおとし。首をば岩の上に置。つゝきがむくろに。いし打かけ。よせくる波《なみ》に足《あし》をひやし。大いきついて」一二ウやすみけるかゝりける所に。つゝきの五郎。兄《あに》を討《うた》せて安《やす》からず思ひけれはおめいて懸る。小二郎頓《やが》て打向ひ。わきみはつゝきが弟《おとゝ》の五郎か。兄《あに》が敵とて義持《よしもち》にくまんと思て来るよな。汝《なんぢ》か兄の太郎は東國《とうこく》一の力者也。それにくんでとりそんぜざる某《それがし》ぞ。さりながら汝が是に骨《ほね》をおり今はかつて力なし。とく〳〵よつて義持《よしもち》が首をとれとぞ申ける。五郎正《まさ》しく。みとゞけたる事なれは。誠と思ひゐしやくもなく。押並《をしならべ》てひつくんだ。いかゞはしけん五郎も又小二郎が下に成しを。是も押《おさ》へて首《くび》をかき。又岩《いわ》に腰打懸《こしうちかけ》足《あし》をひやしてやすみけるは猶けなげにぞ。みへにける爰《こゝ》に又つゝきの太郎がちやくし小太郎は。父《ちゝ》とおぢとを討《うた》せやすからず思ひけれは。三だん斗《ばかり》にあゆま」一三オせより。大の中さし取てつがひさしあげてひやうどいた。小二郎かむないたにあたるとひとしくおどりかへる小二郎態《わざと》。いむけの袖をふりあはせしころをかたむけ世にくるしげ成こゑをして。やあ〳〵汝《なんぢ》はつゝきの小太郎成か。親《おや》のかたきをば手どりにせよとこそいへ。人手にかくるな落《おち》あへよかし。げに近付《ちかづか》さるはおそろしきよな。尤〳〵。わきみがゆんぜひとして。しかも遠矢《とをや》に。此義持《よしもち》が鎧《よろひ》をばいかでさうなく通《とを》すべき。但某《それがし》はきのふ一昨日より隙《ひま》なくはせありき兵粮《ひやうらう》をもつかはず大事《じ》の敵にはあまたあいぬ。巳《すで》につかれに望《のぞん》てあれは力なし。父《ちゝ》やおぢが敵なれはさぞや心にかゝるらん。とても死《しぬ》べき我首を。他者《たのもの》に取《とら》せんよりは早《はや》く寄《よつ》てとれ。のべてとらせん。やあ小太郎とぞたばかり」一三ウ

〔挿絵八「わたの小二郎つゝき三人かくひ持」〕一四オ

ける。つゝきの小太郎誠と思ひ。太刀ぬき持《もつ》て近付《ちかつき》より。甲のはちをちやうとうつ。一打うたせ。小二郎つと立上《たちあが》りいだきとめ押《をし》ふせ首を取《とる》三つの首。二つは馬のしほてに結付《ゆいつけ》。一つは太刀につき貫《つらぬ》き。高く《たかく（ママ）》指《さし》上大音挙《をんあけ》。只今畠山が陣《ちん》のまへにて。つゝききやうだいふし三騎《ぎ》ともに打とつてかへるかうのものを誰《たれ》とか思ふぞおとにもきくらんめにもみよ。くわんむ天皇の御べうゑい。高持の大君より十一代王子を出て遠《とを》からず。三浦の大介には孫《まこ》。和田《はた》の小太郎義盛《よしもり》が弟に小二郎義持《よしもち》生年十七我と思はん者共は。大将も郎等《らうどう》も。くめやくめと　詈《の、しり》　おほやうにひかへたる。小二郎がけふのふるまひ又たくひなきてがらかなとてかんぜぬものこそなかりけれ」一四オ

頼朝軍物語巻之三目録

（二行空白）」一オ

（空白）」一ウ

頼朝軍物語巻之四目録

一　源氏東国治政《げんしとうこくちせい》の事」二オ

（空白）」二ウ

〔巻二〕

大介軍談義付衣笠籠事

去程に畠山重忠《はたけやましげたゞ》は。頼《たのみ》きつたる。つゝきの太郎兄弟をまのまへにて討《うた》せ。猶やすからず思ひけれは。本田《ほんだ》はんさわ左右《さう》にすゝませ和田《わだ》が陣《ぢん》に向《むか》ひ鐙《あぶみ》ふんばり大音《をん》あげおなしながれのたかもちの大君のかうゐん。ちゝぶの十郎重廣《しげひろ》が三代の孫《まご》。畠山の重忠わらは名うちわう丸生年十七才軍はけふがはじめなり。高名《かうみやう》したりと云なる。和田の小二郎義持《よしもち》に。げんざんせんとぞ名乗《なのり》ける。和田の小二郎義持《よしもちは》身をためしたる武者《むしや》なれば。只《たゞ》一矢《や》にと心ざし中ざし取て打つがひ。よく引かためてひやうど放《はな》つ。畠山か乗《のつ》たる馬の。むながひつくしよりしりがひの」一オくみちがひまで。矢さき白く射《い》出す。馬は屏風《びやうぶ》を返《かへ》すがことくにふせば。重忠馬よりおりたつた。成清《なりきよ》馬より飛《とび》をり主《しう》を取ていだきあげ我が馬にだきのする。畠山まだ懸出んとせしを。本田の二郎中にへだたり。くつばみをおさへて云やうこはそも何といふ事ぞ命をすつるもをりにこそよれ。平家へ聞へん事を思ふ一わう《（ママ）》斗《ばかり》にてこそ候へ。就《なかん》レ中《づく》三浦は皆一門なれはおやしぬれ共子討《うた》るれ共かへりみず。のりこゑ〳〵おもてもふらず。うしろをみせじと名をおしむ。又御方の勢と申は。たうのかり武者共なれば。一人しぬれば其したしき者ども能《よき》につけとて引つれ〳〵落うせぬ。されはいかなる御大事有と云とも。御命にか」一ウわるへき者一人も候はねはたゝ〳〵ひかせ給へとて馬のはなをおしもどす。されども重忠聞入《いれ》す。たゝ小二郎にくんでしなんとくるひけり。小二郎は物かけをこたてに取て待かけしが。太刀ひんぬきて出向ふ。かゝる所に三浦の輩《ともがら》やあ小二郎はけさよりもしげく戦《たゝかひ》ほねをおりぬと覚るぞや力を合よ殿《との》原《ばら》。小二郎うたすなつゞけやとて。おぢの別当《べつとう》さはらの十郎。和田の小太郎弟の三郎。まきをか兵衛を先《さき》として。十三き切てかゝれは。重忠も已《すで》にあやうくみへけるが。本田はんさわ中にへだたり。しばらく〳〵御陣をしづめて御聞候へ。以前《いぜん》にも申ごとく大方も御一門ぢたいは三浦の大介殿はおうぢご。畠山殿は又孫《まご》にて」二オましませば。何もはなれぬ御中也。さしたる意趣《いしゆ》なし。御しゆなき私《わたくし》の合戦其せんなく覚候。只本田はんさわに御ほうしん有て御馬をかへさせ給へかしと言葉を盡《つく》して申ける。義持《よしもち》是を聞て。げに郎等《らうどう》のかうをは主人《しゆじん》のゆふことばにこそあれ。此上はすゝむに及《およ》はず。さらば引《ひけ》とて三浦の輩一度《ど》に馬を返《かへ》しけれは畠山も心ならず郎等共にせいせられ馬のはなをぞかへされける。時。和田の小二郎馬をひかへて云やうは。扨も〳〵重忠は能郎等《よきらうどう》どもをもたれたる者かな。かれらが今のことばにめでゝ。あやうき命をたすけ申そ。本田はんさはなかりせば。大方も重忠はめいどのたびにおもむかれんが」二ウあふうら山しき郎等共やな。尤かれらは忠臣《ちうしん》や或はほめあるひはあさむき一度に皆どつとはらふてそれよりも三浦へとてぞ。かへりける三浦になれは。義明に軍のしだひをこまやかにぞかたりける大介孫子どもの物語をつく〳〵と聞につことはらいさうなし〳〵とのばら弓矢の運《うん》はいやましにはんじやうせり。中にも小二郎がふるまひしんびやう〳〵とてかんるひをながし。頓て孫引出物にとて太刀一ふり取出し。義持にぞゑさせける。扨大介いひけるは。いかにかた〳〵。敵は一定《ぢやう》あすよすべし。佐殿よもうたれ給はしなれは。急《いそぎ》きぬがさに引こもつて軍せよ。敵いかほどてごはくともさん〳〵に懸破《かけやぶつ》て。今一ど佐殿を」三オ

〔挿絵九右〕三ウ

〔挿絵九左「三浦大介きぬかさにて軍たんきの所」〕

四オ

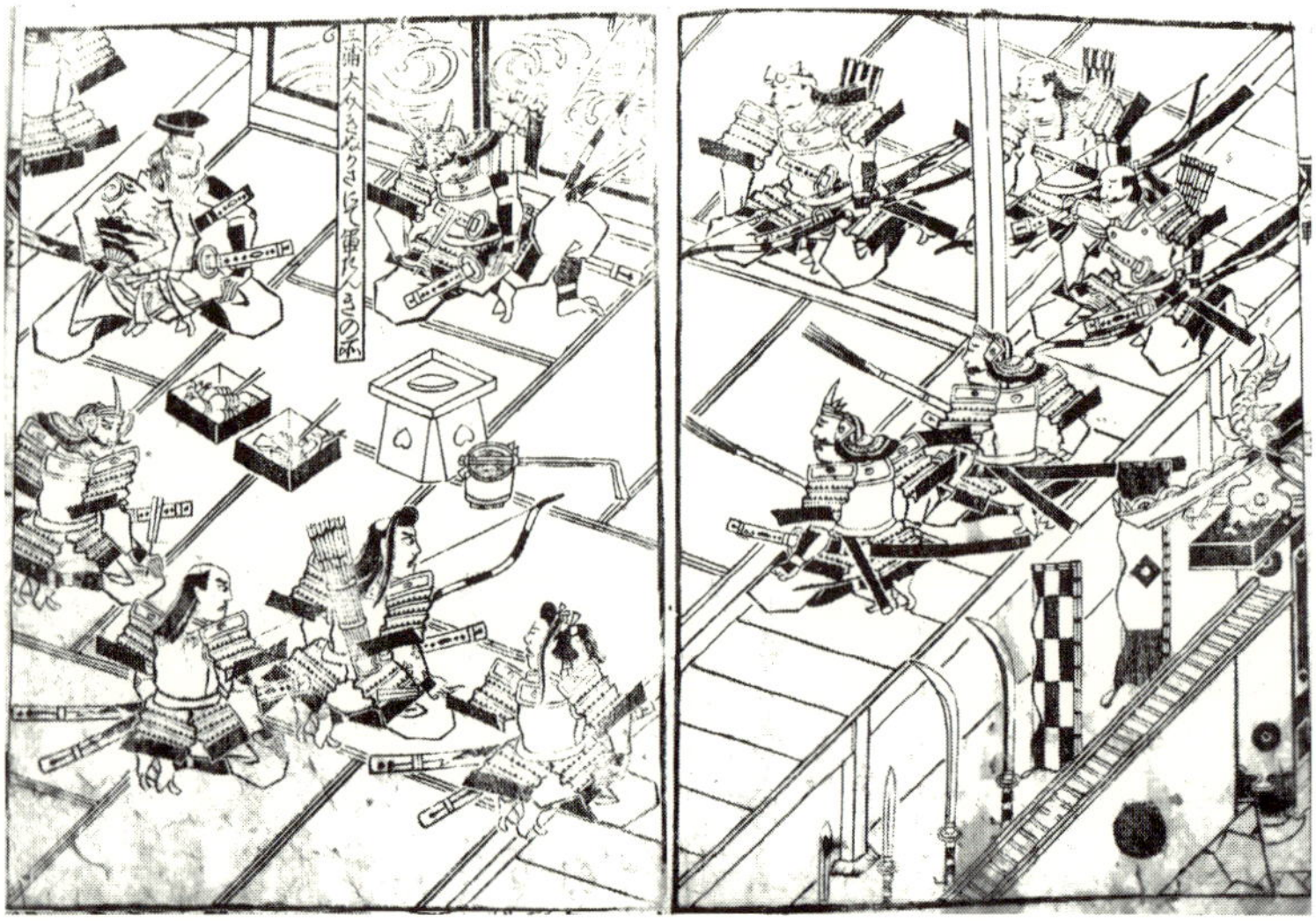

尋《たづね》参せ。ぜひのがれがたなくは討死《うちし》にせよとぞすゝめける。義盛《よしもり》が云やうは。何と。きぬかさは馬の足たち能所也。よせてのためにたよりあれは忽《たちまち》をいおとされんはじぢやう也。ぬたの城こそ心にくふ候へ。彼《かの》城三方は岩山高ふして。馬も人もかよひがたきあく所也。一方は。海口《うみくち》に道一つあけたれは。能者三百人にふせがせなば。敵何十万きにてよせたり共たやすくはおとされかたき所にて候へは。たゞぬたの城に仕候はんといふ大介聞て。いや〳〵ぬたと云はわづかの小所にて人是をしらずきぬかさこそ聞《きこへ》たる名城《めいじやう》なれは。されば後日にも三浦の者とも。こつぼのかつせんに打かつて頓てきぬかさに引こもり。さん〳〵に戦《たゝかい》討死したるとい」四ウは、。あゝそれは能所よ。めいよの城なりと人も定てとりさたすべし。又はぬたの城にて討死といはゝ。ぬたとはどこその事を云ぞ。いまだしらずなどゝいわれんもさすがなれは。大介が云にまかせて。たゞきぬかさにこもれと云。よしもり重《かさね》て。ぬた

もきぬかさも皆御領内なり。なかんづく軍は。身をまつたふして敵に物をおもはせ。日数《ひかず》をへてた丶かふたるこそおもしろけれ。きぬかさにこもつたりとも。そくしにをいおとされなばむげにいひかい有まし。能々御しあん有へしといふ。大介聞てはらをたて。やあおのれよしもり今は日本国を敵にうけたり。身をまつたふせんと思ふとも何《いつ》の日何月か有べき。たとひ命いきたりと」五オも人のいはんずるは。三浦こそ一旦《たん》命生《いき》のびんとて。さしもの名城をさしをき。ぬたの城にこもりたるなど丶いはれん事もくちをしかるへし。若又《もしまた》一人成とも生のこつて佐殿世にたち給はん時。父やおうぢがかばね所とて知行《ちぎやう》にも。きぬかさこそしりたけれ。其上軍といふは所にはよらず手柄《てがら》謀《はかりこと》によるへしあら野の中にて戦《たゝかふ》たりとも能あいしらはゞまくへからず石《いし》のひつにこもつたりとも。あしくた丶かはゞかなふまし。命おしくは軍なせそ。などやおのれはものともおほへぬかつうは父がめいならず。老者《らうしや》の云ことば丶必しるし有ものなるぞ。義明《よしあきら》は一人なりとも。きぬかさにてこそ討死《うちしに》せめ。敵よせずはさて。ひじに丶」五ウするとてもかしこにてこそ死べけれと。大きにいかつていひければ。孫も子共も言葉をそろへて一旦《たん》は申てみたるまでにてこそ候へ。ともかくもしるべきやうに御はからひ有べしといへは。大介やう〳〵はらをいて。さらばよしあきらが下知《げぢ》につけとて孫子ともを引つれ。はやきぬかさ城へぞ。こもりけるきぬかさになりぬれは。孫子ともらうじうどもをあつめて。敵よするならばいとま有まし心しづかなるとき。よく〳〵兵粮《ひやうらう》つかへとて。さけさかなわんはんかきすへ。をの〳〵是をす丶めける。扨よしあきら下知《げぢ》しけるは。いかにかた〳〵此まにいくさのやくそくをすべし。まづ弓《ゆみ》した丶かに射《い》る」六オ者ともは。家の子も郎等《らうどう》もとねりくさかりにいたるまでそろへをき。弓は一人して二三てうづ丶もて。矢《や》は白こしも五こしもよういせよ。又弓ゑいぬ者ともは。七八人も十人もあるひは四五人も同心して。このみ〳〵のつゐ共をしたくせよ。扨木戸を三へにこしらゆべし。敵は軍の法《ほう》なれは。さだめて大手からめて二手にわけてよすべきほどに。まつ大手のかたには道を作れ。ひろさ七尺か八しやくばかりにつくらせよ道ひろければ。大勢くつばみをならべてよするにより。城中にたよりなくしてふせぎにくき物なるほどに。わづか馬二疋ばかりとをるほとにつくれ。道のかたはらはぬまなれば。とかく」六ウするにおよはず。一方には大堀《ほり》きりて。一つのほりには橋《はし》をひろくわたせよ。中堀にはほそはしをわたせ。三のほりにはさかもぎを引。堀ことにかいだてをかまへてやぐらをかけ。扨弓いる者ともは甲《かぶと》をきべからずはらまき。はらあて。とうまるなどをきてやぐらにあがり敵の鎧《よろひ》のむないたをさしつめ〳〵つよく射よ。又かちたちの者ともはすみきわりをこしらへおけ。つゐうつ者共は西《にし》の方のこざゝの中にこもり居よ。扨こざゝの中より作り道へ向《むけ》て細《ほそ》道を作り。敵一の橋をわたして。二の橋まてよせん時。くだんのすみきはりを以て馬のはらをしたゝかに射よ。いられてはぬるならは。よろひ武者《むしや》共は。左右《さう》の堀とぬまとへはねおとされておき」七オん〳〵とせん所をつゐうちの者共こざゝの中よりつつと出てつゐのさきをそろへておこしもたてずひたうちに打《うち》。よき者どもはうちころし。かり武者ともをばしぬるかしなぬかほどにうちなしなまごろしにしてはいあからせよ。それこそいくさのめさましなれ。各《をの〳〵》能々心へてふかくするなとぞ下知しける。和田《わだ》の小太郎うけたまはり候とて。家の子にもらうしうにも。ゐものをよういさせ。橋をかけみちをつくり。よせくるかたきをまち居たり大介がいくさだんぎ孫子《まご》どもがしよぞんのほど。ぶしたる者のよき手ほんかなとてみなかんぜぬものこそなかりけれ」

七ウ

きぬかさ合戦付金子等の事

去程に治承四年。八月廿七日の。こつぼ坂の軍後。中一日有て。廿九日の早朝《そうてう》に。川越《かはごへ》の又太郎江戸《ゑと》の太郎畠山。かれら三人大将にて。金子《かねこ》村山山口等《むらやまやまぐちとう》。こたまよこ山たんのたうつゝきたうをさきとして。つかふ其勢三千よき。きぬかさの城へとをしよする。中にもつゝきの一たうは。當手の軍将つゝき父子兄弟《ふしきやうだい》三人まで。こつほの軍にうたせてやすからず思ひければ。二百よき先陣《せんぢん》に進《すゝん》て木戸口ちかくおしよせ。もみにもふてぞ。せめたりける。城の内には。待《まち》まふけたる事なれば。かひたての上成勢兵《せいびやう》共さしつめ〳〵射《い》る矢《や》に。馬どもいさせてはねおとされ。深田《ふかた》へおち入あが」八オりかぬるを。おこしもたてずうつ程にたいりやく討《うち》ころされぬ。たま〳〵のがれし者とてもはんしはん生《しやう》の躰《てい》なれは重《かさね》てせめんもかなはず。見ぐるしきまけをしいたし。二ぢんにゆづゝて引にける。爰《こゝ》に又。むさしの国の住人金子《かねこ》の十郎家忠《いへたゞ》と名乗《なのつ》てふしなわめの鎧《よろひ》に三まい甲《かぶと》のをゝしめ。甲の上にもゑぎの腹《はら》巻《まき》打かづきおもてもふらずたゞ一人。人はふけどもしりぞかず。敵はかわれとも金子はかはらず。一二の木戸《ど》をも打やぶり。ししやうをしらずせめたり。され共大介げぢしけるは。あたら兵をころさずとも生《いけ》て置《おい》てはたらかせよ。扨〳〵。けなげ者哉《かな》と。ゑつぼに入てほめにける。かくて金子大音《をん》あげ。いかに三浦の人々はなさ」八ウけなくも。家忠《いへたゞ》程の者《もの》に物おもわせずとも。なとや討《うち》とめ給はぬぞ。とても引てはかへらぬ程に。出て勝負《せやうぶ》(ママ)をしたまへとよばゝってひかへたり。大介重《かさね》て。扨もかうなる金子かな。一き當千《たうぜん》とはかれが事をや云らんあまりけなげにみゆるにたれか有。家忠に酒《さけ》をのませよといふ。承とて城中よりひさけに酒を入。さかづき取添《とりそへ》持て出家忠に向ひ。扨も大介申さるゝは。けふの合戦に武蔵相模《むさしさがみ》の殿原《とのばら》の多《おほ》くみへて候へ共。貴殿のふるまひ殊《こと》に以て目《め》をおとろかしてこそ候へ老後《らうご》のけんぶつ是にてとゝめ候。今は定《さだめ》てつかれ

給はんする程に酒一つきこしめされ。今一きは。けう有やうに軍してみせ給へ。見物いたさんとぞいはせける。家忠《いへたゞ》」九オ

〔挿絵一〇右「かね子の十郎吉もりニいられ」〕」九ウ

〔挿絵一〇左「三うらの与一かね子か弟の与一にうたる、」〕」一〇オ

甲《かぶと》ふりあをのけ。盃取《さかつきとり》あげ三ばひのうて。御心さし過分《くはぶん》に存候。此酒のみ候てより。一入刀がつひたかと覚へ候間城をは只今の程にせめおとし申べし。其心へし給へと云て。使《つかひ》をかへす。軍陣《ぐんぢん》に酒をおくるは法也。戦場《せんぢやう》に酒をうくるはれい也。義明《よしあきら》かしよいといひ家忠かさほうといひ。けうありかんありとて皆人。是をかんじける。扨も家忠。けふをさひごと思ひけれは。態《わざと》人をもぐせすして。やぐらの本までせめつけ又城をみあげてつつ立。一いきついでやすみける。大介此躰《てい》をみて。あはれをしき者なれ共。思へは日比のかたき也。あれ射《い》とめよと下知《げぢ》しける。和田《はだ》の小太郎承候とてやぐらにあがりみてあれは金子の十郎たゞ一人。二たん斗《はかり》」一〇ウへだてゝ。すきもあらばやぐらの下へはねいらんずるていにみゆる。義盛やがて。十三ぞく三つぶせの矢《や》を三人はりにうちつがひおとし矢にひやうどはなつ。金子が甲《かぶと》にかけたる腹巻《はらまき》の一のいた甲《かぶと》のはちをからといぬけて。おとがひの下を通しむないたにいつけた。いたでなれはたまりもあへずたち所にどうどふす。爰に三浦の与一藤平くびをとらんとおちあひける。時金子の与一つつとよりて。兄《あに》をかたにひつかけ木《き》戸の外《そと》へ出けるを三浦の与一あますまじとておつかくれは。金子の与一心得たりとて。兄《あに》をすてをきかへしあわせ。三浦の与一と金子の与一与一と与一が立あひ。人まぜもせず。只二人火花をちらして。きりあひ」一一オける。何とかしけん三浦の与一うけ太刀なり。かなはじとや思ひけん太刀ふりかたげてにげけるを。金子の与一。きたなし勝負《せうぶ》をせよとておつかけ三浦の与一をいたきとめ。とりこにしてくびをかいた。扨敵のくびを片手《かたて》に提《さげ》。兄《あに》をかたにひつかけ心しづかに引にける。家忠かきづはいたでなれ共ふゑきれざれはしなざりけり。誠にけふの高名《かうみやう》は金子等《かねことう》にきはまつたりとて。敵御方も一度《ど》に聲《こゑ》をそろへてほめにけり。去程に。三浦の別当《べつたう》下知《げぢ》しけるは。とかく城をはなれずよせくる敵を引つめ〳〵遠矢《とをや》にいよ。已《すで》に与一も長追《ながをい》して城をはなれたればこそ討《うた》れたれ。各心得今よりは身をたばへよとぞ申ける。大介是を聞て。わか者」一二ゥ共が軍のやう下知しけるこそおかしけれ。いつのれうとて命をおしむぞ。汝等《なんぢら》が軍をみるに京はらんべのむかひつぶて。川原《かはら》いんぢんにことならず。坂《ばん》東武者の習《ならい》として親《おや》しぬれども子討《うた》るれともかへりみずしりぞかず。のりこゑ〳〵敵にくんで。勝負《せやうぶ（ママ）》をするこそ軍の法也。さればニ十騎も卅きも。馬のはなをならへて懸出〳〵。案内《あんない》もしらぬやつばらを悪所《あくしよ》へむけてをつつめ〳〵。はせ落《をと》したるこそ目さましうして。おもしろけれといひければ。別当《へつとう》聞て仰はさる御事にて候へとも。かくわつか成勢を以て。かけ出勝負仕らん事然べからず候といへは。大介聞てやあそれはたいていの合戦の時こそなれ。かやうの軍に」一二ォむさとしまりすぎたれは。後には射《い》まけと云物に成て。必《かならず》犬《いぬ》じにする物なるぞ。ゑゝ口惜《くちをし》やわがしうらう折《おり》節《ふし》さいほつせり。義明《よしあきら》十三以来。弓矢《ゆみや》取て今年《ことし》百六。今此軍にあふ事は。ひとへに老後《らうご》のめんほくなり。よし殿原こそ出給はず共。いで〳〵義明懸出。さいごの軍してみせんとて。ひたゝれの袖のせばきをしやくし。さつしき二人にもろくちひかせ中げんどもにひざをおさせ。太刀計こしにつけ。右の手にはむち打し。左の手にてたづなかいくり。已に出んとしたりけり。しそくの別当是をみて。いかにかくはおはすぞ。其御年《とし》にて打出給ひたればとて。何のせんにか立給ふべき。おいをとろへて物にくるひ」一二ゥ給ふかとて馬の口にすがりつく。大介聞てやあおのれよしすみよ。ぶしの家にむまれては軍をするこそほうにてあれ。敵の陣《ぢん》にむかひながら命をおしむは人ならず。義明を老《おい》て物にくるふといへども。おのれこそわかき物狂《くるひ》なれ。それ軍といふは懸出〳〵。おふつかへしつ。すゝみしりぞきくんずくまれつ。討《うつ》つ討れつ。隙《ひま》のなきこそおもしろけれ。いつを限《かぎり》といふ事もなく。くさしゝ的《まと》を射《いる》やうに一所にて敵を射《いる》事やは有べき。そこのけ放《はな》せくわじやばらとてむち以てよしずみが甲《かぶと》の鉢《はち》をしたゝかに打けれ共。別當馬のはなを取て城の中へ入にける。是は大介。誠に軍場《ば》に出てかせんすべきにあらね共。わか者どもをすゝめんための謀《はかりこと》とぞみ」一三オ

〔挿絵一一右「三浦の人々大助ニいさめられ軍する所」〕」一三ウ

〔挿絵一一左「大助まこ子おいさめんためうつて出る別當とゝめる所」〕」一四オ

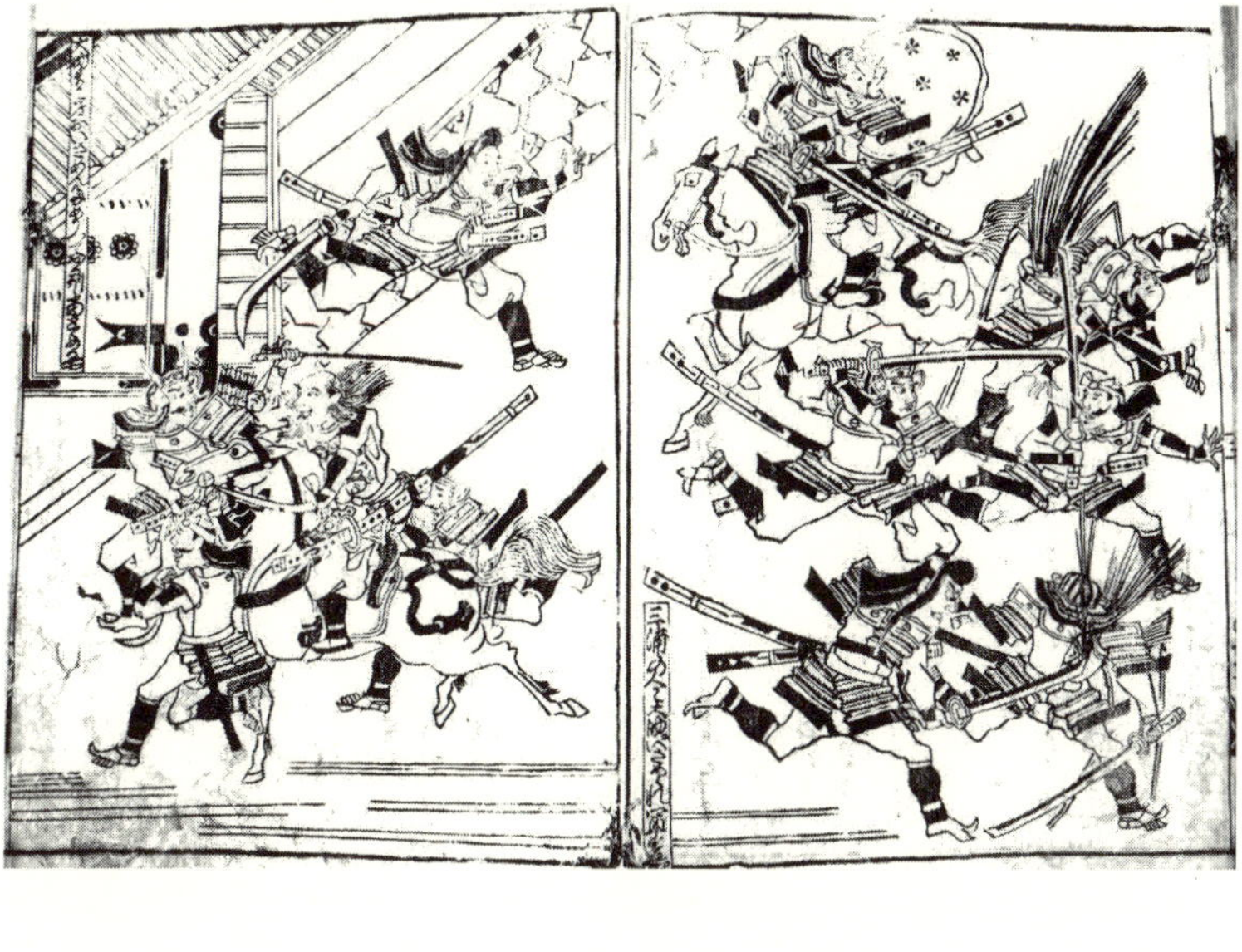

へにける。誠にかうなる軍将《ぐんしやう》やとをの〳〵是にかんしける。かくてよせての大勢時作てせめかくれは。城の内には。三浦の別當さはらの十郎。和田の小太郎弟の小二郎宗実《むねざね》。是等をはじめてくつきやうの者共。門をひらかせ切て出て大勢ひかへし敵の中へゐしやくもなく懸入〳〵軍は花をぞちらしける時のまにくつきやうの兵ども。百騎ばかりきつてすて。さてとうざいへおつはらふた。已《すで》に其日もくれければ一まづ引てやすめやとてみなうちつれて引とつたる。三浦とうがけふのふるまひかけ引のしんびやうさ誠にむるひのわか者どもやとてみな。かんぜぬ者こそなかりけれ」一四ウ

（巻四）

大介さいご付三浦等大将軍に尋あふ事

さるほとに三浦の大介義明《よしあきら》は。子孫郎等《らうどう》よびすへ。老《らう》眼《がん》より涙《なみだ》をながし申さるゝは。いかに殿《との》原。軍はすべき程はしつ。あながち人のわらひ草《ぐさ》にはよもならじ。又義明も見べき程はみつ。今は各《をの〳〵》もつかれたまへり。あひかまへてじがいばしたまふな。佐殿かしこき人なれはよもや討《うた》れたまはし。いかにもあはかづさの方におわすらん程に必尋まいらせ。義明が有様をもかたり。君に力を付奉り。一味《み》同心に平家をほろぼし。佐殿を日本の大将になし参せ。おやおうぢがはか所とてかはね所をも知行《ちぎやう》し。我きやうやうにみせよかし」一オ東國《とうごく》の住人とも。君の御家人ならざる者たれ一人もなし。されども一たんは平家のをんをかふむるにより。其かたうどにはにたれとも。いかでか昔《むかし》のよしみをわするべきなれば。ついには御方《みかた》へ参べし。おいたる馬は道をわすれず古人《こじん》の言葉はあやまりなし。必思ひ合へし。あなかしこじがいすべからず。あなかしこ二心なかれ。但義明《よしあきら》をは是にすておき。ぎやうぶもかなはず。又馬にものりゐがたし。汝等《なんぢら》今は落人《おちふと》にて道せばき身となれり。然に今われをいたわりぐせんとせば各《をの〳〵》共によかるまじ。又のびゐずして道にもすてな

ば。むやくのはちをもみあずば。人のわら」一ウふべし。大介はいくほど命いきんとて。ついにしにける物ゆへにきぬかさにては死せずしてかばねを道にさらしけるよ。又三浦の者どもが。父《ちゝ》をぐしてはおちたれども。さすが命のをしきにや老《おい》たる親を道にすて。人手にかけしかいなさよなどかれといひ是といひ。我ため人のため。口惜《くちをし》き事成へければ。たゝすてをいてとくおちよをいはかなしき物ぞかし。あわれいとしき孫子どももろ共に。佐殿御代に立給ひて日本国を知行したまひ 悦《よろこび》ゐませ給はんを一目みてしゝたらば。いかばかりうれしかるへきぞ。たゞ今しなん義明か。是ほどまては君を思ひ奉るとはいかでしろしめさるべ」二オきいとをしの佐殿やと。ひたゝれの袖をかほにおしあて。たゞさめ〳〵とぞなきいたる。家の子も郎等《らいどう》も。さいごのきやうくんあはれみて。こゑをあげてぞさけびける。涙《なみだ》の下より申けるは仰の通は理《ことは》りなれともたとへはともなひまいらせて道のなんぎにおよひなば。われ〳〵か手にかけさし参せはするとも。いかでか是にはすてをくへき。たゝ〳〵御とも申さんとおんあいのわかれをなげきす（ママ）でよすてじのあらそいにて。おもはず時《じ》こくをうつしける。和田の小二（ママ）郎義《よし》盛《もり》。かくてはいかゞあしかりなんと思へは。あらゝか成こゑをして。扨も〳〵殿原《とのばら》のみれん成はかり様《やう》やなわれも人も。武士《ふし》の家に生れしぬるをいとふ物や有」二ウへきたとひともなひ申とも。敵にをいかけられなば親も子も皆いかでかあんせん成べき。然をは。君の御大事にたゝんと思ふもむなしくし何のゑきか候へし。かくながせんぎに時をうつし。敵に道をふさかれなば何といふともかなふまし。たゝ一筋《すじ》に思ひ切此城にすてをきまいらせ。佐殿にたつねあひ御せんどに立てこそ。しゆくんの御ため父の命《めい》道にもかなひ申へけれ。尤すてかたきはたれ〳〵も同し事。但かた〳〵のすてかねたまふは。かへつてこうのふこう也。又義盛すてんといふは。ふこうにたるこう成へし。あゝも

どかしの人々やと色をそんじて申けれは。大介聞て打うなづき。お、よくいふたりな義盛《よしもり》」三オ

〔挿絵一二右「大介さいごの所」〕」三ウ

〔挿絵一二左「大介はいた物」〕」四オ

よ。さりながら是ほどまでぎやうぶもかなはぬ義明をたもんの者がいかにとしてかつれておちんと云へきぞ。孫なればこそすてかぬれ。子なれはこそつれておちんと申ぞよ。さはいひながらよし明《あきら》はとてもしぬべき身成ほどにはやすておいてとく〳〵おちよ。おそし〳〵とすゝむれは。孫子共も涙にくれ。此上は扨ちからおよばず。さらばおちゆき申べし。是までなれや父ご御なごりをしの孫子ともや。おなごりをしのおうぢごやと或《あるい》は手を取かはし。又はたもとにとりつきなどして一度にはつとさけびし心の内。をしはかられてむざん也。心ぼそくもわかれ出。夜中斗にくりはまの。みさきより舟にとりのり」四ウ阿波《あは》の方へぞ。趣《おもむき》ける其外郎等共も。五騎三騎十き二十き引つれ〳〵おちにける。中にも年比の郎《どう》等は。主のなごりの（ママ）をしみつゝ。田ごしをかきすへ是にめされ候へ。ゆかれんずる所まで御供申ておちんといへは。大介聞て。やあわれは孫子共に。いとまごひしたる身なれは。爰《こゝ》にてしするものにてあり。たゞ汝等《なんぢら》が身をたすかり。とく〳〵おちよと申さるゝ。されどもなをもすてかね。おさへてこしにのせ申。はや城をかき出る。大介こしにのりながらやあいかでかくはするぞ。汝《なんぢ》らが心ざしはさることなれども。けつく我ためあしかるべければ只城へもどせよ。やれもとせよとてあふぎを」五オ以て。こしかきどもをしたゝかに打けれは今さらなをもすてかねて一里計かきゆきぬ。かゝる所にむかふよりはたあしのみへけれはこはそもいかゝと立やすらふ所を落《おち》人《ふと》と見けるにや時のこゑをぞあげにけるさすが下《げ》らうのうたてさは。こし共に打すてにげた。大介此躰《てい》をみてやあ。さしも城にすてよといひしは是成ぞ。誠に忠《ちう》が不忠にてこそあれせめてさらば。おのれらが手にかけて指ころし。はぢをかゝせよといひけれ共。みゝにもいれずにげちつたり。かゝる所へ敵の下《しも》どもが来り。こし取て引出しやがていしやうをはきとり。やあこは何といふ事ぞをのれらにおいてなのるべきにはあ」五ウらねどもしらさるゆへにかくふるまふにや。はぢある者にはぢをみするか。われは三浦の大介と云者ぞさなせそといへともきかで。ついにあかはだかにぞはぎなしける。なさけなかりししわざ也。むざんや大介。あゝ扨せひなき仕合やな。あわれ同しくは畠山にみやいてきられればや。まゝむすめの子といひながら孫なれは。其ゆかりむつましからんとねがへ共畠山は来らずして。ゑとの太郎が馳《はせ》来り。かきくびにぞしたりける。大介がさいごのてい。むざん成なげかしゝとて聞者ごとに。とふらはざるは。なかりけり去程に兵衛佐頼朝は。石橋山の合戦にうちまけといの杉山にこもらせ給ふが。大ばいとうにおそわ」六オれ杉山にもたまられず。まなつるいわが崎より小舟にとりのり。あわの国すのさきを心さし。よわにまきれて落給ふ。御供《とも》には。といの二郎実平《さねひら》。子息《しそく》孫太郎遠平《とをひら》。北条四郎時政《ときまさ》岡崎の四郎よしさね。ふところ嶋の平権之守かげよし。藤九郎盛長《もりなが》佐殿ともには七人なり。心ぼそくも浦《うら》づたひし波《なみ》にゆられてたゞよへり。かゝりける所に。三浦等も舟をうかへ。大将軍をたづねんとて。阿《あ》波《は》かづさへと心ざし。あやしきうら〳〵をこぎめぐりしが。佐殿の御船と三浦がふねと沖中《をきなか》にて。其あひちかくこぎあひける。され共たがひにあやしく思へは。かれも是も矢《や》たばねとき弓《ゆみ》のつるをしめして」六ウ両《りやう》船《せん》共用心《ようじん》しける。されは先佐殿をふなそこにかくしをき。上はしばを多《お》くつませ。扨岡崎一人さしあらはれ。遠目《とをめ》をつかふて立にける。三浦の殿原岡崎と見てあれば。やがて舟をこぎちかづけ。いかに其舟に立給ふは岡崎殿とみるはひがめか。是は三浦の者共なるが。大将軍を尋《たつね》かね。こゝかしことさまよひ候。其御船にはましまさすやいかにと問《と》ふ。よしさねとりあへず。我等も君を尋申が三浦にもやと思ひつるに。扨はいづくにましますぞや覚束《おぼつか》なしとぞ申ける。三浦等此由を聞《きゝ》あな心うや。君の御ゆくゑを尋んとてこそ。老《おい》たる父《ちゝ》をもふりすて。敵にうしろをみせながら。尋申

かいもなや兼《かね》て角《かく》としるならばきぬ笠《がさ》の城にて大介と共に討死《うちじに》すべき」七オ

〔挿絵一三右「みうらノともから」〕七ウ

〔挿絵一三左「よりとも舟そこにい給ふ」〕八オ

つる物を口惜《くちおし》きかなとて皆涙《なみだ》を流《なが》しける。兵衛佐殿舟《ふな》ぞこにて此由を聞《きゝ》給ひ。あゝさて世になき我をか程に思ふ嬉《うれ》しさよせめての事にとく出て。悦《よろこ》ばせんと思《おぼし》召《めし》。舟そこよりはいあがり。やあ頼朝《よりとも》是に有ぞ三浦の殿原舟をよせよとの給へはやれ大将軍のおはしますそや。舟こぎよせよ。お舟につけよめでたやなうれしやな。誠に大介申されし事の。露もたがはざりけるとて。三浦の人々一度《ど》に手を合てぞはいしける。頼朝《よりとも》御涙の下よりも事の様を尋給へは。三浦こつぼ合戦の次《し》第《だい》きぬ笠の軍。大介がいひ置し事。老たる父《ちゝ》を捨《すて》おいたる事共を申つゞけて泣《なき》ければ。岡崎の四郎は又石橋山にて真田《さなだ》の与一討《うた》れし事を語《かたつ》てなけく。一人はわかきをさ」八ウき立《たて》て袖をぬらせば。一人は又老たるを見すてゝたもとをしぼる。恩愛慈悲《をんあいじひ》のなさけとり〳〵なりとて。各《をの〳〵》袖をぬらしける。中にも和田の小二郎涙を抑《をさ》へていふ様。殿原《とのばら》今はなげき給ひそ。親《おや》も子もしぬるみちは限《かぎり》あり。なかんづく軍にあはんと思ふ者は。必しなんとの心へかねてよりの事にて有。されば始《はじめ》てなけくべきにあらずかたるに付てはなげきぞます君のかくてましませば。平家ほろぼしたる心に。天下をしろしめされんはまのあたりにて候へし。恐《おそれ》おほき申事に候へども某《それがし》存《ぞんず》るには。一まづ御《み》ぎやうしよを以て御家人共をめされ。扨むさししもをさか是両国の間に御陣をめししばらく謀《はかりこと》を以てはた」九オ大まくなどを多《おほ》くうたせびゞしきていにておはしまさば。佐殿の御ぢんにこそ。大勢じうまんしたりとて我も〳〵とはせ参らんはたな心のうちにて候。何ととい殿岡崎殿いかゞおほしめすぞといへば。誠に其儀然るへしはやおほしめしたゝせ給ひへんしもはやく御教書をくだされよかしとをの〳〵すゝめ奉る。佐殿ゑつきなのめらなずやがて御教書をあそはされ。藤九郎盛長《もりなが》に給り。さらは打立とのばらうけたまはるとて時をうつさず。武蔵と下総のさかひ。角田《すみだ》川に御陣をめしはたをなびかせ大まくうたせて御家人共をもやうをさる。佐

殿の御運《うん》の程《ほど》千秋万歳《せんしうばんぜい》のはじめなりとて皆。かんぜぬ者こそなかりけれ」九ウ

角田川にて源氏揃付瀧口出家之事

去程に。爰《こゝ》に武蔵《むさし》の国の住《ぢう》人。畠山の二郎重忠《しげたゞ》は本田はんざわをちかふよびよせ。こごゑに成て申さるゝは。扨も此世の中はいかゝ有べき。倩《つら〳〵》佐殿のはんじやうし給ふをみるにたゞ事とはおぼへず。八ヶ《か》國の大名小名皆きぶくする上は。重忠も参べきが（ママ）さりながら、さしたる意趣《いしゆ》はなけれども。父《ちゝ》の庄司《しやうじ》おぢの別當《へつたう》當時《たうじ》平家に奉公の間。なましいにこつぼ坂にて三浦等と合戦をす。されば参事もおそれあり。又まいらでもいかゞ有べき。あひはからへとそ申さるゝ成清ちかつね申けるは。たゝ御参り有へく候。こつぼ坂の軍の次第は。三浦の殿原そんじ」一〇オの所なり。其上弓矢とる身のならひ。ふし両方にあひわかれ。兄弟《きやうだい》左右にありてかせん仕事よのつねなり。且《かつう》は平家は一たんの恩《をん》。佐殿は相傳《さうでん》四代の君にておはすれは。御参り候はんに其おそれ有へからず。若《もし》御参り延引《ゑんいん》いたさば。一定《ぢやう》うつ手をさしむけらるべし。然らはゆゝしき御大事にて候はんつれは。とかく御参りありて何事もちんじ申させ給ふべしとことばをそろへて申ける。重忠げにも然べし。さらばいそぎ参らんとて。當勢五百よきを引ぐし。家につたはる。きちれいといふ旗をさしあげ佐殿の。御陣へとてぞ参らるゝ。先一番《はん》に。ちばの介つねたね。かづさの介ひろつね。其」一〇ウ外武蔵相模《むさしさがみ》の住人等。扨は別當《へつとう》。庄司《しやうじ》丞介なと云者共まて。五き十き二十騎三十騎引もちきらず佐殿の御陣へとてぞ参りける。畠山の重忠も。五百よきにてはせつきぬ。頼朝といの二郎をめされ今あれへ白旗しろしるしにてついたるは何者そみて来れとの御諚《ぢやう》。承るとてさねひら。高き所にあかり畠山が陣をみすまし。扨御前《まへ》にかしこまり。たゝ今のは。武蔵の国の住人。畠山の二郎重忠にて候といふ。時よりとも。三浦等に和田の小二

郎をめされいかに義盛。今畠山が御方に来な（ママ）たるよしをいふが。それにつきてはかた〳〵こつぼ坂にて軍したる身なれは。もし存分《そんぶん》やある相はからはれよとの御諚。」一一オ義盛承り。尤かの輩《ともから》とかせんをいたし候とても。私《はたくし》のしゆくいは更に候はすたとひ又。しゆくいあり共君の御ためとあらんからは。いかでか意恨《いこん》に存へきなれば。たゞ御ためよろしからんやうに御はからひ有へしといへは。頼朝きこしめされて。頓《やが》て又といの二郎をめし。此由いかゝ有へきと。重《かさね》てたんし給ひける。とい承りて。されは當時《たうじ》畠山を御かんだうあらんは然るへからずおほへ候。其ゆへいかんと申に。今重忠をうしなひ給はゝ。武蔵相模《むさしさがみ》の者とも。畠山だにちうせらるゝ程に。人の上とはおもはれずなとゝて。降人《こうにん》に出んと思ふ者も。皆あやしみをなし。けつくは猶御敵とやなり申さん。又科《とが》をなためられ」一一ウ御恩《をん》をあておこなはるゝといはゞ。今まて弓を引し者も。つるをはづして御方《みかた》にこそ参らんつれ。されはたれ〳〵も。畠山かじつふをまもるかとおほへて候。其上彼《かの》重忠はいまたわかく候へともきはめてしづあるおのこにて候へは向後《けうこう》も御頼有て一方の大将をも仰付られんに。中〳〵持《もち》そんする者にてはなく候間。たゞ御みかたにめさるへしと委細《いさい》に申上けれは。佐殿我もさこそ思ひつれ。さらばたつぬべき事ありちかふめせ。承とて実平。重忠が陣に向《むか》ひいかに畠山殿。大将殿よりめされ候御出有へしといへは。重忠承り候とて。我陣《ぢん》を出佐殿の御陣へとてぞ参りける。生年十七才。ようきこつがらぢんじやうにてさらにおゝせし躰《てい》もなし誠に」一二オ一方の大将軍ともいつつへし。扨まくのまへにそ畏《かしこま》る。佐殿御らんし。いかに御邊《ごへん》は。父の庄司《しやうじ》おぢありしげ。平家に奉公してざいきやうの身なれは。定て今度東国の案内者《あんないしや》として。頼朝《よりとも》かうつてにもや下らんずらん。然るを御邊其子として。一門引わかれ親子てきたいせんとはよもおもはしなれば。いかさまにも其方《はう》は。かく降参《こうさん》のていにて来り。頼朝がうしろ矢いんためとこそおぼゆれいかにも〳〵心へかたきとの御諚。重忠畏て申けるは。御意ノことく。某《それがし》　おぢおや共。當時平家に奉公の身にて候へは。一旦は恩のためあひしたかふばかりにて候。源家は又重忠までは已に四代の君にてわたらせ給へは。其御よしみをそんじ扨た丶今馳参《はせさん》して」一二ウ候といふ。頼朝《よりとも》聞しめされて何と又。其方はゆいのこつぼにて。三浦等とはげみ合戦をしたる身なれはかた〳〵以て参上の躰《てい》ふしん成とぞ仰ける。重忠承り。されはこつぼ坂のかせんの事は。三浦においてわたくしのしゆくいなく。君の御ために不忠《ふちう》をぞんぜざるのよし。かの輩と再《さい》三問答《もんだう》仕り。已《すで》に軍和平《はへい》におよび候所におもはざる外の事出来て。ふりよのかせんを仕て候。三浦の人々に御尋候は丶。其かくれ候まし。重忠においては。まつたくやしんをぞんぜず候と所存《しよぞん》のとをりを申上候。佐殿かさねてそれはさもあれ其方は又家にもあらぬ白旗《しらはた》をさす事。全《まつた》く頼朝《よりとも》が旗にさういなし。されは兵衛」一三オ佐にもおとるましと思ふにや。さん候あのしらはたの事。是私《わたくし》のけつこうにては候はず。御先祖《せんぞ》八幡《まん》殿せんじを蒙らせ給ひて。武平宗《たけひらむね》平ついとうの時。重忠か四代の祖父《そふ》。ち丶ぶの十郎たけつな一番《ばん》に御陣《ぢん》へ参《まいる》。其時あの白《しら》はたを給り。則先陣《せんぢん》を仰付らる丶。たけつな先陣をつとめ。武平以下の凶徒《けうと》を。そくじに誅《ちう》し候ぬ。ちかくは又御舎兄悪源《しやきやうあくげん》太《だ》殿上野《かうづけ》の国大くらの館《たち》にして。おんはたぶたごのぜんちやう殿をせめ給ひし時。おやにて候重義《しげよし》。又此はたをさして。先陣《ぢん》を仕り。則せんちやう殿をせめおとし奉りぬ。されは源氏の御ためには御いわゐの旗《はた》なりとて。それより吉《きち》例《れい》と名付られて。代々相傳《さうでん》仕る。今君御代《よ》」一三ウをしろしめさるべき御軍なれば。先祖代々の吉れいを罷参して候と。けいづの趣《おもむき》。所存《しよぞん》のとをりを。一々したいに申上候。其時佐殿打うなづきゐませ給て。いかに重忠御邊《ごへん》が申所。一々其いわれなきにあらず。殊《こと》に先《せん》祖《ぞ》代々の吉れいをさし。さつそく馳《はせ》来ていわゐつる条神妙《しんめう》也。頼朝日本国をしづめん程は。重忠先陣《せんぢん》をつとめ候へ。但汝《なんぢ》が旗《はた》の。あまり頼朝が旗ににたる間。紋《もん》をあらためてゐさせんとあつて。あひかわ一文字《もんじ》下したまはる。それよりして畠山がしるしには。こもんのあいかわおしけるとなり。時のめんぼく家のほまれ。何かわ是にすぐべきと。よろこひ御前《ごぜん》を罷立。本陣《ほんぢん》にいつたるてい。うらやまざるは無りけり。さるほどにむさしさがみの者ども。やれ畠山がざいと」一四オがをゆるされ。けつく先陣をたまはつたるはといふほどに。聞傳《きゝつた》へ〳〵。我も〳〵とはせ参《さん》ず。中にも石橋山《いしはしやま》にて佐殿をいし輩《ともがら》。三浦に敵せし者ども。かさいの三郎江戸の太郎。山内瀧《たき》口兄弟《きやうだい》をさきとして。科《とが》をもはぢをもかへりみず。われおとらじと。御陣《ぢん》に来て。皆ちやくたうにそ付にける。角《かく》て佐殿ちやくたうのおもてを見給ひ。又さねひらをめし。いかにとい。此陣へたき口の兄弟《きやうだい》も来たると覚て。ちやくたうに有。いそぎ是へ来れと申せ。承るとてさねひら。御前を罷立陣《ちん》中をかけまはり。山内たき口殿のぢんは。いづくにて候ぞ。大将殿よりめさるゝ間。いそぎまいられ候へと。よばはる。扨もかのたき口の兄弟《きやうだい》は。石橋山のかせんのみぎりに。佐殿」一四ウの御使《つかひ》藤九郎盛長にむかひ。さま〳〵悪口《あつこう》せし者なれば。御陣《ぢん》へ参ながら。諚《ぢやう》意《い》といへども出ざりき。されともしきりにめさるれは。力《ちから》およはず御ぢんのまへに。ふるい〳〵出にける。佐殿先。あだち藤九郎をめして。いかにもり長。汝にあふて。悪口《あくこう》したるといふは。あのくわじやばらが事か。さん候。いそぎ是へつれてまいれ。うけたまはるとて。兄弟《きやうだい》を御まへに召《めし》出し。佐殿かれらに向《むか》ひ。いかに瀧口の兄弟とも。汝等《なんぢら》はさて。親祖父《おやおうぢ》にもまさつたる能きりやうの者ともや。何と頼朝がふんざいにて。平家の世をうばゝんとするは。ふじの峯《みね》とたけくらべし。何猫《ねこ》のひたいに有物をねずみのうかゞふににたあ《（マヽ）》。其上よりともが下知《げぢ》にし」一五オ

〔挿絵一四右「畠山のしげたゞ」「大ばの三郎いけ取」

「たき口きやうだいほうすニなし《（ママ）》」〕」　一五ウ

〔挿絵一四左「よりとも角田川ニ御ぢんの所」〕」　一六オ

たがわんよりは。すご六うちたがましといふたる。やあおのれらがぶんざいにて。頼朝が身のうへを。舌《した》さきにかけし事のすいさんさよおのれらが父としつな。ならびにおうぢ俊《とし》道は。平治《へいぢ》の乱《らん》のとき。義朝《よしとも》の御陣に有て。ともに打しにしたる者共なり。其子孫《しそん》成ほどに。われもし代をしるならば。いかにもふびんにあたり。おのれらを世《よ》にあらせて。おやおうぢが。後世《こせ》ほだいをもとはせんと。ふかく心にかけつるに下知《げぢ》をそむくのみならず。あまつさへ。もり長にあふて。さま〳〵の悪口《あくこう》はき。殊《こと》に大ば同意し。頼朝をうたんとせし条。きくわいなり。思へは〳〵はらもたつ。それすみやかに首《くび》をきれさねひらとぞ下知し給ふ。うけたまはるとて。兄弟をまつかたはらに」一六ウ引のくる。面《めん》目《ぼく》なふこそ見へにける。其後にさねひら。佐殿の御まへにかしこまり。瀧口の兄弟が事悪口と申てきたいといひのがるゝ所なき者にて候ほどに。只今引出し討《ちう》し申へく候。さりながら御諚《ぢやう》のごとく。かれらがおやおうぢは。古《こ》さまのかみとのの御命にかわつたりし輩にて候。誠にかれらがおろか成心にてしりよなく申たる者にてこそ候はめ。たゝ同しくは。所帯斗《しよたいばかり》をめしあけ給はゝ。としみち俊綱《としつな》がこんはくも悦ひ。古左馬《こさま》の守《かみ》殿の御菩提《ぼだい》御追善《ついぜん》とも成候はん。命いけられ候とても。中〳〵むほんなどおこすべき者にても候はねは。たゝ御なだめ候へかし。おつはなし申さんと」一七オいふ。佐殿しばらく御しあん有て。誠さやうにおもはゞ。ともかくも汝相はからへとの御諚。承てさねひらやかて。かれらにむかつていふやう。いかに瀧口の殿原《とのばら》。両人義をさね平申給つて候か。何と向後《けうこう》は。武《ぶ》士道《しだう》をやめ。念《ねん》仏一さんまいの身と成て。かうの殿の御ほだい。又はとのばらのおやおうぢをもとふらはるゝやうにとぞんするが。いかゞおもはるゝぞといへば。兄弟《きやうだい》ことばをそろへて。あらかたしけなや。死《し》をなだめらるゝ上は。ともかくも御はからい有てたび候へといふ。さあらばとて。なわをときもとどり切ておつはなせば。兄弟一度《ど》に手をあわせ。さね平をはいしけるは。ことはりながらげには又。いひかいなくぞみへにける。それよりも兵」一七ウ衛のすけ殿。かさねてちやくたうつけ見たまへは。二十万七千三百よきとしるされたり。さらば一まづかまくら入あるへしとて。其大せいをひきぐし。かまくらへいらせたまひて諸大名にけん賞《しやう》おこないかしづかれておわします。すけ殿の御くわほうのほど。せんしうばんぜいの御よろこびきせん上下をしなへて皆。かんせぬものこそなかりけれ

よりとも軍物語終

大坂上久宝寺町三丁目北側

西澤氏九左衛門開板」一八オ

補論 中世物語の文芸的変容

お伽草子における物尽し——歌謡との関係を通して——

はじめに

寛永頃に刊行された『四生の歌合』の一冊『鳥の歌合』に「ゑにつまるこひ」という題で、すずめじまのむめゑもんさねかたが次の歌を詠んでいる（仮名草子集成四二）。

ゆきの日はせめて人めのちかくとも　おなじのきばにきみとすまばや

この歌について、判者の上見ぬ鷲のすけは、昔の流行小歌である次の歌謡を示している。

しのぶほそみちにあわときびとはうへまひの　あはでもとる夜はのきびのわるさよ

やはり同書の一冊『獣の歌合』にも「みればしんきとなるこひ」という題で、いたちゐのこしぬけぼうが次の歌を詠んでいる。

らうさいにかみはうつ〳〵いたちゐを　みるにこしほねなへにけるかな

この歌について、判者は次の小歌を本歌として指摘する。

きみはうつ〳〵かるたをうつが　われはらうさいにてかみがうつ

室町小歌には和歌に基づくものが多くあるわけだが、室町期から江戸初期にかけて作られた短編物語草子群の中には、反対に、このような小歌に基づく歌が見られるのである。鼬の歌は俗語を用いて狂歌の体を示しているが、雀の歌は純粋な恋歌として捉えて差し支えないものだろう。つまり歌謡はいつまでも和歌の影響下にあるということではなく、歌謡のほうが和歌に働きかける状況が見られるのである。これは歌謡の文芸としての価値が和歌と同等のものとしてみなされていたことを示すのではないだろうか。

違う事例を挙げよう。公家物の代表作『しぐれ』（東洋文庫本・室町時代物語大成六所収）の中で、侍従が「殿はかなしき、笛たけの、うきふすししげき、ねをなきて、われも心の、かわれかし」で始まる長い歌を詠じている。その末は「人をばいかで、とゞむべき、わが身のほとぞ、うらめしき」で終わる。全六十一句の長編である。これが和歌の長歌でないことは七・五・七で始まり、五・七・五で終える いることから知られる。

また公家物の『美人くらべ』(大成一一所収)で、姫君が「そらかきくもり、しぐれして、みねのこがらし、しげくして」で始まり「水の中なる、にごりあひ、すむことなき身の、ものうさよ」という『しぐれ』と同様の形式をもつ長編の歌を詠じている。

これらは和歌というよりは、むしろ長形式歌謡というべきだろう。お伽草子は前後の時代の物語草子にくらべ、長歌がしばしばみられる点に特徴があると思われるが、その問題については別に論じたい。本稿では、小歌ではないが長歌でもない歌謡を、公家衆が詠じているところに注目したい。なかんずく、恋愛物語であれば、感情の吐露には短歌を詠むことが常套的な展開である。ところがお伽草子には、このような長い歌を詠じているのである。

現実社会であっても公家衆が和歌や、あるいは謡のほかに、歌謡の受容がみられることは、三条西実隆(1)をはじめ、甘露寺元長・山科言継(2)・同言経らの記録から知られる。また『宗安小歌集』が江戸初期の公家久我敦通の清書になることからみれば、公家社会で流行の歌謡が好まれたことが察せられるわけである。これは公家社会を描くお伽草子の物語世界において、和歌と歌謡とが隔てなく利用される背景となっているのではないだろうか。

さて、お伽草子における歌謡としては、まず宴の場においてしばしばみられるところである。その実相については徳田和夫氏が資料を渉猟して論じられている(3)。しかし歌謡はそればかりでなく、和歌のようにお伽草子の文章になじんでいる。この点、真鍋昌弘氏がお伽草子の本文中に歌謡の残存・隆盛・浸透の様相がみられることを具体的に論じられている(4)。それによって、七五調の地の文や会話文の中には小歌を継承したものや類型的表現が散見されることが知られる。

多くのお伽草子作品に七五調の文章が見られ、それらは語り物の影響はもちろんあるが、それればかりではない。歌謡の影響もあり、また和歌・連歌との関係も考慮しなくてはならない部分も少なくない。本稿ではいずれとも関係をもつと思われる趣向の一つ、物尽しについて考えてみたい。

1 物尽し

物尽しとは、厳格な定義は確定していないが、主に物の名を列挙する表現方法を指すものである。ここでは定義の詳細や諸説の紹介は省略する。(5)

お伽草子においては物尽しとしていくつかの型がみられるが、早歌を含む歌謡史ではなく、物語文学史の側面からみれば、従来の物語作品にくらべて際立った表現ということができる。(6) たとえば『筆結物語』（古写本・尊経閣文庫所蔵）に次のような本文が見える。

貴人の坐席にては祝言の法楽なとにて候はす共禁句申さるへからす野へのけふり柳の雪鐘の一聲わたらぬ川山の霞蘆すたれ椎柴の袖玉きわる此等は哀傷と心得て斟酌侍るへし

これは哀傷の句を列挙したかたちである。一般的な連歌書にも項目として立てられている事柄を本文に取り入れているのである。これには韻律を見出すことはできない。同様の物尽しは往来物と関係の深い『東勝寺鼠物語』や『精進魚類物語』などに多く見られる。

一方、これらと同様に語彙を列挙した型に似ているが、やや趣向の異なるものもある。たとえば『秋夜長物語』（文禄本・室町時代物語大成一所収）には次のような本文がある。

[a]さけ切、袈裟切、車切、[b]そむけてもてる、一刀、しさりてすゝむ、追懸切、将碁たをしの、払ひ切、礒打波の、まくり切、[c]らんもん、ひしぬひ、八《ツ》花形、[d]くもて、かく縄、十文字

ここに挙げられた技名を／で区切ると、

a　4／4／5／
b　7・5／7・6／7・5／7・5／
c　4／4／6／
d　3／4／5

のような四つの部分に分けられるだろうか。未成熟な印象はあるが、一応、韻律を意識して作られていると読み取ることができるだろう。この種の韻律を意識して物の名を列挙する型は『秋夜長物語』のような室町期成立のお伽草子から江戸前期の後期の作品群に至るまで、一貫して見られるものである。『鴉鷺物語』（寛永古活字版・室町時代物語大成二所収）にも勢揃の描写の部分に次のような本文がある。

いすか、れんしやく、尾なか鳥　3・4・5　…7・5

ひは、ぬか、ましこ、四十から　2・2・3・5…7・5
ひから、むしくひ、おなかとり　3・4・5…7・5
めしろ、せんにう、菊いたゝき　3・4・6…7・6
むさゝひ風情のもの共　4・4・4
あるかひなき合力なり　6・6

文禄本では「ひがら」がなく、二つ目の「おながどり」を「松むしり」とし、また「むささび風情のもの共」を「サヾイ風情ノ者共ハ」と7・5に作る。ここからは明確に韻律を意識した配列を読み取ることができるだろう。

さて、前掲の『秋夜長物語』には物の名の列挙の中に、一部修飾の句が加えられていた。すなわちbの部分に「そむけてもてる一刀、しさりてすゝむ追懸切、将碁たをしの払ひ切、礒打波のまくり切」とある。このような部分的に修飾句を添える型もまたお伽草子には散見されるところである。『ひめゆり』（松会版・室町時代物語大成九所収）から例を挙げよう。

ばんのうへの、あそひには
らんご、むさしご、いりかね　3・4・4
有やなしや、十たらす　7・5

ぬす人かくし、まゝこたて　7・5
とさの入江のふなちかへ　7・5
ひやうごわたし、さるかへり　6・5
さゝたて、しまたて、めつけ石　4・4・5
かずをつくして、あそひたまひける

盤遊び尽しというべき物尽しである。ここにも、幾分、韻律を意識した配列を読み取ることはできるが、注目したいのは、盤遊びの名の中に「土佐の入江のふなぢかへ」という句が出てくることである。「土佐の入江の」は「ふなぢかへ」という名にかかる連体修飾句なのである。

右に引用した『鴉鷺物語』や『ひめゆり』では、一部にみられるに過ぎないが、お伽草子には、終始、修飾の句や節を伴って七五調で表現される物尽しもある。『きぶね』（古写本・室町時代物語大成六所収）には次のような本文がある。

さらは、たゝもをくりたまはす、ひとつなんを、つけてをくり給ふ
[1]かみのなかきは、しやしんのさう　7・6
とて、をくり給ふ
[2]いろのくろきは、うしのさう　7・5

3 あまりにしろきは、おめたるさう　8・6
4 見めよけれとも、心なし　7・5
5 こゝろあれとも、みめわろし　7・5
6 せいの大なるは、みやま木のさう　8・6
なんと、、なんをつけてそ、をくり給ふ

一応、相尽しといえるものだが、第四句、五句のような部分も混じっており、徹底しているとはいえない。しかし「〜は〜のさう」という形式を採っているものと読み取れるだろう。同じ型で、より完成度の高い物尽しが『浜出草紙』前半の鎌倉名所尽しの一部に見える。

あらおもしろの谷々《やつやつ》や
1 春はまづ咲く梅が谷　7・5
2 綴喜の里に、にほるらん　7・5
3 夏は涼しき扇が谷　7・5
4 秋は露草、佐々目が谷　7・5
5 冬はげにも、雪の下　6・5
6 亀がえ谷こそ、久しけれ　7・5

「あらおもしろの谷々や」と始まるところから、谷津尽しと称すべき物尽しといえよう。『浜出草紙』は本来幸若舞曲であった。これをお伽草子化したわけだが、右の引用部分には幸若詞章としては曲節譜が付いている。既に知られていることだが、同文は江戸末期、長谷信好（嘉永三年没）書写になる『禁中千秋万歳歌』（国会図書館所蔵・日本歌謡大成五所収）に「浜出」として載る。もともと本曲は祝言曲だから、おそらく幸若歌謡が千秋万歳歌として流用されたものと思われる。また『唐糸の草子』にはこれと類似する歌を歌いながら舞う場面が描かれている。ただし『浜出草紙』や千秋万歳歌にみられるような「おもしろの〜や」という形式はみられない。この形式は室町期から江戸初期の小歌に散見されるものである。「おもしろの花の都や」「面白の海道下りや」などで始まる小歌が『閑吟集』に放下歌として収録されているほか、『隆達小歌』や狂言小歌の中にも類例が見られる。『浜出草紙』ではあくまで地の文に取り込まれているものであるが、小歌と何らかの接点があったのではないかと想像される。これに類似する表現に「あら美しの」があり、真鍋昌弘氏によると、これは牛若を修飾する慣用句として風流踊歌の特色となっている。(7)

このように、修飾句を伴う七五調の物尽しは、『きぶね』の古写本や『浜出草紙』にみられるように、室町期には現れていた。その背景としては、先行して広く作られていた道行や四方四季といった表現の影響を受けていたのではないかと思われる。

道行もまた広義には物尽しと捉えられなくもないが、外村南都子氏は「道行の重点は、進行性の表現にあり、物尽しのほうは、列挙に重点が置かれている」と説かれる。(8) お伽草子の事例は枚挙に遑がないが、一つ挙げると、『筆結物語』にみえる道行には「朧《オボロ》夜の、月もやどかる、こやの池、いな野ゝ小篠、駒にかい、小野原すぎて、忍頂寺《ニンチヤウジ》、ゑみをふくみて、わらいぢや、小河の渡、ほどもなく、弓削《ユゲ》の庄にぞ付にける」とある。これは登場人物がある地点から別の地点へ移動する様を、地名を追って示す典型的な道行である。物語文学においては、早歌と違い、道行は物尽しと明確に役割を異にしている。つまり前の場面と後の場面とをつなぐ働きがあるのだが、反対に物尽しは一つの場面における情景や状況の一部として表現されるに過ぎない。そして語り物文芸においては、周知のように道行はそれ自体が観賞対象として独立して演じられて発展していき、また語り物の道行の趣向が歌謡としても行われるようになる（『松の葉』所収長歌「まさみち」など）。

四方四季も同様にしばしば韻律を伴って表現される。その上、この趣向は歌謡にも広くみられ、風流踊歌の一つに挙げられるものである[9]。

このように、道行文や四方四季尽しがかなり発展していており、その影響もあるかと思われるのである。

なお、お伽草子の七五調の文章には、これら歌謡と直接・間接に関係をもつ趣向ばかりでなく、語り物やあるいは和歌の表現を取り込んだものもある。たとえば『恋塚物語』（刊本・室町時代物語大成四所収）の「いやましてしばし、扨こゝろ、おつとのこゝろを、やぶりても、おやのふきやうを、かうむらば、ざいごうふかき、身とならん、かなしきさよと、なき給ふ、母ごは、なをも、かんどうと、いかりたまふぞ、をろかなれ」などは、心情を七五調で表しており、語り物のクドキに近い。

２　『姫百合』の事例

『浜出草紙』の事例に類する型の物尽しを、より発展させているものとして位置づけられるものがあるとすれば、それは『姫百合』の貝尽しおよび香尽しであろう。これらは七字の連体修飾や補語と五字の名詞（＋助詞）とを組み合わせることで、七五調の物尽しとして綴られたものである。まずは貝尽しの事例をみてみよう（慶応写本、松会版・ともに室町時代物語大成一一所収）。これは主人公姫百合に対して乳母の牡丹の局が徒然の慰みに貝覆いを勧める台詞の中に現れるものである。

A慶応写本

a なみうちあくる・すたれかい　7・5
b 船のうちなる・やかたかい　7・5
c 竹のうら葉の・すゝめかい　7・5
d なきさのもりの・からすかい　7・5
e 日の入かたの・にしかいや　7・5
f 夕くれなゐの・すわうかい　7・5
g なみにやはなの・さくらかい　7・5
h はまひさしふく・いたやかい　7・5
i くみてはしほを・やくかいや　7・5
j あまの衣を・うつせかい　7・5
k みちくるしほを・ひるまかい　7・5

l 浪にしほる丶・そてかいや　7・5
m あひみむことは・かたしかい　7・5
n 柳かうらの・やうしかい　7・5
o このてにひろふ・かしはかい　7・5
p なみしらいとの・よろひかひ　7・5
q うちてのはまの・むしやかい　7・5
r うつらのはまの・こたかかい　7・5
s かみやかいなる・くしかいなんと　7・7

B松会版

c 竹のうらはの・すゞめかひ　7・5
d もりにこゑある・からすかひ　7・5
a なみ打あくる・すだれかひ　7・5
b たかのおにきく・やかたかひ　7・5
p なみしら糸の・よろひかひ　7・5
j あまの衣の・うつせかひ　7・5
h ふわのせきやの・いたやかひ　7・5
g なみとや花の・桜かひ　7・5

[n]柳のうらの・やうじかひ　7・5
[o]このてにひろふ・かしはかひ　7・5
[l]なみにぬれたる・袖かひや　7・5
[f]日もくれなたの・すほうかひ　7・5

ここに挙げた貝尽しは上句に連体修飾で連文節を作り、また補語（i・k）や主語（m）にして下句に名詞を配していることがわかる。貝の名が四字の場合は、e・i・lの句にみられるように、終助詞「や」を付けて七五調に整えている。慶応写本のほうは、それに加えて末尾の句に「なんど」を付けて7・7の長歌形式に仕立てているようである。これは古い物語作品には見られないもののようである。

さて、句の配列についてみてみると、松会版は不明だが、それに先行する江戸初期の慶応写本は連想によっているように思われる。a波―b船／うち―cうら（裏・浦）―dなぎさ―e入りがた（方・潟）／日の入―f夕／くれなゐ―gはな／はまひさし―iくみて／しほ―jあま―kしほ―l浪―m（不明）―n（不明）／うら（浦・占）―oて―p（不明）／なみ―qはま―rはま―s（不明）と、部分的につながりの判然としないものはあるが、おおむね連想によって鎖のように繋がっていることが読み取れるだろう。f―g間の紅―花の繋がりは、歌謡にも散見される「花は紅、柳は緑」の常套句が背景にあるだろう。しかし、全体的に見れば、厳密なものではないが、連歌に類する発想に基づくとみていいのではないだろうか。これに対して、松会版はまったく異なる配列を採っているし、d・b・h・fなど異文も混じっている。ともあれ、慶応写本は上句が下句を修飾して貝の名に彩を与えているとともに、次の句にも連想的に繋がっており、すぐれて技巧的な物尽しとなっている。
次に香尽しをみてみよう。この物尽しは右の貝尽しに続いて牡丹の局の台詞の中に現れるものである。

A慶応写本

a わきてなたかき・いつみかう　7・5
b おもはぬ人を・思ひかう　7・5
c うきねのとこの・まくらかう　7・5
d あさきちきりを・むすひかう　7・5
e そなたはわれを・わすれかう　7・5
f 思ひみたるゝ・やなきかう　7・5
g けふりをはなか・さくらかう　7・5
h 匂ひをよそに・ちらしかう　7・5
i たもとのしたの・しのひかう　7・5
j わかるゝ人を・とゝめかう　7・5
k 思ひのいろを・つゝみかう　7・5
l 人に心を・うつしかう　7・5
m しく物もなき・むしろかう　7・5

B松会版

a わきて名たかき・いつみかう　7・5
b 思はぬ人を・思ひかう　7・5
c うきねのとこの・まくらかう　7・5
d なにとか花を・むすひかう　7・5
e そなたは我を・わすれかう　7・5
f 思ひみたるゝ・柳かう　7・5
g けふりを花か・桜かう　7・5
j わかるゝ人を・とゝめかう　7・5
h にほひをよそに・ちらしかう　7・5
i たもとの下の・忍ひかう　7・5
k 思ひの色を・つゝみかう　7・5
l 人に心を・うつしかう　7・5

右に掲げた香尽しは、先の貝尽しと違って香自体にもう一つの意味を与えている。すなわち「かう」は〈香〉であると同時に〈恋う〉でもあるわけである。だからすべてが恋の句でまとまっており、恋尽しとしての側面も備えているのである。

慶応写本・松会版両本とも配列はｈ・ｉ・ｊの三句の並びが異なり、またｍの句の有無の程度で、はなはだしい違いはないし、本文の異同も意味を変えるほどのものはｄだけである。慶応写本ではｃ憂き寝―ｄ浅き契り―ｅ忘れと繋がっていて自然な並びだと思われる。松会版のｄの句は前後の句との連係が不自然で、単に上句と下句で「花結び」を示しているだけのようであるから、その意味で慶応写本のほうが適切な句となっていると思われる。

句の構成については貝尽しと同様、上句が連体修飾もしくは補語となって、下句の名詞を修飾して七五調の連文節を作っている。句の展開もまた連想に基づいているとみられるが、上句だけですべて処理しているわけではないようである。ｃの句の「うきねのとこ」はｂの句「思はぬ人を思ひ恋ふ」全体を受けていると解されるのである。

連歌との関連で付言すると、ｇの句「けぶりをはなか、さくらかう」の「を」の用法は特色あるものと思われる。幾つか類例を挙げよう。

橘を声のかほりや　ほとゝぎす　山科言継（『言継卿記』天文二十二年二月十七日条）

上句は「橘を声の香りとするのか」と意訳できるから、見立てるという意味での「～とする」ということを省略した表現と考えられる。

待てさく心をたねか春の花　　曼殊院宮（同記天文二十三年二月二十二日）

「心をたねか」は「心を種とするのか」ということ。同記天文二十三年五月十日の条に見える山科言継の句「しほる、袖を旅の物とや」では「しおれる袖を旅の物とするのか」、同記元亀二年（一五七一）二月二十五日の条の正親町天皇の句「朝東風や梅を心の花の春」では「梅を心の花とする春」、同記元亀二年二月二十六日の条の日野輝資の句「天てらす光を花の匂ひかな」では「天を照らす光を花の匂いとするかな」と解される。このように「煙を花か」は連歌に散見される「を」の用法を採用したものであると推察される。

以上のように、『姫百合』の貝尽しおよび香尽しは和歌・連歌の表現をとりいれたもの、つまり和歌・連歌の影響下に成った物尽しと評されるだろう。『浜出草紙』の谷津尽しは歌謡から派生したものであるが、連文節で構成される物尽しの進展には歌謡から離れ、和歌・連歌の表現技法を取り入れることが必要だったのだろうと思われる。

3　類型

右に『姫百合』に見られる連文節の物尽しを検討してきた。そこから、歌謡よりはむしろ和歌および連歌の影響が色濃くうかがわれることがわかった。次にこれに類する事例をみていきたい。

まず、『浄瑠璃十二段草子』に次のような会話文がみられる（引用は古絵巻）。

なんそ又、

あさまのたけの、たとへかな　7・5
くまの丶みやまの、ふせいかな　7・5
つ丶井の水の、たとへかな　7・5
の中のしみつの、たとへかな　8・5
うつみひの、ふせいかな　5・5
かけひの水の、おもひかな　7・5
からのか丶みの、たとへかな　7・5
くもりた、そらの、たとへかな　7・5
たますたれの、心かな　6・5
そらなる、ほしの、たとへかな　7・5
みしかきおひの、思ひかな　7・5
しらまゆみの、たとへかな　6・5
ほそたにかはの、ふせいかな　7・5

これは大和言葉の段にあるもので、義経が自分の恋を大和言葉になぞらえて説いているのである。引用本文は義経が一方的に語りかけるものとなっているが、このあと、浄瑠璃姫の返答では

あさまのたけの、たとへとは、きみをおもふと、さふらふか
くまの丶みやまのふせいとは、申にかなへと、さふらふか
つ丶井の水の、たとへとは、やるかたなきと、さふらふか

と展開し、

ほそたにかはの、ふせいとは、めくりておちよと、さふらふか

としめる。つまり7・5・7・5の四句構成で、「〜の〜とは〜と候ふか」の形式を採っているのである。ただし「玉すだれ」の句だけは文末を「おもふらん」とする。

大和言葉は主として一問一答形式を採るもので、一文だけでも大和言葉であるが、右の事例のように、数文連なるものが多い。それは物語の中では、男女のやりとりの中でしばしば使われ、浄瑠璃姫のように一気に謎解きするからである。『物くさ太郎』ではこれを姫と太郎との掛け合いの形式で綴っている。また『横笛草紙』のように懸想文の艶なる詞を解説する文脈で使われるからでもある。『横笛草紙』（古絵巻・室町期物語一所収）では

くすのした葉とは、我身うらにありなから、ち丶にこ丶ろのまよふ事なり
身ハうき雲のやうそとは、あまのよそなるきミゆへに、心そらにあこかる丶ことなり

さくらのたちゐのうくひすとは、声ふりたて丶、なくはかりの事なり

などとあり、韻律を意識したものとはなっていない。なお、この型は、室町末期から江戸期にかけて流布した歌語集『大和言葉』『大和歌詞』の「〜とは〜の心也」の型に継承される。

これら大和言葉は、内容面ではなく、形式面に比重をおくならば、物尽しの一種と捉えられるだろう。『浄瑠璃十二段草子』の事例では、上句は下句に接続して連文節を構成している。下句の名詞は「たとへ」が主で、ほかに「ふぜい」「おもひ」も混じっているから統一性があるとはいいがたい。それよりはむしろ終助詞「かな」が一貫している。この物尽しは韻文の形式からすると、いわば「かな尽し」といってもよいものだろう。本物語は語り物文芸であるが、その中に『姫百合』の貝尽しや香尽しに類する物尽しが先行して見られることは、歌謡とは異なる物尽しの系譜に位置付けられるということだろうと思われる。

もう一つ事例を挙げると、これもよく知られた物尽しである『小町の草紙』の文尽しである。四〇句あまりを連ねる長文だから、冒頭部分を挙げる。ちなみに版本の系統に見られ、天文古写本には見られないものである。

さては、
花にむすひし、ふみもあり。　7・5
あさかほの、たそかれときの、文もあり。　5・7・5
よそめをつ丶む、ふみも（脱文あるか）。　7・3（5か）

なみたおとしたる、ふみもあり。　8・5
いはもる水の、文もあり。　7・5
かけひの水の、文もあり。　7・5
つまのをしかの、ふみもあり。　7・5
うらみを、くすのはの、ふみもあり。　4・5・5
うかれからすの、ふみのあり。　7・5

この文尽しについてはジャクリーヌ・ピジョー氏が詳述されている。[10] 氏は各句の分析を通して、これらが和歌に基づくこと、配列が連歌の発想によることを説かれている。各句の構成は二句で統一されているわけではなく、三句・四句構成もみられる。中には「よそめをつゝむ文も」や「よみつくしえぬ文も」「くる人もなき文も」「われしらぬ文も」とあって、「あり」を伴わない句もあるが、「われしらぬ文も」は渋川版では「われしらぬ文もあり」とあるから、その他も脱文の可能性は残るだろう。ともあれ、この物尽しでは、韻文の形式からみれば、約四〇句が「文もあり」尽しとなっているといえるだろう。

『浄瑠璃十二段草子』の事例は語り物の系譜にあるもので、『小町の草紙』の文尽しはもともと読み物として作られた物尽しという点で『姫百合』と同じ性質のものといえよう。

以上のように、連文節の七五調の物尽しは、韻律上、付属語や句など物の名にはならない部分が物尽しの根拠になりえるものであった。それは物の名の列挙よりも韻律に比重を置いた結果であると思われる。

まとめ

お伽草子の文章中には七五調の物尽しは数多く見出されるが、その中で七五調連文節の物尽しは、例は少ないものの、室町期には作られていたことが確認できる。すなわち室町後期頃の作とおぼしき『貴船の本地』にそれは見だされるわけである。しかし物尽しの幅を広げて捉えるならば、『浄瑠璃十二段草子』に物の名尽しとしての一貫性はないが、脚韻を揃える事例があり、お伽草子のこの種の物尽しは、おそらく語り物の物尽しの趣向を取り込んだものと思われる。その一方で、歌謡としてもはやく七五調の道行や四方四季の表現が成立しており、それもまた一因になったものと思われる。

この型の物尽しは、物語中の役割としては、単なる物の名を列挙するばかりではない。『浄瑠璃十二段草子』では相手を説得する話術であり、『貴船の本地』の相尽しは否定の根拠を列挙している点で説得する話術であり、『小町の草紙』では懺悔する立場での教訓として捉えられるものである。『姫百合』の貝尽し、香尽しは貝覆い、香の解説である。これを読者に対する言辞とみれば、いずれも対象についての解説としての役割が与えられているといえるだろう。貝や香や恋文にはどのようなものがあるのか、悪女の相とはどのようなものかといったことである。『浄瑠璃十二段草子』のそれは男女間の手紙に用いられる艶詞の解説でもある。その意味で物尽しの本質としていわれる啓蒙性をここに読み取ることができよう。

お伽草子から仮名草子に至る物語文学の文章において、歌謡は取り入れられるべき対象となっていた。(11) 七五調の美文中に小歌などが流用されてきたわけである。そうしたなか、お伽草子において明確な形式を表すようになった物尽しにおいては歌謡離れが進んでいったようにみられる。七五調連文節の長い物尽しは小歌にならない。和歌・連歌の趣向を取り入れることによって長短にかかわらず、自由に作ることができるようになったと思われる。

〔注〕

(1) 小野恭靖「『閑吟集』と三条西実隆」(初出『梁塵　研究と資料』第三号、昭和六〇年一二月。再録『中世歌謡の文学的研究』笠間書院、平成八年二月)。

(2) 佐々木聖佳「室町期風流踊り歌の構成—『言継卿記』紙背小歌を手が足りに—」(『日本歌謡研究』第四五号、平成一七年一二月)。

(3) 徳田和夫「お伽草子絵巻にみる歌謡」(平成一三年五月二六日、日本歌謡学会での講演)。

(4) 浅野健二「室町期物語に見える歌謡」(初出『文学・語学』第八〇・八一合併号、昭和五三年三月。再録『中世近世歌謡の研究』桜楓社、昭和五七年一〇月)。

(5) 吉川三枝子「物づくしの体系的研究」(『日本歌謡研究』第一三号、昭和四九年三月)、ジャクリーヌ・ピジョー『物尽し—日本的レトリックの伝統』(平凡社、平成九年一一月)など参照。

(6) 概要については徳田和夫編『お伽草子事典』(東京堂出版)の「物づくし」(小林健二氏執筆)の項参照。

(7) 真鍋昌弘「風流踊歌の諸相」(『日本歌謡の研究—『閑吟集』以後—』桜楓社、平成四年六月)。

(8) 外村南都子「早歌における物尽しの展開」(初出『国語と国文学』第八一巻第一二号、平成一六年一二月。再録『早歌の心情と表現―中世を開拓する歌謡―』三弥井書店、平成一七年六月)。

(9)真鍋昌弘「風流踊歌考―語りぐさをめぐって㈡―」(初出『関西外国語大学創立三十周年記念論文集』昭和五二年一月、再録『中世近世歌謡の研究』桜楓社、昭和五七年一〇月)。徳田和夫『お伽草子研究』(三弥井書店、昭和六三年一二月)。加賀元子「風流踊歌の四季―四季踊小考―」(日本歌謡学会編『日本歌謡研究―現在と展望―』和泉書院、平成六年三月)。

(10)ジャクリーヌ・ピジョー前掲(5)書。

(11)真鍋昌弘前掲(9)書第二部「中世近世小歌研究」参照。

物語史における脇役の変遷——乳母冷泉考——

本稿の目論見

中世文学研究において民俗学的手法を具体的に試みたものとして、柳田國男『物語と語り物』（角川書店、昭和二一年）の意義は大きい。そして柳田や『古代研究』に代表される折口信夫の一連の研究も、昭和期の研究に大きな影響を与えることになった。昭和三〇〜四〇年代になると、とくに民俗学を銘打つ研究書も数を増してくる。その後、次第に表立って主張するものは減りつつも、しかしながら幾つかの研究対象においてその手法が有用なものとして息づいている。話型分析は説話文学の研究法として定着したといっていいだろう。また、他には『曽我物語』の研究において民俗学的手法が積極的に用いられている。福田晃氏を筆頭に、その研究に感化された後学の研究が継続的に成果を出している。それから、語り物研究も挙げたいところであるが、いかがであろうか。たとえば奥浄瑠璃など近世の語り物の研究においては実績があるものの、中世語り物研究においてはその必要性が感じられなくなっているのかもしれない。それは結局、可能性の提示が限度であるという見方が大勢を占めていった結果であろう。私は漠然とこれを否定して省みない態度をよしとしない。本稿では、民俗学的手法の可能性について、『浄瑠璃物語』を題材にして考えてみたいのである。

1　冷泉という女人

浄瑠璃御前の近くに常に仕える乳母の冷泉という人物に、私は前々から興味を惹かれていた。レイゼイ・レンゼイ・レイゼン・レイセンと、呼び方に多少の異同はあるものの、表1で示したように、冷泉という名の女性が『浄瑠璃物語』以外の物語にも散見されるからである。それらはおおむね姫君に仕える侍女か、あるいは乳母である。いずれにしても姫君の側に侍る女性の中の筆頭に数えられる役どころであることに変わりはない。この女性はいろいろな姫君に仕えて忙しい人だと思ったりもするわけだが、もちろん、これらの物語はシリーズ物ではないから、『浄瑠璃物語』の冷泉は、義経物を除く他の物語に登場する冷泉とは同名別人ということになる。別人でありながら、冷泉という、決してありふれた女性名とはいえない名が付けられているのだから、不思議である。

室町時代物語をはじめとして、これと関係の深い舞の本や古浄瑠璃正本に登場する女性の呼称は、管見では四百数十種に及ぶ（『室町時代物語大成』『舞の本』『古浄瑠璃正本集』『説経節正本集』などに拠る）。一方、鎌倉物語においてはどうかというと、六、七〇種に過ぎない（『鎌倉時代物語集成』に拠る）。もちろん、現存物語数の差異にもよるが、大きいことに違いはない。その一番の要因は、鎌倉時代物語が宮廷中心であり、呼称は官職名ないし国名に統一されているのに対して、室町時代物語では舞台設定と云い、登場人物の身分と云い、多種多様になったからであろう。更に室町も後期にくだると、『鼠の草子絵巻』や『てこくま物語』のように、絵巻物の画中に描かれ

表1　冷泉一覧

	出典	身分	役割そのほか
1	義経記巻6	もと重盛邸の女房	「大人しき人」頼朝の命により、磯の禅師をすかして静御前を若宮で舞わさせる。(京童の娘、祐経妻)
2	浄瑠璃物語	姫の乳母	姫の唯一の供として旅をする。
3	貴船の本地	姫の乳母	中将に命じられ捨子〔姫〕を育てる。(秋田本以外は「乳母」)
4	清水冠者物語	姫の乳母	姫の没後、後追い自殺を図るが叶わず菩提を弔う。
5	国府台戦記	若君の乳母	若君の菩提を弔う。(軍記)
6	小式部	和泉式部の乳母	和泉式部の唯一の供として長谷参詣をする。
7	西行物語	姫の乳母	西行女を養う。(九条の伯母御前)
8	為世の草子	若君、姫の乳母	侍従と共に乳母役。後、為世とその子供を残して出て行く。
9	稚児今参り	内大臣邸の女房	一、二の台詞を言うのみ。
10	鼠の草子(権頭)	侍女	姫の随一の侍女(天理本)
11	鉢かづき	中将邸の女房	嫁くらべを北の方に提言。後、姫の侍女廿四人の随一となる。
12	判官みやこばなし	皆鶴姫の乳母	鬼一法眼邸の女房。姫の侍女廿四人の随一。(乳母更科重視の物語)
13	皆鶴	皆鶴姫の乳母	義経と姫との仲介をする。
14	師門物語	浄瑠璃御前の侍女	姫の唯一の供として旅をする。姫の手紙を国司に遣わす。
15	月かげ	月影御前の乳母	姫と飛騨庄にて、蔵人から来た文を渡す。(「侍従」と混用した箇所あり)(古浄瑠璃)
16	義氏	御台所の乳母	義氏妻子の唯一の供として旅をする。(古浄瑠璃。吹上の一件あり)(古浄瑠璃)
17	下り八嶋	浄瑠璃御前の乳母	姫の死後、冷泉寺で菩提を弔う。(浄瑠璃)
18	をぐり	照手姫の侍女	姫の侍女の筆頭。(説経節)
19	一盛長者の鳥の由来	乳母	長者夫婦に忠義な者で、その子供達との連絡役。後、稲蔵雀になる。(壱岐島の語り物)

る人物にさえ、物語本文には登場しないにかかわらず、逐一名前を書き込んで行くものが製作されるようになったことも看過できない要因だろう。

このような名前自体の増加に伴って、侍女や乳母の呼称も当然のことながら多様化する。冷泉同様、本文中に「乳母」と明記してある人物だけを拾い出してみても、鎌倉時代物語では約二〇種であるのに対して、室町時代物語などでは五〇余種を認めることができる。前者は官職名（按察、宰相、三位、式部、侍従、少将、少納言、大弐、太夫、中将、中納言、兵衛太夫、弁、民部卿）ないし国名（近江、丹後、美作）で呼ばれている。これに対して、後者もおおむね官職名ないし国名で呼ばれる。官職名としては小宰相、小侍従、小兵衛督、権少将、宰相、四位局、式部、侍従、少将、少納言、すけ、大弐、弁、靫負局がある。国名としては明石、阿波、淡路、越前、春日、更科、高野、播磨がある。このほか、花や虫の名などの場合も若干確認される。

このような中にあって、二〇例近く認められる〈冷泉〉という呼称の求心性は、注意して然るべきであろう。

2　冷泉の動向

では冷泉とはどのような人物なのだろうか。まず『浄瑠璃物語』の中での行動を見ておきたい（赤木本古絵巻・室町時代物語大成七）。

浄瑠璃御前の周囲には一二人の侍女が仕え、物語の前半、義経に管絃を聴かせる。しかしそこには冷泉は出てこない。また義経と浄瑠璃御前との仲立は十五夜御前の役割となっている。乳母の冷泉が活躍するのは、次に示すように、義経が恋の病に倒れてからである。

・旅の僧から病に倒れた義経の話を聴く。
れんせい、このよし、うちきゝて、いかに御そう、きこしめせ、そのとの、、としは、いくつほとのふせいに、みえて候やらん
・浄瑠璃御前に義経の現状を伝える。
れんせい、このよし、うけたまはり、上るり御せんの、御まへにまいり、このよし、かくと申ければ
・浄瑠璃御前に付き従って義経のもとに行く。
上るり、なのめならす、よろこひ給ひ、たひの出たちをし給ひて、めのとの、れいせんと、たゝ二人、こ御所のうちを、しのひいで、すかたをやつし、くたり給ふそ、あはれなる
・義経蘇生後、宿を探して泊まる。
れんせい申けるやう、いつかたにも、ひとまづ、御やとをとりて、入まいらせんと申つゝ、御さうしを御ともし、はるかのおくに、けふりたつを、しるへにて、たつねゆかせたまひて、
このように、冷泉の登場は義経が矢作の宿を出たあとからとなっている。その後、侍女たちに代わって、冷泉が唯一の供として浄瑠璃御前に従い、働きをみせるのである。

このように、冷泉は物語の中では浄瑠璃御前と旅の供をする唯一の乳母として描かれている。そのことからも、脇役とはいえ、欠くことの出来ない存在として捉えることができるであろう。

3　他の物語における冷泉

それでは『浄瑠璃物語』以外の物語作品に登場する冷泉は、どのような行動をとっているのだろうか。先ほど掲げた表1を確認してこう。

『義経記』では頼朝の命によって磯の禅師をすかして静御前を若宮で舞わせる重盛邸の女房である。『貴船の本地』では中将に命じられて捨て子を育てる乳母。『清水冠者物語』では姫の菩提を弔う乳母。軍記物語の『国府台戦記』では若君の菩提を弔う乳母。『小式部』では和泉式部に付き従って長谷寺に詣でる乳母。『西行物語』では西行の娘を養う乳母。『為世の草子』では為世の子らの乳母。『稚児今参り』では内大臣邸の女房。『鼠の草子（権頭系）』では姫君随一の侍女。『鉢かづき』では中将邸の女房で後に鉢かづき姫一番の侍女となる。『判官みやこばなし』では皆鶴姫の乳母。『皆鶴』も同じ。『師門物語』では浄瑠璃御前の乳母。古浄瑠璃『月かげ』では月影御前の乳母。古浄瑠璃『義氏』では義氏妻の乳母。説経節『をぐり』では照手姫一番の侍女。壱岐島に伝わる語り物『一盛長者の鳥の由来』では長者の子らの乳母として登場する。

ここから窺われることは、冒頭にも触れたように、冷泉という名の女性が、多くは乳母、もしくは侍女という立ち位置にいるということである。例外は1『義経記』に登場する平重盛邸の女房だけである。ほかはいずれも仕える主が姫君であるか、若君であるかの違いはあるものの、乳母、もしくは侍女なのであった。だからといって、もちろん、これら複数の物語に出てくる冷泉が同一のキャラクターであるということではない。みな、場所も時代も異なっており、共通の物語世界の上でシリーズ化されているわけではない。それぞれが独立した物語として成り立っているのである。

これらの事例を更に次のような要素ごとに整理して示してみよう（表2）。

a姫／若の側近（随一◎・添え物△）
b姫／若の流離の供（随一◎）
c姫／若の参詣の供（随一◎）
d姫／若の菩提を弔う者

表2　冷泉の物語要素

	a	b	c	d
1	×	×	×	×
2	○	◎	×	×
3	◎	×	×	×
4	◎	×	×	○
5	○	×	×	○
6	○	×	◎	×
7	×	×	×	×
8	○	×	×	×
9	△	×	×	×
10	◎	×	○	×
11	◎	×	×	×
12	◎	×	×	×
13	○	×	×	×
14	○	◎	×	×
15	◎	◎	×	×
16	◎	◎	×	×
17	◎	×	×	○
18	○	×	×	×
19	◎	×	×	×

ここから窺われることは、冷泉の役割の単純さである。基本的に主君である姫や若君の近くに侍るという前提があり、その後、主君の旅に同伴することがあるという程度であった。単純ではあるが、実質的に主君を支える

女人の最たる者として欠くことのできない役割を担っていたわけである。

では冷泉というネーミングの共通性をどう捉えるべきだろうか。思うに、これは一種の物語伝統なのではないかというのが私の考えである。しかし、この点についての説明は後に回すとして、まずは冷泉がこれまでの研究において、どのように捉えられてきたのか、確認しておきたい[1]。

冷泉に関する見解としては、第一に室木弥太郎氏「浄瑠璃物語と民間説話[2]」が先駆的である。すなわち『浄瑠璃物語』「吹上」「五輪砕」の段は「歌が物語の中心」であり、「尼寺の由緒を語る構成」であるところから、物語の創作者に女流芸能者を想定する。そして矢作地方に冷泉の遺跡・伝説が多いのは「冷泉派とでもいうべき女流芸能者が大いに勢力を張った時代があったのではないか」という。のちに、その説は「鳳来寺を本拠として、遠く矢作に進出した遊行の女たち」と考えられるようになった。そして諸本の中に、冷泉が出てくるもの、冷泉ではなく十五夜をはじめとする十二人の侍女が出てくるものに分け、前者を「冷泉を奉ずる強力なグループ」、後者を「十五夜のグループ」とされた[3]。

一方、臼田甚五郎氏「小栗照手姫の周辺[4]」では『もろかど物語』の解釈を通じて、冷泉が善光寺につながる比丘尼であると推測する。福田晃氏「『もろかど物語』解説[5]」もこれを受けて、冷泉に『もろかど物語』の管理に従事した「善光寺系の女唱導者」の投影を読み取る。

加美宏氏「『国府台戦記』小考―軍記の変貌と冷泉の物語―[6]」はこれらの研究によりつつ、冷泉の登場する物語は、いずれも室町から江戸初期にかけての物語・語り物であり、乳母もしくは侍女の役で描かれ、その物語は仏教信仰・唱導に関連するという。そして『国府台戦記』もその一つと位置付ける。

ここから窺われることは、戦後の研究の中で、冷泉の背景に浄瑠璃姫の説話・物語の管理者の存在を読み取って、それを膨らませていったということである。そして磯沼重治氏「浄瑠璃物語の生成―吹上の浜蘇生譚とその後日譚―」[7]に至っては、室木氏説をより現実的地平で再構築しようと試みている。すなわち氏は〈浄瑠璃御前〉、もしくは〈冷泉〉の名で統轄される歩き巫女を想定する。彼女らは薬師如来の霊験を説く女流の唱導の徒であり、また『天狗の内裏』の中に見える「じやうるり所」を根拠地とする集団であったろうとするのである。

さて、これらの諸先学の説をどう捉えるべきであろうか。まず明確にしておかなくてはならない点は、これらの諸研究のすべてが現実に存在した実体としての〈唱導者＝語り手〉を発掘しようとしたものであると看做されることである。『浄瑠璃物語』や『もろかど物語』を唱導文芸として認定すべく、実体としての語り手を措定しようとする試みであるといってもよい。語り手を措定すれば、唱導文芸論の手順で物語生成の青写真が出来あがるわけだ。

しかしながら、ここで注意しておきたいことがある。冷泉に関していうならば、そのほとんどが江戸期以降の伝説なのである。『天狗の内裏』の「じやうるり所」もまた、伝本のうち一本にしか見られないことから、書写上の誤りとも解される。在地伝承の問題については、はやく尾崎久弥氏が注意されている。すなわち氏は、浄瑠璃姫の伝説は本物語の流行によって矢作周辺の土地の人が生んだ伝説であると説いている[8]。島津久基氏もまた慎重で、浄瑠璃姫伝説を考証した上で、「結局、この口碑が『十二段草子』に素材を与へたのか、或は却つて『十二段草子』を本源として本伝説が発生して口碑化したのかは、確定的な資料に不足する以上、断定は一寸困難である」と述べられている[9]。

繰り返すが、今は『浄瑠璃物語』の成立背景を論じているのではない。冷泉という女人はいかなる者かということを考えているのである。従来、『浄瑠璃物語』の成立に関与したと説かれてきた冷泉なるものが、実は民俗学的な考察を導入することによって徐々に実体化していったということを、ここでは明確にしておきたいのである。そして、この冷泉即女流唱導者の論は、私見では、2『浄瑠璃御前物語』や13『皆鶴』や14『師門物語』などの、敷衍可能な事例のみを取り上げることで構築された解釈に過ぎないということである。これは例えば万寿即女流唱導者、あぐり即巫女起源説、あるいは「玉」という語がつけば、皆、魂の「たま」に解釈してしまう態度に近いものがあるのではないか。そのような実体に還元してしまう民俗学的試みへの言及はひとまず擱いて、ここでは別の試みを求めなくてはならないと思う。

中世の物語の世界で、冷泉と同じ役割を与えられ、且つ複数の物語に登場するという、冷泉の、いうなれば競合相手と比較考察することである。そこで次に、これに該当するであろう侍従という名の女人に注目してみたい。

4 冷泉の類例としての侍従

物語・語り物文芸における〈冷泉〉には、これと似たキャラクターが古くからいた。それは〈侍従〉と呼ばれる女人である。

侍従については、野村倫子氏が「「侍従」考―平安末期物語および鎌倉時代の物語にみられる脇役女房物語史―」[10]という御論考で極めて有益なことを指摘されている。やや長文だが、重要なことなので、次に引用する。

これは「平安末期や鎌倉時代の、物語に限らず他のジャンルも含めて、女房の中でも、とりわけ目につく」存在としての〈侍従〉に注目されたものである。

『源氏物語』以前の物語において、侍従の名で呼ばれる女房が、物語に関わって特別の意味を負わされていたということはない。しかし、『源氏物語』を通過してから、時代の下降に従って、女君の流離や苦難を共にすると同時に、単なる哀悼の表出者にとどまらず、「後追い」の行為をとるに至る。（中略）おそらく、「宇治十帖」の女房の姿と、一般名詞的な「主人の傍に侍り従う」の意の双方の意識から、この名の女房が半ば物語の伝統とでもいうべき了解によって受継がれ、『源氏物語』の呪縛から物語が解き放たれても、流離の物語からの要請によって幾つもの作品を生きぬいてきたといえよう。

ここで野村氏が取り上げておられる作品は『堤中納言物語』『はつしぐれ』『住吉物語』『有明の別』『わが身にたどる姫君』『むぐら』『かぜに紅葉』『兵部卿物語』『小夜衣』『八重葎』『松蔭中納言物語』などである。侍従は、本来、中務省の役職名で、天皇の身近に仕えた者を指す。しかし物語作品の中では、野村氏も言われる通り、天皇に限らず主人公に仕えるものに対してこの名称が与えられている。『時代別国語大辞典　室町篇』の「侍従」の項では、右のような意味で用いられる室町期の物語諸編を事例として使っているものの、何故か天皇に仕える職を意味するもの、サ変動詞を付けて天皇に仕えること、香の名の三つの語義しか説明していない。また故実書、例えば二条良基の『女房の官しなの事』（永徳二年・群書類従所収）には「じじう。少納言。小弁。

役割そのほか
勧める。
四位少将との仲介役。（宰相女）
尼になる。（按察大納言女）
から下向したものの、本妻のために逢えず入水する。後、蘇生。（大宰府神主頼澄の妻）
の女房から羨しがられる。祝い歌を詠み、姫の衣を頂く。（ゆうの前を改名）
女）
房達と騒ぐ。
眉目秋冷なるを語り、仲介を依頼される。（『太平記』巻廿一による）
守るため清水参詣に来た中将に救いを求める。以後、姫に離れず仕える。後、姫が帝 付けられる。
その子供とを残して出て行く
奉公しようとする。
をする。
本。但し絵では複数の供あり。侍従は輿に乗る。天理本の冷泉尼に当たる）
の仲介。大弐の尼（実は男の母）と姫とを会わせる。
う。
後、あさいの権現と顕れる。
る。山中の宿で盗人に殺される。後、常盤と共に牛若の枕上に立ち、仇討を頼む。
浄瑠璃）
に手を負わされる。少将（後、姫と契る）に助けられ、姫と屋敷で休養する。（古浄瑠
田村丸に救出される。（古浄瑠璃・慶安三年板）
侍女の随一。姫の嫁ぎ先（蔵人）が衰えても、蔵人の乳人と共にとどまる。以後、姫 に入水した時は、若君の涙を飲んで蘇生する。（古浄瑠璃）
瑠璃）
経節）

表3　侍従一覧

	出典	身分	
1	おちくぼ	北方の乳母	子宝を授かるため、六角堂参詣を
2	住吉物語	姫の乳母子（女房）	姫の「片時の離れぬ心安き者」。
3	兵部卿宮物語	姫	兵部卿宮と契を結ぶが、後、別れ、
4	藍染川	内裏女房	大宰府に帰郷した頼澄を追って京
5	秋月物語	秋月邸女房	「心聡き人」。侍従と改名され、他
6	鮑の大将物語	蛤の中将姫の侍女	一度、台詞があるのみ。
7	唐糸草子	a北条政子の侍女	万寿を召し使う。
8	唐糸草子	b白拍子	御前で太平楽を踏む（白拍子熊野
9	高野物語	京女の乳母	主の京女が失踪したので、他の女
10	さよごろも	師直邸に出入する女房	師直邸に立寄り、塩谷判官北方の
11	しぐれ	姫の乳母子	18歳。母・姉の謀を阻止し、姫を に召されると、左衛門典侍局と名
12	新蔵人物語	a新蔵人父邸の女房	一度、台詞があるのみ。
13	新蔵人物語	b内裏女房	一度、台詞があるのみ。
14	為世の草子	若、姫の乳母	冷泉と共に乳母だったが、為世と
15	短冊の縁	女房	もと都の女房で、筑前の氏頼邸に
16	稚児今参り	内大臣邸の女房・乳母子	二、三度、台詞があるのみ。
17	鶴の翁	北方の乳母	月冴と共に、北方の長谷参詣の供
18	てごくま物語	阿蘇ただかげ邸の女房	酒宴に侍る。（絵に描かれるのみ）
19	鼠の草子（権頭）	柳屋に仕える女房	姫の清水参詣の唯一の供。（東博
20	はにふの物語	姫の乳母子（女房）	側近の随一。男との文のやりとり
21	一もと菊	姫	主人公。兵衛督と契る。
22	伏屋の物語	匂姫の乳母	六十余人の女房達と姫の菩提を弔
23	ものくさ太郎	内裏女房	のちに物くさ太郎の妻となり、没
24	山中常盤	乳母	常盤御前の唯一の供として旅をす
25	石山問答	姫の乳母	姫の唯一の供として旅をする。（古
26	嵯峨釈迦御身拭	姫の乳母	姫と清水へ参詣に行くが、狼藉者 璃）
27	たむら	京の上臈	花鳥の前らと鬼に囚われていたが、
28	月かげ	月影御前の乳母	23歳。姫ほどではないが、美人。 と始終行動を共にする。姫と一緒
29	八幡太郎琴之線	姫の乳母	女房達を指揮し、教訓する。（古浄
30	をぐり	照手姫の侍女	小栗と照手姫との仲立をする。（説

國々の名。これらは下らふの名なり。」と見える。現実における女房の名としては、下臈に侍従の名を付ける慣習があったとあるが、室町期には中臈の名として示す例もあるから（『大上臈御名之事』『薩戒記』）、一概に言えないだろう。しかし女房の名としてあったことは確かである。

右に示したように、野村氏は平安末〜鎌倉期の物語から侍従を分析されたわけだが、では室町期以降の物語・語り物ではどうであろうか。以下に侍従という名で、管見に入ったものを表3として掲げると、前ページの通りである。

冷泉ほどまとまりはないが、多くが姫君の侍女や乳母として登場していることに気付くであろう。先に紹介した野村氏の御説は、室町期から江戸前期にかけての物語・語り物文芸においてもおよそ踏襲されていったものと思われるのである。もっとも、その描写は非常に簡略化される傾向にある。吉海直人氏の言われた非功利的で献身的な乳母像[11]は、室町物語では後退するが、しかし主人公のそばに常に仕える女房としての機能は、依然認めることができよう。なお、平安文学の研究では、これら乳母を現実の語り手・作者として想定する可能性を示唆する考えも出されているが[12]、これを表3に示した作品群に敷衍させることはむつかしいだろう。仮に同じストーリー展開やキャラクターの役割が見られるにしろ、物語を取り巻く環境がまったく異なっているからである。

物語受容の環境はさておいて、もう一点、表3から窺われることは、もともと若君・姫君の乳母・侍女という位置にあった侍従というキャラクターが、室町期に至ってもなお、その性格を踏襲したと推測されることである。表2と同様に、侍従についてもポイントとなる要素を確認してみよう。

表4　侍従の物語要素

	a	b	c	d
1	○	×	○	×
2	◎	×	×	×
3	×	×	×	×
4	×	×	×	×
5	○	×	×	×
6	△	×	×	×
7	△	×	×	×
8	×	×	×	×
9	○	×	×	×
10	×	×	×	×
11	◎	◎	◎	×
12	△	×	×	×
13	△	×	×	×
14	○	×	×	×
15	×	×	×	×
16	△	×	×	×
17	◎	×	○	×
18	△	×	×	×
19	◎	×	○	×
20	◎	×	×	×
21	×	×	×	×
22	○	×	×	○
23	×	×	×	×
24	◎	◎	×	×
25	◎	◎	×	×
26	◎	×	◎	×
27	×	×	×	×
28	◎	◎	×	×
29	◎	×	×	×
30	○	×	×	×

3・4・8・10・15・21・23・27のような例外も見られるが、乳母や侍女としての役割を課されているものが多いことに気付く。そしてその動向も冷泉と同様に、単純な主に付き従う脇役として機能している。

そこから推測を加えると、〈冷泉〉というキャラクターは平安期物語からの〈侍従〉の系譜から派生したのではないだろうかという可能性が見えてくるのではないか。冷泉は基本的な性格が侍従と変わらない。もちろん、表3で示したように、室町期以降の物語にも侍従は相変わらず登場する。

その一方、浄瑠璃御前の語り物は公家衆から庶民まで広い層に亘って流布していった。その中で、この物語の影響を大なり小なり受けた物語・語り物が生まれていった。それらが成立する過程で、従来の侍従から冷泉という新鮮な名前の乳母・侍女に取って代わられてケースも現れてきたとは考えられないだろうかというのが、私の考えである。

5　脇役流用の問題

さて、侍従と冷泉とは、類型化した場合、その機能するところはほぼ等しいことを見てきた。両者の間には同一物語であっても、諸本間において呼称の流動が認められることがある。このような現象が起きるのも、両者の親近性が要因と考えられる。たとえば『鼠の草子（鼠の権頭）』は、伝本によって姫君の後見役の名が違う（冷泉【表1】-10・侍従【表3】-18）。すなわち天理図書館本では「れんぜいのあま」であり、東京国立博物館本や篠山市立青山歴史村本では「侍従の局」なのである。

また、古浄瑠璃『月かけ』においては、同じ正本中で興味深い誤りを犯している（冷泉【表1】-15・侍従【表3】-27）。すなわち、乳母は物語中一貫して「侍従」と称されているのであるが、第三段の次の一箇所だけでは「冷泉」と呼ばれているのである（古浄瑠璃正本集一〇）。

つかい、返事をうけとりて、ひたのしやうへそかへりける
ひたのしやうになりしかは、めのとのれいせんをちかつけて、かのかへりことをそさ、けける、めのと、おかへりことをうけて、ひめ君にそたてまつる

これらの例が示すように、〈侍従〉と〈冷泉〉との間には互換的な一面が認められるのである。

また同等な立場で冷泉と侍従が描かれるものに『をぐり』がある。正本には登場しないものもあるが、比較的

古態をとどめる宮内庁三の丸尚蔵館所蔵『小栗判官絵巻』に次のように記されている（『岩佐又兵衛全集　研究篇』）。

れいせんとのにしゝうとのたんこのつほねにあかうのまい七八人御さありてあらめつらしのあき人やいつかたからわたらせたまふそなにもめつらしきあきなひものはなひかとおとひある

禁裏の女房でも同等の立場にあったことは、一五世紀後半に成ったとされる、次の『大上臈御名之事』の記述からも窺知される（群書類従）。

一中らふ。くわん。あるひは町の名。又おさな名をよぶなり。じゝう。せうしやう。さいしやう。かすが。れんぜい。ほりかは。大みや。一条。二条。このたぐひなり。

冷泉が侍従と共に中臈の名として挙がっているのである。ここからはまた、冷泉という名が、女房の場合、「町の名」によったものであることも知られる。

このような侍従と冷泉との親近性からして、先にも述べたが、侍従A（平安～鎌倉期）から侍従B（室町期）への展開、言い換えれば複雑な侍従像から単純な侍従像への変容の一方で、侍従Aから冷泉（室町～江戸前期）への派生的展開が生まれたのではないかと考えてみたいのである。

古浄瑠璃『よしうち』第六段に次のような叙述がある（古浄瑠璃正本集六）。

> 急せたまへは程もなく、駿河の国吹上浜を通ふせ《（ママ）》たまふか、いにしへのめのとは、濱にくたりて、塩水汲て居たりしか、唯今通せたまふ大名は、見たる所の候とて、大勢の其中をかき分押分、義氏殿の御馬の口にすかり付、何共物をは云すして、只さめ〳〵とそ泣にける

右は明らかに、『浄瑠璃物語』に影響された部分である。浄瑠璃御前の流離の旅の供をする冷泉と同じく、義氏の北方及び若君の流離の旅の供をする冷泉が登場するのである。

以上述べてきたように、冷泉は侍従に続いて若君・姫君の乳母・侍女として重要な脇役であるという、物語の伝統があったのではないかという考えを示してみた。

さて、こうした物語・語り物間での共通キャラクターについて、先に紹介した特定の芸能者や唱導者を想定する考え方とは違う見解を示すのであれば、それはキャラクターの流用ということである。最後にこれについて話題を広げていきたい。

『浄瑠璃物語』は語り物芸能のジャンル〈浄瑠璃〉の語源となったとも説かれる代表的な物語・語り物である。これがどれだけ広く語られ、受容されていたことは想像にあまりあるだろう。そしてそこに登場する源義経や浄瑠璃姫といったヒーロー、ヒロインとは別に、乳母・侍女（主君に付き従う女人）の冷泉もまた物語のキャラクターとして強く印象付けられる存在であったと思われる。だからこそ、冷泉という名がさまざまな物語の中に同じような属性をもつものとして登場していったのだろう。

これをキャラクターの流用、つまり二次使用と捉えてみた場合、類例がないものだろうかと探してみると、室

町期から江戸前期にかけての物語・語り物類に登場する下女の小笹や越後の住人直江氏が挙げられるのではないかと思われる。

小笹は『村松物語』では奥州たけい殿の下女として登場する。『てこくま物語』では、かいだ殿の下女として登場する。『諏訪の本地（兼家系）』では蛇（実は三郎）を見付け、退治しようとする下女として登場する。そして『鼠の草子（権頭）』では天理本の画中詞として、下女の名にこの名がみられる。『てこくま物語』の小笹は、実は逃亡のために女装したかいだ殿であった。捕える価値のない下女を装うために、見聞した者に下女を連想させる都合の良い名前であったことが窺われる。言い換えれば、これらの例は、物語・語り物において〈小笹〉が下女の名として通りやすいものだったのではないかということである。

また女性ではなく北陸の人物の名であるが、〈直江氏〉もまた物語・語り物に散見されるところである。『義経記』では直江津の有徳人として登場する。『義経東下り物語』も同じ。幸若舞曲の『笈さがし』では越後の代官として登場する。謡曲の「木引善光寺」では直江津の者として。「竹の雪」では越後国住人として。お伽草子の『猿の草子』では長尾景虎の側近として。『七草ひめ』では越後出身の中将まさつねと越後国住人まさひろが登場する。『万寿の前』では越後の鎧商人として。『村松物語』では越後の商人として。『鶴の翁』では越後国守として登場する。これらはいずれも越後（直江津）の住人として登場するものである。直江の場合はすべての事例に共通項があることが知られる。すなわち室町時代物語や謡曲、説経節において、直江という呼称には越後という土地とその有徳人という一定のイメージが付与されていたと考えられるのである。

このように、複数の物語中に共通した人名が見えるということは、冷泉や侍従だけではなく、小笹や直江など他にも例があるのである。これはもう少し広く考えてみると、口承文芸の要素の強い文芸の伝統として捉えられるのではないだろうか。この特徴はとりわけ落語において顕著のように思われる。たとえば熊五郎（熊さん）、八五郎（八っつぁん）、権兵衛、長屋のご隠居、糊屋の婆さん、丁稚の貞吉などがその典型であろう。(13)

話を戻そう。浄瑠璃御前は物語のヒロイン、主人公でしかない。脇役である冷泉は固有名詞でありながらも、〈侍女・乳母の代名詞〉としての性格を多分に帯びているのだ。冷泉以前はもっと直接的に侍従という官職名でも通ったわけである。冷泉はヒロイン浄瑠璃御前のように際立ったところのない存在であった。しかしその無色透明さは、かえって類型的なキャラクターとして、どのような個性をもった主に対しても対応できるものであったのである。そして、その名は『浄瑠璃物語』を通して代名詞色の濃厚なものとなったがゆえに、他の作品にも流用することができたと考えられないだろうか。

おわりに

浄瑠璃御前の乳母の冷泉は、物語を語ること／聴くこと、あるいは読むこと、つまり物語・語り物の受容の中ではぐくまれてきた一種の記号的存在であったと私は考えている。聴き手／読み手は冷泉の名が現れることで、おのずと姫君の乳母・侍女が登場したと認識したことであろう。ちょうど落語で糊屋の婆さんが出てきたらしみったれな近所の年寄り、権兵衛が出てきたら田舎者と了解するように。

その背景には、長きにわたり繰り返し物語が読まれ、語られていく中世物語受容の歴史があった。その中で、語り手と聴き手の間に生まれてきた共通認識のデータベースが横たわっているのである。そこから冷泉を取り出して物語に組み込めば、冷泉という記号にはすでに基本属性が共有されているわけだから、どのような語り物の物語世界においても同様の働きが発揮されるということである。

以上述べてきたことは、物語の脇役である冷泉というキャラクターを、物語・語り物の実体的な管理者であるとする議論に還元するのではなく、民俗学的発想という点では同じだが、口頭伝承を伴う物語文芸の特質という点に留意して考察してきたものである。異なる物語になぜ共通する脇役が登場するのか。侍女ないし乳母というヒロインに付き従う役割の共通性という基盤のもと、いわば、その代名詞と化していたからであった。もともとそれは〈侍従〉で事足りていたのだが、『浄瑠璃物語』の流行が、〈冷泉〉という名を広め、それがために〈侍従〉の立場に取って替わるケースが現れてきたのではないかという試案を述べてみた次第である。

〔注〕

(1) 全般的な『浄瑠璃物語』研究史については森長之助『浄瑠璃物語研究』(井上書房、昭和三七年一〇月)、信多純一『浄瑠璃御前物語の研究』(岩波書店、平成二〇年八月)参照。

(2) 室木弥太郎「浄瑠璃物語と民間説話」(初出『国語と国文学』第三五巻第一〇号、昭和三三年一〇月、再録『語り物(舞・説経・古浄瑠璃)の研究』風間書房、増訂版昭和五六年六月)。

(3) 室木弥太郎「浄瑠璃物語―語り物史を含めて―」(『岩波講座　歌舞伎・文楽』七、岩波書店、平成一〇年八月)。

(4) 臼田甚五郎「小栗照手姫の周辺」(初出『國學院雑誌』第六一巻第七号、昭和三五年七月、再録『臼田甚五郎著作集』第七巻、おうふう、平成八年七月)。

（5）福田晃「『もろかど物語』解説」（『室町期物語』一、三弥井書店、昭和四二年一〇月）。
（6）加美宏「『国府台戦記』小考─軍記の変貌と冷泉の物語─」（『甲南国文』第二四号、昭和五二年三月）。
（7）磯沼重治「浄瑠璃物語の生成─吹上の浜蘇生譚とその後日譚─」（『國學院大学大学院文学研究科論集』第一〇号、昭和五八年三月）。
（8）尾崎久弥「浄瑠璃姫説話襍攷」（『序瑠璃姫説話考』観音瞻仰会、昭和一一年七月）。
（9）島津久基『義経伝説と文学』（大学堂書店、昭和一〇年一月）。
（10）野村倫子「「侍従」考─平安末期物語および鎌倉時代の物語にみられる脇役女房物語史─」（『物語研究』第二号、昭和六三年八月）。
（11）吉海直人『平安朝の乳母達─『源氏物語』への階梯─』（世界思想社、平成七年九月）。
（12）関根賢司「乳母の文芸」『物語史への試み』（桜楓社、平成四年一月）、吉海直人「『住吉物語』の乳母達」（『『住吉物語』の世界』新典社、平成二三年五月）。
（13）熊五郎・八五郎・権兵衛については鈴木棠三『通名・擬人名辞典』（東京堂出版、昭和六〇年三月）に詳しい。熊五郎・八五郎…「落語の登場人物として非常に多くの演目に見える。熊五郎は「たいていは長屋の住人で、職業は職人、性質は単純、また無筆なのが多い。」」。八五郎は「たいてい裏長屋の住人で、稼業は職人、学問はからっきしという人物。その無学なところが落語では大いに利点とされ、無学者論に負けずといった咄にはたいてい登場する。」。権兵衛は「その辺のざらにいる男の名。（中略）権兵衛は田舎者・百姓男の称でもある。」

むすびにかえて——近代前期における中世物語の公刊——

1

本書で取り上げてきたことは、中世物語が近世社会において、どのように受容されていったかという問題であった。本書の最後に、その後のこと、つまり近代における受容について、特に学問の基礎となる翻刻という作業を中心に述べて擱筆することにしたい。

その前に、少しお伽草子の研究論考について触れておこう。戦前の論考は、多く、国文学研究の、いわば正統派であった。これらを通覧してから、あらためて、いわゆる柳田國男流のお伽草子分析を顧みると、その異様さが際立って感じられ、ある種の感興を覚えずにはいられない。一九世紀末期から二〇世紀初期にかけての日本の人文系学問の体系化の中で、お伽草子という対象が当時の学問状況を端的に示す一つの例となっているように思われるからである。

それはさておき、いわゆる正統派の代表的存在に藤岡作太郎がいるが、藤岡は明治四一年の講義で「わが國太古の風俗人情を知る」には記紀によるのみならず、「文明の空気の侵入せざる偏鄙の地方を見るべき」であると述べている（藤岡作太郎「室町時代」『鎌倉室町時代文学史』昭和一〇年）。つまり「古代神話と今日の野蛮人の間に残れる傳説とを比較して興味ある所以」であるが、同様のことは「室町時代の小説」についても言えるのだという。では藤岡に学んだ国文学の研究者に、その点を掘り下げた人物がどれだけいただろうか。ただ、そのような国文学研究の中にあって、民俗学の領域とは一線を劃しながらも際立った存在だった研究者は島津久基を置いてほかにいないであろう。

島津は『近古小説選』（中興館、昭和二年）、『近古小説新纂』（中興館、昭和三年）、『お伽草子』（岩波文庫、昭和一一年）などを編んだ国文学者である。『義経記』研究の先駆にして今日にも読まれる論文をはやくに物し、その後、平安期から江戸前期にかけての国文研究をしていた。編著のうち、『近古小説新纂』は本文校訂や伝本研究もさることながら、神話学的な観点も取り入れた研究篇が示唆に富み、博物館入りにするには惜しい内容をもつ。それゆえ、戦後、有精堂出版から復刊されたことは極めて有意義であった。島津の複眼的でありながらも堅実な研究は『国文学の新考察』（至文堂、昭和一六年）一つをとってみても、窺い知られるところである。

2

ところでお伽草子研究の特殊性の一つは、その現存物語の多さゆえに、翻刻・解題が重要な位置を占めてきたことである。そこで少し紙面を割いて、明治～昭和前期に限って点描しておきたい。

歴史的にいえば、まずは萩野由之『新編御伽草子』を取り上げるべきかもしれない（『新編御伽草子』明治三四年）。この「新編」という語が第一義として渋川板に掛かっていることは、次に記した萩野自身の「はしがき」

から明らかである。

新編御伽草子は、世に行はるゝ御伽草子に漏れたる、古草子を集めたるものなり。原本二十種、多く不忍文庫阿波國文庫の二印を捺したり。けだし屋代輪池翁の舊蔵本なるべし。福富草子の表紙に一紙を押して、草子の題目二十種を列挙して、新編御伽草子と題せり。蓋何人か世に行はるゝ御伽草子にならひて、續集せんの心がまへなりしと見ゆ。

ところが版元の誠之堂書店の見方はこうである。

> この書は御伽草子の續編として古人の編次せるもの凡二十種もと、屋代弘賢氏の秘本にて未だ世に出て《（ママ）》ざるもの今萩野先生の解題校註を請ひて新刊し前編と併せて國文学界の雙璧となれり（中略）抑このお伽草子の二篇は徳川文学の種子ともいふべきものにて足利時代の文学を研究する好材料なり而して世に刻本なき珍籍なれば世の國文学ことに文学史を研究せんとするものには一日も座右を離すべからさ《（ママ）》る珍本なり

つまり、渋川板の続編ではあるが、直接的には「前編」にあたる翻刻本があるのである。それが今泉定助・畠山健による『御伽草子』であった。これは明治二四年、吉川半吉（後の吉川弘文館）刊行になるものだが、『新編

御伽草子』刊行にあたって、誠之堂書店から再版が出された。右の広告文はそのときのものである。つまり、「新編」の語には、より直接的にはこの今泉・畠山の『御伽草子』の続編としての意味が込められていると理解されるのである。このような認識は長谷川福平（長谷川福平『古代小説史』明治三六年）や藤岡作太郎（藤岡前掲論文）が両書を前編・後編として捉えていることからも否定されるものではないだろう。このように、『御伽草子』はお伽草子翻刻の先駆として看過してはならない意義をもつものなのである。

今泉・畠山が上梓した所以は「例言」冒頭に明記してある。

今日の文章は大に紊れたり之を慨くもの亦おほし然れどもこれ徒に淵に臨みて魚を羨むが如きのみかくてはいかでかその効果のあらはれぬべき故にもしよく之を匡救せんとせば宜しくまづ今日の児童に望むべしその方法もとより多かるべけれど児童をして規律ある多くの文章を讀ましめんには其の文の平易なるべきはいふまでもなく興味も亦之に伴ふものならざるべからず然るにわがくに古来頗佳話に富みまたよく之を綴れるものも尠からず古今著聞集今昔物語等の類是なり今是等の美を聚め粹を抜き古雅なるを刪り鄙俗なるを除き以て家庭の讀本にあてしめば國文上将来に益せんこと必ず大なるべし余等常に之を思ふこと久し唯其の暇なきを惜みたりき然るに本年一月劇務を避けて近縣に遊びぬ偶本書を携へいさゝか校正の労を取り以て児童の讀本にあてんとせり是又普通文改良の階梯ならしめん微意のみ

このように、国語改良問題の一資材の提供という点に主眼がおかれていたように理解される。それは編者の一人、畠山健が『中学国語読本』の校正をする仕事に携わったり、『百人一首講義』（誠之堂書店、明治二七年）を中等教育和漢文講義の一環として刊行した人物であることからも察することができよう。今泉定介と共に校訂・編集したものには、ほかに『百家説林』があり、むしろこちらのほうが一般には知られていよう。

その今泉定介（助）は文久三年に生まれ、昭和一九年に没した学者で、国学者というべき人物である。國學院設立にも尽力した。『古事類苑』の編纂に携わり、また、『新井白石全集』や『故實叢書』の編纂などもしている。国文関係では、『竹取物語』や『平治物語』『平家物語』『方丈記』の講義録がある。『古事類苑』の編纂委員を辞任した翌明治二四年には、『御伽草子』のほか『教育勅語術義』を、翌年には『教育勅語例話』を刊行した。

さて、今泉・畠山編『御伽草子』には、凡例として次の三点を掲げている。

1 本書中著き文法の謬は直にこれを改めたれども一種の謡曲に属せるものなれば一定の語法と見ゆるはそのまゝに存せり
2 本書は名詞その他の詞もつとめて漢字を填めたり
3 これを以て家庭の讀本に満足せりといふにもあらず特に本書中にも児童の讀本としてはいかゞと覚ゆ事も往々あり然れども原本を刪り去らんこともさすがにて今しばらくそのまゝにさしおきぬ

注意されるのは3である。近代人はお伽草子を児童書の一種と捉えている。しかし実態はそうではない。「児童の讀本としてはいかゞと覚ゆ事も往々」あるというのである。この点に、今日にいたるまでつづく実用的読本としてのお伽草子（御伽噺）と文学史的遺産としてのお伽草子との認識上のズレを見出すことが出来る。

この『御伽草子』の続編として出されたのが、明治三四年刊行の萩野由之『新編御伽草子』であった。本書の特色は『御伽草子』が渋川板二三編を収録しているのに対し、それに「漏れたる古草子を集めたるもの」であるという点である。多くは国立公文書館や国会図書館に今日所蔵される屋代弘賢旧蔵本に拠ったものである。研究の初期段階であるから、当然といえば当然であるが、その渉猟範囲は狭い。

その刊行動機は「はしがき」中の次の二箇所から読み取ることができる。

1　今此に文学史料として校刊せんには、謡曲狂言浄瑠璃本の類、其時代の最重なるものを取るべけれども、それは世にその人あり。このはかなき草子は、さる人も見えざめればとて、此にこれを公にす。森の下草老いたらんよりは、人の結ばぬ若草こそまづ摘ままほしきよしは、十番の物争の作者も既に言ひおけるをや。

2　近時本邦の文学史を研究する人々は、必この草子をその材料の一つに供ふ。されどもこの草子が収むる所、僅に廿三種に止まれるは、物足らぬ心地せざることを得ず。

2にいう文学史とは何かというと、直接的には元禄文学のことである。萩野は次のようにお伽草子の史的意義を考えている。

元禄文学はこの模倣の中より、新生面を開き、この模倣文学は、足利文学の素地を耕して、元禄文学の種子は下せるなり。

この時期、今日一般にいわれるところの近世初期の短篇物語である〈仮名草子〉なる用語は、認知度が極めて低かった。古浄瑠璃にしても然りである。この範疇の重要性の理解の深化には水谷不倒の学究活動の顕在化をまたねばならなかった。それゆえにお伽草子から元禄文学へと飛躍するのが当時としては通行の文学史的視点なのである。萩野の視点はそれを取り入れたまでのことである。しかし、右に挙げた大枠の把握法は今日否定されるものであろうか。むしろ仮名草子研究の進展が、無意識的であるにしろ、いたずらにお伽草子との概念上の差異を強調する結果をもたらし、お伽草子→仮名草子→浮世草子という極めて単純な一元的文学史を、少なくとも通俗的には固定させるに到っているように思われる。そう考えると、いまだお伽草子研究が専門化していない明治・大正期の、いわば素朴な認識というべきものは、新たな可能性を孕んでいるようにわたしには思われてならない。

萩野由之は国文よりはむしろ国史の方面での業績が多い学者である。『日本財政史』『戸籍制度』『徳川慶喜公伝』などの著書があり、また『古事類苑』の編纂など多くの資料の編纂に携わる。なお、嵐義人氏「萩野由之」(國學院大學日本文化研究所編『國學院黎明期の群像』同所発行、平成一〇年)参看。ちなみに本書序文は後に『史話と文話』(博文館、大正七年)に収録された。

さて、今泉・萩野までは、江戸文学の前段階としてのお伽草子という認識が強く、文学史的価値もその点を重視していたと理解されるが、これに対して鎌倉時代物語の後に続くものという観点を明確に示したのは、次に挙げる平出鏗二郎の功績と言っても過言ではない。平出は次のように説く。

平安文学の末路を究めんとするもの、室町文学に及ばざるべからず、江戸文学の発程を繹ねんとするもの、須らくまたこれに溯らざるべからず。

平出鏗二郎『室町時代小説集』は明治四一年一月、精華書院刊行。精華書院は牛込にあった書肆で、主人は水谷不倒である。そのテクスト選定は、『御伽草子』『新編御伽草子』を意識したものとなっている。その点、翻刻の目的とあわせて「緒言」で次のように述べていることから理解されよう。

余夙に志す所ありて、鎌倉以降に成れる物語・お伽草子及び繪巻等の蒐集に心を潜め、聊か収蔵する所あり。然るに是等の書、多く寫本を以て傳へられて秘庫に珍蔵せられ、或はその刻本あるものも、上木の年久しきために世に遺存するもの稀なり。今この類の書を輯めて一本となし、これを刊行せんとす。是れ一にその頒布を圖り、一にその堙滅を防ぐの意に出づるなり。因つてその採る所も近時刊行せられたるお伽草子及び新編お伽草子等に漏れたるものを選びたり。

平出は翻刻態度といい、校訂作業や国語史的問題意識を前提とした表記法といい、一段と厳密性を高めることに貢献している。凡例に次のようにある。

1　類本・異本あるは知れる限りこれを集めて、對比校讎し、以てその異同を掲示せんことを圖れり。

2　原本の誤字・脱字及び假名遣ひの誤謬の如き、努めてこれを改むることを避け、一に舊態を存することとせり。是れ啻に著者に對する禮讓たるのみならず、例へば富士の人穴草子の「は」音の「わ」音に轉呼せらる、場合に濁點を施せるが如き、また学者の参考に資する所あればなり。

平出がこれほどの成果を出すことができた理由は、一つはお伽草子に対して、古典研究の対象として明確な態度をとったからだと思われる。しかし、もう一つ重要な点は、その家系に一因があるだろう。すなわち平出家は尾張藩の医家で、祖父順益以来、典籍の蒐集をしてきたのである。だからお伽草子以前の稀覯本である鎌倉時代物語にも理解があった。そこから単に江戸文学の前身としての位置附だけでなく、鎌倉以降展開した物語としてお伽草子を見る眼を持っていたのである。なお、蔵書は没後巷間に流出してしまった。幸い『平出氏蔵書目録』（日光堂書店、昭和一四年）によりその大概を把握することができる。

『室町時代小説集』刊行の翌年、鎌倉期から江戸前期にかけての短篇物語類の解説書『近古小説解題』を編んだ。本書は、すでに病床に臥し、死期の近かった平出に代わり、藤岡作太郎が刊行作業にあたった。それはそれとして、問題は書名である。平出自身は、当初、「近古物語草子解題」としていたのである。これを藤岡は「近古小説」の語に改めたのである。平出は祖父順益の『物語草紙解題』の後を受けたものと位置づけるつもりだったと思われる。

もう一点、藤岡には学術用語としての「近古小説」の普及を企図していたのかも知れない。これに関しては笹野堅が「御伽草子」の定義をめぐって、「御伽草子論攷」中で言及しているので、ご参照願いたい（笹野堅「お伽草子の研究」『日本文学講座』第四巻、昭和九年）。

さて、平出以降、厳密な校訂本文を作る動きが顕著になっていった。次に挙げる横山重には、その影響がとくに大きいように思われる。たとえば厳密な校訂本文の作成である。もっとも、振り仮名の省略などが散見され、また、室町期から江戸初期にかけての口語性に富む文章を多用する画中詞を翻刻対象から省くなど、問題がないわけではない。しかし、昭和前期のお伽草子研究のベースとなるテクスト編纂は、横山の独壇場と言っても過言ではない。太田武夫を助手として昭和一二年から一七年にかけて刊行した『室町時代物語集』全五巻は昭和四八年以降『室町時代物語大成』が出るまでバイブル的存在であったといえる。ゆえに昭和三七年に復刊されたわけである。初版は自身が設立した大岡山書店から出した。

この書店から横山は折口信夫『古代研究』、中山太郎『日本巫女史』など異色の研究書も出している。『室町時代物語集』は『説経節正本集』や『古浄瑠璃正本集』を姉妹編としてもつ。『古浄瑠璃正本集』は後に増補改訂版が出た（この経緯については、伊藤慎吾「横山重と南方熊楠─お伽草子資料をめぐって─」（小峯和明監修『日本文学の展望を拓く』第五巻、笠間書院、平成二九年予定）参照）。昭和一八年には『室町時代小説集』（昭南書房）を出す。書名から知られる通り、平出鏗二郎の後を受けたものである。中扉には『新編室町時代小説集』とあることも、そのことを明白に物語っている。戦後は古典文庫を中心に翻刻本文を提供していった。その後、弟子筋の松本隆信らと『室町時代物語大成』の編纂を始め、昭和五五年に没した。

しかしながら、かかる作業に対して、当初、学会の評価は決して高いものではなかったようで、晩年横山は次のように回想している（『書物捜索』「付記」、後『横山重自傳』に再録）。

> 当時、わたくしは、四面楚歌であった。私の原本復刻に対しては、「下職の人の賃かせぎにすぎぬ」とか、「こんなことは当たり前のことで、学徒のなすべき業でない」という流言が行われ、これに同調する人が多かった。これは塾内の人にもあり、官学出の「研究」派の大家の数氏の主張であった。

3

藤岡作太郎は先にも引いた明治四一年の講義の中で、お伽草子の研究について次のように述べている。

> いづれが先にして、いづれか（ママ）後なるか、混沌として明ならず、一は他を摸し、此れは彼に擬し、模擬剽窃相継いで、千篇多くは一律、個々を以て論ずべからず、一團として説くべきなり。総じて文学的價値あるものは、個々につきて作者、作品を解剖批判することを要すれども、時代を反映せるものは、数篇をあつめて、時代に照して論ずべきなり。謡曲、御伽草子の類は殊に然り。

徳田和夫編『お伽草子事典』（東京堂出版、平成四年）が出現し、個々の作品についての情報がかなり整いつつある昨今、ようやく一団とせずに、模擬剽窃というテクスト間の諸関係の網目を俯瞰する見通しがついてきている。お伽草子間だけではない。『平家物語』や『太平記』などの諸本中の一伝本や、図像、芸能（舞台装置や装束なども含め）との個々の関係も徐々に明らかになりつつあるように見受けられる。

　そのような現況にあって、先学の優れた思索の跡をたどりつつ、本書では「時代を照らす」試みをしてきた。その結果、「室町時代」に固執するよりも、江戸時代における成長もあわせて捉えることのほうが、お伽草子というジャンルを理解できるのではないかという考えるに至った。本書はこのような考えのもと、著したものである。

初出一覧

序論　中世物語資料と近世社会

書き下ろし。

I　中世物語の再生産（一）

1　奉納縁起としての奈良絵本―久間八幡宮所蔵『八幡宮愚童記』をめぐって―

「奉納縁起としての奈良絵本―久間八幡宮所蔵『八幡宮愚童記』をめぐって―」（『仏教文学』第四〇号、平成二七年五月）及び「久間八幡宮所蔵『八幡宮愚童記』の伝来をめぐって―付・翻刻―」（『伝承文学研究』第六四号、平成二七年六月）。

2　鍋島直之の縁起絵巻奉納―北名八幡神社所蔵『八幡宮縁起絵巻』の制作背景をめぐって―

書き下ろし。ただし、平成二八年九月二七日、日本文学協会中世部会例会での口頭発表に基づく。なお、本稿をなすにあたり、財団法人鍋島報效会より研究助成金をいただいた。

3　雅人と絵巻制作―国立国会図書館所蔵『平家物語絵巻』について―

書き下ろし。ただし、平成二四年六月二日、科研共同研究「〈文化現象としての源平盛衰記〉研究―文芸・絵画・言語・歴史を総合して―」（代表・松尾葦江氏）での口頭発表に基づく。

Ⅱ　中世物語の再生産（二）

1　公家と庄屋の交流―上時国家所蔵『曽我物語』について―
『國學院雑誌』第一〇五巻第七号（平成一六年七月）。

2　社家所蔵のお伽草子―南方熊楠書入の『文正草子』について―
『熊楠 works』第四四号（平成二六年一〇月）を基に、大幅に書き改める。

3　真字本『玉藻の草紙』考
書き下ろし。ただし、平成二七年一一月二九日、國學院大學國文學會大会での口頭発表に基づく。

4　物語草子の浄瑠璃本化―『月日の本地』から『帰命日天之御本地』へ―
書き下ろし。ただし、平成二八年一一月一九日、伝承文学研究会第会東京例会での口頭発表に基づく。

Ⅲ　中世物語の再利用

1　『源平盛衰記』の改作（一）―『源平軍物語』について―
松尾葦江編『文化現象としての源平盛衰記』（笠間書院、平成二七年）。

2　『源平盛衰記』の改作（二）―『頼朝軍物語』について―
書き下ろし。ただし、平成二五年九月七日、科研共同研究「『文化現象としての源平盛衰記』研究―文芸・絵画・言語・歴史を総合して―」（代表・松尾葦江氏）での口頭発表に基づく。なお、発表の前日、交通事故に遭い、満身創痍の状態であった。

3　神社資料の読み物化―『賀茂の本地』をめぐって―
『賀茂文化研究』第六号（平成一〇年二月）掲載「『賀茂皇太神宮記』伝本考」に基づき、第四節を加筆した。
4　高僧伝の読み物化―『弘法大師御本地』について―
書き下ろし。

Ⅳ　資料編

1　久間八幡宮所蔵『八幡宮愚童記』付「久間八幡宮修造勧進帳」
『伝承文学研究』第六四号（平成二七年六月）。
2　北名八幡神社所蔵『八幡宮縁起絵巻』
書き下ろし。
3　真字本『玉藻の草紙』
書き下ろし。
4　『帰命日天之御本地』
書き下ろし。
5　東京国立博物館所蔵『頼朝軍物語』
松尾葦江編『「文化現象としての源平盛衰記」研究―文芸・絵画・言語・歴史を総合して―』（科研費報告書、平成二六年三月）。

補論　中世物語の文芸的変容

1　お伽草子における物尽し―歌謡との関係を通して―
『國學院雑誌』第一一〇巻第一一号（平成二一年一一月）。

2　物語史における脇役の変遷―乳母冷泉考―
『國學院雑誌』第一一四巻第一一号（平成二五年一一月）。

むすびにかえて―近代前期における中世物語の公刊―
「藤井隆編『御伽草子研究叢書』『昔話伝説研究』第二四号（平成一六年五月）を加筆修正。

本書は独立行政法人日本学術振興会の平成二八年度科学研究費補助金（研究成果公開促進費）の交付を受けて刊行したものである。

本書を成すにあたり、多くの機関や個人の方に貴重な資料を閲覧・撮影させて頂いた。感謝の念に堪えない。また、徳田和夫先生、松尾葦江先生をはじめとして、多くの先学、学友からご指導、ご教示を頂いた。深謝申し上げる。平成二八年冬、徳江元正先生がご他界された。昭和五〇年代録音の題目立の美声が告別式で流されたが、それは心に深く響くものであった。ご冥福をお祈りする。また原稿執筆が遅く、三弥井書店吉田智恵氏には大変なご心労をおかけした。お詫び申し上げる。

主要語彙索引

ら

わ

著者略歴

伊藤　慎吾（いとう　しんご）

昭和 47 年生まれ。
國學院大學非常勤講師。
『室町戦国期の文芸とその展開』『室町戦国期の公家社会と文事』（ともに三弥井書店）、『妖怪・憑依・擬人化の文化史』（編著、笠間書院）、「南方熊楠『蛤の草紙』論の構想」（『南方熊楠研究』9）など。

中世物語資料と近世社会

平成29年 2 月22日　初版発行

定価はカバーに表示してあります。

著　者　伊藤慎吾

発行者　吉田栄治

発行所　株式会社 **三弥井書店**

〒108－0073東京都港区三田3－2－39
電話03－3452－8069
振替00190－8－21125

ISBN978-4-8382-3317-5 C1095　　印刷　藤原印刷株式会社